KRWAWY UMYSŁ

Adrian Zawadzki

KRWAWY UMYSŁ

Redakcja: Ewelina Ambroziak
Korekta: Karolina Kaźmierska
Okładka: Paulina Radomska-Skierkowska
Skład: Grzegorz Kalisiak | *Pracownia Liternictwa i Grafiki*
Druk i oprawa: Elpil

Wydanie pierwsze

ISBN 978-83-7942-067-4

NOVAE RES – WYDAWNICTWO INNOWACYJNE
al. Zwycięstwa 96/98, 81-451 Gdynia
tel.: 58 698 21 61, e-mail: sekretariat@novaeres.pl, http://novaeres.pl

Publikacja dostępna jest w księgarni internetowej zaczytani.pl.

Wydawnictwo Novae Res jest partnerem
Pomorskiego Parku Naukowo-Technologicznego w Gdyni.

P P N T
Pomorski Park Naukowo-Technologiczny

Ucz się ze swoich snów, czego ci brakuje.
Wystan Hugh Auden

Dedykuję mamie.

PODZIĘKOWANIA

Autor pragnie złożyć serdeczne podziękowania

Reginie Skomskiej
Renacie Zawadzkiej
Edycie Rycerz
Tomaszowi Susułowi
Magdalenie Cherkowskiej
Aleksandrze Wajnert
Pani Wandzie Wielebie
Jagodzie Niebieszczyńskiej
Żanecie Schodnik
Joannie Setnej
Paulinie Piotrowskiej
Natalii Wojtaszak

...za to, co było i co przed nami.

PROLOG

Twój jedyny dom, jaki masz w kosmosie, płonie, i każdy z nas jest jednakowo odpowiedzialny za zapalenie zapałki i odwrócenie się plecami, by nie widzieć tego, co się dzieje.

JOHN HOGUE

Opowiada
DANIEL ROSSER

Ściany, ciągnące się dookoła wielkiego basenu, były nieotynkowane, z czerwonej, pokrytej grzybem cegły. Z niewidocznego ginącego w cieniu sufitu zwisały cztery łańcuchy. Nie łączyły się jednak ciężko z czarną taflą wody w basenie... Na zimnych sznurach perfekcyjnie zawisły cztery ciała młodych mężczyzn w wieku od dwudziestu do dwudziestu dwóch lat. Ich nagie ciała, wiszące w bezruchu za nogi, zaledwie głowami sięgały pod wodę... Chłód, który bił od basenu, wydawał się pełzać po moim ciele. Choć zachowywałem spokój, nie mogłem w pełni pojąć obrazu, jaki obserwowałem.

Stałem w pomieszczeniu, w którym panował okropny smród rozkładających się ciał. Głów ofiar nie byłem w stanie ujrzeć; znajdowały się w tym bagnie.

Tylko poszarzałe klatki piersiowe i skrępowane ręce, połączone łańcuchem ciągnącym się do stóp, pozostawały widoczne. Wyciągnąłem z kieszeni swój telefon. Nie mogłem jednak nic zrobić, palce rąk ledwo się poruszały, było mi zimno. Stałem się świadkiem morderstwa czterech mężczyzn, których powieszono za nogi tak, aby tylko głowy spoczęły pod wodą. Zwymiotowałem. Zdałem sobie sprawę z tego, jaki koszmar przeszli, dusząc się, zaledwie cal od powietrza, którego pragnęli, zapewne jak niczego innego dotąd. Który z nich pierwszy stracił siły, miotając się, próbując ratować życie? Nie spostrzegłem jednak śladów świadczących o walce, którą stoczyli na łańcuchach. Być może nie żyli już, kiedy ktoś im to zrobił.

Usłyszałem ciche syczenie. Odgłos, jaki wydaje dogasające ognisko, lecz ten był nieco cichszy. Skierowałem się w głąb cienia po prawej stronie pomieszczenia z diabelskim basenem. Wąski korytarzyk doprowadził mnie do nowego miejsca. Przy wejściu znajdował się połyskujący złotem napis, potężne: *eXeX.*

W powietrzu unosiła się paskudna, zimna woń gnijących ciał. Niepewnym krokiem przeszedłem przez brudne pomieszczenie do znajdującej się na końcu okrągłej dziury. Wszedłem na korytarz, który rozdzielał się na dwa. Skręciłem w prawo. W oświetlonej blaskiem gasnących świec sali dostrzegłem ciało mężczyzny wiszące na grubym sznurze. Podbiegłem do niego po mokrej od wody i krwi posadzce. Zasłoniłem usta, a oczy zaszły mi łzami. Nie potrafiłem znieść tego widoku. Miejsce, w którym się znajdowałem, to położony za salą pokój Głównego Przewodniczącego. Był nim Oliwer wiszący teraz nade mną. Spostrzegłem błoto na marmurowej posadzce i ślady krwi. To jednak nic w porównaniu ze ścianami, na których rdzawymi gwoździami powbijane były ciała nagich mężczyzn w czarnych kapturach na głowach. Na środku wiszące ciało, którego twarz, zdarta kwasem, pozostała czarno-czerwoną czaszką. Zacząłem krzyczeć. Czułem na sobie dziesiątki spojrzeń. Gdy spoglądasz na martwe ciało, wzrok płata ci figle. Oczekując poruszenia, szarość wydaje się drgać. W pewnej chwili nawet usłyszałem trzask. Obróciłem się w stronę wejścia. Byłem zalany łzami, jednakże zdołałem dostrzec czarną plamę, zakapturzoną postać. Straciłem przytomność.

Wiem, że koniec już dawno miał swój czas.
Dziecko czerwone zatrzymuje nas.
By spytać o drogę.
Drogę o świcie,
Co usłana jeszcze zimą jest...

Tego dnia ujrzałem piekło czarne, czerwone; zobaczyłem dzieło diabła, z którym miałem spotkać się wkrótce osobiście. Ja... przeżyłem. Dlatego właśnie musiałem się z nim spotkać i spytać... Człowiek, który zabił swoich najbliższych, darował mi życie. Nie uwzględnił mnie w swoim makabrycznym planie. Chciałem zrozumieć...

MGŁA

Rozdział pierwszy

KSIĄŻĘ I PYŁ

1

Opowiada
Tristan Roance

Może to dziwne, ale lubił, gdy jego kot przechodził obok buchającego przyjemnie w zimowe wieczory kominka, malując na ścianach cienie chodzącego worka kości. Oj, to trzeba przyznać, że ów kot niewiele miał ze swoim gatunkiem wspólnego. Był paskudny. Przypominał, śmiem nawet rzec, zwierzę bliskie nam z jakiegoś filmu grozy. Był bardzo marny, chwiał się na swych chudawych nóżkach, a do tego miał trójkątny łeb, równie paskudny, jak i reszta ciała. Wodził po pokoju wrogim spojrzeniem. Jedno oko lśniło mu czerwienią, drugie było bladobłękitne. Za oknami prószył śnieg, okrywając najbardziej ukryte zakamarki wioski. W całym domu panowała głucha cisza. Podobnie zresztą jak na pustych ulicach, które ginęły już pod śnieżnym okryciem.

Pan Yard siedział w salonie nad stertą papierów do wypełnienia przygotowanych, by zająć mu świąteczny czas. Przez uchylone drzwi wkradł się ukochany przez swego pana kot. Oboje rzucili sobie znaczące spojrzenia, po czym szary jak popiół futrzak spoczął na pluszowym dywaniku. Pracy było sporo. Warunki jak najbardziej dogodne. Cisza i spokój. Gregory siedział w swoim pokoju, służba w swoich. Tak było od zawsze w willi przy Villon Pray 13. Płomyczki tańczyły w oczach stworzenia wylegującego się na dywaniku, co ani trochę nie dodawało mu uroku. Cóż, zwierzę leżało sobie spokojnie wpatrzone w ciemny kąt pokoju, z nadzieją czekając na komendę pana, który zawoła, aby pogłaskać ulubieńca. Ale nikłe były na to szanse.

Zbliżały się święta, czas, w którym pan Yard zrobiłby wszystko, aby o nich nie myśleć. Miał około pięćdziesięciu lat i był dobrze sytuowanym właścicielem fabryki znajdującej się nieopodal wioski Villon Pray, w której to wiosce mieszkał wraz z synem. Pan Yard wychodził ze swego gabinetu stosunkowo niewiele razy w ciągu dnia. Jeżeli już opuszczał willę przy Villon Pray 13, wracał średnio po dwunastu, czasem nawet piętnastu godzinach.

Kolacje jadał z synem. Przy pięciometrowym prostokątnym stole siadał od strony wejściowych drzwi do jadalni. Zazwyczaj już jadł, gdy Gregory wchodził. Pan Yard nie podnosił wtedy nawet wzroku. Zadawał jedno, dwa pytania synowi, ale tylko wtedy, kiedy sam skończył już jeść. Słuchając często krótkich odpowiedzi, wpatrzony był to w śnieżnobiały obrus, to w błyszczące sztućce.

Na pierwszy rzut oka był on posępnym mężczyzną o ciężkim charakterze, który idealnie sprawował władzę w swojej umiłowanej fabryce. Nigdy nie pojawiał się w telewizji, prasa także się nim zbytnio nie interesowała, no może poza kontraktem z firmą, której właścicielem był Alexander Micali, jego przyjaciel z Walii. Między innymi dzięki temu ruchowi pan Yard rozsławił imię fabryki oraz w ciągu kilku kolejnych lat zainkasował kwotę przekraczającą nieco ponad osiemdziesiąt milionów dolarów. Niemniej, zawsze pozostawał tym samym obojętnym i bezdusznym człowiekiem. Uciszył plotki prasowe, jakoby willa przy Villon Pray 13 była prezentem od Aleksandra Micalego. Tak donosił jeden z francuskich dziennikarzy, który doszukał się interesujących dokumentów, o tym, że naprawdę imponująca budowla została założona przez wymarłą już dynastię Villon. Z tą zaś spokrewniona jest dynastia Micalich. To, co było prawdą, a co z niej zostało zatuszowane, wyśmiane i oblepione nalepką rzekomej mistyfikacji, dziś pozostaje tajemnicą.

Gregory Axel Yard był młodym, bo dwudziestoletnim chłopakiem, który uczęszczał do normalnej publicznej uczelni w pobliskim miasteczku. Życie tego młodzieńca jednak niewiele miało z normalnością wspólnego. Dzień jego wydawał się być snem, w ktorym uczestniczyli ludzie niewiele wnoszący do jego, idealnie rozplanowanej, egzystencji. Postrzegany był jako syn milionera, szalenie i nieprzyzwoicie urodziwy, o blond włosach, które zasłaniały jego uszy, ale nie opadały na ramiona, wzroku sokoła, który rozdzierał przestrzeń i uginał kolana każdego, kto na niego spojrzał. Po uczelni chodził w towarzystwie dwóch ochroniarzy zatrudnionych przez ojca. Nikt nigdy nie widział, aby Gregory z którymś z nich rozmawiał, co wcale nie oznaczało, że wstydził się obstawy bądź nią specjalnie przejmował. Jego ochroniarze byli jak duchy podążające za swym panem krok w krok.

W salach uczelni siedział w ostatniej ławce, zazwyczaj zajęty skrobaniem w notesie, nie patrzył na nikogo poza wykładowcą. Mimo sukcesów w nauce nie był aktywny podczas zajęć. Nikogo nie krytykował, nie wypowiadał się na temat zdania drugiej osoby. Był, jakby go nie było. Z początku budziło to zniesmaczenie i niemądre docinki ze strony kolegów. Jednak z czasem wszyscy do tego stanu rzeczy przywykli. Co ciekawe, nawet przyzwyczaili się do jego życia na pokaz.

Wydawać by się mogło, że ten młodzieniec, który tak naprawdę nie miał nawet przyjaciela, był plastikową zabawką. Do końca jednak nie było to prawdą. W przeciwieństwie do ojca był znaną osobą w wiosce, pobliskim miasteczku, a nawet całym kraju. Dwudziestolatek był modelem uczestniczącym w sesjach zdjęciowych magazynu „MASHTIE", prestiżowego pisma, które swe edycje zagraniczne miało w kilku krajach europejskich oraz Stanach Zjednoczonych. Jak stał się w tak młodym wieku twarzą znanego magazynu? Tym razem nie chodziło o pieniądze ojca, ale w wyjątkowym stopniu o znajomości. Matka Gregory'ego i żona pana Yarda była założycielką pisma.

Zarabiała na gazecie kolosalne kwoty, co miało wpędzić ją w krótkim czasie w nałóg narkotykowy i zakończyć jej życie rychłą śmiercią. Być może to bolesne przeżycie wyniszczyło pana Yarda, chociaż niektórzy uważali, że surowym człowiekiem był od zawsze. Nie dało się ukryć, że w historii Villon Pray rodzina Yardów była najdziwniejszą i najbardziej tajemniczą. Od matki, która stworzyła potęgę „MASHTIE", przez ojca pracoholika, właściciela przynoszącej wielkie zyski fabryki, po syna artystę, który żył własnym, wydawać by się mogło, tak odległym życiem.

Z czasem jednak ludzie przyzwyczajają się do wszystkiego, na nikim nie robiło to już większego wrażenia. Tymczasem wielkie poruszenie wywoływały zdjęcia ukazujące się co miesiąc w piśmie. Redaktorem naczelnym, po śmierci matki Gregory'ego, został jej zastępca, Victor. Był i jest trafnym następcą, który utrzymał pozycję pisma w Europie na wysokim poziomie, a także przyczynił się do rozpowszechnienia go za oceanem. Gregory'ego traktował jak siostrzeńca, widział w nim wielkiego człowieka, którego należy przygotować do kierowania wydawnictwem. Gregory i tak miał wiele do powiedzenia. Był bardzo świadomy swojej pracy.

Naturalnie to uczyniło Victora wrogiem numer jeden pana Yarda. Nie żeby ojciec chciał oddać synowi fabrykę, bo i nie widział jeszcze godnej pracy dla swego pierworodnego. Niemniej coś powstrzymywało go od myśli, jakoby Gregory w przyszłości miał rządzić „MASHTIE". Co dziwne, godził się przecież na każdą sesję. Temat ten nigdy jednak nie zakłócił spokoju Villon Pray 13, ponieważ chłopak go nie poruszał, a Victor willi nie odwiedzał.

Beznamiętne postukiwanie w klawisze fortepianu.

Willa przy Villon Pray 13 znajdowała się najbliżej, największego w okolicy, jeziora Pray. Wokoło rosły stare sosny, pełno było tu także pięknych pagórków. Legendy podawały, że posiadłość została wybudowana przez siedemnastowiecznych członków dynastii Villon, jednakże nie jest to do końca jasne. Istnieją wprawdzie zapiski, że około roku tysiąc sześćset trzynastego wprowadził się na te ziemie książę, który poślubił niemiecką księżniczkę, co nie zgadza się jednak z nazwiskami młodych. Dalej legenda podaje, że willę wybudował im ojciec dziewczyny. Skąd jednak wzięła się nazwa Villon? Dziś tego nie wiadomo. Jednakże był to imponujący budynek, zbudowany z wielką precyzją i kunsztem.

Matka Gregory'ego, jak opowiadał mu Victor, lubiła często mawiać, że mieszka w willi nieco mniejszej od Luwru. Nie kłamała. Jezioro Pray było wielkim zbiornikiem. Jego powierzchnia wynosiła około pięćdziesięciu czterech kilometrów kwadratowych, a maksymalna głębokość dochodziła do dwustu osiemdziesięciu metrów. Położone na południowy wschód od miasta Mirror, otoczone pagórkami i polami, ciągnęło się aż po Aparash Ballar Roance. Torf sprawiał, że przejrzystość jeziora była niewielka, wieczorami jednak bywało bardzo urocze.

Wróćmy jednak do willi. Wejścia, po obu stronach, strzegą dwie hermy, rzeźbione nagie popiersia, wyrastające z podpór — jedna przedstawia młodego mężczyznę, który trzyma jabłko, natomiast druga ukazuje piękną kobietę, której z prawej dłoni zwisa sztylet. Metr dalej znajdują się wielkie kolumny. W holu po otworzeniu monumentalnych wiekowych drzwi dwuskrzydłowych ukazuje się pierwsza część domu, ze sklepieniem o kształcie trójkąta sferycznego, zwanym pendentywem. Robi to imponujące wrażenie. W holu można poruszać się w stronę kolejnych pomieszczeń albo w prawo, albo w lewo lub podwójnymi krętymi schodami w górę, mając wciąż nad sobą ozdobne kasetony, budowane z czerwonej cegły trompy. Bogactwo detali, jakie tworzą willę, godne jest pozazdroszczenia. Jeden z ważnych magazynów francuskich podał kilka lat temu, że wartość budynku i dziedzińca szacuje się na kwotę dwudziestu ośmiu milionów dolarów. Jest to najdroższa rezydencja w całej północnej części kraju. Trzy lata temu zmarł rezolutny dziennikarz, który szukał sekretów rodziny Yard, a także Villon czy Micali. Od tamtego czasu Gregory'ego Yarda kojarzy się tylko z „MASHTIE". I chwała Bogu.

Przyszła odwilż. W okresie świątecznym, gdy za oknem pięknej willi zamiast śniegu widać obumarłą naturę, zawstydzoną z powodu odkrycia białej kołderki, pozostaje domownikom Villon Pray 13 siedzieć przy ciepłych kominkach, skrobać coś na kartkach papieru lub bawić się z kotem. Pan Yard go uwielbiał, Gregory także.

Poza tym nikt nie przepadał za zwierzęciem.

Służba wręcz nienawidziła stworzenia. Okropna bestia często przemieszczała się po willi w poszukiwaniu szczęścia... niekiedy natrafiła na miotłę jednej ze służących albo but szofera. Pył, bo tak wabił się ów kot, siał niepokój. Jako że nie był urodziwy i budził niemałe obrzydzenie, zadziwiał fakt, że właściciele nie dostrzegali tych cech. Był chyba jedynym, który nigdy nie oddalał się od Villon Pray 13 choćby o dwieście metrów. Stworzeniem był dumnym, ale nie sprawiał kłopotów.

Gregory siedział lekko zgarbiony przy biurku i zapisywał coś w swoim notesie. Robił to codziennie, ale pamiętnikiem owe zapiski z pewnością nie były. Trzy kryształowe żyrandole oświetlały jego białą, porcelanową twarz, czystą i pozbawioną jakiejkolwiek zmazy. W swej samotni czuł się bardzo komfortowo, nikt nigdy mu nie przeszkadzał. Na jednej ze ścian wisiały dwa potężne telewizory wkomponowane w klasyczne ramy obrazu, które wyświetlały zawsze dwie różne stacje informacyjne. Gregory miał w zwyczaju być zawsze dobrze poinformowanym o tym, co się dzieje na świecie.

Jego biurko było sporych rozmiarów, zostało stworzone i zaprojektowane przez przyjaciela ojca, który odwzorował, z prawdziwego szlachetnego drewna, staroangielskie wzorce. Z prawdziwego szlachetnego drewna. Na meblu leżały dwa laptopy, kilkanaście czarnych notesów w skóropodobnej oprawie i pióra, którymi chłopak uwielbiał się posługiwać, telefon ze ściśle limitowanej edycji, jaki posiadało na świecie kilka sław, paczka miętowych gum (pod biurkiem wafelki w złotych opakowaniach, które uwielbiał; miał ich cały karton). Raz na dwa tygodnie życzył sobie, aby dostarczyć mu nowe pudełko z ulubionymi smakołykami. Nie miał problemów z utrzymaniem odpowiedniej wagi. Był dobrze zbudowany jak na swój wiek i sielskie, leniwe z pozoru życie jakie wiódł.

Sesje zdjęciowe z jego udziałem, zawsze imponujące, nie wymagały retuszu. Wchodził do studia Victora, który prowadził go do fotografów. Ci przedstawiali mu swój pomysł i projekt z niebywałą dokładnością. W momencie gdy Gregory był dostatecznie zainteresowany, godził się i po zwiększeniu kwoty na jego koncie przystępował do zdjęć. Nakład pisma był stale na wysokim poziomie. Ludzie, dziewczęta w wieku od jedenastu do... po prostu kochały twarz Gregory'ego Yarda. Stał się on ikoną magazynu „MASHTIE" i księciem współczesnej fotografii.

2

Zima 1998/1999

Dwudziestego czwartego grudnia domownicy zasiedli do normalnej kolacji, niczym nieróżniącej się od codziennych. Gregory zażyczył sobie więcej liści zielonej herbaty TMS, którą uwielbiał. Pan Yard wypił dwie mocne espresso na sen. Nic nie zapowiadało tego, co rzekł, krojąc paróweczkę w serze i francuskim cieście, z pozoru niechlujnie oblaną białym sosem czosnkowym:

— Twoja matka była naprawdę piękną kobietą.

Gregory podniósł wzrok. Siedział na drugim końcu pięciometrowego stołu, naprzeciw ojca.

— Widziałem... na zdjęciach — jęknął oschle.

— Chcę ci powiedzieć, że piękno tej kobiety nie poszło w parze z rozsądkiem i siłą. Była słaba.

— Sama radziła sobie bardzo dobrze. Miała swoje pismo.

— Do czasu. Miała tyle energii, klasy, radości dopóty, dopóki nie zakochała się w lekach i... innych gorszych truciznach.

— Znam tę historię — rzucił beznamiętnie Gregory.

— Znalazłem ją nad jeziorem, zginęła obok swojej wielkiej pięknej willi. Miałeś trzy, cztery—latka. Leżała blada przy nieruchomej wodzie. Miała na sobie cienkie spodenki, w których zazwyczaj spała. Była bez koszulki. Tak chciała, żebym ją zapamiętał. Zawsze kochała się w imponujących, zapierających dech w piersiach, przedstawieniach.

— Nie musisz kończyć.

— Chcę opowiedzieć ci o ostatniej chwili twojej matki! Jej ciało przykryte mgłą. Wtedy było mgliście, poranek, niebo szare. Przedstawienie jej się udało. Ciało było zimne. Wiedziałem doskonale, że już nic nie zrobię. Jesteś taki sam, jak ona.

Gregory wstał i wyszedł. Ojciec tylko spuścił wzrok na talerz, zmarszczył twarz. Była cała wymęczona, zmarszczki ciągnęły się grubymi kreskami.

Z oczu chłopaka leciały łzy.

— Kłamca, kłamca, kłamca! — powtarzał przez zaciśnięte zęby.

Kłamstwo broni czasem wypowiadającego przed nożem okłamywanego. Gregory poznał kilka lat temu inną historię. Znalazł bowiem największy skarb, jaki znaleźć w swym życiu mógł.

Pamiętnik matki.

Został spisany przed śmiercią. Nie zawierał żadnej wzmianki o planach odebrania sobie życia. Wyrażał jednak wiele bólu, wyrosłego na gruncie winy, którą się obarczyła. Gregory próbował znaleźć coś w głowie przez wiele nocy, ale nie pamiętał wypadku samochodowego, który opisała jego matka. Musiał być naprawdę małym chłopcem.

Została zdradzona. Dowiedziała się o tym w najgorszy z możliwych sposobów. Przyłapała męża, pana Yarda, jak na swoim staroangielskim biurku pieścił pewną kobietę. Atrament napotkał opory przy nazwisku „szmaty". Tak tylko została nazwana.

Najgorsza noc za mną.

Za nami.

Nasz dzień zaczął się wtedy wyjątkowo wcześnie. Rankiem, kiedy się obudziłam, padało, ale gdy miałam wychodzić do samochodu, niebo było mlecznobiałe, a nad kominem sterczało żałośnie niewyraźne słońce. Daty tej nie zapomnę nigdy, papież odwiedził nasz kraj.

Wiedziałam, że mężczyzna, który zdradził ciało, które i tak przypisane było jemu, i duszę, która tylko go kochała, nie jest wart obu. Rozbił naszą rodzinę. Małego Gregory'ego przypięłam z tyłu. Trwało to wszystko bardzo szybko. Nie myślałam o tym wielkim gmachu, który stał przede mną, o bogactwie, o niczym. Wiedziałam, że nie będę niewolnikiem. Nienawidziłabym siebie, będąc na łasce pana Yarda.

Zniknął tego dnia. Zaszył się zapewne w swojej fabryce. A może spędzał czas ze szmatą. Drzewa miały piękny wrzosowy odcień, nie mogłam tego nie zauważyć, płakałam. Wsiadłam do auta. Spojrzałam w stronę jeziora Pray. Tak, jestem silna. Zawsze byłam.

Wyjechałam i poczułam tę ulgę. Mały spał. Było już widno, jechaliśmy jakieś dwadzieścia minut. Zjechałam z drogi głównej w kierunku ronda. Rozpadało się, gruby deszcz walił w szyby, a w górze groźnie wisiały czarne chmury. Nie wiem, jak mogłam tego nie zauważyć, jak mogłam do tego dopuścić.

Nagle na rondzie czas wyraźnie zwolnił. To, co zobaczyłam przed sobą, tuż za szybą samochodu, przeszyło mnie na wylot. Przez sekundę myślałam jeszcze, że to nie to, co myślę, że się uda, że ten z przodu będzie szybszy. Ale byliśmy zbyt blisko. Odruchowo chyba całym ciałem drgnęłam, jakbym myślała, że zdołam w ten sposób przesunąć samochód... i nie dopuszczę do zderzenia.

Potężny huk i darcie metalu rozległo się w sekundę potem, jak zobaczyłam drzwi pasażera nowego srebrnego forda przede mną. Widziałam już tylko, jak zatacza koło i wpada w serce ronda, którego kwiaty układały się w uśmiechnięte WITAMY W VILLON PRAY. Mój samochód obkręcił się o sto osiemdziesiąt stopni i znów ukazała mi się droga do Villon Pray 13.

Obróciłam się, mały płakał. Jeśli mi z przodu nic nie było, i jemu nic nie powinno się stać.

Złamałam tylko obojczyk. Bardzo mocno mną szarpnęło, kiedy doszło do zderzenia. Płakałam, nie mogłam nic powiedzieć. Pojawiła się karetka, jacyś ludzie, policja, paparazzi.

Po wizycie w szpitalu wróciłam do willi. Nie widziałam męża. Kazałam przygotowywać posiłki do pokoju. Miałam założony gips. Lustra zostały z pokoju wyniesione. Gregory'emu nic się nie stało. Coś jednak stało się ze mną.

Przyjmowałam dużo leków, ponieważ wizja, że mogłam pozbawić życia mojego synka, nawiedzała mnie każdej nocy. Czułam się winna. Czułam winę w mężu.

On...

nie czuł.

Gregory przez pierwsze noce po przeczytaniu wspomnień miał sny. Śniła mu się zimna kobieca twarz, która wyłaniała się z jeziornych wód. Jej twarz zajmowała prawie całą połać jeziora. Grubym głosem wołała: „ON NIE CZUŁ". Powtarzała to, aż obudziła syna.

Słowa te wryły się w pamięć chłopca dokładnie. Nie śnił już więcej, a może nie pamiętał żadnego snu. I bardzo dobrze.

3

Moich świąt także nie uznałbym za specjalnie udane. Nie przepadam za tym okresem w roku. W moim pokoju rozległ się sygnał telefonu. Szósta już osoba wysłała mi identyczny wiersz — bożonarodzeniowe życzenia. Siedziałem w swoim ciasnym pokoju wielkiej willi. Po ósmej pokojówka poprosiła, abym zszedł na kolację, którą przygotowała ekipa. Po dziesiątej zaczął padać gęsty śnieg. Gdy zjadłem, usiadłem w skórzanym fotelu przy kominku w salonie, w głowie miałem to skaczące płomienie, to tańczące płatki śniegu. Byłem jak zahipnotyzowany. Cofnąłem się do czasów przedszkolnych... pamiętam ten okres bardzo dobrze.

Ostry ból przeszył mi głowę. Zerwałem się na nogi i wszedłem do łazienki. Rozebrałem się i udałem do kabiny prysznicowej. Odkręciłem zimną wodę. Silny strumień rozbił się o moją głowę, spływał po ciele. Nagle coś mnie objęło, a woda zrobiła się gorąca.

— Niespodzianka. Wesołych świąt.

Byliśmy nadzy. Na mojej twarzy pojawił się uśmiech, kabina zaparowała.

POŁĄCZENIE.

Nazajutrz o godzinie piątej po południu nie byłem już sam przy świątecznym stole. Nie śpiewaliśmy kolęd, nie czytaliśmy fragmentu Biblii. Trochę jadłem, trochę stukałem w klawiaturę komputera. Spoglądałem w drugą stronę stołu i rzucałem uśmiechem, po czym mój wzrok wędrował na mój biały fortepian w salonie. Nic jednak nie widziałem, myślami byłem gdzie indziej. Do wieczora wiedziałem, że mój związek nie ma sensu. Gdy zamykałem oczy, czułem, jakbym miał zemdleć, robiło się jaśniej. Byłem osłabiony i przygnębiony. A może tylko znudzony? To przez tę pogodę.

ROZDZIAŁ DRUGI

R

1

Styczeń 1999

Oślepił mnie blask świateł. Śmiałem się całą noc. Tego właśnie potrzebowałem. Piliśmy jakieś drinki, paliliśmy coś od Batty'ego. Muzyka wierciła mi w głowie. Mój ulubiony klub. Byliśmy jak zawsze w R. Wspaniały, wielki klub z najlepszymi didżejami w tym rejonie. Tutaj zaczyna się i kończy życie... życie błogie, beztroskie. Dzikie utwory w bajecznych remiksach porywały mnie na parkiet, zostawiając resztę zajętą paleniem. Zbliżała się wiosna i nasze zimowe zabawy miały dobiec końca. To z pewnością ostatnia tak spokojna, o ile można ją nazwać spokojną, noc w klubie R. Na początku stycznia Oliwer wraca z Nowego Jorku, aby otworzyć kolejny rok z...

Oblał mnie drinkiem albo i piwem... następnego dnia nie będę pamiętał, kto czym mnie oblał. Marco tylko się uśmiechnął i rzucił się w tłum spoconych, tańczących bestii. Śmiałem się. Przed północą zdołałem odczytać wiadomość od Oliwera. Wiedział, że nie próżnujemy i ostatnią wolną sobotę spędzamy w R. Oliwer jest wysoki. Mówił, że zawsze był najwyższy w klasie. Jego pozycja stale rosła, jednak nie za sprawą bogatych rodziców czy bogatszego dziadka, którego zawsze był ulubieńcem. Nie, Oliwer Micali to wspaniały młody człowiek. Nie ma drugiego takiego, nie znam nikogo o takim charakterze, usposobieniu i podejściu do drugiego człowieka. Dlatego jest on naszym...

Tego było już za wiele! Marco zwymiotował na jakąś piękną nieznajomą. A zaraz potem Sergiusz złapał go swoimi potężnymi rękoma i zawlókł do męskiej toalety. Poleciałem za nimi. Zauważyłem, że i Sergiusz ma już nieźle. Jednak taki jak on jest nie do zdarcia. Nie był wcale wysoki, nawet nieco niższy ode mnie. Ale za to częściej odwiedzał siłownię i albo to zasługa sterydów, albo faktycznie ciężkiej pracy; Sergiusz był potężny. Znał Oliwera dłużej ode mnie. Znali się z piaskownicy. Marco z kolei urodził się jako pierwszy z dwóch synów pewnego bankowca ze Stanów. Studiował tutaj. Klub R był jednym z tych, do których chodzą wschodzące gwiazdki, dzieci bogatych rodziców, ale i celebryci z każdej dziedziny sztuki. Niektórzy naturalnie tutaj się nie pojawiają, ale są i tacy, z którymi spokojnie da się wypić.

Ktoś coś do mnie mówił, nie kontaktowałem. Kończyłem kolejną szklankę.

— Kochasz to! — krzyknął Batty.

— Co takiego? — Spojrzałem na niego. Był czerwony na policzkach, pijany i śmiał się do siebie.

— Ciała! Kochasz te ciała!

— Tak, tak... Kocham je wszystkie.

Wszystkie ciała w światłach, pocie i muzyce zlewały mi się. Tutaj nikt nikogo nie zna, przynajmniej tak to ma wyglądać... Jedynie muzyka jest w stanie połączyć. Ale tylko na te kilka klubowych godzin. Potem każdy jest sobą. Osobą medialną. Poza Sergiuszem. On jest tylko przyjacielem Oliwera. Przychodzę tu świetnie się bawić. Tym bardziej dziś. Bawimy się w rytmach naszych największych gwiazd. Kilka osób na sali wie, że następnego dnia na lotnisku wyląduje samolot Oliwera, wrócimy do jaskini, do La Forêt de Colin w miejscowości Loley. Wrócimy tam, jak co roku, aby przywitać nowego członka eXst eXiste...

Nazywam się Tristan Roance. Jestem pisarzem. W zasadzie jestem w klubie nocnym R razem z wyjątkowymi celebrytami i Sergiuszem, który jako jedyny zarabia na życie, pracując w warsztacie naprawczym dla tirów. Zaczęło się po godzinie dwudziestej pierwszej. Przyszliśmy do prawie pustego klubu. Zaczęliśmy jednak starterem u mnie, gdzie opróżniliśmy dwie butelki wódki. Na wejście dostaliśmy darmowe drinki od najseksowniejszej kobiety, jaką znam — sześćdziesięcioletniej właścicielki klubu, która traktowała nas zawsze jak swoich przyjaciół. Ubrana w czarne wdzianko, o nienagannej figurze i jak mawiała: „wciąż swoich długich, ciemnych włosach". Była cudowna.

Wszyscy ją uwielbialiśmy. Przede wszystkim za jej humor, często uszczypliwy i rubaszny. Nikomu nigdy nie zrobiła krzywdy, a my często odwiedzaliśmy właśnie R. Marco żartował z nią pół godziny, zanim dołączył do nas i do tłumu tańczących bestii, które zdążyły już nadejść. Klub słynął także z zeszłorocznych odwiedzin gwiazdy muzycznej światowego formatu, która pojawiła się w towarzystwie swojej ówczesnej dziewczyny i didżejki.

Mowa oczywiście o Danielu Rosserze.

Niektórzy są tak pijani, że nie są w stanie podjąć rozmowy. Czas zbierać się do domów i zacząć trzeźwieć. Humor Oliwera w okresie przedwiosennym bywa bardzo zmienny. Dlatego lepiej nie narażać się Głównemu Przewodniczącemu naszego stowarzyszenia.

Spoglądam na kilku ludzi przede mną, dwie aktorki i jakiegoś biznesmena. Patrzą na wulkan energii wybuchający na parkiecie. Marco. Jest dość pijany. Wrócił z toalety i wiedział, że nie usiedzi spokojnie. Puszczam oko do Sergiusza. Ten przebija się przez tłum i odprowadza Marca do wyjścia. Trzeba umieć powiedzieć sobie dość.

Wychodzimy: Ja, Sergiusz, którego imienia nie używamy, ponieważ Oliwer zwraca się do niego Agamemnon. To taka ksywka z piaskownicy. Za młodu był rozrabiaką. Więc tak też się przyjęło. Pomaga „iść” koledze.

Był też z nami Batty, który załatwił jak zawsze towar z najlepszej półki, ale opuścił nas nieco po pierwszej.

Nie, nie, nie! Zatrzymuję się, daję telefon Agamemnonowi, aby załatwił taksówkę. Zostaję jeszcze dla jednej piosenki. Didżej puścił *I Need Jesus In My Disco*, nowy singiel promocyjny z nadchodzącego albumu wielkiego Daniela Rossera. Mój ulubiony artysta, kontrowersyjny zresztą. Słucham do końca, potem wychodzę i odpalam już zwykłego papierosa. Agamemnon klnie i woła, abym się pospieszył. Wracamy do swoich domów. Zostało kilka godzin. Czas, aby dojść do siebie. Sergiusz najpierw się uśmiecha, a potem grozi Marcowi, żeby ten wziął zimny prysznic i był gotowy na spotkanie z Oliwerem.

Najbardziej zapomnieć o nocy będzie chciał z nas wszystkich Marco. Bez alkoholu jest bardzo sztywnym człowiekiem.

Jestem mieszkańcem Aparash Ballar Roance. Tak, to nie zbieg okoliczności, że moje nazwisko jest identyczne, jak fragment nazwy kolonii, w której mieszkam, ale to zbyt długa historia. Z pewnością nie na dzisiejszą noc. Sam muszę do siebie dojść. Chociaż myślę, że i tak jestem z nich najbardziej trzeźwy.

Klub znajduje się w mieście Mirror. Dlatego też najpierw odwieźliśmy Agamemnona i Marca do Loley. Ta wieś jest miejscem, w którym jak już wspomniałem, znajduje się siedziba eXst eXiste oraz domy Oliwera, Sergiusza i Marca. Zostaję ja i taksówkarz. Jedziemy z Loley do Aparash Ballar, by za niewielkim wzgórzem znaleźć się w kolonii Aparash Ballar Roance. Mam wielki, piękny dom... ale o tym także nie czas.

Rano wybieram się na zakupy. Zaproszę znajomych na obiad. Oliwer jest punktualny. Z nim nawet samolot nie ma prawa się spóźnić. Tak jak zapowiadał, wylądował w Mirror o czwartej po południu. Odczytał ode mnie e-mail o spotkaniu w moim domu. Kazał zaprosić Agamemnona i Marca, co uczyniłem jeszcze przed wejściem do R. Z pewnością miał dla nas kolejne nazwisko. Kolejnego wybrańca do stowarzyszenia eXst eXiste. Czułem to podniecenie jak za każdym razem, kiedy przyjmowaliśmy kogoś nowego. Ostatni był Julian Bert, najmłodszy zresztą, bo mający lat osiemnaście. Było to w zeszłym roku.

Z rana obejrzałem swój ulubiony serial, zjadłem śniadanie około szóstej. Nie spałem. Wziąłem zimny prysznic, zrobiłem zakupy w markecie. Dla porównania ze zdjęciami z wczorajszej imprezy jakiś paparazzi pstryknął mi kilka nowych. Nie wydaje mi się, abym wyglądał źle. Nie wydaje mi się także, abym się tym zbytnio przejmował. Uśmiechnąłem się pogardliwie. Wróciłem do domu. Jeśli można to nazwać zwykłym domem. Wielki, trzypoziomowy budynek, który odkupiłem od starego lorda. Za co? Wspominałem, że jestem pisarzem.

Zaczęło się jakieś cztery lata temu, kiedy świat zwariował na punkcie mojego pierwszego dzieła. Dalej, jak to już w tym materialnym świecie bywa — komercja pożarła moją książkę, adaptacja filmowa, gadżety, wpływ na muzykę i temu podobne. Wiem, że stworzyłem coś niezwykle dobrego, coś, co sprawiło, że nie dbam o wartości, które utrzymywały mnie kiedyś przy życiu. Dziś mam za co imprezować, za co mieszkać. Czego chcieć więcej w tym materialnym świecie? Brzydzę się nim, choć, jestem jego elementem.

Mamy koniec ciężkiej zimy roku 1999. Za pewien czas wejdziemy w zupełnie nowe tysiąclecie. Musiałem ogłosić kontynuację mojej książki. Wydawca błagał o kilka tomów, więc po otrzymaniu zadowalającego kontraktu... zgodziłem się. Nie miałem tego w planach. I tak się zestarzeję, i tak umrę... zostawię po sobie ślad. Niech każdy wie, co znaczy Tristan Roance.

Śnieg zniknął około czwartej po południu. Goście pojawili się po siódmej, wieczór był przyjemny. Przyjechali każdy swoim samochodem, ale o tej samej porze. Nie mogłem tego zobaczyć. Wprowadziła ich moja pokojówka, oznajmiając, że nie jestem w stanie się z nimi widzieć, mimo to zapraszam na obiad do salonu i pozdrawiam. Oliwer musiał być wściekły. Ja? Leżałem pijany w swoim pokoju. Zrobiłem to po powrocie z zakupów. Przecież nikt nie śmiałby mi tego zabronić. Cała moja pracowita i kochana obsługa krzątała się po rezydencji, dbając o ten ład, który ja zawsze niszczyłem. Zarabiam na to.

Otworzyłem oczy, powoli. Czułem się okropnie. Było już ciemno. Nie wytrzeźwiałem od dwóch dobrych dób. Za oknami, na niebie, było kilka gwiazd. Resztę ukryły chmury. Nieco później zorientowałem się, że to mgła. Mgła kojarzy mi się zawsze z niewiadomą, poczuciem zagrożenia, ale i beznadziejną niewiedzą. Pojawia się i snuje niepokój, ale co z nim robić, skoro nie wiem, co nadejdzie. No i przywiodła zdenerwowanego Oliwera, który został przeze mnie źle potraktowany.

Oliwer stał przy moim oknie. Jedyne co z siebie wydusiłem, to ciche: „Cześć". Nie odezwał się. Zaśmiałem się głośniej, niż przewidywałem. Odwrócił się i zrobił tę standardową obrażoną minę z dodatkiem wyłupiastych, niedowierzających oczu. Zabawny był w tym momencie jak nigdy. Spytałem, czy podróż minęła spokojnie. Głupie pytanie. Jak mogła minąć podróż prywatnym, luksusowym odrzutowcem? Pokręcił głową i wyszedł, a kiedy zamykał drzwi, powiedział, że jutro chce mnie widzieć u siebie w idealnym stanie.

Nie jestem głupcem. Zdaję sobie z tego sprawę. Może i zawiodłem go nieco, ale nie dbam o to, zadbałem przecież, aby koledzy nieźle się wybawili w ostatnią wolną noc przed powrotem na spotkania eXst eXiste oraz o obiad dla nich po powrocie Oliwera. Czy aż tak byłem im w salonie potrzebny? Wątpliwe. Obróciłem się na drugi bok i zasnąłem.

2

Najcięższa walka z korzeniem, który z nas głęboko w ziemię wrasta...

Zbliżała się północ. Srebrzysty księżyc oświetlał znużone snem uliczki miasta. Ona kładła się spać po pracowitym dniu. Wciąż dokuczał jej ból w dłoniach tu i ówdzie pokaleczonych. To, co stało się w chwilę potem, przerosło jej najśmielsze oczekiwania. W jej małej izbie pojawiło się czyste, białe światło, które rozjaśniło najdrobniejszy kąt pomieszczenia, wypływając okienkami na zewnątrz. Niewiele zauważyła, ale co do jednego miała pewność. Postać, która pojawiła się przed nią, na pewno miała skrzydła.

Twarz anioła była bez wyrazu, jakby znajdował się za mgielną osłonką. Dopiero po pewnym czasie spojrzał jej prosto w oczy, a ta upadła na kolana, drżąc na całym ciele. W oczach miała łzy. „Nie bój się" — usłyszała cichutki szept przy uchu, mimo że anioł nie poruszał ustami. „Twój Bóg pragnie, abyś porodziła Jego Syna. Duch Święty zstąpi na ciebie. Czy spróbujesz tego błogosławieństwa?". Poczuła ogarniające ją ciepło. Anioł złapał ją za ręce, z których zniknęły rany. „Czy jesteś gotowa? Dziecię twe będzie wielkie, królestwo niebieskie będzie Jego. Jednak oboje doznacie wielu cierpień". Nic nie odpowiedziała. Zamknęła oczy i pokornie skinęła głową. Błyskawica przecięła niebo, na pustej uliczce pojawił się otulony aksamitną szatą czerwonoskóry mężczyzna i spoglądał w stronę drzwi domu.

Anioł jednak spojrzał za okno, a ciemna postać zniknęła.

Wkrótce potem w wietrzny wieczór Maryja wraz z Józefem szukali schronienia, bo nastał dzień narodzin. Na bezgwiezdnym niebie eksplodowało złociste ciało, którego warkocz prowadził trzech mędrców ze Wschodu do stajenki, gdzie w sianku, okryty kawałkiem maryjnego sukna, przyszedł na świat Jezusek. Z krwi wyjęty na kawałek sukienki. Boże! Niech nie brudzi się biedaczek! Niech nie klei do ziemi, nie oblepia piaskiem. Połóż go na sukni, wytrzyj. Co zrobisz z pępowiną? Spokój ogarnął matkę. Chór aniołów zagrał najpiękniejsze pieśni... zbierali się wokoło chłopi...

Sen pierwszy

Budzik zaczął rozdzierać ciszę. Czerwone światełka na choince zaczęły wbijać mi w oczy swoje igiełki. Poczułem nieprzyjemne ciepło w tyle głowy... Pierwszy sen traktuje o narodzinach Najwyższego. W dziele sny pełnią kluczową rolę, zatem otwarte zostały narodzinami samego pojęcia snu. Nie chcę odczytywać go jako proroczego, nie na tym polega badanie snu. Rodzina stanowi kontrast dla świata, który reprezentuję, obojętnego na święta. Ani ja, ani ludzie, o których opowiem, nie tworzą pełnych rodzin. Nawet nie chciałbym używać słowa „szczęśliwych". Święta zatem są dla wielu niepotrzebnym obowiązkiem.

Możliwe, że ten sen tylko zmyśliłem. Możliwe, że nigdy nie zaskoczył mnie nocą. Chcę jednak byście uważali go za sen, który stał się narodzinami innych.

ROZDZIAŁ TRZECI

SEN O BIAŁYM PAŁACU

1

Różnica między dobrem i złem jest taka, że zło kompromisu nie uznaje.

W drugim tygodniu stycznia nasiliły się opady śniegu, co znacznie popsuło samopoczucie pana Yarda. Kilkakrotnie nie pojawił się na kolacjach, co Gregory starał się bagatelizować. Któregoś wieczoru chłopak wstał od stołu i udał się do prawego skrzydła Villon Pray 13, gdzie znajdował się jego azyl. Urządzony w staroangielskim stylu z podobnym biurkiem do tego, przy którym pracował pan Yard. Ściany pomieszczenia obłożone były idealnie poukładanymi książkami. Przed biurkiem, ale naprzeciwko drzwi, znajdowała się zdobiona skrzynia, w której chłopak trzymał swoje prywatne zapiski i notesy. Nie była to skrzynia szczególnie zabezpieczona, ponieważ tylko Gregory i sprzątaczka wchodzili do tego pomieszczenia.

To w niej znajdował się cały dorobek umysłowy, jaki dotąd zdołał spisać. Usiadł przy laptopie i zaczął odpisywać na trzy wiadomości. Adresatami byli Victor (od niego były dwie wiadomości) i fotograf magazynu. Kiedy to zrobił, podszedł do sofy, pogłaskał swego kota i rzekł:

— Wiesz, mógłbym napisać pracę o moich pozbawionych sensu monologach wygłaszanych tobie. — Pozwolił sobie na krótki uśmiech. Miał ciepły, balsamiczny głos. — W istocie inaczej nie potrafię, co daje ci wielki plus.

Pył tylko mruknął, co było podobne do odgłosu paznokci przeciąganych po szkolnej tablicy, ale to nie zrobiło na Gregorym większego wrażenia. Zwierzę wstało na swych chudych nogach i skoczyło w kierunku grzejnika, który wyglądał znacznie sympatyczniej niźli ów kot. Przyjemniej wygląda kot perski po wyjściu z wody. Gregory włączył swoje wielkie telewizory, a na jednym z nich pojawił się znany mu człowiek. Był to Alexander Micali, lecz u jego boku pokazał się ktoś jeszcze. Miał kamienne spojrzenie mimo młodego wieku. Nie był to błądzący wzrok ani tępy wyraz twarzy, ale spojrzenie człowieka, który twardo stąpa po ziemi. Być może był rówieśnikiem Gregory'ego. Miał lekko rozczochrane włosy koloru rdzawego, krótko i elegancko ścięte. Ze skupieniem przysłuchiwał się przemówieniu dziadka, do momentu, kiedy prowadząca zwróciła się do niego:

— W studiu jest z nami także, wydawać by się mogło, najmłodszy pretendent do objęcia po dziadku funkcji szefa firmy, Oliwer Micali. Czy to zbieg okoliczności, nazwa firmy i pańskie imię?

— Firma mojego dziadka powstała grubo przed moimi narodzinami, jednak myślę, że wiadome było już wtedy, kto zostanie jej szefem i następcą wielkiego Alexandra Micalego. — Oliwer uśmiechnął się. Było coś wyjątkowego w tym uśmiechu. Mimo to cała ta przyjemność nie trwała długo.

— To mój ukochany wnuk, któremu niezmiernie ufam — wtrącił lord — i wiem, że objęcie tak odpowiedzialnej posady po mojej śmierci, nie osłabi pozycji firmy na świecie.

— Czym dotąd zajmował się pański wnuk? — spytała reporterka.

— Dorastał, to dobry chłopak. Poznawał, czym się zajmowałem przez lata. Tyle mogę powiedzieć.

Gregory uniósł lekko brwi i przełączył na inny program. Znał doskonale Alexandra Micalego, ale nie miał przyjemności poznać jego wnuków. Wiedział, że jest bliskim powiernikiem jego ojca.

Później zwrócił swą uwagę na widok zniszczonej budowli religijnej w telewizorze, a dolna warga lekko mu opadła. Wychwycił jedynie kilka słów: „zamachowcy", „terroryzm". Wyłączył telewizor. Westchnął ciężko i zasnął. Po przebudzeniu podszedł do jednego z regałów i sięgnął po nową książkę. Przeczytał na głos, spoglądając na kota co akapit, po czym rzekł z przejęciem:

— Strach myśleć, że cię to nie przeraża, Pyłku.

2

Zima 1996

Tego dnia była mgła. Zatopiła miasto w gęstej szarej masie. Beznadziejnie się czułem. Wolny dzień, może niedziela. Sobota! W niedzielę interesowałyby mnie podstawowe wiadomości dotyczące poniedziałkowych zajęć. Siedziałem przed komputerem. Dryfuję sam, nie wiem dokąd. Leżę... wolny dzień jest tragedią dla człowieka takiego jak ja. Mógłbym spotkać się z przyjaciółmi, mógłbym wyjść na basen, do kina, na obiad. Nie mam przyjaciół!

Spałem. Od spania powyżej piętnastu godzin czuję się, jakby ktoś mnie pobił. Gdy budzę się, staram przypomnieć sobie sen. Sen rodzi się w głowie nie bez powodu. Choć w moim przypadku dziś sen zrodziła mgła. Tak też się rozpoczął. Mgłą! W tej szarości wydawać by się mogło, że widać pewien blask, blask słaby, ale pozornie istniejący. To marzenie wyrwania się z tej szarości sprawia, że człowiek, który kroczy we mgle, zaczyna mieć... nadzieję.

Czasem z mgły faktycznie coś się wyłania, lecz nie jest to tym, o czym marzymy. To trochę zabawne, kiedy uśmiech znika z twarzy na widok auta bądź koni pędzących na śniącego. Oczywiście wcześniej istnieje jakiś znak. Znak dźwiękowy, mgła na szczęście nie zagłusza tupotu zwierząt czy warkotu samochodu. Ale cóż z tego. Stajemy na drodze nie wiadomo skąd.

Pojawiamy się, intruzi, w miejscu pełnym życia. To życie biegnie swym naturalnym torem... Bezczelny stoję pośrodku toru dla koni?

Sen drugi

Gęsta mgła ogarnęła całą przestrzeń przede mną. Nic nie widziałem. Szedłem prosto, niepewnym wolnym krokiem, rozglądając się z nadzieją wokoło. Spojrzałem w górę, gdzie nagle nieco pojaśniało. Zobaczyłem ciemne niebo i żelazne chmury — wielkie, szare i połyskujące obłoki — wokół srebrzystego księżyca wiszącego ciężko jak błyszcząca bombka na choince. Zrobiło się zimno, bardzo zimno, stałem w samych bokserkach otoczony zewsząd mglistym płaszczem. Ciało mokre od potu i... krwi, z której obecności nie zdawałem sobie sprawy, błyszczało w blasku księżyca. Gęste czarne strugi płynęły po długich rękach, pozostawiając plamy na kamiennej alejce. W chwilę później poczułem się, jakby ktoś wbijał mi setki noży w ciało. Zdawało mi się, że nie tyle czuję, ile widzę bezlitosną, mroźną twarz powietrza. Słyszałem tylko ciche pomruki, ktoś szeptał, a może szepczących było wielu. Ostry cios w kolana i upadek na ziemię. Nie wiadomo skąd ani dlaczego. Ból ustał prawie tak szybko, jak się pojawił, a mroczne niebo znów przysłoniła mgła.

Nie miałem siły wstać, kiedy usłyszałem dziwny odgłos — z każdą sekundą narastający i jakby zbliżający się tupot. Wnet mglistą gęstwinę przebiły dziesiątki dyliżansów zaprzężonych w robiące wielki hałas śnieżnobiałe lipicanery. Podskoczyłem przerażony i próbowałem uciec im z drogi. O mały włos nie zostałem stratowany przez jednego z tych pięknych koni, ale wciąż nadbiegały kolejne. Upadłem twarzą w kałużę. Zamknąłem oczy i zacisnąłem zęby...

Nic się nie stało, wręcz przeciwnie — dźwięki ustępowały. Powoli i niezbyt chętnie uniosłem powieki. Nic. Wstałem i obróciłem się. Wszystkie dyliżanse jechały teraz prostą, kamienną alejką w stronę jakiejś rezydencji otoczonej drzewami. Majestatyczna budowla świeciła z oddali białym blaskiem. Ku własnemu zdumieniu ruszyłem w tamtym kierunku. Serce wciąż biło mi szybciej niż normalnie. Czułem, że robi mi się gorąco, a żyła na skroni pulsowała nieprzyjemnie...

Obudziłem się. Serce jednak nadal wariowało. Ten sen i biały pałac stał się przyczyną sukcesywnego debiutu mojej pierwszej książki. Kiedyś opowiem o tym więcej.

3

Świat wokół jakby się do mnie uśmiechał, barwy jego wyostrzyły się i zrobił się głośniejszy...

O tak. Zbyt głośny!

— Podnieś ręce jak papież. Zrób, jak mówię! — rzekł do mnie Oliwer Micali w kilka, może kilkanaście dni po tym, jak o książce zrobiło się głośno.

— Co?! — spytałem zdziwiony, ale podniosłem je. Tłum zawył. Szał. Nie wiedziałem, co o tym sądzić. Widziałem uśmiechnięte buzie, zapłakane, wrzeszczące.

— Sława jest w eXst eXiste. Nie tylko ona. Mamy władzę. W modlitwach będą wspominać twoje imię. Będziesz większy niż Jezus. To jest tutaj. Spójrz na nich, pożarliby cię żywcem. Tak cię kochają — zapewnił.

— Kochają moją książkę.

— Daj im więcej… miłości. Oni dadzą ci sławę i władzę nad sobą. Chcesz tego.

— Chcę…

Oliwer się uśmiechnął. „Będziesz eXst" — pomyślał.

— Otwórz umysł, daj sobie zamieszać.

Kolejne tygodnie były piekłem. Z tęsknotą czekałem na każdy telefon Oliwera. Zostałem sam. Wynajmowałem apartament w Aparash Ballar za pieniądze Micalich. Nie mogłem się poruszać, opuszczać apartamentu. Na ulicach koczowali paparazzi. Prasa codziennie donosiła o moim życiu. Nic nie było prawdziwe, niczego się dowiedzieć nie mogli. Oliwer poinformował mnie, że czeka nas sporo pracy. On wiedział, co zrobić, bym miał życie i spokój. Miał mnie przygotować do kilku oficjalnych wywiadów.

Siedziałem z ręką na ustach, przerażony. Każdego dnia. Okna były pozamykane, było duszno. Ale nie mogłem znieść wycia i płaczu spragnionych fanów. Słyszałem każde uderzenie *O Verona*. Jak żaden inny utwór pasował do sytuacji, w jakiej się znalazłem. Znałem go doskonale. Uwielbiałem.

4

Może w przyszłości okaże się, że wielbienie umysłu nie wyjdzie nam na złe...

Mam na kasecie VHS nagrany swój pierwszy wywiad telewizyjny. Rozmawiałem z jedną z najlepszych reporterek w kraju:

— Witam młodego rewolucjonistę — rozpoczęła reporterka, która po wywiadzie, kiedy kamera została wyłączona, wsunęła mi w dłoń swój numer telefonu.

— Rewolucjonistę! — Zacząłem się śmiać. — Czyżbym aż tak bardzo namieszał?

— Cóż za skromność! Niewątpliwie, gratulować mogłabym bez końca.

Mój wzrok zabawnie błądził, patrzyłem to w jej oczy (zawsze patrzę), to na kamerę. Mówiłem spokojnie.

O wszystkim co działo się wokół, informowali mnie moi nowi znajomi z eXst eXiste. Oliwer Micali został moim przewodnikiem po ukazaniu się mojego dzieła. Chciał mnie strzec przed tym, co miało się wydarzyć. Świat postradał zmysły po ukazaniu się mojej pierwszej książki *A house without an address*.

Zarobiła kolosalne kwoty. Miała ogromny wpływ na ludzi, byłem tego świadomy. Pisałem ją długo. Wszystkich zaskoczyło także, jak młody jest jej autor. Terminem „dom bez adresu” określono nawet w naszej grupie wejście do siedziby eXst eXiste. Nie do końca byłem w stanie udźwignąć ciężar odpowiedzialności, jaki wówczas na mnie spadł. Prasa interesowała się wszystkim, a ja musiałem bardzo uważać na to, co mówię. Popularność nie była jednak jedyną nagrodą. Książka otrzymała wiele prestiżowych nagród w roku publikacji oraz w następnym, co zapisało się trwale na kartach historii... Pisano wówczas o tak zwanej blokadzie. *A house without an address* zablokował innym pisarzom szansę zdobycia tych „prestiżowych nagród” na kolejne dwa lata.

— Myślisz, że i w przyszłym roku twoja książka otrzyma nagrodę?

— Nie zależy mi na biciu rekordów. Moja książka pozwoliła ludziom odkryć coś w sobie. To największy sukces.

Wtedy tak nie piłem ani nie paliłem. Dlaczego zacząłem? Świat zakręcił się za szybko. Tym bardziej dla tak młodego chłopaka jak ja. A ludzie czekali i nadal czekają na drugą książkę. W chwili, gdy wydałem pierwszą, eXst eXiste stanowiła jeszcze grupa pokolenia ojca Gregory’ego. Dopiero rok później władzę miał przejąć Oliwer. Jednak od roku przygotowywany był już do przewodniczenia. Dlatego postanowił szukać sobie wyjątkowych kompanów. A ktoś taki jak ja, kto znalazł się już na językach całego świata, kogo książka zawładnęła umysłami, był perłą idealnie pasującą do kolii eXst. Oczywiście w wywiadzie nie mówiłem ani słowa o stowarzyszeniu.

— Książka spotkała się z niezrozumieniem Kościoła. Wielu biskupów nawoływało do bojkotu dzieła. Czy chciałbyś coś na ten temat powiedzieć?

— Dlaczego nie — odparłem, miała nieco wystraszoną minę. Spodobała mi się, była niewiele starsza ode mnie. — Kościół obraził się, ponieważ nie zrozumiał pewnego przesłania...

— Tak zwykle bywa z przesłaniami artystów. Chodzi o postać księdza z twojej książki?

— Tak. Chodzi o księdza, który choć jest dobrodusznym człowiekiem, nie potrafi uczynić, aby młodzi ludzie zainteresowali się tym, w co on wierzy. Mówiąc łagodnie. — Uśmiechnąłem się serdecznie.

— Rozumiem, że ty także nie wierzysz i twój fikcyjny ksiądz cię nie przekonuje.

— Zależy mi na tym, aby ludzie to zrozumieli. Szpila, jaką wbijam Kościołowi, którego w książce reprezentuje ten ksiądz, nie jest nasączona jadem złośliwości. Chyba jestem na niego zbyt młody. Widzisz, ludzie nie chcą słuchać już Kościoła. Nie mówię o wszystkich. A może źle to określam. Ludzie nawet jeśli słuchają, to nie biorą sobie tego do serca. Wina jest w księżach właśnie, którzy czerpią z tego, co ty nazwiesz tradycją, a ja przestarzałą ideologią. Świat czuje pociąg do antyku... Biblia i mitologia są już przestarzałe. Niedługo wejdziemy w dwudziesty pierwszy wiek, nadal trzymając się tego, co już nas nie powinno dotyczyć...

— Chcesz zrezygnować z zasad moralnych... z dorobku Biblii? Z wpływu, jaki wywierała na ludzkość przez wieki?

— Czy naprawdę ludziom inteligentnym potrzeba Jezusa Chrystusa, który powie, co jest dobre, a co złe? To jakbyś trzymała się kogoś, kto myśli za ciebie. Kiedy ludzie w końcu zaczną wierzyć w jedynego „boga", jakiego noszą pod włosami? Kiedy ludzie zauważą, że prawdą jest posiadanie mózgu? Jeśli się zorientują, że jedyny boski obiekt, który wielbię, to mój mózg, wtedy powinni się zabrać za trenowanie swoich. Może w przyszłości okaże się, że wielbienie umysłu nie wyjdzie nam na złe.

— To mocne słowa.

— Nie wydaje mi się. To proste słowa. Najprostsze słowa, które zdają się być tak trudne do pojęcia. Tutaj kryje się sukces mojej książki *A house without an address*. Nigdy by nie powstała, gdybym nie ocenił tego, co znam z historii...

— Historię należy zapomnieć, a może pamiętać tylko sukcesy?

— Zależy, co uważasz za sukces. Wygrana wojna? Bitwa? Wygrana, która niesie ze sobą śmierć? Nie. Z tego właśnie zrezygnowałem. Zakochany jestem w dwudziestym wieku... w kinie lat pięćdziesiątych i muzyce lat osiemdziesiątych, ale nie tylko! Te czasy są nam bliższe, te czasy mają sens. Wiesz, dwudziesty wiek, który nam się powoli kończy, jest jak nowa starożytność, nowy antyk, z którego grzechem będzie nie czerpać inspiracji w nadchodzącym dwudziestym pierwszym wieku. W dwudziestym wieku nasi dziadkowie zmierzyli się z najgorszym. Pierwszą i drugą wojną światową. Muszę to pozostawić bez komentarza. Na tę chwilę chcę się od zła wojny odciąć.

— Jesteś rewolucjonistą. Czy w tym momencie tak się czujesz?

— Niech ci będzie. Mogę to powiedzieć, bo nade wszystko szanuję swoje przekonania. Ktoś musi. Jednak rewolucja nastąpi wówczas, gdy to ludzie spojrzą na świat i życie w podobny mi sposób.

— Czy Biblia ci przeszkadza?

Chwila ciszy. Poczułem się nierozumiany, jakbym tłumaczył małej dziewczynce kilkakrotnie prostą regułę.

— Nie! Nie chodzi o nią samą, choć niewątpliwie jest przestarzała. Chodzi o księży, o Kościół, który nie umie jej przybliżyć młodym ludziom, a także starszym. Bronienie idei dla samego jej bronienia jest głupotą. Człowiek nie umie zaufać swoim możliwościom, ufa zaś autorytetom. Nie korzysta z możliwości rozumu, ponieważ nie potrafi. Nie został nauczony i nie miał być tego nauczony. To by zaszkodziło autorytetom.

— Czy myślisz, że sukces komercyjny wystarczy, by otworzyć nowy rozdział w historii?

— Myślę, że wiek dwudziesty pierwszy rozpocznie się jednak niszczycielską falą głupoty. Nowy wynalazek, Internet, przyczyni się do tego. Uważam tak, ponieważ każda innowacja, zanim przynosi ludziom dobro, wyrządza najpierw krzywdę. Dobiegające końca stulecie winno być inspiracją dla żyjących w nowym stuleciu. Żyjemy w latach dziewięćdziesiątych. Nic specjalnego się nie dzieje. Gwiazdy mamy, jakie mamy, literatura upada. Dlatego się za nią wziąłem! Natomiast jeszcze dekadę wcześniej wszystko miało sens... Ludzie byli inni.

— Tak sądzisz? A co kryje się pod stwierdzeniem, że ludzie byli inni?

— Ludzie wierzyli w siebie. Wierzyli we wszystko to, co teraz jest dla nas podane na tacy i jest nam obojętne. Obojętność ta morduje nasze czasy. Dlatego będzie jeszcze gorzej, dopóki nie odkryjemy inspiracji w wieku dwudziestym. Bestialstwo lat 1939–45 silniej uczy rozróżnienia dobra od zła niż Biblia!

— Czym zatem jest *A house without an address*? W jakim kierunku podążasz, pisząc nową książkę?

— Moja książka niech będzie nową biblią. Absolutnie nie pozwalam nikomu jej czcić. Chcę, aby ludzie pomiędzy wierszami znaleźli wskazówki, jak korzystać ze swoich umysłów. Bo w tej chwili one krwawią. Zamiast rywalizacji o lepsze spodnie trzeba zacząć myśleć o tym, co czyni się drugiemu człowiekowi. Rywalizacja prowadzi w jedną stronę. W stronę samotności. Samotność szuka jedynie dwóch rzeczy. Albo ludzi, albo śmierci. Nie ma innych dróg. Jednemu uda się wrócić i znaleźć przyjaciół, a inny odbierze sobie najcenniejszy skarb. Życie.

— Jestem pod wrażeniem twoich słów, nie pamiętam, by ktoś wprost mówił takie rzeczy. Sądzisz, że ludzię coś z tym zrobią? Wezmą sobie to do serca?

— Oby wzięli do głowy, a nie do serca. Choć, jak powiedziałem wcześniej, sądzę, że jeszcze wiele przed nami, aby doszło do swego rodzaju rewolucji, słowa, które chyba bardzo lubisz.

Na jej twarzy pojawił się rumieniec. Uśmiechnęła się, zbiłem ją nieco z pantałyku i przez chwilę tylko patrzyliśmy na siebie, a ona jakby szukała w głowie pomysłu na kolejne pytanie. Kontynuowała:

— Trochę to takie wielkie. Patetyczne, wzniosłe... Nie wydaje ci się, że ludzie odbiorą to jako coś pięknego, o czym mówi młody milioner i szczęściarz? To może zdenerwować ludzi.

— Być może, jest nas tak wielu, że zawsze znajdzie się ktoś, kto nawet mojej książki nie polubi, nie zainteresuje się nią... mówisz jednak, że jestem szczęściarzem, nie zawsze nim byłem...

— No właśnie nie wspominasz o swojej przeszłości. Chciałam ją sobie zostawić na deser...

— Wiesz, to co chciałbym, abyście usłyszeli, pewnie już wiecie. Tak, wychowała mnie rodzina zastępcza, poza naszym krajem. Całe życie czułem się samotny. Bardzo samotny. Nie tęskniłem za biologicznymi rodzicami, z którymi nawet nie wiem, co się stało.

Wyszedłem z założenia, że nie mogę tęsknić za czymś, czego nigdy nie miałem. Życie w rodzinie zastępczej było dobre, moi rodzice to wspaniali ludzie. Bolesne jest jednak to, że musiałem być tym, który tych dobrych ludzi pozna. Los zadecydował, kogo w życiu poznam... dziwne to, co mówię, wiem. Ale gdybym miał swoją rodzinę tu od samego początku, nie poznałbym tamtej. Powinienem się zastanawiać nad tym, czy czegokolwiek żałować? Nie chcę o tym rozmawiać, ponieważ niszczy to we mnie więzi z innymi ludźmi. Sam nie rozumiem, dlaczego nie potrafię tak po prostu okazać cholernej wdzięczności i siedzieć cicho, kochając tych, którzy wzięli mnie z domu dziecka. Myślę, że nie potrafię pogodzić się z tym losem. I to jego wina. Losu.

— Co na to umysł? Nie znajduje odpowiedzi na żart losu. Wybacz określenie, ale staram się przekazać ci w myśl tego, co powiedziałeś wcześniej, że skoro zostałeś uderzony i osadzony przez los w danym miejscu, może powinieneś to udźwignąć siłą umysłu.

— Może potrzebuję drugiej połówki... Co dwie głowy to nie jedna. To, że mówię, by obudzić się i myśleć, nie oznacza, że sam potrafię już zerwać z tym, w czym mnie wychowano. Długo byłem ministrantem.

— O, proszę. Czy to miało wpływ na twoje przekonania? Czy to zniechęciło cię do Kościoła i nudnych księży? Czy to nakreśliło obraz dobrodusznego księdza z twojej książki?

— Tak i nie. Ksiądz, u którego służyłem, był dobrym człowiekiem. Był moim małym autorytetem, na pewno. Jednak dosyć późno zacząłem go słuchać, ponieważ umarł, gdy miałem siedemnaście lat. Uważam też, że każdy młody katolik powinien zostać ministrantem. To mnie w pewien sposób rozwinęło. Byłem także czytającym ministrantem, co wpłynęło na moje zainteresowanie książkami, pozwoliło przełamać strach przed publicznymi występami. Czyż to nie jest potrzebne, przydatne? Bardzo. Przydatne dla chłopców, by mogli uczyć się płynnego przemawiania. Pokładano nadzieje, że zostanę księdzem, choć szczerze, nie tylko we mnie. Ja jednak nie interesowałem się tym, czułem powołanie do wpływania na ludzi, a nie mówienia w próżnię. Choć życie w kościele zawsze mi się podobało, dobijał mnie ten sam powtarzany rytuał. Czasem nawet wyobraźnia podczas mszy zaczynała się uaktywniać i wyobrażałem sobie, że ksiądz przerywa ten senny rytuał i zaczyna poruszać ważny problem, jaki ma miejsce na wsi... w okolicach... porusza problem, na który kazanie nie znalazłoby czasu.

Tak się jednak nie działo. To przykre, że po komunii odlicza się ostatnie chwile do ogłoszeń parafialnych i powrotu na obiad do domu. Kazania giną w całej mszy, która jak reklama w telewizji powtarza i powtarza w kółko ten sam... Czy inteligentny Kościół naprawdę nie widzi, jak w żałosny sposób oddala od siebie młodych? A problem w księżach chyba jest jeden. Młodzi księża żyją tak, by zapracować sobie na szacunek. A starsi, kiedy naprawdę wiele z siebie dadzą, żeby osiągnąć ten szacunek, nie mogą zerwać z tym wszystkim, o co walczyli. Rozumiem to, martwi mnie to.

— Czy kiedy ksiądz żył, twoje nastawienie było inne? Czy inaczej patrzyłeś na religię?

— Tak. Nie ucieknę od tego. Najpierw poznajesz wiarę i żyjesz z nią, aby potem ją ocenić. Choć problemem wielu ludzi jest to, że oceniają, nie znając. Kiedy ksiądz żył, byłem zafascynowany Biblią, ale zawsze traktowałem ją jako coś niezwykłego, w co i tak nie uwierzę, tak jak wierzył w to ten wspaniały człowiek. Ale widzę w tym pewną słabość. On, aby być dobrym człowiekiem, potrzebował Jezusa, Boga i Biblii. Ja potrzebuję tylko umysłu, by osądzić, co jest dobre, a co nie. Nie toleruję krzywdy drugiego człowieka.

— I rywalizacji o złudną dominację, jak powiedziałeś.

— Dominować można w łóżku. Choć wtedy krzywda jest względna.

Uśmiech na twarzy kobiety wystrzelił jak z procy. Wywiad dobiegł końca, a film się urwał. Leżałem w łóżku i myślałem o swoich słowach. Czasem, nawet jeśli uznam coś za słuszne, wolę o tym rozmyślać dłużej. Mogłem jej powiedzieć, że wtedy krzywda jest pod kontrolą.

5

W 1996 roku zostałem członkiem eXeX. Pamiętam ten dzień doskonale. Prasa pisała o sukcesie mojej książki.

Miałem stertę gazet w pokoju. Za oknem, na ruchliwych uliczkach, rozciągała się gęsta mgła i bladozielona poświata wokół ulicznych lamp. Gałęzie drzew kołysały się gwałtownie, uderzając o dach domu. Wioska pokryta była białym puchem. Gdyby nie ogień w kominku, przyjemnie trzaskający, pokój ogarnąłby mrok, a dookoła panowałaby cisza. Pomieszczenie było niewielkie. Na biurku leżał wydruk e-maila:

Szanowny Panie,

patrząc na otaczający nas świat, otaczające nas życie, człowiek zadaje sobie pytanie o to, czy nikt nie ingerował w ich ZAPROJEKTOWANIE. Wydaje się niemal niemożliwe, że bez mocy jakiegoś Boga, sił wyższych mógłby powstać tak niezwykły i niepojęty wszechświat. Zarówno ciała astralne (dusze), jak i ludzie stanowią wszechświat albo inaczej — są jego nieodłącznymi elementami. eXst eXiste opiera się na naukach o człowieku. eXst stowarzyszenie jest połączeniem wielu pojęć i światopoglądu różnych epok z wypracowaną własną terminologią, ponieważ to jego członkowie są projektantami życia tu i teraz.

eXst eXiste uczy egzystencji i porusza tak ważny temat — śmierci fizycznej oraz życia po śmierci w strefie astralnej. Głównymi założeniami członków eXst jest przestrzeganie Prawd. Są to zasady funkcjonowania i punkty, dzięki którym życie staje się jasne, a Odejście — prostsze. Członkowie eXst eXiste nie łamią zasad, ponieważ zasady eXst eXiste to część ich życia. Rzadkie przypadki łamania Prawd wiążą się z całkowitym postanowieniem opuszczenia stowarzyszenia.

Wymiana poglądów jest w stowarzyszeniu najważniejsza. Dotyczą one wiary, życia i śmierci, nauki humanistycznej i edukacji duchowej.

Członkowie, zwani Realitami, mają swój związek z eXst do końca życia ziemskiego. Każdemu Realicie przysługuje własnoręcznie spisany podręcznik Prawd, do którego każdy wprowadza własne punkty. To, czy zostaną wliczone, zależy od Głównego Przewodniczącego (zwanego także — Przewodnikiem Realitów). Członkowie uczestniczą w rozmowach. Porozumiewają się e-mailowo, dzięki poczcie platformy, należącej do rodziny Głównego Przewodniczącego. Stowarzyszenie eXst eXiste działa niejawnie.

Pragnę powitać Pana w moim stowarzyszeniu. Cenię sobie Pańskie zdolności artystyczne, dzięki którym świat został niedawno obdarzony tak wybitną książką. Wierzę, że rozwój eXeX z Pańską pomocą jest na właściwej drodze.

Z wyrazami szacunku
Oliwer Micali, Główny Przewodniczący
List pierwszy wstępny, eXst eXiste

Wybiła północ. Do pokoju weszła szczupła postać, jej włosy emanowały bladożółtym światłem, podobnie jak ręce, które także pokrywała świecąca maź. Pomieszczenie rozświetliło światło lampy, którą owa postać zapaliła. To ja. Miałem na sobie rozszarpane jeansy i koszulkę z napisem: „I HAVE A DREAM" oraz podpisem Commona, amerykańskiego rapera. W prawej dłoni, tuż przy uchu, trzymałem telefon komórkowy. Rozmawiałem z przyjaciółką wyraźnie podekscytowany. Opowiadałem o dyskotekowej nocy w jednym z ekskluzywnych klubów, który odkrywałem, do którego wpuszczono mnie dzięki nazwisku.

— Słuchaj, wystarczyło jedno spojrzenie! Krew napłynęła do mózgu, żyła na skroni zaczęła pulsować niebezpiecznie, moje gorące ciało przeszył zimny dreszcz. Była piękna! Włosy na rękach i karku stanęły mi dęba. Nie mogliśmy oderwać od siebie wzroku... — urwałem, aby przełknąć ślinę — ...z oczu iskrzyło. Jakbyśmy mierzyli się wzrokiem. Nie spostrzegłem, że zbliżamy się do siebie, do momentu, kiedy nasze wilgotne usta zaczęły, niczym zwierzęce, węszyć po naszych twarzach, bladych z przerażenia; kiedy nasze ręce zaczęły oplatać dygoczące ciała... seria krótkich pocałunków i ten jeden, tak namiętny, tego się nie zapomina, unoszący nas ponad ziemię. Języki tańczyły w złączonych gardłach... Rozpiąłem jej koszulę, powoli i podniecająco... całowałem piersi, brzuch... rozpiąłem rozporek krótkiej spódniczki...

Monolog przerwała mi rozładowana bateria telefonu. Zakląłem pod nosem i zacząłem szukać w jednej z szuflad biurka ładowarki. Wróciłem z klubu R, gdzie z dwojgiem znajomych umówiłem się na piwo. Opowiadanie o dziewczynie, którą poznałem, ochłodził jednak zimny prysznic. Miałem się wkrótce stać stałym bywalcem najdroższych w okolicy klubów dyskotekowych, w tym osławionego R. Te i podobne przygody zdarzały mi się bardzo często. Takie było życie największego pisarza współczesności. Clubbing, bez którego nie mogłem żyć; pieniądze, których miałem w bród; alkohol, od którego nie stroniłem i raz jeszcze R, który w kółko wypełniał cały plan życia...

Życie się zaczęło.

6

Rozciąć chcę niebo dla ciebie,
By oblać sokiem drogi mlecznej...
Wstrząsnąć chcę niebem wielkim,
Jak główką purpurową, nabrzmiałą
Wejść w twój kosmos
Pobawić się małą...
Dziurką ozonową
Królowo niebieska, czerwona gwiazdo
Jestem orzełkiem, co kocha swe
Gniazdo
Jestem rakietą podbojową
Obcych ciał kontaktem pierwszego stopnia
Jak luna rozłożysta, tak słońce, są sutki!
Uciekam do dziurki, uciekam malutki
I pierścień Saturna z lateksu, na Plecie
Bezwstydnie wisi, trójkątna poczwara
Już liże, już duma, już męczy ją mara

W naszych halucynacjach jezioro wrze. Taflę nakłuwają bąble, bańki i oczka, jakby były oddechem wodnej bestii śpiącej na dnie jeziora Pray. Woda zalewa nie tylko Villon Pray, mam na jej fragment widok ze swojego okna w pokoju numer trzynaście. I choć nikt i nic się nie wynurza, pochłania myśli patrzących. Mgła unosi się nad jeziorem, jak gdyby wstydziła się dotknąć wody.

Jezioro to morderca, niepokój i moja fascynacja. Daj się ze mną pochłonąć tej głębi. Czuję, jak drzewa iglaste pachną, jak pachnie wilgotny piasek i ryby pełne życia.

Czujesz tak jak ja?

BRAT

ROZDZIAŁ CZWARTY

DROGI BRACIE...

Sen i śmierć to bracia bliźniacy.
HOMER

Życie erotyczne Oliwera Micalego nie było udane. Nie warto poświęcać czasu temu zagadnieniu. Budzi to we mnie politowanie mieszane z żalem. Człowiek mający w ręku najważniejsze korporacje, a także tajne stowarzyszenie eXst eXiste... nie był w stanie doznać jakiegokolwiek poważniejszego uczucia! Miłość jest jednym z nich. Ale w życiu erotycznym przecież nie musi o nią chodzić. Otóż, poza świetnym ciałem (naprawdę w porządku), Oliwer to chłopak przeciętnej urody. Okupione godzinami przelanego potu na siłowni razem z Agamemnonem, ciało winno działać na kobiety jak lep na muchy. Tak jednak nie było. Jego rude włosy podchodziły pod brąz. Twarz nie miała w sobie nic specjalnego.

Był brzydki.

Co ciekawe, nie był w stanie zauważyć tego w swym wielkim zabieganym świecie. Jeśli nie zauważa się braku życia erotycznego, chyba nie ma sensu rozmyślanie o nim, użalanie się nad sobą... To zadanie obserwatorów, serwisów plotkarskich także.

Pomysłów jednak wcześniej mu nie brakowało. Pomysłów, które wzniecić miały w nim ogień żądz. Swoje wybranki traktował jak najbardziej poprawnie. Częstował je różami. Zacne, choć staroświeckie. Oliwer nie wygląda na faceta, który gotów jest, aby porzucić dla miłości swoje królestwo... królestwa. Nie jest typem człowieka, który ma chęć na przygody. Myślę, że stawia się ponad nami wszystkimi, a już na pewno nade mną... Jeśli chodzi o życie erotyczne właśnie, to jego rozwój byłby skazą. Na swoje nie narzekam.

Bywa różnie w skarbnicy ciał — naszym klubie R. Kolory świateł, wirujące razem z muzyką, wskazywały drogę do moich spodni jako najpiękniejszy finał nocy, każdej nocy w R. Oczywiście teraz, kiedy ruszył sezon z eXst eXiste, nie odwiedzamy klubu. Mam w pamięci jednak te kolory... wszystkie na moim ciele i wszystkie padające tylko na mnie, jakbym był niewinną ofiarą czekającą na spragnione bestie. Od innych kolory zaledwie się odbijają.

Szkoda mi Oliwera, jest moim przyjacielem, a także człowiekiem, przed którym często nisko chylę czoło. O tak! Będąc kilka lat przed trzydziestką, Oliwer kieruje gigantami niczym doświadczony wódz, jak jego dziadek wcześniej. To godne podziwu, choć całkiem naturalne w przypadku kolejnego Micalego. Został do tego przygotowany. Wychowany, by pełnić te zaszczytne funkcje. Takim się urodził. Człowiekiem wielkim. Do czternastego roku życia mieszkał na wsi u dziadków od strony matki. Mieszkał tam ze swoim bratem. Później zostali rozdzieleni, a Oliwer przeniesiony do dziadka Alexandra, do Walii.

List pierwszy

Barry, 15 lipca 1992

Kochany braciszku, doskonale zdaję sobie sprawę z tego, że każdy wolny od obowiązków dzień spędzasz z Agamemnonem nad jeziorem. Bardzo chciałbym być z Wami. Tym bardziej, że u nas burze nie odpuszczają od tygodnia. Są naprawdę silne.

Podróż minęła szybko. Pan Yard jest człowiekiem milczącym, ale zdołałem dowiedzieć się kilku tajemniczych spraw. Tak tajemniczych, że strach mi o nich pisać nawet Tobie. Pragnę byś był świadomy, że rozłąka z Wami kosztuje mnie bardzo wiele. Gdybym miał wybór, pozostałbym w Ondskan. Jestem już w willi dziadka Alexandra. Tu, w Walii, żyje się całkiem inaczej niż u nas. Wczoraj było mi bardzo przykro, gdy dowiedziałem się, że nasza rozłąka potrwa dłużej. Myślę, że potrzebują mnie tu na stałe. Znów chcę byś nie traktował tego jako nagrody, na którą, jeśli już, zasłużylibyśmy tak samo.

Bardzo za Tobą tęsknię, braciszku! Tęsknię za Agamemnonem, śmierdzącym fajkami podkradanymi tacie;

Inès, czasem też za jej zadziorną siostrą Audrey. Ucałuj ode mnie babcię i dziadka. Chciałbym znów poczuć zapach ciasta drożdżowego z truskawkami, gdy wrócę. Mam nadzieję, że jak najszybciej.

Oliwer

List drugi

Ondskan, 19 lipca 1992

Kochany Oliwerze, siadłem do listu jak najprędzej. Cieszę się, że nie czekałem na Twoją wiadomość długo, że znalazłeś dla mnie czas. Nie chciałbym Ci przeszkadzać, babcia mówi, że niedługo będziesz bardzo zapracowany.

Agamemnon złamał nogę po nieudanym skoku z drzewa na siano. Myślę, że nie powinieneś się niczego obawiać. Słyszałem, że mamy ojciec jest dobrym człowiekiem, rozsądnym i przedsiębiorczym. Na pewno wizyta w Barry nie sprawi ci przykrości.

Dziś, gdy już pomogę babci przy gospodarstwie, z pewnością spotkam się z Sergiuszem, Inès i Audrey. Mieliśmy iść nad jezioro, jednak nad Ondskan wiszą czarne chmury, a wiesz, jak dziewczyny boją się burzy. Nie można też chować się pod drzewami. Żałuję, że nie mogę obserwować piorunów po drugiej stronie wody. Rozcinając niebo i wodę, muszą świadczyć bliźniacze moce.

H.

List trzeci

Barry, 13 sierpnia 1992

Kochany braciszku, mam dobrą nowinę. Niedługo znów Was zobaczę. Miałem bardzo pracowite dwa tygodnie. Chciałbym Ci o nich opowiedzieć.

Każdego dnia trzymam się ściśle określonego planu. Budzą mnie o godzinie siódmej nad ranem. Muszę biegać w labiryncie z krzewów sięgających mi po klatkę piersiową. Biegam z trenerem przez czterdzieści pięć minut. Potem jest śniadanie, nie powiem, bardzo smaczne i bogate.

Wpół do dziewiątej mam zajęcia z literatury. Przebiegają dość specyficznie. Czytamy przez godzinę daną książkę. Potem przez godzinę pracujemy nad przeczytanym fragmentem. Od pierwszych słów do ostatnich przeczytanych. Następnego dnia zaczynamy nową. Nauczyciel mówi, że czasem trzeba umieć wykorzystać tylko to, co jest nam dane. Pewnie ma rację.

Pamiętasz nasze plany o posiadaniu tajnej bazy? Miałem czas, by opowiedzieć dziadkowi o nich. Powiedział, ku mojemu zaskoczeniu, że z czasem marzenia nam się spełnią, ale dojrzalej spojrzymy na to, czym nasza kwatera będzie. Znajdą się także na nią pieniądze!

Po zajęciach z literatury, bo zgubiłem wątek, mam basen. Spędzam w wodzie czterdzieści pięć minut. Wiesz, jak lubię pływać. Potem jest czas wolny, godzina. Obiad, spotkanie z dziadkiem, w godzinach wieczornych język obcy i przedmioty ścisłe.

Czuję się tu bardzo dobrze, ponieważ ludzie pracujący ze mną i chyba nade mną są bardzo życzliwi i wyrozumiali. Tęsknię za Tobą i naszymi przyjaciółmi.

Oliwer

Kiedy pierwszy raz dotarłem do listów braci Micalich, byłem pod wielkim wrażeniem tego, jak silna więź ich łączyła. Sekretników było więcej, a w każdym zatopiona tęsknota. Były przesłodkie. Wychowywali się na farmie w Ondskan u dziadków ze strony ojca. Rodzice nie byli obecni w ich życiu w tym okresie. Przebywali na Wyspach Brytyjskich. Oliwer pozwolił mi pogrzebać w swoich zbiorach. Może nie pamiętał tego, co zostało w korespondencji utrwalone. Relacje braci zasadniczo się zmieniały. Mogłem wyczytać wszystko. Nie do pomyślenia było wcześniej dla mnie, ile zdziałać może dojrzewająca jak owoc na gałązce zazdrość.

Listy braci pochłonęły mnie na kilka dni. Czytałem o tym, za czym tak tęsknili, ile razem przeżyli. Życie na wsi rysowało się sielsko. Czułem w tym własną nieuzasadnioną tęsknotę, ale i radość. Po części także zazdrość. Mam ten list zawsze pod ręką... ten, od którego wszystko się zmieniło. Hector odpisał w nim Oliwerowi po dość długiej przerwie. Wahał się, męczył, bał? Tego się nie dowiem. Napisał o pocałunku z Audrey. Bardzo niewinnym. Nic nieznaczącym.

Oliwer wściekł się. Jego towarzyszem w Barry był tylko cudowny kerry blue terier. Cudowny z kilku powodów. Psa otrzymał od dziadka. Miał się nim opiekować, zaprzyjaźnić i rozmawiać. Alexander Micali poinformował wnuka, że to bardzo bystre stworzenie, wierne i delikatne. Tak też opisał je Oliwer w odpowiedzi na list o paskudnym pocałunku:

List czwarty

(FRAGMENT)

Dostałem, Heconie, pieska. Wspaniały, dumny kerry blue terier. Zaczynam się do niego przywiązywać, jest bardziej poważny od Inès. Myślę, że polubiłbyś go, ale zostanie w Barry, nie chciałbym go męczyć podróżami. Mam do niego mówić, bo wiele rozumie. Zauważyłem, że jest bardzo wrażliwy na dźwięki, ale nie jest agresywny. Szczeka często, choć szybko mogę go uspokoić, w zasadzie tylko ja.

Nie gubi sierści, ale trzeba go strzyc co półtora miesiąca. Koszt strzyżenia jest wysoki, musiał więc kosztować sporo. Nie przywiązywałbym do tego takiej wagi, gdyby nie fakt, że to żywe stworzenie. Będę miał tutaj wiernego towarzysza.

Pozdrów Agamemnona i dziewczyny...

Po pierwsze, Oliwer użył ksywki, którą czasami rzucał w Hectora Sergiusz. Z reguły dla żartów. Nie podobało mu się słowo „Hecon", połączenie Hectora z bekonem. Wcale nie miał problemów z wagą. Od tego się zaczęło. Podejrzewam, że Oliwer poczuł się zdradzony. Jemu nie było dane dojrzeć w ten sam sposób, co jego ukochanemu bratu. On został od życia oderwany. Dostał drogiego psa, miał ludzi, którzy się nim opiekowali i mieli kontynuować wychowywanie. Miał odtąd wszystko, o co poprosił. Dostałby i kobietę, gdyby się nie wstydził zapytać. Nauczyliby go wszystkiego.

To dla niego ukryta udręka. Audrey była śliczną, ale wulgarną dziewczyną, Inès typem dziewczyny rozważniejszej. Tak jak w Audrey chłopcy byli w stanie ujrzeć obiekt seksualny, tak jej siostra traktowana była tylko w kategorii przyjaciółki. Obie były daleko. Oliwer Micali musiał to wszystko ułożyć sobie w głowie. I wyjść z założenia, że coś zostawił w Ondskan, że z czegoś musiał zrezygnować. Powoli doceniał, co zostało mu dane. Brat... to tylko człowiek. Wcale nie mądrzejszy od niego. Kiedyś mu o tym powie, wytłumaczy, o słabościach... to tylko brat. Listy stawały się obojętne, momentami agresywne.

Hector pojmował więcej, aniżeli Oliwer pozwoliłby mu pojąć. Zdradzał też więcej, aniżeli Oliwer chciałby wiedzieć. Opowiadał mu szczegóły wakacji, a kiedy ten zjeżdżał z powrotem na wieś, zaczął go unikać. Listy... coraz krótsze, w końcu urwały się. Oliwer uważał, że to staje się bardzo czasochłonne i niemodne. Nagle obaj stali się za duzi na pisanie listów. Każdy stał się zbyt zajęty. A zajęcia te rozpalały coraz gorętszą zazdrość.

Piekło.

Baśń ich dzieciństwa

Spisana w domu głupich

Mówiłam mu tyle razy, że ma złożyć jaja, ale nie słuchał. To ważne i on o tym doskonale wie. Ma to naturalnie podtrzymać nasz gatunek. Będzie jednak dobrze, jak i ta zdzira da nam w końcu spokój! Musimy ich męczyć o jaja, czekać nie trzeba zbyt długo. Wyklucie odbywa się prędko, przed pojawieniem się gwiazd, a i na to trzeba być gotowym. Nie wolno nam podchodzić zbyt blisko. Niemowlaki plują straszliwą trucizną, należy się przed nimi nieustannie chronić. Dlatego zakładamy gumowe palta. Czasem dwa. I uciekamy ranieni kulami z trucizną, które roztrzaskują się na naszych paltach, a jak któreś z nas ma mniej szczęścia, roztrzaskują nam łby. Dzieciaczki z reguły mają tak, że zanim wejdą w świat zasad utworzony przez starszych, psocą, nie zdając sobie z tego sprawy.

Męczę go już trzeci tydzień, by złożył jaja. A on do mnie, że boli. Boli, boli, boli... przedrzeźniam go i wystawiam język, zawijam go wokół głowy i drapię się nim po skroni. Jak mu to wytłumaczyć? My nie składamy jaj. To ich rola. Dlatego nie mogę wczuć się i znaleźć odpowiedniego argumentu. Mam jeszcze sporo czasu. Nie ma jeszcze śniegu. Więc nie mogę liczyć na odwilż. Małe lubią lody ze śniegu, który zamienia się w błotko. A sam śnieg, biały i gęsty, pomaga tym, których trafi trucizna skonać w chłodku.

On ma trzy metry wysokości i jest grubasem. Tyle razy mu mówiłam, by złożył jaja, a on tak się nadmuchał, że ciężko z nim teraz cokolwiek zrobić. Ciężko z nim dyskutować. Podejrzewam, że wydęło go tak, bo w środku w nim jest teraz pełno jaj. Jaja te powstały z pewnością od mojego gadania o nich. No bo jakże inaczej? Jaja są wielkie, strusie się chowają. Mają turkusowy kolor, jego są zielone. Stary, gruby cap!

„No i co cwaniaczku? Będą jajca czy nie będzie?" — warczę w końcu zdenerwowana, a czerwony płyn, tryska mi z uszu. „Boli, boli, nie będzie jaj, bo ty chcesz. Chcesz to sobie narób jaj" — odparł. „To tępa masa" — pomyślałam. Idiota i kretyn, widzę przecież, że jajca wydęły mu brzuchal. Ale znajdzie się sposób. Idę do Szefowej. Szefowa to stara pizda. Wyschnięta i pochmurna. Siedzi w swoim gabinecie i dłubie w długim spiczastym nochalu. Ale franca zna się na tym najlepiej i każde z nas wam to powie. Idę naskarżyć. Jaj nie ma, jak nie było. Ona zrozumie.

No i czekam w kolejce. Spokojnie siedzę na jakimś łapciuchu, co dawno już jajek mieć nie może, leży półżywy i skomli. Dostaje po łbie, gdy za mocno mną rzuca. Wychodzi Szefowa i kopniakiem żegna się z kimś tam. Nie znam, ale na jajcarza też mi nie wygląda. Szefowa, jak to ona, zauważa mnie prędko. I prosi, bym weszła. Kwiczą dziwki jak świnie, biadolą, że bez kolejki wchodzę. To i wchodzę, zerkając na nie pogardliwie. Głupie, bo jajka już dawno dostały.

Szefowa wie, o co chodzi. Wie, bo prowadzi spis jajek. Wie też, że będzie ich sporo, bo ona wie wszystko, co się na tym pieprzonym świecie dzieje. Od progu dostaję drgawek i rzucam się w płacz, leje się nosem i okiem, i uchem. Leje czerwona maź. Ta tylko poprawia okulary, naciąga halkę na piersi, które wiszą jej, jak zużyte prezerwatywy po pępek i spogląda na mnie z żalem. „Głupia ty, durna baba" — pociesza. „Chciałabym ci powiedzieć coś więcej, ale nie wiem, po coś tu przylazła". To ja jej mówię, że jaj nie ma i nie będzie, ale ona to wie i nadal zastanawia się, po co przylazłam. A że sama tego nie wiem, uciekam do chaty, by ominąć kopniaka Szefowej.

Po powrocie do chaty czuję odór niemiłosierny. Pachnie nieprzyjemnym smrodem. I kląć zaczynam na starego i wyzywać, i pluć, póki nie zauważam na stoliku czterech jaj. Jeszcze trochę wyklinam, jeszcze raz go po głowie patelką okładam i spokojniejsza pytam, skąd to ma.

Jaja są turkusowe. Nie oszuka mnie, że to jego. Głupi stary cap. Płaczę. Pada śnieg. Całe szczęście. Przyjdzie może umrzeć w chłodku. Czekamy, bo kluć się będą przed gwiazdami. „Ale to nie dzisiaj, idiotko" — poucza mnie małżonek. „Mówisz?". Jestem przekonana, że można mu zaufać, jeszcze tylko się dowiem skąd te jaja, komu je zabrał. Nadal gruby siedzi na tapczanie. Nie drgnął na pewno, odkąd go tak zostawiłam. Zastanawiam się, może zamówił jaja przez Internet. To jest możliwe, choć mam ku temu kilka wątpliwości, przecież nikt nie zna naszego adresu. Kurier raczej nie przychodzi, odkąd Szefowa go zjadła.

Młode są ładne, nie są tak oślizgłe, nie śmierdzą. Ale wyją przeraźliwie do trzeciej w nocy. Trucizną plują tylko przez pierwszą godzinę po wykluciu. Wtedy to (ze starym już mamy metodę) biegamy niedaleko, robiąc ósemki. To ich myli, a my mamy paskudztwa na oku. Tak też zrobimy i dziś. Szefowa pochwali.

Nazajutrz słońce wstało, jakby wcale nie miało ochoty świecić nam na nasze brzydkie pyski. Stary się ogolił. „Gdzie masz nosek? Gdzie ty, debilu, nosek odciąłeś przy goleniu? Ty głupku, ty! Czym teraz powąchasz małe, kretynie? Co, ja za ciebie wąchać będę?". To debil, nos sobie odciął. No mówię wam, jak tu leżę. Bo jeszcze leżałam. Ale żywa, dzieciaczek mnie kulką nie trafił żaden. „Zamknij mordę" — odparł. Cały on i te jego riposty.

Postanowiłam któregoś dnia zrobić mu niespodziankę i w podziękowaniu za jaja ubrałam się seksownie i zażądałam jaj więcej. I zaczęło się od początku. Ale dość już o jednym. Szefowa zadowolona. Poszłam na spacer. Sama. Nie będę pchać fotela ze starym. Bo nie ma kółek.

Mam ładny ogon. Długi i śmierdzący, ale ładny. Niektóre mają skrzydła, ale po co mi skrzydła. Zawsze szanowałam to, co miałam. Te skrzydlate są bardzo zadufane. Latają ci nad głową, czasem która coś na ciebie spuści, gdy tak spacerujesz. Takie są. Staram się je zrozumieć, bo jakbym miała skrzydła, a nie ogon, też byłabym suką. Do szczęścia potrzeba mi już tylko jaj.

Chmury się zbierają nad wiochą. Będzie gradobicie. Szefowa się zna, ale to nie jest tak, że to jakaś moja przyjaciółka, z którą mogę wypić wódkę i zagryźć kurierem. To nie taka sztuka. Szefowa lubi, jak mówi się do niej Szefowa. Chociaż na imię ma tak samo. Patrzę nagle, że market już otwarty. O tej porze, co jest? Wchodzę i są tam wszystkie. Skrzydlate france. Podchodzę po kilo starej ryby. Małe są po narodzinach wyjątkowo wybredne. Tylko świszczą i skwierczą, że chcą ryby. A przynieś im świeżą, to rękę odgryzą.

Starego niedługo pożrą na tym jego fotelu. Razem z fotelem. Ja szybko biegam, ale i rybę przyniosę. Dzieci mają pamięć i doceniają.

ROZDZIAŁ PIĄTY

PAMIĘTNIK PEŁEN SŁABOŚCI

Polały się łzy me czyste, rzęsiste
Na me dzieciństwo sielskie, anielskie,
Na moją młodość GÓRNĄ i...
ADAM MICKIEWICZ

1

1999

To, co się stało, nie było do końca zrozumiałe dla żadnego z nas. Jednak było oczywiste, że młody mężczyzna stojący na dachu wielkiej rezydencji, kurczowo ściskający gargulca, to nie kto inny jak brat Oliwera Micalego — Hector. To właśnie od naszego Głównego Przewodniczącego i mojego przyjaciela otrzymałem telefon, że właśnie siedzi w prywatnym samolocie, który zmierza w kierunku Walii — tam, gdzie mieszka rodzina Oliwera. Jego jedyny brat chciał się zabić? Wszystko na to wskazywało.

Cztery śmigłowce największych w kraju stacji telewizyjnych latały wokół rezydencji rodziny Micalich. Ulice przedzierały rozpędzone ambulanse. Dwudziestodwuletni chłopak stał oparty o gargulca na dachu swojej posiadłości. Wokoło pełno było policjantów i strażaków. Zza bramy piorunowały flesze aparatów reporterskich.

Oliwer nie wiedział, co ze sobą zrobić. Chodził po pomieszczeniu odrzutowca, spoglądając na ekran telewizora. „Co ty wyprawiasz?!".

— Nic nie możemy zrobić? — spytał Sergiusz z kwaśną miną. Wiedział, że Oliwer jest wściekły.

— On stoi na dachu. Kilkaset kilometrów stąd. Jak możemy mu pomóc?! — burczał Oliwer przez zaciśnięte zęby.

Szum silnego wiatru bez wiatru.

Znad rezydencji Micalich wyłoniła się gęsta biała mgła, która pożerała każdy cal widoczności. Śmigłowce jak muchy porozlatywały się w przeciwnym do niej kierunku. Reporter stojący przed bramą posiadłości przeżegnał się, a jego koleżanka upuściła aparat. Ludzie zaczęli uciekać...

Hector, brat Oliwera, nie skoczył.

Następnego dnia na biurku Oliwera w walijskim apartamencie wylądowała sterta gazet, które podnosił drżącą dłonią. Nagłówki okładek piszczały:

„SKANDAL W WILLI MICALICH"

„JEDEN Z BRACI MICALICH CHCIAŁ ODEBRAĆ SOBIE ŻYCIE. RODZINA MILCZY"

„SPADKOBIERCA CHCIAŁ SKOCZYĆ Z DACHU"

„SEKRETY RODZINY MICALI"

„ODSUNIĘTY OD TRONU BRAT DAJE O SOBIE ZNAĆ!"

Oliwer nie zdążył zapobiec wydrukom... Dziadek także był wściekły.

2

Książka to największy skarb człowieka. Słowo zapisane to słowo najrozkoszniejsze, a ja jestem w posiadaniu wyjątkowych słów. Pamiętnik Hectora. Oliwer musiał go bratu zabrać, znaleźć w Ondskan[1]. Nie był szczególnie stary, ale wszystko mi wyjaśnił. Postanowiłem słowa przebadać, w tym celu musiałem je mieć u siebie. Oliwer na pewno do nich nie wróci.

Nie jest ładnym zwyczajem grzebać w czyimś życiu, na pewno nie miałem do tego prawa. Oliwer jest moim przyjacielem, zrozumiałby. Poznając ich korespondencję, nauczyłem się rozumieć jego racje i decyzje. To ważne. Hector był niedyskretny. Mogę się domyślać, że sam w pewnym momencie dopuścił brata do swoich wspomnień. Cieszę się niekiedy, że jestem jedynakiem. Musicie jednak wiedzieć, że czyta-

---

[1] Nazwa miejscowości, w której wychowali się bracia Micali, pochodzi od tytułu filmu *Zło* (reż. Mikael Håfström). To jeden z ulubionych filmów autora.

jąc Hectora, tęskniłem tak jak on za ich życiem, jakby było moim. To też siła słowa.

Wspomnienie lata

1992 roku

Spisał
Hector Micali

I

Wakacje miały rozlać falę upałów po całej wiosce. Do południa nie można było wytrzymać w żarze, który gęsto wypełniał pokoje. Wieczorem niebo rozcinały biało-błękitne pioruny. Oliwer lubił na nie patrzeć. Ja także.

To był ostatni dzień szkoły. Zakończenie gimnazjum. Cieszyliśmy się wszyscy. Oliwer musiał pojawić się w Ondskan. Przebywał w swoim pokoju, rzadziej wychodził na powietrze. Chodził naburmuszony, a babcia kazała mi być wyrozumiałym, miał na głowie inne sprawy. Powiedzmy, że rozumiałem. Wybrałem się z Audrey nad jezioro. Agamemnon rozpoczął pracę w warsztacie ojca. Naprawiali tiry. Zawsze miał do tego głowę.

Droga do jeziora była długa, tym bardziej piesza. Szliśmy dwie godziny. Nie do końca wiem, skąd zawsze miałem z Audrey tematy do rozmów. Śmialiśmy się całą drogę, o Oliwerze nie wspominaliśmy. Nad jeziorem usiedliśmy blisko. To była i zawsze jest najbardziej krępująca chwila w życiu każdego nastolatka. Wiedzieliśmy, co chcemy. Spytałem, czy chciałaby popływać nago. Woda była zimna. Nie musieliśmy pływać. Chciałem tylko zobaczyć, jak wygląda nago. Zgodziła się, pewnie też nie miała ochoty pływać. Ustaliliśmy, że wcześniej musimy zobaczyć swoje ciała. Nigdy wcześniej nie robiłem czegoś podobnego. Miała na sobie błękitny biustonosz i czarne figi. Nie chciała zrobić pierwszego kroku.

Zastrzegłem, że muszę mieć wzwód. Chciałem, by ten widok utkwił jej w pamięci. Nie wstydzę się swojego penisa, ale jeśli miałbym go komuś pokazać, niech będzie w pełni radosny. Zgodziła się i paluszkami przejechała delikatnie po moich bokserkach. Byłem gorący. Przez chwilę wszystko inne przestało dla mnie istnieć, nie widziałem, gdzie jestem i czy ktoś nas nie podgląda. To już się przestało liczyć. Byłem sztywny. Zsunąłem bokserki. Bez słów zdjęła swoją bieliznę. Przejechałem ręką po jej sromie. Była tak mięciutka i ciepła. Nie podejrzewałem nawet, że to takie przyjemne. Ona złapała mnie i lekko osunęła napletek. Żołądź stała się purpurowa jak biskupia szata. Prącie drżało, a jądra jeździły w dół i w górę, niczym radosny wagonik na kolejce górskiej.

Weszliśmy do wody po kolana, wiedziałem, że tego dnia już na nic się więcej nie zgodzi. Byłem szczęśliwy. Zaczęliśmy się wygłupiać, musnęła mój nos. Poleciała mi krew. Nazwałem ją suką. Miałem na twarzy uśmiech, ale drżałem, byłem zły i zdenerwowany. Nie wiem dlaczego. Wiedziałem dobrze.

II

Agamemnon ma większy członek ode mnie. Jest wielgachny jak u słonia. Może to z tego powodu Sergiusza Vesto nazywa się właśnie Agamemnonem. Skąd to wiem? Oczywiście chłopcy w pewnym wieku lubią się sobie pokazać. Są bardzo ciekawi swoich ciał. Boją się, że mogą mieć tego mniejszego. Mnie było to obojętne. Nie obawiałem się, bo zawsze byłem z siebie dumny. Nie pamiętam także, by w przyszłości ktoś narzekał na nas. Zaczęło się w wakacje, kiedy Agamemnon zapraszał mnie i Oliwera do siebie. Jego rodziców nigdy nie było w domu, zawsze do późnych godzin zajęci byli pracą. Oliwer nie zna się na żartach.

W przyszłości Agamemnon wytrze sobie te sceny z pamięci. To pewne. Oczywiście pamięta każdy wspólnie obejrzany ze mną niemiecki film pornograficzny na kasecie VHS. Film, którego „aktorzy” nie byli wcale tak atrakcyjni, jak powinni być. Obserwowałem, co się z nim działo, a on zerkał na mnie. Na jego olbrzymiej żołędzi pojawiał się krystaliczny śluz, zwany preejakulatem. Nie rozumiał wtedy tego. Mój członek wcale nie wydzielał takiego płynu. Wytłumaczyłem mu, dlaczego tak jest. Na tyle, na ile sam wiedziałem.

Śmiał się piętnaście minut, gdy poinformowałem go, czym jest naturalny lubrykant i lubrykant w ogóle. Stwierdził, że jestem bardzo pedalski i śmiał się dalej. Potem przeprosił. Nigdy więcej... już nigdy nie użył tego słowa.

Wspominam te chwile jako doświadczenie. Nic złego nie robiliśmy, chyba że wspólny onanizm to grzech śmiertelny (za który warto...). Nigdy się nie dotknęliśmy, nie czułem takiej potrzeby. On tym bardziej. Za to kochałem go jak brata. A mój brat by tego nie zrozumiał. Cierpi na homofobię, którą stara się kryć przed niektórymi członkami eXst eXiste.

III

Audrey stała się moją obsesją. Potrzebowałem jej dotyku, jej ciała. Spotykaliśmy się częściej. Unikałem Agamemnona, choć był zapracowany. Szybko poznał dziewczynę na którymś z letnich ognisk w parku. Chwalił się godzinami, co razem robią. Z początku uważnie słuchałem, potem zacząłem usychać z zazdrości. Co by to było, gdyby Oliwer wiedział. W wakacje bywał już częściej w Barry, u dziadka Alexandra, niż z nami. Gdy go nie było, prawie wcale nie widywałem Agamemnona i Inès. Biedna, była zakochana w Oliwerze, który zawsze traktował ją jak przyjaciółkę. A tak naprawdę bardzo podrzędnie. Ale w tym wszystkim przecież nie o nich chodziło.

W połowie lipca na jej podwórzu rozbiliśmy namiot. Przeszliśmy złote pole, gęste, duszące i wielkie, prowadzące do parku. Tam spuściłem niewielkie drzewko i chcąc jej zaimponować przyciągnąłem pod namiot. Rozpaliłem ognisko. Miało nas ogrzewać w nocy. Wybraliśmy się nad staw. To mały zbiornik wodny znajdujący się bliżej niż jezioro. Woda jest w nim czerwona, zapewne za sprawą jakichś roślin, choć wmawiałem Audrey, że na dnie leżą rozszarpane krowy. W połowie drogi coś się stało. Dziś też się dotykaliśmy w namiocie. Opróżniliśmy dużą butelkę wina własnej roboty. Ale nagle zaczęła kłótnię. Byłem tak pijany, że nie odgadłem jej powodu. Wróciliśmy się do namiotu. Obróciła się i zasnęła. Ja nie spałem tej nocy.

IV

Następnego wieczoru była inna. Znów uśmiechnięta, znów pijana i chętna. Znalazła nawet na strychu wymiętą koszulkę ze złotym trójkątem i napisem „HORNY". Tej nocy spacerowaliśmy nadzy ulicami wioski. Szliśmy kawałek w samych butach, potem biegliśmy. Jej piersi podskakiwały tak, jak migotały gwiazdy na niebie. Mój fallus dzwonił, uderzając o biodra i uda.

Potem leżeliśmy wtuleni na dachu garażu. Na gryzącym kocyku. Patrzyliśmy na miliardy gwiazd. Rozmawialiśmy o przyszłości. Stek bzdur. Wiedziałem, że pewnych spraw nie mogę samodzielnie rozważać.

Niekiedy kto inny sprawuje władzę nad życiem. Nie mogliśmy ogarnąć tego, co było nad nami. Niebo nocą tak cudne. Cud.

Leżałem na dachu garażu jej ojca, jakbym stał twardo na jonosferze. Rozmawiałem z nią o planach na przyszłość, o dzieciach, seksie, szkole... jakbym mógł bożym ołówkiem notować i rozpisywać jej i sobie co dalej... łzy w oczach. Nic nie powiedziałem więcej.

V

W zasadzie już nie jestem zorientowany, kiedy Oliwer przebywa w Ondskan, a kiedy go nie ma. Nie widuję brata tak, jak nie widuję Agamemnona. Czy Inès żyje? Dobre pytanie. Nawet Audrey nie mówi o swojej siostrze. Żyjemy sobą. Którejś nocy decyduje się, by zrobić mi fellatio. Jest delikatna, choć ma język jak papier ścierny. Sprawia mi lekki ból. Czuję jej zęby i mam obawy, że w ramach protestu lub kolejnego focha odgryzie mi prącie. W zasadzie nic nie stresuje mnie bardziej. Liże go powoli, jest tak wielki, że opiera się mu nawet jej głębokie gardło.

Bardzo chciałaby, abym skończył w jej ustach. Męczę ją prawie kwadrans, ponieważ cała sytuacja przerasta mnie nieco, ale bardzo mi się podoba. Za dużo o tym myślę, zamiast po prostu oddać się przyjemności. Kończę. Ona podnosi się i całuje mnie. Nie połknęła, przelała to w moje usta. Jestem zaskoczony, ale nic nie mówię. Nie mówi się z pełnymi ustami.

VI

Zakochiwałem się, a może to zwykłe silne zauroczenie... Tych wakacji żadne z nas nie zapomni nigdy. Będę miał w głowie każdy szczegół. Ten pierwszy raz, kiedy moje wargi musnęły jej wargi. Gdy nie mogłem oderwać języka od jej warg sromowych. Kiedy była już tak wilgotna, że nie wiedziałem, co tak intensywnie spływa mi po brodzie, szyi. Pamiętam dokładnie ten smak. Niektórzy potrafią doskonale zapamiętać smak, odtworzyć go sobie w myślach. To fenomenalne. Mówiła, że mam długi jęzor. Nie byłem plotkarzem. Nie to miała na myśli, a ja jak pazerne dziecko ssałem jej łechtaczkę i wbijałem się w jej wnętrze po brodę. Musiało to sprawiać Audrey wiele radości, miała łzy w oczach, była uśmiechnięta i pojękiwała.

Kiedy skończyłem tańczyć językiem, ona zabierała się ponownie za mnie. Byłem już wtedy bardzo rozpalony. Mój penis był tak purpurowy, jakby miał eksplodować krwią.

VII

Festyn był w sobotę. Rankiem wymiotowałem, pewnie z powodu przemówienia pani wicedyrektor w szkole, którą w końcu skończyliśmy. Wspomniała w swój wyuczony, sztuczny i oficjalny sposób, że szkoła była naszym drugim domem i jakby dalej chcąc szerzyć swą propagandę, dodała, że pamiętać będziemy to, co było dobre.

Otóż niekoniecznie. Szkoła ta będzie mi się kojarzyć najmniej przyjemnie. Nie będę się nad tym rozpisywał. Zrobił to pewnie Oliwer. Może kiedyś z nim na ten temat porozmawiam. Pojawił się w tę sobotę w Ondskan i zaskoczył mnie nieco. Zaprosiłem go na zabawę wieczorną podczas kolacji przygotowanej przez babcię. Z początku stwierdził, że jest zajęty, ale postara się przyjść i zatańczyć z Inès, jak obiecywał jej w liście. Było to kłamstwo. Nie obiecywał niczego.

Inès odpisał tylko dwa razy. Na festynie pojawił się, ale w roli obserwatora, nie bawił się, nie ujawnił. Tańczyłem z kilkoma dziewczynami, z Audrey bardziej odważnie. Ona zawsze miała w sobie coś prowokującego. Jej siostra była troszkę naburmuszona. Zaczęła wykonywać dziwne ruchy. W ostateczności pajacowała. Było mi przykro, ale uśmiechałem się pocieszająco. Naprawdę nie zasługiwała na takie traktowanie. Była śliczna, ale to nie był ten typ dziewczyny co Audrey.

Orkiestra grała dobrze. To, co kochałem tam, w Ondskan, zostało tylko podkreślone muzyką. Zamknąłem oczy, wirowałem. Zacząłem całować Audrey, topiłem się w jej ustach. Zrobiło się gęsto, pełno ludzi, zimne powietrze. Noc... noc... muzyka. Dostałem butelką po piwie. Uderzyła w moją głowę i roztrzaskała się na parkiecie. Kilka osób zwróciło na to uwagę, po czym wróciło do zabawy.

Przecież nic się nie stało. Nic mi nie jest. Uspokajałem Audrey. Była pijana, chwilę potem śmiała się z małego rozcięcia. Wracałem do domu. Zostawiłem je na parkiecie otoczonym trawą, przed krytą scenką, na której stała pijana i zmęczona orkiestra.

Wszyscy mieli być tego dnia szczęśliwi. Z pewnością nie każdy był. Oliwera zauważyłem przy szopce ojca Audrey. Siedział oparty o ścianę. Obok niego była cegła. Wyznał mi potem, że uderzał się nią w głowę kilka razy. Nie rozumiałem, ale byłem pewien, że to nie on rzucił we mnie butelką. Też był pijany.

Razem wróciliśmy do domu. Babcia zostawiła drzwi otwarte. Chrapała głośno, gdy weszliśmy. Staraliśmy się być cicho. Oliwer nie powiedział mi, dlaczego chciał się wtedy skaleczyć. Na pewno było mu źle z jakiegoś powodu. Nigdy nie dopytywałem, uznałem, że sam może nie wiedzieć, o co mu wtedy chodziło.

VIII

Od festynu minął prawie tydzień. Brat nadal był w Ondskan. Cieszyłem się, spotykaliśmy się z Agamemnonem. Znajdował trochę wolnego czasu i dla nas. Audrey zawiodła. Postanowiła przenieść się, by kolejny etap nauki podjąć w innym mieście. Nasze pożegnanie nie było wyjątkowe. Przez jakiś czas byłem na nią bardzo zły. W ostateczności uznałem, że tak jest lepiej. Oliwer zachowywał spokój i nie komentował tego. W takiej chwili człowiek myśli, że ten drugi myśli: „A NIE MÓWIŁEM". Nie wierzę jednakże, by go to cieszyło.

Dla jasności, nie wierzę także, że to on rzucił we mnie butelką po piwie. To przypadek.

W piątek powiedział, że chciałby ze mną pojechać do wielkiego i sławnego klubu nocnego R. W sobotę miał wrócić do Barry. Jak się okazało, miałem go znów zobaczyć dopiero po roku. Zgodziłem się bez zastanowienia. Czytałem o R. Gmach, w którym klub się znajduje, zbudowany jest w centrum Mirror na planie X. Mieści się tam także siłownia i centrum handlowe, największe w tym rejonie. Dyskoteka składa się z trzech pięter, na których grają różną muzykę. Jedno z pięter było dla dorosłych. My mieliśmy i tak wejść bez problemów.

Zaskoczyło mnie, jak prędko Oliwer stał się popularnym, znanym, ważnym. To zasługa dziadka, ale ponoć mój brat sam angażował się w projekty, dzięki którym był zauważony w mediach. Nagle okazało się, że ma coś w sobie i jego urok przyciągał ludzi. Nigdy nie zastanawiałem się, czy był przystojny. Nie byliśmy do siebie bardzo podobni. Nie w tym rzecz.

Muzyka była eteryczna. Cudowna, nie miałem pojęcia, kogo słuchamy, ale był to ktoś znajomy. Głos ciął przestrzeń jak żyleta. Ona na kogoś czekała, czekała na coś, tak nam śpiewała. Tańczyłem sam, było sporo ludzi, Oliwer także. Podeszła do niego jakaś dziewczyna, na chwilę. Potem zauważyła mnie. Trwało to jakieś pół godziny. Spostrzegłem, że Oliwer podchodzi i zaczyna tańczyć przy mnie. Jakby chciał mi coś powiedzieć. Nic jednak nie zrobił.

Czułem, że coś go gryzie, ale w żaden sposób nie chciałem mu w tym pomóc. Wiedziałem, że wkrótce wścieknie się kolejny raz z mojego powodu. Czułem się źle, taniec robił się coraz bardziej żałosny. W pewnym momencie podszedł do baru, potem już go nie widziałem. Wróciłem sam.

Myślę sobie jedno. Oliwer, mój brat, chciałby cofnąć wszystko, chciałby jakby inaczej zarządzić swoim... naszym życiem. Wiedział, że dzieciństwo się skończyło. Nie wiem, skąd pojawiła się w jego głowie myśl... że i ja musiałem się dla niego skończyć. Dopóki byłem silny, było mi to naprawdę obojętne.

Potem usłyszałem o ΔDQ, o jego wpływach. O powrocie do Ondskan, by zaprosić Agamemnona do eXst eXiste. W naszej rodzinie wszyscy wiedzieli o stowarzyszeniu. Nigdy nie pokazałem, że się tym przejąłem.

Musiałem sprawić mu wielki ból, bawiąc się w tamte wakacje wyśmienicie.

ROZDZIAŁ SZÓSTY

KŁOPOTY Z AGAMEMNONEM

1

Opowiada ponownie
TRISTAN ROANCE

Wspomnienia Hectora sprawiły, że w głowie miałem kolory lata. Pomarańcz i żółć przelewały mi się przed oczami. Krwawy zachód słońca. Wracałem do siebie, trzeźwiałem, budząc się w ogrodzie zalanym deszczem, z twarzą w kałuży. Grzmiało silnie i intensywnie. Ciemno, szaro, czarno...

...żyję.

GODZINA 6:06

Spotkanie po latach. Nie sądziła, że kiedyś ich drogi znowu się zejdą. A szkoda. Jednak ten dzień nastąpił.

Inès stała teraz przed wysokim, oszklonym budynkiem — osiągnięciem najnowocześniejszej architektury. Powiał orzeźwiający wiatr, który zaprosił ją do środka. I tak znalazła się w królewskiej siedzibie ΔDQ. Jest to najpotężniejsza na świecie sieć organizująca wiele światowych instytucji, takich jak banki, restauracje, domy wydawnicze i kilkanaście stacji telewizyjnych. Wewnątrz oszklonej świątyni znajdowała się spora salka, której podłogi zdobił polerowany, szmaragdowy gres. Dalej było biuro, za którym siedziała ochrona i recepcjonistki. Wszystkie miały na sobie zielone marynarki i spódniczki, a na piersiach złote plakietki z literami ΔDQ.

Inès uśmiechnęła się w duchu. „Zielony. Nasz ulubiony kolor" — pomyślała i ruszyła w ich kierunku. Chwilę zajęła jej miła konwersacja i okazanie karty. Była to karta, bez której z pewnością nie przekroczyłaby progu barierek znajdujących się opodal i prowadzących do krótkiego holu, gdzie na ścianach znajdowało się kilka metalowych drzwi z tabliczkami „ELEVATOR". Jeszcze moment i będzie przy Oliwerze. Wokoło było pełno ludzi. Wychodzili zewsząd, kurczowo ściskając dokumenty. Czasem, kiedy ktoś zobaczył Inès idącą holem, zamykał z trzaskiem drzwi biura.

Jego drzwi były jak królewskie wrota. Zdobione, szlachetne. Zapukała i usłyszała ciche: „Proszę". Kiedy znalazła się w środku, widok przerósł jej oczekiwania. Podłoga była wykonana z jakiegoś tworzywa, które przypominało plastik, tyle że jakiś twardszy niż ten używany do produkcji zabawek. Cały zresztą pokój przypominał wnętrze plastikowej zabawki. Ściany i sufit były także zbudowane z tego tworzywa, a kąty były wygładzone. Po prawej stronie stał mały regał na kilka książek, naprzeciwko zaś wisiał portret Oliwera Micalego. Przed Inès, na końcu pomieszczenia, znajdowało się biurko sporych rozmiarów, a za nim wielkie okna.

— Jeśli dobrze pamiętam, to średnia słodzona dwiema łyżeczkami — rzekł Oliwer, mieszając herbatę w zielonym kubku. Dźwięk uderzającej o wnętrze kubka łyżeczki roznosił się po całym pomieszczeniu. Inès nie była do końca pewna, czy osoba, która do niej przemówiła, znajdowała się na fotelu odwróconym do okna, czy może gdzieś w okolicy sufitu, skąd dźwięk ów narastał. Było to niemądre, a odpowiedź przyszła w chwilę potem, kiedy fotel drgnął.

Oliwer Micali obrócił się w jej stronę, odstawił kubek herbaty na stół i dziewczyna nie widziała już tylko swego odbicia w oknie. Zabrakło jej powietrza i z pewnością zadrżała. Po tylu latach znowu stanęła przed Oliwerem. Teraz, mając dwadzieścia sześć lat, wyglądał zupełnie inaczej niż wieki temu. Miał dłuższą, bardziej męską szczękę, te płomienne włosy, które dodawały mu tylko uroku, był bardziej muskularny i... błysk w oku, i przenikliwe spojrzenie, niczym radar, które z pewnością już skanowało Inès. Ta myśl spowodowała u niej lekki uśmiech, który on odwzajemnił.

— Bardzo dobrze wyglądasz — powiedział.

— Dziękuję, ty też mnie zaskoczyłeś — odparła, czując, że się rumieni.

Inès była młodsza od Oliwera o dwa lata. Nie straciła jednak swej urody ani nie przytyła. Wyglądała bardzo elegancko, odkąd widział ją jako uczeń gimnazjum.

— Tyle lat minęło… — zaczęła.

— Jedenaście. To niewiele — przerwał jej spokojnie Oliwer. — Tyle spraw niedokończonych.

— Co masz na myśli?

Zaatakował? Już zdołał wykryć wirusa po dokładnym skanowaniu?

— Osiem lat i mieliście otworzyć kapsułki, które wam dałem — odpowiedział, podając jej wrzącą herbatę.

Chwilę zajęło jej poukładanie sobie w pamięci tego, co usłyszała, gdy wreszcie sobie przypomniała. Tak. Kiedy mieli po naście lat, publikowali gazetkę, która opisywała wydarzenia i mieszkańców z ich miejscowości. Działo się to w pewne wakacje i łącznie wydali dwadzieścia numerów, każdy miał jeden egzemplarz przechowywany przez Oliwera. Jak mogła o tym zapomnieć? Tym razem na pewno zalała się rumieńcem. Jej to właśnie pomysłem było wykonanie „kapsuły czasu", zebranie wszystkich numerów pisma i zakopanie ich. On to wszystko zaplanował i sporządził mapki, które miały być otwarte po ośmiu latach, aby wskazać drogę do ich skarbu. Trzem osobom wręczył kapsułki z zamkniętymi mapkami.

— Tak mi wstyd.

Jak on to zrobił? Wypalił przed chwilą z mapkami, jakby przez jedenaście lat czekał, by od tego zacząć. Ważne było wypomnienie błędów w celu ich redukcji. Zawsze ją zachwycał. Pewnie już wszystko o niej wie. Patrzy na nią i już wie...

— A i słusznie. Zastanawia mnie tylko, czy wszyscy zapomnieli. To troszkę nielogiczne, nieprawdaż?

— Ale to pyszne! — wypaliła nagle Inès.

Micali stał przy wielkim oknie i tylko się uśmiechnął. W końcu on zaparzył tę herbatę.

— Jak ci się układało przez te jedenaście lat? Jak widzisz, ja budowałem swoje imperium.

— Tak. Jest imponujące. Budynek i w ogóle. Denerwowałam się przed spotkaniem z tobą.

— Wyszłaś za mąż?

— Nie, ale mało brakowało.

— Pan młody uciekł sprzed ołtarza? — zapytał Oliwer, ale zabrzmiało to jak wyraz troski, nie ironii.

— Można tak powiedzieć — odparła i widocznie posmutniała.

— Przykro mi. Pamiętam twoje plany. Zawsze chciałaś mieć gromadkę dzieci.

— Tak, ale ktoś mi kiedyś powiedział, że marzenia są dla głupich, liczą się konkretne cele...

— Och, cieszę się, że to pamiętasz. Mam jednak nadzieję, że moje mądrości nie zaważały na wyborach partnerów.

— On miał po prostu wypadek.

Przez moment zapanowała cisza. Nie było w stylu Oliwera Micalego mówić, jak to mu przykro i że współczuje. Po prostu na moment zamilkł i znów skupił się na kobiecie karmiącej gołębie za szybą, przez którą spoglądał. Inès dobrze znała jego sposób bycia, toteż nie oczekiwała udawanego współczucia. Oliwer odwrócił się w końcu w jej stronę i rzekł:

— Perfekcyjna odpowiedź. Musimy kiedyś odszukać miejsce, w którym zakopałem kapsułę...

— Czy to znaczy, że go nie pamiętasz? — przerwała.

— Ależ oczywiście, że pamiętam, jednak waszym zadaniem było jej odszukanie po ośmiu latach. Minęło jedenaście.

Na chwilę znów zapadła cisza. Spojrzał na nią badawczo.

— Nie nudzi ci się tutaj? Masz żonę i dzieci?

— Nie mam — odpowiedział spokojnie. — Czy mi się nudzi? Wiesz, jakby się zastanowić, to w niczym nie różni się moje nowe życie od tego z dzieciństwa i okresu młodości. W domu siedziałem zawsze samotnie, czasem wyrywaliście mnie na piwo albo na jakieś pogawędki. Teraz też siedzę w swoim biurze i czas tak samo płynie. Kiedyś jednak myślałem jak do obecnego stanu dotrzeć. Teraz mam więcej relaksu.

— Na sukces byłeś skazany...

— Jeśli masz na myśli dziadka, to nigdy nie liczyłem na jego majątek. Żyliśmy z rodziną normalnie. Starałem się pokazać, że i mnie stać na wiele. Pracowałem ciężko. Ale pewnie tysiące dostawałem od tak, za nazwisko...

— No i urok — walnęła Inès.

Oliwer tylko się uśmiechnął.

— ΔDQ oznacza wielką siłę, mam dostęp w zasadzie do wszystkiego. To dopiero potęga. Z reguły niewielu osobom tak się zwierzam. W końcu byliśmy przyjaciółmi.

„Byliśmy" ukłuło Inès.

— Jesteś jak król.

— Dokładnie i nie do końca — odparł z uśmiechem. — Widzisz, nie byłaś tak odległa mi przez te lata, jak ci się wydaje. Pracowałaś dla mnie.

— Jak to?

— ΔDQ ma swoje wtyczki na całym świecie. Zarówno w bankach, ważnych restauracjach, wywieram nawet wpływ na kilku prezydentów, że o prasie nie wspomnę.

— Jestem pod wrażeniem. Masz dopiero dwadzieścia sześć lat.

Oliwer wstał i podszedł do regału z książkami. Był niewielki. Okręcił go o trzysta sześćdziesiąt stopni i jedna z tych niezwykłych ścian w kolorze białym uniosła się w górę. Ukazało się kolejne pomieszczenie. Długi korytarz z setką wysokich regałów dźwigających tysiące egzemplarzy ksiąg.

— Nie mogłem ci tego nie pokazać. Chodźmy. W swoich willach mam kopie tych wszystkich dzieł. Nie mogę się z nimi na dłużej rozstawać.

Inès wstała z fotela i ruszyła za nim.

— Czy to...? — zaczęła.

— Nie. To perfumy ΔDQ. Powstały u nas, a sprzedawane są pod nazwą znanych producentów. Pewnie kolejne pytanie, jakie ci się nasuwa, to czemu nie promuję własnej nazwy. Otóż to, co moje i to, co nosi nazwę ΔDQ jest dla mnie, a stare nazwy z prestiżem nie psują mi reputacji. Gdybyś przyjrzała się torebce, którą trzymasz, na metce z pewnością zobaczyłabyś symbol ΔDQ.

Inès pospiesznie przeszukała torebkę.

— Faktycznie. Mały znaczek. Oko w połyskującym trójkącie i DQ.

— Ta — potwierdził lakonicznie. — Ale znaczek ten nie pojawia się tylko na odzieży, perfumach, jest nawet na samochodach i ulotkach religijnych.

— Słucham? — powiedziała z niedowierzaniem i sądziła, że Micali odpowie jej słynnym: „Przecież słyszałaś".

— Najwięcej instytucji, nad którymi ΔDQ ma władzę, to wydawnictwa. A religie świata wydają miliony pism rocznie.

— Sądziłam, że jesteś niewierzący.

— A jakie to ma znaczenie?

— Wprawdzie żadne, ale czy masz wpływ na religię?

— Oczywiście, że nie na religię... na religie! — zaakcentował ostatni wyraz. — Ale to sprawy poufne ΔDQ i uwierz, nie nadużywam władzy. — Tym razem się uśmiechnął. — Wracając do tego, że dla mnie pracowałaś. Zatrudniła cię firma produkująca komputery. Drobna robótka za niecałe dwa tysiące miesięcznie...

— Ja zarabiałam trzy tysiące pięćset...

Spojrzał na nią z dziwnym uśmiechem.

— Widać, ktoś nad tobą czuwał — rzekł, a Inès zrobiło się przyjemnie ciepło. — Naturalnie firma ta jest własnością ΔDQ, czyli podlega mi.

— Zatrudniała na całym świecie setki tysięcy ludzi. Jak udało ci się...?

— Ciebie znaleźć? Hmm, widzisz, to nie kłopot, bo i od czego są komputery? Wystarczyło od czasu do czasu wpisać w wyszukiwarce znajome imię i nazwisko. A nawet jakbyś miała nowe nazwisko, to podawałaś też panieńskie, nieprawdaż? Potem zatrudniłaś się w drobnym banku. Śledziłem każdy twój ruch i naprawdę byłem dumny z twoich osiągnięć na Uniwersytecie w Oxfordzie. Na moim uniwerku...

— Też jest pod twoją władzą?

— Nie! — Oliwer wybuchnął śmiechem. — Szkoda mi było pieniędzy na cały uniwersytet, ale mamy tam swoich ludzi. Mówiąc „mój", miałem na myśli to, że sam na nim studiowałem.

Inès tylko kiwnęła głową i nic nie powiedziała.

— To cała moja kolekcja. Wymarzona. Ale nie sądzę, że przyszłaś do mnie bez powodu.

— Tak. Jest powód. Przyszłam z nieprzyjemną wiadomością. Przed moim domem znaleziono ciało zamordowanego mężczyzny, który pracował dla ΔDQ.

Oliwer Micali spojrzał na nią ze zmarszczonym czołem.

— Jesteś pewna tego, co mówisz? — spytał rozgniewany, ale nie chciał odpowiedzi i uciszył ją, wyciągając rękę. — Miliony ludzi nie są świadome, że pracują dla ΔDQ, tak jak ty wcześniej. Nikt, kogo byś spytała w banku, w którym pracowałaś, czy w innych znanych firmach, takich jak chociażby „MASHTIE", francuskie pismo o wielkim prestiżu, nikt nie powie ci, że pracuje dla mnie, bo nie zdaje sobie z tego sprawy. Tylko najważniejsze głowy firm... Więc jeśli mówisz, że jakieś ciało leżące przed twoim domem to zwłoki pracownika ΔDQ, musisz mieć na myśli tylko tę właśnie siedzibę ΔDQ...

2

Wierci sobie dziurę w głowie, przez którą tyle ucieka. Martwi się o jutro. Stale to robi. Jutro go przeraża, obezwładnia, sprawia, że nie jest w stanie funkcjonować dziś. Jak długo chce się pogrążać?

Byliśmy sami. Ja i Oliwer. Była to chwila idealna, bym mógł przemówić do przyjaciela. Musiał wiedzieć, że ma we mnie oparcie. To było tego dnia dla niego bardzo ważne.

— Nie wiesz, co tak naprawdę mnie teraz czeka — odpowiedział po chwili. Starał się na mnie patrzeć, choć widziałem, jak zmęczony był tym wszystkim, co go ostatnio spotkało.

— Staram się myśleć nad tym razem z tobą. Pamiętaj, że tam, gdzie niewiele możesz zrobić, nie możesz się zagłębiać. Zachowaj rozsądek i zajmij się tym, co jest najważniejsze.

— Obawiam się, że nie wiem, co jest teraz najważniejsze. Ale dowiem się.

Cały Oliwer. Nie umiał okazywać słabości, choć znalazł się w prawdziwym bagnie. Byłbym głupcem, gdybym nie zdawał sobie z tego sprawy. Oliwer Micali był zbyt ważny dla tego świata, aby mieć gorsze chwile. Musiał temu sprostać, dlatego nie chciałem go męczyć tanimi tekstami o tym, jak bardzo go rozumiem, jak wiele przed nim, musiałem być jego drugą półkulą mózgu.

— Tristanie, to wszystko tak nagle się wydarzyło. Rozmawiałem z dziadkiem na ten temat. W ciągu ostatnich dwudziestu ośmiu lat eXst eXiste nie miało zmierzyć się z czymś podobnym... gadam bzdury. eXst eXiste to nie dotyczy przecież.

— Jesteśmy członkami stowarzyszenia i twoimi przyjaciółmi. Twoje problemy dotyczą i nas. Jednakże jest nieco racji w tym, co mówisz. Członkowie dla własnego spokoju nie powinni być o tym informowani, to zwiększy napięcie. A wydaje mi się, że z czasem wszystko się wyjaśni.

— Zgadzam się. Dwadzieścia pięć pierwszych lat eXst pod rządami mojego dziadka było trudnym okresem po dogasającej wojnie. Potem, gdy ojciec Gregory'ego rządził przez następne dwadzieścia pięć lat, eXst przeżywało swoje złote ćwierćwiecze, także rozwój intelektualny i księga zasad rosła. Sprawuję władzę z nową grupą dopiero od czterech lat... może to próba. Szkoda mi go. Był dobrym współpracownikiem. To jakby oderwano mi prawą rękę. Albo lewą, prawa musi być sprawna.

— Widzisz, nie możesz się gnębić. Nie jesteś taki. Spotkania eXst zapewne wniosą wiele dobrego. Musisz o nich pamiętać. One zawsze służyły rozwojowi. Nie możesz jednak wchodzić w to morderstwo po same kolana... nie ma sensu, trzeba czekać. Pozostaje jeszcze twój brat.

— Nawet o nim nie wspominaj! Nie wiem, co mu odbiło. Jest...

Urwał. Wiedziałem, o co chodzi. Brat Oliwera zrzucił na niego kolejny ciężar. Oprócz eXst eXiste i przewodniczenia nad nim, Micali miał na głowie jeszcze morderstwo współpracownika korporacji ΔDQ. Po samobójczej próbie brata, Oliwer został jedynym kandydatem na stanowisko szefa rodzinnego interesu. Firma miała od momentu śmierci dziadka przejść właśnie w jego ręce. Tak bynajmniej poinformowano media. To kolejny ciężar, o tak! Choć brat przeżył, nie życzył sobie odwiedzin rodziny, która poruszona bardziej skandalem medialnym, była po prostu wściekła.

Z bratem Oliwera wiązali wiele planów, a firma była jednym z najważniejszych. Wybryk młodego Micalego na razie pozostawał niewyjaśniony. Oliwer był równie wściekły. Wywiad, który Gregory oglądał w telewizji, kiedy pierwszy raz zobaczył Oliwera, był ustawiony. Do tego czasu ogłoszono, że to Główny Przewodniczący eXeX ma rzekomo przejąć firmę.

Nie zastanawiałem się nad tym, czy słusznie mój przyjaciel gniewa się na brata. Ten zrzucił na niego przewodniczenie największą na świecie firmą produkującą sprzęt elektroniczny, jakby Oliwer nie miał na głowie stowarzyszenia, o którym świat nie wiedział oraz własnej korporacji ΔDQ. Największy problem tkwił w tym, że chłopak nie miał prawa okazać słabości. Nie jęczał i nie użalał się. Wszyscy mogli zawsze na tym człowieku polegać. Dlatego go odwiedziłem i dlatego wiedziałem, jak zakończyć tę rozmowę:

— Jesteś silny, Oliwerze. Wiesz to, pokazujesz to na każdym kroku. W nikogo tak nie wierzę jak w ciebie i twój spokojny umysł. Bez ciebie eXst ległoby w gruzach, bez ciebie ΔDQ nie byłoby taką potęgą. Osiągnąłeś tak wiele, równie wiele odrzucając. Sam, bez nazwiska dziadka i rodziców, budowałeś swoje królestwo, zdobywając tym samym nasz szacunek. Dlatego...

— Wiem, Tristanie. Zdaję sobie z tego sprawę, jak bardzo mnie rozumiesz. Wiem też, że na pewno nie chcesz, bym tego słuchał. Oczywiście, że dam radę. Jak zawsze. Potrzeba mi tylko czasu. Być może w ΔDQ wszystko przyjdzie mi prostszą drogą.

— Raport, panie Micali.

Ktoś z dołu przyniósł jakieś kartki spięte spinaczem i włożone w gładką, nową koszulkę. Oliwer spojrzał na pierwszą stronę. Potem na stojącego pracownika

ΔDQ. Patrzyłem na wystraszonego mężczyznę, stojącego już przy drzwiach.

— Co to jest? — zapytał. — Wydaje mi się, że to zbyt krótkie. Prosiłem o dokładne...

— Szefie, zapewniam, że spędziłem sporo czasu, by znaleźć wszystkie...

— A ja mam inne wrażenie. Wydaje ci się, że ja to tylko czytam? Tak myślisz? Dowiedz się zatem, że w biurku leży sterta większych i przygotowanych z precyzją raportów z tego tygodnia. Ale ja tylko je czytam.

— Nie chciałem, by odniósł pan takie wrażenie.

Podszedł i wziął od Oliwera kartki. Wyszedł z opuszczoną głową.

— Ostro — powiedziałem.

— Na czym skończyliśmy?

— Na jak długo chcesz wrócić do Walii? — spytałem.

— Nie martw się. Wrócę najszybciej, jak tylko się da. Tymczasem spotkania eXst muszą trwać nadal.

Oczy mi zabłysnęły. Cieszyłem się, że nie odebrał nam spotkań eXeX.

— Jako mój zastępca, razem z Markiem i Agamemnonem dacie sobie radę. Chciałbym jednak, abyście informowali mnie o tym, jakie tematy podejmujecie i jak je nasi członkowie rozwijają. To chyba...

— Oczywiste — przerwałem mu i podszedłem do wielkiego okna. — Oliwerze, możesz na mnie polegać. Rozumiem, że wciąż nie chcesz, abym został Przewodnikiem Gregory'ego?

Musiałem spytać. Oliwer wstał i także stanął koło mnie.

— Uparty jesteś, ale w tej chwili nie jest to możliwe.

Choć wytłumaczyłem mu, dlaczego tak bardzo mi na tym zależy, pozostawał nieugięty, ale ja nie potrafiłem odgadnąć dlaczego. Czułem, że w odpowiednim momencie zgodzi się i będę mógł prowadzić młodego Yarda ścieżką, jaką powinien dążyć...

3

Ciepłe spotkanie rodzinne, choć niespotykane często, odbyło się w siedzibie ΔDQ. O tak późnej porze, a było już kilka minut po północy, w budynku znajdowały się trzy osoby. O trzy za dużo. Oliwer spotkał się z dziadkiem, a rozmowie miał towarzyszyć także jego... ojciec. Panowie usiedli na białych fotelach naprzeciw Oliwera. Na zewnątrz wiał przyjemny wiosenny wiaterek. Chmury jednak podtapiały silny księżyc, zbierały się na popołudniowy ostatni opad śniegu. Biuro Oliwera, idealnie białe, wpuszczało cień rzędu regałów z otwartej biblioteki. Właściciel musiał dziś spędzić tam sporo czasu. Zapach prywatnych starych woluminów napływał, niczym woń morskiej wody w okolicach Villon Pray, za lasem znajdowały się ostre klify szarpane tamtejszym morzem. Stukot łyżeczki w kubku herbaty przerwał dziadek Oliwera:

— Wiesz, po co tu jesteśmy, wnusiu. Domyślasz się także, że bardzo nam na tym zależy.

Mówił wolno. Wiedział, że szanse na sukces tego spotkania są bardzo niewielkie. Choć kochał wnuka, powierzył mu udziały i przewodnictwo w swojej firmie, nie rozumiejąc decyzji Oliwera, postanowił spróbować. Oliwer Micali rządził już trzecim pokoleniem eXst eXiste. Pierwszym Głównym Przewodniczącym oraz założycielem stowarzyszenia był właśnie jego dziadek. Ustąpił po dwudziestu pięciu latach, o dziwo, nie ojcu Oliwera, a panu Yardowi. Młody Główny Przewodniczący patrzył na dziadka ze spokojem. Wiedział, dlaczego chcieli go zobaczyć.

— Twój brat potrzebuje pomocy.

— Tak, dziadku. Stać nas na najlepszą z możliwych.

— Przyjmij go do eXst — odezwał się ojciec Oliwera.

— Siedź... cicho — wypalił mu syn.

— Oliwerze. Przychodzimy do ciebie z prośbą — uspokoił dziadek. — Prosimy, abyś przemyślał sobie wszystkie wydarzenia, jakie nas ostatnio spotkały. Twój brat...

— Znam swojego brata. Znam też swoje prawa w eXst eXiste. Moja odpowiedź nie brzmi na tę chwilę nie. Brzmieć tak będzie do końca. Nie przyjmę brata do stowarzyszenia.

— Więc ta rozmowa wydaje się być skończona... — powiedział zdenerwowany ojciec chłopaka.

— Dokładnie. Przydałoby mi się, abym sprawy ΔDQ załatwiał tak szybko.

— To twoja decyzja. Muszę się z nią liczyć. Jesteś teraz panem tej grupy — kontynuował rozgorączkowany Alexander Micali.

Oliwer pociągnął głośno duży łyk herbaty.

— Czy mam rozumieć, że nie chcesz się z nim widzieć?

— Jestem... ostatnimi czasy bardzo zajętym człowiekiem. CHŁOPAK MA PRZECIEŻ RODZINĘ! Wspierajcie go! Nie oczekujcie wiele, a dojdzie do siebie. Powinien sam dojść, zrozumieć. Dziadku! Nie potrzebuję kalekiego umysłu w grupie. Wiesz o tym. Sam przygotowałeś bogaty kanon podstawowych zasad. Staram się panować nad grupą, która ma zmienić losy historii, losy każdego człowieka na Ziemi. Nie jestem... odpowiednią osobą do opieki nad nim.

— Powinniśmy ci pomóc — odparł dziadek. — Pomyśleliśmy o zmianach.

— Dziękuję, że informujesz mnie o tym. Każdy twój pomysł, poprzez szacunek do twego doświadczenia, jestem zobowiązany rozważyć.

— Pomyślałem z twoim ojcem o odciążeniu ciebie od pewnych funkcji...

— Dziadku. Nie masz... nie znajdziesz odpowiedniej osoby na stanowisko twojego zastępcy czy kierownika ΔDQ. To niemożliwe. Nie w naszej rodzinie. — Posłał ojcu stanowczy, nasycony jadem uśmiech. — Ruina. To zostanie po wielkim nazwisku Micalich. Dam sobie radę. Choćbym jutro umarł, mój duch będzie przewodniczył eXst eXiste i błąkał się tu i ówdzie po korytarzach firm, by pilnować porządku.

— Myślimy jak najbardziej poważnie, aby i ciebie nie...

— Czy ja mógłbym postradać zmysły? Bądźmy poważni. Chciałbym zjechać dziś do Loley, tak bardzo, jak chciałbym dziś zasnąć w swoim łóżku. Sądzę, że rozmowa faktycznie jest już skończona.

— Wiem, że nie mam praw decydowania o eXst...

— Dziadku, miałeś... w swoim czasie, w przeciwieństwie do ojca. Teraz racja, nie masz żadnych praw do mojego stowarzyszenia. Przede mną ponad dwadzieścia lat piastowania tego zacnego tronu Głównego Przewodniczącego. Nie musicie się obawiać. A z bratem porozmawiam, kiedy nadejdzie odpowiednia chwila.

Gdy dwoje gości opuściło mury ΔDQ, Oliwer wszedł jeszcze do biblioteki, chwytając biały wydruk i chowając go między dwie książki w pozłacanych okładkach. Małym pilotem zamknął swój skarbiec, zgasił światła budynku i udał się na parking.

4

Nierobiące hałasu, wielkie białe drzwi w najważniejszym pomieszczeniu ΔDQ rozsunęły się powoli, ukazując wysoką i dobrze zbudowaną postać. Ciało rzeźbione ciężką pracą w siłowni, opięte szarym podkoszulkiem, ledwie mieściło się w futrynie. Oliwer podniósł tylko wzrok, aby znów wrócić do pisania na swoim laptopie. Za oknami, zajmującymi prawie całą ścianę naprzeciwko drzwi, szalała burza. Ja grzebałem w zbiorach książek Oliwera, a Marco siadł *vis-à-vis* i tylko jęknął. Zaraz się zacznie.

— Słyszałem już o nowym nabytku — powiedział Sergiusz, kierując się w stronę biurka. — Kolejna wielka postać ma zaszczycić eXst eXiste.

— Ciszej, Agamemnonie — szepnąłem z drugiego pomieszczenia.

Oliwer tylko spojrzał mu prosto w oczy. Dostał swą odpowiedź. Sergiusz nie wyglądał jeszcze na zdenerwowanego. Przybrał dziwną, obojętną minę i dodał:

— Sądziłem, że stać nas na więcej. Nie masz w tym żadnego interesu, przyjacielu. Mimo to do eXst trafia sama śmietanka.

— Nalegam, aby Agamemnon się uspokoił — odezwał się Marco. Spojrzał na kolegę, choć mówił to raczej do Oliwera.

— Rozmawiałem już z tobą o tej sprawie — odpowiedział Oliwer. — Proszę, abyś pamiętał o zasadach, które sam nocami przepisywałeś.

Oliwer miał naturalnie na myśli zakaz wypowiadania nazwy stowarzyszenia poza La Forêt de Colin, lasem, w którym znajdowała się kwatera eXeX. Agamemnon uśmiechnął się, dając sygnał, że nie podda się łatwo.

— Zauważ, że obrażasz nas — dodał Marco. — Wiem, że to dziwnie brzmi, ale nazywasz nas śmietanką, bo osiągnęliśmy już wiele.

— Co takiego osiągnąłeś?

Tym razem Sergiusz nieco się uniósł. Ale Oliwer wstał od biurka i szepnął: „Dość".

Temat był skończony. Marco był synem bankowca z Ameryki, często tak właśnie określał go Agamemnon. On sam zarabiał na życie jako mechanik w warsztacie samochodowym. Z Oliwerem łączyła go wieloletnia znajomość. Stąd jego pozycja w stowarzyszeniu. Nie było tajemnicą, że na najwyższych pozycjach w stowarzyszeniu stoją bliskie Oliwerowi osoby. Wydawać by się mogło, że Oliwer Micali, wnuk zamożnego lorda z Wielkiej Brytanii, kocha — niczym kobiety diamenty — otaczać się ludźmi znanymi. Stąd wziął się problem. Przyjęcie w szeregi eXeX Gregory'ego Agamemnon traktował jako największy błąd. Uważał, że zbyt wiele znanych nazwisk zaśmieca stowarzyszenie. Z wieloma osobami Agamemnon nie miał specjalnych kontaktów.

— Oliwerze, źle robisz. eXst eXiste znaczy dla mnie bardzo dużo, dlatego też uważam, że w naszej grupie powinni pojawiać się ludzie inteligentni — nie dawał za wygraną Sergiusz. — Gregory Yard to chodzący plastik. Widziałeś jego sesje, on ma własne pismo, w którym ukazują się jego zdjęcia, poza tym słyszałem, że to dziwak. Skąd ci przyszło do...

— Sądzisz, że Oliwer robi sobie z nas żarty? Albo z samego stowarzyszenia? — przerwał mu Marco.

— Spokojnie już.

— Właśnie, że nie do końca spokojnie! — Mięśnie na szyi Agamemnona spięły się bardziej. — Marco pieprzy, bo to on jest Przewodnikiem Yarda, dlatego może się wykazać i broni tego chorego pomysłu.

Marco chciał coś powiedzieć, ale wyszedłem z biblioteczki i ściskając książkę w metalowej okładce, rzekłem:

— Ale czy ta dyskusja ma sens? — Spojrzał pytająco na Oliwera. Dobrze grałem swą rolę. — Przecież Gregory Axel Yard otrzymał już oficjalny list powitalny. Poza tym, czy ty Agamemnonie nie wiesz, że ojciec jego był jednym z GP eXst? Nie znasz go. Będziesz mieć okazję poznać. Jak my wszyscy zresztą. eXst eXiste nie odnosi porażek. Nie widzę więc najmniejszego sensu zastanawiania się dziś, czy dobrze robimy, przyjmując tego chłopaka.

— List można uznać za nieważny, a chłopak i tak nie ma pojęcia, CZYM NAPRAWDĘ JEST eXst! Wedle zasad Przewodnik nie może przekazywać informacji przed wystąpieniem nowego... Jeden z nas nagina...

— Nie zasłaniaj się zasadami, Agamemnonie. — Marco uśmiechnął się. — Wypowiadasz nazwę stowarzyszenia, mimo że w ΔDQ pracuje masa ludzi i wcale nie jest to dla mnie nowością, że jestem Przewodnikiem, to mój drugi wychowanek.

— Wychodzę do pracy. — Sergiusz zdawał się nie przejąć wyjaśnieniami Marca. — Prześlij mi temat kolejnego spotkania.

— Kolejnym spotkaniem będzie chrzest nowego członka — podkreślił Marco.

Ale Agamemnon już wyszedł. Oliwer kazał być Marcowi spokojnym, na co ten zrobił obrażoną minę i zniknął ze mną w biblioteczce. Oliwer nie był w stanie myśleć o tylu sprawach na raz. Dziadek wymagał od niego zaangażowania w firmie, jednocześnie miał też dbać o eXst eXiste. Nowym członkiem stowarzyszenia miał być Daniel Rosser. Wiedziałem jednak, że Oliwer myśli już o kolejnej osobie, popularnym piłkarzu. Burza minęła, zarówno ta w pomieszczeniu, jak i na zewnątrz. Słońce jednak nie wyszło.

ELITA

ROZDZIAŁ SIÓDMY

KSIĄŻĘCE PRZYZWYCZAJENIA

Człowiek nie po to odstawia na bok zasady, przykazania i morały, aby poruszyć tych, którzy je dobrze znają. Chce przekraczać granice, by poznać, co się za nimi znajduje. I nie widzi oburzenia innych. Widzi przestrzeń poza granicami. To egoistyczne, ponieważ można zostawić więcej, niż się ujrzy... Jeśli ktokolwiek poczeka, powrót jest radosny.

1

Wolnym krokiem przemierzaliśmy jedną z fabryk należących do Micalich. Wszystkie obiekty powstawały w duchu zrodzonych w Rosji konstruktywistycznych budowli. Zachwycały swą złożonością kombinacji geometrycznych, niektóre prostotą. Zawsze konstruktywizm budził we mnie niepokój. Ogrom geometrii mnie przytłacza, podobnie jak wielkie okna wkomponowane bezlitośnie w grube mury.

Oliwer mówił to do mnie, to do jednego z kierowników zmiany. Nagle otworzyły się jedne z dwuskrzydłowych, masywnych, metalowych drzwi i wyszła z nich grupka pracowników w pastelowozielonych fartuchach. Jedna z pracownic głośno komentowała swoją zmianę sprzed przerwy. Pracownicy wracali ze śniadania. Kobieta narzekała na jedną z przełożonych. Miała zabawny głos, była gruba i po czterdziestce. Mówiła głównie do swojej chuderlawej koleżanki, która wyglądała, jakby na przerwach śniadaniowych posilała się jedynie papierosami. Trąciła nimi z tamtej odległości.

Oliwer zatrzymał obie. Obserwowałem, jak zaskoczone straciły głos. Chciał wyrzucić grubą kobietę, mówił coś o lojalności, zasadach pracy, roli kierowników kobiet i całej zmiany... Mnie jednak przypomniało się, jak musiałem pracować przez cztery miesiące w podobnej fabryce. Już od samego początku, po kilku godzinach kursu organizowanego przez fabrykę, zaprowadzono nas na halę. Była potężna. Będąc młodym osiemnastoletnim chłopakiem, wyglądałem raczej żałośnie. Byłem szczupły, nie miałem w sobie nic urzekającego. Zresztą wygląd w takim miejscu i tak nic nie znaczy.

Fabryka była wyzbyta wszelkich pozytywnych emocji. Ludzie patrzyli na siebie spode łba. Było mi bardzo żal tych, którzy pracowali tam od początku jej istnienia. W większości były to starsze kobiety. Miały ponad czterdzieści lat, ale wyglądały na znacznie więcej. To byli ci ludzie, którzy muszą pracować, by żyć, by minimum, jakie otrzymywali, zaspokajało ich drobne potrzeby. Muszą mieć, za co płacić rachunki, wykarmić rodzinę czy ubrać dzieci. Nie ma w tym nic złego, poza tym, że życie ich mogłoby toczyć się po szczęśliwszym torze... Każdy ma przecież jakiś wybór. Nie każdy ma jednak siłę, motywację i ambicję, by dążyć do życia ponad tym przeciętnym.

Praca nie należała do najlżejszych, choć wspominam ją jako dobre doświadczenie, przede wszystkim psychiczne. Jestem niezłym obserwatorem. Ludzie traktowali ją poważnie, oczywiście przez pierwsze cztery godziny pracy, po przerwie wracali zniechęceni. Na hali było kilka taśm, po których sunęły elementy składające ekrany komputerów. Każdy miał swoje stanowisko, odpowiadał za nie. Błąd jednego mógł nawet zatrzymać produkcję.

Powinienem zacząć od tego, że na samej pracy mi nie zależało. Musiałem jednak zarabiać. Nie byłem zbyt rozmowny, choć odpowiadałem na zadawane czasem pytania. Ludzie byli w swym żywiole. Podczas wykonywania czynności poganiali się, denerwowali... to ciekawe, bo podczas przerw byli sympatyczni. Cel, który trzeba zrealizować i zamknięcie w fabryce potrafią wzbudzić w człowieku potrzebę odwalenia swojego, aby wrócić w końcu do domu. Czułem gniew... miałem ochotę zwymiotować, słysząc, jak podczas przerw pracownice opowiadają sobie o przepisach na ciasta, o perfumach czy nowych lumpeksach. Po powrocie na halę znów otwierały paszcze i darły się na siebie. Na mnie nie. Byłem nowy i młody.

Pamiętam jednak, jak pewnego razu do szału doprowadziła mnie kierowniczka zmiany. Miała twarz pokrytą zmarszczkami, przypominała trochę buldoga. Miała okropne spojrzenie, wyglądała, jakby chciała kogoś zamordować, niektórzy ludzie mają takie spojrzenia. Czasem widziałem, jak łagodniała, zajęta była wtedy sobą przy swoim biurku. Robiła obchód, by sprawdzić, dlaczego jej taśma ma najmniej złożonych ekranów. Stałem wówczas prawie na końcu taśmy i podłączałem kable. Jednak, aby to zrobić, ekran komputera musiał do mnie podjechać. Jeśli nie puszczono go ze stanowiska obok, ja nawet ze swą małą robótką nie mogłem ruszyć. Na wszystko miałem kilkanaście sekund, ale się wyrabiałem. Podeszła do mnie i otwierając swą paskudną mordę, wrzasnęła: „PUSZCZAJ! SZYBKO!". Nacisnąłem na pedał i ekran pojechał dalej. Zdarzenie miało miejsce w pierwszej godzinie pracy... przez kolejne siedem godzin przeklinałem w duszy tę wiedźmę.

Demontaż

Taśma to najgorszy tor. Znacznie lepiej było mi przed nią, gdzie rozpakowywałem elementy ekranu, przygotowywałem je na taśmę. Były to głównie ramy.

Pracowałem tam z ludźmi o wiele sympatyczniejszymi. Nawet ich problemy życiowe były ciekawsze, ale co ważne, nie interesowało mnie już życie na taśmie. Miałem więcej luzu, mogłem schować się za kartonami, gdy nie było już nic do zrobienia, i odpocząć. Czułem się jednak cały czas jak odludek, jak przybysz z nieznanej ziemi. Nie mówiłem nikomu, że piszę. Dziwne uczucie odczuwałem nawet wtedy, gdy mówiłem, że planuję iść na studia. Nie brakowało tam też pracowników z wykształceniem wyższym, zajmowali lepsze stanowiska albo po prostu pracowali w pastelowo zielonych barwach, jak ludzie z wykształceniem średnim, zawodowym bądź bez wykształcenia.

Ludzi dziwnych nie brakuje. Pamiętam kobietę po trzydziestce wyglądającą jak wyjęta z poprzedniej epoki. Miała błądzące spojrzenie, mówiła trochę jak dziecko. Z pewnością miała swój świat, który był dla innych powodem do śmiechów. Musiała być dziewicą, o tak. Nie miała także partnera. Przez członek mężczyzny zostaje kobiecie przekazane antidotum, które nie pozwala jej zwariować. Dziewictwo to najgorsze paskudztwo krążące pod nogami człowieka. Tak wtedy uważałem. Tacy ludzie po prostu są, oczywiście nie zdają sobie sprawy ze swojej inności, tak mi się wydaje. Zachowują się jak lunatycy, mówią brednie. Otoczenie słucha ich i się z nich śmieje. To nie komicy, nie politycy, nawet nie wariaci, których należy izolować. Nieszkodliwi wariaci. To było przykre. Nie dlatego, że kobieta była pośmiewiskiem, bo faktycznie było z nią wesoło. Smutno mi było wtedy, kiedy czułem się do niej podobny. Nie byłem wprawdzie już prawiczkiem, na szczęście! Ale byłem tak samo odległy, tak samo obcy tym wszystkim ludziom.

Mam pamięć do twarzy... Spośród tysięcy pracowników z pewnością poznałbym dziś niektórych. Pamiętam sporo osób. Nie umiałem się zaprzyjaźnić, zakolegować... to nie wchodziło w grę, nie byłbym w stanie stworzyć pozytywnych relacji z ludźmi, którzy podczas pracy pokazywali, jak są chamscy. Nie pasowałem do współtworzenia masowej produkcji. Wyrwałem się ze swych wspomnień i spojrzałem na Oliwera. Poprosiłem, by nie wyrzucał pracownicy tylko dlatego, że wyrażała się źle o przełożonej. Choć chciał to zrobić, wysłuchał mnie i skończyło się to dla tej pani naganą. Poczułem ulgę, bo wiem, co znaczy rozpaczliwie tracić funkcję pracownika produkcji bezpośredniej.

— Nie spodziewałem się, że zainteresuje cię jej los — powiedział Oliwer, gdy opuszczaliśmy fabrykę.

— Mówiłem ci, że pracowałem kiedyś w podobnym miejscu. Ludzie żyją tutaj w zamknięciu przez osiem godzin. To nie jest przyjemna praca, nie jest też od nich zależna, więc staram się ich dziś rozumieć.

— Wiem, że nie jest to praca marzeń. Fabryki dziadka są dochodowe. To jego marka, nad którą sam ciężko pracował. Warunki...

— Wiem, Oliwerze, że tutaj dbacie o warunki. Pracowałem latem. Pamiętam, jak w upalne dni niektóre dziewczyny mdlały. Taka hala jest jak ul. Hałas i upał najbardziej męczą zmysły. To nie jest robota dla słabych.

— Więc może powinienem był ją zwolnić?

— Absolutnie nie. Ona wróci na stanowisko jeszcze bardziej wkurzona, ale i wdzięczna, że ma dalej pracę. Na tym to polega. W końcu człowiek musi się zmęczyć w pracy, by czuć, że na pewno żyje.

— Nie bądź niesprawiedliwy — rzekł Oliwer, wyglądał już na zmęczonego. Ani jemu nie chciało się tłumaczyć, co znaczy praca w firmach Micalich, ani opowiadać w duchu eXst eXiste o prawach jednostek eX. Drobne doświadczenie, jakie przeżyłem w pewne wakacje, dało mi argument za tym, że nie jestem hipokrytą. Miałem, dzięki Bogu, nakierowany na sukces umysł. A to pierwszy krok do opuszczenia bagna.

2

Do siedziby ΔDQ zawitała dawna znajoma Oliwera, Inès, która oznajmiła mu, że pod jej domem znaleziono ciało zamordowanego pracownika ΔDQ. Jak odkryła zwłoki?

Widok starej topoli nigdy jeszcze tak nie wystraszył młodej Inès. Nieraz nocami wielkie gałęzie malowały cienie na ścianach jej pokoju, przypominając szpony z najgorszych horrorów, których tak nie znosiła. Tym razem nie była to dziecięca fobia. Pod starą topolą przy Villon Pray 18 wyraźnie widziała ludzkie ciało nieporuszające się od ponad siedmiu minut, podczas których nieustannie patrzyła w tamtym kierunku. I może nie byłoby w tym nic dziwnego, ponieważ sen pod drzewem mógł być dobrym pomysłem, tym bardziej w tak urodziwej miejscowości jak ta na północy kraju. Może i nie, ale był chłodny, marcowy dzień i na dodatek z grubych chmur padał deszcz. Tworzył koła na jeziorze i spływał po szybie, za którą stała Inès.

Postać leżąca pod drzewem w niczym nie przypominała jej kogoś znajomego. Zastanawiała się, czy przypomina człowieka. To jednak, co zdołała ujrzeć zza okna, nie równało się widokowi z bliska. Policja zrobiła zamieszanie i wzbudziła niemałe zainteresowanie mieszkańców Villon Pray.

Dzwonek do drzwi zabrzmiał złowrogo, więc Inès w pośpiechu zaczęła wciągać jakieś spodnie i zapinać koszulkę, zbiegając po schodach, aby otworzyć. Stał przed nią policjant. Pachniał czterema spalonymi papierosami, na jego twarzy gościł ślad zmęczenia. W istocie to nie był dla niego dzień na sprawę morderstwa w nudnym Villon Pray. Deszcz powędrował już dalej, z pewnością do sąsiednich wiosek zatopionych w oceanie lasów. Policjant wyglądający może na czterdziestolatka, który przypominał dodatkowo przestarzałą wersję hollywoodzkiej gwiazdy, zmierzył Inès posępnym spojrzeniem. Dziewczyna normalnie wybuchnęłaby śmiechem, jednak najważniejsza była sprawa, której nie potrafiła pojąć... Sprawa, która leżała teraz pod starą topolą.

— Czy to pani wezwała policję? — mężczyzna zapytał, po czym się przedstawił. Nazwisko było jej znajome. Wydawało się należeć także do jej pierwszej miłości. Inès z trudem ukryła uśmiech.

— Tak, to ja. Czy już coś wiadomo o tym ciele? — zapytała Inès, patrząc z uwagą w pomarszczoną twarz mężczyzny.

— Owszem. Śmiemy przypuszczać najgorsze.

— To morderstwo?

— Ach, to nie ulega wątpliwości. Ciało ofiary zostało perfekcyjnie przyczepione do drzewa.

— Nie rozumiem, co pan chce przez to powiedzieć?

— Przez ciało tego mężczyzny przechodzi około tysiąc cienkich drucików, przecinają także drzewo. Usunięcie stamtąd zwłok może skutkować zniszczeniem domu.

— Jest pan pewien? Jak to w ogóle możliwe? — Inès sprawiała wrażenie totalnie osłupiałej. To, co przed chwilą usłyszała, przerastało jej wyobraźnię.

Nie odpowiedział, zerknął tylko za siebie, po czym zaczął dreptać wzrokiem po schodach biegnących na piętro w domu Inès.

— Oczywiście przygotowanie tego wszystkiego zajęło mordercy trochę czasu, zatem domyśla się pani, że interesować mnie będzie, czy dziś nie zauważyła pani tu kogoś, czegoś dziwnego?

— Nie mogłam. To znaczy, ja mam pokój po drugiej stronie domu, od lasu. Widok na tę starą topolę i jezioro mam jedynie, kiedy jestem w kuchni i w godzinach nocnych, gdy śpię w sypialni na poddaszu. Bywa, że jestem tak zajęta, że zasypiam przy biurku. Ale nie wyjaśnił mi pan, co jest gorsze poza tym, że to morderstwo. Czy jestem w niebezpieczeństwie?

— Tego nie wiemy, ale być może. W końcu to pani podwórko wybrał zabójca, pani drzewo... Chodzi o to, kim jest ofiara.

— Czy to ktoś związany ze mną? — powiedziała ciężko, a w piersiach poczuła nagły przypływ gorąca. — Co udało się panu ustalić?

— Nie sądzę, aby ofiara była pani bliska, ale mogę się mylić. Kojarzy pani nazwisko Sturptyfloe?

— Nie kojarzę. A teraz leży zamordowany pod moją topolą?

— Nie to, szanowna pani, jest istotne. Czy wie pani, z czym Fabrice Sturptyfloe był związany? Wątpię. Nie wiem, czy chociaż ΔDQ mówi coś pani...

Coś jakby chwyciło Inès za serce i ktoś chyba uderzył ją w głowę. Na jej skórze pojawiła się gęsia skórka. Jak mogłaby nie znać ΔDQ? Ona? Wiedziała dobrze, kto jest twórcą tej potęgi, choć nie znała zasad jej istnienia.

— Czy ΔDQ mogło mieć związek z tym morderstwem? — spytała zdenerwowana. Spytała, mimo że nie chciała usłyszeć odpowiedzi.

— Nie zrozumiała mnie pani — rzekł policjant kryjący zdziwienie, ale chcący wyglądać na wybawiciela od błędnych idei. — Fabrice Sturptyfloe pracował dla ΔDQ i śmiem twierdzić, że przy samym boku Oliwera Micalego.

Nie, to już była przesada. Na pewno się przesłyszała. Oliwer Micali, znów usłyszała o nim po tylu latach. Po tylu latach w spokojnym Villon Pray, nagle przed jej domem zjawia się trup, który był bliskim znajomym JEGO... Oliwera.

— Nic nie jestem już w stanie panu powiedzieć. Mogłabym zobaczyć zwłoki?

— Słucham? Zapewniam, że widok...

— Wie pan, przyszła mi do głowy przez moment taka myśl, że może... znam tego człowieka.

— Skąd taka myśl? — odparł policjant, a jego twarz rozbłysła uśmieszkiem.

— Ponieważ niegdyś bardzo dobrze znałam Oliwera Micalego. Szefa ΔDQ.

Myliła się. Fabrice Sturptyfloe nie był jej znany. Widok mężczyzny pod starą topolą był jednak wstrząsający. Na twarzy widoczne były cieniutkie igiełki, które — jak zapewnił policjant — przecinały głowę ofiary i drzewo. Sam zamordowany wyglądał spokojnie, nie krwawił. Z otwartych zastygłych oczu wystawały cztery druciki. Ręce miał złożone w okolicach brzucha. Wpatrzony był jakoby w stary wiatrak przy Villon Pray 23 odległy nieco od pozostałych domostw. Majestatyczna budowla z potężnymi skrzydłami zasłaniała blade słońce próbujące wyskoczyć zza ponurych chmur.

3

Pewnego dnia na uczelni miał miejsce nieprzyjemny incydent. Trzech chłopaków napadło na Gregory'ego, wykorzystując fakt, że ochroniarze znajdowali się za drzwiami gabinetu, a wykładowca wyszedł z sali. Zaczęło się od tego, że jeden z napastników podszedł do Gregory'ego i uderzył go w twarz. Chłopak nie śmiał wołać pomocy. Studenci sprawiali wrażenie, jakby nic się nie stało. Yard wstał i zmierzył wzrokiem chłopaka, ale cokolwiek zdążył uczynić, dostał z pięści w brzuch i do ataku przyłączyli się jeszcze dwaj koledzy. Wtedy to zrobiło się lekkie poruszenie, a wykrzykiwane wyzwiska zwróciły uwagę ochrony. Skończyło się po kilku sekundach.

Koledzy zostali ukarani. Chłopak tym faktem nie był ani ucieszony, ani specjalnie poruszony. Oprócz bólu w okolicy klatki piersiowej i brzucha miał siniaka pod okiem. Rektor uczelni oraz pozostały w gabinecie ochroniarz kombinowali nad tym, jak zatuszować sprawę. Patrzyli co jakiś czas na Gregory'ego. Ten milczał, nie śmiali nawet go o cokolwiek pytać. Jedno było pewne, jeśli pan Yard się dowie, rozpęta się mała apokalipsa. Gregory dobrze o tym wiedział, nawet cieszyła go ta myśl, choć nie chciał, aby się ziściła. Czekał aż coś wymyślą. Grupa została zastraszona, co jednak nie było wielce konieczne. Wszyscy szybko usunęli z pamięci to, co się stało. Atmosfera w gabinecie była naprawdę napięta. Do chwili, w której odezwał się telefon Gregory'ego. Chłopak spojrzał na przerażonych mężczyzn jak na idiotów. Dzwonił Victor.

— Słucham. Niestety jutrzejsza sesja musi zostać przesunięta...

Po chwili opowiedział, co się wydarzyło, wbrew przerażonym spojrzeniom ochroniarza i rektora, którzy wciąż obawiali się przemówić do Yarda. Nowoczesne urządzenie, którego obsługa była bardzo prosta, zaczęło głosem wrzeszczącego mężczyzny po czterdziestce piętnować winnych ataku, potem Victor skupił się na rektorze, który przybrał na twarzy gorącego wypieku. Gregory słuchał wszystkiego z grymasem powodowanym bólem, ale nie przyswajał jakichś nowych informacji. Wiedział, że jutro Victor znajdzie mu nową ochronę, ale jego ojciec o niczym się nie dowie. Jeszcze przed piątą po południu młody Yard został oficjalnie przeproszony przez kolegów z uczelni. Nie patrzył im w oczy, oni też unikali spojrzeń innych. Ich uwagę przykuła wyłożona ciekawymi kafelkami podłoga. Po ich, żałosnych zresztą, przeprosinach chłopak odwrócił się na pięcie i wyszedł.

Była mgła. Niewielu już kręciło się koło uczelni o tej porze. Jego samochód i szofer czekali. Victor nie przyjechał, gdyż Gregory uznał to za zbędne. Ojciec nie zauważy nieobecności podczas kolacji, wraca późno, więc podbitego oka nie ujrzy. Jedno tylko zdziwi ojca.

Pan Yard, mimo że nie pochwala „MASHTIE" i zdjęć syna w magazynie, z pewnością zorientuje się, iż coś jest nie tak, gdy nie pojawią się nowe fotografie. Victor zaczął o tym myśleć przedwcześnie, zatem około dziesiątej w nocy Gregory otrzymał wiadomość, że w przeciągu godziny pojedzie na sesję, nad którą popracują specjaliści od retuszu. Wiadomość zawierała kilkakrotnie powtarzane zdania, typu: „Nie złość się z powodu retuszu", „Przepraszam, ale to jedyne wyjście". I tym podobne. Gregory nie złościł się. Ból minął. Pył czmychnął do gabinetu pana Yarda około wpół do jedenastej w nocy. Na pięć minut przed wyjazdem do studia pojawił się nieskromny samochód stylistki Gregory'ego. Pan Yard, śpiący w prawym skrzydle willi, nie słyszał wybuchu szału, w jaki wpadł jego syn, gdy puściły nerwy i emocje z całego dnia chłopaka zostały wyładowane na stylistce.

Luty sprzedał się zdumiewająco, podobnie jak styczeń, mimo to Gregory ogłosił w studiu „MASHTIE", że sesja sprawiła mu wiele bólu, przysporzyła upokorzeń i była najgorszą w jego karierze. Trzy dni potem na jego konto wskoczyło dwieście osiemdziesiąt tysięcy. Na wydziale życie toczyło się już całkiem normalnie. Na korytarzu robiło się luźniej, gdy Gregory przechodził wraz z R., I., M. Tak nazywał trzech nowych ochroniarzy. Jego twarz wróciła do dawnego stanu. Przygotowywał nową sesję, nad której retuszem sam chciał pracować. Spodobały mu się nowatorskie sposoby pracy profesjonalnych programów, które zamieniały jego zdjęcia z dzieł sztuki w arcydzieła. Tak miał się rozpocząć nowy rozdział na kartach magazynu „MASHTIE". Pismo zyskało nowych czytelników. A Gregory cicho wszedł w nowy etap pracy, choć za żadne skarby nie chciał się przyznać, że mógł się co do specjalistów od retuszu... pomylić.

Pod koniec lutego do Gregory'ego zadzwonił ktoś, kogo telefonu chłopak w żadnym wypadku się nie spodziewał. Dzwonił sam Oliwer Micali. Rozmowa obrazowo przypominała spotkanie dwu lodołamaczy na arktycznych wodach. Krótka, sucha dyskusja, w której to Micali poprosił Yarda o przyjęcie w przyszłą sobotę swojego przyjaciela. O szczegółach nie wspominał. Gregory zgodził się, na co usłyszał jedynie: „Mam nadzieję, że nie okażesz się pomyłką". Brwi zdumienia same wystrzeliły Gregory'emu ku górze. Nie zrozumiał nic z tego, co usłyszał. Było mu przez to wstyd! Zadzwonił do niego junior rodu Micalich i poprosił o spotkanie za pośrednictwem swego przyjaciela. Co o tym myśleć? Nic, czekać do soboty.

W sobotę na dziedzińcu willi przy Villon Pray 13 pojawił się piękny sportowy samochód, z którego wysiadł młody mężczyzna, nieco starszy od Gregory'ego. Miał na sobie biały podkoszulek i marynarkę. Był bardzo dobrze zbudowany (nad takim ciałem trzeba długo popracować w siłowni) i kogoś mu już przypominał. Kiedy Gregory wszedł do salonu — regularnie i wedle swych zasad spóźniony pięć minut — gość stał przy jednym z okien.

— Punktualność to dobra cecha — powiedział bez większej czułości i odwrócił się twarzą do gospodarza.

— Przyjemne powitanie. Cenię punktualność, jeśli znam cel spotkania.

— Nieważne! Nazywam się Marco Otboy, jestem tu na polecenie Oliwera Micalego, mojego przyjaciela i Głównego Przewodniczącego eXst eXiste.

Marco Otboy, jak mógł go nie poznać. Był synem właściciela znanego w Stanach Zjednoczonych banku, który od 1991 roku przedostał się i rozsiał po prawie całej Europie. Marco był zapewne starszym bratem jeszcze jednego Otboya. Jedno pozostawało zagadką — czym jest eXst eXiste?

— Pięćdziesiąt cztery lat temu czwórka najbardziej wpływowych ludzi świata postanowiła sprzeciwić się panującej rzeczywistości, tragediom, których źródłem jest zło tkwiące w człowieku. Wtedy to założyli stowarzyszenie, o którym nikt miał nie wiedzieć — eXst eXiste.

Czy to powiedział Marco? Jego twardy głos wyrecytował doskonale wyuczoną regułkę.

— Przepraszam, ale jestem ateistą i nie interesują mnie sekty czy inne związki wyznaniowe...

— Nie jesteś głupcem, nie byłoby mnie tutaj. Zatem słuchaj uważnie.

Gregory zmieszał się nieco. Czy ten człowiek go obraził? W jego domu?

— Do rzeczy, mój czas jest ograniczony... — zaczął Yard, nie dając po sobie poznać, że trafił na równego siebie przeciwnika. Coś w nim jednak było.

— Oby to był tylko czas. Ale oto list wstępny. Jestem twoim Przewodnikiem.

— To chyba nieporozumienie. Nie wyraziłem na nic...

— Spokojnie... Przeczytasz. Tak na marginesie, twój ojciec był Głównym Przewodniczącym II pokolenia eXeX.

— Nie, nigdy mi nie...

— Nie wspominał? — przerwał Marco. — Nic dziwnego. Nadszedł czas i wedle tradycji twój Przewodnik cię o tym informuje.

— Było czterech najbardziej wpływowych. Kto teraz jest w tym całym na „e"?

Marco uśmiechnął się i jęknął coś w rodzaju: „tym całym".

— eXst eXiste — poprawił go. — Ja, Oliwer junior Micali, Sergiusz Agamemnon Vesto i Tristan Roance. Jest nas ogólnie więcej.

— Kto?! — Gregory zwrócił szczególną uwagę na ostatnie nazwisko.

— Słyszałeś, a na mnie już pora. Reszta w swoim czasie.

Marco podszedł do stolika na środku salonu i położył białą kopertę z listem. Bardzo podobny otrzymałem w 1996. Wychodząc, skinął głową i lekko się uśmiechnął. Po chwili patrzenia w okno za podążającym do auta chłopakiem Gregory zdał sobie sprawę, że zapomniał spytać o to, co miało znaczyć, gdy Micali wyraził nadzieję, że nie okaże się pomyłką. Ale hipotetyczna odpowiedź sama nasunęła się po chwili. Nie mogę teraz o tym myśleć, nie ma sensu rozprawiać nad niejasnym.

Marco Otboy i Oliwer Micali faktycznie byli dobrymi przyjaciółmi. Choć zainteresowanie Oliwerem w mediach nie było ogromne, nikt nie podejrzewał jak potężnym jest młodzieńcem. Korporacja Alexandra, jego dziadka, była tylko opcją numer dwa. ΔDQ, którym zarządzał Oliwer, z roku na rok stawało się równe dokonaniom dziadka. Młodzieniec o rudych włosach i radarowym spojrzeniu był najlepiej poinformowanym człowiekiem na świecie. Można rzec nawet, że trzymał najważniejsze sznureczki w swoich dłoniach i kiedy tylko tego potrzebował, pociągał za nie. Sergiusz Agamemnon Vesto mieszkał w miejscowości, z której pochodzili Marco i Oliwer, jednak był szarakiem pracującym w warsztacie naprawczym dla tirów. Oliwer ufał mu jak bratu.

Natomiast Tristan Roance, czyli nie kto inny jak ja, był żywą legendą, najmłodszą i nieprześcignięta ikoną literackiego świata.

Jakie życie prowadziła jednak nasza elita wtajemniczona w świat eXst eXiste? Tego pragnął się Gregory dowiedzieć najbardziej. Ze wszystkich istot, jakie chodzą po świecie, wydaje mi się, że młody Yard był najbardziej dziwaczną. Jego nietypowa uroda manekina bez skazy nie pozwalała mi odczytać jego myśli dokładnie. Jestem pisarzem, potrafię przeskanować człowieka. Tutaj jednak napotykałem zawsze kłopoty.

Gregory siedział w swoim pokoju, topiąc się w morderczej ciszy, od której wielu popadłoby w ciężką depresję. Przywyknął już do samotności. Nie był przecież całkowicie sam. Miał swojego kota. Pył był dziś wyjątkowo niespokojny. Zwiedził tego dnia chyba całą willę. Później ganiał po folwarku.

ROZDZIAŁ ÓSMY

ZACHÓD SŁOŃCA NAD LA FORÊT DE COLIN

Przygotowanie Gregory'ego do oficjalnego przywitania w stowarzyszeniu eXst eXiste.

Dostałem e-mail na prywatną skrzynkę od Oliwera Micalego, że dziś odbędzie się spotkanie. Sprawa z bratem nie była mi znana, nie mogłem z Oliwerem rozmawiać o tym przez telefon, a nie widziałem go jeszcze od tamtego przykrego incydentu. Średnio znałem brata Oliwera. Micalemu towarzyszył wtedy Agamemnon, ale w ostatnim tygodniu był zapracowany. Obiecałem sobie porozmawiać z Oliwerem, a on zjawić się na spotkaniu, aby przywitać nowego członka — Gregory'ego Axela Yarda. Nie każdemu było to jednak na rękę...

Niedzielny poranek rozpoczął się obfitym opadem śniegu, którego tej zimy w Villon Pray i tak nie brakowało. Od świtu Gregory siedział przygarbiony przy biurku, przepisując dwieście trzynastą zasadę. Oczy mu się kleiły. W głowie szumiały mu ule pełne rozwścieczonych pszczół. W poniedziałek spotkał się z Markiem, któremu pokazał przepisane sześćset trzynaście zasad eXst eXiste. Marco powoli oglądał podręcznik. Trwała przerwa po sesji Gregory'ego.

— Realita, szczególnie młody, świeży zarazem członek naszego stowarzyszenia, musi znać te zasady na pamięć — powiedział jednym tchem po chwili. — Dodatkowo gromadzić e-maile Rady Przewodników, najlepiej wydrukowane i co roku wykonywać listę nowych zasad. Jestem twoim Przewodnikiem. To coś w rodzaju ważnego przyjaciela i informatora. Słuchasz się tylko mnie i nie podlegasz innym Przewodnikom.

Marco wręczył mu kopertę z listem. Drugim i ostatnim, jaki dostarczył mu osobiście.

eXst eXiste
eXeX

Szanowny Panie,

Rada Przewodników, na czele z Głównym Przewodniczącym, Oliwerem Micalim, ma wielką przyjemność włączyć do stowarzyszenia kolejną wielką duszę błądzącą, która z dniem trzynastego lutego podlega zasadom eXst eXiste. Przewodnikiem Gregory'ego Axela Yarda zostaje IV Główny Przewodniczący Zastępczy, Marco Otboy.

Z gratulacjami
Oliwer Micali, Główny Przewodniczący

Pod tymi słowami znalazły się jeszcze dwa podpisy. Marca Otboya i Tristana Roance'a.

— Mówiłeś, że jest czterech Głównych Przewodniczących, w tym troje to zastępcy, a podpisało się trzech — zauważył Gregory.

— No tak i nie kłamałem, ale jeden Realita nie był zachwycony twoim przyjęciem do grona naszych. Sergiusz Agamemnon Vesto jest z nami od początku, od początku trzyma się swoich, czasem radykalnych... nie tyle poglądów, ile zachcianek. Jest wierny Oliwerowi, współpracują długo. Widzisz, Micali prowadzi jakby dwa życia. Tam, w Walii, oraz tutaj. Tu ma nas, a my jesteśmy jego najwierniejszymi przyjaciółmi.

— Rozumiem, ale dlaczego ten Sergiusz nie chciał mnie w stowarzyszeniu?

— Nie wiem, czy to ty jako ty jesteś konkretnie winien. Chodzi raczej o coś innego. Agamemnon, bo tak się do niego wszyscy zwracamy, nie jest ani sławny, ani bogaty... wykłócał się ostatnio, że przyjmujemy kolejną lalę przy forsie...

— Ach, dlatego Oliwer nie chciał, abym okazał się pomyłką. Mogę cię zapewnić, że nie będę — zaśpiewał, prawie ze łzami w oczach. — Zaczyna mi zależeć na eXst. Ojciec wyjechał w delegację do Wielkiej Brytanii, pewnie spotkać się z lordem Micalim, zostawił mnie tu samego z eXst, raczej zamierzenie.

— Możliwe. Więc przyłóż się do zasad! A Agamemnon popatrzy na ciebie spode łba i przestanie.

— Oby... — Gregory westchnął.

Pierwsze wejście Gregory'ego do La Forêt de Colin.

Nazajutrz pojawiło się słońce, ale pod postacią białej plamy na jasnoszarym niebie. Gregory znów spotkał się z Markiem. Siedzieli tym razem w jego pokoju. Przez pewną chwilę Otboy wpatrywał się w kota Yarda, który sprawiał wrażenie ofiary sadysty. Marco stwierdził w duchu, że jeśli zaraz nie opuści wzroku, stworzenie będzie śniło mu się po nocach. Gregory tylko podszedł do ulubieńca i podrapał go za uchem.

— Po przeczytaniu listu, który ostatnio ode mnie otrzymałeś, stałeś się Realitą. Do jutra muszę mieć twoją pisemną odpowiedź dla Głównego Przewodniczącego wraz z wszelkimi uwagami. Jakieś pytania? — zagadnął Marco.

— Setki...

— A konkretnie? Zasada czterysta szósta.

— Ilu konkretnie jest Realitów i kiedy ich poznam?

— Wystarczająco. Poznasz ich, kiedy Micali wyrazi na to zgodę.

— Z tego, co mi mówiłeś, Oliwer Micali mieszka w Loley, ale ma posiadłości w Walii i Stanach. W Loley mieszka także Sergiusz Vesto? Aparash Ballar Roance mieści się niedaleko Villon Pray, prawda?

— Tak, to sztuczna wieś, zbudowana przez Tristana. Mieszkają tam normalnie ludzie, ale wcześniej był to zaniedbany i nieurodzajny teren. Roance wziął się za niego. Całkiem mu tam dobrze. Jeśli chodzi o mnie, także mieszkam w Loley. Najbliżej La Forêt de Colin, zatem siedziba eXst eXiste znajduje się koło mnie.

— Jak ona wygląda? Nieważne. Zobaczę, gdy Oliwer stwierdzi, że już czas — dodał Gregory, zanim Otboy otworzył usta.

Kiedy dochodziła jedenasta w nocy, pod willę przy Villon Pray 13 podjechał sportowy samochód, za którego kierownicą siedział Marco. Gregory niepoinformowany wcześniej, że czas nastał, nie krył zdumienia. Loley znajduje się trzydzieści kilometrów od Villon Pray, jadąc z dobrą prędkością po dwudziestu minutach byli już na miejscu. Spokojna wioska, uśpiona już, jak to zimą bywa. Marco zaparkował przy starym, niewielkim budynku. Jak się potem okazało, był to jego dom. Ale nie weszli tam. Udali się od razu w stronę lasu.

— To tam, oświetlone takie, to dom Sergiusza. Siedzi jeszcze w domu. Oliwer mieszka w lesie, w przeciwnym kierunku, do jakiego zmierzamy.

Szli jeszcze pół godziny w głąb lasu, który Marco znał jak własną kieszeń. W końcu dotarli do miejsca, gdzie wokół ogniska stało osiemnastu mężczyzn. Sami młodzi, najmłodszy z nich miał dziewiętnaście lat. Reszta na pewno nie przekroczyła jeszcze trzydziestki.

— Marco, jesteś już! — zawołał chłopak o rudawych włosach. To on! Oliwer Micali. Wyglądał zjawiskowo, znacznie lepiej niż w telewizorze. Miał luźny chód, mówił wspaniale, płynnie, bez akcentu brytyjskiego.

Gregory nie miał problemów z rozpoznaniem go, ale poczuł się przy nim taki mały. Główny Przewodniczący i wnuk lorda Micalego nie był porażająco urodziwym mężczyzną, ale spojrzenie jego poraziło Gregory'ego do tego stopnia, że oczy zaszły mu łzami. Nie było wątpliwości, kto tutaj rządzi. Płomienie ogniska konkurowały z jego rudawymi włosami.

— To jest Oliwer Micali, Główny Przewodniczący eXst eXiste — rzekł Marco do Gregory'ego.

— Nasz nowy nabytek, Gregory Axel Yard — w wypowiedzianych słowach było tyle melodii.

— Tak, miło mi cię poznać — odrzekł Gregory. Wykonał ustami dziwny gest, przypominający nieco uśmiech, który zniknął równie szybko, jak się pojawił.

— Z początku każdy tak mówi. — Wybuchnęli śmiechem, a Yardowi zrobiło się trochę nieswojo.

Zupełnie podobnie przywitali mnie swoimi czasy. Wtedy to Oliwer dodał:

— Właśnie rozmawiałem z Sergiuszem o twoim dziele *A house without an address,* o którym jest tak głośno. Prasa donosiła, że planujesz jeszcze jedną część.

— Ogólnie mam w planach kilka części — odpowiedziałem wtedy.

— Dobrze. Pracuj nad cyklem. Jakie wydawnictwo je publikuje?

— Rizma. Drugiej części mam już siedem rozdziałów zamkniętych w moim domowym sejfie.

— Jeszcze raz gratuluję, Rizma jest mi bardzo dobrze znana — dodał Oliwer.

Potem Oliwer zwrócił się do Tristana, a teraz do Gregory'ego i rzekł:

— Poznaj zatem członków należących do stowarzyszenia.

Oliwer odwrócił się i wskazywał po kolei zgromadzonych:

— Adam Shargan, Max Vangini, Zachariasz Holle, Marceli Wargo, Justin Huit, Katon Otboy, Honoriusz Xemer, Julian Bert, Klaudiusz Send, Brian Batty, Evan Wans, Sykstian Bentz, Oskar Grind, Montiusz Vox, Wanitiusz Mowst, Tristan Roance, III Główny Przewodniczący Zastępczy, Sergiusz Agamemnon Vesto, II Główny Przewodniczący Zastępczy, Marco Otboy, IV Główny Przewodniczący Zastępczy.

Sergiusz uśmiechnął się sucho w kierunku Oliwera, nie spoglądając nawet w stronę Gregory'ego.

— Dwudziesty członek eXst eXiste zostanie dziś przyjęty do naszego grona — powiedział dwudziestoletni chłopak w futrzanej czapce. Głosy ucichły. — Czym jest eXst? Otóż, mogłoby się wydawać, że to sekta, mogłoby, ale tak nie jest. Realici to ludzie rozmawiający. Mówiący o wszystkim, o religii, życiu, śmierci. Jednak w eXst nikt nigdy nie narzuca sposobu wiary. To różni nas od sekt. Tu się rozmawia, a resztę robi wolna wola każdego z nas. Żadna z Prawd nie mówi o religiach, ale o sposobie bycia i obserwacji świata, tudzież ludzi. W imieniu Oliwera Micalego, mam zaszczyt przedstawić nowego Realitę, Gregory'ego Axela Yarda.

Członkowie zaczęli bić brawa. Dalej Evan powiedział, że nowy musi wypić napój eXst, który przydźwigali w dużym kotle Agamemnon i Katon. W czarze znajdował się czerwony płyn. Gregory podszedł do nich, pochylił się i zaczerpnął łyka. Było to wino, które miało dziwny smak, jakby z domieszką dużej ilości spirytusu, cynamonu i imbiru. Zawirowało mu w głowie. Potem Gregory, nie pytając nikogo o mniejsze naczynia, nabierał złączonymi rękoma wino i każdy z członków pił z nich. Na twarzy Oliwera malowało się zdumienie. Patrzył jednak na Sergiusza, ale ten zachował się jak należy. Dokonał się chrzest Gregory'ego. Po tym rytuale do Yarda podszedł Julian Bert, najmłodszy członek eXst. Miał na sobie obcisły płaszcz, czarne materiałowe spodnie.

Powiedział nowemu członkowi eXeX, że siedziba właściwa mieści się w jaskini widocznej kilkanaście metrów od ogniska. W tym czasie Micali rozmawiał z Sergiuszem i Tristanem. Julian był sympatyczny i obiecał pomóc w odnalezieniu się. Gregory zauważył, że chłopak miał na sobie płaszcz ze styczniowej kolekcji, który reklamował w „MASHTIE". Julian jeszcze przez chwilę wymieniał ważnych francuskich pisarzy i filozofów, których warto przeczytać, co Yard uznał za zbędne. Chyba zdał sobie z tego sprawę, ponieważ po chwili patrzenia na poirytowaną minę Gregory'ego rzekł jedynie, że życzy mu powodzenia i odszedł do innych.

— Za chwilę wejdziemy do domu bez adresu — odezwał się Marco. — Poczekajmy, aż Realici pójdą pierwsi i zasiądą na swoich miejscach.

Grupa, która wymieniała się w drodze przeróżnymi nowinkami, zmierzała nie w kierunku jaskini, o której wspomniał Bert, ale w stronę dróżki, którą przyszedł Gregory z Marco. Postanowiłem iść jednak przy Oliverze, tracąc możliwość porozmawiania z Yardem.

Dom bez adresu, siedziba eXst eXiste.

Gregory był zaskoczony, kiedy z powrotem miał wsiąść do samochodu Marca i wrócić do Villon Pray. Jednak jeszcze bardziej zadziwił go fakt, że wejście do siedziby eXst eXiste znajduje się właśnie w jego miejscowości.

Villon Pray położone jest blisko Aparash Ballar i kolonii Aparash Ballar Roance. Wioska powstała wzdłuż prostej drogi, która z jednej strony mknie ku tym wioskom, a z drugiej ku miasteczku Mirror, a wcześniej pokonuje Loley. Po jednej stronie ulicy znajduje się szereg domków jednorodzinnych, za którymi ciągnie się las. Wioskę urywają klify kąpiące się w morzu. Po drugiej stronie ulicy jest park, a w nim, między innymi, willa Yarda oraz jezioro Pray.

Ta niewielka miejscowość znajduje się w miejscu, gdzie niegdyś rósł gęsty las liściasty, pełen dębów, buków, klonów i kasztanowców, na północy kraju. Swoją nazwę zawdzięcza jezioru Pray leżącemu w dość dużym parku, który wraz z laskiem jest pozostałością po puszczy. Między nimi znajdują się w nim działki o powierzchni do dwunastu arów ułożone w trzech rzędach — po dziesięć w każdym. Na owych działkach stoją jednorodzinne domy. Granicę Villon Pray stanowią także pola porzeczkowe i zbożowe.

Wśród wszystkich domów dostrzec można było jeden, który bardzo kontrastował z pozostałymi. Sama działka ma zaledwie pięć arów. Dom zaś był niebywale mały. Bardziej przypominał sympatycznie wyglądającą murowaną altankę. Wykonany na planie litery L, miał dwa pomieszczenia (kuchnię i pokój) oraz strych.

Do ogrodu, który dzięki małym rozmiarom domu był dość okazały, wchodziło się przez metalową furtkę, bardzo starą i gdzieniegdzie zardzewiałą. Prawdę mówiąc, wyglądała na taką, której nikt w ogóle nie używa. Następnie wąską dróżką (mając po bokach tereny uprawne) szło się prosto do małego mostku, który przeprowadzał przez oczko wodne. Po prawej stronie, na półmetrowym wzniesieniu stał miniwiatrak (na wzór holenderskich), po lewej rosło wiele krzewów ozdobnych. Po przejściu przez mostek stało się przed ciemnymi drzwiami domu bez adresu. Były zaokrąglone na górze. Zewnętrzne ściany domu pomalowane były w ciemnobrązową kratę, tak aby przypominały drewniane belki. Po lewej stronie działki był trawnik, na którym stał pokryty śniegiem stoliczek i ławka. W słoneczne lata, cień zapewniały winogrona rosnące za ławką.

Przy domku, do którego Marco nawet nie miał zamiaru wchodzić z Gregorym, stała mała czarna szopka. Otboy wyjął kluczyk i otworzył ją. Przepuścił Gregory'ego. Z pewnością musiał się czuć jak w bajce. Pasowałby na pewno do każdej bajki, z Pyłem czy bez niego...

ROZDZIAŁ DZIEWIĄTY

DOM BEZ ADRESU

1

Pamiętam to uczucie, gdy pierwszy raz wszedłem do tej szopki. Trzeba uważać, ponieważ znajdują się w niej schody, dosyć strome, w dół, które prowadzą do podziemi. To przekracza wszelkie ludzkie wyobrażenia. Znajduje się tam korytarz. Wszystko to wygląda dosyć obskurnie, ściany są bowiem pomalowane na biało, choć z tym kolorem niewiele już mają wspólnego, są poplamione i pełne pajęczyn. Korytarz pod ziemią jest szeroki, a na jego ścianach znajduje się sporo drzwi. Ale do żadnych się nie zagląda. Niektóre wyglądają na nieotwierane nawet od wieków.

Marco prowadził Gregory'ego na sam koniec korytarza, a trwało to ponad dwie godziny. W tym czasie pokonali spory odcinek. Marco poinformował Yarda, że właśnie dochodzą do siedziby eXst eXiste w Loley. Gregory ze łzami w oczach przyjął informację, że wraca do miejscowości, z której właśnie przyjechał, pieszo w zimnym korytarzu podziemnych piwnic domu bez adresu.

Stanęli przed ostatnimi już drzwiami. Znajdowały się nie na bocznych ścianach, ale naprzeciw nich.

— Czy Realici już tam są? — zapytał Gregory.

— Naturalnie... i tak samo się tam dostali.

Nie musiał używać klucza. Drzwi otworzył normalnie, ich zawias był wyłamany. Musiał być solidny, przedwojenny, teraz zniszczony. Po wejściu ukazała się od razu sala, w której siedzieli już wszyscy. Efekt tego widowiska był niezwykły. Szyby, przez które widoczne było pomieszczenie, sprawiały, że obserwujący miał wrażenie, jakby patrzył na czarnobiały film. Ale Gregory nie zauważył wejścia do sali. Trzeba było ją obejść dookoła. Udali się w lewo, faktycznie byli w jaskini. Sala została wbudowana w jaskinię, wyglądała jak akwarium. Po lewej stronie widać było basen z ciemną wodą, który u końca wpadał w jeziorko jaskiniowe. Słychać było fale uderzające o skały. Kiedy Marco i Gregory obeszli oszkloną w niektórych miejscach salę, zobaczyli wejście, naprzeciwko kolejne, ale było ono gabinetem Oliwera. Weszli, skręcając w drugie, po prawej.

Sala była prosta i co ciekawe bardzo ciepła i czysta. Gregory zastanawiał się, jak człowiek był w stanie skonstruować siedzibę stowarzyszenia w takim miejscu. Udało się to jednak pierwszemu pokoleniu eXeX, które rozpoczęło swoje rządy i zaczęło budować siedzibę w roku 1945. Marco powiedział, żeby

Gregory usiadł koło niego i Sergiusza. Ta wiadomość nie ucieszyła młodego Yarda, ale nie miał wyboru. Na całe szczęście potężny Agamemnon miał dziś przemawiać. Nad jego krzesłem Gregory zauważył wiszącą na ścianie flagę. Nigdy wcześniej takiej nie widział. Z pewnością musiała być flagą eXst eXiste. Budowały ją dwie barwy, trzy poziome pasy i koło wbudowane w środkowy pas. Górny i dolny były koloru czarnego, tak jak koło. Środkowy pas był krwiście czerwony. „Elitarna" — tylko to przyszło Gregory'emu do głowy.

Sala eXst eXiste jest urządzona w bardzo prosty, ale elegancki sposób. Ściany są jasne. Znajduje się w niej stół w kształcie litery V. Jej koniec jest przy wejściu do sali, zatem naprzeciwko wejścia znajdującego się poza szklaną konstrukcją. Ale pomieszczenie to nie jest całkowicie szklane. Wsparte jest murowanymi ściankami. Miejsce Oliwera znajduje się pośrodku stołu. Za plecami ma wyjście na korytarz i do swojego gabinetu, a nad głową złote eXeX. Każdy Realita nosi ze sobą swój egzemplarz Prawd, zasad, które spisuje ręcznie od swojego przewodnika. Realitami nazwali się pierwsi założyciele.

Uśmiechnąłem się do Yarda. To musiał być dla niego szok. Miejsce, w którym odbywają się zgromadzenia eXst eXiste, przerosło chyba oczekiwania niejednego z nas, gdy po raz pierwszy je zobaczyliśmy. Czułem się olimpijskim bogiem, on także się czuł. Nadal miał łzy w oczach, ale nie były to już łzy poirytowania i złości z powodu odcisków na białych, porcelanowych nogach...

Tak minął ten wielki dzień w życiu Gregory'ego. Został dwudziestym członkiem eXst eXiste.

2

To, o czym się w eXst nie mówiło, czyli moje wybryki, które na pewno przeszkadzały niejednemu członkowi stowarzyszenia, mogło być powodem, przez który Oliwer nie chciał mi powierzyć opieki nad Gregorym Yardem. Zastanawiało mnie to. Trzymałem się oczywiście zasady, aby w czasie trwania sezonu eXst nie uczęszczać do klubu R, tak zresztą, jak każdy inny. Nie byłem jednak w stanie zrezygnować z niektórych rozrywek, które same pchały mi się do domu. Zależało mi jednak na innym miejscu. Willa Yardów wraz z folwarkiem oraz bogata historia pociągała mnie ostatnimi czasy bardzo. Całe dnie rozmyślałem nad tym, jak zbliżyć się do właścicieli, aby móc zajrzeć w każdy kąt willi i odkryć jej sekrety. Byłoby to niezwykle przydatne dla powstającej drugiej książki. Musiałem grzecznie czekać. Jako Przewodnik Gregory'ego mógłbym go odwiedzać w celach związanych z eXst eXiste. Mogłem się oczywiście z nim zaprzyjaźnić, choć był on bardzo nieufnym i, nie oszukujmy się, dziwnym człowiekiem. Sądzę też, że jego obecny Przewodnik, Marco, zdążył już mu wbić do jego nadzwyczaj niezwyczajnej głowy, że to on jest jego największym sojusznikiem. To zrozumiałe. Każdy z Przewodników dbał o swojego „nowego" ucznia, aby ten godnie reprezentował wszystkich nas na spotkaniach w siedzibie eXst eXiste.

Pewnego dnia postanowiłem porozmawiać z Gregorym. Zaprosiłem go więc w moje skromne progi. Zjawił się wraz z szoferem. Ubrany był bardzo dziecinnie. Nie miał prawa jazdy, co wcale nie wydawało mi się dziwne. Wygląd jego także był chłopięcy. Miał dwadzieścia lat, nie miał zarostu, a młodzieńczą aparycję dopełniały jasne włosy i pretensjonalnie długa grzywka zaczesywana na bok. Mimo jasnych blond włosów wyglądał bardzo aseksualnie. Skórę miał jasną, mleczną, momentami wyglądał, jakby był przezroczysty. Nie był jednak brzydki. Nie można powiedzieć o nim, że był przystojny. Stwierdziłem, że słowem „dziwny" można opisać każdą część jego ciała i umysłu. A nie rozdrabniając go na części, o całym Gregorym Yardzie można by powiedzieć, że to dziwny chłopak był. Wystarczyło choćby wspomnieć o jego paskudnym kocie, obok którego wielu nie przeszłoby bez zgorszonej miny... wielu także ominęłoby czworonoga szerokim łukiem. Gregory'emu swobodnie plątał się pod nogami. Do pewnego momentu PYŁ nie jest szkodliwy, wręcz nade wszystko bardzo wskazany. Niektórzy właściciele szczycą się jego długoletnim posiadaniem.

— Witaj, Tristanie — przywitał się Gregory, wyciągając niechętnie drżącą dłoń. Na jego twarzy nie malował się żaden konkretny wyraz. Ciężko mi było stwierdzić, czy jest dziś w humorze, czy może nie.

— Dobrze, że zgodziłeś się mnie odwiedzić — powiedziałem spokojnie, bez zbędnej czułości. — Sądziłem, że odmówisz.

— Odmówię? Dlaczego miałbym odmówić? Pragnę się zaangażować w eXst eXiste. To dla mnie wiele znaczy. Przepisuję Prawdy i podobają mi się. W tym jakże poukładanym życiu... — ostatnie słowa wypowiedział nieco ciszej i jakby z delikatnym zawodem.

— Każdy Przewodnik sprawuje opiekę nad swoim uczniem i to jego musisz słuchać. Dlatego wszystkiego co ode mnie usłyszysz, nie musisz brać do siebie.

— I bez tego potrafię osądzić, co należy wziąć z rozmowy do siebie.

Przez chwilę uśmiechał się. Spojrzałem na niego jednak nieco zmieszany. Nie zrozumiał. Przed nim jeszcze trochę pracy.

— Choć wiem, co chciałeś mi przez to powiedzieć... bo zdaję sobie sprawę, że jesteś inteligentnym chłopakiem, przypominam ci, że eXst rządzi się swoimi prawami... Prawa te zresztą sami ustalamy. Jednak, gdy Główny Przewodniczący Zastępczy mówi ci, że masz do końca go nie słuchać, musisz to sobie wziąć do serca. — Teraz to ja się uśmiechnąłem. — Dlatego chciałbym posłuchać, co ty masz mi do powiedzenia.

Z całą pewnością Gregory chciał mi coś uszczypliwego odpowiedzieć. Niestety, użyłem taniego przypomnienia, że jestem zastępcą samego Oliwera, zatem kimś ważnym w świecie eXst, który to miał dopiero poznawać i pod żadnym pozorem nie było możliwości, by wprowadził do niego jakieś rewolucyjne zmiany na początku. To było bardzo proste. Musiał najpierw poznać, z czym ma do czynienia, by móc podnieść głos w jakiejkolwiek sprawie. To właśnie tajemniczość i potęga ukryta przed światem musiała pobudzić w nim chęć zmiany swojego życia i oddania się eXeX. Podniecony Gregory... rozproszony, osłabiony PYŁ.

— Więc ufam, że to dobrze. Chcesz mnie posłuchać. O czym chciałbyś porozmawiać?

— Chcę tylko kawałka twojego spojrzenia na świat, tego, w co wierzysz, co wyznajesz, co uznajesz za stosowne i tak dalej.

— Masz na myśli religię? Jestem ateistą.

— Niekoniecznie. Widzisz, grupę nie interesuje, jakiego wyznania jest jakikolwiek jej członek. Nie chcę ci zadawać pytań. Wolałbym z tobą porozmawiać.

— Dlaczego ze mną?

— Widzisz, jesteś nową zdobyczą eXst. Choć Marco, mój przyjaciel, jest dobrym i mądrym człowiekiem, z pewnością nie jest w stanie przekazać ci wszystkiego, co mogą przekazać dwie osoby. Zależy nam na wyjątkowo świadomych swojego miejsca w eXst eXiste ludziach...

— Słyszałem od niego, że zależało ci także, byś to ty był moim Przewodnikiem. Dlatego właśnie postanowiłem cię odwiedzić... zgodzić się na twoje zaproszenie.

Ani razu Gregory nie dał mi do zrozumienia, że pamięta o tym, kim jestem. Nie zwracał się do mnie jak do pisarza, którego książka zawładnęła światowym rynkiem. Postanowił uważać na fakt, że jestem zastępcą Oliwera, a w eXeX zajmuję ważne miejsce. I to z nim właśnie chcę porozmawiać. Jakby był Emilką, moją przyjaciółką.

— Tak, to prawda, a i żaden wielki sekret. — Nie chciałem w tym momencie mówić mu o tym, jak bardzo interesuje mnie historia willi, w jakiej aktualnie mieszka. — Kieruję się jedynie dobrem i prawidłowym rozwojem eXst. Ale wiem, że nie do końca zrozumiesz, co z nim w tej chwili jest nie tak. Nie chcemy z Oliwerem niepokoić grupy. Nic więc wielkiego się nie dzieje i niech tak pozostanie — zakręciłem się nieco w myślach.

Zrobiłem chwilę przerwy. Spytałem, czego się napije. Poprosił o herbatę z odrobiną rumu, ja zadowoliłem się... samym rumem. Weszliśmy do jednego z moich gabinetów na parterze, choć proponowałem wybór któregoś z boisk sportowych. Okazało się jednak, że Gregory nie darzy sportów sympatią. W gabinecie poczuł się z pewnością jak w domu, jak we własnym pokoju. W niedalekiej przyszłości miałem okazję odwiedzić i jego azyl.

— Jakiej muzyki słuchasz? — spytałem. Sądziłem, że zaskoczy mnie klasycznymi wirtuozami.

— Popularnej — odpowiedział krótko bez zbędnych emocji.

— To ciekawe. Czasami mam z nią do czynienia. Na przykład w klubie R.

— Co to jest za klub?

— Nie słyszałeś o wielkiej dyskotece R? Jest dosyć sławna w tym rejonie. Znajduje się w Mirror i zajmuje fragment budynku galerii handlowej zbudowanej na planie litery X.

— Nie miałem okazji. Nie odwiedzam takich miejsc. Duszę się wśród masy ludzi.

— A jednak interesują cię spotkania eXst eXiste.

— Jest nas garstka. Marco opowiadał, że nie jest nas nawet trzydziestu. Poza tym ta garstka z pewnością nie poci się i nie...

— Myślę, że to zależy od typu dyskusji, tematu dyskusji. Przy niektórych można się spocić. Zmartwiłeś mnie nieco. Wiem, że jesteś popularny, jak muzyka, którą słuchasz, jednak życie klubowe nie jest karą czy szatą wstydu. Prawie każdy z nas chodzi do R. Oczywiście nie teraz, kiedy sezon spotkań się rozpoczął.

— Wiem o tym. Media informują czasami, jak chodzisz... i w jaki sposób stamtąd wychodzisz, czy zostajesz wyniesiony...

Uśmiechnąłem się. Spryciarz miał bestialski spokój na twarzy, kąciki jego ust drżały, jakby chciały niczym pąki kwiatów wypuścić perfidny uśmieszek, jednak tego nie uczyniły. Sprawiał wrażenie, jakby jego własne słowa nie robiły na nim wrażenia. Dobry był.

— Uwielbiam to, wiesz. To prowokacja...

— Przyznam, nie najwyższych lotów.

— Tak, ale wiesz, to najśmieszniejsze, bo niewiele robię. Widzisz, piszę książkę, ludzie czekają na nią jak na wypłatę. Mogę iść się wyszaleć, pokazać im prostaka, pijaka, choć tak naprawdę, gdy wydam kolejne dzieło, szczęki znów im poopadają. Oni to kochają, kochają (!), jak się z nimi bawię.

— Nie powiem, że cię podziwiam. Ale rozumiem jak najbardziej. Chociaż popełniłbym błąd, skłamałbym, że nie podziwiam cię za sukces, jaki odniosła twoja książka...

— Z pewnością Marco zdążył ci już opowiedzieć co nieco o eXst. Niedługo wejdziesz do siedziby, myślę, że ci się spodoba. Pierwsze pokolenie zadbało, aby było to miejsce fantastyczne.

— Marco niewiele mi zdradził, co do miejsca, w którym odbywają się spotkania.

— Cały on. Nie miej jednak poczucia, jakoby ci nie ufał albo myślał, że możemy jeszcze z ciebie zrezygnować. Zapewniam cię, że nie opuścisz stowarzyszenia do końca.

— Zdążył mi powiedzieć, że Oliwer i obecna grupa mają opiekować się eXst przez dwadzieścia pięć lat, tak jak dwie poprzednie grupy.

— Owszem, każde pokolenie eXst eXiste opiekuje się stowarzyszeniem przez dwadzieścia pięć lat, co oznacza, że przed nami już tylko dwadzieścia jeden lat. Spodoba ci się siedziba, tego jestem pewien. Studiujesz na naszym zacnym uniwersytecie. Wiążesz swoje przyszłe życie z nauką? Zajmujesz się na co dzień czymś innym. Swego rodzaju... sztuką. Nie czuj się urażony, nie mam nic złego na myśli, ponieważ cenię to, co robisz, choć...

— Zdążyłem zrozumieć — odparł i uśmiechnął się. — Ty, jak wielu przed tobą, także uważasz mnie za dziwaka. Ale widzisz, przyzwyczaiłem się, a i rany szybko się goją. Studia to obowiązek w pewien sposób narzucony przez ojca. Ale nie uważam ich za coś złego czy męczącego. Wręcz przeciwnie. Choć nie były moim pomysłem ani marzeniem, na pewno mi się przydadzą. Nie chciałbym jednak tłumaczyć ci, dlaczego pracuję w „MASHTIE", nie wątpię, że zdajesz sobie sprawę z tego, kto był założycielem tego magazynu.

— Tak. Wiem, że to twoja matka.

— Więc uznajmy, że to oczywiste, dlaczego lubię tę pracę.

Przez chwilę zapanowała cisza. Herbata mu ostygła, jednak bez słowa popijał ją co jakiś czas.

— Dostałeś już temat przemówienia od swojego Przewodnika?

— Nie został jeszcze opracowany.

— Temat jest mi znany, choć pewnie Marco nie opracował odpowiedniej pomocy dla ciebie. To normalne. Drażnią mnie tacy ludzie, którzy zamiast robić to, co mają do zrobienia i mieć spokój, odkładają to, bo... mają czas. Dlatego chciałem, żebyś nauczył się czegoś. W eXst należy troszczyć się o własny tyłek. Oznacza to, że musisz pragnąć wiedzy stowarzyszenia, zanim zostanie ci ona podana na talerzu. Uwierz, w tej restauracji kelner rzadko się pojawia niewzywany.

— Chcesz mi zdradzić temat? Podpowiedzieć?

— Nie to było moim celem, gdy cię tu sprowadziłem, mówiłem ci o tym. Jednak na pewno wyniesiesz lekcję z tego, co usłyszałeś. Oliwer w e-mailu napisał ci o naszej księdze zasad. Twój Przewodnik bardzo lubi tę księgę, a przestrzeganie zasad w szczególności. To bardzo dobre. Dlatego jest jednym z najbardziej cenionych członków eXst. Czy dostałeś już jego oryginał?

— Tak. Kazał mi przepisać całą księgę i na osobnej karcie stworzyć coś nowego, nowe zasady, które weźmiecie pod uwagę na jednym z zebrań. Mówiłem już o tym.

— Racja. Jednak na pewno nie dodał, że to jedyny jego egzemplarz, co jest oczywiste, gdyż każdy ma swój JEDYNY egzemplarz! Komu chciałoby się przepisywać tyle stron kilkakrotnie... rozumiesz pewnie, że powinieneś się spieszyć z ich przepisywaniem. Pamiętaj też, że musisz się ich nauczyć na pamięć. Jak twoje podejście?

— Serce się raduje! To trochę nierozsądna część rozsądnego eXst, Tristanie?

— Mylisz się. To trening dla mózgu. Człowiek jest w stanie osiągnąć dzięki jego ćwiczeniu tak wiele, a nie zdaje sobie z tego sprawy. Podejdź do tego jak do czegoś przyjemnego. Zapewniam cię, że zaskoczy cię, ile potrafi spamiętać twoja głowa. Obiecuję też, że to nie puste zakuwanie. To się przyda do myślenia. Nie wątpię nadal, że masz z tym jakikolwiek problem.

— Cieszę się, jak wielkie pokładasz we mnie nadzieje.

— Przejdźmy do jadalni. Zgłodniałem, a wiem, że myślenie z pustym brzuchem w parze nigdy nie idą. Poczekaj, wezmę tylko moje pigułki.

— Co to? — Gregory po raz pierwszy był zainteresowany lekarstwem, jakie wyciągnąłem z szuflady.

— Leki na wyjątkowy rodzaj bólu, że tak powiem...

3

Tego samego dnia wieczorem Oliwer chodził po swojej ukrytej za ruchomą ścianką biblioteczce w ΔDQ. Odwiedziła go Inès. Szukał pewnej książki, co sprawiało, że jego gość się niecierpliwił. Pojawiłem się, kiedy Micali przechodził do drugiego kredensu. Przywitał się, choć nie przestał szukać. Stanąłem przy Inès, była od niego co najmniej niższa o głowę. Spojrzał na nią i uśmiechnął się. Na jego twarzy pojawił się uspokajający wyraz. Taki, którym chciałby przekonać Inès, by dała mu jeszcze sekundkę.

— Jesteś podobna do mojej przyjaciółki Emilii — powiedziałem, a ta odwzajemniła mój uśmiech. — Ma podobne włosy i podobnie pachnie.

Nachyliłem się niegrzecznie nad nią i powąchałem.

— Nie, nie. Pachnie identycznie.

— To wszystko jest tutaj — rzekł nagle Oliwer, który stał około pięciu metrów przed nami z ciemnozieloną książką w dłoni. — Biblioteka to miejsce magiczne mające w sobie potężne i sekretne moce. Szkoda, że ludzi nie interesuje taka wiedza. Tutaj znajdują się wszystkie odpowiedzi, nieprawdaż? Próżno jednak szukać tu ukojenia czyjejś śmierci. Mimo to, zapewniam was, że moja biblioteka to najsilniejsza broń jaką mam. — W tym momencie się uśmiechnął. — Jednak przychodzicie do mnie w innym celu i nie chcecie skorzystać z tej broni?

— Chciałbym pomówić o innej broni. Wydaje mi się, że powinieneś oddać sprawę spod domu panny Inès naszym przyjaciołom z...

— Wiem, co ci się wydaje, Tristanie. Cieszę się, że dbasz o to, bym nie czuł się tym wszystkim przytłoczony, jednak ludzie, których masz na myśli, już dla mnie nad tym pracują.

— Przepraszam, że wam przerwę. Czy mógłbyś mi wytłumaczyć, jak ważne znaczenie ma śmierć tego człowieka?

— Wybacz, Inès. Próbując zapanować nad moim światem, zapominam, że i ty niegdyś do niego należałaś i znów ktoś pchnął cię w moją stronę.

Oliwer wyszedł z biblioteki i usiadł za biurkiem, wskazał nam wolne miejsca.

— Mężczyzna zamordowany pod twoim domem to mój współpracownik, który zajmował biurko za drzwiami tego pokoju. Oznacza to tyle, że był tu bardzo ważny. Znał się na sprawach ΔDQ znacznie lepiej ode mnie i po to właśnie tu pracował. Nie chcę nawet wspominać, że znaliśmy się kilka lat i ufałem mu, po prostu był moją prawą ręką.

— Oliwerze... — zabrałem głos, kiedy ten na chwilę ucichł. — To trochę jak z filmu, nie uważasz? Morderstwo zaplanowane w tak spektakularny sposób mające pokazać... tylko właściwie nie wiemy co.

— I tu się mylisz, Tristanie. Jestem przekonany, że to tylko znak wskazujący mnie jako kolejną ofiarę. Ktoś na mnie poluje. Niewiadoma jest tylko przyczyna.

— Jesteś najważniejszym młodzieńcem na świecie. To fakt, ale czy sądzisz, że na jednej ofierze się skończy?

— Miejmy nadzieję! — zdenerwowała się Inès. — Mam nadzieję, że z mojego domu morderca nie uczyni cmentarzyska.

— Nie zauważyłeś pewnego istotnego elementu.

— Co masz na myśli?

— Mordu dokonano w Villon Pray.

— No tak, to rzut beretem od Loley.

— Musiałbyś, Oliwerze, zajrzeć głębiej, aby zrozumieć, co łączy nas z Villon Pray od jakiegoś czasu. Przypomnij sobie, o co cię prosiłem.

— Może wyjdę — powiedziała Inès. — Do niczego się nie przydam, a sądzę, że nie powinnam także zbyt wiele usłyszeć.

— Odwiedź mnie w Loley pod koniec tygodnia — odparł Oliwer, po czym odprowadził ją do automatycznych drzwi.

Ciemne chmury zawisły nad siedzibą Oliwera, ale przepuszczały od czasu do czasu promienie słońca. Micali nalał do dwóch szklanek wody i podał mi jedną. Chcąc go uspokoić, powiedziałem, gdy opuścił wszystkie rolety:

— Fabrice mógł mieć problemy. To mogła być zemsta. Nie możesz podejrzewać najgorszego. Niemniej, nasz nowy członek, Gregory Yard i mieszkaniec Villon Pray, zaniepokoił mnie. Nie podoba mi się jego ojciec, to chłodny człowiek.

4

Zapisał
DANIEL ROSSER

Tristan i Gregory siedzieli nad jeziorem Pray. W oddali kąpała się młoda dziewczyna. Weszła w brudną wodę naga i od czasu do czasu płynęła na plecach, wystawiając piersi na słońce. Znajdowała się po drugiej stronie jeziora. Gregory spoglądał co chwila nerwowo i marszczył czoło.

— Chcesz porozmawiać o tym incydencie w szkole? — spytał powoli Tristan.

— Nie wiem — odparł Gregory. Posmutniał.

— Co chciałbyś powiedzieć? — zachęcił go Roance.

— Rzucali wulgarnymi wyrażeniami jak surowym mięsem. Nazwali mnie ciotą, pedałem... jeden z nich powiedział: „ty w dupę jebany pedale”.

Było coś niezwykłego w sposobie, w jaki z ust Gregory'ego Axela Yarda wypłynęły wulgarne słowa. Tristan to zauważył. Rozpacz i głęboki zawód. Młody chłopak zawiódł się na człowieku.

— Tacy ludzie nie znają innych słów. Są ograniczeni.

— Nie rozumiem, mam wszystko. A jednak jestem traktowany jak ktoś obrzydliwy. To, co robię... nie są w stanie docenić piękna? Nie jestem przecież gejem.

Tristan poklepał go po ramieniu. Kiwnął głową potwierdzająco.

— Wiem, że nie jesteś. Co czujesz? Czujesz gniew?

— Nie czuję gniewu. Rektor zarządził wówczas ukaranie ich... czułem sprawiedliwość... piekła mnie pod okiem. Ale dziś już tamto nie istnieje w mojej głowie w ten sam sposób. Zastanawia mnie, co im uczyniłem, że tak mnie nienawidzili.

— Stałeś się wyjątkowy. To boli innych.

— Wyjątkowy? Zawsze byłem taki sam. Ty jesteś uwielbiany, czy wydajesz swoją książkę, czy wymiotujesz do śmietnika pod R, kochają cię. Na tym polega to życie? Do tego świat dąży?

— Nie wiem... Może zbłądziliśmy wszyscy.

— Nie przekonujesz mnie, przepraszam.

Tristan długo milczał, nie poczuł się obrażony. Przez chwilę rozmyślał.

— Dałbyś im szansę?

— Na co? — ożywił się Gregory, zdmuchując kosmyk złotych włosów.

— Na naukę tolerancji.

— Nie. Nie mogą się jej uczyć, nie są w stanie. To się nam wszystkim należy. Kto tego nie rozumie już dawno jest...

— Martwy — dokończył Roance.

— Kto tego nie rozumie, nigdy nie był dla drugiego człowieka potrzebny.

— Nikt z nas nie naprawi świata. Nawet eXst.

— To zależy... ilu z nas naprawdę chce naprawy. Po co jesteśmy?

— By stworzyć... by próbować docierać — zawahał się Tristan, a potem dodał smutny: — A przynajmniej, aby zostawić coś konkretnego następnym.

— Za jakieś dwadzieścia lat?

— Świat się zmieni. Coś pęknie. Musi w końcu.

— „Zabijaj mnie... de-li-kat-nie. Chcę doznać roz-ko-szy...".

— Też uwielbiam tę piosenkę, Daniel nagrał najlepszy album na zakończenie XX wieku.

KRUKI

ROZDZIAŁ DZIESIĄTY

OGARNIĘTY ŻALEM

Popełniłem najcięższy grzech, jaki człowiek może popełnić. Nie byłem szczęśliwy.

J.L. Borges

1

Opowiada

Tristan Roance

Dwa rodzaje umierania na tym świecie.

Pewien ciężko ranny żołnierz leżący na skrawku ruin miasta, wyniszczonego przez wojnę, patrzył w pochmurne niebo i wtedy właśnie, nie wcześniej, zdał sobie sprawę z powagi problemu, jakim jest wojna. Ta pchnęła kulę w jego żołądek i dała kilka chwil gorzkiego umierania. Brudny, bezsilny, człowiek pełen nadziei, tylko ona pozostaje w takich chwilach, leżał i próbował wspomnieniami powrócić do rodzinnego miasta. Nie było to łatwe. Ból raził całe ciało, pomimo że był szkolony do walki z nim, nie mógł się skupić. Umierał. Nie było odwrotu. Jeszcze tylko chwilę pozostawiła mu wojna, tak to za moment miała skończyć się jego historia. Gdzie trafi? Czy do raju? Zabijał. Czy morderstwa w słusznej sprawie eliminowały jego winę? Miał nadzieję. Czuł się słaby. Bał się, że zwymiotuje. Wtedy by się udusił.

Pojawiło się słońce. Wyłoniło znad obłoków. Jeszcze minuta. Jego głowa eksplodowała od wspomnień. Czuł się, jakby wszyscy jego przyjaciele, polegli już, widzieli stertę obrazów wyskakujących z jego głowy, żonę, dzieci, rodziców... wokół zmieniały się krajobrazy, leżał w miejscach mu bliskich — na szkolnym korytarzu, na placu w swoim mieście, wszędzie tam, gdzie za życia zdążył być... nic nie słyszał. Pył osłaniał jego młodą twarz, a świat zamykał już przed nim swoje wrota. Robiło się coraz jaśniej, cieplej, wszystko znikało. Odchodziło w niepamięć... Świadomość wchodziła w objęcia snu. Nie! Znikał. Temperatura ciała stawała się coraz niższa, serce przestało bić, usta wypełniła krew. Coś, czego nie nazwałby nawet wrzaskiem ani ostrzem, rozdzierało i poddawało anihilacji najdrobniejsze części jego umysłu, jego duszy, jego świadomości.

Zniknął, zniknęło wszystko to, z czego był zbudowany na tym marnym świecie...

Parę wieków wcześniej młodzieniec w tym samym wieku leżał pod starym dębem, wokoło szumiały drzewa, słychać było co jakiś czas to świerszcza, to pszczołę. Słońce górowało wysoko i grzało przyjemnie. Ze snu zbudziły go śmiechy sióstr biegających po łąkach i zbierających maki. Czerwień kwiatów przytłaczała młodzieńca, który stracił ukochaną. Tylko pogoda była dlań łaskawa. Reszta świata kpiła sobie z jego tragedii. Pozostało mu odpoczywać, naturalnie, w samotni. Ta przynosiła ukojenie, z czasem... problemy. Tych miał teraz sporo. Zbliżały się jego urodziny i prezent, jaki sprawiła mu ukochana, wbijał mu tylko ciernie w mokre od potu czoło. Obserwował biedronkę, która wędrowała po jego nodze. Po chwili leciała już w stronę jego sióstr. Zostawiła go już naprawdę samego. Cień, który okrywał jego ciało, zdawał się być bliższy chłodu goszczącemu w jego sercu. Myśli miał różne, żadne jednak nie były zbawienne. Na szali postawił swe życie oraz życie ukochanej, którego mimo że nie był panem, ośmielił się zlicytować. Ta, która nie może być jego, która nie chce być jego, musi zginąć, aby pamięć o niej była równie raniąca, jak to, co on przeżywa.

Słabym był człowiekiem. Determinował niemoralną decyzję, bo bał się własnej śmierci, nie widział w niej rozwiązania, prościej mu było pozbawić życia właśnie tę dziewczynę. Zasłużyła na to. Miał wszystko, czego mógł sobie zażyczyć. Wszystko to stało się niczym, gdy ją poznał. Od tej chwili cały jego sposób myślenia krążył tylko wokół niej, stała się jego światopoglądem... do czasu. Teraz odrzucony, pozostawiony sobie śmieć stracił wszystko. Ta, która zamieszała mu w głowie, winna za to zapłacić. Myśli dobijały go tym bardziej, że zdawał sobie sprawę z tego, iż jej spojrzenie wystarczy, by padł przed nią na kolana, jak na smyczy, jak zahipnotyzowany, wątły i słaby... patrzył na białe owieczki skaczące po lazurowym niebie.

Zasnął na tym marnym świecie.

2

Zamieszki pod domem bez adresu.

— Jak śmiesz odzywać się tak do Tristana! — zagrzmiał Marco. — Nie wolno nam winić Oliwera za jego nieobecność na dzisiejszym spotkaniu. Media wpadły w szał, od kiedy pod domem znajomej znaleziono ciało jego współpracownika. Dla bezpieczeństwa stowarzyszenia eXst eXiste Oliwer nie może pojawiać się w obecności któregokolwiek z nas. Dobrze o tym wiecie.

— Oliwer jest Głównym Przewodniczącym eXst. Uważamy, że...

— KTO... uważa? — Marco stracił cierpliwość.

— Spokojnie — odezwałem się nagle. W moim głosie nie było ani zdenerwowania, ani też jakiegokolwiek przejęcia się niepokojem w grupie. — Panowie, chciałbym przypomnieć, że eXst eXiste nie jest sektą, a Oliwer Micali nie jest naszym bóstwem. Może zabrzmi to jak coś nowego, ale pełnię funkcję Głównego Przewodniczącego Zastępczego.

Teraz wstałem i przeszedłem się kawałek po sali. Nie patrzyłem na nikogo. Swój wzrok skoncentrowałem na wielkim, złotym napisie eXeX, znajdującym się nad wejściem. Zerknąłem na zegarek, po czym stwierdziłem oschle, że nieobecność Oliwera należy traktować tak, jakby był przeziębiony.

— Nie jestem w stanie pojąć, skąd u was brak zrozumienia. Zginął najlepszy pracownik w firmie Oliwera. Jego przyjaciel zresztą...

— Och, wybacz, że ci przerwę przypominanie, jaki ważny jesteś u boku Oliwera, Tristanie. eXst eXiste stanęło w miejscu i nie zdziałaliśmy nic, odkąd to wszystko się zaczęło. Poza tym nie jesteś dla mnie... Nie śmiem wypowiadać się w imieniu innych... dla mnie nie jesteś odpowiedni... na stanowisku Głównego Przewodniczącego Zastępczego — zrobił chwilę przerwy, zanim jad znów napłynął mu do ust. — Może mi powiesz, że ćpanie w klubie R to przykrywka dla prasy. Uważamy, że upadasz, panie Zastępczy.

Zapadła nerwowa cisza. Wróciłem do swojego krzesła. Lekko uniosłem brwi, ale nie chciałem nic odpowiedzieć. W drzwiach pojawił się Agamemnon. Sergiusz Vesto był facetem z krwi i kości, silnie umięśnionym i szerokim w barkach. Kiwnął głową w moją stronę. Nadal nie odzywał się do Marca. Zawsze traktował go jak marionetkę. Nie uważał go w grupie. Jak każdy naturalnie i Sergiusz Agamemnon Vesto nie odważyłby się sprzeciwić Oliwerowi Micalemu, nawet ja byłem przez niego szanowany. Sergiusz nie potrafił tłumić agresji, toteż chętnie wyładowywał ją na ludziach takich jak Marco.

Posprzeczali się oczywiście o kolejny nabytek eXst eXiste. Marco Otboy na jednej z imprez w willi Oliwera zasugerował, żeby wciągnąć do stowarzyszenia światową gwiazdę pop kultury Daniela Rossera. Rozpętała się wojna; z czasem była coraz ostrzejsza. Vesto nie mógł znieść faktu, że do eXst przyjmuje się tylko wysoko postawionych ludzi, znanych światu z mediów lub mających bogatych rodziców. Agamemnon był mechanikiem. Ale nie tylko długa znajomość z Oliwerem była przyczyną, dla której Agamemnon był członkiem stowarzyszenia. Był człowiekiem, który miał swoje zdanie. Często inne od zdania pozostałych Realitów. Ale i on opracował kilka Prawd.

Oliwerowi spodobał się pomysł, by Daniel znalazł się w zacnym gronie Realitów. Wokół narosłej atmosfery nie było niespodzianką, że właśnie Agamemnon zostanie opiekunem Daniela. Nie odmówiłby Oliwerowi. A ten miał w tym swój cichy plan. Podczas pewnej rozmowy w willi Oliwera, Agamemnon dowiedział się czegoś więcej o swoim przyszłym podwładnym. W pokoju jak zawsze przesiadywałem ja i Marco Otboy (który w tej chwili zajęty był grą na wielkim telewizorze). Oliwer siedział przy biurku i odpisywał na jeden z e-maili z firmy. Sergiusz leżał na kanapie i klął pod nosem.

— Przestaniesz? — obruszył się Marco.

— Wytłumacz, dlaczego przyjmujemy tego przygłupa? — wycedził Sergiusz, robiąc przy tym przesadnie zdziwione miny, jakby naśladował kogoś zabawnego.

— Nie podoba mi się twoje nastawienie — odpowiedział Oliwer. Wyglądał na zmęczonego. Pod jego oczami pojawiły się fioletowe plamy, które razem z piegami sprawiały wrażenie zgniłych śliwek. Wypowiadając ostatnie słowo, spojrzał na przyjaciela. — Daniel jest normalnym człowiekiem. Rozmawiałem z nim. Cała jego kreacja medialna to chwyt. Nie nazywałbym go przygłupem.

— A ja z chęcią będę. Widzę, co robi na scenie, nie słucham wprawdzie jego piosenek, jednak uważam, że to pośmiewisko na skalę światową.

Marco się poruszył, ale pomimo otwartych ust nic nie powiedział. Spojrzał na Oliwera, który teraz posłał mu ostrzegawcze spojrzenie. To on tę rozmowę poprowadzi.

— Czy uważasz, że nie mam czym się przejmować? Sprawiasz mi wielki kłopot, robiąc problem... szukając problemu tam, gdzie ja go nie widzę.

— Skończmy — przerwał mu Agamemnon. — Masz... mamy kolejną drogocenną zdobycz i temat zamknięty.

— Nie do końca — odezwałem się niespokojnym głosem. — Uznaliśmy, że to ty zostaniesz jego Przewodnikiem.

— Domyśliłem się już wczoraj, że tak będzie. — Agamemnon nie wybuchnął. — Przygotuję go odpowiednio, jak na prawdziwego Realitę przystało.

Przez chwilę temat zszedł na moją książkę. Kontynuacja wielkiego dzieła pozostawała wciąż niegotowa. Byłem też niespokojny, co zauważył Oliwer.

— Chcesz nam o czymś powiedzieć? — zapytał. — Czekam, by jako pierwszy przeczytać kontynuację twojej książki. I co?

— Stanąłem i nie mam... weny — wydukałem. — Brak mi wyraźnego kierunku.

— Tyle się dzieje — powiedział Sergiusz. — Inspiruj się życiem choćby Oliwera. Zabito jego przyjaciela. Emocji nie brakuje. — Sergiusz ani nie był ironiczny, ani też się nie uśmiechnął.

— Agamemnonie, dziękuję ci za dobre rady — powiedziałem. — Na tę chwilę jednak chciałbym oddać się stowarzyszeniu.

— Tristanie! Na Boga, wymyśliłeś większość Prawd i od początku jesteś moim Zastępcą. Kto jak kto, ale ty zasługujesz na chwilę dla siebie. Chwilę na pisanie.

— Nie obawiajcie się. Książka będzie gotowa do końca roku.

W willi Oliwera nie mówiło się o hucznych imprezach w klubie R kończących się nad ranem. Nie mówiło się o Agamemnonie, którego ogólnie bało się pół miasta, który miał znajomości i nie wahał się rozwalić jednemu czy drugiemu cwaniakowi twarzy w R. Nie mówiło się o mnie, kiedy uprawiałem seks z tancerkami nawet przy stoliku w klubie i często wynosili mnie naćpanego do tego stopnia, że nie mogłem iść o własnych siłach. Klub R był jedynym miejscem, gdzie

Realici udawali, że się nie znają, poza naszą czwórką. R odwiedzali celebryci, czasem udało się zatem dostać do środka jakiemuś dziennikarzowi. Tajemnica stowarzyszenia eXst eXiste była jednak świętością. Każdy dbał o to, aby jej nie zdradzić. Nawet pijany lub naćpany, w zależności od dnia tygodnia, milczałem jak grób. O mnie zresztą nikt się nie martwił. Nikomu Oliwer tak nie ufał jak mnie. Jestem inteligentnym człowiekiem, który dosyć doświadczył.

W prasie pojawiła się pełna i oficjalna lista piosenek nowego albumu Daniela Rossera:

001 Disco Priest
002 Broken Beat (Explicit)
003 I Need Jesus In My Disco
004 Babylon Must Grow
005 Hard And Naughty (Explicit)
006 Naked Prince
007 Beer For Bears
008 Surrounded By Sorrow
009 Under the wings of a raven
010 Silver Virgin
JAPANESE BONUS TRACK:
*011 Now We're Gonna F*ck! (Explicit)*

3

Tej nocy wymioty wymęczyły wyjątkowo silnie mój organizm. Płakałem nad toaletą. Nie miałem już sił, nie miałem już czym wymiotować, jednak lała się ze mnie ślina na samą myśl o tym, co wziąłem.

Gregory otrzymał ode mnie kolejną kasetę VHS. Młody Yard jest uważnym widzem. To ciekawe... kiedy ogląda coś w telewizji, robi to z wielkim skupieniem, ale nie odpływa, jest czujny. Niebieskie światło, jakie emanuje z ekranu, rysuje zorze na jego białej skórze, gdy w pokoju panuje półmrok.

— Czy możesz powiedzieć, jak przebiegają prace nad kolejną książką?

— Myślę, że tak jak zawsze. Powstawanie książki nie wygląda tak samo, jak na przykład nagrywanie albumu muzycznego. Choć znalazłoby się kilka podobieństw. Piszę wówczas, kiedy mam więcej wolnego czasu. Potrzebuję braku ograniczeń. Najlepiej gdy nie mam innych obowiązków, spotkań, rozmów. Tak naprawdę potrzebuję co najmniej trzech wolnych dni, aby się za pisanie wziąć.

— Czy kolejne dzieło jest planowane po każdej linijce osobno? Czy może powstaje ono dość swobodnie?

— Próbowałem pisać bez planu. Nie jest to możliwe. Książka musi mieć swój plan. Autor go potrzebuje, ponieważ porządkuje mu myśli. Nie pamiętam, bym tworzył coś, nie zastanawiając się nad jakąś linijką tekstu. Zawsze każda coś ze sobą niesie. To chyba poprawne.

— Myślisz, że inni pisarze także piszą w ten sposób?

— Nie zajmuję się badaniem innych pisarzy. Uważam, że nie ma także drugiego, który pisałby tak jak ja.

— Tak się dawno nie pisało, na takie pisanie nie każdy może sobie dziś pozwolić, a jednak. Ty. Dlaczego?

— Ponieważ nie wyobrażam sobie pisania w inny sposób. To dla mnie naturalne, ja nie czytam współczesnych autorów, ponieważ piszą tragicznie. Wszystko jest takie ułożone, ładne i... niepotrzebne.

— Niepotrzebne?

— Owszem. Przeglądam czasem kilka stron nowych książek... jestem rozczarowany. Autorzy traktują w tym momencie książkę jak płytę, gdzie tworzy się kilka ciekawych elementów, a reszta to tylko wypełniacze. Ja nie pozwalam nudzić się swojemu czytelnikowi, ponieważ sam się przy tym nie mogę nudzić. Literatura dzisiaj niekiedy nie jest nawet godna publikacji. Dzieła są tak paskudne, że nie pozostanie po nich w przyszłości ślad. Z kolei moje książki będą tematem prac doktorów i profesorów. Ja tworzę literaturę współczesną, taką, jaka ludziom jest potrzebna.

— Ludzie potrzebują dostać, wybacz za określenie, po oczach? Myślę nawet, że słyszałem te słowa kiedyś z twoich ust... Czy tak jest?

— Mój czytelnik po prostu nie jest okłamywany. On dostaje pewien obraz, ale nie jest jego elementem, jest dla niego nieosiągalny i ja nie okłamuję swoich chlebodawców, że staną się dla tych książek kimś wyjątkowym.

— Czy to znaczy, że twoi czytelnicy nie mają czerpać z książek jakichkolwiek wartości, przyjemności? Te książki nie są dla nich?

— Książka pozwoliła mi odnieść sukces, a ten wiąże się z oczywistym faktem, przeczytało ją wielu ludzi. Ale czytanie nie zawsze idzie w parze ze zrozumieniem. Absolutnie nie umniejszam nikomu inteligencji. Chodzi mi o to, że ja piszę dla ludzi skrzywdzonych. Myślę, że tylko ci, którzy dostali od życia po pysku... te książki będą dla nich.

— A co z resztą?

— Dla reszty otwiera to normalny proces krytyki.

— Czy stanowi ona dla ciebie problem?

— Nie może. Ponieważ ja tylko udostępniam innym, nie pod przymusem, kawałek tego, co mi sprawia radość. Ja piszę dla siebie. Piszę sobie książki, by mieć co czytać dziś, cenię sobie książki z wczoraj. Jutro będę tylko analizowany i interpretowany przez odpowiednich ludzi. Skrytykują ci, dla których tego nie napisałem.

— Którzy nie zrozumieją?

— Po prostu skrytykują czytelnicy, którzy w książce siebie nie odnajdą. Mówiłem już, dla kogo piszę.

— Chodzą głosy, że nową książkę, bardziej od poprzedniej, ciężko ci skończyć. Mówiłeś, że piszesz tak, abyś był zadowolony. Nie jesteś?

— Jestem, zawsze jestem zadowolony z tekstu, jaki powstał. Ale nie jest to skończony tekst. Odszedłem w tej książce od składania. Wcześniej książki budowałem z pojedynczych fragmentów, które powstawały w różnych odstępach, nie były chronologiczne. Sprawiało to czasem kłopoty. W przypływie pozytywnych myśli potrafiłem zmieniać na przykład osobę mówiącą, potem trzeba z tym walczyć i poprawiać.

— Jesteś swoistym fenomenem. Na pewno obiektem obserwacji. Ludzie zastanawiają się, jak to jest... piszesz, ale i spędzasz dużo wieczorów, nocy w R.

— R to miejsce przypominające mi pierwszą dyskotekę, na którą poszedłem w wieku osiemnastu lat ze znajomymi. Miejsce, które witaliśmy czasem puste, wypełniało się ludźmi i dymem papierosów. W połowie imprezy zawsze było szaro, dookoła chodziły kelnerki, które, jak pamiętam, nie wyglądały przyjaźnie. Zbierały szklanki, kufle. Pamiętam zawsze naćpanego didżeja. Stado dziewczyn ubierających się na pobliskim rynku, próbujących zwrócić na siebie uwagę ochroniarzy, ale nie tylko. To było dla mnie miejsce niezwykłe, naprawdę. Muzyka zawsze wspaniała, niektóre widoki żałosne. Ale tak bywa zawsze w takich miejscach. Pamiętam mężczyznę, strasznie pijanego, który ściągnął koszulkę. Chwilę potem dostał po twarzy od łysego i napompowanego ochroniarza i został wyprowadzony.

— To ci się podobało?

— To nie jest tak, że mi się podobało, choć wspominam miło te chwile. Po prostu tutaj R jest bardzo podobne do tamtego klubu. Widzę siebie młodszego, wśród ludzi, których dziś przy mnie nie ma.

— Dlaczego ich nie ma?

— Nie ma ich, ponieważ każde z nas ma swoje życie. Kto nie jest częścią mojego życia, nie istnieje dla mnie.

— To przykre.

— Według ciebie może i smutne. Dla mnie jest to proste.

— Czy ktoś cię skrzywdził?

Poczułem silne ukłucie w żołądku. Czoło miałem gorące, ciekawe, czy się zaczerwieniło.

— Na pewno. Każdy ma jakieś złe wspomnienia.

— Chcesz o tym pisać? Chcesz pisać całe życie?

— O nie, na pewno nie chcę pisać całe życie. Dziś utrwalam swoje myśli, jutro pozwolę im ginąć. Nie chcę zatrzymywać każdej. Nikomu nie jest to potrzebne.

Mojej pierwszej książce daleko było do komercji. Została zbudowana na fundamentach bezradności. To najgorsze, co może człowieka spotkać. Niemożność radzenia sobie z tym wszystkim, co rozumie doskonale. Nie jestem pewien, czy każdy człowiek tak ma. Myślę, że musiało być to zaskoczeniem, skoro książka w komercję jednak wpadła, przytulona została jej silnymi ramionami i stała się produktem masowym. Dzieje się tutaj wiele niedobrego, nie umiem nad tym panować, ale chętnie się tym dzielę. Nie jestem człowiekiem, który płacze, gdy dzieje mu się krzywda. Płaczę, gdy tych krzywd się nazbiera.

4

Czerwone słońce wlewało się przez okna do mojej wielkiej willi, zostawiając złote smugi światła na polerowanych płytkach z włoskimi wzorami. Siedziałem w swym pokoju na piętrze. Wielkie łoże z baldachimem, należycie pościelone, na którym leżały różnej wielkości jedwabne poduszki, znajdowało się naprzeciw pięknego, rzeźbionego kominka, w którym przyjemnie strzelało płonące drewno, ściany w eleganckiej czerni z rażąco fioletowymi, orientalnymi kwiatami, wijące się po podłodze aksamitne zasłony, drewniane fotele obite białą skórą i wielki obraz w zdobionych ramach nad kominkiem, w towarzystwie świec, przy łożu okrągły stoliczek z lampką i butelką francuskiego wina, obok kieliszka, na którego dnie zostało trochę czerwonego trunku, przy jednym z okien stało biurko, przy którym siedziałem. Za moimi plecami, przy drugiej ścianie stał stylowy dziewiętnastowieczny regał na książki. Tak, pokój zapierał dech w piersiach, podobnie jak cała rezydencja.

Był u mnie Gregory, który coraz częściej chciał odwiedzać Aparash Ballar Roance I. Chyba stawałem się jego przyjacielem. Nie wydaje mi się jednak, by uznawał takie pojęcia za istotne.

— Wydawało mi się, że Oliwer okaże się tyranem, zaskakuje mnie. Widziałem go tylko raz, w telewizji. Przemawiał wówczas krótko u boku dziadka. Wydaje się być spokojnym przywódcą… jeśli jest jakikolwiek sens nazywać go w tak poważny sposób.

— Oliwer jest dobrym człowiekiem — odparłem — który idealnie kontroluje życie eXst. Ale musisz mi wierzyć, że nie ma lekko. Poza stowarzyszeniem ma na głowie sprawy ΔDQ, a niedługo przejmie także rodzinny interes. Nie wydaje mi się, aby mógł sobie pozwolić na chwile słabości właśnie w tym momencie.

— Co masz na myśli?

— Oliwer Micali bardzo przeżywa rodzinną tragedię. O tak. Samobójcza próba brata to wielki cios. Choć przy nas stara się okazywać tylko wściekłość, wiemy, co tak naprawdę przeżywa. Był niezwykle związany z bratem. Wychowywali się wspólnie na wsi.

— To musiał być niewątpliwie bolesny cios.

— Nie znasz Oliwera. Potrafi być przykry. Wtedy osłania się władzą. I nie wiem sam, czy powinienem go rozumieć, czy przekonać, że to wbrew zasadom, jakich winien strzec.

— Być może, dlatego eXst eXiste nie stanowi jedna osoba. Musimy przestrzegać, co jest nam dane i nie zbaczać.

ROZDZIAŁ JEDENASTY

POD SKRZYDŁEM KRUKA

1

Odwiedziłem Oliwera z samego rana. Dochodziła godzina piąta, ale niebo było już jasne. Zastałem go ubranego, jakby nie kładł się tej nocy spać. Prawda jednak była inna. Oliwer przygotowywał się o godzinie czwartej do ćwiczeń. Po piątej był gotowy, by rozpocząć dzień w ΔDQ. Miałem do niego jedną prośbę, już kiedyś zapytałem go o to, lecz Oliwer nie wyraził zgody. Dzisiejszego dnia miało się stać wedle mojego namysłu.

— Co cię sprowadza tak wcześnie?

— Widzisz, myślę, że nadszedł czas, aby Marco objął moje stanowisko. A ja, jak ci wspominałem zimą, nadal chcę zostać Przewodnikiem Gregory'ego.

— Też... myślę, że czas na tę zmianę. Marco to chłopak z zasadami. Jak my wszyscy. — Oliwer uśmiechnął się. — On jednak ma tę hardą chęć ich pilnowania...

— I przestrzegania — dodałem. — Zależy mi, aby poznać Gregory'ego. Tłumaczyłem ci już to. To na potrzeby mojej książki.

— Tak. W porządku. Opracuję wiadomości e-mailowe dla członków eXst eXiste.

Wieczorem siedziałem w swoim pokoiku i to pisałem coś na maszynie, to spoglądałem za okno. Uwielbiałem tak pracować, w absolutnej ciszy, z punktem, w który mogłem uciec spojrzeniem po gonitwie tysiąca literek. Przede mną ciężkie zadanie. Przeżywałem kolejne dzieło z serii, która zawładnęła światem. Miałem jednak siłę i radość, ponieważ dostałem to, co chciałem. Zostałem Przewodnikiem Gregory'ego Yarda.

Następnego dnia e-maile trafiły do członków stowarzyszenia. Zostali oni poinformowani o zmianie Przewodnika Yarda, ale i mojej rezygnacji ze stanowiska Głównego Przewodniczącego Zastępczego. Pojawiłem się tego dnia u progu majestatycznej willi Yardów. Gregory spodziewał się, że do spotkania dojdzie bardzo szybko. Znał bowiem perfekcjonizm, jakim się chwaliłem. I słusznie. Nie pojawiłem się jednak u Gregory'ego po to, by rozmawiać o eXst eXiste. Przyszedłem do niego opowiedzieć mu o swojej nowej historii... Poinformowałem go, że z chęcią napiję się czegoś dobrego i że, o ile to nie kłopot, zostanę także na obiedzie.

— Nie wydaje mi się, abym był w stanie wcześniej skończyć, to co chciałbym ci powiedzieć. Nie wątpię, że zadasz mi sporo pytań — powiedziałem, sadowiąc się na jednej z pięknych stylowych kanap. Gregory był zadowolony. Bardzo lubił moje książki. Miał kilka wydań w swojej biblioteczce. Czuł się tak zadowolony, jak i zdziwiony.

— Z wielką przyjemnością wysłucham opowieści o twojej kolejnej książce z cyklu.

— Literatura nie umiera. Pragnę, abyś mi bezgranicznie wierzył. Proszę cię o to. Jako twój Przewodnik mógłbym ci nakazać, mógłbym powiedzieć ci, podyktować, jak masz myśleć. Ja jednak przychodzę tu do ciebie po przyjacielsku z prośbą, abyś mi ufał. Myślę, że jesteś na to gotowy.

Gregory przełknął głośno ślinę i nie ściągał ze mnie wzroku. Był gotów na to, aby mi zaufać? Co miało to oznaczać? Postanowił mnie wysłuchać. Siedział obok najpopularniejszego pisarza ostatnich lat i przyjaciela Oliwera Micalego. Nic więcej nie trzeba dodawać, aby zaufać Tristanowi Roance'owi!

— Jak zapewne słyszałeś, poświęciłem wiele czasu, aby dojść do tego, do czego doszedłem i by osiągnąć to, co nikomu przede mną się nie udało…

2

Gregory pojawił się w wydawnictwie wcześnie. Miał się tam spotkać wyłącznie z fotografem, by przedwcześnie przygotować nową okładkę magazynu. Miał już pewien pomysł. Trzymał w torbie kilka starych fotografii, które zrobiła mu jeszcze jego matka, kiedy był bardzo mały. Usiadł z fotografem przy szklanym stole i rozłożył mu zdjęcia, pokazując dwa najbardziej wyraźne i dość podobne. Miał na nich kilka lat, może pięć. Na obu był uśmiechnięty. Od zawsze miał burzę pięknych blond włosów. Policzki były pełne, uśmiech przyjemny i beztroski, a oczka skupione, na zdjęciach radosne.

— Zrobimy zdjęcie półnagie. Sfotografujesz mnie od pasa w górę. Ciało ma być pokryte czarną łuską. Wszystko robimy komputerem. Nie chcę makijażu. Nie mamy na to czasu ani ludzi. Dlatego ciebie wezwałem. Jesteś najlepszy. Wykonasz to zdjęcie tak, jak ci opiszę. To zdjęcie. — Gregory wskazał na pierwsze, na którym był małym chłopcem. — Musisz skopiować kilkakrotnie. Chcę, aby te główki były tłem, pomalujesz je w dwóch kolorach, czerwonym i niebieskim. Połączysz blisko siebie. Ja będę stał z lekko uniesioną prawą dłonią, nad którą będzie unosił się mały krzyż. W lewej dłoni będę trzymał główkę z innej fotografii. Zamiast ust moje zdjęcie sprzed lat będzie miało czarny X, a pod główką pełno będzie magii...

— Magii? — Czterdziestoletni fotograf uśmiechnął się. Pomysł już mu się spodobał, ale bał się, że może się pogubić.

— No tak. Wyczarujesz mi tu komputerowo magiczną poświatę wokół główki. Ma być świetliście. Do tego chcę, abyś zrobił ze mnie łysego.

— Na pewno? Nie szkoda ci tych włosów?

— Tak jak powiedziałem. To będzie wielkie zdjęcie.
— Nie śmiem wątpić. Zabieramy się do pracy.

3
Sen czwarty

Nie wiem, gdzie wówczas się znalazłem, nie wiem nawet w jakiej pozycji. Czy stałem, siedziałem, a może leżałem? Pamiętam, trwało to kilka sekund. Wiedziałem jedno. On nadciągał, napływał na mnie. Czułem jego obecność. To był właśnie On. Nie wiem, jak wyglądał. Czułem ciemność i jego czarny oddech. To był szatan. Musiałem się modlić. „Ojcze nasz, któryś jest w niebie"... nie reagował, mówiłem dalej, głośno i powoli... Ale nagle stało się coś, co nigdy wcześniej nie mogłoby mieć miejsca. Moja modlitwa straciła swój naturalny dźwięk, słowa zamieniały się w wycie identyczne, jakie wydaje gwizdek w czajniku z gotującą się wodą... wyłem jak czajnik.

Diabeł przerwał mi modlitwę.

Nie miałem najmniejszych szans. Budziłem się bardzo powoli, jakbym wynurzał się z bagna. Plecy delikatnie oderwały się od poduszki i uniosły wraz z głową. W pokoju było ciemno. Ale dostrzegałem charakterystyczne przedmioty. Czy moje oczy nie powinny przyzwyczajać się do ciemności przez jakąś chwilę? Widziałem od razu. Sen na jawie, wizja? Zakryłem uszy kołdrą, obróciłem się na lewy bok.

I gdzie się wówczas znalazłem?

SEN

ROZDZIAŁ DWUNASTY

W BIAŁEJ, ZAKRWAWIONEJ KOSZULI

Minęło jedenaście minut po północy. Do pokoju wleciała przez uchylone okienko wielka ćma. *Attacus atlas*, to musiała być ona. Spojrzałem na nią ze wstrętem i chwyciłem za but. Wystraszyłem się… ale chwilę później po tańcu w kierunku śmierci, ćma wpadła do lampy. Przez chwilę obserwowałem już tylko, jak odbija się od żarówki i parząc swe ciałko, kona.

On jest twoim światłem tak samo jak i twoim wymysłem. Oprawca jest ćmą tak pragnącą światła, że życie poświęci, by umrzeć z gorąca. Możesz stracić życie przez ćmy. Tylko dlatego, że uważasz ich światło za bzdurę.

Moje robaczywe sny

1

W tak koszmarne dni jak ten człowiek marzy o jednym — zimnym prysznicu. Słońce rozlewało się po powierzchni parującej ziemi. Upał niemiłosierny! Nie ma w takich chwilach gorszego miejsca chyba niż pole. Właściwie to szedłem polną drogą. Najnormalniejszą z normalnych. Tu kamień, tam kamień, pełno chwastów, a co jakiś czas nawet kilka rozbitych butelek po wyjątkowo tanich trunkach. Wokoło mnie roztaczały się do przesady złote pola, a droga przecinała je i ciągnęła się w nieskończoność. Szczerze mówiąc, pierwszy raz w życiu byłem w takim miejscu. Dodam, że w tej chwili nie wiedziałem za bardzo, gdzie konkretnie jestem.

Wychowałem się w brudnym i nieciekawym mieście, jednak teraz oddałbym wiele, aby znaleźć się w moim starym, ale chłodnym pokoju, jaki miałem, gdy byłem młodszy, a nie w tym żarzącym się polnym kotle. Cóż, szedłem dalej z nadzieją, wypatrując ratunku. Jak to w polu odznaczały się krwiście czerwone maki i błękitne chabry, które kolorem pasowały do naprawdę uroczego nieba. Być może to piękny widok, ale temperatura dawała w kość. Poza tym nie wiedziałem, gdzie jestem i co gorsza, jak się tu znalazłem.

Sen piąty

Idąc tak, nie zastanawiałem się nad niczym specjalnym. Zaniepokoiło mnie jedynie, że będąc wśród alergicznej bomby pyłków, nie słyszałem ani świerszczy, ani ptaków. Ta cisza była dziwna. W końcu ujrzałem coś wartego uwagi. Oto przede mną, na środku polnej drogi, stał wyższy wprawdzie ode mnie, ale nie nazbyt szeroki mur. Czerwona cegła. Podobne ściany zastałem w kupionym kilka lata temu mieszkaniu. Mama wydała dwie pensje na jego remont. Kto i w jakim celu stawia ścianę (którą można przecież obejść dookoła) na środku drogi, na polu, gdzie nie spotkałem jeszcze nikogo żywego? Zwątpiłem nawet, czy sam czasem nie jestem już martwy. Postanowiłem oczywiście obejść przeszkodę, ale to, co ujrzałem po drugiej stronie, mogłoby niejednego słabego człowieka przyprawić o mdłości... Ale po kolei. Naprzeciw ściany stała druga, identyczna. Między nimi, na środku, znajdował się człowiek.

Mężczyzna miał około lat dwudziestu, może dwudziestu pięciu. Był dobrze zbudowany, ale na tę chwilę i bardzo wymęczony. Ściany bowiem połączone były zardzewiałym, ale grubym łańcuchem, który przechodził mężczyźnie przez prawy bok na wysokości pępka. Zielona koszulka, którą miał na sobie, nasiąknięta była krwią, czerwień mieszała się z czernią, wiele z niej już zakrzepło. Słyszałem tylko jego jęki, ale czułem się, jakby wołał o pomoc i błagał o to, abym przerwał jego ból. Odkryłem, że sam nie mogłem wydać z siebie żadnego odgłosu. Nie wytrzymałem, zwymiotowałem na skraju tej złotej kołdry. Podszedłem po chwili do niego i próbowałem coś zrobić, szarpałem się z łańcuchem, jak w turnieju przeciągania sznura. Naturalnie nie wygrałem. Zacząłem odchodzić na bezpieczną, wolną od myśli, odległość. Łańcuch ustąpił. Wycie mężczyzny, przez którego bok gruby metal wysuwał się niczym wąż, przeszył mnie od stóp po czubek głowy. To było jak płacz dziecka, uderzenie dzwonu kościelnego, wrzask kobiety. Mieszanka wszystkiego, co może rozpruć nasze bębenki; to było tak przeraźliwe!

Ściany jak domki z piasku na złotej plaży obsypały mężczyznę. Nie miał szans. Ja leżałem na pokaźnym łóżku zlany potem. Zacząłem cicho podpowiadać sobie oczywistą rzecz — to tylko sen. Jak na złość musiała być czwarta nad ranem.

2

Gregory siedział w przyjemnie urządzonym pomieszczeniu jednej z restauracji w centrum Mirror. Naprzeciw niego siadła elegancka kobieta po trzydziestce o rdzaworudawych włosach prostowanych tego dnia pół godziny.

— Przede wszystkim chciałabym ci podziękować za to, że zgodziłeś się wziąć udział w wywiadzie. Co cię skłoniło, aby w końcu przemówić?

— Jestem zdania, że trzeba niekiedy pozwolić sobie wejść na nieznaną przestrzeń, by odkryć w niej swoje miejsce.

— Studiujesz, czy sprawia ci to radość?

— Sprawia mi to wielką przyjemność. Dostaję materiał, który jest cenny. Tak myślę.

— Jak dogadujesz się z innymi? Czy masz swoją akademicką paczkę, a może koło przedmiotowe?

— Nie.

Po krótkiej chwili reporterka ze smutnym zniechęceniem kontynuowała:

— Przyjaźnisz się z pisarzem Tristanem Roance'em...

— Tak to pani nazywa. Znamy się, wymieniamy poglądy.

— Czy nie boisz się, że może cię sprowadzić na złą drogę? Ostatnio sporo imprezuje.

— Nie jestem kompetentny, by na to pytanie odpowiedzieć. Pewnie pani wie, że do klubu nie chodzę.

— Opowiedz o nowej sesji zdjęciowej „MASHTIE". Jest mocna... inna.

— Jest wkroczeniem na nową przestrzeń.

— Różni się od tych znanych z poprzednich numerów. Pozwoliliście sobie na więcej. Dlaczego?

— Powtarzalność jest nudna.

— Jak powstaje zdjęcie?

— Zaczynamy od aparatów. To brzmi banalnie, ale mamy swoje nazwy. Dla przykładu zdjęcie wykonane aparatem jest zdjęciem surowym. Potrzeba je odpowiednio przygotować, by zachwycało i zaspokajało głód odbiorcy. Nasi czytelnicy nie lubią surowego...

— Czyli takie zdjęcie jest podstawą do retuszu?

— Tak, jest. Zdjęcie ma oddziaływać. Potem następuje przygotowanie narzędzi: tła, odpowiednich pędzli i elementów dodatkowych. Stawiamy na światłocień, na elementy fantastyczne. Nasze zdjęcia mają pokazywać coś, z czym odbiorcy nie mają do czynienia na co dzień. To ich ma przenieść w nasz świat.

— Czy powiesz coś o granicach, o przekraczaniu granic? Mówiłeś o nowych przestrzeniach...

— Przekroczenie pewnej bariery jest otwieraniem sobie drzwi do nowych przestrzeni.

— Czy odnajdujesz się tam?

— Ja tak.

— A inni, jak z odbiorem? Jak sprzedaje się magazyn w nowej odsłonie?

— Sprzedaż wzrosła, ale to normalne. Dla nas jest to bardziej fascynujące, my to przeżywamy bardziej. Widzimy więcej.

— To trochę ryzykowne. Podnoszenie poprzeczki sprawia, że ciężko jest stworzyć coś zaskakującego. Co z tym zrobić?

— Nie mam w tej chwili możliwości odpowiedzieć pani na to pytanie. Musi pani poczekać do kolejnej sesji.

— Kiedy praca nad zdjęciem się kończy?

— W momencie publikacji. Nie wcześniej. Zdjęcie opublikowane jest zdjęciem skończonym.

— Czy odpowiadasz za wszystkie pomysły na zdjęcia?

— Za wszystkie.

— Czy one są elementami większej układanki? Czy coś chcesz przekazać? Czym się inspirujesz?

— Nic nie dzieje się przypadkiem, jeśli pomysł rodzi się w głowie, pojawia się tam z konkretnych powodów. Nie wydaje mi się, bym był świadom pochodzenia każdego z nich. Zdjęcia są próbą powiedzenia o tym, co w duszy gra, co dzieje się w głowie. Inspiruję się tym, czym żyję. Tym, co widzę w telewizji, o czym czytam w Internecie i w książkach. Mniej i więcej tym.

— Twoje zdjęcia są budulcem twojej legendy. Zdajesz sobie z tego sprawę? Wydaje mi się niemal oczywiste, że musisz pisać. Tak jak twój znajomy Roance.

— Tak jak Tristan Roance nikt nie pisze. Znam go od niedawna, poznajemy się.

— Czy mogę spytać o twoją orientację? On jest biseksualny. Jak wyglądają wasze kontakty?

— Jestem człowiekiem. Nie jestem partnerem Tristana ani jego kochankiem. Proszę już mnie o niego nie pytać.

— Niedawno w Paryżu odbył się koncert w ramach trasy „The Babylon Must Grow Tour" Daniela Rossera. Paparazzi przyłapali cię na show, które miało miejsce w filharmonii. Jesteś fanem, czy znasz go osobiście?

— Znamy się z Danielem, towarzyszę mu czasem, gdy jest w kraju.

— Tournée powitało wiele znanych osobistości wśród...

— Proszę o kolejne pytanie.

— Czy kupiłeś album Daniela *Lucid Dream*?

— Kupiłem i dostałem. Mam dwa. Jestem bibliofilem i kolekcjonerem muzyki.

— Podobają ci się piosenki?

— Tak, jeśli chodzi o muzykę popularną w męskim wykonaniu, Daniel jest mistrzem. Ma wyostrzony słuch na to, co dobre, co spodoba się masom.

— Tak jak ty, jeśli chodzi o zdjęcia. Twoje ulubione piosenki?

— Na razie wypuszczono singiel promocyjny do klubów *I Need Jesus In My Disco* oraz *Babylon Must Grow*, na planie którego byłem. Widziałem, jak klip powstawał. W małym teatrze.

— Ten album został okrzyknięty najlepszym w 1999 roku. *Babylon Must Grow* z dudami na początku i wykorzystujący dubstep okazał się strzałem w dziesiątkę. Zdominował wszystkie listy przebojów. Ten album wyprzedził czas... A może nakreśli nowe tysiąclecie. To już za kilka miesięcy.

— Tak jak pani mówi.

— Jakie są twoje ulubione piosenki?

— *Silver Virgin* z refrenem „Zabijaj mnie delikatnie...", który napisał sam Tristan Roance, co zresztą w booklecie można odnaleźć. *Naked Prince* oraz *Surrounded by Sorrow* z tekstem: „Myślałem, że ten taniec będzie czymś wyjątkowym...".

— Czy wiesz, jaki będzie kolejny singiel?

— Wiem, znam wszystkie single. Ale jedyne, co mogę zdradzić, to informacja o planowanej na rok milenijny reedycji.

— To dobra wiadomość. Czy możesz powiedzieć chociaż, ile singli wyjdzie i ile z nich będzie miało klip?

— Daniel planuje jeszcze cztery single oraz jeden promocyjny. Powstaną jeszcze dwa klipy.

— Szkoda, wszyscy czekają na więcej. Emocje są wielkie. Rozmawiamy o ludziach sukcesu. O twarzach, które stały się samonapędzającymi się markami.

— Nazywa tak pani sposób na życie, jesteśmy ludźmi, nie markami.

— Czy inspirujecie się nawzajem?

— Nie wiem. Może są pewne podobieństwa w tym, co tworzymy, co ludzie, z którymi współpracujemy, tworzą dla nas. Tristan był zaangażowany w kilka piosenek Daniela. Jest jego fanem.

— Twoja mama zmarła szybko przez narkotyki. To musiało być bolesne. To dlatego omijasz takie miejsca jak R? W tę przestrzeń nie wchodzisz?

Victor Laq przerwał rozmowę.

— To wszystko — odparł Gregory.

3

Znów spędziłem romantyczną noc przy lampce w towarzystwie ciem. Obudziłem się po trzech dziwnych i niepokojących snach. Postanowiłem je spisać.

Tej nocy miałem trzy sny. To zdarza się stosunkowo dość rzadko, ale jeśli już zdarza, to miewam kilka snów. Dwa także, ale w przypadku, gdy zostanę wybudzony w nienaturalny sposób, nie mogę dać szansy pojawieniu się trzeciego snu.

Sen szósty

Byłem w dziwnym, ciasnym pomieszczeniu o prostych szarych ścianach. Znajdowałem się w figurze geometrycznej przypominającej literę U. Wewnątrz zanurzonej głęboko w wodzie figurze. Byłem suchy, słyszałem szum wody, jakby pomieszczenie opadało niżej, głębiej. Bałem się, że nagle woda wedrze się przez otwory po obu stronach figury. Zawsze potrafię przerwać sen. Kolejnym krokiem jest panowanie nad obrazem i kreowanie snu wedle własnej woli.

Sen siódmy

Pamiętam, gdy chodziłem po ścianach o stromych, zaokrąglonych podłożach spadających i ginących w ciemności. Nie patrzyłem w dół na okrągłej szarej skale, o krok od bezdennego powietrza.

Sen ósmy

A potem... znalazłem się w zdemolowanym pokoju o ścianach z podartą tapetą. Miały drzwi na białe niebo. Podszedłem. Byłem bardzo wysoko, na dole znajdowało się jezioro, a w nim ludzkie wnętrzności, jak rekin szarżujące szybko. Ciało bez skóry pływające w wodzie jeziora. Trochę żałosne, jak ze starego horroru. A ja mimo woli spadałem. Pewnie ze łzami w oczach, nie pamiętam. Leciałem w dół. Budziłem się zakłopotany.

Dni, tygodnie, miesiąc...

Sen dwudziesty szósty

Czuję się, jakbym przemierzał otchłań pochwy. Brodzę rękoma w środku, zanurzam się, czuję ciasnotę, miękkość i słony smak. Przygniata mi ciało. Tonę, ginę, jak pożerany przez pytona. Moje kości muszą pękać. Rejs w nieznane zakończony fiaskiem.

Sen dwudziesty siódmy

Gonią mnie komary wielkości pięści. Plują czarnymi kroplami, po czym cieniutkie opadają lekko na pustynny piasek, opadają jak płatki śniegu. Czarne krople rozbijają się o ziemię i rozpryskują moją krew. Piasek zamienia się w czerwoną rzekę, słońce zachodzi. Ja tonę.

Sen dwudziesty ósmy

Czuję się źle. Wiem, że jestem stale obserwowany. Wstaję w ciemną noc z łóżka i coś liże moje nogi. Idę pospiesznie w stronę toalety i czuję wiaterek suszący wilgotne pięty. Idę po omacku i nie mam odwagi otworzyć oczu. Wiem, że nie jestem sam. Obecność nie pachnie, nie wydaje dźwięku. Jest, ja to wiem. Opłukuję twarz zimną wodą. Nic nie słyszę, cicha noc. Jakbym był głuchy. Kiedy wracam, zakrywam się kołdrą, a na ścianie widzę zarysowany wysoki cień. Śpię cały czas. Nigdzie nie wstawałem tej nocy. Nic nie widziałem. Śniłem świadomie.

Sen dwudziesty dziewiąty

Chodzę po czymś miękkim, przyjemnym i jasnym jak skóra... ale wewnątrz jest twardsze, pełne krwi. Idę do przodu.

ROZDZIAŁ TRZYNASTY

POKÓJ NUMER TRZYNAŚCIE

1

— Opowiem ci, co mi się śniło.

— Opowiesz... znowu.

— Nie narzekaj, proszę.

— Żyjesz ostatnio snem.

— Snami, świadomymi i nieświadomymi. Koszmarami.

— Nie uważasz, że to do niczego cię nie prowadzi... a może nawet szkodzi?

— Mogę?

— Proszę. Posłucham.

Sen trzydziesty

— Byłem w dosyć ciemnym pomieszczeniu, niewiele mogłem dostrzec, przypominało słabo oświetlony pokój. Nie było mrocznie, nie bałem się. Było sporo ludzi, młodych. I był jakiś ksiądz. Nie pamiętam teraz, kogo przypominał. Mieliśmy się dobrać w pary na zasadzie zabawy w śluby. No i dobrali się jakoś, chłopcy z dziewczynami. I zostałem sam i jakiś chłopak. Przystojny. Przez chwilę z uśmiechem, na żarty stwierdziliśmy, że możemy wziąć ten ślub.

— Cieszę się, że to nie kolejny koszmar. Zaczyna się głupkowato.

— Zaczęło się poznawanie, bo każde pary jakby tańczyły blisko siebie lub trzymały się za ręce. Dobre było to, że ta ciemność pomieszczenia zasłaniała innym widok na to, co robiliśmy. Stanąłem blisko niego i jakoś tak wyszło... Zadał chyba pytanie. Stał się inny, zbliżał się, aż w końcu pocałował. Później siedziałem i płakałem, bo przypominałem sobie księdza, u którego służyłem jako ministrant, będąc młodszym. Płakałem tylko dlatego, że zastanawiałem się, czy on by na taki ślub pozwolił. Normalnie chyba bym tak nie zareagował. Ale to sen. Byłem świadomy, że ksiądz, który tę zabawę urządził jest mi bardzo obojętny. Ani mu za to nie dziękuję, ani go nie ganię. To cały sen. Pewnie trwał krócej niż myślę.

— Staram się poukładać sobie to, co usłyszałem. Myślę, że nie każdy jest w stanie zrozumieć to, co dzieje się w drugim człowieku, nawet jeśli zostaje to dokładnie opisane. Nie mogę oceniać. Dziwaczny był ten ślub. I taniec i parowanie... i podchody. Wyobrażam sobie ptaki.

Posmutniałem.

— Z podciętymi skrzydłami.

2

Rano wstałem około dziesiątej, zadzwonił Oliwer Micali. Powiedział, że nie może być na najbliższym spotkaniu eXst eXiste. Wyjaśnił pokrótce dlaczego, oznajmił, że muszę przyjąć nowego członka. Odtąd Gregory miał przestać już być „ostatnim przyjętym". Kolejna gwiazda. Sergiusz nie będzie radosny. Ale pojawi się. Jak tylko napisałem do Agamemnona, tak ten wysłał e-mail z krótkim: „Będę". Nową twarzą w stowarzyszeniu miał się stać piosenkarz i skandalista, Daniel Rosser. Jeden z najbardziej rozpoznawalnych ludzi na globie. Wydał dwa studyjne albumy, wszystkie pokryły się platyną w kilku krajach Europy. Zasłynął kilkoma singlami, ale i skandalami.

Ktoś taki miałby znaleźć się w eXst? Słyszałem też, że Oliwer nawiązał kontakt z piłkarzem, najpopularniejszym na wyspach brytyjskich. Chodziłem po swoim małym pokoju apartamentu Aparash Ballar Roance 1. Nie mogłem pozbierać myśli. Pokój numer trzynaście został urządzony dokładnie tak samo jak ten, w którym mieszkałem w okresie młodości, gdy powstawały pierwsze strony mojego sukcesywnego dzieła. Dwa na cztery metry. Podłoga wyłożona była jasnymi panelami. Usiadłem na podłodze oparty o zimną, wyłożoną strukturą, ścianę, a moja lewa ręka spoczywała na łóżku (które stało przy oknie i grzejniku), podobnie jak prawa noga. Dziwnie siedziałem, wiem, jednakże pomimo bólu w okolicach pleców i szyi, nie widziałem siebie w innej pozycji. Pisałem coś na jasnych kartkach.

Odezwał się telefon. Krótki sygnał zwiastujący SMS. Wstałem i odczytałem tylko: „Nie no, bez sensu, wracam do domu". Musiała to być pomyłka, bo i nadawca w tej wiadomości sensu nie widział. Tym razem usiadłem na łóżku, z którego widziałem już cały pokój. Jest naprawdę niewielki. Łóżko zabójczo twarde, ale spałem w innym pomieszczeniu, sali królewskiej.

Zacząłem się zastanawiać, gdzie było mi lepiej, na dole czy na łóżku. Nabrałem podziwu, jak niegdyś je znosiłem?! Obserwowałem wysuniętą myszkę komputera. Był wyłączony. Ekran ciemniejszy niż noc, na nim biała kamerka. Biurko miało dodatkowy panel przypominający przejście dla nowożeńców, czyli dodatkowe półki po bokach monitora i nad nim. A w nich sto pięćdziesiąt opakowań płyt z muzyką. Nad monitorem około jedenaście książek, wiśniowy krem do ciała, dwa dezodoranty — jeden do ciała, drugi do stóp, pomadka ochronna, dezodorant w sztyfcie oraz cała masa ściąg, książeczek. Pod biurkiem zeszyty, notes.

Na biurku jeszcze czerwono-czarny kubek z długopisami, pięć głośników, zszywacz, dozownik do taśmy, pudełko z pinezkami i agrafkami. Na pudełku z płytami czarny portfel, telefon komórkowy leżał zawsze w drugim rzędzie, na płytach. Obok biurka kosz na papiery, ale wrzucałem tam także torebki herbaty (zużyte naturalnie), którą wręcz ubóstwiałem i łupinki słonecznika. Łuskałem go na potęgę. Obok łóżka stoliczek z dokumentami i gazetami, płytami DVD i kasetami VHS, ozdobną filiżanką na dwóch talerzykach, jednym większym od drugiego. Obok ramka ze zdjęciem. Na jednej ze ścian wisiała wielka rama, a w niej kilkadziesiąt zdjęć z dzieciństwa i okresu młodości. Najbliżej drzwi stał wysoki mebel z książkami i obok paluszek, w którym znajdują się ubrania. Oprócz niego mam jeszcze osobną, dwukrotnie większą od tego pokoju, garderobę.

Pozostawiłem sobie swój pokój z mieszkania w brudnym mieście, ponieważ nic we mnie nie umiera. Pamiętam wiele.

3

Nie pozostało mi nic innego, jak zajechać po Sergiusza i udać się prosto na lotnisko w Mirror, aby odebrać nowego członka eXeX. Prasa i paparazzi nie odstępowali go na krok. Jak zatem miał się pojawiać na spotkaniach stowarzyszenia? To pytanie roztrząsał całą trasę Agamemnon. Skupiłem się na drodze i tylko pomrukiwałem. Słońce wisiało nad grubymi chmurami, ale niebo było uroczo błękitne. Było zimno.

Lotnisko w Mirror

Odbiór Daniela Rossera z lotniska stał się dla nas wyzwaniem większym, niż przypuszczaliśmy. Już w 1989 roku był popularny. Jego piosenki podbijały serca. Lata dziewięćdziesiąte przyniosły jednak falę okrutnej krytyki, na którą sam się skazał.

Nie było możliwości, by któryś z nas podszedł do tłumu dziennikarzy, paparazzich czy fanów i antyfanów. Gdy tylko podjeżdżaliśmy, musiałem zamknąć szybę samochodu. Wrzask był nie do wytrzymania. Daniel znajdował się w płaszczu splecionym przez ochroniarzy.

Dopiero rano miałem zobaczyć w wiadomościach, co działo się bliżej. Dookoła pełno było skrajnych wyznań, wołań i wyzwisk. Daniel starał się nie tracić uśmiechu z twarzy, choć dolna warga mu drżała.

Słychać było męski głos: „ŚCIĄGAJ KRZYŻ Z SZYI, ANTYCHRYŚCIE! WRACAJ, SKĄD PRZYJECHAŁEŚ!”. Kamera nie była spokojna, operator często nagrywał gorący tłum. Różowe twarze ze łzami w oczach, kobietę próbującą wydłubać oczy mężczyźnie, który obraził jej idola. Szturchanie i przepychanki. Wyzwiska.

Przez chwilę Daniel stał. Sparaliżowany bał się ruszyć. Od auta dzieliło go kilkanaście metrów. Policja zaczęła odgarniać tłum siłą. Za chwilę aparaty zaczęły obstrzeliwać Rossera. Zakrył oczy dłońmi. Słyszał strzelające petardy. Taki odgłos wydawały trzy tuziny aparatów. Stał przykuty do ściany ochroniarzy; dnia następnego został rozstrzelany na okładki prasy:

„DZIŚ PRZYLECIAŁ DANIEL ROSSER”

„ROSSER ZAŚPIEWA NA NAJWIĘKSZEJ SCENIE W KRAJU”

„ZAMIESZKI NA LOTNISKU. DANIEL ROSSER POBITY?!”

„SKANDALE RATUJĄCE KARIERĘ PIOSENKARZA”

„MAMY TYTUŁ NOWEJ PŁYTY ROSSERA — *LUCID DREAM*”

„KONTRWERSYJNA GWIAZDA WYGWIZDANA NA LOTNISKU”

„ANTYCHRYST WYLĄDOWAŁ W MIRROR”

Przywitaliśmy nowego i pośpiesznie udaliśmy się do masywnego samochodu.

4

Minęła czwarta godzina na planie. Daniel podszedł do trojga ośmiolatków o rumianych policzkach i spoconych czołach, którzy bawili się w jego nowym klipie i poprosił, aby dzieci uśmiechały się szerzej. Wytłumaczył im, że nowy klip ma być kolorowy i radosny. Dzieciaki chórkiem odparły: „Spierdalaj”, bo były przemęczone. Jedna z dziewczynek nadmuchała policzki. Daniel zląkł się i wycofał.

Przygotował reedycję albumu mającą pojawić się w połowie trasy. Dodatkowe CD miało zawierać:

012 I Created POP Machine
013 Futuristic Child
014 Jack The Ripper
015 Shame (Babylon Must Grow Tour — Live From Paris)
016 Babylon Must Grow (Acoustic)
017 Disco Priest (Acoustic)
018 Naked Prince (Acoustic)

Pierwszy koncert w ramach nowej trasy Daniela Rossera odbył się w Paryżu. Na sali, wypełnionej po brzegi, znaleźli się wszyscy członkowie eXst eXiste. Siedzieli oddaleni od siebie. Pojawiło się także sporo gwiazd, aktorów, piosenkarek... Trasa miała promować wydany wiosną 1999 roku album *Lucid Dream*, na którym znalazło się dziesięć piosenek. W tym singiel *Babylon Must Grow* podbił wszystkie listy przebojów. W piosence słychać dudy na wstępie, które ustępują dubstepowi i magnetycznemu głosowi wykonawcy. Parkiety podbił także *I Need Jesus In My Disco*, wypuszczony jako pierwszy singiel promocyjny do klubów. Gregory Axel Yard towarzyszyć miał Danielowi przy nagrywaniu klipu do drugiego singla, *Disco Priest*. Przy promocji krążka przewidziano łącznie pięć singli oficjalnych (do trzech miały powstać klipy), wydanych w *slim case* z trzema utworami oraz w *jewel case*, zawierających większą ilość remiksów, a także dwa single promocyjne rozesłane do DJ-ów i stacji radiowych grających klubową muzykę. Po raz kolejny Daniel Rosser pokazał światu, na co go stać.

Babylon Must Grow otworzyło trasę na moment po spektakularnym wejściu. Kolejną piosenką była *Broken Beat (Explicit)*, agresywny kawałek ze wzmocnionym, przerywanym bitem, podtrzymującym napięcie. Wulgarny tekst, idealny do dyskotek, w których nie liczą się słowa, a taniec. Skrytykowano: „trywialny, mało ambitny tekst", piosenkę określono jako najsłabszą na albumie. Klubowicze jednak ją uwielbiali, podobnie jak Daniel. Promocyjny krążek na aukcjach osiągnął wysokie sumy. Piosenkę rozpoczyna wycie i wołanie o pomoc. Rosser jest doskonałym aktorem. Piosenka chciałaby za coś przeprosić, chciałaby coś powiedzieć, ale nie wie jak. Chciałaby skłamać i wynagrodzić zadaną krzywdę, ponieważ złamała najlepszy dyskotekowy beat. „Chcę pieprzyć wszystkie dźwięki". W piosence autor śpiewał także o tym, że ludzie zamiast dać im się ponieść, zastanawiają się nad tekstami. Podkreśla, że ta piosenka nie da nic poza beztroską zabawą.

Prawdziwą burzę wywołał utwór *Disco Priest*. W prasie pojawiły się informacje, że będzie kolejnym singlem. Szybko wyskoczyły także zdjęcia z planu teledysku. Popowy kawałek nawołujący do tańca bez ograniczeń i wstydu. Artysta występuje w roli księdza, zamkniętego w kościelnych murach. Na scenie przebrany był za papieża. Powtarza kilkakrotnie słowo „tańcz”, rozkazując słuchającym bawić się z nim. Śmieje się z tych, którym widok księdza przeszkadza. Piosenka jakby stworzona wprost na parkiet, jakby na parkiecie spłodzona. O dzikim i radosnym charakterze. Młody ksiądz zauważa, że wystarczy zdjąć koloratkę i wpłynąć w tłum roztańczonych i mokrych ludzi, którzy dopiero co opuścili konfesjonał. Lekki bit, śpiew niosący, płynący. Daniel, choć zaprasza do wspólnej zabawy, ma na uwadze konsekwencje.

Słońce rozpruwa mgły sukienkę
Goła rozlatuje się.

5

Któregoś dnia leżałem pijany koło kominka w jednym z salonów. Nie miałem pojęcia, jaka pogoda panowała na zewnątrz. Budziłem się. Zauważyłem rozbity szklany stolik. Moja willa przemieniała się w śmietnik. Pod kanapą i za nią rozsypana była ziemia z wielkiej donicy, pięknego drzewka bonsai. Miałem ziemię na wyciągnięcie ręki. A w niej znajdowała się wielka larwa. Patrzyłem tak na nią przez chwilę, po czym zastanowiłem się. Była obleśna. Z pewnością będę o niej myślał każdej nocy, czy nie pełźnie po schodkach do mojej sypialni, by przepłynąć mi po twarzy i wleźć do ust, gdy będę głośno chrapał. Zostawię cię, tylko nie próbuj sztuczek! Patrzyłem jeszcze, jak larwa się wije.

Larwa musiała być przy nadziei. Czas nie ma znaczenia... Wkrótce na ziemi pojawiło się więcej larw. Okrutnie białych, paskudnych robali. Oglądałem je zawsze zamroczony. Zawsze pijany. Kolejnego dnia w ogrodzie znalazłem martwego kruka. Postanowiłem zanieść go larwom. Przykryłem je krukiem, podmiotłem ziemię, a dwa dni potem całość i wyrzuciłem za ogrodzenie willi. Przerażał mnie widok larw, jaki roztaczał się każdej nocy w wyobraźni. Spałem z przykrytymi nogami, z kołderką, jedwabną tarczą.

I bałem się każdego dnia. Każdego dnia lękałem się czegoś innego. Coraz mocniej.

Z NOTATEK DANIELA ROSSERA:

Spośród nielicznego grona, które wtedy mogło spotkać się z Tristanem Roance'em, najszczęśliwszą osobą była pani Frome. To ona znalazła się w odpowiednim czasie i miejscu. Mimo pięćdziesięciu pięciu lat podkochiwała się w tym gówniarzu, który odniósł światowy sukces. Przyszła podpisać swój egzemplarz *A house without an address*, wyszła z egzemplarzem, na którego pierwszej wakatowej stronie sam autor się spuścił. Rumieniec zalał twarz kobiety, była w siódmym niebie. I choć zdawała sobie sprawę z tego, że jej platoniczna miłość nie zostanie spełniona, raz po raz w wieczorne pory obwąchiwała dwie żółciutkie i pofalowane lekko stronice. Taka była szczęśliwa. I nie w głowie jej były skandale, że zaszła w ciążę z książką Roance'a. Po cóż niepokoić i drażnić swą gwiazdę, która dała jej tak wiele.

Tristan słynął z zachowania odbiegającego od normy. Był pisarzem, jednak nie takim, jakiego znamy ze spotkań w biblioteczkach czy księgarniach, mniejszych bądź większych.

Nie.

Tristan Roance miał dwa wielkie spotkania z fanami. Potem z tego typu zbliżeń zrezygnował. Paparazzich miał na karku każdego dnia. Byli jak muchy, do których on, byk, przywyknął i pozwalał im od czasu do czas kręcić się przy swoim bydlęcym dupsku. Czasem machnął ogonem. A aparat czy dyktafon lądował z trzaskiem na chodniku, asfalcie, twarzy paparazzi. Był kimś wyjątkowym. Miał sekret.

eXst eXiste.

Tajemniczość ta pełzła za nim, sypała się przed nim i unosiła się wokoło. Czuć było jej intensywny smród. Ten chłopak coś ukrywał i nikt nie mógł wyśledzić co. Nikt, poza Realitami, ludźmi Oliwera Micalego i jego trzeciej grupy stowarzyszenia mieszczącego się pod Loley, którego przejścia tak tajemnicze, jak umysł Tristana, wlekły się w ciemności podziemi aż od Villon Pray.

DROGI

ROZDZIAŁ CZTERNASTY

NAGI KSIĄŻĘ

W moim życiu pojawiły się nowe, pesymistyczne przestrzenie. Poruszałem się w nich niezwykle swobodnie. Jak radość turlająca się w żyletkach. Inni niespecjalnie potrafią to zrozumieć. Czytałem Houellebecqa kilkanaście razy. *Poszerzenie...* znałem prawie na pamięć.

1

Książęce fantazje we mgle.

Zimno, które przyszło z mgłą, pieściło policzki Gregory'ego. Poruszał się powoli pomiędzy drzewami rosnącymi przy jeziorze. Mgła była wyjątkowo gęsta, miała kolor męskiego nasienia. Podobnie pachniała. Jezioro było spokojne, od czasu do czasu jakaś zmarszczka, pchnięta wietrzykiem z północy, zaburzała jego powierzchnię. Chłopak cieszył się z pięknej pogody i cudownych kolorów, z których czerpał inspiracje.

Przez chwilę do głowy przyszedł mu pomysł, który tylko go zawstydził. Był sam pośród drzew, nie było nawet rybaków. Szedł dalej, zostawiając niegrzeczne myśli narratora nad brzegiem.

Gregory i ta jego mleczna skóra, niezmiennej czystości, bez skazy. Był średniego wzrostu, ani za wysoki, ani za niski. Nie był ani gruby, ani chuderlawy, był idealny. Skóra białorumiana. Włosów nie miał kędzierzawych ani ognistych, były jasne. Mieniły się, mocne, choć niezbyt wielkie. Miał cudną twarz, na pierwszy rzut oka miłą, podłużną, czoło nieszerokie, gładkie. Oczy jasne, źrenica czarna, bardzo jasna; brwi czarne, niezbyt gęste. Nos prosty i niewielki. Policzki jak róża i mleko. Usta miłe, rozkoszne i słodkie. Duże, mężne czerwone wargi, a zęby białe, proste i równe, czyste. Szyja jego była biała, nieotyła ani nie sucha. Ręce gołe, palce krzywe, szlachetne, gładkie i długie[2].

Od góry, po sam dół, ciało zbudowane boską mądrością.

Gregory zjawił się na planie teledysku Daniela. Klip był najdroższym przedsięwzięciem roku. Daniel wykorzystał fakt, że dwóch jego dobrych znajomych od efektów specjalnych ze Stanów odwiedziło kraj w tym tygodniu. Gregory usiadł w poczekalni teatru, gdzie

---

[2] Fragment opisujący wygląd Gregory'ego powstał w oparciu o *Kazania o Maryi Pannie Czystej*, staropolski tekst z początku XVI wieku zawierający elementy apokryficzne, oddający urok Matki Boskiej.

miały rozpocząć się zdjęcia do klipu. Był przekonany, że słynny Rosser wymyślił coś na wielkiej scenie teatru. Wynajął jednak jedno, średnich rozmiarów pomieszczenie, którego ściany były rażąco białe. Nie miało ono sufitu. Siedząc, zaczął skrobać coś w notesie, aby móc zabrać się w przyszłym tygodniu do pisania zleconej mu przez Tristana pracy. Na kolejnym spotkaniu miał się pojawić także Oliwer.

— Witaj, kolego — przywitał go Daniel Rosser trochę z przesadną czułością. Wokół niego było z tuzin ludzi. On wyglądał całkiem normalnie. Miał na głowie bejsbolówkę i ciemne okulary. Był jednak naturalny, nie robił min, niczego nie udawał. To właśnie fascynowało Gregory'ego. Podziwiał Daniela za jego klipy, występy sceniczne i miłość do tworzenia muzyki.

— Jak się czujesz? — spytał Gregory.

— Świetnie, tym bardziej że dziś rozpoczynamy i kończymy pracę nad pierwszym klipem promującym nowy album.

Niektórzy spojrzeli po sobie. Wiedzieli, że czeka ich kilkanaście godzin nieustannej pracy. Rosser był perfekcjonistą. Zaplanował, aby jeden zaledwie dzień poświęcić na ten potężny projekt.

— Mamy trochę do zrobienia. Zaraz ci wszystko opowiem. Sprowadziłem kilkoro znajomych, którzy uczynią ten klip najlepszym w tej dekadzie.

— Z chęcią więc to zobaczę.

Przeszli przez zagracone korytarze i weszli do wyznaczonego dla nich pomieszczenia z widokiem na szatnie, w których teraz pełno było młodych modeli i modelek w bieliźnie.

— Widzę, że szykuje się erotycznie — zauważył Gregory.

— Owszem. Jednak chcemy dodać do erotyki trochę strachu... dlatego czas zacząć. Gdzie są księżniczki od makijażu? Bierzemy się!

Gregory miał stać z boku, odwrócił notes na drugą stronę i zaczął notować. Towarzyszył im także fotograf Daniela. Piosenka, która pojawiła się w stacjach radiowych pod koniec zeszłego miesiąca, utrzymywała się nadal na pozycji pierwszej. Daniel czytał spokojnie scenariusz klipu, a jego makijażystka przygotowywała lekki blady podkład. Chciał również, aby specjaliści podkolorowali klip w komputerach w ten sposób, aby przypominał zamglony, nawet lekko zielonkawy.

— Chodzi o to, aby zszokować kilkoma obrazami, które na trwałe staną się wielkimi i rozpoznawalnymi. Na początku chcemy pokazać tę uroczą białą salkę, do której wejdą nasze śliczne modelki. Będą miały króciutkie, lekkie futerka na sobie i jeansowe mini, czyli to, co zlecili nam ludzie z wytwórni. Nie miałem potrzeby się sprzeciwiać. Na koniec jednak pojawią się modele, którzy będą całkiem nadzy. Pierwszych ustawimy pod ścianą, stworzą jakby mur, reszta będzie siedzieć i leżeć do połowy sali. Chodzi o to, by tworzyli coś w rodzaju cielesnego dywanu nachodzącego na ścianę. Muszą być ściśnięci, ponieważ po białej ścianie spłynie czerwony płyn, będzie on spływał po pierwszych modelach i rozlewał się po kolejnych. To trudna scena. Trzeba zachować cierpliwość, trzeba też regulować oddech. Właściwie, to jak będzie to rozlewane? Zmontuje się film i przyspieszy tę scenę. Będzie ona przerywana innymi. Dziewczęta natomiast będą najbardziej zjawiskowym dla mnie tronem. Nie będą całkiem nagie, bo umazane już wówczas czerwoną farbą, ja będę cały blady. Postaramy się, aby specjaliści dodatkowo wybielili skórę. Zastanawialiśmy się, czy nie dodać czasem żył prześwitujących przez moją skórę. Scena ze stołem. Omówmy ją raz jeszcze...

— Wybacz, że przerwę — powiedział Gregory. — Ale kiedy ty się pojawisz?

— Och, przyjacielu. Sobie ufam. Muszę zadbać, czy wszyscy dookoła mnie zrozumieli. Więc mamy tron. Dziewczęta... nie martwcie się, nie jestem ciężki. Pojawia się piękny stół, stary, drewniany... zjawiskowy. Wydałem na niego sporo kasy. Rozleję na nim białą farbę. Potem, kiedy farba wyschnie, pojawi się kolejna modelka, która przejdzie po stole. Wtedy śmigłowiec... to znaczy migające obrazy... stół i ciemność, stół i ciemność... i tak dalej przez kilka sekund, to w momencie przejścia w piosence. Cała reszta według scenariusza. Wszystko będzie przeze mnie nadzorowane do ostatniej sekundy. Proszę zawołać reżysera.

Na planie klipu spędzili ponad dziewiętnaście godzin. Nazajutrz prasa brukowa miała publikować na okładkach zdjęcia z planu teledysku.

2

— MOGĘ ROBIĆ, CO TYLKO ZECHCĘ! — zagrzmiał Oliwer, był w fatalnym stanie. Z promiennej twarzy zniknął serdeczny uśmiech. Piegi nawet jakby poszarzały. — NIE CHCIAŁBYM PRZYPOMINAĆ, ALE TO JA MAM NA GŁOWIE ΔDQ, eXst, MORDERSTWO PRZYJACIELA I BANDĘ NAPUSZONYCH GWIAZD, DO KTÓRYCH NIC NIE DOCIERA. DLATEGO DAJCIE MI SPOKÓJ!

— Nie ma cię wśród nas — odezwał się Marco.

— ...na dodatek mój brat — ściszył głos Oliwer, jednak mówił bardziej do siebie.

— Oliwer, nie baw się w detektywa! Policja zajmuje się szukaniem winnego... — zauważył Agamemnon.

— Policja może wszcząć śledztwo, jak przy kradzieży torebki, za dwa tygodnie je zamknąć. Tutaj chodzi o coś większego...

— O co?

— Czy ty naprawdę tego nie rozumiesz?! Czy wy tego nie widzicie?

— Wybacz, że ci przerwę — odezwałem się w końcu. — Rozumiem, co chcesz nam powiedzieć.

— Więc? — zapytał zaciekawiony i zmęczony całą tą sytuacją Marco.

— Oliwer jest przekonany, że morderstwo spod domu pani Inès to sygnał, że ktoś poluje na... niego.

Drzwi otworzyły się nagle. Pojawił się pracownik z działu komunikacji ΔDQ.

— Szefie, mam dla pana wiadomość.

— Czy nie poinformowano kadr, że nie mam ochoty słuchać dziś ich problemów.

— Poinformowano, szefie, ale to nie są sprawy ΔDQ. Chodzi o pańskiego znajomego, jak sądzę.

— Słucham zatem. Kolejna osoba, która chce mnie wytrącić z równowagi.

— Mów, a ty się uspokój! — powiedział stanowczo Agamemnon.

— Otrzymaliśmy e-mail, że Julian Bert nie żyje.

Zapadła chwila ciszy, pracownik wycofał się, a białe drzwi zamknęły się za nim. Do pomieszczenia wlała się ciemność niesiona przez deszczowe chmury, które zawisły nad miastem.

— eXst eXiste zostaje zawieszone — odparł krótko Oliwer.

— Czy sądzisz, że to ma związek z nami? Nawet nie wiemy, co się stało...

— To wszystko. Wynoście się stąd.

— Chyba żartujesz. Jesteśmy z tobą i...

— eXst eXiste zostaje rozwiązane. — Wzrok Oliwera błądził, głos mu się łamał. — Wyjdziecie sami, czy może chcecie, aby ochrona was odprowadziła?

Bałem się. Tak samo, jak zapewne Oliwer się bał. Nie o życie, a o tajemnicę eXst eXiste. Po rozwiązaniu stowarzyszenia członkowie za nic mogą mieć zasady, mogą zacząć opowiadać innym... wszystko zaczęło się komplikować. Oliwer miał teraz na głowie kolejny ciężar. Wyszliśmy, nie widzieliśmy sensu dyskusji. Nazajutrz pewnie przemyśli wszystko i zwoła zebranie. Tak się jednak nie stało. Wieczorem następnego dnia każdy członek otrzymał krótki e-mail. Zaczęły się telefony. Wielu z nas nie kryło oburzenia. Wcale im się nie dziwię. Wielu także uważało, że to tylko kwestia czasu, kiedy eXst zostanie zamknięte. Trzy dni później wszystkich zaskoczył kolejny e-mail. Oliwer napisał w nim, że eXst eXiste czeka okres podobny do zimowego, kiedy to wylatuje do Nowego Jorku. Oliwer przywrócił eXst do życia. Pytanie tylko dlaczego? Nie uzyskaliśmy tej odpowiedzi. Nie pojawiał się w ΔDQ. Prawdopodobnie wyjechał, nie sądzę jednak, by do Stanów. Czy naprawdę próbował rozwiązać sekret tych wypadków? A może siedział w Loley pogrążony w myślach, odcięty od świata, który go przerastał.

Oliwer zabronił organizacji spotkań czy schadzek w siedzibie. Kazał nam czekać na swoje kolejne polecenie. Tak... zdałem sobie sprawę z tego, że mogę spokojnie powrócić do naszego klubu.

Młody Julian Bert został znaleziony w swoim niewielkim mieszkaniu na przedmieściu. Leżał w łóżku, jakby kładł się spać. Spokój jednak tej śmierci zakłócały litry krwi młodego Berta wokół ciała. Jak zginął, tego nie wiedzieliśmy. Będę go wspominał ciepło. Był najmłodszym członkiem eXst. Pod wieczór spotkałem się z Agamemnonem i Markiem. Pojawił się także Gregory.

— Jestem w szoku. To, co się dzieje... Staram się zrozumieć Oliwera, ponieważ on... myślę, że chce nas chronić. Jak jednak stało się, że ktoś śledzi osoby znane Oliwerowi?

— Myślicie, że to ktoś z eXst?

— To absurd — odparłem krótko. — Cieszmy się, że większość z członków potrafi samodzielnie sznurować buty, służba przyczyniła się do tego, by nauczyć paniczów takich sztuczek. Kto z nich szarpnąłby się na czyjeś życie. Poza tym, nie wszyscy przecież widzieli, jak wygląda współpracownik Oliwera.

— Może młody Julian popełnił samobójstwo i to faktycznie...

— CO? Zbieg okoliczności. Błagam cię.

— Staram się spokojnie myśleć. Świat nie ma pojęcia, że się znamy. Nikt nie łączy nas ze sobą. Co za tym idzie, śmierć jednego nie oznacza dla ludzi śmierci drugiego. Tym bardziej, że nie zginęli w ten sam sposób. Nic nie wskazuje nawet na to, żeby zamordował ich ten sam człowiek.

— Czy z łaski swojej możesz już nie gdybać? Oliwer Micali, nasz przyjaciel i Główny...

— Ma nas gdzieś... Tak, zdążyłem zauważyć.

— Potrzebuje nas!

— Nie! Ma nas gdzieś po prostu. Zauważ to w końcu. Odezwało się w nim oblicze króla, który jednak sobie z niczym nie radzi. A dlaczego? Ponieważ odtrąca nas!

— Sądzisz, że chciałby słuchać naszych: „wiemy, co przeżywasz"? Dajmy mu spokój. To silny człowiek. Nie zrobi sobie krzywdy. Musimy być cierpliwi, czekać na to, co postanowi i...

— Po chwilach słabości przyjąć go z otwartymi rękoma?

— Dokładnie.

— Dokładnie — powtórzył za mną cicho Gregory. — Jesteście jego przyjaciółmi. Musicie to okazać. Człowiek ma chwile, gdy potrafi powiedzieć drugiemu nieprzyjemne słowa, czasem chce się od drugiego odciąć, skreślić... ale kiedy zostaje sam, jest jeszcze gorzej. Tym bardziej, że chciałby wszystko naprawić, ale żyje w przekonaniu, że został już skreślony i nie ma po co wracać.

Widok słońca, które zachodzi nad morzem, nie zawsze jest imponujący. Nawet latem. Potrzeba chmur, to one właśnie odgrywają kluczową rolę w zachwycaniu ludzi tym zjawiskiem. Im dziwniejsze przybierają kształty, im więcej ich rodzajów, tym większe pole do popisu dla promieni. Te pragną przedrzeć wszystko, przebić się przez każdy możliwy zakamarek. Tego wieczora zachód był piękny. Villon Pray, choć bardziej położone jest w polach i lasach, sięga klifowego wybrzeża. Gregory rzadko chadzał na spacery w tamte rejony. Rzadko też odwiedzał jakąkolwiek plażę. Dbał o swoją perłową skórę, przez którą prześwitywały błękitne żyły. Stara willa przy Villon Pray 13 była idealnym miejscem chroniącym przed słońcem. Ukryta między parkiem a jeziorem Pray stanowiła odpowiednio mroczny i chłodny obszar.

Julian Bert stracił życie. To było faktem. Oliwer postanowił wziąć tę sprawę we własne ręce, mimo iż miał na głowie kilka innych. Wyjaśnił im, że ma to dla eXst eXiste niezwykłe znaczenie. Zaprosił Gregory'ego, Tristana, Sergiusza Agamemnona oraz Marca do swojej willi w Loley. Jej widok zaskoczył Gregory'ego, bardziej niż się tego spodziewał. Był przekonany, że willa przy Villon Pray 13 jest miejscem budzącym grozę. Cała posiadłość Oliwera Micalego znajdowała się w lesie, który ciągnął się aż do wioski Yarda. Otoczona była wysokim, szarym murem. Sama willa jednak była jedną z najbardziej imponujących budowli w tym rejonie. Jej ściany ozdobione były czarną, matową cegłą.

Wejście znajdowało się w centrum budynku, w wysuniętej z willi strzelistej wieży. Trawnik był elegancko skoszony, choć nie było tam żadnych drzew, może dlatego, że rosły poza murami. Oliwer był imponującym człowiekiem. Przekonał się o tym Gregory, jak i każdy inny wcześniej, gdy tylko zobaczył, z jaką dbałością o szczegóły zostały zaprojektowane i wykonane tak ważne dla Oliwera elementy jak biuro, kuchnia i wspaniała biblioteczka domowa. Znajdowała się ona w wieży stojącej po drugiej stronie domu, od strony wjazdowej nie była zauważalna, bo zasłonięta tą wejściową. Wieża biblioteki była stosunkowo niska. Wejście znajdowało się w domu, który wyglądał jak futurystyczna twierdza z klasycznymi elementami. Oliwer nie wyjaśnił, czemu oddał hołd, projektując taki właśnie dom.

Gdy Gregory wszedł do biblioteczki, zauważył, że jak na wieżę przystało, ściany były zaokrąglone, jakby znalazł się w centrum walca. Na podłodze znajdowały się ciemne grube panele, na których przy ścianach ustawiono szerokie regały. Szersza była sama wieża. Imponujący był jednak pewien efekt. Choć była to niska konstrukcja, oświetlona została prawie że przy samej podłodze, a regały ciągnące się wysoko, po sam sufit wieży, ginęły w mroku. Wyglądało to, jakby biblioteczka była wyższa niż w rzeczywistości. Półki zapełnione były księgami różnej grubości, z czego każda znajdowała się w identycznej skóropodobnej okładce barwionej w kolorze czarnym.

Oliwer zaprosił ich do jednego z salonów. Białe ściany, dwa wielkie telewizory, stół i dwanaście krzeseł. Jasne pomieszczenie z kilkoma kwadratowymi kloszami na ścianach. Wydawało się być bardzo spokojnie. Oliwer musiał to cenić. Ani razu nie natknęli się na służbę. Być może dzisiejszy dzień był bardziej wyjątkowy, bez wątpienia bardziej nerwowy, dlatego jego pracownicy zostali poinformowani, by nie wchodzić mu w drogę.

— Dowiedziałem się, w jaki sposób zginął nasz młody Bert. Został zabity.

— Tego nam brakowało — głos Marco się załamał. — Teraz stowarzyszenie jest zagrożone.

— Niekoniecznie — odparł Oliwer. — Muszę wam przybliżyć, w jaki sposób nasz kolega zmarł. I wówczas zrozumiecie, że był to wynik nieszczęśliwego wypadku.

Wszyscy byliśmy bardzo ciekawi, co się wydarzyło. Odetchnąłem nieco z ulgą, słysząc, że nie ma to związku z morderstwem współpracownika Oliwera. Możliwe jest, że dlatego Micali wziął się za tę sprawę. W końcu mógł opowiedzieć nam konkretnie, co się stało. Musiałem go jednak sprowadzić na ziemię. Wszyscy wiemy, jak bardzo chciał wyjaśnić sprawę Sturptyfloe.

— Oliwerze, wiesz, że to dziwne. Wiesz, że musimy się zmierzyć z najbardziej krwawym jak dotąd okresem w naszych małych, tajnych dziejach eXst eXiste. Pragnę ci przypomnieć, że stowarzyszenie działało w czasie powojennym i nie miało takich problemów jak dziś.

— Tristanie, pamiętam. Wiem o stowarzyszeniu tyle, ile zdołano mi opowiedzieć. Nie chcesz, bym się narażał, wystawiał. Ale to naprawdę był wypadek.

— Więc mów już, kto nieszczęśliwie zabił młodego Juliana? — wtrącił Agamemnon.

— Julian został zagryziony przez swoją dziewczynę.

Zapadło milczenie. Sprawił nam nie lada męki. Każdy z nas, jak sądzę, wybuchnąłby śmiechem. Do śmiechu jednak nikomu nie było, gdy wyjaśnił dalej:

— Julian Bert wraz z swoją dziewczyną zażyli sporo MDMA. Narkotyk otrzymali od naszego członka Batty'ego. Oczywiście to Julek się o to postarał, jego ukochana nie wiedziała o kontaktach z Battym. To chyba oczywiste. Fanka fantastyki literackiej pod wpływem halucynacji czuła, jak zeznała potem, że zamienia się w wilkołaka. Ugryzła Juliana w szyję, ponieważ leżący na podłodze słaby dziewiętnastolatek wydał jej się bestią, która zbliżała się do niej i chciała zaatakować.

— Likantropia — powiedział Gregory. — Urojone wilkołactwo. Znane od wieków, dajmy na to przykład siedemnastowiecznego Greniera, pasterza...

— Tak. Urojone. Dziewczyna znajduje się w więzieniu, jednak zanim zjawiła się policja... postanowiłem przestrzelić szyję Juliana bronią.

— CO? — Chyba nie byłem jedynym, który wypowiedział to z oburzeniem i niedowierzaniem.

— Julian Bert wykrwawił się na śmierć. W jego pokoju znalazł go jego Przewodnik, Evan. Dziewczyna, która go ugryzła, spała w kałuży krwi. Wtedy dostałem od Evana Wansa telefon. Jak wiecie, byłem wówczas z Tristanem i Inès w ΔDQ. Wróciłem, jak najszybciej mogłem do Loley, udałem się do Mirror, gdzie mieszkał Julian i chcąc ratować ich człowieczeństwo, zdecydowałem z Evanem zamienić „wilkołaka" w zwykłego mordercę.

— Jest w tym coś... dobrego — zdołał tylko to wykrztusić Agamemnon.

— To najlepszy krok, jaki mogłeś postawić na drodze ku chwale nowego eXst eXiste. — Naprawdę byłem zadowolony z przyjaciela. — Co na to dziadek?

— Zszokowany, ale ostatecznie pochwalił. Panowie! Uratowałem dwójkę ludzi przed skandalem. Media mówiłyby o tym przez tygodnie. Julek był najmłodszym członkiem eXst. Także jego rodzina nie powinna wiedzieć, że został zagryziony przez NAĆPANĄ dziewczynę.

Zapadała cisza. Trwała chwilę.

— Problem tkwi w tym, że ani Julek, ani jego dziewczyna, którą znałem z widzenia, nie byli narkomanami. Musieli bardzo chcieć się... zabawić. Według zasad eXeX nie mam prawa zabraniać wam, świadomym ludziom, spożywać tego, co z pewnością urozmaica wam noce w klubie R, gdy przebywam w Nowym Jorku. Mam nadzieję, że wiecie już co świeży, nowy i nieznany towar potrafi. Pragnę jednak prosić o pomoc, bo nie wiem, jak rozmawiać z Battym. Nie mówiłem z nim o tym.

— Są trzy wyjścia — zaczął Agamemnon. — Wywalić z eXst, zamordować lub nie zrobić nic. Jako że śmierć krąży koło nas i nie daje o sobie zapomnieć, a także jest zakazana w stowarzyszeniu, zostają dwie możliwości.

— Myślę — powiedziałem — że Brian Batty przeżywa męczarnie. Nie jest dilerem. Załatwiał to wszystko, ale dostawał to. Sądzę, że eXst powinno się nim zająć i nie opuścić w takiej chwili.

— Zgadzam się z tobą, przyjacielu. eXst eXiste musi odczuć piętno tego, co się wydarzyło. Postanowiłem zainwestować dla nas w oznakę specjalną. Tatuaż z literami eXeX. Rozmawiałem ze znajomym. Będzie to dobrowolny gest. Każdy może zrezygnować z jego wykonania. Wraz z tuszem zostanie wprowadzona substancja, która w połączeniu z narkotykiem zabije.

— Szukam w głowie odpowiedniej zasady... — przerwał Agamemnon. — To trochę niesprawiedliwe, prawda?

— Słyszałeś, tatuaż będzie dobrowolny.

— Przecież to oczywiste, że każdy go wykona!

— A więc każdy będzie chroniony. To ćwiczenie woli. To także kontrowersyjne posunięcie, choć pierwsze tak poważne dla mnie jako Głównego Przewodniczącego. Mam nadzieję, że ofiar nie będzie. Jeśli będą, to na własne życzenie...

— A wiemy, że w życiu mamy kierować się rozumem. To wyznacznik Reality. Wspaniały pomysł. Bez używek człowiek ma więcej czasu na myślenie.

— Dlatego mnie także zaprosiłeś? — odezwał się w końcu Gregory. — Nie wykonam tego.

— Twoje sesje zdjęciowe odbywają się z udziałem znanych grafików, myślę, że usunięcie tatuażu to nie problem. Osoba taka jak ty, nie musi się nikomu tłumaczyć, co oznacza tatuaż.

— Moje ciało nie zostanie skaleczone i ubrudzone. Nigdy nie brałem jakiegokolwiek narkotyku... mam z tym raczej nieprzyjemne wspomnienia.

— Dlatego właśnie postanowiłem, by był to wybór. I choć każdy, kto do tej pory potrzebował tych substancji, zgodził się na tatuaż, niektórzy w eXst nigdy nie brali. W zasadzie to oni mają wybór.

Oliwer uśmiechnął się jak słońce po deszczowym popołudniu.

— Chodźmy na basen. Przyda się ochłoda. Potem wracam do Walii.

— A co ze stowarzyszeniem?

— Tristan zawsze waleczny, gdy chodzi o eXst. Wracam na kilka dni poobserwować firmę dziadka. Ustalimy termin spotkania w wodzie.

— Wracam do siebie. Mam spotkanie w wydawnictwie. — Gregory wstał i udał się w kierunku czekającego na niego samochodu.

Ja także wróciłem do siebie. Nocą zamknięty w pokoju numer trzynaście dusiłem łzy. Niesprawiedliwie uśmiercony. Nie byłem w stanie powstrzymać ataku płaczu, zacząłem się dusić. Nie mogłem złapać powietrzą, wychylałem się po nie, jakbym tonął, pogrążony w żalu. Wbiegł ktoś z moich ludzi. Uspokajał mnie, przykładał do twarzy mokry, zimny ręcznik. Wezwano pogotowie. Głowa piekła... jak gdyby wrzątek rozlewał mi się promieniście wokół jej tylnej części.

3

Kiedy wszedłem, tym samym co zawsze, stanowczym krokiem do klubu R, mrok zaczęły rozcinać kolorowe lasery. Tylko zagarnąłem kosmyk swoich brązowych włosów i z satysfakcją wszedłem w gorący tłum ludzi. DJ puścił pierwszy singiel Daniela Rossera, a tłum zawył:

— Dam ci z ust płynące siły.
Tańcz po ciele, tańcz językiem!

Po chwili dwie dziewczyny w ciasnych miniówkach i skąpych koszuleczkach, przez które widać było brodawki, podeszły do mnie i zaczęły tańczyć. Podobało mi się to. Ta noc miała zakończyć się w toalecie... Wymiotowałem.

Myślałem, że ten taniec będzie czymś wyjątkowym, zdawało mi się, że poniosą mnie rytmy i rozładuję całą swą energię. Ale czoło marszczy się. Wokoło deszcz i pełno łez... Nie ma ciebie. Tańczę sam. Siadłaś w kącie, zewsząd żal...

ogarnia
mnie
ten
chłód.

Chciałbym przy tobie mówić, że kocham. Patrzeć ci w oczy, nie widzieć zmartwień. Szukać radości, karmić tobą pragnienia moje. Ty siedzisz w kącie. Wciąż płaczesz. Ja tańczę sam tego wieczoru.

— Co ci się stało? — jakiś głos wydobył się spomiędzy świateł i piosenki, której dziś nie pamiętam.

— Mnie? Co? Nic się nie stało.

— Ludzi nie poznajesz?

Mgła wylatująca od DJ-a rozcieńczyła się w ciałach tańczących i pijanych imprezowiczów. Stał obok mnie Julian Bert. Uśmiechał się i mówił do mnie. Miałem ochotę tylko zwymiotować. Jeszcze nie widziałem go tak radosnego, pewnie miał przyjemną noc ze swoją dziewczyną. Pewnie zabawiali się, a potem wpadł na piwo do R. Ktoś mną trząsł. Na pewno nie był to Julian. Nie żył przecież.

Świadomość wejścia na drogę bez możliwości powrotu.

Postanowiłem wejść. Tam, gdzie nikt inny wejść nie może. Wchodzę w *Umysł*... depcząc po *Krwi*. Widzę drzwi... wchodzę w *Sny*. Bez odwrotu. Bez powrotów... chmara kruków, wokół mgła... nadchodzę. Chwyciłem za białą kartkę i czerwoną kredką napisałem: „B. A."[3].

4

Die Welt will betrogen sein[4].

SEBASTIAN BRANT[5]

Ze mną i statek głupców rozbiłby się podczas swego dziewiczego rejsu o pierwszą górę lodową. Oszukano mnie, świat się oszukuje. Ponieważ rozpaczliwie chce być oszukiwany[6]. Płynę przed siebie, wędruję. I jestem statkiem głupców i głupcem jestem. Dryfuję stale. Elita zamknięta na oceanie szuka oczyszczenia

---

[3] Esencja *Krwawego umysłu*, zapowiedź dwu kolejnych części.

[4] *Świat chce być oszukiwany*.

[5] Autor *Das Narrenschiff* (*Okręt błaznów*), satyryk i humanista niemiecki.

[6] Nawiązanie do motta *Świat chce być oszukiwany* pochodzącego z *Okrętu błaznów* Branta.

i odpowiedzi. Poza elitą wchodzi się (nie ma swobody pływania) w normalność, która mnie obrzydza. Zanurzać się pragnę w lodowatej wodzie, nurkować głębiej i głębiej, mając nadzieję, że uda się wypłynąć i powrócić na pokład. Czy uda? Pytam siebie, czy szkodniki można wypuścić w rejs.

Wszyscy pragniemy dobrego świata. Czekamy na oczyszczenie. Dajmy się ponieść falom. Lecz... jeśli na statkach nie będzie tyle miejsca? Jeśli na morzach i oceanach nie znajdziemy miejsca dla głupców? Szkodników tego świata. Wodorosty.

Płyniemy do krainy lenistwa. Tam chcemy pozbyć się zmartwień, zażegnać głód, pragnienie. By dotrzeć do Land of Cocaigne[7] potrzeba szaleństwa, czystego, przezroczystego szału, co pomaga rozłożyć myśli jak robactwo ciało. Głupi dociera dalej. My współczujemy głupcom, ich świata, ich podróży. Ale zapominamy, że to odrobina głupoty i szaleństwo przyjaciółkami ambicji pozostają.

Nowe Cockayne[8] to miejsce wiecznej rozkoszy, gdzie każdy najmniejszy członek ciała płacze i drży z radości osiągania najsilniejszego podniecenia. Tam ciastko z dziurką, tam lizaczki białe z czerwonymi paseczkami, tam każda potrawa smakuje wyjątkowo. Skosztowałem owoców. Sok z bananów penetrują-

---

[7] Anglojęzyczne określenie krainy obfitości, znanej także pod nazwami Kokania, Szlarafia.

[8] Inne angielskojęzyczne określenie krainy obfitości.

cych, wyjątkowo w stanie ciekłym, moje gardło. Nowe Cockayne to miejsce marzenie każdego wariata. Tam stada leniwych nimfomanek i leniwców wiją gniazda snu i seksualnych igraszek.

Wszystkim trzeba by wykonać lobotomię (może mi w szczególności). Obrócić mieszadełkami w gałce ocznej, jak w koktajlu, tylko wewnątrz mózgu. Potrzeba nam Wolnego Pana[9], który gładzi grzechy świata.

Mogę być wszystkim. Jestem tego pewien. Nie wiem jednak, co widzę w lustrze. Na pewno nigdy nie spostrzegłem tej samej twarzy. Nigdy tak samo szczęśliwej czy zapłakanej. Lustro jest człowiekowi wrogie.

Pod żadnym pozorem nie wolno człowiekowi czynić krzywdy. JESTEŚMY ŹLI. Stale musimy się powstrzymywać.

---

[9] Aluzja do postaci Waltera J. Freemana, który dokonał tysięcy zabiegów lobotomii od 1936 roku.

ROZDZIAŁ PIĘTNASTY

FOTOGRAFIA

Drogi prowadzą zawsze do ludzi.
Antoine de Saint-Exupéry

Dla Edyty Rycerz

1

Aparash Ballar Roance
Sierpień 1999

Spacerując po parku[10], chodząc i samotnie rozmyślając o niczym specjalnym, natknąłem się kiedyś na starą kuźnię. Wioski Aparash Ballar i Aparash Ballar Roance leżą rzut beretem od siebie i pełno w nich takich starszych, ale interesujących miejsc. Niepotrzebnych, opuszczonych, jak ja. Wznosił się tu wielki komin ponad drobny budynek. Potrafię sobie

[10] Tristan ma na myśli park znajdujący się w Villon Pray obok posiadłości Yardów. Droga z Aparash Ballar Roance do Villon Pray prowadzi wokół jeziora Pray i imponujących terenów leśnych.

wyobrazić teraz ciemny, gruby dym, który rozdziewiczał czyste, białe chmury krążące nad Aparash Ballar. Grupa Oliwera Micalego powoli chyliła się ku rozpadowi. W mury eXst eXiste wdarł się niepokój i pojawiły liczne spory. Nie do końca umiałem się w nich odnaleźć. Może nie byłem także w stanie myśleć z powodu bólu głowy po ostatniej imprezie.

Klub R, w którym imprezuję, ma stałą lożę, nazwaną moim nazwiskiem. Pełno w nim pięknych kobiet, które poznaje się tylko jeden raz... choć niewiele z wczorajszego dnia mógłbym wpisać do pamiętnika... na pewno przeczytam o nim w dzisiejszej prasie. Widziałem dwu dziennikarzy, o tak, to oni. Hieny, czekające na moją chwilę słabości. Czułem się i tak dość komfortowo. Uśmiech nie schodzi mi z twarzy, gdy o tym myślę.

Oliwer wciąż mnie upomina, abym uważał, nie tylko na siebie, lecz także na tajemnicę eXst eXiste. Chyba przestaje mi ufać. Mam jednak szczególny dar, choćbym nie wiem, jak był pijany, nie zdradziłbym jakiegokolwiek sekretu. Ufam sobie. Dwa kruki zaczepiały się od kilku chwil, gdy tak rozmyślałem. Piękne ptaki, zawsze budziły we mnie silne emocje... może przez ten sen, gdy otworzyłem wrota, z których wyleciała ich chmara... czarne jak najciemniejsza z nocy. W oczach miałem łzy. Sen ten miałem już dawno puścić w niepamięć... pamiętam, że przerażał mnie. Obudziłem się wtedy zlany potem. Nagle usłyszałem zgrzyt jakby metalu o metal. Nie byłem sam w opuszczonej kuźni. Powoli i na palcach zacząłem posuwać się w kierunku zauważonych drzwi. Były wyłamane i dotknięte przez czas. W pomieszczeniu przy dawno już nieżywym palenisku stały dwie osoby.

Zmysłowy saksofon.

Przykucnąłem za wielkim składem na niedobre podkowy. Naprzeciw mnie, niezauważalnego, stał młody, ale bardzo dobrze zbudowany mężczyzna, który z pewnością nie dobił jeszcze trzydziestki, i kobieta. Miała na sobie skąpą spódniczkę koloru zabójczej, krwistej czerwieni i wpół rozpiętą bluzkę z nowej kolekcji mojego znajomego projektanta. Bluzka była czarna. Kobieta wyglądała jak żywa flaga eXeX. Była piękna, miała duże, błyszczące oczy, zeszklone do tego stopnia, że zdawały się krzyczeć z namiętności i pragnienia.

Mężczyzna był brunetem o niezwykle rozbudowanych plecach. Miał na sobie krótkie szorty i obcisłą, białą koszulkę na ramiączkach. Szorty jednak zniknęły szybciej, niż myślałem, a kobieta zanurkowała, przez co nie mogłem jej zobaczyć. Musiałem siedzieć cicho. Po jakiejś chwili mężczyzna chwycił ją delikatnie i posadził na stole kowalskim, poderwało się kilka narzędzi i zsunęło po stole, robiąc przy tym wielki hałas... Ciekawe, czy ktoś mógł usłyszeć go w tej pustce. Jęki kobiety rozbrzmiały w całym pomieszczeniu. Mężczyzna zamieniał się w rozpędzającą lokomotywę. W całym pomieszczeniu zrobiło się inaczej... powietrze stało się cięższe i zmieniła się jego woń. Było wspaniale. Jakkolwiek to nie wyglądało, uczestniczyłem w tym stosunku. Dziwny to trójkąt. Zaczęło się.

Pył kurzu unosił się coraz wyżej. Nienagannie biała koszulka stawała się coraz bardziej ciemniejsza, ale po chwili, niczym gladiator, mężczyzna zerwał ją z siebie, ukazując w całości swe wspaniałe ciało, rzeźbione boskim dłutem mitycznego kowala. Wielkie palenisko, choć martwe, rozgrzało nieco obok mnie. Dwa splecione ciała, po których spływały stróżki potu, emanowały gorącem równym ogniu. Czułem na twarzy to gorąco. Nie spostrzegłem, kiedy mężczyzna odwrócił się i to, do czego tak zmierzali, znalazło się kawałek ode mnie. Zaczęli się całować. Nie mieli dość...

Rozgrzany drążek wciąż gotowy był na swojego kowala, który wiedział dokładnie, co z nim począć. Na twarzy kobiety malowały się i zmęczenie, i błogie rozluźnienie. Musiała dochodzić kilkakrotnie. Na mnie była już pora. Miałem być jutro na koncercie Rossera. Elita eXeX dostała specjalne zaproszenia od... nowego wybrańca stowarzyszenia, piosenkarza.

Wychodziłem cicho, jednak musieli mnie zobaczyć... słyszałem cichy uśmiech. Nie zaprosili do zabawy. Może to i lepiej. Nie lubię się naprzykrzać. Znowu się uśmiechałem. Na zewnątrz szaro. Tak to już jest...

2

Była taka noc, gdy po stosunku z nowo poznaną dziewczyną w R chwyciłem za aparat fotograficzny. Leżała na moim łóżku, na brzuchu, naga z moim nasieniem na pośladku. Na aparat zareagowała dziwną miną, zaskoczyła mnie przybraną pozą. Pieprzona modelka. Aparat strzelił i wypluł jej zdjęcie. Było okropne, tak różniło się od rzeczywistego wyglądu. Uchwyciłem niedobry moment. Nie wyglądała zachęcająco. A może wyglądała... Kto większym kłamcą? Oko czy obiektyw? To fotografia oddała mi prawdę, uchwyciła chwilę, zapisała ją. Byłbym jednak ostrożny. Czy ludzkie oko naprawdę jest kalekie? Chciałbym nagrać film pornograficzny. Coś amatorskiego lub artystycznego. *Sex tape*.

Pomysł jej się spodobał. Jestem Tristan Roance, każdemu by się taki pomysł spodobał. Nadal jestem sztywny, nadal rozpalony, nadal naćpany. Biorę kamerkę VHS-C. Okręcam ją, każę jej trzymać kamerę i ssę jej wargi sromowe. Jest głęboka, ale sucha. Ślinię ją szybko jak buldog. Jestem bardzo spragniony. Podgryzam ją, jęczy, ale twardo trzyma kamerkę. Pomagam sobie palcami. Wpycham trzy naraz. Krzyczy, że chce więcej. Nie wytrzymuje, wybucha falą żółciutkiego moczu. Czuję się, jakbym wyszedł spod prysznica. Przyciągam ją do siebie i nasze ruchy frykcyjne przyspieszają jak spóźniony pociąg. Jest paskudna. Cała mokra, czerwona, wymęczona. Jest piękna. Jej usta zajmują się moim członkiem. Odpoczywam, bawię się kamerką. Wirujemy.

W pewnym momencie chyba uderzyłem ją aparatem. Leżał blisko poduszki, aparat z kliszą. Kamerka opadła na ziemię. Uderzam się w penisa, już nie chcę.

Przestraszona wybiega z pokoju. Zdążam jeszcze rzucić i roztrzaskać aparat. Klisza wystrzeliwuje z niego wprost na nią, jak wcześniej mój biały sok. Gonię za nią. Po schodach. Wybiega na podwórze naga. Nie mogę powstrzymać śmiechu, brzuch mi eksploduje, jeśli się nie uspokoję, śmieję się wniebogłosy. Czuję, że całe Aparash Ballar Roance, moja kolonia orgietek, mnie słyszy i śmieje się ze mną mimowolnie, jęcząc: „biedna dziewczyna". Film nazwałem *Fotografia*.

PRASOWE PODSUMOWANIE ROKU:

„ROANCE, YARD I ROSSER. TRZY WIELKIE NAZWISKA RAZEM W MIRROR"

„OLIWER MICALI Z NIEZNAJOMĄ BRUNETKĄ — NAJWIĘKSZĄ SENSACJĄ MECZU"

„GREGORY YARD — NAJPOPULARNIEJSZA TWARZ OKŁADEK 1998"

„TRISTAN ROANCE NA LIŚCIE NAJBOGATSZYCH LUDZI ŚWIATA"

3

STYCZEŃ 2000

Byłem niedawno u znajomych w ich pięknym, wielkim domu na wsi, niedaleko morza. Właściwie pojechałem tam, aby odpocząć. Niewiele miałem ostatnio powodów do radości. Przyzwyczaiłem się już do tego całego szumu i dźwięków, które normalnego człowieka doprowadziłyby do ostateczności. Chyba nie należę do normalnych ludzi. Wizyta moja miała potrwać trzy dni, od piątku do niedzieli. W tym czasie zdążyłem jednak przekonać się, jak bardzo głupimi stworzeniami są... kury.

Podmuch nieświadomego wiatru.

Spośród najbardziej tępych stworzeń, jakie w życiu spotkałem czy widziałem, kury właśnie są najbardziej niemoralnie niedorzeczne! Zastanowiłem się jednak przez moment, czy aby ja nie zachowuję się durnie. Poproszono mnie o godzinie piątej po południu (kto o tej godzinie zagania kury?), abym pod nieobecność moich znajomych, którzy wybrali się na zakupy, powganiał te godne politowania zwierzęta. Było ich około czterdziestu: białych, czarnych, kolorowych, jedne wyglądały nawet jak gołębie. Spośród nich były także cztery ozdobne, aksamitnie czarne z... białą czupryn-ką. Te wyglądały najzabawniej. To tak jak ja. Wziąłem kij i próbowałem zrobić swoje, ale za nic nie dały się zagonić do kurnika. Westchnąłem tylko, po jakichś piętnastu minutach uśmiechałem się pod nosem, ale raczej z powodu ogarniającej mnie paranoi. Naturalne było to, że nie pojechałem ze znajomymi do miasta. W końcu przyjechałem tu odpocząć. Kolonia Aparash Ballar jest w porównaniu z tą wioską jak miasteczko.

Czas mijał, a te idiotki same powchodziły do swojego królestwa. Ich tępy wzrok czy nieustanne pianie bez wyraźnego powodu były naprawdę żenujące. Podobnie jak kogut co chwila wchodzący na kurę. Wyszedłem z zagrody i udałem się w stronę domu. Słyszałem w stajni konia. Jeszcze tego brakowało, aby zachciało mi się go zobaczyć. Stwierdziłem, że żadną atrakcją jest siedzenie (nawet) w wiejskim domu, zatem ostatkiem sił poczłapałem na polankę. Może i przypominałaby tę z mojego snu, jednakże tamta miała w sobie pewną magiczną moc, której tej tutaj brakowało. Na dróżce jednak nie było butelek, a już na pewno muru. Szedłem tak sobie i podśpiewywałem pod nosem moją ulubioną piosenkę Daniela Rossera: *Shame*.

Dziś przedostatni dzień pobytu u znajomych. Pogoda zbytnio się nie popisała. Leje cały czas, momentami dość intensywnie. Leżę w łóżku, dziewczyny grają w bierki. Znajomy raz leży, innym razem czegoś szuka. Słychać Madonnę w radiu. Zrobiłem sobie przerwę w pisaniu. Wziąłem gorącą kąpiel. W końcu! Kiedy zbyt wiele osób się kąpie, woda grzeje się tu dłużej, przez co miałem ostatnio chłodne kąpiele. Mój penis i inne części ciała rozpływały się w parze gorąca. Delikatnie zsuwałem napletek i ocierałem swoimi palcami.

Odwiedziny dobiegają końca. Jutrzejszy dzień spędzę w szaleństwie pakowania. Czuję się świetnie. Nie bolą mnie nogi, one także zostały storpedowane strumieniami wody. Po moim szczupłym ciele spływał niebieski żel pod prysznic. Rozsmarowywałem go i spłukiwałem. Prysznic udany. Co dziś kupiłem? Bransoletkę i przypinkę: „Kocham seks”.

Spokojne ocieranie opuszkami palców o klawisze fortepianu.

Ciało człowieka jest piękne, o tak! Lubię oglądać filmy pornograficzne. Robię to często. Także masturbacja jest czymś wspaniałym. Co takiego lubię w porno? Uwielbiam te, w których jest jakaś prosta fabuła. Gdy ich bohaterowie naiwnie próbują ukryć swe żądze. To wspaniałe! Szybko przechodzą jednak do sedna. W takich filmach koniec jest niestety przewidywalny — happy end, dla przykładu na twarzy. Nie jest to bliskie rzeczywistości przeciętnego człowieka. A może się mylę, bo i może nie udało mi się jeszcze trafić na odpowiednią osobę o pięknym ciele, ciepłym sercu i nieprzeciętnym rozumie. Czekam na niemożliwe. Otoczyłem się niewłaściwymi ludźmi. Często mi się wydaje, że przemawiam na deskach teatru w jakiejś mało ambitnej komedii. Mówię, a oni słuchają. Pewnie uważają się za wyjątkowych krytyków mojego życia. Nikt mnie nie zna. Wracam do siebie. Myślę, że nastąpił rozwój... intelektualny czy emocjonalny? Równie ważny? Z mojego walkmana wypływała ballada Rossera:

Wiem, że koniec już dawno miał swój czas.
Dziecko czerwone zatrzymuje nas.
By spytać o drogę.
Drogę o świcie,
Co usłana jeszcze zimą jest.
I przychodzi diabeł,

Który poznać nie chce mnie.
Jakbym coś zrobił,
Jakbym skrzywdził kogoś.
Diabeł wciąż nie chce.

Nasza mała Złota piramida

▲

Kiedyś

W pewnym momencie skręciłem, a po przejściu polanki, zza stogu słomy wyłonił się dziwaczny, niewielki budynek, jakiego dawno nie widziałem. W Aparash Ballar Roance takich nie ma i pewnie nie będzie. Byłaby to zwykła chatka, gdyby nie dodatkowa wieżyczka zakończona krzyżem. O tak, widziałem krzyż w ostatnim klipie Daniela. Ku własnemu zdumieniu moja noga i szeroki uśmiech przekroczyły próg kościółka. Poczułem woń wilgotnych ścian. Było pusto. Doszedłem do jednej z ławek, było ich niewiele. Nigdy nie rozumiałem zaniedbania kilku ważnych spraw (m.in. ogrzewania), których konsekwencją jest między innymi zimno, wilgotność, odór.

Nagle pojawił się cud. Cud w sztywnej, ciemnej sutannie. Zdziwiłem się nie po raz pierwszy tego dnia. Oto stałem w małym, wiejskim, starym i rozpadającym się kościółku z młodym, przystojnym księdzem. Włoski miał ułożone na żel. Nie zauważył mnie od razu, a ja nie chciałem się zdradzać. O czym miałbym z nim mówić? Myślę, że nic brzydkiego nie zrobi, ja nie chcę być już dziś podglądaczem.

Wychodzę. Zauważa mnie, ale nie zatrzymuje, nie wita się. Pewnie przygotowuje się do mszy, nie chcę być nachalny. Obracam się znowu, gdy jestem już na polance. Widzę kremową twarz w oknie. Nie zawracam.

†

Poznaję tę twarz, pamiętam. Nie znam jego nazwiska, ale wiem, że mężczyzna stojący przy barze to ksiądz z małego, wiejskiego kościółka, który to odwiedziłem niedawno. Przez moment spotykamy się wzrokiem. Poirytowany opuszcza głowę, gdy DJ włącza *Disco Priest* Daniela Rossera. Podchodzę. Kto może zdawać sobie sprawę z tego, że to ksiądz? Poza mną, nikt. Przecież ma na sobie ciemny T-shirt i czarne jeansy. Chcę postawić mu drinka. Jest nieco zaskoczony i zmieszany. Najbardziej ceną drinka. Wypija i uśmiecha się. Ma piękny uśmiech, ale smutny wzrok.

Chciałbym być jego pocieszeniem. Mam ku temu zapędy. Nie mogę żyć bez patrzenia na piękne ciało. Kategoria płci blednie. Chcę dotknąć.

Całą noc siedział i obserwował ludzi. Dziś nie wyszedł zatańczyć. Ja podobnie. Wychodząc, szepnął mi do ucha drżącym głosem, że nie jest tym, za kogo go mam. Byłem w domu! Kłamstwo rozeszło się z ciepłym oddechem po małżowinie usznej. Wszystko inne jest już tylko kwestią czasu.

†

Kiedy byłem małym chłopcem, siedząc w kościele na zimnej i wypolerowanej tyłkami opasłych staruszek ławce, słuchałem kazań młodego księdza, wygłaszanych z ambony czystym głosem. Gdy nie mogłem się skupić na jego słowach, wyobraźnia podsuwała mi obraz poruszającej się drewnianej ambony, za którą z pewnością klęczała kobieta, naga grzesznica. Czyniła zapewne wiele dobrodziejstw oralnych i piersiami pastowała eleganckie buty księdza. Kiedy sam służyłem, już przy ołtarzu spotkał mnie zawód. Nikt się tam nie chował. Sekret skrzypiącej ambony pozostał zagadką dziecięcej wyobraźni.

†

Jestem podglądaczem z przypadku, a z reguły mam szczęście spotykać pary w tych szczególnych momentach. Podglądać innych, kiedy frykcyjnie posuwają swą miłość, gdy samemu nie schodzi się ze stogu ciał, to już chora pazerność. Piękna pazerność. Jestem pewien.

Już pierwszy dzień na plaży nie był szczęśliwy. Zdarza mi się wyjechać gdzieś nagle. Odrywać się od ludzi, których znam, od spraw, których tylko przybywa. Moje braki optymizmu zdominował żal pary za parawanem. Leżeli na chłodnym piasku obok mnie.

Wiał wiatr. Zza parawanu słyszałem tylko szuranie i płacz kobiety. Podszedłem po chwili i spytałem, czy coś się stało. Wtedy niewiele ludzi kręciło się w tym miejscu. Nie było atrakcyjne, ale spokojne. Mężczyzna leżał na zapłakanej kobiecie, byli nadzy.

— Pan czasami... — zacząłem oburzony.

— Nie, nie — uspokoiła mnie kobieta. Zza łez pojawił się uśmiech. — To tak... na pożegnanie. Rozstaliśmy się... i ja nie chciałam się rozstawać, ale musimy.

— Może pan wrócić na swoje miejsce?! — warknął purpurowy mężczyzna.

— No pewnie. Mogę.

Pożegnalny seks i ona wyjąca z rozkoszy, wyjąca wraz z ostatnimi ruchami frykcyjnymi. Zmiany są w życiu bardzo potrzebne, człowiek zmieniający i zamieniający ludzi decyduje się na krok do przodu.

Gdy się położysz, skonstruuj w głowie erotyczny plac zabaw. Wymyśl gry i zabawy. I zaproś znajomych. Dla zabawy, dla radości, dla uśmiechu. Już!

Śnieg nie musi sypać mi swoimi płatkami po nosie, bym myślał o grudniowych chwilach. Słońce może roztapiać mnie jak ser na toście. Wspomnienia wracają do mnie często, czasem zbyt często, zbyt intensywnie i chyba niepotrzebnie. Ale wracają i to te najmniej przyjemne.

Stać mnie na posiadanie broni. Mam kilka. To naturalne. Żyjemy w okrutnych czasach. Niegdyś mnie przerażała, była zbyt ciężka, zbyt zimna, zbyt wielka. To fascynujące trzymać gnata w ręku. Pamiętam swoją ostatnią próbę związania się z kimś na dłużej zakończoną fiaskiem. Oficjalnym pożegnaniem pod prysznicem.

Pamiętasz? Para była wszędzie. My, dwa nagie ciała, nagie pośladki, po których lała się gorąca woda. I nagle z wodą napływa to uczucie. Beznadziejność. Wiem, że jedyny sens ma tutaj unicestwienie. Zagrabienie tego wszystkiego, co długo budowane, legło w gruzach.

Ku tak dziecinnemu przerażeniu twardo wyjmuję broń. Gorące policzki chłodzi trasa, jaką wykonuje zimny gnat. Widzę nieopisany strach za zalanymi oczkami. Rośnie jak temperatura w łazience. Uśmiecham się i wpycham broń głębiej i głębiej. Nie będzie ssania lufy, jej metalicznego smaku. Napotykam opór, ślina ścieka po brodzie i pistolecie jak z cieknącego kranu. Jeżdżę po tych wielkich, nadmuchanych ustach, soczystych jak maliny z lodem. Strzał jest nieunikniony. Mam już dość tak zwanego związku. Chyba mnie rozumiecie? Ostatnie pożegnanie.

Strzelam, a nabój niesie moja wewnętrzna siła. Jakbym sam stał się nabojem, który tak bardzo chce... Ręka zostaje odepchnięta siłą strzału. Biała mgła opada w łazience. Mój nabój połknięty. Wycieram się ręcznikiem. Kciukiem wycieram te usteczka. Uśmiecham się i żegnam.

— To już koniec naszej... nie pisz.

Podrzucam ręcznik i wychodzę, zostawiając uchylone drzwi. Naprzeciwko nich znajdują się już tylko drzwi wyprowadzające z mojego pokoju. To bardzo wymowna sugestia, tym bardziej dla osoby tak niedojrzałej emocjonalnie.

†

Największą przyjemnością dla mężczyzny, darem i skarbem zarazem jest jego życie. Życia złączone i wszelkie korzyści płynące z tych połączeń nazywane są elitą eXst eXiste, która stworzyć chce wspólną historię.

Mówią, że mam problem z pohamowaniem popędu seksualnego, a moi narratorzy stale wplatają w akcję wątki seksualne. Myślę, że to bzdura. Prędzej przyznam się do alkoholizmu, uzależnienia od leków i innych. Seks po prostu jest! Zdarza się. Nie mówię przecież o nim stale i nie dominuje nad moim życiem. Po prostu jest. Często... Czy to źle?

A mój czytelnik? Ile razy wyciągał rękę z bielizny, odkładał delikatnie książkę i na drżących nóżkach leciał pod prysznic bądź po paczkę chusteczek?

Wielu ludzi lęka się przyjemności. Ja jestem Przyjemność.

5

Wiosną kazałem zainstalować w swoim salonie sporych rozmiarów basen dla sprowadzonych ze Stanów jesiotrów. Ryby miały do trzech metrów, a waga najcięższego przekraczała nieco dwieście kilogramów. Płetwy, podobne do rekinów, budziły podziw. Jesiotry do połowy lat sześćdziesiątych można było spotkać także w polskich wodach. Zwierzęta te lubią raczej ciepłe wody, żyją w morzu, ale w rzekach się rozmnażają. Pewnie jak nie zdążą wrócić do rzeczki, to i w morzu dają radę.

Sen trzydziesty pierwszy

Miałem załzawione oczy, a moje palce pozbawione były paznokci. Przed chwilą się ocknąłem. Znajdowałem się w niedużym pomieszczeniu. Tak dziwnym, jakiego nigdy bym sobie nie wyobraził, mimo że z początku wydawało mi się znajome. Było w nim bardzo jasno. Ściany przedstawiały krajobraz pól i gór w oddali. Ja znajdowałem się na sztucznej dróżce polnej. W pomieszczeniu były jeszcze dwie jakże prawdziwe ściany, ustawione przede mną i za mną, równolegle, połączone rdzawym łańcuchem. Bałem się spojrzeć w dół. Słusznie. Tak, jak w snach, łańcuch przechodził przez prawy bok i z pewnością utrzymywał obie ściany, za którymi...

Krew wypełnia umysł.

BES†IA

ROZDZIAŁ SZESNASTY

BŁĄD GREGORY'EGO

1

Opowiada
Daniel Rosser

Tristan, gdy tylko wszedł do salonu z Gregorym, pokazał mu wiszący na ścianie nowy obraz. Przez chwilę patrzył zaniepokojony na twarz kolegi.

— Co to jest? Okropne! — powiedział Gregory, rozglądając się po pomieszczeniu, jakby szukał kolejnego, równie okropnego.

— To obraz, który... namalowałem — skłamał Tristan. Dzieło znalazł na strychu willi przy Villon Pray 13 i za zgodą pana Yarda przywłaszczył sobie. Gregory nie mógł go nigdy widzieć. Może bał się strychów? — Dlaczego według ciebie jest okropny?

Obraz składał się z wariacji trzech kolorów: czarnego, czerwonego i białego. Z jednolicie czarnego tła wyłaniała się biała jak kartka papieru głowa szczupłego chłopca o oczach pozbawionych źrenic, którego białka były czarne, a wokół oczu, na skórze, znajdowała się czerwona poświata, jakby padające światło, maska.

— Przeraża mnie. Mam gęsią skórkę. Niby nic takiego nie przedstawia, ale spójrz. Czuję się, jakbym nie pierwszy raz widział ten obraz, jakby obserwował mnie całe życie.

— To ciekawe... Co jeszcze widzisz?

Diamentowe łzy nabiegły do jasnych oczu Gregory'ego.

— Nie mogę, wybacz. Przeraża mnie. Wygląda jak potwór. Jego oczy są identyczne jak mroczne tło, wciągają. Nie podoba mi się to. I ta czerwień. Rozumiem, że kolory mają odpowiadać symbolice eXst eXiste.

Tristan przez chwilę zawiesił spojrzenie na podłodze.

— Tak. eXeX, które nie pozwala nam wierzyć w takie bzdury. Dziwi mnie to, w jaki sposób obraz oddziałuje na ciebie.

— Wszystko, co tworzysz, ma wpływ na ludzi. Ale sam nie spodziewałem się, że aż taki!

Przez chwilę Tristan zastanawiał się, czy zdradzić koledze, że obraz znalazł w jego willi. Byłoby to bardzo głupie posunięcie. Nie mógł dopuścić do tego, aby młody Yard zbliżył się do obrazu — mógłby zobaczyć, że płótno jest starsze, niż powinno.

Tej nocy Gregory miał koszmarne sny. Widział w nich dzieci odwrócone do niego tyłem, dzieci o białej skórze. Sam był prawie albinosem, jednak ta mleczność była intensywniejsza. Jeden z chłopców gonił go po lawendowym polu. Był identyczny jak chłopiec z obrazu. Patrzył bez oczu, biegł za Gregorym i nie uśmiechał się. Yard spędził w łóżku tydzień z silną gorączką.

2

Poniedziałek

Tristan wrócił przed drugą z R. Wstrząsnął pokojówką, roztrzaskał pilot od telewizora na płytkach podłogowych. Godzinę wściekał się na siebie za uniemożliwienie sobie oglądania programów. Nikt tej nocy nie spał w willi. Wszyscy nasłuchiwali. Pojawił się nieprzyjemny odór, właściciel leżał w brudnym ubraniu.

Wtorek

Tristan nie trafił do muszli. Nie wiadomo, czy w ogóle był świadom, że nawet w nią nie celuje. Jego mocz wylądował na podłodze wielkiej łazienki, na błękitnych płytkach pojawiła się ciemnożółta powódź. Następnego dnia łazienka była czysta. Tristan nie dowiedział się o swoim wybryku. Wieczorem odwiedził R w towarzystwie dwóch prostytutek. Prasa nie dawała mu spokoju.

Środa

Nie wrócił z R. Właścicielka, chcąc oszczędzić go przed skandalami i Oliwerem, przenocowała nietrzeźwego na zapleczu. Opróżnił znalezioną tam butelkę wódki.

Czwartek

Wylądował w szpitalu z poparzoną ręką. Na zapleczu wylał na siebie wrzątek, próbując zrobić kawę. Skończyło się niegroźnie. Wrócił do Aparash Ballar Roance wieczorem z obandażowaną kończyną.

Piątek

Gościł Batty'ego, który dostarczył mu kilka MDMA. Pół godziny spędził przed toaletą, dobijając się do przerażonej, zapłakanej pokojówki, która zamknęła się w środku. Zrobiła to po wcześniejszej szarpaninie, w której zerwał jej srebrny łańcuszek. Klął i szarpał za klamkę. Obsługa wezwała Oliwera. Ten przysłał Agamemnona.

Sobota

Tristan zwolnił całą obsługę willi oraz szofera. Niebo zakryły burzowe chmury. Padać miało cały kolejny tydzień. W willi przy Aparash Ballar Roance 1 miały zajść zmiany. Agamemnon godzinę rozmawiał z Tristanem, kazał mu się wyspać, wykąpać i pojawić w ΔDQ. Tak też się stało, ale Roance nie zamierzał tłumaczyć się przed Micalim. Zorganizował imprezę.

3

Ostatnie godziny przed zbrodnią

Odtworzone na podstawie późniejszych rozmów z krwawym umysłem.

Dzień przed zbrodnią był dniem pełnym emocji, zarówno dla sprawcy, jak i ofiar. W szklanym basenie oprócz jesiotrów roiło się od pływających z nutką lęku nagich koleżanek Tristana. Dwa tygodnie wcześniej zwolnił całą służbę. Salony pozapychane były pomnikami świętych, z kamienia, gipsu, niektóre z marmuru. Wszystkie miały zakryte głowy. Odkrył je Gregory, któremu cudem udało się dostać do środka. Minął kilku mężczyzn z bujnym zarostem. Przeszedł obok rozbitej lampy piramidy. Na ścianach wisiały wrogie obrazy świętych, matka boska patrzyła rozgniewana. Jakaś święta z zasłoniętymi oczami. Nawet nie wiedział, czy i ona się gniewa.

Tristan pod wpływem leków i alkoholu.

— Znajoma... poznała fajnego chłopaka. Tak jej się wydaje. Mówiła, że ładnie pachnie, jest cool i troszczy się o jej waginę. Musi być dobrym chłopakiem — zaczął Tristan na dzień dobry.

— Po co mówisz mi o kimś, kogo nigdy mi nawet nie przedstawiłeś?

Tristan wybuchnął śmiechem i podszedł do gramofonu, z którego wypływał nieprzyjemny dźwięk po skończonej płycie. Chwycił za singiel Daniela Rossera *Naked Prince,* trzeci singiel promujący *Lucid Dream*, ostatni z klipem. Na okładce artysta został sfotografowany, gdy siedział tyłem do obiektywu. Był nagi, widać mu było pośladki i wyrobione plecy. Na głowie miał kwef.

— Tristanie, co się z tobą dzieje? Co TU się stało? Zwolniłeś całą służbę. Prasa aż huczy!

— Pohukaj z nimi.

— Nie po to tutaj przyszedłem. Co to ma być?

Gregory wskazał na obraz matki boskiej z zaklejoną zdjęciem Madonny twarzą. Przeszedł się po salonie.

— Chodzisz z gołą dupą na wierzchu, przez nogawkę coś ci wystaje! Lodówka w salonie?! Co te sztuczne kutasy i mrożone cipki w niej robią? Czyje to? Schudłeś, zamiast jedzenia trzymasz to coś w lodówce!

— Zawsze byłem pewny, że nie zrozumiesz seksegzystencji. Oczy same się weselą na widok cipki.

— Och, całe szczęście. Już myślałem, że tylko kutasy ci smakują. Ćpasz, narkotyki cię wyniszczą.

— Nie ćpam, biorę leki, bo muszę. Myślisz, że nie wiem, o co chodzi z narkotykami? Ty wiesz na pewno.

Coś ukłuło Gregory'ego. Powoli odpowiedział:

— Mają niszczący wpływ! To poważne!

— Niszczący poważnie wpływ? Nie, po prostu są za drogie.

Z góry dobiegł ich głos kobiety: „Pieprz mnie, głośniej i mocniej krzycz, mocniej".

— Skąd ty ich bierzesz?

— Z profilu... na portalu.

— Mówiłeś, że nie masz.

— Mam, ale w znajomych tylko osoby do...

— Dobrze, już się domyślam. Jutro jest spotkanie w eXst eXiste. Ważne, przecież wiesz. Co to jest? On żyje?

— Tak, schował się za kanapą skubaniec i wypił całe whisky sam.

Za białą kanapą leżała męska prostytutka. Miał wygoloną głowę, mięśnie i luźne bokserki w moro, z których wystawał gąszcz ciemnych włosów ciągnący się do klatki piersiowej. W korytarzu spał inny mężczyzna. W kredensie, obok kilku książek Tristana, leżały odłupane, gipsowe, złożone do modlitwy ręce jednego ze świętych. Pokój oświetlał Jezus z cienkich, niebieskich lampek. Z niebieską aureolą.

— Nie masz wstydu.

— Wstydu? A co to jest wstyd? A ty? Ach... zapomniałem. Ty jeszcze przed imprezą.

Tristan podszedł do gramofonu. Na drugiej stronie singla było koncertowe *Shame*. Miał na sobie koszulę w kwiaty. Stan Gregory'ego był zmienny. Raz miał ochotę szczerze się śmiać, innym razem rozpłakać z rozpaczy. Miał już dość.

— Na razie, PRZYJACIELU!

Tristan go nie odprowadził. Stanął przed lustrem. Stanął mu. Rozebrał się do naga i zaczął onanizować. Patrzył na mięśnie, patrzył na brzuch. Spojrzał na twarz. Zamknął oczy, trząsł ręką, otworzył. W lustrze był Tristan i drugi Tristan, tak bardzo podobny. Identyczny. On. Sam i podglądający się, a może to tylko odbicie...

— Nie znam cię. NIE ZNAMY SIĘ! Ale to bardzo dobrze.

Poszedł pod prysznic, kolejna pijana osoba leżała w wodzie, bo wylot zatkała ciałem. Woda nie leciała. Na tyłku tatuaż: „Może dziś się uda".

Nocami chodził bez ubrań po ulicach wokół willi, przechadzał się alejkami Aparash Ballar Roance. Dziewczynom, które zapraszał do domu, kazał zakładać stożkowy stanik. Poznawał je na stronie *Pobierz Swoją Dziewczynę*. Po willi chodził już w samej koszuli w kwiaty. Gryzł koleżanki w tyłki. Ściany w łazienkach pokrył grzyb. Doprowadzał się do stanu, w którym nie miał sił recytować swojego: „Pieprzmy się, nie czyńmy złego".

4

Świece zostały zgaszone, w pomieszczeniu pachniało jeszcze różami, woskiem o zapachu róż, tym sztucznym kwiatem, od którego po chwili może zrobić się niedobrze. Adam Shargan odgarnął kawałek flagi eXst eXiste, który nieco się zadarł. Realici zaczęli bić brawa.

Oliwer wstał i wyszedł przez zaokrąglone drzwi do pomieszczenia znajdującego się przy pokoju Głównego Przewodniczącego. Za nim udał się Justin Huit i Brian Batty. Przytargali wielki kociołek z kolejnym tajemniczym napojem.

— Co tym razem, bo mam zgagę? — zapytał Agamemnon i głośno beknął.

— Coś, co lubisz — odparł Tristan. — Dobre na zgagę.

Realici podchodzili do kociołka i nabierali sobie w plastikowe czarki napoju. I pili. Pił Oliwer, pił też Gregory, za nim Marco, Adam, Justin, Brian, Max i Zachariasz. Pili łapczywie, bo smakowało. Napój mocny o ziołowym posmaku. Pili też Marceli, Katon i Honoriusz, a za nimi Klaudiusz, Evan, Sykstian. Oskar miał nie pić, ale wypił. Po nim Montiusz i Wanitiusz. Prawie każdy członek eXst eXiste sięgnął pazerną łapką do kociołka pod złotymi *eXeX* wiszącymi nad stołkiem Oliwera. I nikt nie zauważył, że ktoś jednak nie pił. Złapał za prawie pusty kociołek i wyniósł go.

Gdy wrócił było ciszej. Tu i ówdzie zaczęły się dziać rzeczy nieprzewidziane. Ktoś zwymiotował na notatki, ktoś inny zalał ksero fragmentu książki Tristana krwią z nosa. Ktoś inny osunął

się

na ziemię

z karuzelą w głowie.

Realita, który nie wypił, zdążył jedynie wciągnąć głęboko, pełną piersią powietrze, zamykając przy tym oczy, bo gdy je otworzył sala stowarzyszenia, ukryta w jaskini, pełna była uśpionych ciał jej dzieci. Wyszedł jeszcze na chwilę. Wyszedł korytarzykiem do wyłamanych drzwi, za którymi stała puszka przygotowana wcześniej.

— Tak, tak, tak! Już wszystko jest. Teraz tylko działać.

Wracając, wyjął drżącą z wrażenia ręką opakowanie tabletek, ale zsunęły się w ciemną otchłań basenu. Do oczu naszły mu łzy. „Będzie gorzej", westchnął i chwyciwszy za zestaw małego budowniczego, ruszył do sali.

Zabrał się do dzieła. Godzinę męczył się z powieszeniem na łańcuchach ciał znad basenu. Na środku sali ułożył dwa ciała w pozycji przypominającej nieco godzinę 16:13. Wyszedł po ciało, które wcześniej ukrył w mrokach korytarza. Tego mężczyzny nikt by nie poznał. Otworzył puszkę i jej zawartość rozlał po głowie mężczyzny. Rozsypał także gwoździe i wyjął czarne worki na głowy.

Jeszcze na chwilę Gregory Axel Yard otworzył oczka i ochryple jęknął:

— Boże.

— Boże? Nie ma go tutaj. Tu dzieje się krzywda — powiedział morderca. Wypełnił swoje wielkie oczy łzami i zamachnąwszy się, trzasnął Gregory'ego tasakiem w skroń. Jego mleczna główka, na której widoczne były dwie lazurowe żyłki, rozprysła krwią.

5

Zabijaj mnie delikatnie,
chcę doznać rozkoszy.
Chcę patrzeć na każde Ja,
rozlatujące się po pokoju
i twoje czerwone ode mnie usta.
Chcę się rozkładać, upadłszy, uklęknąwszy.
Chcę byś potykał się o moje członki.
Zabijaj mnie wolno, uważnie... zrób to!
uderz mnie batem elektrycznym
uderz mnie
MOCNO
oblej mnie woskiem gorącym
niech sutki moje rosną
ciało w pręgach
czerwonych, czarnych
ciało obolałe
czym jeszcze mnie możesz...
czym jeszcze nie oblałeś?
Zabijaj mnie delikatnie i mocno, nieprędko.
Chcę
doznać[11].

---

[11] Wiersz pod tytułem *Delikatnie* napisany w maju 2012 roku.

ROZDZIAŁ SIEDEMNASTY

KREW JEST POMARAŃCZOWA

1

PIERWSZA ROZMOWA Z MORDERCĄ W DOMU GŁUPICH

(FRAGMENT)

Pięknie umierać mimo lęku, bólu, ran, krwi, rozkładu, smrodu.

— Opowiesz mi, co się stało z ciałem Agamemnona? — powiedział Daniel, a jego wzrok wbił się w uciekające spojrzenie mordercy.

— Tytan utonął... — odparł powoli, męcząc się z ostatnim słowem.

— Jego ciało jest w basenie? Czy w morzu?

— Jeden z łańcuchów się urwał. — Wstał ze stołka, zasunął go i podszedł do szyby. — Jego potężne ciało wbiło się w ciemną taflę wody. Ale nagle wynurzyło się, obserwowałem je. Było już białe, miało kilka zgniłozielonych plam. Od razu pokryło się szronem, igiełkami lodowymi. Sunęło w moją stronę jak cielsko martwego rekina. Sunęło ciało Agamemnona po ciemnej tafli wody, a ja się bałem. Nagle uderzyło o wystający z wody kamień. Głowa rozłupała się jak orzech, a kawałeczki od niej oderwane zginęły w głębi. Ciało płynęło jeszcze przez moment, po czym zaczęło się osuwać. Nogi schodziły w dół, podniósł się tors. W pewnej chwili pękł, żebra rozerwały skórę. Podczas, gdy nogi ciągnęły ciało w dół, góra odstąpiła. Szyja i głowa wyprostowały się wolniej, ale także utonęły.

— Działo się to bez twojej ingerencji? Działo się to?

— Dało się wyczuć woń pomarańczy, których w sali wtenczas nie brakowało. Ułożone były na kilku tackach, co kilka metrów na stole. Były mięciutkie i poplamione krwią. Okraszone jak czerwonym lukrem, syropem, apetyczne, soczyste, dojrzałe. Zjadłem cztery. Potem usłyszałem twoje kroki i znów to się zaczęło...

— Miałeś atak? Zaczęła boleć cię głowa.

— Nie, ale miałem atak. Czułem jak to narasta. Czułem, że ból zaraz się pojawi i nie pojawiał się. A jednak ten strach był silniejszy i miotał mną po ziemi.

— Myśli, bałeś się samych myśli, tak?

— Nie masz pojęcia. Jak strach patrzy na ciebie. Nie wiesz. Czerwone dziecko, mały niepozorny szkrab siedzący i bawiący się czymś na podłodze. Co jakiś czas zerkający groźnie na ciebie. To jest to. Ty też go zobaczysz. Każdy, kto patrzył na białą twarz i czerwoną plamę przy oczach, kończył tak samo.

— Dlaczego chcesz w to wierzyć? Dlaczego chcesz, żebym ja w to wierzył?

Morderca już się nie odezwał. Oczy mu się zeszkliły, obrócił głowę. Obraził się. Daniel wstał i podszedł do szybki oddzielającej ich od siebie.

— Czy ON kazał ci to zrobić?

— Och, nie. On się nie odzywał. Nie wiem, dlaczego mnie męczy, ale nic nie powiedział. Nigdy. Ja musiałem to zrobić dla dobra... — urwał, zabrakło mu słowa.

— Co teraz będzie?

— Ja zniosę karę, ty wrócisz do sztuki. Nagrasz dobrą płytę...

— Odebrałeś sobie wszystko. Nie mam innych słów, by to opisać.

— Zrobiłem to, czego nikt przede mną nie zrobił. Dążę do zrozumienia swojego dzieła. Będę rządził światem, ja czekałem i czekam na siebie. Nikt nie może mnie pojąć, nikt zrozumieć. Jestem dla siebie. Jestem jeden, ale nie jeden z...

— Gdybyś się leczył, zażywał leki...

— Zażywam na moje lęki nowy lek. BÓL. Nie zadaję sobie bólu. Ja mam lęki, oni mają... Upijam się, bo potrzebuję zmian. Potrzebuję przemiany poprzez odurzenie, by nie poddawać się samosądom. Bóg nie analizuje swoich ruchów, za nic nie przeprasza, nie dba o nikogo. Dlaczego ja miałbym?

— Twój świat zbudowany jest na bzdurach.

— Ale człowiek stanowi jedyny sens. Nie zabiłem dla przyjemności. Zrobiłem to, by unicestwić reprezentantów materialnego bagna, od którego uzależniona jest współczesna młodzież. Dlaczego nie chcesz mnie zrozumieć, choć to takie oczywiste?

2

Wcześniej, rozmowa mordercy z lekarzem.

— Coraz częściej wchodzę w to marzenie senne. Nauczyłem się sztuki snu kreowanego, jestem z siebie dumny. Płynę wolno przed zaśnięciem, to cudowne uczucie. Wyobrażam sobie sytuację niecodzienną, wręcz ekstremalną. Może to nie w porządku, ale myślę o wojnie. I o nas dwóch w mundurach. Jesteśmy we dwoje uwięzieni. To zmysłowa pułapka, dziura jakby.

— Jak się tam znaleźliście? — pyta z pełną powagą lekarz.

— No był wybuch. Jesteśmy przyjaciółmi, trzymamy się razem. Zawsze. Wypadek powoduje, że jesteśmy uwięzieni bardzo blisko siebie.

— Jak blisko?

— Jakbyśmy wpadli razem do studni. Tak blisko! I nie możemy już się ruszyć.

— Studni, powiadasz. Co zatem robicie?

— Jego ciało przylega do mojego i nie mamy możliwości poruszania się. Czuję ten oddech, czuję ziemię, czasem także smród wilgoci, gdy wpadamy do studni.

— Czy dochodzi do zbliżenia?

— Nigdy wcześniej nie byliśmy bliżej.

— Więc opanowałeś sposób na wywoływanie snu na jawie.

Milczy.

— Rozumiem, wierzysz w prawdziwość tego, co tworzysz.

— Taka sytuacja miała miejsce niegdyś w moim życiu. Gdy byłem młodszy.

— Na pewno.

— Nie kłamię. Wiem, że niegdyś wierzyłem w fałszywą przestrzeń, źle ją sobie konstruowałem.

— Rozumiem.

— Nie rozumiesz.

— Opowiesz mi o nim, o nim prawdziwym, z dzieciństwa?

— Opowiem, ale nie teraz. Pewnie prędzej przeczytasz mój pamiętnik.

Na twarzy lekarza pojawił się uśmieszek.

— Masz rację. Pewnie nie zdążysz mi opowiedzieć. Przeczytam.

EPILOG

Opowiada
Daniel Rosser

Znalazłem ich jako pierwszy. Tylko ja i on pozostaliśmy żywi. Ja, szczęśliwiec. On, morderca. Oni, polegli. Wiedziałem, że znajduje się w okropnym stanie. Leżał kilka metrów ode mnie, ale tylko ciałem. Nie było go ze mną, nie istniał już dla tego świata. Żył, wiedziałem to, ponieważ słyszałem, jak jego ciało drży na zimnej posadzce. W jaskini było zimno, nikt nie zapalił ognia. On leżał jak zwierzę, które kona po przegranej bitwie. Tę jednak sam rozpoczął. Ze swoich przyjaciół, członków eXst eXiste, uczynił rzekomych wrogów i pokonał ich, pokonał siebie. Jego twarz wyglądała przerażająco. Pozbawiona koloru, blada skóra. Od jednej do drugiej skroni, przez oczy ciągnął się czerwony pas.

Maska z krwi

Jedną rękę miał umazaną krwią, druga brudna była od błota. Miał wzwód.

Gwałtowne i bezlitosne uderzenia w klawisze fortepianu.

Potem

Apartament, który wynajmuję, pogrążony był w grobowej ciszy. Nikt nie śmiał wystawić nosa ani mi przeszkadzać. Stałem przy oknie i obserwowałem, jak zimne krople deszczu uderzają o wielkie szyby. Wcześniej na niebie pojawiały się tylko błyski, bez opadów i wiatru. Jak flesze aparatu, których nie byłem w stanie powstrzymać. Na białym stoliku leżała najświeższa prasa przyniesiona z samego rana specjalnie dla mnie.

Świat w żałobie: Śmierć zebrała sowity plon w Loley

Policja donosi o masowym makabrycznym morderstwie w jaskini w okolicach La Forêt de Colin i dwudziestu ofiarach w wieku od dziewiętnastu do dwudziestu sześciu lat będących członkami sekty Oliwera Micalego, wnuka walijskiego lorda i właściciela korporacji OliFactory. Wśród zamordowanych jest młody pisarz, Tristan Roance, Gregory Yard, spadkobierca fortuny Villon oraz Marco Otboy i jego brat Katon, synowie właściciela amerykańskiego Banku Otboyów. Śledczy wykluczają jednak rytualne samobójstwo.

Majątek, jaki zostawili po sobie członkowie stowarzyszenia, nazywanego w ich kręgu eXst eXiste, szacuje się na łączną sumę przekraczającą kilkanaście miliardów dolarów (jest to w większości majątek Tristana Roance'a). Twarz jednej z ofiar została oblana kwasem. Widok, jak poinformował komendant główny policji, jest paraliżujący. „Pierwszy raz w życiu spotkałem się z taką masakrą — wyznaje. — Długo nie mogłem do siebie dojść".

W pogrzebach wzięło udział, według danych naszych korespondentów, do stu tysięcy osób. Ale tragedię przeżył cały świat. Pismo „MASHTIE", cieszące się prestiżem, mające miliony czytelników w Europie i za oceanem, straciło twarz z okładki. Syn założycielki magazynu był jedną z ofiar. Ojciec chłopaka popełnił wczoraj samobójstwo, zostawiając swoją firmę i willę przy Villon Pray 13.

W Internecie pojawiły się niedorzeczne filmiki ukazujące grupy młodych ludzi „naśladujących" i odtwarzających to, co wydarzyło się w La Forêt de Colin. Na zachodzie kraju nastolatkowie chcący nastraszyć ludzi nakręcili film, w którym oblewają wrzątkiem twarz chłopca w wieku dwunastu lat. „Ścigamy takich przestępców i autorów głupich filmików — apeluje komendant. — Zapewniam, że to jedyna grupa, która działała w kraju pod nazwą eXst eXiste, a to morderstwo nie należało do ich rytuałów!". Głupota młodych nie zna granic. Wszelkie niepokojące informacje należy zgłaszać policji. Strata w wiosce Loley to tragedia całego globu.

Jedno uderzenie w bęben. Cisza... i nic poza nią.

Drżałem, nie byłem w stanie tego opanować. Moje ciało stało się bezwładną lalką. To, co przeczytałem, tak mnie dotknęło. Nazwano eXst eXiste sektą, a wiedziałem, że to nieprawda. Z jednym mogłem się zgodzić, nie był to samobójczy rytuał. Poznam prawdę! Pomogę ją odkryć. Być może następnego dnia to ja znajdę się na stronach gazet, jako ten, który cało wyszedł z masakry. Ale mnie nawet tam nie było. Nie zjawiłem się wcześniej, aby ich ocalić. Zniknęli. Stali się przeszłością, pomimo że byli potęgą tego świata. Świeca zapłonęła w większości domów. Ciepły promyk ku pamięci zamordowanych w jaskini starał się przyćmić echo jęków i wrzasków, jakie błąkały się po świecie — tymi pomiędzy miejskimi uliczkami, tymi pomiędzy polami czy drzewami lasów.

Najpiękniejsze chwile życia może i trwają bardzo krótko. Zapadają jednak głęboko w pamięć. Wspomnienia niesione przez okoliczne wiatry, plotkujące bezlitośnie o Villon Pray, Loley i Aparash Ballar Roance do końca chwil będą odbijały się echem. Nasza czarna świeca lojalności zgaszona.

Zwycięzcą został krwawy umysł...

POSŁOWIE

W listopadzie 2007 roku napisałem pierwsze opowiadanie z serii, którą już wtedy nazwałem eXst eXiste. Miało zaledwie osiem stron, nosiło tytuł *Sen-o-tobie*. Zatrzymałem z niego wiele haseł, na bazie których zbudowałem m.in. *Krwawy umysł*, swoją najobszerniejszą pracę. eXst eXiste zrodziło się z angielskich *seX eXistance*, czyli seksegzystencja. To jednak zaledwie jeden z problemów *Krwawego umysłu*. Czym lub kim jest? Odpowiedź nie jest ani prosta, ani jednoznaczna. Przede wszystkim, w myśl pierwowzoru, to choroba umysłowa, ale i ucieleśnienie jej pod postacią bladego chłopca z krwawą maską na oczach. Tyle że chłopiec w książce został przedstawiony jako złudzenie, postać z obrazu, mara nakłaniająca do złego, wprowadzająca niepokój, jest więc — wydawać by się mogło — efektem choroby. Czy tylko? To zjawisko nieco bardziej skomplikowane. Bywa, że mianem tym określam mordercę, tak zastępuję wtedy jego imię i nazwisko. Nie chcę jednak odbierać całej przyjemności z odkrywania motywu krwawego umysłu, który stał się dla mnie taki ważny. Przede mną i przed czytelnikami przecież dwie kolejne części.

Książkę skończyłem w 2011 roku, lecz proces tworzenia, poprawiania i zamiany tekstu zakończył się dopiero w grudniu 2012. *Krwawy umysł* podzielony jest na siedem części: *Mgła*, *Brat*, *Elita*, *Kruki*, *Sen*, *Drogi*, *Bestia*. Ufam, że pewne hasła nakierują umysły czytelników na właściwy odbiór dzieła. We *Mgle* znajdują się najstarsze teksty. To podróż sentymentalna i przykra momentami wzdłuż jeziora Pray. Obserwujemy dziwne relacje Gregory'ego z ojcem. Poznajemy naszego narratora głównego — Tristana, który nie omieszkuje poszczycić się swoimi literackimi sukcesami. I słusznie. Ułatwia mi to pisanie, ponieważ niekiedy przesadność jest niezbędnym elementem ich materialnego świata. To świat sprzeczności. Bohaterowie mają wszystko, a jednak centrum ich rozrywki stanowi klub nocny R i atrakcje, jakie zapewnia — ciała i używki. Czy nie ma odpowiedniej zasady eXst eXiste zabraniającej im takich zabaw? Nie chciałbym nawet oszukiwać czytelników, że jakiekolwiek, nawet największe stowarzyszenie jest w stanie zabronić młodemu człowiekowi się wyszaleć.

W *Bracie* mamy do czynienia z historią młodości braci Micalich. To moja ulubiona część książki, choć trzeba uważać, by nie zbłądzić w czasie. *Elita* to część, która może wydawać się ostudzeniem wrażeń po intymnym, erotycznym pamiętniku Hectora. Tutaj największą rolę przypisałem miejscom oraz przestrzeniom, w których poruszają się bohaterowie. Nie oni są już najważniejsi. Elitarność podkreślają ściany, budynki, osiągnięcia. *Elita* to fundament pod zrozumienie idei stowarzyszenia. Nie mogę jednak nie pamiętać o wątkach kryminalnych, które wtedy się pojawiają. Będą kontynuowane w kolejnej książce. Dalej następuje rozwój. Nie tylko snu. Olbrzymie znaczenie mają wyobraźnia, ale i zdjęcia. Przez lata przygotowywałem zdjęcia inspirowane treścią lub treść inspirujące. Używałem w tym celu swoich fotografii, na których mogłem zrobić... wszystko. Była to zabawa, przygoda i wyzwanie. Nie wystarczał mi tekst. Chciałem, by słowo ciałem się stało. To miała być także pomoc w rozumieniu pewnych obrazów literackich. Stałem się autorem, ale i jakby aktorem. Zacząłem odtwarzać postaci. To pomogło mi w wyjaśnieniu sensu *Krwawego umysłu* i całej serii. Ale na to jeszcze przyjdzie czas.

Pisząc tę książkę, nie myślałem, by sprawić komukolwiek radość, przyjemność czy przykrość, ale wiele mnie ona kosztowała. Chciałem zamknąć w niej obserwowane zjawiska współczesnego świata. Zamknąć puszkę Pandory. *Krwawy umysł* pełen jest zła, niebezpieczeństw. Myślę o nim jak o podróży, przede wszystkim w głąb psychiki ludzkiej. Życzę sobie, by był czytany uważnie, powoli. Wiele jego elementów można ze sobą kojarzyć. To efekt długoletniej zabawy i pracy z tekstem układanką. *Krwawy umysł* ciężko opisać czy streścić w kilku zdaniach. Nie jest jednowymiarowy i oczywisty. Nie jest ani wielki, ani słaby. Sądzę, że jest wszystkim i każdym po trochu. Wszystkim, co poznałem i każdym, kogo znałem. Tak, jak to we mnie siedziało przez lata, tak w końcu wypłynęło.

'This is a wow of a debut . . . It's a wonderfully gripping story about the clash between virtual and actual reality'

Saga

'I tore through Lottie Moggach's *Kiss Me First.* Gripping, quirky, twisty – quite a ride.'

HARRIET LANE, author of *Alys Always*

'I was fascinated by *Kiss Me First* – its unique premise got my interest from the start and Lottie Moggach's confident and compelling writing sustained it. An impressive debut.'

JESSICA RUSTON, author of *The Darker Side of Love*

'Riveting and thought-provoking, *Kiss Me First* is the intelligent novel of the social media age I've been waiting for.'

EMMA CHAPMAN, author of *How To Be a Good Wife*

'Embraces new media with a playful vehemence laid out in a clean, crisp prose style . . . great panache, humour and engaging insight . . . However, while social media might be the framework for this novel, it is not the heart. This is the story of a socially isolated young woman, still grieving for the loss of her mother, who finds meaning, hope and perhaps love in the lives of others. *Kiss Me First* is a refreshing, skilfully-handled novel very much of our times'

Booktrust

kiss
me
first

kiss me first

Lottie Moggach

PICADOR

First published 2013 by Picador

First published in paperback 2013 by Picador

This edition first published 2014 by Picador
an imprint of Pan Macmillan, a division of Macmillan Publishers Limited
Pan Macmillan, 20 New Wharf Road, London N1 9RR
Basingstoke and Oxford
Associated companies throughout the world
www.panmacmillan.com

ISBN 978-1-4472-3320-6

1 3 5 7 9 8 6 4 2

A CIP catalogue record for this book is available from the British Library.

Printed and bound by CPI Group (UK) Ltd, Croydon, CR0 4YY

For mum and Kit

It was a Friday night, about nine weeks into the project. Tess's voice sounded normal, but I could see that she had been crying and her narrow face was pale. For the first few minutes of the conversation, she leaned her head back against the wall behind her bed, gaze turned to the ceiling. Then she righted it and looked straight at the camera. Her eyes were as I'd never seen them: both empty and terrified. Mum sometimes had the same look, towards the end.

'I'm scared,' she said.

'What about?' I asked, stupidly.

'I'm so fucking scared,' she said, and burst into tears. She had never cried in front of me; in fact, she had told me she rarely cried. It was one of the things we had in common.

Then she sniffed, wiped her eyes with the back of her hand and said more clearly: 'Do you understand?'

'Of course,' I said, although I didn't entirely.

She looked straight into the camera for a moment, and said, 'Can I see you?'

At first I thought she meant: could we meet up? I

started to remind her that we had agreed that shouldn't happen, but she cut me off.

'Switch on your camera.'

After a moment, I said, 'I think it's best if we don't.'

'I want to see you,' said Tess. 'You get to see me.' She was staring right at the camera, her tears almost dried up. She gave a small smile and I felt myself soften. It was hard to resist, and I almost said, 'OK, then,' but instead I said, 'I don't think it's a good idea.'

She looked at me a moment longer. Then she shrugged, and returned her gaze to the ceiling.

I will be honest here: I didn't want Tess to see me in case I failed to meet her expectations. This isn't rational, I know: who knows what she thought I looked like, and what did it matter? But I had examined her face so carefully, I knew every nuance of her expressions, and I couldn't bear the thought that, if I turned on the camera, I might see a look of disappointment pass over it, however briefly.

Then, still looking at the ceiling, she said, 'I can't do it.'

'Of course you can,' I said.

She didn't speak for over a minute, and then said, uncharacteristically meek, 'Is it OK if we stop for today?' Without waiting for an answer, she terminated the call.

I admit that that particular conversation has replayed in my head several times since.

All I can say is, I said what felt right at the time. She was upset and I was comforting her. It seemed entirely natural for Tess to be scared. And when we spoke the next day, she was back to what by that stage was 'normal' – calm, polite and detached. The incident wasn't mentioned again.

Then, a few days later, she looked into the camera and tapped on the lens, a habit she had.

'Do you have everything you need?'

I had presumed that we would go on communicating right up until the last moment. But I also knew it had to end.

So, I said, 'Yes. I think so.'

She nodded, as if to herself, and looked away. At that moment, knowing I was seeing her for the last time, I felt a sudden, intense rush of adrenalin and something akin to sadness.

After quite a long pause, she said, 'I can't thank you enough.' And then, 'Goodbye.'

She looked into the camera and made a gesture like a salute.

'Goodbye,' I said, and, 'Thank you.'

'Why are you thanking me?'

'I don't know.'

She was looking down at something, her leg or the bed. I stared at her long, flat nose, the curve of her cheekbone, the little eyelash lines around her mouth.

Then she looked up, leaned forward and turned off the camera. And that was it. Our final conversation.

Wednesday, 17th August 2011

There is no Internet here, not even dial-up.

I didn't anticipate not being able to get online. Of course I had done my research, but the commune has no website and I could find little practical information elsewhere beyond directions on how to get here. There were just useless comments in forums, along the lines of *Oh, I love it, it's so peaceful and beautiful.* I know that communes are places where people go to get 'back to nature', but I understood that they are also where people live and work on a semi-permanent to permanent basis, and so assumed there would be some facility to get online. Spain is a developed country, after all.

I understand that Tess had to head to a remote spot, but three-quarters of the way up a mountain, without a phone mast in sight – that's just unnecessary. Of all the places in the world, why did she choose to spend the last days of her life *here*?

I admit, though, that the location is not unpleasant. I've pitched my tent in a clearing with extensive views over the valley. The surrounding mountains are huge and coloured various shades of green, blue and grey, according to distance. At their feet is a thin silver river.

The furthest peaks are capped with snow: an incongruous sight in this heat. Now we're going into evening, the sky is darkening to a mysterious misty blue.

There's a woman here dressed like an elf, with a top exposing her stomach and sandals laced up to her knees. Another one has bright red hair twisted up on either side of her head, like horns. Lots of the men have long hair and beards, and a few are wearing these priest-like skirts.

Most of them, however, look like the people begging at the cashpoints on Kentish Town Road, only extremely tanned. I had thought I might not look too out of place here – mum used to say I had hair like a hippy, centre-parted and almost down to my waist – but I feel like I'm from a different planet.

Nobody here seems to do very much at all. As far as I can see, they just sit around poking fires and making tea in filthy saucepans, or drumming, or constructing unidentifiable objects out of feathers and string. There seems to be little 'communal' about it, aside from a collective wish to live in a squalid manner for free. There are a few tents like mine, but most people seem to sleep in tatty vans with garish paintings on the side, or in shelters amongst the trees constructed out of plastic sheeting and bedspreads. They all smoke and it appears obligatory to have a dog, and no one picks up their droppings. I've had to use half of my supply of Wet Wipes cleaning the wheels of my suitcase.

As for the human facilities, I was prepared for them to be rudimentary, but was shocked when directed to a spot behind some trees signposted 'Shitpit'. Just a hole in the ground, with no seat and no paper, and when you look down you can see other people's waste just lying there. I had promised myself that, after mum, I wouldn't have dealings with other people's excrement, and so have decided to make my own private hole in some nearby bushes.

It is, of course, everyone's prerogative to live their life in whichever way they choose, as long as they do not hurt others. But – like this?

Back in London, I felt near certain she had come here. It all seemed to add up. But now I'm starting to have doubts.

Nonetheless, I told myself I'd spend a week here making enquiries, and that is what I shall do. Tomorrow, I'll start showing her photo around. I've prepared a story about how she is a friend who stayed here last summer and whom I've lost track of, but believe is still somewhere in the area. It's not actually a lie. I just won't mention that I'm looking for proof of her death.

It's almost half-past nine now, but it's still sweltering. Of course, I had researched the temperature but I wasn't fully prepared for what thirty-two degrees feels like. I have to keep wiping my fingers on a towel to stop moisture getting into my keyboard.

It was even hotter in August last year, when Tess would have been here. Thirty-five degrees: I looked it up. She liked the heat, though. She looked like these people, with their sharp shoulder blades. She might have worn a little top, like the elf woman – she had clothes like that.

I've opened the flap of my tent and can see a rash of

stars and the moon, which is almost as bright as my laptop screen. The site is quiet now, except for the hum of insects and what I think – I hope – is the sound of a generator somewhere nearby. I'll investigate that tomorrow. Although I have a spare battery for my laptop, I'll need power.

You see, this is what I'm going to do whilst I'm here: write an account of everything that has happened.

I got the idea from Tess. One of the first things she sent me was an 'autobiography' she once wrote for a psychiatrist. It provided a certain amount of useful information, although, like everything Tess did, it was full of digressions and inconsistencies, the facts clouded by retrospective emotions. This isn't going to be like that. I just want to lay down the truth. I've told the police a certain amount, but they don't know the full picture. It feels important that there is a definitive record.

There are some things I haven't told anyone about, like Connor. Not that I've had anyone to tell. I don't suppose the police would have been particularly interested. Besides, even if there had been someone to tell, I don't think I could have. Whenever the thought of him, Connor, came into my head – which was fairly regularly, even in the midst of the police business, even when I thought I was going to prison – it was as if I was allergic to it. I would feel very ill for a moment and then my head would reject the thought, as if it was trying to protect me from the attendant strong emotions.

I'm not yet sure what I'm going to do with this. Nothing, probably. I'm certainly not going to put it up online. I know that's what we 'young people' are supposed to do, but it never appealed to me. Volunteering unasked-for information, presuming others will be interested in one's life, seems both pointless and impolite. Of course, on Red Pill we'd present our opinions, but that was different. There it was a rational discussion about a philosophical topic, not a splurge of whatever random thing came into our heads. It's true that some people did use the site as a kind of confessional, posting long accounts of their 'journey' and what terrible childhoods they had, using it as an outlet for their angst. But I didn't join in with that. I never said anything personal. In fact, apart from Adrian, I don't think anyone there knew what age I was, or even that I am a girl.

So, the first thing I want to say is that it's not true that Adrian 'preyed' on the 'vulnerable' and 'socially isolated'. The police psychologist, Diana, kept on going on about it too, making a big deal about mum dying and me living alone. But firstly, by the time I had found the site mum had been dead for almost three months and secondly, it wasn't as if I'd never gone near a computer when she was alive. It's true that my online activity did increase after she died, but that seems a natural consequence of having so much more free time.

It is possible that, had mum been alive, things might not have gone exactly the way that they did, because she wouldn't have let me go and meet Adrian on Hampstead Heath that day. But who's to say I wouldn't have lied to her? I could have told her that I had an eye test, or some other excuse that justified a few hours away from home. I was not in the habit of deceiving her, but one of the things this experience has taught me is that concealing the truth is sometimes necessary for the greater good.

So, it's impossible to prove whether or not I would have become involved with Adrian and Tess had mum still been alive. Therefore it's pointless to speculate.

As for 'socially isolated': it's true that after she died and I moved to Rotherhithe, I didn't see many people. Mum and I had lived in the same house in Kentish Town all our lives, and the new flat wasn't near anyone I knew. I didn't even know Rotherhithe existed before moving there. When Diana heard that she seemed to think it was significant, and asked why I had deliberately moved somewhere remote. But it wasn't like that; I ended up there by accident.

When mum was given her year prognosis, we decided we would have to sell the house and buy me a flat to live in after she died. The reasons were financial. There was a big mortgage on the house and credit-card debts, and although I had been caring for her up till then alongside the NHS nurse who came in every day to administer her medicines, we decided we would have to get another, private person in for her final months. The progression of her MS meant that she would soon need lifting in and out of bed and onto the toilet, and I couldn't do it on my own. Also, I would have to get a job in the future, and because I didn't have a degree we decided that I would do a distance course in software testing. Mum had a friend whose son, Damian, had just started his own software-testing company, and she arranged for me to work for him from home on a freelance basis, provided I had completed this course. I would need to study for three hours a day to get the qualification, so that was further reason to get some help.

Mum and I did our sums and worked out how much we would have for my flat. The answer was, not very much at all. Kentish Town was too expensive, so we looked at areas further out, but still, the only places within our price range were Not On: former council flats on the top floor of intimidating tower blocks or, in one case, on the North Circular, the filthy six-lane road mum and I used to get the bus down to get to the shopping centre. I would often not make it past the front door before telling the estate agent I had seen enough.

Back at home, I would tell mum about the viewings, making her gasp with descriptions of filthy hall carpets or a car balanced on bricks in the driveway. Penny, the woman we'd employed to be mum's carer, eavesdropped on our conversations and one day, looked up from the property pages of her *Daily Express.*

'It says here that the area around Rotherhithe is a wise buy,' she said, accentuating the last two words as if they were a phrase she had never heard before. 'Because of the Olympics.'

I ignored her. She was a silly woman, always offering her banal opinions and fussing around with her lunch, and I had quickly learned to pretend she wasn't there. But she kept on butting in, going on about Rotherhithe. Eventually, mum and I agreed that I would go and see a place within our budget in the area, just to keep her quiet.

The flat was on the first floor above an Indian restaurant on Albion Street, just behind the Rotherhithe tunnel. There was a huge sign above the restaurant with the (unattributed) statement that it was 'the best curry house in Rotherhithe'. Albion Street was small but busy; teenagers on bikes barged through shoppers on the crammed pavement, and thudding music issued from a barber's shop. The pub on the corner had Union Jacks covering the windows, so you couldn't see inside, and men stood outside drinking pints and smoking, even though it was only three in the afternoon. When I found the front door to the flat, the paintwork was shiny with grease and on the step below lay the remains of a box of fried chicken, a pile of half-gnawed bones.

It was all highly unpromising, but because I had come all this way – it had taken over an hour by tube from Kentish Town – I decided that I should at least have a quick look inside.

The flat had clearly been unoccupied for some time; the front door resisted opening due to the large pile of post banked behind it. On entering I noticed a strong smell of onions.

'It's just for a few hours in the afternoon,' the estate agent said, 'while they get the curry started.'

He led me first to an unremarkable bedroom, and then to the kitchen. The particulars had mentioned an 'unofficial' roof terrace, which turned out to be just a bit of asphalt outside the window overlooking the back yard of the restaurant. The yard appeared to be used as a rubbish dump and was full of drums of cooking oil and catering-sized Nescafé jars. A solitary bush grew out of a crack in the concrete. When the estate agent led me back into the narrow hall, he grazed the wall with his car keys and left two gouges in the soft plaster.

Lastly, we went into the front room. It was dim, despite it being a bright day outside. The reason for that, I saw, was that the restaurant's sign jutted up over the bottom half of the window, blocking out the light.

We stood there for a moment in the gloom, and then I said I would like to leave. The estate agent didn't seem surprised. Outside, as he was locking the front door, he said, 'Well, at least you wouldn't have to go far for a curry.'

I didn't reply. On the tube back, though, I started to think that the comment was actually quite amusing so, when I got back home, I repeated it to mum.

I had, of course, intended for her to laugh. Or at least smile; she was wearing her respirator all the time by then, and was short of breath. But instead she said, in her Darth Vader voice: 'That's nice.'

'What?' I said.

'Useful,' she said. 'For when you don't want to cook. You were never very good at cooking.'

This was not the reaction I was expecting. It was meant to be humorous, because I didn't eat spicy food. That was the point. When I was eleven, I had a chicken curry at my friend Rashida's house and went bright red and was sick. Mum had to come and pick me up.

I am not proud to say I got angry. I remember looking at her with the respirator clamped to her face, the tubes up her nose, and having this ridiculous notion that rather than helping her live the tubes were actually sucking out her brain cells, emptying her out to a shell.

'I hate curry!' I said, and then, louder, 'You know that! I was bloody sick at Rashida's, don't you remember?'

I didn't usually swear, and certainly not at mum, so that tells you how upset I was. I remember Penny, who was as usual planted on the sofa, looking up from her Sudoku, and mum's face sort of folding in on itself.

I stormed off into the kitchen. I know now – I knew *then* – that it was an irrational reaction, but I wasn't thinking straight. With the benefit of hindsight, I think that her forgetting things was a taste of what life was going to be like when she was gone, when there would be no one left who knew these little facts about me.

I stayed in the kitchen for a few minutes, to calm down. By that point, it wasn't really a kitchen any more; more like a store cupboard for mum's equipment and pills. I remember staring at the boxes of nappies stacked up on the table – the same table that mum used to lay for breakfast each evening before bed, where I had taught her how to play chess, where she had plaited my hair before my interview at Caffè Nero – and I had what I suppose you could call a realization. I won't go into details because, as I say, I intend this to be a factual account, not personal. Suffice to say, I realized that every hour I spent looking at flats would mean one less hour spent with mum, and, besides, it didn't really matter what my new flat was like. I hadn't heard of the Mediocrity Principle then, which states that nowhere is more special than anywhere else, but I think that's what I was applying.

I went back into the living room. Mum's head was

flopped over to one side, her eyes closed. She wore these red satin pyjamas to assist her movement and the front of the top was darkened with drool. Penny was ineffectually wiping her chin, and so I took over and stroked her hair and apologized, and then I held her dead-bird hands and said that, actually, the flat was lovely, perfect, and we should definitely buy it.

So that's how I came to live in Rotherhithe.

At the funeral, friends of mum – including some distant relatives from York whom I'd never even met before – said that they would come and visit me in my new place, and to get in touch if I ever needed anything. But I didn't encourage them, and no one pressed the issue. I suppose they didn't want to intrude, and presumed that my own friends were looking after me.

Rashida was the only person I wanted to tell, because she had actually met mum. We became friends in Year Eight, and because her dad rationed her computer time she used to come over after school to play on mine. Mum would bring us Boasters covered in whipped cream and tell Rashida about how she had once hoped to go to India but then got pregnant with me and so never did, and that she hoped I would go there one day instead. Back then, before she got ill, I'd show my impatience when she repeated herself and said silly things. 'But I don't want to go to India!' I'd say, and Rashida would giggle and whisper to me, 'Neither do I.'

I hadn't spoken to Rashida for a few years, but had kept track of her on Facebook, and knew she had moved to Rottingdean with her fiancé, a management consultant. I sent her a message telling her mum had died, and she said she was sorry, and that if I was ever in Rottingdean I must visit her and Stuart. I noticed that she had posted a new picture showing off her engagement ring, and she had done her nails like the girls at school, with a stupid white stripe across the top, which was disappointing.

I didn't tell anyone else, but I announced my change of address on Facebook. In reply a girl called Lucy, who I'd worked with at Caffè Nero, sent a message saying she was now managing a sandwich shop nearby in Canary Wharf, and that we should meet up. But Lucy was always quite odd. On her breaks she used to go to the Superdrug down the road and steal make-up testers. She was always asking whether I wanted her to steal me something, and got offended when I said no, even though she could see I didn't wear make-up.

I had seventy-three other friends on Facebook, girls from school mostly, but they weren't proper friends. Our entire year was 'friends' with one another. It was like at Christmas, when everyone would give everyone else a card whether they liked them or not, just so they'd get one back in return and could compare the thickness of their hauls over lunch. A couple of them used to be actively mean to me and Rashida but that tailed off in Year Ten when they got interested in boys and turned their attention to the girls who were their competition.

Every so often, someone would post details of an open invitation party. Once, I went along to one, organized by Tash Emmerson. This was in 2009; mum suggested it when we realized that I hadn't been out for seven months. The party was in a cavernous bar in Holborn with horribly loud music; I remember this one song that went, over and over again, 'Tonight's going to be a good night', which was ironic. A glass of orange juice cost £3.50. Everyone was talking about their experiences at 'uni', which I couldn't contribute to, and when they weren't doing that they took photos of each other. I felt so drained just being around them I had to prop myself up against a wall in the corner.

What was odd was that a lot of them were keen to have their photos taken with me even though, as I say, we could not be described as proper friends. I remember Louise Wintergaarden and Beth Scoone advancing on me at the same time from both sides and throwing their arms around me, as if we were really close. When the picture was taken, they dropped their arms and walked off without a word. Then it was Lucy Neill and Tash and Ellie Kudrow. When they put the photos up on Facebook, they didn't even bother to tag me. I showed one of the pictures to mum and she said the girls looked really tacky, with their bleached hair and orange faces, and that I looked like Cinderella sandwiched between the two wicked stepsisters. I didn't tell her that under one of the pictures someone had commented, *Ah, the old stand next to a munter trick?* I didn't care, but I knew she'd get upset.

After that I didn't go to any more parties, but I read their updates. I didn't understand what they were on about most of the time. It'd be gossip about people I didn't know or references to TV programmes and celebrities and YouTube clips I didn't recognize. Sometimes I'd follow the links they were all getting so excited about but they'd always turn out to be some idiotic thing, like a photo of a kitten squashed into a wine glass or a video of a teenager in Moscow singing badly in his bedroom. And always, these pictures of them dressed up to the nines, sucking in their cheeks, cocking one leg in front of the other like horses. It was like they had all had a lesson I hadn't been invited to – nor wanted to be invited to – in which they learned that hair must be straightened, nails must have that white stripe across the tip, and that you had to wear your watch on the inside of your wrist and your handbag in the crook of your elbow, with your arm stuck up like it's been broken.

It was the same with their status updates. Sometimes they'd post these elliptical messages, which didn't make sense by themselves, like *sometimes it's better not to know* or *well, that's fcked it then*, without making clear what they were referring to. Their lives were filled with banal drama. I remember that Raquel Jacobs wrote once that – OMG!!! – she had dropped her Oyster card down the toilet. I mean, who needs or wants to know that? It seemed incredibly stupid and pointless, yet they all responded to each other as if these things were interesting and important and funny, using all this made up language like *whhhoooop*, or misspelling words like *hunny*, or abbreviating words for no reason, and putting XXX at the end of everything they wrote.

It wasn't that I wanted to be like that myself. But I just didn't understand how everyone seemed to have mastered it, to know what language to use and respond instantly to comments in the 'right' way. Even people who were really stupid at school, like Eva Greenland, seemed able to do it.

Very occasionally, someone would post a proper question, such as what were the advantages of using an external hard drive with their PC versus an internal one. Those I would reply to, and sometimes got a response. Esther Moody wrote back *Thnx u r star xxx* when I advised her how to change her Google settings from Autofill. However, the vast majority of what they wrote was nonsense and had no relevance to my life.

I suppose what I'm saying is that if I was 'isolated', it was through my own choice. If I really wanted to, I could have met up with Lucy from Caffè Nero, or gone along to another one of the open parties from Facebook. But I had no desire to.

I liked being by myself. Before mum had become ill it'd been perfect. I'd spend evenings and weekends upstairs, reading or on the computer, and she'd be downstairs, cleaning or watching TV or doing her miniatures, then she'd call me every so often for meals and cuddles. It was the best of both worlds.

I had inherited the furniture from the old house, which had been put into storage; before she died, mum arranged with Penny that her son would pick it up in his van and bring it to my flat. But Penny and I were not on good terms by the end. We had a ridiculous argument over her Sudoku book, when she discovered that I had filled in some of the puzzles. I explained to her that I had only done the advanced ones that I knew she wouldn't be able to complete herself, but she took offence.

Then, when mum died, Penny kept going on about how odd it was because mum hadn't displayed the signs of imminent death the day before: 'her feet weren't cold, and she had a whole Cup-a-Soup'.

Anyway, the upshot was, her son never got in touch about the furniture. That was all right, though, because I found that I didn't even want it. Once I took the tube to the storage unit and saw it all there – the coffee table with the smoked-glass top; the white chest of drawers, still with the rubber bands around the handles which we put on to help mum open them; the black leather lounge set; the dinner gong; the tall, framed family tree which she spent £900 getting done and proved that a distant relative once married the aunt of Anne Boleyn. I remember especially the glass corner cabinet, which mum used to display her miniatures. It had been in the house ever since I could remember, and I had always loved looking at the things in it. But now in the storage room, it was just a bit of cheap shelving, and the miniatures were in one of a pile of taped-up boxes. I thought that even if I brought the shelves and the box back, and wiped them clean and arranged the miniatures in exactly the same way as mum had them, it still wouldn't be the same. I decided to leave everything there, and just keep paying the £119.99 monthly storage fee.

Instead, I bought everything new, from the huge Tesco Extra in Rotherhithe. I didn't need much: a blow-up mattress and sheets, a little desk, a beanbag, a toasted-sandwich maker. I put my books in stacks against the wall, arranged by colour, and kept my clothes in bin bags: when they got dirty I put them in another bin bag, and when that was full I took it to the launderette. I was working from home anyhow, so I didn't need to dress up.

I passed the computer course easily, and began my new job for Damian, mum's friend's son, as soon as I had settled in to the flat. It wasn't hard. Every few days he'd send me a link to a beta site that needed testing, and I'd run it through a quality assurance program, checking for faults and bugs and weak spots, and then send back a report. I got paid per job; most would take less than a day, but the more complicated ones might require two. After I had finished my work, I would stay on the computer, playing games or, later, posting on Red Pill. I had set up my desk next to the window and quickly realized that there was a big advantage to the restaurant sign blocking the lower half of the glass; it meant there was never any glare on my laptop screen.

Afterwards, the police kept asking me exactly what led me to Red Pill. I told them I couldn't remember, that I just followed a random link, but of course I knew exactly how I got to it. I just didn't want to tell them.

As I say, after moving into the flat my time playing games increased, to around eight hours a day. There was one game in particular, World of Warcraft. I suppose it was as if that was my full-time job, and I fitted my testing work around it. I enjoyed how quickly time went by when I was playing: whole afternoons were effortlessly dispensed with, like eating a doughnut in two bites. I soon reached level sixty and was invited to join a nice guild, which got together for raids two or three times a week. On several occasions I was nominated as leader, and it was during one pre-raid meeting, discussing strategy, that another player started a debate about how the decisions one took in the game revealed one's own philosophy. For instance, whether, after a raid, you distributed the gold you personally gained amongst the other members or took it all for yourself. I hadn't previously thought of the game in those terms and found it interesting, and he suggested that I check out this website, redpill-uk.info. *A very cool philosophy site,* he wrote. *It'll blow your mind.* He emailed me a link to a podcast on the site by the man who ran it, Adrian Dervish.

Although I ended up listening to nearly a hundred of Adrian's podcasts, I can remember that first one clearly. I made notes on it – I make notes on all the important things that happen – but I don't need to look them up now. The title was *Is This a Laptop I See Before Me?* and Adrian's opening words were, 'So, folks, today's question is – how much can we really know?' He then gave a whistle-stop tour of classic epistemology, starting with Socrates and ending at *The Matrix,* which happened to be one of my favourite films. He'd pose a statement – 'I'm 100% sure that I'm speaking into a microphone right now' – and then say, '*But!* What does 100% actually mean?' The best way I can describe it was like a never-ending game of Pass the Parcel: each idea was unwrapped to reveal another inside. I remember that as the podcast went on, he started chuckling over those '*But!*'s, as if this was the best fun a person could ever have.

There was something immediately compelling about Adrian's voice. He was American, and his accent was warm and intimate. He would be saying these mind-expanding things but in a cosy way, using these quaint words like 'folks' and 'gosh'. 'This is really something to get your philosophical chops around,' he'd say. Or, 'If you thought that was interesting, golly, just wait till you hear what I've got for you next.' After a few minutes, I stopped the podcast, got down on the floor and brought my laptop close to my head to drown out the noise on the street below, before listening to it all over again.

After that first podcast, I made myself a cheese toastie and then came back and listened to another four, back to back. As I did so, I explored the site. Its motto was 'Choose the Truth'. The name Red Pill was another reference to *The Matrix*: the film's characters, unaware that they are in a virtually simulated world, are invited to take either a blue pill to stay ignorant or a red pill to be faced with reality, however upsetting it might be.

I investigated the forums. In one, members were debating the 'laptop' podcast. I remember being impressed by their ability to articulate and argue persuasively. I'd read a viewpoint and think it was entirely reasonable, and then someone would challenge them and make a counter-argument that seemed equally convincing. For instance, I remember one member – Randfan, I think it was – posting his opinion that only a cretin would claim to be certain that anything in the material world actually existed. *We know our perceptions and that is all we can ever know.* In reply, Juliusthecat said, *But how do you know that is the case? Or rather, how do you know that you know that this is the case?* They'd discuss these vast, abstract ideas as if they were everyday topics of conversation, as casually as mum and Penny used to talk about which supermarket had the best deals on that week.

As well as forums for 'pure' philosophy, there were others dedicated to more specific and contemporary subjects, such as whether taking someone out for dinner was the same as using a prostitute, or the ethics of downloading music. There was also a place for people to post their personal real-life dilemmas and get rational advice. One member, for instance, wrote how she had made a new friend at work who had seemed like-minded, but had then discovered this friend believed in angels, and now she didn't know how to talk to her any more.

On the home page was a statement from Adrian, in which he introduced himself as the founder of the site and stated that although he was interested in all philosophy, he was a Libertarian at heart. I'm embarrassed to say that I didn't know what that word meant. I hadn't even heard it before. He explained that Libertarians believed that people owned their own bodies, and the products of their labour, and were against force: essentially, that we should all be free to do whatever we wanted as long as it didn't hurt anyone else. There didn't seem anything to disagree with about that.

Some members were obsessed with the political and economic sides of Libertarianism, full of plans to banish governments and railing against taxes, but they tended to stay in their respective forums, so it was easy to avoid them. People tended to stick to one or two topics that most interested them: I found I spent most of my time in Ethics, but there were forums for Religion, Arts, Logic and Maths, and so forth.

The site was an antidote to the rest of the web: to the rest of the world, really. Only rational thinking was tolerated, and anyone who wavered off course was immediately called up on it. There was no casual use of words – 'literally' meant 'literally' – and unlike other forums, proper punctuation and spelling were expected.

That's not to say that it wasn't a supportive community. Banishment was only enforced if a member was fundamentally opposed to a basic tenet of the site – if they weren't an atheist, for instance – or as a last resort for persistent troublemakers, like JoeyK.

You could see it coming, when someone was going to be banished. They, the member, would start to get all cocky on the forum, challenging Adrian just for the sake of it, thinking they were being clever. He would patiently engage with them, rationally argue, but if they continued being difficult and hogging the board and ruining things for everyone else, he would have no option but to ask them to leave. As he said, if they disagreed so strongly with what he was saying, there must be a better place for them. There were plenty of other philosophy sites out there.

After a few weeks of listening to the podcasts and lurking on the forums, I took the plunge and joined. I chose a username, Shadowfax, and spent some time deciding which of my favourite quotes I should have as my 'sig'. In the end I went for Douglas Adams' 'Don't believe anything you read on the net. Except this. Well, including this, I suppose', which always made me laugh.

I posted my first comment on a discussion about altruism: whether an act can really be selfless, or whether we're just doing things that ultimately benefit ourselves. The posters were in broad consensus that nothing we did was selfless, but I felt differently. I put across the point that when we are close to other people, the distinction between what is 'best for me' and 'best for others' is artificial. What is 'best for me' is often to sacrifice some self-interest in order to help others. Within seconds, someone replied, broadly agreeing with me but pointing out something I had missed, and soon others joined in and it became a full debate. Hobbesian2009 wrote *Good entrance, Shadowfax!* Most newcomers to the site, you see, just posted a timid introductory message, rather than launching straight into a debate. I had made something of an impact.

Two weeks later, I decided to start my own thread. I spent a while choosing my subject; it had to be attention-grabbing but not so outrageous or provocative I looked like a troll. I decided upon a subject that had been on my mind for a while: whether it was OK for a person to do nothing with their lives except what they wanted to do – for example, play World of Warcraft – as long as they could support themselves and didn't harm anyone else.

Immediately after posting, I had an unsettling few minutes when I thought that no one was going to pick it up, but then received my first comment. The thread got seven responses in all, which I learned was pretty good. Most regulars were wary of newbies, waiting for them to prove their commitment before they engaged with them. To my surprise, Adrian himself joined the discussion, posting his opinion that those who were lucky enough to be in a secure position should use some of their privileges to help others who had a worse start in life.

I won't say I found debating on Red Pill easy from the start, but it did come quite naturally. What I liked about it was that once you had the tools, you could apply them to almost any subject, including those you had no experience in. For instance, I was a significant contributor to a discussion on whether it's more ethical to adopt children than give birth to them. For the next few weeks I contributed to debates and spent most of my evenings on the site. I got to know the regulars. Although the site had nearly four thousand registered members across the world, there were only around fifty people who regularly contributed to debates, and so they quickly became familiar.

It was quite a tight 'clique', but one you could get into by demonstrating intelligence and logic. They gradually came to accept me, and a happy moment came when once, in response to a newbie asking about an ethical matter, Not-a-sheep wrote, *Shadowfax, we need you!*, because I was known to be strong in that particular area.

I also started reading. Adrian posted a list of books – 'the canon', he called it – which he said were essential grounding for anyone who wanted to get the best out of the site, like Plato's *Dialogues*, Hume, Descartes and Kant. I ordered a few from Amazon. I read a lot before but only really sci-fi and fantasy novels, and I found them hard going at first, but I persevered and set myself an hour's reading time every evening, making notes as I went along.

I had received several PMs – personal messages – from Adrian himself. The first was a welcome message when I joined up, and then another after three months on the forum, congratulating me for surviving the initiation period (most members drop out before then, apparently). Then, after nearly six months of regular posting, I got a PM from him asking me to apply to become an Elite Thinker.

The way the site worked is that once you'd posted your fifteenth comment you graduated from being an NE, which stands for Newly Enlightened, to a fully-fledged member. Most people remained at that stage, but a small number were invited to take an online test for Elite Thinkers. This meant that Adrian deemed you capable of more advanced thought, and, if successful, you got access to a special forum where discussion was on a higher level. It was a subscription, twenty pounds a month.

In the PM, Adrian said he had been particularly impressed by my participation in a debate over the difference between shame and guilt. *You've really impressed me, Shadowfax. You're one hell of a smart cookie.* It was quite a thrilling moment, I must say.

Of course, I said yes. Adrian sent a link to the test, which was in two parts. The first asked me to respond to a series of ethical dilemmas of the sort I was used to debating on the site – whether I would kill one person to save five others, for example. The second part of the test was more of a personality test, a list of statements that required simple yes or no answers. *It's difficult to get you excited. You readily help people while asking nothing in return. You can easily see the general principle behind specific occurrences.*

A few hours after submitting the test Adrian emailed to say I had passed, and I was admitted into the Elite Thinkers. From then on, I spent most of my time on the ET forum. There were around fifteen members who were very active, posting several times a day, and I was one of them.

Then came the day of *that* message.

It arrived late one afternoon, when I was in the middle of an overdue testing report. Since discovering Red Pill I had let my work slide somewhat, and the previous week Damian had sent a stiff email advising me that although he was sensitive to my grief over mum's death, he was going to have to let me go if I didn't meet deadlines.

So, I was trying to get this report finished, but nonetheless couldn't resist opening Adrian's PM. It was immediately clear that this was something different from his usual messages. On the site I was always known by my username, Shadowfax, but here he used my real name. He must have got it from my credit-card details.

The message read:

Leila, I've been watching your progress on the site with great interest. Fancy a F2F?

A face-to-face meeting. He named a place near Hampstead Heath to meet, and a time, which happened to be the following morning.

I remember my fingers going limp on the keyboard. My first thought was that I had done something wrong, but I soon rationalized that. Adrian was an important man; why would he bother to meet up just to tell me I was to be banished when he could do it online? Besides, I hadn't, to my knowledge, done anything to displease him. On the contrary, he regularly congratulated me on my posts and had only the day before told the forum that I had a 'first-class mind'.

The only other options were, in a way, more daunting. Either he was considering making me a forum moderator, and the meeting was an interview; or he wanted something else from me. The question was – what?

That's enough for tonight. It's 4.40 a.m., and my eyes have started to sting. The skin of the tent is growing lighter and after the lovely coolness of the night I can feel the temperature starting to rise.

Thursday, 18th August 2011

This morning I woke violently after only a few hours' sleep, feeling like I was being baked alive inside my tent. My body was leached of water, my skin covered in a greasy film. I unzipped the tent flaps and stuck my head outside, but the stagnant air offered little relief, so I dragged my inflatable mattress out into the shade of a nearby tree and tried to get back to sleep.

However, it felt odd being so exposed and I couldn't settle. After an hour I decided to get up and start my enquiries.

First, I went to the toilet, and as I was coming back out of the bushes a tiny old woman with very short grey hair approached me, gesticulating. She had a thick foreign accent and it took me a moment to realize she was cross because I wasn't using the same place as everyone else. 'You stay here, you follow the rules,' she said, in a harsh tone. I decided it was best not to respond, and then asked her whether she had been at the commune the previous summer.

'Yes I was,' she said, frowning. 'I have been coming here for the past fourteen years. I helped make this wonderful place, and that's why—'

'Do you recognize this woman?' I said, showing her Tess's picture.

She barely glanced at the photo. 'I don't know,' she snapped, before walking briskly away.

Making a mental note to ask her again when she had calmed down, I began at the north end of the site and approached every camp, showing Tess's photo to each adult I encountered and asking whether they remembered her from the previous summer. The response was disappointing. One man with five rings in his lip thought he might recognize her from 'somewhere', but was unable to provide any further information. Another was adamant that Tess was a Spanish girl called Lulu who had been running a bar in Ibiza for the past seven years.

What struck me was the lack of curiosity. I didn't have to use my prepared story at all. No one asked me why I was looking for her. It's as if a missing person is a totally normal event in this world. People seemed much more interested in how I had got to the commune from the airport. When I said I had taken a taxi, one man asked how much it had cost, and when I told him his eyes widened and he shook his hands and exhaled loudly. 'A hundred and forty euros!' He repeated it to the woman who was next to him, plaiting her hair. 'A hundred and forty euros!'

That's another thing about this place. I had braced myself for 'hippy talk', ready to bite my tongue during discussions about 'spirituality' and 'star signs' and 'massages' and so on, but the conversations I've overheard have not been like that at all. They just seem to talk about how much things cost, or where they've come from, or where they're going to next.

I suppose this lack of interest in each other makes sense in terms of Tess. She knew she could come here and not be quizzed, that no one would ask awkward questions.

As I was heading back to my tent, I again heard that lovely generator hum that I had noticed yesterday evening, and followed the sound to a van parked on its own, away from the others. The door was open and inside was a woman breast-feeding a baby and a little boy attacking a melon with a knife. There was a fan whirring, positioned near the baby. The woman had her bosoms exposed, so I averted my eyes and asked her about the specifications of her generator. She seemed surprised, and said, 'I don't know,' so I went outside and had a look. It was only 1200 watts, and I guessed that if we were to plug both the fan and my laptop into it, the fan would suffer a slight reduction in power. I thought the effect of this would not be felt so much at night, when the temperature was cooler and they were asleep, and perhaps I could use it to charge my laptop then.

I explained all this to the woman, and asked her if I could attach my converter.

'As long as we won't boil, I don't see why not,' she said.

'Were you here last summer?' I asked, thinking of Tess.

'No, this is our first time,' she said, and gave a little laugh. 'Yours too, I'm guessing. My name's Annie, by the way.'

Compared to the rest of them Annie looks quite normal. She's large and pink, and although her blonde hair is messy, it's neither matted nor shaved. Her clothes are almost respectable, except the armholes of her vest are so baggy they show the sides of her bra.

I thought I might as well move my tent to be near the generator immediately. Rather than dismantle it, I just removed the outside pegs and dragged the whole structure, my things still inside, the hundred or so yards to a spot beside Annie's van. She and the children were now outside, under a makeshift canopy.

'Oh, you're going to camp right here?' Annie said.

It seemed the obvious thing to do if I was going to connect to her generator, I don't know why she asked. I nodded, and set to work re-pegging the tent whilst Annie and the boy watched.

'Do you want Milo to help?' she said. 'He loves putting up tents.'

Before I could say anything the little boy had skirted over and started jamming in the tent pegs, using both hands and muttering to himself. He has the same colour hair as Annie, and I noticed when he knelt down that the soles of his feet were black.

After my early start and all the morning's activity, I fancied a lie-down. Inside the tent the air was hot and horrible, so I asked Annie if I could place my mattress under the shade of her canopy and lie there.

'You're not shy, are you?' she said, but made a sweeping gesture, which I took as a 'yes'. I pulled over my mattress, lay on my back with my arms folded across my chest and closed my eyes. I didn't feel so self-conscious now that it was only Annie and Milo around, and soon drifted into an odd half-sleep. The noises around me – the birdsong, the dog barks, the drumming, even the voices of Annie and Milo a few feet away – were muted by the heat, and merged to form a sort of ambient soundtrack to my thoughts.

I don't normally remember my dreams, and certainly don't attach any meaning to them. But this one was more a series of disconnected images. Some of the scenes had an obvious source: the flight over to Spain yesterday, my first-ever air journey; the plane the same orange as a Doritos packet; the hellish throng at Luton departures hall, at the sight of which I nearly turned around and went back to Rotherhithe. But then there were also random scenes from elsewhere: walking through Marks and Spencer on Camden High Street with mum slightly ahead, a familiar shape in her beige jacket; Tess's body twirling from a tree somewhere deep in the forest.

The sound of crying pierced my sleep and I woke to find Annie feeding the baby and Milo stirring something on a little stove. She said it was 6 p.m., and asked if I wanted some dinner. I've brought a week's supply of bread and biscuits, so I don't strictly need anything else, but I accepted her offer.

'It's just a veggie chilli,' she said, 'not very impressive.' She was right.

We sat on rounds of tree trunk that had been sanded and varnished to become rudimentary seats. Annie explained that she made them to sell to tourists at markets. I said that if tourists were flying home, the stools might cause a problem with their luggage allowance: I noticed at the airport yesterday that there is a maximum weight limit. 'Oh, I suppose the people will just have to stay in Spain, then,' said Annie, not sounding at all bothered about the potential loss of a large section of her customer base.

Milo wolfed down his food and started playing with a wooden toy on a string, throwing it into the air and attempting to catch it again, so I was left trying to make more conversation with Annie. Luckily, she did most of the talking. She volunteered the information that she was from Connecticut in America and had decided to come to Spain as a fortieth birthday present to herself.

I was surprised to hear she was forty; only a year older than Tess would be now. She seems so much more mature. When she smiles there are at least ten wrinkles around each eye, whereas Tess only had four, and on her reddened chest there are a number of circular lines, like rings on a tree.

She asked me what I needed a laptop for, and I told her I was writing a film script. Then Milo started babbling some nonsense and I pretended to listen to him instead, which was a relief because I didn't want to say much more.

So, that has been my day. Now, it's dark and quiet outside, and I'm in the tent. Here continues the official account.

Adrian asked to meet at South End Green in Hampstead, which was, by great coincidence, a place I knew well. It's a little square in the shadow of the Royal Free Hospital, which had been one of mum's treatment centres. I had spent hours looking down at the square from windows high up in the hospital, whilst mum was undergoing tests, and sitting in the nearby Starbucks, which had acted as an unofficial waiting room for relatives of patients, full of pale people not drinking their coffees.

I arrived thirteen minutes before our meeting time and sat on a bench, relieved to take the pressure off my feet. I was wearing a pair of mum's shoes, high heels, and they were a size too small for me. It was a warm day and the other benches were occupied by a mixture of tramps and hospital patients out for some fresh air, although the buses that circled the square gave little hope of that. Some of the patients were by themselves, others accompanied by helpers or nurses. One man, I remember, was dragging a drip after him, his skin was yellow as margarine, and there was an ancient old woman being pushed around in a wheelchair, her head lolling as if her neck had been de-boned.

At the other end of my bench, a tramp was swigging out of a can. As I sat there, sweating, another man came and sat beside me. He was quite young, but looked grey and hollow-eyed. He lit a cigarette and smoked it very quickly, staring straight ahead as he did so. Then he stood up, dropped the butt on the ground and walked away, leaving his cigarette packet on the arm of the bench. I leant over and picked it up and called after him, 'You left these!' He didn't turn round, so I stood and walked after him with the packet, presuming he hadn't heard. When I caught up with him, he turned round and gave me a funny look.

'It's empty,' he said.

He carried on walking.

I put the cigarette packet in a bin and sat back down on the bench. Then, behind me, came a familiar voice.

'You are a good person, Leila.'

I turned and there he was, smiling down at me.

I had seen pictures of Adrian before, of course, on video links on the site. I even recognized the shirt he was wearing; one of my favourites, blue corduroy the same colour as his eyes, with a crescent of white T-shirt at the neck. I remember thinking that he looked out of place in the deathly little square, too healthy and wholesome, with his plump, rosy cheeks.

On seeing him, I automatically stood up. He continued, 'I saw what you did with that guy's fags just then.' The word 'fags' sounded odd in his warm, American voice. 'Most people wouldn't have done that, you know.'

'Wouldn't they?' I said.

'No,' he said, and then he walked round the bench so he was next to me, looked into my eyes and held out his hand. I shook it, and he said, 'Extremely pleased to meet you, Leila.'

The tramp sitting beside us let out a wail and hurled his can to the ground for no apparent reason. Adrian raised his eyebrows and said, 'Shall we find a more salubrious spot? Do you mind walking?' and then, 'What lovely shoes – they won't hurt your feet, will they?'

Adrian led the way, weaving through the buses on the road and onto the pavement. We walked in silence for a few minutes, past a line of shops, until we reached the edge of a large expanse of green.

'Ah, Hampstead Heath,' said Adrian. 'London's lung.'

We continued onto the grass, past squatting dogs and office workers sitting with sandwiches, their faces tilted up to the sun. Adrian asked whether I had come far, and in reply I asked whether he lived here.

'Ha! If only. Do you know Brixton?'

I didn't of course, but I thought it was some distance away and wondered why he had suggested meeting here, so far from both of our houses. I opened my mouth to ask but he jumped in with another question, about my views on the upcoming London 2012 Olympics: 'Are you pro or anti?'

I hadn't really considered the subject and didn't have an opinion to hand, so was relieved when, in the next breath, he continued, 'That's if the world still exists by then, of course. What do you think of these 2012 Armageddonists, convinced that mankind's number is up?'

This area I felt more confident about. Enthusiasts of these doomsday scenarios were prevalent in chat rooms and I was aware of their nonsense arguments. I felt pretty certain of what Adrian's opinion on them would be, too – after all, their beliefs could hardly be described as rational – so I took a chance and answered in no uncertain terms.

'I think they're mad.'

Adrian hooted with laughter.

'Indeed, indeed. In fact' – he lowered his voice – 'I've always wanted to invent my own conspiracy theory, just to prove that these morons will swallow anything. I could make one up right now: say, Obama caused the banking crisis. Give me the morning to build a website, throw together a video and tweak Wikipedia, and by 5 p.m. I bet you I'd have a thousand true believers under my belt.'

I knew nothing about Obama or banking, so was pleased that a smile seemed to suffice as a reply. Adrian then smoothly changed tack, asking me whether I'd been sporty as a child or more of a bookworm, like him – 'I'm guessing from the quality of your brain it was the latter' – and from there the conversation flowed, each answer I gave leading to another topic, often only tangentially related to the last.

In that way, within about fifteen minutes we had covered a large amount of conversational ground and Adrian knew more about me than anyone else in my entire life. Apart from mum, of course, but with her it was different, our conversation spread over weeks and months and years and mostly concerned with practical, everyday matters. Here with Adrian, it was all brand new, about ideas and opinions I didn't even know I had until I heard myself voicing them. As we leaped from one subject to another, it felt a bit like that game the others played at junior school, where they tried to step on every tiled square in the playground in as short a time as possible.

Despite its speed, the conversation didn't feel effortful or one-sided, like Adrian was asking questions just for the sake of it, but rather that he was genuinely interested in my replies. There wasn't time to reflect or consider whether what I was saying was 'right', but from his positive responses it seemed like it was – he would agree with me, and offer up some related experience or thought of his own – and rather than feeling flustered by this rapid-fire experience I felt instead rather exhilarated.

Then, about twenty minutes into our walk, as we were passing through a shady wooded area, he said something quite surprising, that momentarily rippled the fluency of our exchange. We were discussing vegetarianism – he was one too, it turned out – and he mentioned that there was a good restaurant nearby, in Hampstead.

'You haven't been?' he said. 'Oh, you must. I used to take my wife Sandra there, it was our favourite place. Not least because they were always very accommodating about her wheelchair.'

I hadn't been aware he had a wife, let alone that she was disabled. Before I could reply, he added, 'RRMS.'

He immediately followed this by remarking upon the adorableness of a dog that was gambolling nearby, before asking me whether I liked animals. And so, he guided us onto another topic and that of his wheelchair-bound wife was left behind.

It was only later, when I had time to review and process the whole experience, that the full implications of this exchange became clear. Adrian had a wife, whom he talked about in the past tense, who had had multiple sclerosis.

This second coincidence made our encounter seem all the more extraordinary – yet another similarity between us. It struck me how he used the acronym for relapsing remitting multiple sclerosis without explanation, as if he knew I would know what it meant, although

I hadn't mentioned the fact that mum had suffered from the condition, either during our conversation or on the site.

It was around then that I noticed my shoes were rubbing my heels quite painfully, and I was forced to slow my pace. Adrian noticed my discomfort immediately.

'Oh you poor thing,' he said. 'What you women suffer for beauty. Shall we sit?'

He motioned towards a nearby bench, overlooking a pond. We sat, him at an angle beside me, one arm slung across the back of the bench. He smiled broadly at me.

The newspapers were obsessed with how 'ordinary' Adrian was in appearance. One journalist described him as looking 'like the deputy manager of a Dixons', which seems nonsensical: how is the deputy manager of a Dixons 'supposed' to look? He wasn't very tall – about five feet eight inches – and quite thick-set, but not fat. It's true that his facial features weren't particularly striking – full, pink cheeks; a largish nose; small, deep-set blue eyes – and his most noticeable attribute was his hair, which was almost black and combed back from his forehead. In real life, it had a slightly odd, springy texture that wasn't obvious onscreen.

Yet there was something about him, his confidence and the way he focused his attention on you, that made him compelling and attractive. I was used to it on the videos, where he would stare into the camera like he was an old friend, but it was the same in real life, too.

'So, Leila,' he said. 'You're doubtless wondering why I requested this meeting. Let me make it clear straight off. Like I said in my note, I've been monitoring your activity on the site, and you've really impressed me. Now, tell me – what is it you do for an occupation?'

When I told him about my testing work, he smiled and leaned toward me in a conspiratorial manner.

'Don't tell anyone, but despite the fact I run a website, I'm terrible with computers. Ironic, huh?' He laughed. 'You should give me lessons. Do you give your parents lessons?'

I explained that mum was dead and that I had never met my father, because he and mum had separated when she was pregnant.

'And what about siblings?'

'I'm an only child.'

He smiled. 'Well, I hope you see us all on the site as a kind of substitute family.'

'Oh, I do, I do!' I said. I remember thinking that I didn't sound like myself, far more bubbly, like a girl on TV.

'You know, Leila, every single day you or one of the members on the site will say something wise and wonderful that blows me away. Literally makes me whoop with delight.' He lowered his voice. 'I'm going to confess something to you. I like to think I'm an upbeat kind of fellow, but very occasionally I find myself getting a little depressed by the state of the world. By the banality and woolly thinking that seem to be the norm. Do you know what I mean? Do you ever feel that?'

I nodded enthusiastically. 'Oh, yes, definitely.'

'But at times like that,' he continued, 'I just have to go to the site and see clever, passionate truth-seekers such as yourself, engaged with the things that really matter in the world, and I know that things will be OK.'

He smiled at me. I remember the sun was on his face, making it glow. I think it was only then the reality of the situation really struck me. This brilliant man, whom everyone at Red Pill clamoured to impress, was, at this precise moment in time, entirely focused on me. I could see the pores in his cheeks and smell the mints on his breath. When I looked down at his feet, I could see a sliver of the socks he was wearing under his slip-on shoes. I was up close, with complete access. Randfan, for one, would have killed to be in my position; the previous week he had told the forum that he had got one of Adrian's favourite mottos – *It is not the attainment of the goal that matters, it is the things that are met along the way* – tattooed around his calf.

Although there were several people around us, their presence receded and it felt as if we were all alone, just me and him. My anxiety about the interview had also disappeared – at that point, remember, my guess was that this was about me becoming a moderator on the forum. I was, at that moment, perfectly happy. The best way I can describe it is feeling I was in a space that was exactly the right size for me.

'So, Leila,' he said, leaning back. 'What do you think of the site? Please be honest. I really value your opinion.'

I had anticipated this question, and told him that I thought Red Pill was an oasis of reason, a forum for intellectual enquiry, and so on. As before, Adrian seemed fascinated by my opinions. 'Really?' he said. 'Gosh, that's good to hear.' He then told me a bit about the background to the site, most of which I already knew: how he started it in America, how Libertarianism means something slightly different over here, how the Americans were more interested in the economic side of it, whilst in the UK we got more animated over the philosophical aspects.

He leaned forward. 'I would never say this to anyone else, but I'm slightly more drawn to the moral side of things myself. Not to say that the economics are not important, of course. But it's *how best to live* that really gets my juices flowing.'

'Me too!' I said.

'For instance, the right-to-die debate we had the other week,' said Adrian. 'You were very passionate about that. Would it be fair to say that's an area you're particularly interested in?'

'Yes,' I said. I felt on firm ground here. 'I believe that deciding upon the time and place of your death is the ultimate expression of self-ownership. It seems clear to me that anyone who professes a belief in personal freedom cannot be opposed to suicide. Freedom to choose how and when we die is a fundamental right.'

'And are there conditions attached – morally speaking?' asked Adrian. 'Should a candidate be suffering from a terminal illness before we condone their actions?'

I shook my head. 'Life is about quality, not quantity, and it's up to each individual to judge whether theirs is worth living or not.'

As we were talking a toddler came down the path on wobbly legs. She was wearing a sun hat and cackling with delight, turning around to look at her father, who was some way behind. When the child was just a few feet away from our bench, she tripped and fell heavily on her face. After a moment, she lifted her head, gravel stuck to her cheek, and let out a ghastly wail.

Adrian winced visibly at the noise.

'Shall we walk?'

Without waiting for an answer he stood up and moved off, stepping around the crying child. I followed, and we walked in silence for a moment, down a path which led between two ponds. One of them was filled with people swimming, and laughter and shouting floated across the brown water. Adrian looked over at them and smiled, his jovial mood seemingly restored after the interruption.

'Tell me, Miss Leila, are you familiar with the claim argument?' he asked.

Now we're back to the proper interview, I thought. Unfortunately, I didn't know what he was referring to. I thought I could work it out rationally if I had a minute, but Adrian didn't seem to mind my lack of response and carried on.

'It says that not only do we not have the right to prevent those who wish to end their lives from doing so, but that we actually have a duty to help them, if asked.'

'Like in euthanasia?' I said.

'Well, yes,' said Adrian. 'But it's more encompassing than that. And it may not be to do with the actual act of suicide itself. Put it this way – should there be a situation when someone whom you judge to be of sound mind asks you to help them in some way or other to end their life, then – so says the claim argument – it is your duty to do so.'

'OK,' I said. 'I understand.' I was still preoccupied with not knowing immediately what the claim argument was.

'In fact,' said Adrian, 'it's kind of like turning the common idea of euthanasia on its head. Some people are physically able to carry out the act themselves, but are prevented from doing so by the hurt it'll cause their family and friends.' He paused to take a breath. 'OK, so here's a hypothetical dilemma for you. A woman has an affliction that is not in itself terminal but is ruining her quality of life and is, essentially, incurable. After considerable thought she has come to the conclusion that she wants to end her life. But she knows her friends and family would be deeply hurt and upset, and for that reason she doesn't. Yet she desperately, desperately wants to kill herself, and has felt convinced of this for many years. She comes to you and says that she has thought of a way she can carry out this act in a way that will not upset her family and friends, but she can't achieve it without your help. What would you do? Would you help her?'

I nodded. 'Of course. Under the claim argument it'd be my duty.'

He smiled at me, dazzlingly. 'You really are an extraordinary young woman, aren't you? I bet people around you haven't appreciated this as much as they should.'

I felt my cheeks flush. We had reached a small meadow, running steeply down to a pond. Groups of merry people were dotted around, heads and brown limbs just visible above the long golden grass, but I could only view them in a disconnected way, as if I was walking past a vast painting. My conversation with Adrian was the only thing that seemed real.

'Not everyone can deal with advanced theories like the claim argument,' said Adrian. 'It's beyond even some RP members. They say the right things, but really, they can only go to a certain level; they can't deal with the full implications and reality. They still cling to illusions and societal norms. They can't push through the resistance; they're not truly free. It's a rare, special person who is, Leila.' He paused. 'Are you free?'

We were now at the bottom of the meadow, standing by the pond. I watched a man throw a Frisbee into the water, and a tubby black Labrador belly-flop after it.

'I don't know,' I said, finally. 'I mean, I don't think I'm there yet. I know I've got lots of things to learn, but I really want to learn. I want to be free.'

Adrian smiled and squeezed my shoulder. He motioned for us to start walking again, and that's when he told me about Tess.

Actually, he didn't mention her name, then. He just said that a woman had come to him, desperate to kill herself, but not wanting her family and friends to know. And had the idea to employ someone to pretend to be her online, so that no one would be able to tell she was not still alive.

Of course, I didn't say yes immediately. Adrian insisted I take a week – 'at least' – to consider the proposition.

'This is a huge ask, Leila. *Huge*,' he said that day on

the Heath, stretching out his arms for emphasis. 'It will take up a lot of your time. It will require a heck of a lot of preparation and mental strength. You will have to commit to the project for at least six months. And because, alas, not everyone shares our enlightened views, you will not be able to tell anyone about what you're doing.'

I nodded, deep in thought.

'There will, of course, be some form of financial remuneration,' Adrian continued. 'We can discuss that at the next stage. I'm afraid it won't be a vast amount – the woman is not rich – but she wants to pay you for your time.' He paused. 'If, in theory, you were to decide to help her, how much would you want for it?'

The question was wholly unexpected, so I had not given the matter any thought. However, at the time I moved into the flat I had done a breakdown of all my bills and food costs and calculated I needed approximately £88 a week to live on. From what Adrian had said, working for Tess would be a full-time occupation and I would need to stop my work for Testers 4 U, so this would be my only income.

'Eighty-eight pounds a week?' I said.

Adrian raised an eyebrow and nodded. 'That sounds eminently reasonable. I'm sure she'll be happy with that.'

As we parted at the tube, he put both his hands on my shoulders and gazed into my eyes for a few moments, without saying anything. Then he smiled and released me.

'Goodbye, Leila.'

The train back to Rotherhithe that day was packed. I had no choice but to stand pressed against a man's bare, sweaty shoulder, with a group of tourists squawking in my ear. In normal circumstances I would have got off at the next stop and waited for another train. But then, that day, I didn't mind. It didn't affect me. It was as if, during our meeting, Adrian had given me a protective cloak.

For the next three days I thought about the proposal, examining it from all sides. I wrote a list of the pros and cons, as I did when I had to make decisions about mum. But this situation felt different, as if I was just going through the motions of deciding. By the time I got on the tube that day after the Heath I knew I was going to say yes.

'I don't know anyone else who has both the mental capacity and the compassion required to help her,' Adrian had said. He promised to be there whenever I needed him. 'You won't be alone. I'll always be watching out for you. Your well-being is my primary concern.'

We discussed the fact that due to the risk of judgement from the less enlightened we should avoid making reference to the project on Red Pill, even in PMs. Adrian said that if I wanted to be involved with the project, I should let him know by changing my Red Pill 'sig' to a quote from Socrates. If I decided against it, it should be one from Plato. It would be a secret signal between us. 'And from then on, once the project begins, we'll communicate by other means,' he had added. 'You are, I trust, on Facebook?'

I was keen to find an appropriate Socrates quote to

use. After some consideration, I decided upon *They are not only idle who do nothing, but they are idle also who might be better employed.*

For all my certainty, my hands were shaking as I pressed the button to confirm it.

In our first session, Diana, the police psychologist, said: 'But did you not think: how can this possibly work? Even in the most practical terms – how were you going to dispose of the body?' I told her that such details were not in my remit, and that my job only started after the act had taken place. This was true, but naturally one of the first questions I asked that day on the Heath was how the woman's body would not be found and identified. Adrian explained that there were ways of committing suicide that meant it could be months, if not years, before the body was discovered, and, when it was, no one would think to identify the body as this woman because she wouldn't have been reported missing. 'There are over five thousand cases of unidentified bodies each year in this country alone,' he said. 'This would simply be one of them.'

Of course, I asked Adrian other questions that day on the Heath – lots of them. He acknowledged that the project sounded audacious and untenable.

'But that's the beauty of it,' he had said. 'Remember Occam's Razor? Even if people did think that something was slightly amiss, they wouldn't assume that she had killed herself and asked someone else to impersonate her, would they? They'd think of a more obvious explanation.'

The idea, in a nutshell, was this. The woman – Tess –

would inform her family and friends that she intended to move abroad to start a new life in some distant, inaccessible place. She would hand over to me all the information I would need to convincingly impersonate her online, from passwords to biographical information. Then, on the day of her 'flight', she would disappear somewhere and dispose of herself in a discreet manner, handing the reins of her life over to me. From then on I would assume her identity, answering emails, operating her Facebook page and so forth, leaving her loved ones none the wiser that she was no longer alive. In this way, I would help to facilitate her wish: to kill herself without causing pain to her friends and family; to slip away from the world unnoticed.

'Naturally, your immediate concern will be whether she is of sound mind,' said Adrian. 'Well, I've known Tess for a while now and I can assure you she knows exactly what she's doing. Is she a colourful character? Yes. Crazy? Absolutely not.'

After that reassurance, my thoughts turned to practical matters. As long as I had the relevant information to hand, I thought, the logistics of imitating this woman online seemed fairly straightforward: answering the odd email, a few status updates a week. Adrian told me the woman was quite old, in her late thirties: hopefully that meant she wouldn't even write in text speak.

Rather, my worries were about the premise and the conclusion of the operation. Was this 'new life abroad' a plausible move for Tess in the first place? And, vitally, how long would the project last? After all, I couldn't impersonate this woman indefinitely.

Adrian reassured me on both counts. Tess was ideally suited to the project, he said, in both her situation and character. And my involvement would last only for a year or so, during which time I would gradually distance Tess from her correspondents, reducing contact until her absence was barely noticed. 'Think of it as acting like a dimmer switch on her life,' he said.

Of course, I didn't know then that it was the middle bit – those emails and status updates – where the problems lay. And that I would never really reach the end.

Now the decision had been made, I was eager to get started. I sat at my desk and waited for Tess to instigate contact, for what turned out to be a very long two and a half days.

I didn't know how she would approach me. Facebook or email were most likely, I thought, but as I had given Adrian my mobile number there was also the possibility she might call. I opened the necessary tabs on my laptop, laid my charged phone beside it, and tried to get on with other things. I finished off a testing report and surfed the web aimlessly, following random links, but the virtual traffic that passed in front of me felt as distant and uninteresting as the sounds of cars thundering into Rotherhithe Tunnel outside the window.

Despite attempts at normality the waiting made me incredibly anxious, and I can admit now that by the end of the second day I became slightly irrational. The thought began to form that maybe it was all a trap, and that any moment the police would be hammering at my door.

I know now, of course – I knew then – that my reason had been decimated by the prolonged state of heightened tension. But once the idea entered my head, I stopped even surfing random sites and just sat at my desk focusing on nothing, listening to the sounds outside. Every time blue lights filled the window – which is common in Rotherhithe – my insides lurched. At one point, a group of children started to play football against the side of the restaurant, and each thud of the ball made me jump as if it was the first time I had heard it.

By the following morning, having slept for only a few fitful hours, I was feeling even more unsettled and frayed. I decided that I could bear it no longer, and had just begun to compose a message to Adrian, resigning from the project, when I glanced down at the bottom of the screen and there it was: a [1] in my email inbox.

I immediately snapped back into focus. The email was from an account called smellthecoffeesweetheart@gmail.com. I assumed then that Tess had set up a new, anonymous account specifically for the project, but it turned out she had used the address for years. The phrase didn't have any specific meaning; it was just a quote from a film that was on in the background when she was setting up her Gmail account in 2005.

That was the sort of thing I had to deal with, with Tess. One's natural presumption is that people do things for a reason, that there's consideration and meaning behind their actions, but with her, more often than not there wasn't. It didn't make my job easy.

The subject line was blank, and so too was the body

of the email. There were four attachments – three documents and a JPEG.

First, I opened the photograph.

Naturally, I had formed an idea of Tess from the information Adrian had provided. Not that he had told me very much: she was thirty-eight, lived in Bethnal Green in east London and was currently working in an art gallery. Because of what she wanted to do, I was expecting a middle-aged woman with dead eyes and a face drained by despair.

But the woman in the picture was not like that at all. For a start, she looked young. Or, rather, you didn't think about her age when you looked at her, because she was so attractive. She wasn't beautiful like Princess Buttercup, but she was – 'sexy', I suppose.

The photo was almost full length, and showed her standing in a kitchen. Although there was no one else in view, she appeared to be at a party: the counter she was leaning against was covered with an assortment of bottles and scattered wedges of lime, and an empty blue plastic bag that was still holding the shape of its former contents.

Tess was wearing what looked like a giant white T-shirt, except she was wearing it on its own as a dress, with a gold belt. It had slipped off one shoulder, and you could see a little bump along her collarbone, like a button, like girls have in magazines. She was very tanned – she was, I would discover, half Chilean, and even in winter her skin was the colour of strong tea. Her bare legs were thin and un-muscled, like she'd barely used them. Schoolgirl's legs, mum would have called them; although mine were never like that, even when I was at school.

Her hair was almost black, thick and shoulder-length with a fringe. Her eyes were dark brown and unusually far apart. She was looking at the camera but her head was turned slightly so you could see her long, flat nose and distinct jawline. She was smiling, but it wasn't a normal photograph smile, rather as if she had just done something naughty and no one knew except her and the photographer.

Did I really think that at the time? Or am I saying that because I discovered later that she *had* just done something naughty? The occasion was her friend Tina's housewarming party in August 2007, and the photograph was taken a moment after she had come back from the lavatory where she had taken cocaine with the man behind the camera, Danny.

And maybe she didn't strike me as 'sexy' the first time I saw her, and I'm saying that because I know she was considered so by other people.

I am trying my hardest to be objective and accurate about the chain of events and my perceptions of them, to not muddy them with all the knowledge I accumulated afterwards, but it is difficult. Perhaps it's safest to just say that at the time, my first impression of Tess was that she didn't look like someone who wanted to die.

After scrutinizing the photo, I downloaded the documents. I've still got them on my computer. The first was a letter, titled *Read First.* This is it verbatim:

Hi Leila,

Fuck me. I honestly cant put into words how I feel that you've agreed to help me. It's like you've agreed to save my life. I know that sounds crazy in the circumstances, but its true. Im sure Im going to thank you a million times throughout all of this, so Ill start now. THANK YOU!

I guess the frst thing is to work out how we're going to do this. Its all new to me – obviously – but I'm thinking maybe the best thing is for me to send u an initial load of information, everything i can think of right now, and then you can ask me questions and fill in the gaps about all the things ill doubtless overlook. Is that OK?'

Do u have a rogh idea of how long ur going to need? Obviously u got to feel like ur totally ready, but just so u know, Im really keen for it all to happen ASAP. I dont know how much Adrian told u but I've waited for this for sooooo long. I mean, are you able to start immediately?

Another thing – adrian and me were thinking that it might be best if u and I dont actually meet in person, and just did all the preparations thru email. It miht keep things cleaner and make it easier if your less emotionally involved.

So im sitting here thinking – why r u doing this for me? Well, I know why, Adrian says youre a special person. I hope its OK for u. A warning: Im a complete fucking nutcase. Sorry.

OK. So what I thought Id do first of all is send u this kind of autobiography thing that a shrink made me write once. Its a few years old so just imagine that things are worse now but itll give u a general picture. Then we can take it from there.

I cant believe that this is finally happening. I havent been this happy in fucking years. THANK YOU!!

Tess xxxx

Ps Its funny I saw my mum yestrdy and she was being a cow as usual and I thought, why am I going to all this trouble to stop you being hurt? Why dont I just top myself like a normal person instead of doing this elaborate sceme? But I just couldnt. I guess I dont hate her that much.

The next document was her CV. It gave her full name and address and date of birth, and an extremely varied list of jobs with no discernible connections, from managing a band called Grievous Mary to her current occupation, working part-time as an invigilator in an art gallery in South London (I Googled the job and it seemed to involve little more than sitting on a chair). She had not had what you'd call a steady career path, to put it mildly.

Lastly, I opened the 'autobiography' that she had written for a psychiatrist. I will run this one through the spell check first; it's quite long and Tess's 'unique' writing style can be wearing.

OK, so – childhood. Nothing to see there. It was OK. I was a happy kid, nice big country pile, all right parents. I remember mum being a bit uptight, not wanting us to hug her if she was dressed up or to touch her antiques in case we mucked them up, but she did what was required of her. She wasn't toxic then. I know this goes against everything you lot believe, but I don't think early childhood counts for so much. Adolescence, that's the formative time – when you realize your parents don't control the world and you start to see things as they really are, and they start to see you as you really are, not an extension of them. Or maybe I just had a defective gene that was dormant until I was a teenager. I don't know. Anyway, all I can say is that I felt I was a pretty normal, happy child. If anything, it was my brother Nicholas who was the troublesome one. He was three years older, and he used to bully this boy Sean, who lived on our street, making him eat woodlice, that sort of thing. Getting into fights, stealing money from mum's purse to go on the slot machines in the Three Tuns. And look at him now, a master of the universe with his neat little wife and game shoots.

So it was all progressing as normal and I don't know what happened exactly, or when, but I know that by fifteen I was a shadow of my former self. I know that's a cliché but I can't think of a better way of putting it. The first time I remember really feeling it was the evening of my friend Simone's birthday – everyone was going to this pub that would serve us and there was this boy going who fancied me, he was one of the cool lot at school. But instead of being there I was in my bedroom, door locked, lying in bed. I told my parents I had flu, but really it was this profound sense of hopelessness. It's hard to explain. It was like I was unaware I had been walking around all that time with a noose around my neck, and then suddenly a trapdoor had opened under me and I was hanging.

And then, a few days later, my mood suddenly lifted. Like I had been given an adrenalin injection straight into my heart. I didn't just feel better, I felt absolutely brilliant. The world was mine for the taking. I thought of that boy – I can't remember his name now – and decided to jump on my bike and go round to his house without phoning or anything. His mum answered the door and said they were having dinner, and I insisted she got him, and when she did and he came to the door, looking all bemused, I didn't say anything but just snogged him, right there and then, in front of his mum. I was irresistible and brilliant and everyone responded to me, and wanted to be near me. And then I'd feel the trapdoor start to open under my feet and I would crawl home, lock the world out of the room and fall into the pit.

That was the pattern for a few years, on and off. I knew that teenagers were meant to be moody, so I presumed that's what it was, and my parents presumed so too, I think. But my brother hadn't gone through all of this. He slammed doors and grunted and was a little shit but he could always be pulled out of his moodiness by a bribe or watching The A-Team.

When I was about seventeen, I started to know that something was really wrong with me, that this wasn't normal. I started to put myself into dodgy situations, staying out all night and shagging anyone who asked. Once I gave a blowjob to my friend Kelly's father, when I was staying over at hers. I was brushing my teeth and he passed by the bathroom, and paused to look at me, and I took him by the hand and led him in. Another time my friends and I were at the pub in Edgware, and at eleven they had to go home – we were meant to be revising for our A-levels – and I phoned dad and made some excuse about staying with one of them, but instead I got a cab into Soho and asked someone on the street where the best place to go was, and ended up in this underground club, drinking whatever was given to me and talking to these crazy old guys wearing fedoras and cravats. One of them started stroking my tits and we went in the corner of the club, which was dark but not that dark, if you know what I mean, and we shagged there, standing up. I stayed out until the tubes started running again at 6am and then went straight to school and slept on a bench for two hours until the bell rang.

I didn't give a fuck about schoolwork. I failed two of my A-levels but managed to get an A in art, and got a place at Camberwell to do a foundation course, which, as you can imagine, was the perfect – and worst – place for me. At art school being crazy wasn't just tolerated, it was encouraged. On my first day there I shaved all my hair off in the middle of the cafe and everyone instantly knew my name. I put on this club night called Topless where, yes, you've guessed it, everyone had to go topless. God, I was such a twat. I sang in a crap band, and then managed an even crapper band, Godless Mary. Boys really liked me. I was the last to leave every party. During the manic periods – I knew when they were coming on because my cheeks would feel thick and tingly – I really threw myself into my work, was wildly productive, not leaving the studio for days, not sleeping, producing ten paintings in a night sometimes, listening to the whole of the Ring Cycle at full blast, chain-smoking so much that, by the morning, I could barely croak 'hello' when the cleaner came in.

Then, when things went dark, it was like my head had been filled with concrete. All I could do was sleep and when I wasn't asleep, I'd lie in bed thinking the most terrible things, concocting violent fantasies of death for myself and people I knew who had slighted me in some way.

Sometimes, there'd be this crossover between the high and the low, I'd be manic and irritable at the same time. I'd phone people and yell at them, and, later, when the Internet started, write long emails to friends who I thought had let me down somehow, or to shops who had sold out of the teacups I'd seen in a magazine and desperately wanted.

The only thing that would ease things slightly would be a hot bath, so I'd have these baths that would last half a day, using up all the hot water for the house I was sharing and then getting out when the water cooled to boil more in kettles and saucepans.

My housemates got tired of me pretty quickly and there were arguments and finally they asked me to leave. So I moved in with the boyfriend I was with at the time, Jonny, and within about a week we had a huge row about god knows what, and I threw all his stuff out the window and wrote CUNT across his car in nail varnish. Yes, I am a fucking cliché. I didn't remember it the next day – Jonny had to remind me.

Sometimes I would crave peace so strongly I would jump on a train and go to some shitty depressing seaside place and book into a B and B, the kind with porcelain cats and frilly loo seat covers, just to be myself, and then spend all night awake under the clammy nylon sheets and have to run out in the early hours of the morning because I didn't have any money to pay for it.

Fuck, I want to kill myself just writing all this down. That's a joke, ha ha. Well, not really.

I thought about suicide all the time. I thought it was the answer – literally. I used to sit in my room and imagine I had this calculator and I would type in all these details of my life and then I would press the 'equals' button and the word SUICIDE would appear in the panel, in those red LED letters. I tried once at college, storing up all the pills I could get my hands on and then went into a hospital and locked myself in the staff toilet and took them, my thinking being that no one would be shocked by dead bodies there, and it would be easy to dispose of me. But of course, I didn't think that if they found me, they'd have all the equipment they needed to pump my stomach, and that's what happened. Logic has never been my strong suit.

After that my parents came and took me home and they were totally confused and upset by this creature they had created. Well, dad was confused but as dopey and nice as ever, but mum freaked out. Like she was disgusted. She could barely touch me, all she could talk about was how I needed a haircut, or some new fucking lapis lazuli supplier she had found in Thailand, or anything that wasn't about what I had just done. It wasn't that she was upset about it, couldn't bear it – she was angry. That's when I realized she was toxic. It was this sudden realization, and all my past came into focus. It was like, if I behaved myself and was pretty and nice and agreed with her, then everything was OK, it fitted into her image. But now I was ill it was like I was damaged goods, and she kept saying that it wasn't her fault, I didn't get it from her side of the family, her perfect Chilean aristocratic family. I remember once she told me I was wasting my youth on being fucked up, that when she was my age she had been married twice and had two children. I told her that it wasn't my life's ambition to get married and knocked up at seventeen, leave the poor guy when he turned out to be less successful than I'd hoped, travel to London and find a nice, dopey rich guy to take me and my toddler son on, and spend the rest of my life dominating him and spending his money and flouncing around like some cut price Frieda Kahlo. With the moustache but without the talent. As you can imagine that didn't go down very well.

I had counselling, which was fucking useless – no offence – and various combinations of drugs. The pills zombied me out, made me into this numb person who didn't really feel anything, sadness or happiness or anything. On pills, I'm not a person, I'm, like, a log. There was a sort of novelty at first in having this 'normal' life, going to the pub, watching TV, being able to sleep for eight hours like the rest of the world. But I missed the mania. It was fun, you know? And it was a big part of me. Without it, it was like I was an impoverished aristo living in a huge pile where most of the rooms were shut up and covered in dustsheets, whilst I was confined to a chilly parlour. I was just existing, not living.

Then the medication stopped being as effective, and I started to slide back, and then they tried other combinations and it went on for months, for years, trying these drugs, getting bad side effects or just missing the high and going off them, getting into trouble, having these amazing nights, these crushing lows. I'd get jobs, lose them, have boyfriends, fuck them up, move into places, have to move on. It was all so fucking repetitive.

Around then I realized something – that whatever anyone said to me, whatever pills I took, whatever therapy I had, the best it could do was mask the problem. Whatever this thing was in my head, it would be there for ever. Therapy's bullshit, labels are bullshit. The other day you were saying something about 'beating' manic depression, like it's a dragon to be slain or something, but I don't feel like that. It's this thing that is part of me, ingrained into my character, and I will have to live with it until I die. There's no way out. This is it. I read this quote once from this woman which was 'No hope of a cure, ever, for being me', and that's exactly how I feel.

Every day, when I wake up, I have to make the decision whether or not I can bear to live with that. The thing is, now I know the script. I know what happens to me. When I'm drugged I might feel on an even keel but I'm only half alive. I'm just existing. All my fire and creativity goes. And then when I'm in a manic phase I'm too alive. But as I get older the manic phases are decreasing and the depressive ones are becoming more frequent.

I haven't got a career to speak of – nice middle-class girl, all that money on education, all those possibilities. I've squandered it entirely, as my mum would say.

If I'm not on pills, then I'm crazy and I hurt people and I want to die. And if I am on pills, then I lack my fire, and I don't feel things deeply, I'm just shuffling through life like everyone else, using up resources, eating food and shitting it out. They make me not think properly about things – I have the same opinions as the newspapers, take the line of least resistance. The other day in the pub my friends were having an argument about whether you should tip in restaurants even if the service is crap, and I couldn't be bothered to take a position. I used to be a waitress, it's a subject I should feel strongly about, but I just don't have the will and energy to engage any more. I'm living a mundane life, just for the sake of it. And what's the point of that?

And when I look at the future, I can only see more of this same old shit, but with me older. When I look at my face in the mirror now, I can see the beginnings of major lines – you know, the ones old women have, like mum would have if she hadn't had so much surgery – and the future is just there, laid out in front of me. I've probably got a few years left in me before my face starts to fall, and I become middle-aged. Men's eyes have already started to slide over me. I imagine my face as the subject of a time-lapse film, those lines rapidly getting deeper, mouth turning down into a frown, gums receding, white hairs sprouting. And then finally crumbling into dust. No, how could I forget – before that, senility. All that life and experience and memories turned to mush, and ending up pulling down my trousers in the newsagent, like dad. I'm going to be buried alive by my body and I don't want it.

You asked me the other day about children. I'm not going to have them, I wouldn't trust myself with them. I can't look after myself, how could I have children?

And you know what, I've had my fun. For all the shittiness, for all the people I've hurt and time I've wasted, all the nights in stinking Soho clubs, the mistakes I've made, at least I've lived, which is more than you can say for lots of people. But now, I know what it's like and I don't want to do it any more. I don't see it as a sad thing, particularly. I just don't see the point in repeating the same things over and over again, becoming more and more invisible, going to sleep and waking up, always doubting my own instincts, feeling either half alive or out of control. I just don't want to do it any more.

It finished there. After a moment, I opened a new document on my computer. I had noticed an inconsistency in her account. In the CV she had called the band she managed Grievous Mary, whilst in the biography it was Godless Mary. I made a note to ascertain from her which name was correct. Then I emailed back to acknowledge receipt of the documents, and tell her we could proceed.

Friday, 19th August 2011

Two things happened this afternoon. A couple who seem relatively sane said they might remember Tess, and I got online.

My day got off to a better start. To avoid repetition of the unpleasant awakening the morning before, I had gone to sleep with the tent flaps open, lying on my back with my head positioned half outside and my eye mask around my neck. When the brightness of the sun woke me I slithered out of the tent and repositioned my mattress under the shade of the tree whereupon I put on my eye mask and immediately went back to sleep. It was a minimal disruption, and I awoke again at 2 p.m. feeling quite rested.

After three biscuits and a quick wash with my Wet Wipes I took Tess's photo and did a round of the site. Some new arrivals were setting up camp near the main clearing. It wasn't immediately clear which of the couple was the male and which the female; both had long, limp dark hair and were skinny, the girl with not much in the bust department. The man had big black plugs in his earlobes, the size of a one-euro coin.

I asked them whether they had been here the previous

summer. They said yes, so I showed them the photo. They consulted each other in a foreign language, and finally the man said that they did remember an English woman on her own who looked similar, but her hair was longer and they were pretty sure that her name wasn't Tess. Something longer, beginning with S.

Of course, I had anticipated that Tess might have used a different name when she was out here. I asked them to remember any more details of her clothes or what she had said. They couldn't but said they would tell me if anything came back to them. I won't get too excited, though. More evidence is needed.

Afterwards, I went back to my mattress under the tree, and had just dozed off when I felt a little tug on my hand. It was Milo. He said, 'Annie says, do you want to come with us?' Over at the van, Annie had slid the back door shut and was in the driver's seat. She said she was going into the main town to go to the bank, and thought I might like to come along and get some food.

'A woman can't live on biscuits alone,' she said.

'Will there be an Internet cafe there?' I asked.

'Should think so,' she said. 'It's a big tourist dump by the sea.'

I sat in the front with Milo; the baby was in the back. I'd been in a van before, when we moved mum's furniture to the storage centre, but this was different. For a start it was ancient and the air inside was hot and unsavoury, like plastic, milk and old socks baking in an oven. The floor was thick with books, leaflets and CDs, and the windows were plastered with tatty, bright stickers. There was a strange furry thing dangling from the mirror, and when Milo saw me inspecting it he told me it was the foot of his pet rabbit.

'It was a natural death,' said Annie, as she wrenched the steering wheel with what seemed like a huge amount of effort. The van made worrying noises from deep inside, like the sound of mum clearing her throat in the morning.

As we began crawling down the bumpy path, Annie said, 'So, what's the deal with this friend you're looking for?'

I had already given Annie the story once, of course, when I had shown her Tess's photo on the first day, but started reciting again how I was looking for an old friend who I believed was still in the area. She cut me off.

'No, I know that you're looking for her. But why?' She glanced over at me with a sly little smile. 'Do you love her?'

When I didn't answer, she said, 'It's OK if you do, you know.'

I thought it best not to dignify her question with a response, so I said nothing and looked out of the window. It worked, and she changed the subject, offering up information about herself. Although I wasn't particularly interested, when I realized I didn't have to say anything back I relaxed a bit, and there was something quite soothing about looking at the scenery and the lilt of her voice as we drove along.

Her American accent reminded me of Adrian, and when I closed my eyes I was taken back to his podcasts; although, of course, what Annie was saying was not nearly as interesting. She talked about her life back in

Connecticut, where she had a small business making handmade wooden furniture and shared a house with another single mother, and about Milo's father. She had 'given him the heave-ho' when Milo was two, but he saw his son sporadically.

'Bet you're wondering about the little one, huh?' she said, gesturing to the baby strapped to a seat in the back, although I hadn't been. She said that she had wanted another baby but didn't want the hassle of a man, so had had a 'well-timed screw' with a stranger. She confided that she sometimes worried about whether the children would be damaged by not having a father figure in their lives.

'I don't think fathers are that important,' I said.

'Oh, really?' she said.

I told her that I had never known my father, that he had disappeared when my mum was still pregnant and it hadn't done me any harm at all. Annie made a 'hmm' noise, and then said, 'Did your mum mind not having a partner?'

'Not at all,' I said. 'We had each other. She always said she didn't need anything else as long as she had me.'

Annie asked me about my father, and I told her what I knew: that he used to work in Ireland selling cars, that his dream was to own a racehorse and that he had elegant hands, like mine.

As we drove, I noticed the landscape changing. Now we were out of the hilly area and onto level ground, the trees had been replaced by large low tents made out of tatty white plastic, one following on from another so that they seemed to form one never-ending structure. I asked

Annie what they were, and she said they were greenhouses, growing salad for supermarkets.

'It's where your tomatoes come from,' she said. I could have told her that I didn't eat tomatoes, but I didn't.

When Annie stopped the van for Milo to have a pee I got a closer look at the greenhouses. The plastic was opaque but you could see shadows inside, and in places the sheets were torn or had come away from the structure so you could glimpse behind. I saw endless rows of leaves and shapes of black men, stooped amongst the greenery. It must have been unbearably hot in there. What was especially noticeable was the silence. The manual labour sites I've passed before are always quite noisy, but there I could hear no sounds of voices or music, just the soft hiss of the water sprinklers. Annie had told me that there was a drought in the area – the river near the commune had almost dried up – so it seemed odd that these greenhouses were using up so much water. Immoral, almost.

Back in the van, Annie explained that the workers were African, mostly illegal immigrants. The coast on this part of Spain was almost the nearest part of Europe to Africa, she said, and the immigrants would get on boats and cross over secretly at night in search of a better life. Some would venture further into Europe but most stayed here, working in the greenhouses, because they had no papers.

After an hour and fifteen minutes we reached the town. Annie parked crookedly by the road and said we should meet back there in an hour, and then she took the children off with her to the bank. I walked in what felt like the direction of the town centre. It was a sprawling, dusty place, with low-level buildings, and seemed oddly quiet and deserted. I found a sign with a picture of waves on it, which I took to be the sea, and followed it. Towards the beach the buildings grew in height, which seemed wrong to me, like tall people standing at the front of a crowd and blocking the view for everyone behind.

The streets were busy nearer the seafront, full of holidaymakers. They couldn't have looked more different from the people in the commune. Their clothes were normal, shorts and vests, and they were either very white, very pink, or overly tanned, but not in a way that made them look more attractive. People were sitting at tables outside cafes drinking beer, although it was only 4.30 p.m. Shops sold cheap plastic beach equipment and blared out pop music. One, oddly enough, was full of toasters and microwaves. All the signs on the shops and restaurants were in English, and the rows of newspapers outside the shops were English, too.

I don't know whether I was just relieved to be out of the commune, but I found it all quite pleasant. There was a breeze coming in from the sea, carrying on it a comforting blend of smells – chips, suntan lotion – and everyone looked familiar, like the people in Tesco Extra, only happier and more relaxed.

After a few minutes wandering around, I found an Internet cafe. I paid two euros and logged on. At the terminal next to mine, a hugely fat woman with a breathing problem was looking at pictures of lawnmowers on eBay. First, I went to Facebook, but when I put in my details found that I had forgotten my password; it had been supplanted in my head by Tess's. It took three tries to remember that it was mum's second favourite TV programme, *inspectormorse.*

Once in, the scroll of status updates on my page had so little meaning to me they might as well have been in Russian. Even the faces and the names of my 'friends' seemed unfamiliar; even when I used to see them in person at school I didn't really know them, and now they might as well have been total strangers. Tash, Emma, Karen – random names affixed to random silly young girls, all liking this, linking to that, getting excited about something or other.

I logged out and checked my email. Fourteen messages, but they were all spam.

After that, I just sat there, staring at the Google toolbar on the screen. I had spent days thinking about getting online, but now that I was, I couldn't think what to do. I could hardly start a game of Warcraft; even if I remembered my login details after all this time, I only had forty-eight minutes before I had to meet Annie back at the van, barely enough time to get my avatar into his armour. I had a fanciful image of him being uncooperative and bolshie, hurt after all my months of neglect, refusing to put his arms into his chain-mail vest, letting the sword fall from his fingers when I placed it there.

I logged off, with seventeen minutes still remaining on my time. Next to the Internet place was a small supermarket, and I went in. Inside it was freezing cold and goosebumps sprang up on my arms. It was a bit like a Londis, except half of the shop was taken up with alcohol. I was worried all the products would be in Spanish, or strange foreign food, but most were English, things I recognized, like Heinz Tomato Ketchup and Walkers Crisps. I bought three family sized bags of crisps and two packets of Hobnobs.

After the shopping I still had almost half an hour to go before meeting Annie, so on impulse I decided to have a waffle in a cafe, attracted by the large colour photographs of the food displayed outside. The waitress spoke English. On the table next to me was an old man in a wheelchair, being fed what looked like a sausage sandwich by a woman of his age. It made me wonder whether mum and I should have made more of an effort to have a holiday in the final years. The subject had come up, but we decided that it would be too complicated, travelling with all the equipment and all the lifting. Seeing this couple beside me, however, made me think that it could have been possible. We wouldn't have been able to go anywhere hot like Spain, because MS had made mum intolerant to heat, but perhaps we could have tried Cornwall. There was a series she liked that was filmed in a village there, and she had always wanted to visit it.

At 5.30 p.m. I met Annie at the van and we drove back. Arriving into the commune car park, I heard music coming from a van I didn't recognize: new arrivals. I asked Annie to let me out and went over to them. The door was open, and a group of young men were lounging around inside, a mass of brown, hairy legs. They were foreign – Italian, I think – and, although they had what I think of as the 'commune look' – messy hair and bare chests and wooden bead necklaces – they didn't yet have the mouldy appearance that the others here have. I gave them my Tess story and showed her picture. They gathered around to peer at it. One of them then said, 'Ah, yes, Luigi remembers her, don't you, Luigi?' and then did a sort of sideways kick aimed at his friend next to him on the settee. They all started laughing, and one of them said something in Italian I didn't understand and swivelled his hands in what I suspect was a rude gesture. I had to question them further, quite sternly, to ascertain that no, they did not know Tess, but were simply having a joke.

I noticed that they were drinking wine from a bottle and so, as I left, I informed them that the commune was alcohol-free.

I spent the rest of the evening under the tree, then had some food and a wash with my Wet Wipes. Now it's 9.46 p.m. and I'm back in the tent. Outside, the sound of drumming has stopped, and the insects have taken over.

Embarking on Project Tess, it didn't take me long to realize that if we were ever going to get the job done I would have to take matters into my own hands. Over the next few days, she forwarded to me seemingly random email exchanges, photographs and diary entries, with no supporting information or context attached. It was like someone packing for a holiday by sticking their hand in their wardrobe, pulling out the first thing their fingers touched and flinging it into a suitcase. There was no system to it at all.

Just one example: early on, she sent me a photo of herself and another woman, labelled *Me and Debbie.* But there was no context – when the photograph was taken, who 'Debbie' was, the history of their relationship – without which the photo was near to useless. And, when she did explain things, they often didn't make sense. For instance, on questioning, Tess revealed that she and this Debbie had been close friends for a while until, out walking one day, Debbie had neglected to stop and stroke a cat they passed on the street. Tess seemed to think that this was sufficient cause to terminate an otherwise good friendship. As I say, one's natural presumption is that people do things for a reason, that there's consideration and meaning behind their actions, but with Tess, more often than not there wasn't.

Furthermore, the information she provided was riddled with inconsistencies. The Grievous/Godless Mary question was only the start of it. (It turned out to be Godless.) She seemed hazy on details, as if they didn't matter. Oh, sometime in the summer, she'd say; Jim Something. Part of it was her 'flaky' personality; part, I suspected, her condition. I had done some research into bipolar disorder and depleted memory was a common symptom. It was exacerbated by drugs; in Tess's case, lithium. *Energy is profoundly dissipated, the ability to think is clearly eroded,* I read. I resolved to contain my irritation, and take control of the situation.

I made up a spreadsheet of what I would need from her, and in what order. The first request was for basic practical information: full names, addresses, phone numbers and dates of birth of herself and her family, plus bank-account details and other things of that sort.

A fairly simple request, you'll agree. But even this she seemed to find difficult. For instance, she claimed to not understand the need for her National Insurance number – my brother's hardly going to ask for it, is he? – and then, when I pressed her, she said that she didn't know it and didn't know where to find the information. To speed things up I told her to phone the tax office. When a day had passed and she hadn't done it, I phoned them up, pretending to be her, and got it myself.

I also asked her for the passwords to her email – she had two, the smellthecoffeesweetheart Gmail one, which was her primary account, and an old Hotmail address – and her Facebook account. Thank goodness she wasn't on Twitter: after a few weeks of enthusiasm in July 2010, she had lost interest. Of course, I would need these passwords when I started the task properly, but for now my plan was to comb through her accounts and glean information.

My first step was Facebook, for an overview of her life. To all appearances, her page looked perfectly normal. Her profile picture showed her in a gallery – the Louvre in Paris, I later learned – affecting the same pose as the statue she was standing next to, one hand on her forehead as if in a dramatic swoon. She had three hundred and sixty-seven friends which, looking at her friends' profiles, seemed about average for her generation. She subscribed to a long list of groups, and the random nature of the subjects – showing solidarity to Tibetan monks, saving an old music hall in East London, campaigning for Pizza Express to reinstate their original tomato-sauce recipe, supporting obscure bands, books, restaurants and ventures, as well as a myriad of whimsical 'causes' such as Stop Aisling Wearing that Yellow Parka! and I Like The Way Huw Edwards Pronounces the Word Liverpool – made me suspect she was rather indiscriminate in the things to which she pledged allegiance.

She was tagged in a hundred and forty photos; far less than most people my age, but seemingly average for hers. Tess and her friends didn't pose nearly as much, either. The majority of shots depicted 'spontaneous' moments at parties and picnics and pubs, and even in the posed scenes, the subjects tended to be smiling at the camera in a natural way, or pulling silly faces, rather than tilting their heads and sucking in their cheeks like the girls from my school. The other big difference was the children; Tess's friends' albums were filled with endless, near-identical images of themselves, their partners and their friends in the company of small children, and several of them even had photos of babies as their profile shots.

Although Tess had no special fondness for children herself – 'ankle-biters' and 'little squits' were some of the ways she referred to them during our conversations – she had not escaped this seemingly compulsory interaction with them: I counted twenty-eight photos of her holding friends' babies. The child who featured most regularly, from a newborn baby to a five-year-old, was Tess's godson Mowgli, who belonged to one of her best friends, Justine.

Some of Tess's own pictures were non-peopled shots, like close-ups of grass and sunsets, a pair of hands, drops of water on a bathroom sink; proof of her 'artistic nature'. More interestingly, there were also some grainy pictures posted from long ago, in the pre-digital era, which must have been scanned in. One showed Tess as a young woman, somewhere around my age – 'early twenties, probably' was all she could give me when I pressed her on a date. The scene it depicted was a jolly one; Tess and two girlfriends in some front room, giggling as they got ready to go out. It took a moment to identify Tess; all three looked very similar, with frizzy hair and flat stomachs, each wearing trainers, a little top like a sports bra and tight, brightly coloured leggings or shorts. I presumed that they were preparing for some team exercise, but when I asked her about it later, Tess, laughing, said, 'Ah, sweet!' and told me that they were actually off to a 'rave'.

She said this when we were talking on Skype. Tess was in a good mood that evening, and the mention of this 'rave' seemed to evoke happy memories. She started doing some odd movements with her hands, making the shapes of squares in the air, whilst saying, 'Big box, little box, big box, little box.' At least two minutes were wasted in this activity, and when I asked her to explain her strange actions she said, 'Ah, never mind.'

Another of these old pictures was easier to place, even with the little knowledge I had then: a close-up of Tess with very short hair, not longer than a centimetre. This must have been shortly after the head-shaving incident at art school mentioned in her biography. Even then, though, she looked good; the sharp contours of her face and her dark, wide-apart eyes were able to carry the odd style, and she was smiling up at the camera confidently. You would never have guessed from the picture – from any of the photos on her Facebook – that she was anything other than happy.

After that initial look at Facebook, I tried to proceed in a systematic way. First, I asked her for a list of her immediate family and most important friends. Then I made up a spreadsheet and listed the relations – her mother, Marion, her father, Jonathan, and half-brother, Nicholas. Nicholas was the product of Marion's first marriage, to another English man – Marion herself was from Chile – whom she had left when Nicholas was young, and married Jonathan, who was fourteen years her senior. Tess was born the following year. Nicholas was married to a woman called Isobel and had two children, six-year-old Poppy and five-year-old Luke.

Under columns titled *age, occupation, home life, personality traits,* etc., I first noted what I knew of each of them from the information Tess had provided. Then I did a search through Tess's emails for each of them, bringing up their messages and Tess's responses, and added what I gleaned from them to columns titled *additional information, email frequency, writing style* and so on. Tess had had her Gmail account for six years and her Hotmail for ten, so there was a lot to wade through. I then moved on to her three closest friends, Simon, Justine and Shona.

For each person, I asked Tess to send me at least one, preferably two photographs. Of course most of the significant people were on Facebook, where I could find reams of photographs, but some were not, including her parents. Besides, I reasoned that the pictures posted on Facebook were often carefully selected to show the subject at their best, whereas those taken casually were more likely to be truthful and reveal something of their character. As well as storing these on my computer, I printed one photo for each significant person and stuck them above my desk, labelled with their name and basic details. The space above my desk started to resemble a board for a murder inquiry in a police detective series.

Tess sent me a group shot of her family. It was taken at Nicholas and Isobel's holiday home in the South of France, on the occasion of Jonathan's seventieth birthday; even Tess could remember that. The family had gone out for the weekend, along with Jonathan's best friend, a man Tess called Uncle Frank, although he was not a real uncle. 'He used to be a top rozzer, then he got done for taking backhanders', was how she described him, which I eventually ascertained to mean that he was a former police chief inspector who had been forced into early retirement after questions arose about his integrity.

The photo showed them all – except Tess, who was behind the camera – seated around a table outside, at the end of a meal. Marion, her mother, was in the middle of the group. She looked quite similar to Tess, with the same dark hair and skin, but even sitting down you could tell that she was shorter – five foot three inches, compared to Tess's five foot seven – and skinnier. Tess told me she was anorexic. She had on a white shirt with the collar turned up and a necklace made of giant green stones, under which you could still see her chest bones jutting out like a grille. Tess told me that Marion saw her jewellery as her 'signature style', whatever that means, and, after being frequently complimented on it by friends had started a small business importing it from Chile and selling it online. Her hair was in a high bun, like a bread roll on top of her head, and her lips were bright red. Everyone had their glasses raised to the camera, but whereas the others were half empty Marion's glass was full, and her smile seemed tight and unnatural.

Beside her was Jonathan. This was shortly before his dementia was diagnosed. Tess told me that on the trip he had forgotten where the bathroom was, despite having been to the house many times before, and had struggled to find the word for cheese, but they all presumed it was just the usual softening of old age. His hair was as white as Gandalf's, short and neat across his head, and he was grinning broadly, his cheeks pink and shiny. He reminded me somewhat of Richard Briers, who my mum always said she'd like to be married to.

Next to Marion was Nicholas, who was dark like Marion and Tess but had a more ordinary face, doughy and unsculpted. He wore a pair of thin frameless glasses and, like Marion, gave a controlled smile. Next to him, his wife Isobel had shoulder-length blonde hair and a face so regular and unmemorable it could have been computer-generated. Luke, who was similarly fair, was on her lap, with the slightly darker-haired Poppy in the next chair. Both were very pretty and clean, like children on TV. Isobel's Facebook pictures showed the family engaged in a variety of activities; in one they were on a boat, in another, walking through the snow with their big yellow dog, the children wearing matching red all-in-one outfits.

Tess didn't get on with Isobel. She described her sister-in-law as an 'uptight WASP bitch' – the acronym, I learned, means White Anglo-Saxon Protestant, but can be applied in a derogatory way – who had a limit of two glasses of wine a week and made her children wear safety helmets when they played in the communal gardens of their Holland Park house. Since marrying Nicholas, Isobel had given up her job and assumed control of renting out their properties. When Tess had asked to use the France house for her thirty-fifth birthday party, Isobel had made a big deal out of giving her 'family rates', which turned out to be only 10% off the regular price. She pretended to be jealous of Tess's 'wild life': 'I wish I had the time and energy', she'd say.

Tess was particularly annoyed that Nicholas and Isobel had recently got into collecting contemporary art, favouring what Tess described as 'bogus conceptual crap' – the opposite of the kind of paintings Tess did and therefore, she thought, a snub. Isobel would pretend to be interested in Tess's opinion on current artists: 'Who do you rate at the moment, Tess?' Tess would reply, 'Dürer' or 'Otto Dix', who are, apparently, old artists, and not what Isobel meant.

Relations were also strained with Nicholas, Tess informed me, and a read-through of their email exchanges confirmed this. When corresponding with him, Tess dispensed with her customary kisses, whilst he signed off his messages to her with Best wishes. In one exchange Tess complained to him about their mother and he defended Marion, saying she had always done her utmost for her children. Tess replied with an angry diatribe about how he was always Marion's favourite, the golden boy, and he couldn't possibly understand, and how the fact that Marion professed to be so Bohemian and unconventional yet revelled in Nicholas's success in the City revealed just what a 'phoney' she was. Nicholas hadn't replied to that – or, if he had, Tess had deleted it. She claimed she couldn't remember.

Tess only ever really saw her brother and sister-in-law on family occasions and there was no record of any 'chatty' online relationship, so I didn't see them as a big challenge for my future work. But I was worried about Marion. However badly she and Tess got on, it seemed highly unlikely, if not impossible, that she would not want to speak to Tess on the phone at some point. I mean, on the rare occasions I used to go out when mum was alive, she would call me several times an hour.

When I had raised my concerns during our meeting, Adrian had assured me that Marion relied on email more than the phone to keep in touch, because she was quite deaf.

Tess was equally dismissive of my worries.

Oh, she'll just be pleased I'm out of the way, she wrote. We hardly speak anyway.

This seemed odd to me, but as I combed through the emails between Tess and Marion I could see that it was indeed an unusual, difficult relationship. There were lots of them in sporadic bursts, and most were short and factual – what each of them was up to, how Jonathan was. But Tess's accounts of her life were often far from the truth. She would often tell her mother that everything was fine and she was in what she called a 'good place'; but an email sent to a friend on the same day would paint a very different picture, describing an afternoon spent crying in the bath until the water got cold and her legs cramped, or going out to a bar by herself and getting drunk and blacking out until she came to on a sofa in the flat of a man she had never met before.

Every six months or so there would be a long, heated and bitter exchange between them in which Tess would be scathing, telling Marion what a bad parent she was (I've internalized your craziness, you make me feel like I have no right to exist), how she was just a trophy wife and, more recently, accusing her of resenting Jonathan for getting Alzheimer's and having to care for him. There were also references I didn't understand: spiteful tones at dinner, ruined Christmases and the like. When you came to get me from the flat that time after the hospital, I didn't want you to; because I knew you'd use it against me FOREVER as proof of what a great mother you are, Tess wrote.

Jonathan was less of a concern. There were only thirty-two emails between Tess and her father, spread over seven years, all affectionate but formal, mostly concerning money: he had given her several loans over the years which, as far as I could tell, had not been paid back. Tess told me that they didn't chat over email very much before he got Alzheimer's, and now he couldn't.

Don't worry, she wrote, in a few months he won't even remember he's got a daughter.

I started a series of timeline charts to plot events in Tess's life. One was for major events, which I defined as the things her parents would be aware of: job changes, flat moves, her grandfather's death, her brother's wedding and the births of his children. Another was for those things it was likely her family did not know about: random encounters with men, arguments with friends, drug taking, and so forth. For each event I had a column listing the people who, as far as I was aware, knew about it, what exactly they knew and what their thoughts on it were, as far as I could gather.

There was so much information to deal with that I found that just recording things on my laptop wasn't enough. Ideally I'd have an extra screen to work from but I couldn't afford to buy one, so I ended up handwriting a chart on a big piece of paper with linking arrows, which I pinned up on my wall next to the photos.

As you can imagine, all this took a lot of time. Tess's life had been chaotic, and, as quickly became clear, she told different versions of events to different people. Add to that the fact that she was vague on names and locations, and you can imagine the difficulty.

There were many things that didn't make sense or add up. Some were fairly major facts – in one month, for instance, she claimed to two different people to live in both Shoreditch and Bethnal Green, although there was no record of her moving. There were minor references that could be solved by Google – Farrow and Ball, the Groucho Club, that house Virginia Woolf lived in – but others that could not. For instance, in one email she described a woman as having National Theatre hair; in another, she told her friend Simon how much she liked the way boys take their jumpers off.

In other cases the facts themselves were clear, but I couldn't understand her reaction to them. For instance, an exchange on 17th August 2005 between Tess and a friend called Zanthi. They were having an argument because Zanthi had apparently been staying at Tess's flat for a weekend and had thrown away some dead flowers that Tess had been saving because of their beauty. Tess seemed to think that Zanthi not realizing this was indicative of a lack of understanding of Tess's character and what she called the poetry of life, and declared that Zanthi could no longer be her friend. Odd behaviour in itself; but then, two weeks later, the two were emailing merrily as if nothing had ever happened.

When I asked Tess about these things, more often than not she couldn't remember the details, or even that they took place at all. I told you, she wrote. My brain is fucked. Once, she elaborated: I'll tell you what it's like. You know those grabby mechanical hands in amusement arcades, which you use to try and pick up some shitty teddy bear? It's like me, feebly trying to latch on to a memory or an idea. And if I do manage to grab it, it's just cheap tat.

Furthermore, there were lots of blank periods to fill in, the times when she wasn't communicating with anyone at all, when – as I know now – she was seriously depressed and couldn't even summon the energy to wipe the hair off her face, let alone write an email.

Alongside all this, I was making a note of the non-personal emails Tess received. There were receipts for theatre and cinema tickets and Amazon purchases, all of which I catalogued in a file about her tastes. She did a lot of online shopping and the things she bought tended to be either bafflingly expensive – a single pair of knickers that cost £230 – or cheap, like a 20p 'vintage coaster' from eBay. There were days when she spent vast amounts of money, thousands of pounds, on things that it didn't seem like she could possibly need or in bewildering bulk. One receipt, I remember, was for twenty white tea towels, each costing £12.

With each of these, I recorded the date and details of the transaction in a separate spreadsheet. How could she afford a £120 pot of moisturizer when she was working as an artist's model, earning £60 a week? I would then cross-reference her online bank statements, to see whether she had taken out a loan or gone overdrawn.

My initial trawl through her inbox left me with a lengthy list of questions to ask Tess, and the large holes in her biography took first priority. Her replies were more often than not unsatisfactory. I would ask a perfectly simple question, such as what TV shows she watched when she was thirteen, and she either wouldn't reply for days, or get angry and say she couldn't remember, or name a programme that, when I checked, turned out to have been first transmitted when she was fifteen.

I tried hard to remain professional in our emails, but sometimes firmness was required. I would remind her of the seriousness of the undertaking and my requirements for the job. In reply, she'd write Oh god, don't have a go at me, I can't fucking remember! Or, if she was in a sadder, more reflective mood she'd apologize repeatedly, saying what a terrible person she was and that she didn't deserve my help.

After a few weeks, I became quite frustrated. I was still doing my testing work, but increasingly I found myself sidelining the reports and instead just waiting for her emails. Tess kept going on about how quickly she wanted it all to be done, how desperate she was to 'check out' – that was the phrase that we used. But it had become apparent that if we kept going at this current rate, with her taking days to respond to an email and then not even answering my questions properly, it would be months before we were anywhere near ready.

So, I had an idea. We had agreed not to meet in person, but there seemed to be no reason why we couldn't talk. It would speed things up considerably, and if we used Skype, it wouldn't cost anything. I considered asking Adrian first, but decided the matter wasn't worth bothering him about. However, I recalled that, on the Heath, he had stressed the importance of 'limited emotional engagement' between Tess and myself, and so decided it would be best if we left the cameras off when we spoke.

I messaged Tess to suggest this, and she agreed. We arranged a time for me to call, at 11 p.m. one evening.

I composed a list of questions that had arisen so far:

1. In an email dated 27/12/08, Nicholas wrote, 'Thank you for ruining lunch'. What did you do to ruin lunch? And why is he thanking you?

2. Did you ever meet up with 'Pete the Provider' on Valentine's Day 2006 in St Wenceslas Square, as promised in an email sent 02/10/05?

3. Was the nickname 'Sugartits' widely used, or just by Steven Gateman?

4. What is your father's prognosis for Alzheimer's?

5. In one email regarding a date with a man called Jamie in May 2009 you wrote, 'he was intellectually beneath me.' Yet you only got one A-level yourself, in art. What kind of qualifications did he get?

6. There are no emails or trace of you between February and April 2008. Where were you and what were you doing during that time?

7. At various points you claim that 'You're Nobody till Someone Loves You' by Dinah Washington, 'Natural Woman' by Aretha Franklin and 'I Want You Back' by The Jackson Five are all your 'favourite song ever'. Which one is it?

8. In an email to Shona regarding a dinner party you attended the night before, you write that you hated your host for claiming she liked 'to cook to relax'. This seems like an inoffensive statement to me. Can you explain?

9. In an email to your mother dated 03/06/07 you say she was a terrible mother when you were a child, yet in your psychologist 'autobiography' you say you had a relatively normal, happy childhood. Which was it?

10. You registered once at the site adultfriendfinder.com in February 2005. What was the nature and frequency of your usage of the site?

11. On 16/05/08, you wrote to Mira Stollbach that you 'couldn't wait' to attend her wedding that summer, but then in an email to Justine on June 2nd of that same year, wrote that you 'hate fucking weddings'. Can you explain?

12. In that same exchange with Justine, in reply to her wondering whether she should stay with the man she was going out with despite finding him unsatisfactory in several areas, you advise her not to 'settle'. Justine replies, 'That's easy for you to say.' Why is that?

13. Your sign-offs are inconsistent, even in correspondence with the same person. Sometimes you will end with one 'kiss', sometimes two, sometimes many and sometimes none. What are the rules governing your sign-offs? Do they change according to the level of affection you feel for that person at that particular moment?

14. In an email to jo@samaritans.org on 17/09/10 you wrote that you didn't think you were going to make it through the night. Did you attempt suicide that evening?

I was oddly nervous before speaking to Tess for the first time. You have to understand that by that point I had spent three weeks completely immersed in her life, reading her emails, examining photographs of her and her friends, trying to catalogue the chaos of her past. Looking back, even at that early stage I probably knew more about her than anyone else alive, because she gave such different accounts of herself to different people. But because everything had been done electronically, it was almost like she wasn't a real person.

I decided it would be best if I recorded our conversation and transcribed it afterwards, rather than try and note down information as Tess spoke. That way I could give her my full attention; I've never been good at doing two things at the same time. I read once that it was illegal to record someone without their knowledge, but decided not to inform Tess that I was taping our conversation, in case she made an irrational fuss and further held things up.

It was 11 p.m., on a Tuesday. I had my list of questions ready. Tess's laptop rang eight times before she answered, and her 'Hello?' was wary. When I introduced myself, she sounded surprised, even though the call had been scheduled. Then she laughed, and said, 'Oh fuck, sorry. I was expecting you to be Sylvie.'

I hadn't heard mention of Sylvie before, so immediately, before we'd even begun, I had to deviate off my planned list of questions and ask her about this new character. As we spoke, I searched Tess's Facebook friends and found Sylvie: she had a long, sad face and thick dark red hair that, when pulled over one shoulder, looked like a fox's tail.

I didn't think I had any preconceptions about what Tess would sound like. But I suppose I must have, because I remember being surprised by her tone of voice. It was deep and clear and well-spoken, not at all anguished.

After she had told me something about Sylvie – a teacher who hated her job, was married to an Italian man twenty years older than herself and was contemplating an affair with someone at work – I started on my list of questions. I was pleased to find that my Skype suggestion was vindicated. It was far more efficient than email. When Tess drifted, I could direct her back onto the topic.

That first session lasted twenty minutes before Tess became tired and lost focus. We arranged to Skype again the next evening at the same time, and she was more vocal that night. Too vocal, in fact: she went off on tangents all the time, hardly editing her thoughts. I asked her about her job at Threads, a vintage clothes shop in Bethnal Green that she managed for four months, and she segued into a long account of a festival she went to where everyone dressed up in vintage clothes and slid down a helter-skelter, which led to a story about how her mother had saved her lots of her designer clothes from when she was younger, but had been very disappointed when Tess couldn't fit into them: 'You've inherited your father's shoulders.'

The third occasion we spoke, she was in an upset state. She had been to the matinee of a play that afternoon and a woman sitting in the row in front had been rude to her. She couldn't stop talking about it. Ranting, I'd say. When she was in a certain mood these sorts of small things bothered her greatly: even when I thought I'd steered her off the subject she'd return to it repeatedly. Any perceived act of thoughtlessness or rudeness would do it (although, ironically, Tess could be very thoughtless and rude herself). For instance, she hated it when people walked past her on the tube platform to get a good spot next to where the doors would open. 'I hate the sound of their clackety heels as they look after number one,' she said. She got offended if, when waiting at a pedestrian crossing, other people would join her and press the button – did they not think she would have pressed it? That she was stupid?

Transcribing the tapes afterwards, I was listening to one of these tiresome deviations when she mentioned some detail that I hadn't known: Jonathan had once lived in Singapore. It occurred to me then that actually, even though these ramblings of hers were not directly answering my questions, and my natural tendency was to filter out everything she said except the facts, they might be quite useful. Not only in the accidental details they might provide, but because they revealed something of her character.

In other words, I realized that the digressions might be as important to note as the actual facts I was gathering. If I was going to 'be' Tess, I needed to record all aspects of her character.

On our next session, Tess's mood changed yet again. This time she was reflective and, for the first time, asked me questions about myself. She asked me about how old I was, where I lived and why I was doing this for her. I wasn't very comfortable talking about myself, conscious that every minute we spent on me would mean less time for her to answer questions. But I replied, telling her that I was doing it because I believed in self-ownership and her right to control her own death. She asked me what I thought about Adrian and I replied he was a great man, and that Red Pill had opened up my mind to new ways of thinking. To that, she said something that surprised me.

'Yes,' she said, 'I really must look at it one day.'

I had presumed, you see, that she knew Adrian from the site. Of course, in retrospect, I can see she would not have lasted a minute on Red Pill with her fuzzy, illogical thinking, but it hadn't occurred to me that she had met him elsewhere, in a different context.

'So how do you know Adrian, if not from the site?' I asked.

Her answer was typically vague.

'Oh, I can't remember exactly. Some party or something.'

I couldn't imagine Adrian at the kind of parties Tess went to and pressed for further details, but she claimed she couldn't remember.

Then, because the site had come up and our conversation seemed to have taken a more intimate turn, I asked her something that was not on the list of questions, but which I had been thinking about since we had started the project. Tess talked a lot about how these dark and manic moods were part of her, how she was flawed, how there was, to use her favourite quote, 'no hope of a cure, ever, for being me'. It had got me thinking: how did she know that these extreme states were her 'true' character? Maybe they were something that altered 'the real her', like being possessed by an outside force.

When I put this to Tess, she replied that she was sure that it was the 'real her'. I pointed out that, surely, she couldn't be *sure* – she could only take a position. Her tone changed then, becoming harder.

'I thought you were here to help me, not try and talk me out of it.'

So then I had to explain that I was indeed here to help, and had no intention of talking her out of it. I was just interested in debating the point. It was clear she hadn't really done any philosophy before, so I told her that was what I liked to do, examine things from all angles.

At that, she relaxed again and then said another thing that threw me. She said that her 'husband' thought it was something that possessed her, and that he called her moods 'the beast'.

I was momentarily lost for words, and then asked her to confirm that she had just revealed that she was married. She sounded surprised, and said, 'Oh, have I not mentioned it?' as if it was a trifling matter.

It turned out that she had been married briefly, 'in my early twenties'. I pushed her for an exact date, and it took her a while to remember that it happened when she was twenty-four. It was to an Australian man called Lee, whom she had met in a queue at a bank in Delhi, and married in London five weeks later. Within a year they had split up and Lee had gone back to Australia. 'Some time later' they had got a divorce. Tess said it was a 'moment of madness', and seemed to think it was hardly worth remarking on. She added that they didn't speak at all now and it was highly unlikely he would be in contact.

'I told you,' she said. 'I've done lots of silly things.'

The odd thing was, although she had married Lee, she didn't even count him amongst what she called her 'great loves'. The top spot went to a man called Tivo, a DJ whom she had been with for a year when she was twenty-seven. A picture showed quite a short, dark man wearing a trilby hat; Tess was sitting on his lap and did indeed look happy, gazing up at him with adoration.

'He just got me,' she said. 'We got each other.'

I asked her to elaborate.

'Oh, you know,' she said.

'No, I don't.'

'It's like, when we were together things made sense. He understood everything I said, even things I didn't fully understand myself. I could tell him anything, and he would go with it. But he also knew when to tell me to shut up and stop being silly.'

It ended when she slept with someone else – 'the biggest mistake of my life' – and he found out.

The person she had been out with the longest was Matt, who she was with between the ages of nineteen and twenty-three. He was a 'nice boy', Tess said, but as if this was a bad thing. Marion thought she should have married him – he was now a very successful hotelier, she kept on reminding Tess – and that she had blown her chances.

Tivo aside, Tess didn't have a very high opinion of men. She thought they were weak and simple, and used to leave them for what seemed to me to be innocuous transgressions. When I asked about Charlie, whom she had gone out with for six months in 2004, all she said was that, on a trip to Rome, he had asked for his suitcase to be wrapped in plastic at the airport. This, it seemed, was enough for him to be discarded.

Tess's marriage was not the only surprise. It turned out she had had a very short-lived TV career co-hosting a late night 'magazine show' on Channel 4 in 1997 called *Gassing*, in which she interviewed what she called 'Z-list fuckwits'. It was only a 'pilot' show, and the series never got made.

It was not only most of her experiences that were foreign to me, but her attitudes, too. She frequently bemoaned getting older, fearing the loss of her looks and 'becoming invisible'. When I pointed out that it was irrational and pointless to fear something that was inevitable and happened to everyone, she laughed dryly and said, 'Just you wait.'

Other times, I could understand her attitude, but not her reasons behind it. Like me, she disliked travelling on the tube, but whilst I found the crowds and shoving and hectoring announcements uncomfortable, her explanation was baffling: she 'empathized' too much with her fellow passengers.

'I look at these people and imagine whole scenes from their life. Like, let's say there's a man wearing overalls, obviously a manual worker. I'll think of him down the pub, on his fifth pint of the day, saying, "Well, it's just a job, innit?" Or if there's a girl with red hair, I'll imagine the office sleazebag at the Christmas party saying, "So, Lucy, there's something we've all been wondering – do the cuffs match the collar?"' Once, she described seeing an old man in a flat cap taking a packet of Bourbon biscuits out of his shopping and looking at them before replacing them in the bag; a sight, she said, that reduced her to tears. 'He was just looking forward to his tea. Such simple pleasures. I think I'm too sensitive for this world. Do you know what I mean?'

I didn't, but there was the odd occasion when I understood both her attitude and what lay behind it. For instance, one night she told me about how the previous evening she was at a friend's house for dinner and had been sat next to a boring woman. 'She spent literally half an hour telling us all the countries she had ever been to – including, get this, the airports she had just stopped over in, as if they counted.'

I told her that Tash Emmerson had done that at school, and that I found it equally annoying. She even had the countries listed on her Facebook page.

'Fucking hell,' said Tess. 'Unfriend her immediately. Why are you friends with these people?'

I explained that I didn't like Tash or ever see her, but that everyone at school had everyone else as their Facebook friends, because they wanted to have as high a number as possible.

'Yeah, maybe for those silly bitches,' she said, 'but you're cooler than that, aren't you? Just ignore the lot of them.'

I told her that if I unfriended everyone who wasn't my real friend, then I would only have Rashida left. I decided not to mention that I didn't even see her any more.

'So what?' she said. 'Who gives a fuck? Strike out. Be cool.'

I appreciated what she was saying; I was a free thinker, after all. But I had a vision of my profile: *Friends (1).*

'I can't,' I said.

'God, I'm so glad the Internet didn't exist when I was younger,' said Tess.

At these rare times when she was concentrating on me, rather than talking about herself, I was keenly aware that we were wasting time, and I made efforts to remain professional and steer the conversation back to her after a few minutes. But I admit that I quite enjoyed it when she decided to pay attention to me; she had a way of making me feel that she was really interested, that she really cared.

One night, she decided that she was going to give me some advice. 'I don't have a daughter, you're the next best thing,' she said. 'I've been thinking about this all day.'

I started to protest, but she continued.

'Firstly,' she said, 'you're not as crap as you think you are.'

'I don't think I'm crap!' I said.

She shushed me, and carried on with her list. 'Wait until a man has been divorced a year before you think about going near him. It's OK to dislike your family. You'll spend your life chasing the feeling of your first line of coke. It's worth spending money on a good haircut.'

I told her that none of the above applied to me, nor could I envisage them ever doing so – and added that, although I appreciated her concern, her energy would be better spent remembering where she was between February and May 2008.

She laughed. 'Ah, you're so young, there's still time. Just you wait.' Then she sighed, and her mood shifted, as it did. 'But then, before you know it, you'll be old. Life is horrifically short, you know.'

I said, without thinking, 'Well, especially for you.' There was a long silence at that, and I felt I had said the wrong thing. I stared at the little black Skype box on the screen until I thought of something to say:

'It always seems to be Thursday.'

I said it because I wanted Tess to feel she wasn't alone, that I understood, but it also happened to be true. The days seemed to slip away with no resistance: it always seemed to be 3 p.m., and then it always seemed to be Thursday again, and another week, another month gone for ever.

Other times, as I've said, our conversations were unsuccessful from the start. If she was in the wrong mood, I could barely get a scrap of information out of her. She would give short, brusque answers, say 'I don't know' to everything and generally act like a child. She'd whine, 'Oh, when will this all be over! I just want it to be OVER. You said we'd be finished by now!' I'd have to remind her that I had said nothing of the sort: there had been no completion date set at that stage. Sometimes I'd have to be quite sharp.

She could also be spiteful. There was one particular night when I was trying to establish some detail – I think it was whether her friend Katy Wilkins was the same person as a 'Catatonic Katie' she mentioned in another email – when she turned on me. She said, 'Don't you have anything better to do with your life than this? I mean, really? What do you *do*?'

She kept badgering me, until she suddenly stopped and gave a big sigh, like she was bored. 'Never mind. I suppose it's in my interests that you're a sad-sack,' she said.

I'm not proud to say that I let my professionalism slip.

'Well, maybe I won't do this any more,' I said. 'You're right, I've got better things to do.' And I terminated the call. I was shaking, so upset that when she tried to ring me back, I ignored her. I let it ring four more times.

When I finally accepted the call, she began to apologize and then said, 'Wait.' The next thing I knew, she had turned her camera on. Suddenly there she was, in the little Skype screen, looking straight at me. I think I might have even given a yelp, so surprised was I at her actually being there. It was rather like seeing a ghost, not that I believe in ghosts. She was wearing a white vest, bright against her skin, and her fringe was pinned back from her face. She looked very young. Her face was close to the camera and was frowning, that little line clearly visible between her eyebrows.

'Darling,' she said. 'Please forgive me.'

She apologized for 'lashing out'; it had been a bad day, she said. Then: 'I need you. You know that. I really need you.'

She put her hand up and touched the camera lightly, like she was blessing me.

From then on, without discussing it, she left her camera on when we spoke. I still left mine off. I had seen many photos of her, of course, but it was quite different observing her as a live, breathing person. Generally, the view was on her face from below; her usual pose was, I could see, reclining on a bed with her computer on her lap. On the wall behind her I could see the corner of a poster of what looked like a giant spider. I asked Tess to move the camera to show me the whole thing; she did, and told me it was a picture by an artist called Louise Bourgeois. I noted this, and during our next session, asked her to pan the camera around her room so I could see more fully how she had decorated it.

Her room was absolutely crammed full of stuff, junk really, which made me feel queasy to look at – dusty peacock feathers, stacks of magazines, clothes in heaps on the floor reminding me of the piles dumped overnight outside the Cats' Protection League shop in Kentish Town. On top of a chest of drawers, jars lay on their sides or with their lids off, and around her window was a string of Christmas-tree lights. There were some unusual objects, too, which I asked her the background to; a huge white shell, the size of a pillow, which she had bought at an antique shop in Islington; a painted wooden sun which took up half a wall, which she said she had made for a play. A small gold Buddha sat on her bedside table, and even through the camera I could see the incense ash coating it.

Seeing her possessions like that made me think: what would Tess do with all of this stuff when she checked out? I knew that such a query was edging toward forbidden territory – although there had been no official agreement as such, Tess had conspicuously avoided discussing the practical details of her suicide – so I asked rather tentatively, 'Do you have a plan for your things?'

She looked confused for a moment. Then she understood. 'Oh, no,' she said. 'Not yet. I haven't thought about it.'

I told her that I used a storage place that was good value, if she wanted the number. She nodded, vaguely, so I emailed it to her afterwards.

The camera was useful, because I could pick up better on her mood when I saw her facial expression: although, I must say, when she was 'down' it was often quite obvious by her voice. It would go thick and heavy, as if she was sedated. And there were little visual things note. For instance, I saw that she was left-handed, and that, in addition to the little line between her eyebrows, she had one on either side of her mouth, as delicate as fallen eyelashes. One night I noticed a small red mark above her lip. I asked her about it and she said it was a cold sore. I might not have known that she got cold sores if I hadn't actually seen her – and I made a note to give her one at various points in the future. Tess could make even a cold sore look good, like a beauty spot.

She also tended to smoke when she talked to me. I presumed they were cigarettes, but when one day I watched her crumbling something into the tobacco and realized it was cannabis, I asked her to confirm it was drugs, and she laughed.

'Are you shocked, Mary Whitehouse?'

After ascertaining the meaning of this reference – Mary Whitehouse was, Tess explained, 'a famously disapproving old bag with a mouth like a cat's arse' – I explained that I didn't disapprove at all, and that she was totally within her rights to do whatever she wanted with her body. But, I added, wanting to make my position clear, 'if it affected someone else – if you had a small child in the room, for instance – I could not condone your actions. But, as you are, feel free to carry on.'

'Why, thank you,' said Tess. 'You're very kind.' She seemed amused by this exchange and smiled as she licked the paper of her cigarette.

'How much does it cost?' I asked.

'I don't know,' she said. 'A girl never has to buy her own drugs, right?'

'Well, *you* might not have to,' I said, 'but I'm sure *some* girls do. It's likely that someone would only give you drugs for free if they liked you and wanted you to like them, but not everyone is "sexy" like you. You've done this before – when you use the phrase "a girl", you actually mean: "a girl like me".'

It was something I'd been wanting to say for a while, and I was gratified to see Tess look slightly taken aback. She took a long suck on the cigarette, and said, 'Maybe you're right.' It seemed to pique her curiosity, and she started one of her barrages of questions about my childhood and parents, etc. I told her about mum and the MS, and she became animated.

'Like dad. God, isn't it shit? How did you cope?'

I told her that I imagined Alzheimer's was worse than MS, for one reason: mum was always compos mentis, and remained herself up to the end, whereas her dad, Jonathan, had effectively lost his identity. When I thought of Jonathan I had the image of a tin of Quality Street, like the ones we used to get at Christmas, but inside was just full of empty wrappers. I didn't say that to Tess, though; I just said that it must have been very hard watching helplessly as her father's memories leaked away, until he had forgotten he even had a daughter.

Tess nodded.

'Yeah,' she said. 'He basically died years ago.'

And then, stubbing out her cigarette in a little shell ashtray by her bed, she said, 'I'm glad I'm not going to get old.'

Gradually, the spreadsheets were filling up. There was now a pleasing rhythm to my work: at night we would have our conversations, then the following day I would transcribe the tapes, catalogue the facts and make a note of any extraneous but useful details that had emerged, such as unusual words she used or aspects of her character Tess inadvertently revealed.

The more information I harvested, the more my confidence grew, but there remained an area of concern: phone calls. Despite the reassurances of Adrian and Tess to the contrary, it seemed likely that there would be times in the future when a call from Tess would be desirable, even if not strictly necessary; festive occasions, for instance, or in the event of an accident.

Then, one day, as I listened to our taped recordings, something occurred to me. There seemed to be no reason why we shouldn't record generic messages, which I could then play down the phone, onto the recipient's answerphone, at times when I knew they would not be able to pick up.

I put the idea to Tess that evening, and she agreed. 'No time like the present!' I said. It took a while, and I had to keep asking her to repeat because her tone wasn't right, but eventually we had several different recordings.

One was for the occasion of a birthday, one for Christmas, and then there were three general ones, variations on 'Hello, it's me, sorry to miss you'. For her friends, Tess's tone was slangy – 'Hey, babe' – while those for her family were more formal. I got Tess to make me a list of when her closest family and friends were likely to let their phones go to voicemail; her mother, for instance, went to her book group every Wednesday evening – what she called her 'me time' – whilst those friends with children would be busy collecting them from school during the mid-afternoon.

I also decided that we should take photos of Tess for me to later superimpose on scenes of wherever it was she was going, to post on Facebook. One evening I asked her to show me the clothes in her wardrobe, and she positioned the laptop on the side of the bed and pulled them out, one by one, holding them up against her. Once we had agreed on certain outfits, suitable for different seasons and weather conditions, she put them on, not bothering to move away from the camera, so I saw her strip down to her knickers.

As she got changed, I examined her body. It was so different to mine. Her lack of flesh meant I could see parts of her skeleton I had never seen on myself: the knobbles on her spine and her ribcage as she bent down, her hip bones as she lifted her arms to pull on a top. It was as if she only had a fine sheet draped over her frame, whereas mine was buried under a duvet.

Once dressed, I directed her how to use the self-timer on her camera to take photos of herself wearing various outfits against a blank wall in her room, in a variety of poses. She then emailed them over for me to check.

Tess seemed to enjoy the session, happily rummaging through her stuff, holding things up for my opinion, exclaiming with delight as she chanced upon a favourite jacket she thought she'd lost. I don't have any interest in clothes and didn't know what she was talking about most of the time – *vintage Ossie, my old Dries top* – but I quite enjoyed it, too. It pleased me to see her happy. I remember thinking about that photo on Facebook of her and her friends getting ready to go out, when she was my age, and wondering whether what I was experiencing with Tess was something similar to that. 'Girly fun.' I felt close to Tess, then, and it was a nice feeling.

Not long after, however, something happened that jolted our relationship back to the professional, and made me feel that I hardly knew her at all. One morning, as usual, I logged onto her Facebook account, and saw that she had sent out party invites to her entire friends list. She must have done it sometime after we had Skyped the previous evening.

Tess's Farewell Fiesta, the invite read. *Join me for a glass or five before I set sail for pastures new.* The date was the following Friday, and the venue a pub in Bethnal Green. Already, eighteen people had accepted the invite, and her wall was filled with messages from bemused friends: *Wait, you're leaving? Where? When? What's all this? Why didn't I know about this?*

I immediately emailed Tess asking why she hadn't consulted me before such a major move, but she didn't reply all day, and I had to wait for that evening's Skype session to hear her explanation.

'Oh yeah,' she said, with an infuriatingly breezy manner, 'I thought I should have a bit of a send-off.'

'Why didn't you tell me?'

She shrugged, looking off-camera.

'It was a spur-of-the-moment thing. Anyway, you know now, don't you?'

'But you can't have a leaving party yet! We haven't worked out where you're going, or when or . . .' I heard my voice rise, and paused to calm down. 'What are you going to tell everybody?'

'Oh, I'll think of something,' she said, turning back to me with a touch of irritation in her voice. 'I'll say I'm moving abroad. Stop being such a fusspot.'

'*I'll* think of something, you mean,' I replied, almost under my breath, but Tess gave the camera a quick, narrow-eyed glance and I knew she had heard.

'Oh, and I've told everyone I'm leaving in a month,' she added, and smiled sweetly.

As you can imagine, this rather took me aback. No dates for 'check-out' had been discussed up until now, and I had foreseen the information-gathering process continuing for at least another two months. I had seen no evidence on email or Facebook to support this new claim from Tess, and it crossed my mind that she had just thought up the deadline on the spot in order to fluster me. But, whatever the case, once she had said it she refused to budge, insisting we had to wrap everything up within four weeks.

'In that case,' I said, 'we need to start planning your future.'

'What do you mean?'

'Your new life,' I said, doing my utmost to remain measured. 'Where you want to live, what you want to do, everything. We've got to work it all out.'

'I don't care,' she said, with an impatient sigh. 'I'm not going to be there, am I?'

This was true, of course, and by that point I probably did have enough knowledge of her to make an informed decision about the kind of place she might go and the job she might take, and so on. But I felt both annoyed and hurt by her offhand manner.

'I mean, that's what you're here for, isn't it?' she added, to rub salt into the wound.

I brought the conversation to an end on quite bad terms, but I soon rallied. I had to be professional; I was here to do a job. I sat down and tried to be rational and think of good places for Tess to go. It took quite a bit of Internet research before I found the answer.

Obviously, the main criterion was that it was a long way away. In my initial meeting with Adrian he had mentioned Australia as a possible location, but that didn't seem right. Even leaving aside the major new fact that her ex-husband Lee was Australian, I knew that the major cities in the country were popular destinations for travel. And even if Tess lived outside one of the main cities, I thought that if one of her family members or friends had already taken a twenty-four-hour plane journey out to Sydney, say, it was likely they would make the small extra effort to go and see her.

Besides, for it to seem authentic there had to be a reason for Tess choosing the place she ended up in. She was, she told me, 'very sensitive to environment' and had to be 'around beauty', and it would be unlike her to just go anywhere. There would have to be something there that was obviously attractive to her.

So, in summary, it had to be a place that was difficult to get to, had enough 'charms' for Tess to want to settle there, yet not somewhere where people might think, 'Oh, I've always wanted to go there and here's my chance.'

Furthermore, it would make sense for Tess to move to a place that was entirely different to where she was now, in Bethnal Green. And, I realized, it would make sense for her to move to somewhere 'spiritual'.

This 'spirituality' was a side of Tess I found hard to deal with. She eagerly embraced mystical fads, becoming obsessed with homeopathy and crystals, earnestly telling me about 'cupping' and ley-lines. To be frank, it offended me, and I challenged her on it a couple of times – 'Where is the proof?' – but she stubbornly insisted that it made her feel better.

So, with that in mind, I found some 'New Age' websites, and lurked on a few forums. I noted what they were chatting about, and when someone mentioned a place, I looked it up. And that was how I came to hear of Sointula.

Sointula is on an island off the coast near Vancouver, a former hippy colony that had been founded as a 'socialist utopia' in the 1970s. It has become more of a normal place, a fishing colony, although it still retained some of that spirit and was something of a destination for the 'spiritually inclined'. From the pictures it looked quite nice, with empty beaches and simple, low-level buildings. There were a sufficient population to provide employment, but it was quiet enough for it to convincingly be a refuge for a 'damaged' person like Tess.

Most crucially, it's very difficult to get to. You have to fly to Vancouver, get another flight to Port Hardy, a half-hour taxi ride to another port and then a ferry. There was no way that her parents could make that trip with Jonathan in his current state. It would, I hoped, put off even the hardiest of her travelling friends; even Sharmi, who had been to Papua New Guinea. Besides, of course, Tess would be making it expressly clear that she didn't want anyone to come and see her; that she wanted to start afresh.

Once I had decided on Sointula, I spent a day sketching out Tess's life there. I looked up estate agents and found her a flat to live in. It was a nice little place, on the ground floor of a detached clapboard house, with a part share of the garden. The photographs showed airy, bright rooms, with windows from floor to ceiling, hung with checked curtains, and white wooden floors. The flat was furnished very simply, with the bare minimum – a neat little sofa, a round, four-seater table – yet managed to look cosy.

For a brief moment, looking at the flat, I felt a pang: that I would like to live there myself. It was, I recall, a Friday night, and out of the window Albion Street was extremely noisy; the smell of onions was seeping up into the flat, and there was the sound of breaking glass and drunken laughter from the pub.

The estate agent's website said that the Sointula flat was on the ground floor of a house lived in by the landlady. She, I decided, was a widow called Mrs Peterson, who looked just like mum.

After finding Tess's flat – or apartment, I should say – I began searching for a job for her. As mentioned, she had had a chequered employment history and it would be perfectly plausible for her to work in a lowly capacity, for instance as a waitress in one of the island's restaurants. But I wasn't happy with that. This was her 'new life', and I wanted something better for her. Besides, I thought there was a possibility that if there was an emergency at home, and someone wanted to get in touch with her urgently, it wouldn't take them long to discover the names of the few restaurants on the island and call them direct to speak to her.

So, I went through the other options. Sointula had a clothes shop called Moira's and a small library. I considered the library, but then, as I was poring over my Tess files looking for inspiration, I was reminded of her brief spell at art school, and it came to me. Tess could be a private art tutor for the child of one of the island's families.

I admit I was rather pleased with this. It meant that Tess could plausibly have her phone turned off for a lot of the time and therefore be unreachable. The role of Tess's mobile in her new life had been a matter of some concern to me, not only the obvious problem of the difference in our voices but also because I realized that phone ringtones are different abroad, and anyone ringing Tess's phone would be able to tell that it was still in the UK. A good reason for it not to be switched on was a pleasing solution.

House and job decided, I put together a package for Tess, with pictures of the island and details of the flat, as if I was selling it to her. She emailed back uncharacteristically quickly, her tone once again shifted from grumpiness to appreciation. She said she loved the idea of Sointula, the flat looked gorgeous, and that it was a stroke of genius to think of tutoring.

It's so fab, I almost want to go there myself! she wrote. Darling, you're a star.

I did like it when she was nice to me.

Saturday, 20th August 2011

It seemed to be Massage Day at the commune today. When I did my rounds, a proportion of the residents were lying on their fronts like corpses whilst others sat astride them, actually on their bottoms, squeezing their brown flesh in silent concentration. I'd never seen a proper massage before – sometimes I would do mum, but only ever her hands or feet – and I found the sight quite embarrassing. It was also inconvenient as I had to get up close to look at the squashed features of those being pummelled, in order to check whether I recognized them or not.

Eventually I ascertained that they were all 'old' people to whom I had already shown Tess's picture, and there were no new arrivals until mid-afternoon, when three young French men turned up in a puttering orange van. When I approached them they said that they hadn't been here last summer and that this was their first time at the commune, but I showed them Tess's photo anyway. '*Non*, sorry,' they said, and one of them added to the other, '*Mais, très belle*,' which I understood from my French GCSE. He had terrible acne, little red volcanoes carpeting all available space on his face and creeping down his neck to meet the hair on his bare chest. I imagined it spreading down his body like slow-moving lava, until eventually only the soles of his feet were left untouched. It was hard not to flinch, and I wondered whether he minded that no one would ever say of him that he was '*très belle*'.

Seeing him also reminded me that I hadn't checked my own appearance since I arrived, so when I got back to the cave I borrowed Annie's mirror. My reflection was a bit of a shock: despite spending most of the daylight hours under the tree, my skin was as pink as Strawberry Angel Delight. It must have been from my excursion into town yesterday. Annie, who was watching, insisted on smearing my cheeks and nose with something called aloo vera which she claims has 'healing properties', although without the Internet I can't check that assertion.

'Silly billy,' she said. 'Skin like yours, you should be on the Factor 50. Didn't your mom ever tell you to wear sunblock?'

I informed her that there was no need for such a thing in Kentish Town, especially if you rarely left your house.

I realize that I haven't mentioned Adrian's role during the preparation stage. That's because he was hardly involved at all, not nearly as much as I presumed he'd be. I had expected to report back to him on the progress of my information gathering, Tess's state of mind and so on, and kept comprehensive notes, but days and then weeks passed and he never asked for them.

A fortnight into the project, with still no word from him, I began to consider that perhaps he expected *me* to get in touch – that this was a kind of initiative test. So, I prepared a progress report and was all ready to email it to him when I realized that I didn't know where to send it. He had said that day on the Heath that we shouldn't refer to the case on Red Pill, even in personal messages, explaining that a number of the members were skilled hackers and, such was their devotion to the site, they might take it upon themselves to hack into his mailbox in order to get an insight into his thought processes. However, he had given me no alternative email address or phone number.

I remembered what he said when we met on Hampstead Heath – 'You are, I presume, on Facebook?' – which implied that he would be on there too, but his name drew a blank. So I had no option but to send him a carefully phrased PM on Red Pill.

Adrian,

I was just wondering whether there was any information you wanted from me, apropos the ongoing project.

Leila

His reply came seven and a half hours later.

I have complete faith in you, I'm sure you have it under control. PM not good idea.

As I say, I was surprised he wasn't taking a more 'hands-on' approach to the project, but pleased that he trusted me to execute it well without supervision. And something did change after I got in touch: from then on, each Wednesday, he would send me a PM – not mentioning the project, but containing a solitary, unaccompanied, inspiring quote, as if to buoy me from afar. *Great men are like eagles and build their nest on some lofty solitude* or *All men live life, few have an idea about it.*

Of course, I also 'saw' him every day, on the forums on Red Pill. As we had agreed I continued to maintain a presence on the site, every day logging on and contributing something to whatever discussion was the most high-profile. But my heart wasn't in it, absorbed as I was in the project, and I felt removed from what was going on there, all the arguing about abstract notions.

It felt odd seeing Adrian's public face yet having this secret with him, knowing things about him personally that the others didn't. For instance, during a discussion about a podcast Adrian had posted on sibling rivalry, he referred to his 'sister'. However, I knew, because he had told me on the Heath that day, that he was an only child, like me. I understood that he was using this 'sister' for the sake of his argument, but the others on the site would naturally presume that he really did have one. The idea that I alone amongst the members knew differently was, I admit, exciting as well as unnerving, but I felt that now was not the time for encouraging heightened feelings. I had to keep my head straight and my reasoning clear for the project.

There was also a more prosaic reason for not fully engaging with the site: in those final weeks of preparation, my time was becoming increasingly scarce. The Tess work alone could easily fill every waking hour, but I would not start to receive my £88 a week salary until 'check-out' and so, up till then, was also having to keep up with my testing work for Damian.

For the next month, I barely left the flat. I sat at my computer, in the shadow of the restaurant sign, for eighteen hours a day, sometimes twenty. And I must admit that as April 14th approached, I started to feel agitated in a way that isn't normally in my nature. The realization struck that to fully know the ins and outs of Tess's life would be a never-ending task, like trying to fill in a hole and realizing that it has no bottom.

Sometimes, during those last days, I felt like this didn't matter. I wouldn't actually need that much information to imitate Tess: people were mostly only interested in themselves, and didn't attend much to others, even their close friends. Then the next moment, I'd feel like I was totally unprepared and would be caught out immediately. I veered between these two feelings, like a volume switch was being turned first far too low and then deafeningly high.

The timeline of Tess's life was gradually getting filled in, but my new fixation was finding out her opinion on things. In some cases this was packaged up with the information she provided. For instance, when she told me that her friend Susie had recently left her job in advertising to go back to university, it was clear from her comment – 'Good girl' – that she approved of the move. But with many other subjects she hadn't made her views clear one way or another, and I had been so intent on processing the facts that I had neglected to ask for it.

I started another long list of questions I needed to put to her. Our Skype sessions lengthened. Who did she vote for in the last election? What was her favourite flower? Did she take sugar in her tea? Unlike before,

Tess didn't get impatient with my questioning. She was in an odd state during those final two weeks, polite yet distant and preoccupied.

Except, that is, that one evening, when she cried.

'I'm so fucking scared,' she'd said. Now, I recall other parts of the conversation. I remember summarizing what Socrates had to say on the matter of death. 'Death is either an eternal, dreamless sleep where the dead do not perceive anything, or death is when the soul gets relocated to another place.' Therefore, I explained to her, there was nothing to fear.

When she continued to cry, I quoted Marcus Aurelius: 'It is one of the noblest functions of reason to know whether it is time to walk out of the world or not.'

It was as if she hadn't heard me.

'It's just . . . the void . . . do you understand?'

She sniffed, wiped her eyes and said again, more clearly: 'Do you understand?'

She wanted me to switch on my camera, and I'd had to remind her that Adrian had advised against it.

'Fuck Adrian,' she'd said.

'I don't think it's a good idea.'

Then, in that unfamiliar, small voice: 'I can't do it.'

'Of course you can,' I told her.

What else could I say?

The police asked me: 'Did she ever express any doubts in her decision? Did her resolve ever falter?' I shook my head.

All I can say is, she was upset and I was comforting her, in the same way mum comforted me when I said

I wouldn't be able to cope without her. 'Of course you will,' she told me. 'You're my brilliant, strong girl. You'll be more than fine.' I didn't see it as contradicting her desire to go through with the act. Fear seemed part of it. And it wasn't as if suicide was a spur of the moment decision for her. Tess repeatedly stated that she had been longing to do it for years. If, during one of our conversations, she had said decisively that she did not want to go through with it, then of course I would have been entirely supportive of that decision. Of course I would.

The conversation highlighted the fact that, however much I knew about her, there was something she was holding back from me. As I say, we never agreed to avoid the topic of her suicide – the practical aspects, I mean – but there was an implicit understanding that this was one thing that was not going to be discussed. It was, I suppose, the one private thing she had left.

However, I was conscious, during those last weeks, that whilst I was finalizing the details of my plan, she was, in parallel and in secret, doing the same with hers.

Then, two days before the 14th, we were on the phone and I was asking her to double-check the spellings of some university friends' names. When she had done so, she went silent. Then she looked at me and tapped on the camera.

'Do you have everything you need?'

She said it in the empty tone of a bank cashier.

I remember looking up at the chart above my desk, which by then was over two metres long. I had taped extra pieces of paper to it, and it was dense with writing.

I had a large quantity of material on my computer too, of course, but this visual chart provided prompts and keywords. I knew that I could go on for ever, fixing another sheet and another until this chart of Tess's life filled every surface of my flat, flowing out of the front door onto Albion Street and through the Rotherhithe tunnel and beyond, but there had to be a point to stop.

So, I said, 'Yes. I think so,'

The intense sadness I felt at that point was, oddly, even worse than how it was towards the end with mum; I suppose because Tess's suffering wasn't visible, she looked so much younger and healthier. It seemed impossible that she wasn't going to be in the world any longer, that someone I had been so intimate with was going to disappear.

But, of course, I couldn't say that. So I said nothing. And then, suddenly, there we were, at our final exchange. Her last look into the camera, that salute; her thanking me; my stupid thanking of her; then staring, drinking in the sight of her, her nose, her cheekbones, her mouth, until she looked up, leaned forward and turned off the camera.

Check-out, 14th April, was in effect a 'normal' day. I couldn't start the job, because 'Tess' would be spending all day travelling to Canada, so I had to wait until the following day to send the first emails and texts announcing her safe arrival in Sointula. And not just the following morning, either; because of the time difference, I couldn't begin work as 'Tess' until 5 p.m. UK time on the 15th, which was 9 a.m. in Sointula.

But, of course, it was not a normal day. That morning

I found it impossible to do anything except lie on the sofa, my eyes open but not really seeing anything. It was as if I had been deactivated. I wasn't even hungry. All I could think about was what Tess was doing; yet I had no idea how she was doing it. My mind was whirring, but with no cogs to grasp on to, it produced instead a slideshow of imaginary scenes. Tess on her hands and knees, crawling into a tiny cave on a remote mountain range, her pockets bulging with a jar of pills and bottle of vodka. With her final swallow, she curled up and closed her eyes, rays from the setting sun creeping into the cave and casting a glow over her face. Tess emerging at the top of the tallest building in London, the wind whipping her hair as she took a final look at the silent city below before gracefully leaping off, head first, like a swimmer. Tess, at night, breaking into a zoo and lowering her hand slowly into a tank of deadly scorpions. When the sting came, she barely winced before crumpling to the floor.

Of course, I knew that the cave scenario was the only one likely to bear even the slightest resemblance to reality, it being imperative that the method used left her body undiscovered. I also knew, only too well, that death was not a romantic business. Nonetheless, those were the images my mind chose to dwell on.

I lay there in this disabled state for hours, and then suddenly, with no notice, my bowels turned over and I had the most terrible diarrhoea, so severe I was left panting on the lavatory.

Halfway through the morning the door buzzer rang, a startling occurrence even on ordinary days, and I was so tense I let out a yelp. It was the postman, with a registered letter for me. Inside, folded within a sheet of newspaper, was £88 in cash: four twenty-pound notes, one five, and three pound coins, Sellotaped on a piece of card. Under the coins someone had drawn a mouth, to make them form the eyes and nose of a smiley face. It seemed an unlikely thing for Adrian to have done, so I could only imagine that this first payment had come directly from Tess. None of the subsequent payments had a smile.

Receiving the money galvanized me somewhat – Project Tess was now officially my occupation – so I went to my desk and sent an email to Damian: I am writing to terminate my employment with immediate effect. I then tried to distract myself by playing Warcraft, but for once I couldn't get into it. It seemed pointless, ordering around a bunch of pixels. So instead I turned to Tess's email and Facebook accounts. Although 'Tess' couldn't send out any messages, emails were still coming in for her, and there was nothing to stop me reading them and formulating her replies, ready to be sent out the next day.

I logged on to her Facebook. By now, Tess's passwords were second nature; it was my own I hesitated over. We had decided on the wording of her final status update together, and she had posted it the evening before: *Finally, I'm off! A new life awaits. I love you all.* There were twenty-three messages underneath, all variations on *Good luck!* and *You'll be missed!* She had five new emails that day, excluding spam; four wishing her all the best on her travels and one from a woman called Marnie who obviously didn't know she was leaving, inviting her to a 40th birthday party in Clapham later in the month: dress code: mutton dressed as lamb.

I didn't check my Red Pill messages until later that day, when I found a PM from Adrian. It contained nothing but a quote from Aristotle: *Moral excellence comes about as a result of habit. We become just by doing just acts, temperate by doing temperate acts, brave by doing brave acts.*

As I've said, I now have some idea about what happened that day, from the police trace on Tess's passport. She travelled to Portsmouth and from there boarded the night ferry to Bilbao. She arrived in Spain at lunchtime the following day, and her passport was checked at the port. From then on, nobody knows where she went or what she did. She disappeared.

I've looked up the boat she would have travelled on, the *Pride of Bilbao.* There are some videos on YouTube by people who have been on the crossing, and I've watched them all. It looks awful. The cabins are as basic as hospital waiting rooms. The passengers seem to be either very old, sitting silently over cups of tea in the lounge, or young, squawking, single-sex groups of idiots slopping plastic glasses of beer over each other. There are many rows of arcade machines and a gift shop selling cheap cuddly toys and packets of Minstrels. It is not Tess's kind of place at all.

The most obvious explanation for the unlikely choice of transport is that she had planned to jump off the boat in the middle of the night but then, when it came to it, had lost her nerve. I thought of her alone on the deck in the darkness, leaning against the rails and looking down, unable to see the sea but hearing it churning away, ready to receive her.

But if she had intended to kill herself then – why didn't she?

I've often thought about Tess on that ferry, lying in her tiny plastic cabin, on that flat pillow, listening to the whoops of drunken yobs in the corridor outside. One of the videos shows dolphins swimming up alongside the boat. I hope she saw some of them, at least.

As I say, when she got to Spain, the trail goes cold.

But back to check-out day. Eventually, I couldn't bear watching the hours tick by, my head whirring with unproductive thoughts, and in the mid-afternoon I did something I hadn't done before: took one of mum's sleeping pills and knocked myself out.

I woke, groggily, at lunchtime on the 15th and, eventually, it was 5 p.m. and time to start. I logged onto Tess's email and sent my pre-prepared messages to her mother and her friends Simon and Justine. The main body of each email was the same: that I had arrived; it had been an endless journey; I'd glimpsed a seal on the ferry crossing over, the island was beautiful, and I'd taken a room at a guesthouse a street away from the sea. For Simon and Justine I added that there was a man playing the ukulele on the pier when the boat pulled in like a welcoming committee, as if he knew I was coming, and that the guesthouse was charmingly batty, with pink gingham curtains and concrete animals in the garden.

Next, I updated her Facebook. This I was more nervous about, as unlike emails it was 'live'. The update read: *Finally landed! Knackered but happy. Saw my first seal!*

I misspelled the word 'knackered', without the 'k', as I thought Tess would.

Almost immediately, people started responding with cheery messages of excitement and goodwill. I had decided that I wouldn't reply immediately, because after going on Facebook to post the update I – Tess – had gone to bed to sleep off the jet lag.

This may sound odd, but from the start Tess's new life in Sointula felt *real.* It wasn't that I was being imaginative; rather, that I had done so much research on her and the island that every detail was fleshed out. I remember that after logging off Facebook that first day I lay down on the floor and closed my eyes. The sounds of Albion Street fell away, and I was Tess lying on her guesthouse bed, jet-lagged and drowsy, thousands of miles from anyone who knew her. She hadn't closed the curtains fully and the late afternoon sun lit up a slice of the room, warming up the dust in the air. I heard the shriek of gulls from the sea and the occasional car driving slowly past outside.

I knew exactly how the rest of her day would proceed. She would wake from a fitful sleep, pull on her denim shorts, even though the weather wasn't quite warm enough for them, and wander down to the island's main road, a few blocks away. She'd go into the grocery store and stand in front of rows of strange Canadian foods, and think to herself that soon the foreign brands of bread and soup were going to become familiar and unremarkable. I imagined her walking through the streets, looking through the windows of the clapboard houses; seeing a For Rent sign painted on a piece of driftwood outside one of them and wondering whether that could be her new home.

Of course, I already knew which flat she was going to rent – I had it all planned and researched – and it wasn't that one. But it was as if the Tess in my mind didn't know that yet. I was imagining it as if Tess was still alive, and this was real; like she was a character who really was setting off on this adventure, this 'voyage into the unknown'. As if she didn't know that I was responsible for her fate.

Those first few weeks of Tess's new life in Sointula were the busiest, in terms of the volume of correspondence, but also the most straightforward. All the emails she sent and received were along the same lines: impressions of the island, exclamation-mark-ridden expressions of excitement at seeing an albatross, and, for not-so-close friends who hadn't already heard them, earnest explanations of why she was embarking on this new life, and that the name Sointula meant 'place of harmony' in Finnish. I had spent so long preparing every detail of her new set-up, I didn't have to create anything. It was just a case of rationing out the information, like taking an exam I knew all the answers to.

Of course, there were a few messages that didn't fit that template. For instance, ten days in, Tess received an email from a woman called Jennifer, who wasn't on Facebook and clearly didn't know Tess had gone to Sointula, saying she had seen Tess the previous day at the Alhambra, an attraction in Granada, Spain. I was going to come over and say hi but Ned was having a major meltdown, she wrote. And by the time I sorted him out, you were gone. Ps – Love your new hair! I considered replying to say it was a case of mistaken identity, but had no notes on this Jennifer, and it wasn't clear whether Ned was her child or husband, so I left it.

For those first few weeks in Sointula, Tess relaxed and explored the island. She discovered charming features such as the public sauna and the cooperative shop, where volunteers worked for two hours a week in return for discounted groceries. The island had a single ATM machine and a bar run by an ancient old man who had introduced himself as she walked past (not that she would be drinking alcohol in the bar; she was going to be teetotal in her new life). *Quaint* was a word she used a lot. She bought a second-hand bicycle for thirty dollars. Over breakfast of buckwheat pancakes, her landlady told her that a killer whale had been spotted near the coast the day before Tess arrived. She adored the peace, and the slow pace of life: *I feel like I can breathe for the first time in years,* she wrote. She had no doubts she had made the right decision in coming here.

On the fourth day, I changed her profile picture to a new photo of her standing on Sointula beach. This I created by carefully cutting out a picture of Tess in shorts from the photo shoot in her bedroom and superimposing it onto a shot of Sointula beach I found on Flickr.

After six days Tess found her flat, and moved in a week later. I wrote a flowery description of her new home: how it was tiny but sweet, and she could see a sliver of the sea from the kitchen window. She even found the half-bath in the bathroom *quaint.*

There was one thing I did not find easy that first week. On the fifth day, I left a pre-recorded message for Tess's mother. Tess had assured me that Marion was without fail out at her book group on Wednesday evenings and no one else answered the home phone, but as a precaution I withheld my number. All went according to plan. Marion didn't pick up, the call went to answerphone and I started my recording at exactly the right time. But hearing Tess's voice – 'Hey, it's me, just wanted to let you know that I'm safe and well' – had an unexpected effect on me, bringing back up the thoughts I had suppressed since check-out day. Somewhere, she was lying dead. How did she do it? Where was the body? Had anyone found her? The images that flooded my head were no longer sentimental: the sun's warmth had long ago deserted the cave and Tess's tiny, curled-up body was cold and stiff. How lonely it must be to be dead, I thought, irrationally.

I tried not to indulge such thoughts, however, as those first few weeks were a busy time. I immersed myself in building up Tess's life, imagining what she was going to wear that day, and have for her lunch, and the next thing she was going to buy for her new flat. It was like having an avatar, but much better.

There were rules, however: or, rather, one major rule. Whatever 'Tess' did, it had to be something that the real Tess would have done. I had to remain true to her character, even with regard to tiny things that wouldn't be noticed by people back home.

For example: through my research I discovered that there was a small antiques business in Sointula, off the main street. It was run by a woman from the front room of her house and open by appointment only. I could easily not have mentioned this place in any emails – I had no interest in antiques, and none of her family or friends would have been any the wiser. But I knew the odds were that Tess would discover it. She liked walking, and because the island was so small it was likely that she would have passed down the street and noticed the sign in the window of the woman's house and called to make an appointment to see the woman's goods. So, I had her do that, and devoted a long email to Justine about what she found there. Her prize acquisition was a pewter soap dish shaped like a scallop shell. I had spotted it on the shop's website and decided it would take pride of place beside her half-bath.

By the same token, I found that I had to know everything about what Tess would be doing or wearing, rather than just the bit I needed to know about for the purposes of Facebook and email. It felt important to know every detail of her day, even if it wasn't going to be used.

I've always been like this. When we thought I might be going to college, mum said I should wear a suit for the interview so we went to buy one from Evans in Brent Cross. The suit jacket we found had a bright pink lining, but only at the collar and the cuffs, so when it was on it looked like it was fully lined, but when you took it off you could see the unfinished nylon underneath. I didn't like that at all, and asked mum if we could get one which had lining all the way through, even though it was £20 more expensive. She said it didn't matter, because I wouldn't take the jacket off during the interview, but the thing was that I would *know* that the lining didn't go all the way through. It was one of the only times I can remember really disagreeing with her.

Given the time difference in Sointula I could only be 'Tess' in the evening and at night, and I quickly got into a routine of working from 5 p.m. to 8 a.m., sleeping during the day and waking again at 3 p.m. to prepare for the next day's work. I was once told that before they go on stage theatre actors are given half an hour alone in the dressing rooms so they can 'inhabit' their character. But that's only for a two-hour play, and all their lines are scripted. For me, the moment it struck 9 a.m. in Sointula, I was on stage as Tess, and I remained so for the next sixteen hours. I had to improvise on my feet, and the story could go in any direction.

Of course, I wasn't actually sending and receiving messages every moment of the day, but even when not actually online, I was still working. I had to plan my responses, check details, research anecdotes I was planning to use later. I also had to plot her next moves, which required a lot of thought. I found a site for fiction writers that suggested compiling a 'back story' for your characters, to help bring them to life, and so I resolved to do this for each new person who entered Tess's life. I found it hard going until one day I realized that I could just borrow bits from the people I knew. So Jack, the elderly man Tess got chatting to outside the sauna, had lost his wife of thirty-seven years to ovarian cancer, drank a large glass of Bailey's Irish Cream each day at 5 p.m. and had a secret online gambling habit – just like Mr Kingly, mum's manager at Bluston's. The mother of Tess's pupil Natalie was modelled on our neighbour Ashley, who lived two doors down on Leverton Street. She bred guinea pigs, and we could hear their squeaking from our garden.

I also had to practise writing like her. We had very different styles – she rarely wrote in complete sentences, for instance – and even the most simple, everyday word had to be checked to ensure it sounded authentic. I had to concentrate on the most brief, straightforward emails and status updates. She tended to address her recipient emphatically, using exclamation marks and sometimes capital letters – *NINA!!* – and often a nickname – *Sugarplum, Pauly, Big J.* On top of her erratic spelling and grammar she used unfamiliar slang – that's mint; did you get arseholed last night? Sometimes, even an extensive Google search couldn't shed light on a phrase and I would have to take an educated guess. I still don't know whether calling someone a 'nelly' is a compliment or not.

Throughout the pre-check-out stage I had been practising writing as Tess, under her supervision. Because I had access to her email and Facebook accounts, and looked at them more regularly throughout the day than she did, I would often be the first to see when a message came through for her, or when someone wrote on her wall. So, we had this system set up where I would write a response to the message, as Tess, and save it in her Drafts folder. Then, when she signed in to her account, she would look at my efforts and critique them over Skype that evening, like she was my teacher.

'Don't use *yo* as a greeting for Misha Jennings,' she'd

say. 'I only say that to Daniel Woolly, it's this little thing we have. For Misha, I usually use *Babe* at the beginning, but sign off *la di da*. It's a reference to the film *Annie Hall.*'

Or,

'Just because I wrote to Alex that Steve's party was *A.W.E.S.O.M.E.*, doesn't mean that you should put full stops in every adjective I use. I just do that occasionally for fun, it's not a habit.'

There were many little things to learn, codes, in-jokes, habits, and although I noted everything in my files I still didn't feel confident enough to write as her without cross-referencing and double-checking. And, of course, there were still the mysteries which had never been resolved: in 2008, for instance, she made several references to someone she called 'the Zetty', but try as I might I couldn't discover who this person was or why she gave them an unnecessary definite article.

Then there were the photos. I had to find appropriate backgrounds on Flickr, which could pass for Sointula without being too distinctive, which had been taken at the right time of year and showed the current weather for the island and which also suited the poses Tess would adopt in them.

For that first month, then, I left the flat only to stock up on food. Tesco Extra was open twenty-four hours a day, and so once a week I would take a break from work and go in the dead of night, at 4 a.m., when it would only be me, shelf-stackers plugged into earphones and a solitary cashier too drained to attempt chit-chat. Thus, my contact with the 'real' world was minimized to the point where I could effectively ignore its existence.

My own life, such as it was, I put to one side. I still checked my Facebook and email each day, the former out of habit and the latter in case there was a message from Adrian. Aside from the weekly quotes he sent me through Red Pill, I hadn't heard from him since check-out – and actually, for some time before that. His Red Pill address was the only one I had for him, my only means of contact, but he had made it clear that we shouldn't discuss the subject on there for fear of eavesdropping hackers. I knew he could find my regular email from my registration details on the site and so presumed we would communicate about the project on that.

So far I hadn't needed his help, and I suspected that he was leaving me alone in order to demonstrate his trust in me. However, it would be good, I thought, if there was a line of communication open for if and when I should require it: after all, on the Heath that day he had stated that if I took the job on he would be there for me every step of the way, always on hand for advice and support.

There was nothing until, one evening, sixteen days into the project, I checked my email expecting nothing more than the usual spam to find a message advising me that I had a Facebook Friend Request.

This was not a common event. It had been several months since I'd received one and that had been a case of mistaken identity, from a man I didn't know who addressed me as 'babz' and said I had been 'looking fine' the night before.

This new request was similarly from someone I didn't recognize: a woman called Ava Root. It was a distinctive name that I was sure I would have remembered, had I come across it before, and I was about to consign her to spam when I saw there was a message attached to the request: Hey there, how's it going?

It was an innocuous statement, but there was something about that *hey there* that struck a chord, and it was only a moment before I recalled that it was a phrase Adrian used at the start of each of his podcasts. It was, essentially, his catchphrase, and he would say the words differently each time – sometimes with a flourish, like a game-show host; at other times quickly and quietly, giving them hardly any emphasis at all.

I hadn't considered that he might contact me through Facebook but that was only because I hadn't found him, Adrian Dervish, when I had searched for him before. It hadn't crossed my mind that he might set up a fake account to communicate with me, even though it now made sense: after all, why would any hackers be interested in messages between me and my old friend Ava?

My instincts were confirmed when I accepted the friend request and looked at Ava Root's profile. It was blank, devoid of any information save her name, and I was her only friend. Even the choice of 'Ava Root', it now occurred to me, signalled that it was Adrian behind it: the name had the same amount of letters as, and sounded similar to, that of his heroine, Ayn Rand.

I felt pleased and relieved he had finally initiated contact – even though, as I say, I felt I was handling the situation adequately on my own and had no specific questions or issues to bring up. I replied to his message with a brief summary of the progress of the project so far, using suitably elliptical terms just to be on the safe side. If someone somehow happened to chance upon the message, they wouldn't have a clue what I was going on about. *The subject's journey to her destination went smoothly; she is settling in well and exploring the island. Mother: seven email exchanges so far and one request for a phone call, deferred by the subject* – that sort of thing. At the end, I added: *Just to confirm, we are now communicating through this channel, rather than RP?*

A reply came a day later: *Good work. Yes, communicate through here.*

Then, the following week, came a less welcome intrusion from the wider world. Dozing on the sofa one afternoon, I was rudely awoken by the door buzzer. I couldn't account for the caller: it was Thursday, and I had already received my money for that week. I answered the door to an Indian man in a stained white shirt, who explained that he was from the restaurant below.

'There is a problem with water,' he said.

I didn't know what he was talking about, so at his urging put my towelling robe on over my pyjamas and followed him down to the restaurant. It was the first time I had been inside. As it was only 3 p.m. and they hadn't yet opened, there were no customers, the tables bare except for paper tablecloths. Christmas lights were gaffer-taped to the walls and there was a stale, yeasty smell in the air.

The man gesticulated towards the bar area, where another waiter was mopping the counter with wads of kitchen roll. There was a leak coming from my flat, he said – and, indeed, I could see a large damp patch on the ceiling, which would have been beneath my bathroom. He explained that the water had got into the wiring and electronic equipment on the bar and now neither the phone nor the card-reader machine worked, without which they could not operate their business. It was clear they expected me to do something about it.

I will spare you the details of what transpired, but in a nutshell: one of the waiters called a plumber, who revealed that the pipes under my bathroom were leaking. He would need to rip up the floor to fix them. Plus, the waiter told me, I would need to pay for the damage to the restaurant. All in all, it would cost in the region of £600.

'You'll be able to get it back on the insurance,' said the plumber, an overly cheery man with a bumpy, shaven head.

The problem was, I didn't have any insurance. I hadn't thought to get any when we bought the flat. I didn't have any savings, either. The money I got for my Tess work was just enough to cover day to day living expenses; it hadn't occurred to me that I might need extra for a contingency. I Googled how to get cash quick, and was directed to a number of companies offering private loans. I called the first number and a man agreed to lend me £600 at an absurdly high interest rate.

It was clear that in order to pay off this loan, I would need some extra income. I emailed Damian asking for my job back, and received a curt reply saying that there was no work available for me and, by the way, he had found the manner of my resignation rude and unprofessional. So I searched online for another software-testing job I could do from the flat. But the few jobs on offer were all office-based: besides, they all seemed to require a degree, which I didn't have, as well as references, which I doubted Damian would give me. I suppose I didn't appreciate that, dull as it was working for Testers 4 U, it was unusual to be allowed to work from home and choose your own hours.

Getting another, 'normal' job was not an option. For a start, I simply didn't have the time. My work with Tess took up most of the night, and I had to sleep during the day. But even if time were not an issue, previous experiences had proven that I wasn't suited to working with other people. First, in the summer after my A-levels, I had tried volunteering at the Cats' Protection League charity shop on Kentish Town Road. One of the other volunteers was an obese man who smoked, and the smell when he came back into the shop after a cigarette, the nicotine mixed with musty old clothes, was so repulsive I couldn't last longer than a morning.

Then there was the week at Caffè Nero. I was given a hairnet and assigned to the pastries section. A customer would give their coffee order to my colleague on the till, a boy called Ashim, who would ask whether they wanted any pastries; and if they said yes, I had to pick up the specified item with a pair of tongs and put it in a bag or on a plate, depending on whether it was for takeaway or eat in. Sellotaped below the view of the customers was a laminated sheet showing photos of all the different products.

After an hour I was about to tell the supervisor I wasn't prepared to continue in such a role when she got in there first, telling me off for eating the bits of pastry that had flaked off the croissants – even though, as I pointed out, the flakes were a waste product that couldn't be sold. She changed me to washing-up duties, which was better because I could have my back to the customers, but before long she found fault with me there, too. To alleviate the tedium I had decided to hum, seeing if I could hold the same note continuously for the time each item took to be washed up, and apparently it was disturbing the customers. I was determined to keep humming, though, and lowered the volume of the hum by degrees until she stopped coming over to complain.

During our fifteen-minute breaks I sat in a back room on a box of paper towels, listening to the boom-boom-boom music coming from Ashim's headphones as he texted his friends and watching Lucy, the barista, shaking the make-up samples she had just stolen from Superdrug out of the sleeves of her jacket.

When I left, it wasn't in a big, dramatic rage; I didn't rip off my hairnet and storm out. One lunchtime, I went out to get my crisps and just didn't go back. It was a Friday and I was owed that week's pay, but I didn't ask for it. Mum understood about me leaving. I think she was pleased to have me back with her.

Tess once used coffee shops to illustrate how her

varying moods affected her behaviour. 'It's like, when I'm on a high I'll haggle with the till guy at Starbucks, try and get 50p off my double espresso,' she had explained. 'Just for fun, to prove my charm. And when I'm low, I'll feel like I'm not even worthy of accepting my change.'

Anyway, to get back to my point: it wasn't possible for me to get a 'normal' job. So that's when I thought about getting a lodger.

I probably needn't add that the idea of someone else living in the flat was not an enticing one. It wasn't the fact that I would have to move out of my bedroom and both work and sleep in the front room; I didn't mind that. But I didn't relish the thought of having to make idle chitchat and cater to a stranger's demands. Everything was the way I liked it in the flat, but I acknowledged that the way I lived might not be to everyone's taste, and that they might desire furniture and curtains and more than two teaspoons. It would also mean being much more careful about my Tess work. As mentioned, up until then I had openly displayed my notes on the wall above my desk. I would have to get a lock for my door for when I was out, and perhaps pin my large *Lord of the Rings* poster up over the notes, for added security, when I was at home.

Nonetheless, a lodger seemed the most logical option – indeed, my only real option. I decided that the best thing to do was advertise the room for a low rent, the minimum I needed to pay off my loan, and make it clear that, in return, the lodger would have to accept certain rules.

I posted an ad in the Room to Rent section on Gumtree.com.

Small bedroom in shared flat in Rotherhithe. It's essential you have a quiet nature and spend a lot of time out. When you're in, we "keep out of each other's hair". Curry fans will be well catered for. £60 a week.

Within ten minutes of the ad going up I received seven replies. By the end of the day, there were over a hundred. I didn't realize that cheap accommodation was in such demand in London. I composed a random shortlist of candidates from every tenth email I received and invited them to come and view the flat. I arranged the meetings for 3 p.m., so that the onion smell from the restaurant would be at its peak, in order to avoid any later fuss when they discovered this factor. And indeed, some made their excuses within minutes. For others, the sticking point was the single bed.

Most, though, were not so fussy, even trying to think of positive things to say about the flat. 'Very minimalistic!' one middle-aged man said, and proceeded to tell me at great, unwanted length about how he too was in a 'transitional phase' of his life. He asked if it was all right if his four-year-old daughter came to stay every other weekend. I informed him that it was not. One girl from Poland tried to engage me in conversation, asking me what kind of music I liked and so forth, until I realized that she was in effect auditioning *me* to see whether we were going to get on. I had to make it clear to her that I had no need of a friend. I just wanted someone who would pay the rent and be out the majority of the time.

Often I cut short the interviews myself, when it clearly wasn't going to work. One applicant, an old man who was bald except for a band of hair around his head, like the rings of Saturn, and reeked of body odour, informed me that he was 'into big girls'. Another, a young African man, had a Bible in the pocket of his corduroy jacket which meant he had to be excluded, although he otherwise fit the criteria; he barely said a word and just nodded and smiled.

The majority of applicants were foreign, students from Africa or Eastern Europe. I couldn't decide whether it would be better to have someone foreign, because their English would be more limited; or worse, because they would invariably be learning the language whilst they were over here and might want to practise on me. After some thought, I decided that foreign would be better: it would also work to my advantage for the person to be unfamiliar with British customs and habits, so they were more likely to accept mine.

It is rather ironic, then, that I ended up with Jonty, who is not only English – well, Welsh – but possibly the most talkative person I have ever come across. But I didn't know that when I agreed to him moving in. He gave a misleading first impression. During our interview he was uncharacteristically quiet: later I discovered that he was so hungover he was afraid he would be sick if he opened his mouth. His appearance was striking, but not unpleasant: short and square, with disproportionately broad shoulders under his duffel coat and spiky dark-blonde hair. Although he said he was twenty-five, his face looked much younger.

He nodded yes when I asked him whether he would be out of the flat a lot, and nodded again when I explained that my work required a lot of concentration, and that I had to work at night and then sleep all day, so if he was looking for a 'mate' then he was in the wrong place. He shook his head when I asked whether he had many possessions. He seemed to genuinely like the flat, which was odd. He didn't mind it was a single bed – 'I never get lucky anyway' was one of the few things he said – and expressed no surprise at the lack of curtains and other furniture. So I decided on the spot that he would do. I was tired of seeing all these people, it was taking up a lot of time that I should have been devoting to Tess, and I had run out of money.

On the day he moved in, with a single sports bag – a lack of possessions was the one promise he kept – he was, to my dismay, much more chatty. He knocked on my door and barely waited for a reply before entering, as if a conversation in my bedroom had been part of a pre-arranged schedule. Thank goodness I had had the foresight to cover up my Tess notes with a poster. He sat on the sofa, which was now my bed, and – told me all about himself. Originally from Cardiff, where he had had a successful career working in sales at American Express but had decided to give it up and come to London to be an actor. He told me a long anecdote about his 'moment of revelation', when he had been persuading a woman to get another credit card and suddenly realized he had to do something more worthwhile with his life: 'follow my dreams, all that bollocks'. He had enrolled with a drama school in King's Cross and given himself a year to make it, which was how long his savings would last.

Jonty didn't seem to be able to do anything without informing me about it. On his first evening in the flat he knocked on my door to announce he was going to 'explore the neighbourhood'. I told him, through the door, that that wouldn't take long, that there was nothing to see in Rotherhithe. I heard him come in a few hours later, but when I left my room to go to the loo his door opened and he started babbling about his evening. 'You didn't tell me we were so close to the river!' he said – I didn't know that we were – and went on about this 'amazing' pub in the next street called the Queen Bee that was, I quote, 'full of these crazy old dudes, seriously old school'. One of them had bought him a pickled egg from a jar beside the bar. I knew it would lead to further exhausting conversation if I told him I hadn't 'explored' further than Tesco Extra.

That's the thing about Jonty. Any response you give, even a 'Really?' is like throwing a log on a fire. So when he'd come back home with all these stories of his adventures around London – finding a shop that sold taxidermied animals in Islington, swimming in an open-air pool in Brockwell Park – I nodded but didn't respond. Even though he claimed not to know anyone in London, he seemed to make friends very quickly. One night, only a few weeks after he arrived, his new colleagues from drama school put him in a dustbin and rolled him down Primrose Hill. Apparently, this was a gesture of affection.

Luckily, his desire to 'suck the marrow out of London'

did mean that he was out most nights, but I still had to take precautions because I never knew when he would be coming back. I hid my Tess timeline behind three large *Lord of the Rings* posters and got a lock for my door. I also took up the carpet from the corridor, so that I would be able to hear him approaching on the bare boards. He would return in the middle of the night, when I would be up doing Tess work. When I heard his footsteps I would freeze, and stop typing. I'd listen to his footsteps pause outside my door, and then retreat back to his room.

Nevertheless, the day-to-day practicalities of communal living were a challenge. Luckily my Tess schedule meant I could use the kitchen at night, when he was asleep, but once or twice he was still up and, when he heard me in there, came through in his tracksuit bottoms for a 'chat'. He would sometimes get a take-away from the restaurant below and the waiters would bring it up to the flat; the first time the doorbell rang, I nearly fell off my chair. He quickly got to know all of them, and I would hear him on the street outside, chatting to them as they smoked. He would tell them about his auditions and ask them about themselves, as if they were his friends.

Even when absent, his presence was felt. He liked to cook himself elaborate meals using strange ingredients from ethnic supermarkets, and I would often find a streak of his latest dish down the side of a kitchen cabinet and a jar of strongly smelling sauce in the fridge with its lid half off. In the bathroom, globules of his shaving foam, flecked with hair, hardened on the sink.

After not really having any contact with men before, suddenly, there were two. Because it wasn't long after Jonty arrived that I had my first email from Connor.

This was six and a half weeks after Tess had checked out. In Sointula, all was going smoothly. Tess had moved into her flat and had started her job, teaching art to Natalie, who was being home schooled by her parents. She attended yoga lessons three times a week, and, much to her surprise, had developed an interest in fishing. She had also made some new friends and that day, the day Connor emailed, I had decided that she was going to take a day trip to the mainland with her new friend Leonora, an older woman who ran a *quaint* cafe on the island.

Her Facebook update for that day was an elliptical one: *Wanted a pineapple, got some feet.* Tess was fond of those sorts of mysterious updates, and so I made sure to include one every so often, even though I didn't like them – partly because I disapproved in principle, but also because they invariably elicited curious responses from her friends to which Tess then had to respond.

What happened was that the previous evening, Tess and Leonora had been having tea at Leonora's house. Tess had admired a pineapple-shaped ice bucket in the front room, and asked where Leonora had got it. Leonora replied that she had bought it from a shop on the mainland that sold inexpensive, 'quirky' furniture and household items. Tess, whose flat was still quite unfurnished, was keen to have a look, and they decided they would take a trip to the mainland the following day.

The two of them caught the 9.20 a.m. ferry, landing at

10.30 a.m. They took a bus to Main Street, where the shop was located. There were no more pineapple-shaped ice buckets, but Tess spotted some bookends that she liked, stone casts of a pair of man's feet. I know they sound gross, she wrote in an email to Justine later that day, but honestly, they're kind of cool. You look at them and think – where have those feet been? She also bought a red silk throw for her bed, eighty inches by forty inches in size.

There was also a light-blue armchair that she liked the look of; however she wasn't sure whether it would fit into her flat, so she asked the shopkeeper to hold it for her so that she could go home and measure the spot where it would go. She would phone later that afternoon if she wanted it. Then, she and Leonora browsed some of the other shops on the street. Tess considered buying a jumper with rainbow stripes, but stopped herself. This place is so fucking folksy, she told Justine. I've got to resist turning into an old hippy with chin hair and Cornish pasty shoes.

They had lunch in a cafe called the Rosewood, where Tess had a quinoa salad. Although it was tough, she was persevering with the veganism: she found that it made her calmer and her digestion better, and she could swear that the whites of her eyes were brighter. She also felt it 'morally right'. When Tess mentioned turn-ing vegan in an email to Justine, Justine pointed out the contradiction between this anti-meat stance and her newly discovered interest in fishing; And since when was I consistent? Tess replied. I was quite proud of that.

Anyway, in the Rosewood cafe the two women talked

about Leonora's new boyfriend, a local man called Roger who ran whale-watching trips and was kind and attractive, but had suspected 'commitment issues'. Tess confided in Leonora about her brief marriage to the Australian. Tess liked Leonora, although she was quite earnest and probably not the sort of person she'd have been friends with back in London. That's the thing about this place. Broadens your horizons, makes you consider things you wouldn't normally.

After lunch, the two women took the 2.30 p.m. ferry back to Sointula, where Tess spent the rest of the afternoon reading a Russian novel called *Anna Karenina*, which she had always meant to read and was finding very affecting. At 7.40 p.m. she watched a black and white film called *His Girl Friday* on CBC Canada and ate some brown rice with a tofu and cabbage stir fry, before going to bed at 10.30 p.m.

When Connor's email came through, though, none of this had happened yet. It was 12.58 p.m. Sointula time and Tess was offline, in the middle of lunch at the Rosewood Cafe. I was at my computer preparing the account of her trip for her to send to Justine when she got home. I checked her emails, as I did several times an hour, and saw one from a sender I didn't recognize, Connor Devine. The subject line contained just one word: So . . .

The email continued: . . . Remember your theory about Benny? I've decided that you were right. He was definitely fucking both of them.

That was it. No sign off or anything. A line at the bottom indicated that the email had been sent from a BlackBerry.

As you can imagine, I was perplexed. Both the sender and the subject to which he was referring were unknown to me, yet the email was written in a very informal and immediate style, as if he and Tess were in the middle of a conversation. I searched for the name in both of Tess's email accounts and there was no record of Connor Devine, nor in the notes from our Skype sessions. I knew he wasn't one of her Facebook friends, but I checked to see if he was friends with any of her friends. The name was a surprisingly common one – there were thirty-eight of them listed in London alone – but none of them had any links with anyone Tess knew. I searched in my Tess files for 'Benny' but nothing came up on that name either. I did a Google search but, like I say, there were many results for Connor Devine and I could find no obvious link to Tess with anyone of that name.

This wasn't the first time Tess had received an email from a sender unknown to me. A few weeks previously there had been a Facebook message from a woman called Chandra Stanley, but it had been a standard, Hi, how are you, wow, how's Canada? and I could give a standard response. This one, though, was difficult. The sender's tone was 'larky' and the contents clearly referred to a private joke between the two of them.

I decided to ignore the email, thinking that it must have been sent by mistake. But then, the next afternoon, I heard again from Connor Devine.

Fancy some bone marrow at St John? Sans parsley?

Parsley was one of Tess's dislikes, so it seemed likely that the sender knew her, and that the first email hadn't been a mistake. The name 'St John' also rang a bell. Eight years previously, Tess had had a short-lived relationship with a chef called Toby who had worked at a restaurant called St John in east London. It was a disgusting-sounding place that served up bits of animals that shouldn't be eaten. Toby weighed twenty-three stone, Tess had told me one evening, and she had slept with him because she had never been with a fat man and wanted to see what it was like. Apparently, grabbing handfuls of his flesh 'was like ascending a climbing wall' and his skin gave off a sweet, yeasty smell, similar to that of digestive biscuits. She liked him because he was 'so pathetically grateful', but the novelty soon wore off.

Curious, I went through my notes for that time in her life, when she was living with Catatonic Katie and managing the vintage clothes shop in Spitalfields. She had had relationships with various men, but there was no mention of this Connor. Neither did he have any association with the restaurant that I could find.

Also, I discovered, the restaurant had been open since 1994, and a dish containing bone marrow was mentioned in a newspaper review in that same year, so, really, the time frame was hardly narrowed at all: Connor and Tess could have eaten there at any point in the past seventeen years.

The message did reveal one thing, of course: Connor Devine almost certainly did not know Tess was in Canada. I decided to reply.

Sounds great, but not quite worth a 10,000 mile round trip.

He replied with a single: ?

I sent a brief email explaining that I – Tess – had

moved to Canada, keeping to the larky, casual tone that had been established. I had several versions of this 'introductory' email that I used, depending on the recipient. They ranged from the casual *fancied a change, I'm loving it!* for not very close friends, to a more in-depth and intimate account referencing her depression for those whom she trusted and who already had some context. To be safe, with Connor I went for the first option, because I didn't know how much he knew of Tess's problems.

Good thing I did, because it was clear from his reply that he had no idea about Tess's depression; or the extent of it, anyhow. His reply expressed surprise and again, using what I could only presume were private references, he bombarded her with questions, sending each in a separate email so Tess's inbox was constantly active. How are you going to survive without a good Whiskey Sour? Where are you going to buy your hold-ups? I can't really see you knitting your own beret . . .

And then in the fifth of such single-line emails, there was the biggest clue I'd had so far. And what about Joan? he wrote. Did you smuggle her over in your hand luggage?

Joan was Tess's cat between the years 2000 and 2003, named after an actress called Joan Crawford. She disappeared one day, an incident that sparked a fortnight-long slump. So, from this reference I established that Connor had not had a proper conversation with Tess for at least nine years.

A few emails later, I was granted my second useful piece of information, which further narrowed down the time-frame. When I mentioned that you could only reach Sointula by ferry, he wrote:

Ah, well we know how much you like ferries . . . or does there have to be a major disaster involved?

This, I thought, was likely to be a reference to an incident in 2001, on the day of the September 11th attacks in New York. Tess had been travelling with a friend, Juliet, to a Greek island called Patras, and they had been on a ferry from Italy when they heard the news of the planes from another passenger. It was a twelve-hour crossing and that night, Tess had sex with a stranger she met on board, an eighteen-year-old public-school boy called Rollo with curly blond hair 'like a Botticelli angel' and a conditional place at Oxford. They did it on deck, with their fellow passengers sleeping all around them.

So Connor must have known Tess after 2001, but stopped communications with her before 2003, when the cat disappeared. However, I was still none the wiser on who he was or the nature of their relationship. And, indeed, why he was contacting her again after all this time. From the beginning, the tone of his emails had an intimacy that wasn't commensurate with his and Tess's relationship in recent years – which was, as I say, non-existent. He wrote as if they had never lost contact and were in the middle of a fascinating conversation. There was a sort of – what's the word? A presumption. He was also quite forthright with Tess, in a way that most people weren't. I think lots of her friends were a bit scared of her – or, at least, indulged the silly or mad things she said.

And he was extremely curious, asking questions that sent me rummaging through my more obscure Tess files. Do you still think Aha are highly underrated? Did Shauna end up running that guest house in Sri Lanka? Or he would send me a joke, and ask me to finish it off, or a silly clip from YouTube. He was by far the most frequent emailer Tess had, and I found I was spending much of my time thinking about what I was going to write to him.

At first, I took the tactic of ignoring his questions and instead asking some of my own, to try and gather some more information. Initially his replies were flippant and uninformative: he seemed incapable of giving a straight answer. For instance, I asked him what he was doing now and he replied, Still overpaid, still battling against rotters, which was unhelpful. After a few of these bantering exchanges, I decided that I was going to take a risk and ask him to give me direct replies to my questions.

K dude – one of Tess's email habits was to drop the 'O' from 'OK' – come on, give it to me straight. I haven't seen you for ever. Just tell me what's happening with you. Stating requests so explicitly may have not been the way Tess interacted with him but I figured that I could get away with it, as so much time had elapsed since they had last communicated.

The strategy worked. The next email from Connor was much longer, and, although not wholly free of flippancy, provided a certain number of facts. He was working as a lawyer for a large firm based in Temple, specializing in property law, and lived in Kensal Rise.

He had been married but split up with his wife Chrissie the previous year. They had two children, of whom they shared custody, a five-year-old girl called Maya and a two-year-old boy called Ben. He didn't say how long he had been married, but it can't have been longer than seven years, even if he had met Chrissie just after he and Tess lost touch.

It was a short, factual email, but later, at 11.30 p.m. UK time, he sent another one, with the heading Continued:

You're wondering why I've got back in touch with you. Here goes. You know that when I was with you, it was the happiest time of my life. Yes, scoff away; I know it wasn't very long. But honestly, I look back on those months like they were this holiday in another life, the life I imagined I would have when I was a teenager. Full of bravado and daring and risk-taking, the feeling that anything was possible. You were beholden to nothing. We talked about big issues, important stuff, about how best to live. You inspired me. You encouraged me to take my photography seriously, to not sell out, to live boldly.

I'm not trying to guilt trip you, I just want to be honest. You make me want to be honest. I was absolutely devastated when you ended it. Beyond gutted. I pretended that it wasn't such a big deal, that I knew we weren't suited, that I agreed with whatever bullshit rationale you used – 'we don't make each other the best possible versions of ourselves' or whatever. But you did make me the best 'me'. I honestly think I knew then that you were it, my chance for the life I wanted, and that I'd blown it (I still don't know how exactly) and that the rest of my life would be a compromise.

Chrissie was a mistake. I met her maybe a month after you, it was this dinner party set up by my mate Dennis, meant to cheer me up because I was still in bits about you. These friends of mine were nice people, but they were quite dull, you know. Lawyers. And Chrissie was like them, too – sweet and nice and pretty and unchallenging and perfectly happy with the status quo. She had no ambitions beyond the ordinary. And I don't know whether I was just exhausted and wanted some security, or if I thought in a bizarre way that it would be getting back at you (not that you would have given a shit). I thought – OK, then, I'll do it. I can be this. I'll settle, I'll give in. Maybe they're right, and I'm wrong, and a steady, settled life is the key to happiness. Arranged marriages report the greatest levels of happiness, etc etc.

It's amazing how easy it is to fall into these things, really. It's like, when you get to your mid-thirties, especially if you're a guy, the moment you stop struggling you find yourself being carried down this path towards marriage and babies and a family car. I started seeing Chrissie, and there we were, going for walks along the South Bank, taking a bottle of Wolf Blass to dinner parties, having mini-breaks in £200 a night fishermen's cottages in Whitstable, being taken aside by her friends at parties and told that I'd better be serious about her, because you can't mess around women in their thirties, you know . . . and how she'd make such a good mother, being such a nurturing person . . . being taken to meet her uptight parents in Gloucester, her revealing her teenage eating disorder, blah blah blah. And then it was a year later and that meant it was time to move in together. So we did that. Then the trips to Habitat and the box sets. The group Sunday lunches in gastro pubs, the predictable opinions lifted from The Guardian, the Jamie Oliver Flavour Shaker.

I just surrendered to all of it, took the path of least resistance. I know that you have no respect for that sort of behaviour, and it goes against everything you believe in. So I'm taking a big risk in telling you this, because the last thing I want is for you to think less of me.

I should say that I wasn't unhappy all the time. There were periods when I was content, that I thought, maybe this is what it's about. Especially when Maya and Ben came along. They're gorgeous, really, you'd love them. I tried so hard for their sake, but Chrissie and I just grew further and further apart, and in the end it was unbearable. When I came back home from work, she wasn't the person I wanted to talk to. I didn't want to tell her about the little thoughts I had, the things I saw in the street that made me smile or feel sad. I just knew she wouldn't understand, she didn't 'do' complicated or murky, she didn't question. She saw the world in black and white and wasn't interested in the grey areas. And eventually I realized that the only thing that matters is finding someone who you properly connect with, who understands you. Otherwise, what's the point?

And so, I left. It was not a decision I took lightly. I agonized over it for months and months. Went to a shrink. Talked to my friends. They all tried to talk me out of it. But I had to do it, for my sanity.

I wouldn't say that you were the reason I did it. After all, I hadn't spoken to you for years. But I did think about you a lot, about what you stood for, and I think that's what gave me the strength to do it. You were – are – the only person I know who has the courage not to live their life by convention.

P.S. I know that you won't know how to reply to this, so please don't. I don't expect anything from you; I just wanted to tell you.

The next morning, he was back to his cheery, inconsequential one-line emails, as if nothing had happened. That afternoon, however, he asked me to send him a photograph. I pointed out that there was one on my Facebook page and asked him to befriend me; to my surprise, he replied saying he didn't 'do' Facebook.

It's rubbish. Old school email's the way forward.

I duly sent him a picture of Tess leaning against the rail at Sointula harbour; my most successful attempt at Photoshop. Fuck me, he replied, you're even more gorgeous than you were nine years ago. How did you manage that? But of course, without him befriending me on Facebook, I couldn't see what he looked like – which, by that point, I was rather curious about. I looked him up anyway, in case by not 'doing' it he meant that he didn't like it, not that he wasn't on it at all. As I said, there were dozens of Connor Devines from London listed and of course I didn't know which one of them he was – if, indeed, he was any of them. And several of the profiles didn't have photographs – or had those ones where you couldn't see the person's face, just their silhouette or the back of their head – so it was also possible he was one of them.

Obviously I couldn't risk asking him which profile was his, in case it was one of the ones with a picture; nor could I risk sending a request to all the likely Connor Devines, in case several of them accepted. The information would show up on my profile, and would look suspicious.

I wrote back asking if he could send me a photograph – come on, you've seen me, fair's fair – and got an attachment within half an hour.

The picture showed a man in close-up, apparently in a park. He was wearing sunglasses but also had a scarf tied in a loop around his neck, so I surmised it might have been spring or autumn, when the sun was shining but the temperature still chilly. He had short dark hair with a little tufty bit at the front, like that cartoon character – I can't remember his name and without access to Google I can't find out – and his ears stuck out. His eyebrows were thick and he had lots of dark stubble. He was smiling straight at the camera, but I couldn't see his eyes behind the glasses. If he was Tess's age, then he would be almost forty.

I am finding it quite hard to write about Connor in an objective manner, not coloured by emotion or hindsight, but I am trying. At the time, what I remember thinking on reading his confessional email was surprise that a relationship could mean so much to one person, and so little to the other. Here was Connor saying that the time he had with Tess was the most exciting period of his life, yet I asked Tess over and over again to tell me about every person she had had a relationship with, however brief and insignificant, and she never mentioned him. I don't think that she held back for any reason: after all, she told me about lots of terrible things she had done, and she didn't seem to mind what I thought of her. She must have totally forgotten about it.

On Skype one evening she said something along those lines. 'It's so weird, isn't it, how you can have a one-night stand with someone and never forget them, and then go out with someone for, like, six months, and they leave no trace on you. The moment it's over, you forget about it. Don't you think?'

'Mmmm,' I said.

Obviously Tess and I were very different people. But I felt that if I had done any of the things that Connor said he and Tess had done together – dancing on the tables at a Spanish bar in Soho, gatecrashing an awards ceremony for gas fitters at a fancy hotel, going to Paris just for lunch – or if someone told me that I was the most extraordinary person they had ever met, I would have remembered them.

Something else happened at the commune today. I wasn't going to mention it, but I confess I still feel rather shaken, and perhaps it'll help to write it down.

I woke this morning with the usual film of grease over my skin and my hair stiff and sticky. My customary cleansing with Wet Wipes felt unequal to the job, and I felt a great desire for a proper wash with water. I remembered Annie saying yesterday that she and the children had gone down to the river to bathe, and so I asked her how to get there. She immediately offered to come with me but I demurred; judging from her casual display of her bosoms, I suspected that she would expect us all to take our clothes off.

The directions she gave me sounded needlessly complicated. After all, I thought, as long as I kept walking downhill, I couldn't go far wrong. I set off down a little rocky path lined with scrubby plants at the south end of the site, and before long the sounds of the commune, the bongos and the barking, faded. The sun was high and scorching. I had forgotten to wear my hat, and quickly found myself weakened by the heat. Sharp bushes nipped my ankles. I started walking straight down but the ground was uneven and I kept finding myself going uphill again. The sun was really beating down on my head, my hair felt heavy as a helmet and my limbs like swollen pieces of meat attached to my body. I started to feel disorientated, so I headed for the shade of some trees. I got some relief from the sun but the problem then was that I couldn't see where I was going, because of the trees. By now the noise of the commune had entirely receded, replaced by the fierce chirrup of insects and, under that, what I imagined was the distant rush of water. It was then, in the woods, that I had the oddest sensation. I felt suddenly, intensely lonely; more so than I had ever felt in my life, even after mum died. In fact it was an entirely different feeling – more fear than emptiness.

I'm finding it hard to describe.

I remember Tess once saying that sometimes when she was depressed she felt like she was just a sum of her parts, her upbringing and influences – that there was nothing intrinsically, uniquely 'her'. At the time I didn't know what she meant. But at that moment, I understood. And then I had this sudden, overwhelming realization that one day I wouldn't exist. I felt like screaming, but even screaming as loud as humanly possible wouldn't have been enough to express how I felt. And after this thought that was too huge and formless and awful to grasp, I started to think about tiny, specific things: that after my death someone else would move into my flat and set up their computer by the window, they would still be selling tents in Tesco Extra, another set of old men would be eating pickled eggs at the Queen Bee pub. People and things would continue to exist in a world where I did not, and no one would ever think of me.

And, if that were the case, then what was the point of existing in the first place? I could expire just here, under this tree. I imagined my body in time-lapse, decomposing and sinking into the soil until, within a matter of seconds, there was no trace of me left.

Maybe, I thought, this was the exact spot where Tess died – it wasn't impossible. She could already be down there, in the ground; I could join her, our molecules blending together in the soil. The thought was not unappealing.

I must stress that I wasn't feeling that I wanted to die, exactly – more that not being alive might not be such a terrible thing. After all, Tess was not alive; mum was not alive.

I don't know exactly how long I was there in the forest. At some point, what I suppose was a survival instinct kicked in, and I started walking towards the sunlight and out of the forest and uphill and eventually the sounds of the commune grew louder and I arrived back at the tent. Annie was cooking dinner and cheerily asked me how my swim went.

'Did you manage to find any water? There's just a trickle left. Sad, isn't it? I don't know how the poor animals are coping. If it doesn't rain soon it'll dry up completely. Do you want some dinner?'

All I could do was shake my head.

Sunday, 21st August 2011

The commune was almost deserted when I woke today. Annie told me that on Sundays there's a market in the nearby town, where everyone goes to try and sell the tatty rubbish they've been making all week to tourists. Only she didn't use that phrase; she said 'handicrafts'. She hadn't gone herself because the baby was poorly. The site was eerily quiet, and it felt like we were the only ones left behind: the same feeling I used to get when I stayed at home with mum instead of going to school.

I probably should have gone to the market; it would have been a good place to show around Tess's photo. But I didn't. Partly because of the effort involved in the heat, but also because I am starting to think that this whole exercise is pointless. Even if I do manage to find someone who positively identifies Tess, who says they saw her here last summer and could back up their claim with sufficient evidence, what then? In order to fully complete my mission, I would still have to find her body, and how can I do that? I can hardly search the entire mountain, especially not in these temperatures. And even if she did spend her last days in the commune, who's to say she didn't travel elsewhere to carry out the act, and her body is lying in another forest or up another mountain or in a lake, twenty or eighty or two hundred miles away?

Instead of going to the market I lay watching Annie make her stools. In the shade of the van's canopy she was sanding the slices of wood, Milo helping out. The repetitive motion of the sander over the surface of the wood was rather hypnotic, and the work looked satisfying and not too onerous, so after a little while I asked her if I could have a go. As we worked, I told Annie about how I sometimes used to help mum paint her miniatures, which was really the opposite of what we were doing – all about tiny little strokes rather than big sweeping gestures – but was similarly relaxing.

At one point, Milo started talking about his school, how he was looking forward to going back but found the maths lessons hard. Except he said 'math', without the 's'. I was very good at maths, so I asked him what it was he found difficult, and we talked about it for a while.

'It's good, you talk to him like he's an adult,' Annie said. 'Most people don't do that.'

A little while later, when we had each finished the slice of wood we were working on, she said to Milo, 'I think it's time to cut your hair, little legs.'

She got out some tiny scissors and started hacking away at his curls. I watched, and the thought of feeling air on my neck was such an enticing one that I asked her whether she would cut mine, too.

'Certainly,' she said, and finishing with Milo she came and sat behind me with the scissors.

'Just a trim today, madam?'

'No,' I said, 'up to here,' and indicated just below my ears.

'Are you sure?' she said. 'It looks like you've been growing it for years.'

She was right, I had. I nodded. Annie cut slowly and carefully, and it was half an hour later when she came round to inspect me from the front, head tilted in a critical manner.

'OK, I think that's as neat as I can make it. I think you look rather like . . . who was that old movie star? The one with the dark bob?'

She offered to get a mirror so I could see what I looked like but I said, no, I didn't need to. I felt a stone lighter, and kept stroking my newly exposed neck, a part of my body that hadn't seen the daylight for decades.

The problem with having all this time and no Internet is that unhelpful thoughts float into one's head. I don't just mean what happened yesterday in the forest; smaller matters, too.

This afternoon, after the haircut, I was in my usual position under Annie's canopy when, out of nowhere, I remembered something Tess once said about Adrian. It was after that time she told me I was sad and pathetic, and she was trying to make it up to me, being nice and saying how lucky she was to have me and how perfect I was for the job. 'Adrian isn't stupid,' she said. 'He did his research well.'

I didn't really think much of it at the time, but today, lying on my mattress, that memory linked up with another one, like the way that bubbles used to rise up and merge in my lava lamp. It was about my meeting with Adrian by the hospital. I was thinking again what a coincidence it was that, out of all the places in London, he asked to meet somewhere so familiar to me, and the revelation that his wife had also had MS. And then it occurred to me that perhaps it wasn't really a coincidence after all.

You see, two years ago, when mum could still use her hands, I suggested to her that she should get involved with the forum on an MS website. This was after I had started contributing to the Carers section and I thought it might be good for her to communicate with others in the same predicament. She was quite active on the forum for about six months, until it became uncomfortable to type, and on it she mentioned appointments at the Royal Free. I posted on the site's *In Memoriam* board when she died: nothing fancy, just the bare facts of her death along with a note that she was *the best mother who ever lived.*

The site was public, so Adrian could, in theory, have found it, if he had Googled me. The thought came to me that perhaps the reason he asked to meet at the Royal Free was because of the connection with mum. To remind me of her illness and the general misery of the artificial prolonging of her life, in order to increase the likelihood of me being sympathetic to the idea of someone wanting to take control of their own death.

Of course, I reasoned, the location could have been pure coincidence, as I'd previously assumed. But even if it wasn't – if he had indeed done his research – did it matter? You could say it didn't reflect negatively on Adrian: that, in fact, it demonstrated his commitment to

Tess and the cause, since he wanted to do all he could to ensure that I would help her. And I was almost certain it hadn't affected the outcome of the meeting, either. I had considered the proposition with independent thought. Even if he had put the idea to me in, say, a wine bar, I think I would have agreed to take on the job. So the fact that he might have been more calculating than he appeared did not actually alter the course of events, did it?

I was also thinking today about the horoscope moment with Connor. How it changed things, and whether it would have happened if I hadn't found the original emails between him and Tess.

Through what Connor had said, I had built up a picture of what had happened between them. They had had a short relationship sometime between 2001 and 2002: she had ended it, and he had been devastated. But it still bothered me that I couldn't find any evidence of the relationship in Tess's files. I felt I needed it in front of me. Every time Connor gave me a new clue in an email, I would follow it up, searching through my notes.

The breakthrough came two weeks after Connor first got in touch. He made a passing jokey comment about being *a former Renegade Master*, and the odd phrase rang a bell. I did a search in Tess's file and found it in a folder named 'Unimportant men': short-lived email correspondence, mostly from her old Hotmail account, with men that either Tess couldn't remember or claimed were of no importance. 'Just some bloke. Not worth spending any time over, honestly.'

Renegademaster72@yahoo.com was the address. There

weren't that many emails between them, eighteen in all, which was explained by the fact that the affair took place mostly over the summer. At that time Tess did not have a desk job and was painting backdrops for festivals, so they'd have been mainly texting instead. And this was before Facebook, of course.

So, now I had more details of their relationship. They met at the party in Brixton – did you get a nosebleed going south of the river? he wrote in his first email – and he had been crazy about her, it was clear. Even though his emails were not 'love letters' as such, and he was trying to be casual, you could tell how much thought had gone into even the briefest of messages, how carefully selected the jokes and links he sent her were, and how quickly he responded to her emails.

Tess's emails to him were much more dashed-off, as was her style, but at first, she responded in kind to Connor's larkiness. She would come back with a joke or link of her own and would make an effort to be flirtatious.

As the weeks went on, however, you could trace the drain of interest, the same pattern as in so many of her other relationships. She started to make less of an effort, to take a few days to reply, to not acknowledge his jokes. It made him look a bit foolish.

This was illustrated by one rather bizarre exchange. On Monday 17th June 2002, at 10.13 a.m., Connor wrote a one line email to Tess:

I want to lick your armpits.

Tess replied,

I haven't shaved them for five days.

Connor wrote back:

All the better. I want every bit of you I can get. Any toenail clippings going spare? xxxx

Tess had not replied to that for fifteen hours, and then when she did it was just an *Ugh.* No kisses.

Another difference was that before, in their early flirting days, their habit was not to give each other a straight answer to questions – everything had to be at a sort of 'angle' to the point, witty or whimsical. As Tess's interest ebbed, however, she became more and more to the point. And she was, I thought, quite unfair to him.

For example: at the beginning, Connor had tried to organize things for them to do when they saw each other, until Tess had told him in no uncertain terms that she disliked plans, preferring to be 'spontaneous' (which is rather ironic, considering our project). But then, in one email he wrote of his excitement at seeing her that evening and added, in a fanciful and high-spirited manner, The world is our oyster, Heddy. Shall we get smashed in Claridges? Hop on a train to Brighton? In other words, he was doing exactly what she wanted, being adventurous and spontaneous. But she wouldn't play along. Her brief reply stated that she didn't know how she was going to feel that evening.

Towards the end, in late July 2002, she wasn't even bothering to reply to his messages, and it was clear that he sensed something was wrong.

Was something worrying you last night? You were a bit quiet.

In reply, she wrote:

We need to have a chat.

That was the last in their exchange.

Reading the emails, I felt that Tess had not behaved very nicely towards Connor, and felt a little sorry for him. And it was perhaps that which led to what happened with the horoscopes.

As I've mentioned before, I had one strict rule with my Tess work. Whatever I did or said as Tess had to be something that *she* would do or say, to the best of my knowledge of her character. And, as I've also mentioned before, part of her character was a belief in all sorts of mumbo-jumbo. Sometimes it was just a phase she went through, like homeopathy and reiki – even, for seven months, Christianity, after she attended something called the Alpha Course at a church in west London. But she retained a constant, infuriating faith in horoscopes. Not so much the daily predictions in newspapers – although she did read those – but the notion that our personality traits are somehow predestined by the stars.

Often when we were talking, I'd ask her to describe someone and she'd say something like, 'Oh, you know, he was just a typical Leo,' as if a) I knew what 'a typical Leo' was and b) that meant anything at all. I tried once to challenge her on it and explain why it was nonsense, and that I thought that this assignment of character traits was an abdication of responsibility for a person's own actions. She didn't take it well. She was in a low mood that day, and told me I could fuck right off.

So, one day, three weeks after we began corresponding, Connor told me about a conversation he had had the evening before at a drinks party for a colleague who was leaving his law practice. He was talking to the wife of another colleague who was, I quote, *three sheets to the wind*

– which means drunk – and she told him a long story about how her eldest daughter had wanted to marry her boyfriend and because she was an amateur astrologer, she decided she would do the couple's 'chart'. Apparently the man's sign was a bad match for the daughter's, and she had advised her daughter not to marry. The daughter had told her not to be so stupid, and had gone ahead anyway and, lo and behold, the couple were divorced within six months.

In reply, I wrote:

What a silly cow.

Connor's reply:

Has the leopard changed its spots? I thought you loved that stuff. You were always telling me that I was, if I remember rightly, 'unspontaneous and stodgy', because I was a Taurean.

At that point, I could have got away with it. I could have fudged it and said what I meant by the remark was that the woman didn't know what she was doing, and those signs were actually perfectly compatible, or something along those lines. But I didn't.

Well, I've seen the light, I wrote back.

After a moment's hesitation I pressed Send, feeling a surge of anxiety mixed with excitement. By knowingly making Tess do something that she would probably not have done in real life, I had broken the one big rule I had for my job. It felt rather like going back in a time machine and interfering with the past – except, of course, it was the present.

When Connor's reply came seven minutes later, however, my worries evaporated.

Aw Heddy, he wrote – that was his nickname for Tess, I never found out where it came from – that makes me happy. Don't get cross, but that was always something I had to bite my tongue over with you. I always thought it was a load of old bollocks. Welcome to the rational world!

Seeing the word 'rational' gave me a thrill; it seemed further confirmation of the rightness of my decision. I wrote back, as Tess would,

Oi, don't push it!

But it was as if I had broken a seal. From then on I began to put more of myself into the correspondence.

I don't want to overstate this. It wasn't that I suddenly abandoned Tess and started responding as myself. I didn't do anything that would alert suspicion. At that stage, there was just the occasional moment when, if it were fitting, I would respond to him more as myself than as Tess. It was only minor things and, like I say, it was mostly what I left out: her irrationality, her 'mysticism'. I replied promptly to his emails, rather than leaving it for hours or days, like she did. I answered his questions. I didn't go on and on about feelings and dreams.

Sometimes, I had to improvise when Connor asked me a question I didn't have the answer to. For instance, he was initially quite keen on reminiscing about the past when he and Tess were together. Do you remember that man with the kitten on Dean Street? And I would say Of course, even though it was quite likely that Tess wouldn't have.

Occasionally he'd ask trickier questions, such as Did you really mean what you said about those Hampton

Court photos? And I would have no idea what he was talking about, and whether the original comment had been bad or good. In those instances I would deflect the question.

He also had a tendency to tell stories or make observations about his children, and use these as a springboard to ask me questions about my childhood. For instance, he told a story about how his daughter Maya had asked him whether he had liked being five years old, and how he couldn't remember anything about being that age, and then he'd ask me what my memories of being five were.

Unless I definitely knew Tess's answer to this, I would answer as myself, adapting details when necessary. For instance, I substituted Kentish Town High Street for Dulwich, where Tess had lived with her family from the ages of three to eleven. It was quite interesting to consider my past like that. I hadn't done so before. I didn't even talk about those things with mum. She and I talked a lot, but mostly about little things, arrangements or school or what was on the TV. We didn't really discuss past events; because we had both been there, I suppose, and there was no need.

The time difference helped me a lot here. By the time Tess woke up in Sointula it was 4.30 p.m. in London, and there would be at least three or four emails sent by Connor during the day. She would then respond to them promptly. But, of course, since I could see Connor's emails as soon as he sent them I had time to do any research and formulate my replies before 'Tess' woke up and I pressed Send. I found myself sleeping less and less during the day, unable to resist checking Tess's inbox.

I was concerned at first that I would say something that contradicted what Connor knew about Tess. But it quickly became apparent that he had little knowledge of her background. Either they had never discussed it, or he had forgotten. For instance, he thought she had a sister rather than a brother, and had grown up in Greenwich, not Dulwich. After that, I felt I had licence to be freer, since a) it was clear that he did not know Tess that well, b) even if he had asked her the same questions eight years ago, it's unlikely he would remember the answers and c) Tess was known to be mutable and change her story, and have a bad memory herself.

And, after all, they had last seen each other nine years ago. Naturally, she would have changed over such a period. I think that essentially we're not the same people as we were nine years ago: all our cells have been renewed, let alone our attitudes and experiences of the world. Locke's Sock, it's called. It's a discussion I've had with people on Red Pill, and I actually brought it up with Connor one evening, when we were talking about what age children's memories start forming. He seemed very interested in what I had to say on the matter, and responded in an intelligent, considered way.

That was the thing, you see. Connor and I had much more in common than he and Tess ever did. We were like-minded. As a lawyer, he had to keep a level head, examine things in forensic detail, identify weaknesses, follow arguments to their logical conclusion. He couldn't let himself be clouded by emotion. And once I became a little less Tess-like and a little more myself, I found that the tone of his emails changed. It was like he relaxed, and didn't feel that he had to work so hard. As if he had taken off a tight suit and put on some tracksuit bottoms. His tone became more straightforward and intimate.

Only occasionally did I remember the age difference between us. Connor made occasional references to TV programmes and songs from the Eighties – *Bagpuss*, for instance, or Spandau Ballet – which I would have to Google. But then, I had to Google the references of my own generation, so I was used to that.

In contrast to the other emails Tess sent and received, which were mostly exchanges of information, ours hardly ever had practical, boring things in them. Instead, we wrote about thoughts and observations. Often, the emails would be just a few lines long, like we were having a conversation next to each other. They could be silly or profound. In one he described how that morning on the way to work he had seen a tramp cry on the street near London Bridge, and how awful that made him feel. Or he might send me a poem he had made up when bored in court that morning. There once was a Q.C. from Hull, Who had a tendency to mull . . . .

Sometimes, when he knew I was online, he'd switch over to IM and fire a series of one-line questions at me, on seemingly random topics: Twix or Snickers? Is it OK to have no interest in contemporary dance? Because I had no time to process his messages and prepare my answers, those sessions were rather challenging, but the speed required was exhilarating too. I had never had that kind of exchange with anyone, and enjoyed using those new muscles.

The thing I found most interesting about it all was there was no wrong answer. Connor seemed to find everything I said funny or wise, as if he was clicking 'Like' next to every response.

I should point out that I wasn't neglecting other aspects of Tess's life as a result of such frequent contact with Connor. I answered the emails that came in, updated Facebook. I played pre-recorded messages to the answerphones of her mum every few weeks and her friend Susie on her birthday. I spent three hours researching contemporary sculpture in order to form an educated but sarcastic opinion about a new artist Isobel was considering investing in. I continued to spend a large chunk of time each day working out her plot lines and revising areas of her life I wasn't so good on.

After Connor, the correspondent I spent most time on was Tess's friend Shona. Shona was an old school friend of Tess's, married with a fifteen-month-old baby called Rufus. She had thin blonde hair and a sharp nose, and her profile picture showed her gazing down at Rufus in the manner of an old religious painting. To look at her profile, you'd think she was loving being a mother, but her messages to Tess told a different story. She was, she wrote, *in mourning for the old me*. She said there was a conspiracy that being a mother was fulfilling, and that if she could go back to her single life, when she could walk out the door whenever she liked, she would do so at the drop of a hat. Tess taking off to Sointula had started to obsess her – *you're living my fantasy* – and for the first few weeks she wrote almost daily, complaining about being stuck indoors with the baby and asking for details about what Tess was up to. It seemed to me like she was torturing herself, like someone starving asking for a vivid description of a meal. So, for Shona, I had to not only think of new and interesting things to tell her about Sointula but also console her over her anguish about being a mother, which, as you can appreciate, was not my forte. I discovered a website forum for parents and studied their responses. It's always hell for the first few years, I wrote. Soon, he'll be his own little person who you can talk to and then it'll all seem worthwhile.

I was diligently providing progress reports to Adrian, or 'Ava', through Facebook. After that initial *hey there* contact we had settled into a semi-regular exchange of messages. Well, it was regular on my side, not so much on his. Twice a week I would send him an outline of what Tess was up to, a list of what communication she had had with friends and family and any new plans I had made for her future. His responses were much more haphazard. Sometimes he wouldn't reply at all to these reports, or I'd get one a few days later: Good work! You sound like you've got it all in hand. I knew you were the woman for the job. His messages often had a rushed feel: sometimes, his spelling and punctuation were sloppy. He was, I knew, a very busy man and I didn't resent these irregular and sketchy replies, but I was pleased on the rare occasions when he had obviously had more time to consider his response. In those messages, he would pick up on things I had said and ask further questions, as if he was really interested. For example, if I had mentioned that Tess had gone horse riding at the weekend, he might ask what colour her horse was and whether they had gone over any jumps during the ride.

And then sometimes, he wouldn't seem bothered at all about Tess and instead ask me about how *I* was doing, how I was 'bearing up', with what felt like real interest and concern. Then, I would be reminded of our real-life meeting on the Heath: it was the electronic equivalent of those moments of eye contact when he fixed on my face in a way I'd never had before, even from mum. I'm fine, I would reply. More than fine. Happy. Yes, I'm enjoying the work very much.

Anyway, as I was saying: all things considered, those first six weeks of Project Tess were not very taxing. It's surprising how little people actually need from someone they don't see. Even Shona's messages started tailing off after a few weeks, and those who were initially keen to talk on Skype, like Simon, gave up after I made a few excuses. No one bothered to ask three times. I probably could have got away with just a few status updates each week.

Even so, I admit I was concerned about the amount of time I was spending on Connor. I knew that the more extensively I corresponded with him, the less likely it was that I was doing what Tess would have been doing. After all, Tess had been the one to end their relationship, and she had thought the whole affair so unimportant that she hadn't even mentioned it to me. Furthermore, apart from her first ever boyfriend, Michael 'Bootsy' Collingwood, she didn't believe in remaining friends with 'old flames', as she called them. 'Never go back', was her view. So, it was quite likely that she would not have been receptive to Connor re-establishing contact. She may have exchanged a few polite messages, but it was doubtful she would have spent as much time emailing him as I did.

It was for this reason that I didn't mention Connor in my reports to Adrian; although he was officially a correspondent of Tess's, it was as if he was more part of my life in London than hers in Sointula. And it was by that same token that I decided that it was time to give Tess her own boyfriend.

You see, rather than sitting at home writing to Connor she would most likely have been out exploring the island and meeting new people. And it seemed to me to be quite possible that during that time she would have met a new man. Tess seemed to meet men everywhere; she was often approached in public by aspirant suitors. Once one came up to her as she was leaving a tube carriage and gave her the book he was reading, called *The Alchemist*, with his phone number written inside. And when she worked in the clothes shop and the art gallery, nearly every day a customer would ask her out: the attention seemed entirely routine and unremarkable to her.

So, it had always been on the agenda for Tess to find a boyfriend, and I had pencilled it in for three months after she arrived on the island. In the circumstances, however, I decided to bring the event forward a month. I informed Adrian of the development in my next message. Good idea, about time too! he replied. And who is the lucky gentleman?

I had already roughly sketched out the character of

Wes Provost. Canadian, thirty-three years old – Tess liked younger men. His looks I modelled on a builder called Mike, who for one summer worked on the house next door to us in Leverton Street. He had thick, short forearms and oddly red lips, like a girl. After he found out my name, every time he saw me he used to sing, 'You knock me off my feet', which mum said was a line from a famous song called 'Layla'. I pointed out to Mike that my name and the song title were not spelt the same way, but he kept on singing it.

Mike's van was always getting parking tickets and I'd hear him get upset when he discovered them. So, when he was up on the scaffolding, I'd watch from the window and, when the traffic warden put one under his windscreen wiper, I'd rush out and take the ticket and push it down the drain in the road before he saw it. I also took some photos of him on my phone, without him seeing, and I did this thing on my computer where I made the pictures into a montage and had the song playing in the background, like a pop video. It was just for me, I didn't post it on YouTube or anything.

At the end of the summer, when Mike was taking the scaffolding down, I told him what I'd done with the parking tickets: there had been five I'd disposed of for him. I suppose it was my way of telling him that I felt the same way about him that he felt about me. I was expecting him to be pleased, but his face went pale, and, just for a moment, scrunched up. Then he smiled weakly and said, 'Thanks, very good of you.' He didn't sing the song the next time he saw me, and left the street without saying goodbye.

Anyway, I only used Mike's looks for Wes; the rest of his character I made up. I was getting better at being imaginative. Wes worked on the whale-watching boats with Roger, Leonora's boyfriend. That's how he and Tess met. He had lived on the mainland in a place called Edmonton before moving to Sointula with his girlfriend four years previously, wanting to be closer to nature. The relationship hadn't worked out and she had left to go back to Edmonton, but Wes had liked the island and stayed put, going into business with Roger. In his spare time he liked listening to soundtracks from musicals and cooking, especially pies. He drank only white wine because red gave him migraines. On their first date, he and Tess went for a glass of ginger beer at the Waterside Cafe and since then had seen each other three times. At first Tess was worried he was 'too' good natured – everything I do or say is 'great!' – but liked him more and more the better she got to know him.

There would need to be a photo. Tess's friend Simon, in particular, would insist on seeing one. Pic needed was his standard response when, in the past, Tess had emailed him about a man. I looked in case I had kept any of those photos of Mike, but then remembered I had deleted them that day he left without saying goodbye. Anyway, they depicted him as a scaffolder in London, whereas Wes worked on boats in Canada, so they wouldn't do.

I realized I would have to use a photo of a different man. I thought I'd find a suitable one on Flickr and spent an evening compiling a shortlist of candidates, but I couldn't shake the worry that because it was in the public domain one of Tess's friends might chance across the photo. The risk was small, it's true, but there nonetheless. Much more preferable would be to take a photograph myself, because then I could be in control.

It was then that I thought of Jonty. The chances that anyone Tess knew would bump into him in the street and recognize him were very slight (I checked his Facebook friends, but there was no connection with anyone Tess knew). He was fifteen years younger than them and had only just arrived in London. He moved in entirely different circles to Tess's friends, many of whom were married or in long-term relationships with children and lived in affluent London suburbs. Most of Tess's friends rarely went out, and when they did it was to the cinema or to Pilates classes, or to big group lunches in a pub at which, according to the emails sent afterwards, someone would always leave behind some item of baby clothing or not pay their share of the bill. When Jonty went out with people from his college, they went to kebab restaurants in Dalston or moved between sports bars in central London according to their happy hours.

Besides, even if by any chance someone did run into him in London and thought he looked familiar, Occam's Razor said that they wouldn't think it was Wes; who, after all, was in Sointula. Even if they approached Jonty and asked if he was Wes, he would of course have no idea what they were talking about. So, the very worst that could happen was a message to Tess from one of them saying that they had seen someone who looked quite like her new boyfriend.

With Jonty I'd be freer to pose the picture as I wanted it, to be Photoshopped onto a Sointula background later, and I would have the opportunity to use him again if need be. At twenty-six, he was slightly too young for Wes, but I decided that the photo I'd take would show him with sunglasses on, like Connor's had, which would help to obscure his face. He was not as good looking as the men Tess usually went out with, but I figured that this was quite appropriate. After all, there would be a much smaller pool of men to choose from on Sointula, and him being ordinary looking was indicative of her new, less shallow approach to life, going for what was inside rather than appearance.

Once I decided to use Jonty, I wanted to get the photos done as soon as possible. But ironically, the one time I actually wanted him to be around, he wasn't, and I had to wait for a day and a half before he returned to the flat. It was a Sunday afternoon, and he told me that a party to celebrate St George's Day on the Friday had, I quote, 'turned into a bit of a bender'. He and his friends seemed to view even the most obscure occasion as an excuse to get drunk. I waited until he had got back in his room and had put on his music before knocking on his door. It was the first time I had approached him since he had moved in, and he looked surprised when he answered.

'Oh, hello!'

I was in turn taken aback, because he was just wearing his underwear. His chest was thick with blond hairs. I averted my eyes and glanced around his room. I hadn't seen it since he had moved in, and he had transformed what was a featureless box into what I can only describe as a disgusting dump. It wasn't like the mess in Tess's room, where you could tell that, despite the disarray, her possessions were of good quality; this was a standard, cheap mess. The walls were papered in photographs of him and his friends and pictures cut from magazines. There was a big poster of a cat wearing sunglasses, and one for a band called The Stone Roses. There was no cover on his duvet, and a couple of big holes in the wall where the plaster had been gouged out.

Jonty saw me looking at the wall and explained that he had tried to put up a shelf but it had fallen down because the walls were so soft.

'I'm going to sort it out,' he said. 'Sorry sorry sorry.'

I told him I didn't mind, which I didn't, and then cleared my throat and said that due to the fact that it was a pleasant day, I had decided to go for a walk and wondered if he cared to join me. He looked even more surprised, and far more delighted than was warranted by the request.

'Yes, yes,' he said. 'Let's go to the beach!'

'What beach?'

'The one on the Thames I told you about. It's only five minutes away.'

I couldn't remember him talking about a beach, and thought he must be mistaken, but I nodded.

'It's quite sunny,' I said. 'Perhaps you should bring some sunglasses.'

'Of course,' he said. 'Never go anywhere without them.'

So far, so good.

On his suggestion, we stopped at Londis to buy a 'picnic'. I picked up a bag of crisps and a Ribena but he bought a whole basket of things, little tubs of olives and spreads, a baguette and some cans of beer. He greeted the man behind the counter as if he knew him. When we left the shop, he whispered, 'Have you noticed that Manu puts white wine vinegar in the fridge, beside the Chardonnay?'

Then he led me down a side street in the direction away from Tesco, which I hadn't been down before. We passed a pub with a sign outside reading: *Tonight: Live Singer Clive Stevens.* Quite soon our surroundings became prettier, the road turning from tarmac into cobbles and the houses from new red brick into older, crooked white buildings. Jonty kept up a running commentary about the history of Rotherhithe, which he seemed to have researched.

Within minutes we were at the river. I had no idea it was so near to the flat; as mentioned, my knowledge of Rotherhithe was limited to the tube, Tesco Extra and Albion Street. There was a path running alongside the river, and you could see Tower Bridge and the tall buildings of the city in the distance. It was quite nice.

And Jonty was right – below the footpath was a beach, accessed by a rickety looking ladder. The beach was small and pebbly, and there was a fair amount of junk washed up, plastic bottles and the like, but it was a beach nonetheless.

I had planned to take Jonty's picture with the sky as background, but then I had a new thought: the beach could stand in for the one in Sointula. That was pebbly, too. If I took a close-up of him, cutting out the surroundings, then I would hardly need to use Photoshop at all.

I was pleased by this unforeseen and fortuitous development, but kept my excitement to myself. First, we climbed down the ladder and sat on the stones to have our picnic. It occurred to me that this was my first meal alone with a man, and I had been slightly concerned about what we would talk about. But I needn't have worried. Jonty cheerfully chatted away, about the history of the area, about pirates and whaling boats.

'Imagine all the things that have gone on right here, on this beach,' he said. 'It's mental.'

I said that I didn't really think about things like that, and I couldn't see the appeal of history. He reacted to this with exaggerated surprise.

'But aren't you interested in how you fit in?' he said.

'I've never thought about it,' I said, but was distracted just then by the memory of something that Tess had once told me: that she had attended a party at a flat overlooking the Thames, got drunk and climbed down into the mud of the riverbank, ruining her dress. I looked at the flats lining the water, the rows of empty little balconies, and wondered if it was one of them. I imagined her standing on the railings, her arms outstretched, like that scene in *Titanic*, ignoring the entreaties of her friends to come back inside.

Jonty had started talking about his acting classes, telling me how they had done an exercise in which they had all gone to London Zoo, picked an animal to study and then had to spend an entire afternoon acting like that animal, in front of everyone. He had chosen to be a monkey.

'I mean, it's pretty obvious but what else would I be?' he said. He then told a story about how there was this 'amazingly fit' girl in his class and word had got round she was going to be a gazelle. On the day of the performance, no less than four of the men in the group chose to be lions, and spent the afternoon prowling around after her.

It was a fairly amusing story, and I filed it away to tell Connor that evening. I'd attribute the story to Leonora, who had once been an aspiring actress.

'Are you any good at acting?' I asked.

He laughed. 'Not very. I seem unable to be anything but myself, which isn't ideal. But I got a call back for an ad for an insurance company. They're after, I quote, "a gormless bloke". I can do that. So that's exciting.'

I pointed out that it was ironic that he had left the insurance industry for acting and now he might appear in an advert for it.

'I never thought of it like that,' he said. 'But yeah, maybe I'm a hypocritical twat.' He didn't sound too upset by the prospect. 'What about you? What do you do in your room all day?'

I had prepared for this question, and told him that I was writing a film script.

'Cor!' he said, eyes wide. 'What's it about?'

'A love story,' I said.

He gave a big sigh and lay down on the pebbles. It must have hurt his back.

'Don't talk to me about love. I'm totally hopeless. I just get obsessed and then they think I'm a freak. I keep on falling for girls when they just want a bit of fun.'

By then I had finished my crisps, but Jonty was still munching French bread – he had a habit of assembling each mouthful so it contained a bit of each topping he had brought, leaning on his elbows to construct a small tower of cheese and ham and spread. I tried to hide my impatience, but the moment he stopped chewing I took out my phone and asked him if I could take a picture.

He readily agreed – 'as long as you send it to me' – and leant back in a relaxed pose. He had, however, taken his sunglasses off whilst we were eating, so I suggested he put them back on again.

'Yeah, may as well try and hide the hangover.'

As he put them on I casually moved aside the picnic, so the English packaging wasn't visible, and took a picture from above so only the beach was in the background. Then he insisted on taking a photo of me, which I let him do so he didn't think the whole thing was too odd.

Afterwards, we walked back to the flat. Jonty seemed sincerely delighted with our little trip. 'It's good to hang out,' he said. I let him hug me, trying not to show how much I disliked it.

Back in my room, I prepared the picture – I was right, it only needed a tiny bit of Photoshop – and drafted emails to Justine, Shona and Simon. OK, so, I've met a bloke . . . Marion I would also tell but later, and in more formal language.

Justine wrote back immediately. I don't fucking believe it. Or, rather, I do, but it's SO UNFAIR! I haven't had a sniff for two years, and you pull before you've even unpacked your washbag.

Simon, meanwhile, replied in his usual blunt manner. Fairly cute, but I need to see him without the glasses. Eyes = windows to the soul, and all that.

I didn't take much notice of this at the time. Simon was my least favourite of Tess's friends. Whilst everyone else seemed happy to take what Tess said at face value, Simon seemed to see it as his role to challenge everything, as if he knew Tess better than she did. Obviously, I like people who think about things and take issue with stupidity but he didn't do it in an intelligent way; rather, it was his default reaction to everything. He was also very shallow, only interested in socializing with the 'cool' people and judging others purely on what they were wearing. He did this even when they were supposed friends of his and Tess's, like Joy, whom he disapproved of for still wearing bootcut jeans. Describing a night out to Tess, he said that the club wasn't as glamorous as he hoped, full of suburbanites and size twelves. He had nine hundred and thirty Facebook friends and his updates were meaningless and annoying, links to songs that he demanded everyone listen to right that second, or just updates of where he was – *Vauxhall. Home. Berlin* – as if the world was hanging on details of his whereabouts.

But his comment lodged in my head, because it chimed with something that had been bothering me somewhat about Connor: I didn't really know what he looked like. In the only picture I had of him, the one in the park, he too was wearing sunglasses. I didn't think I'd be able to spot him in a crowd. I had a sudden, intense desire to see his face.

It then occurred to me that, actually, seeing Connor in the flesh would be a perfectly simple thing to arrange, and not in the least risky. I knew where he worked, at a solicitors' called Asquith and Partners in Temple. I knew vaguely what he looked like. And, from our emails, I had a pretty good idea of his daily routine.

My plan, then, was to go past his office at lunchtime, on a day I knew he was there and not in court, and wait for him to come out to get some lunch. I would then be able to get a good look at him. I rationalized it: after all, it could only aid my work for Tess to have a thorough knowledge of one of her correspondents. All the information I could gather on Connor was pertinent to my job.

That evening in our emails I asked him what he was doing the next day, whether he was going to be in court. He replied that he was stuck in the office, working on a particularly dull case. He asked me what I was doing, and I told him that I had a double session with Natalie, the girl I was tutoring, because she was preparing for a scholarship exam for an art school in Vancouver.

The next day I woke at noon, having slept through my 11 a.m. alarm, and didn't have time to pick up my washing from the launderette, so put on the same tracksuit bottoms and T-shirt I had worn the previous day. My outfit didn't really matter, I thought: after all, Connor was not going to know who I was; he might not even notice me. I left the tube at Temple and my Google map directed me off a main road down an old passageway, not much wider than myself, at the end of which I emerged into a space which, had I been the kind of person to gasp aloud, might well have made me do so. It had the appearance of a secret, magical city. The streets were cobbled and the buildings ancient: there was a beautiful church made from stone the colour of Werther's Originals. There were almost no cars or signs of contemporary life – it wouldn't have looked out of place in a Harry Potter film. It was quiet and peaceful, and everyone I saw seemed to be wearing a dark suit, as if there had been a sign advising a dress code which I missed on the way in. It was hard to believe that this place was actually in London, and I remember feeling a moment of regret that mum had never taken me to places like this, that we'd spent all of our time in the house.

It took a while to find the offices of Asquith and Partners, which were housed in a wonky, narrow building. Beside the black door was a plaque with half a dozen names on it. Connor's wasn't on there, but I knew that he wasn't yet a partner in the firm, so perhaps that was why. There was a little park opposite, and I sat down on a bench to wait.

It was 12.50 p.m. when I arrived. I presumed that Connor would be coming out for lunch at some point between 1 p.m. and 2 p.m., but of course I couldn't be sure. I had with me a free newspaper which I had picked up on the tube, and so pretended to read that whilst I kept an eye on the door.

Inconveniently, the park bench faced away from Connor's office, so I had to keep twisting round. Although I had of course thoroughly examined his photograph, I was concerned I might miss him, because men in suits look quite similar. Besides, I didn't know when that photograph he sent me was taken, and I reasoned he could have cut his hair or changed weight since then.

But as it turned out I did recognize him, instantly. It was 1.17 p.m., and I was half-reading a newspaper article about a teenager who was stabbed to death, when the door opened and there he was.

I wasn't prepared for the effect of seeing Connor in the flesh. I felt almost dizzy, my heart pounding; when I stood up, my legs seemed boneless. I think it was the subterfuge of it, as much as anything; I remember something of the same feeling from watching Mike from behind the curtain on Leverton Street.

He was with another, older man, both in suits. They appeared to be in the middle of a conversation and headed up the street together. Connor had his hands in his trouser pockets; the older man produced a cigarette and lit it as they walked.

My legs still feeble, I started to follow them, picking up pace until I was about ten metres behind. I reminded myself that there was no way Connor could know who I was. Obviously, I could mostly just see the back of his head. His hair looked different from the photo; now it was wet-looking and slicked back. Occasionally he would turn to say something to the man beside him and

I would catch a glimpse of his profile, but from that position it was impossible to get a good look at his eyes.

I wondered whether the other man was his colleague Colin, whom he mentioned often in his emails. Colin was, Connor said, a 'good bloke' but had a tendency to be pedantic and dull, and Connor enjoyed winding him up. He had never mentioned that Colin smoked, however, and he didn't seem to find this man boring. Indeed, Connor was laughing quite hard at something Colin said. From the glimpses I got when he turned his head, his eyes crinkled up when he smiled.

It sounds odd, I know, but when I saw them laughing together I felt a pang of discontent that he was finding someone else amusing and engaging. He had told me that writing to me was the highlight of his day, and so I suppose I expected to see him looking more miserable than he was. But almost as soon as the thought entered my head, I reprimanded myself for being unreasonable. I should be happy that he was enjoying his working environment and the company of his colleague.

The men walked along the street for a hundred metres or so before turning off into a smaller, cobbled road. They stopped at a cafe. It must have sold very good sandwiches, because the queue snaked out of the door. Connor and the other man joined the back of it. I hesitated, and during my inaction a woman got in behind them. I quickly moved to take the place behind her.

It was actually a good thing that I wasn't directly behind Connor. My heart was still pounding so loudly I felt like everyone in the queue could hear it. There was an odd, hollow feeling in my stomach, not quite the same as being hungry but close.

Even with the woman between us I was near enough to make out some of the conversation between Connor and his colleague. They seemed to be talking about a footballer who had performed badly the previous evening: 'What a joker,' Connor said, 'I can't believe he missed that penalty.' 'Schoolboy error,' his friend agreed.

At that proximity I could smell a lemony fragrance which seemed to come from Connor, and noticed that he had a patch of thinning hair, the size of a Wagon Wheel. The back of his neck was newly shaved, and I had a bizarre, fleeting urge to touch the skin there. I looked at his ears, which stuck out just like they did in the photograph, and thought of how, if I stepped forward, I could whisper things in them that would give him the shock of his life. Private things that he had told me in emails. He had confessed that when he was a teenager he had had a crush on the singer of a pop group, and even now the word 'T'Pau' made him shiver. I could have whispered that. I could have told him what he was thinking about in court the day before, during that hearing for the Polish shoplifter: about an article he had read in *GQ* magazine about an explorer in the Antarctic who had to eat emperor penguins to survive.

Of course, I didn't actually say any of those things. The queue inched forward into the shop, where heaps of sandwich fillings lay congealing under a glass counter. I wondered which Connor would choose, and decided on something fishy: he had told me he was jealous of all the fresh seafood available on Sointula. I couldn't help a quick smile when his turn came and he asked for crab mayonnaise on a white baguette. That he would accompany the sandwich with cheese and onion crisps I knew almost as a certainty, as he had confided in me during some of the 'ironically trivial' banter we had exchanged that he was worried he was actually addicted to them, and felt ill if he didn't have a packet a day.

What didn't occur to me, however, was that it would soon be my turn to be asked for my order by the brisk man behind the counter. I was caught unawares, and said the first thing that came into my mind: a packet of cheese and onion crisps.

It was only when the man asked me for 50p in return that it struck me that I hadn't brought any money out with me. However, I remembered there were often some coins in the lining of my coat that had slipped through the holes in the pockets, so I ran my fingers over the material in order to feel if there were any hiding there. I found some promising hard discs, but then had to work them through the lining to get them out, and ended up ripping the hole a bit bigger to allow easier access.

I was so absorbed in the task I only faintly registered a loud sigh from the server man, and his 'Yes, mate?' as he went on to take the order from the person behind me. After a minute or so, I had rescued five coins from my coat lining. Laying them out on the glass counter, I saw that they only added up to thirty-eight pence.

By now the man had started serving the people behind me in the queue, leaving the bag of crisps beside the coins on the counter. I was counting the money again when an amazing thing happened: Connor stepped forward. He and his colleague had been standing to one side, waiting for a sandwich to be toasted, and he must have observed my fumbling. He placed a ten-pence piece and a two-pence piece on the counter beside my coins.

'There you go,' he said, and gave me a wonderful smile. I stared at him. His eyes were light blue, and they almost disappeared when he smiled. Then the man behind the counter handed his colleague his sandwich in a white paper bag, and Connor turned to leave the shop with him.

I was tempted to follow them back to the office, but I was feeling so churned up I turned the other way and walked down the cobbled street, trying to calm down. I couldn't even eat my crisps. I wandered around for twenty minutes or so. Then I sat down on a kerb and logged onto Tess's Gmail account from my phone.

I felt a great need to see an email from Connor. I wanted to see if he mentioned the encounter he had just had with me in the cafe. The first time I logged on there was no new email from him, but then, twenty minutes later, there it was. However, all it contained was a link to a clip on YouTube, with the message: I think she looks rather like you. No mention of the incident at lunch. Although mildly disappointed, I concluded that he must practise these small acts of kindness all the time: for him it wasn't even worth mentioning.

When I got home I clicked on the YouTube link. It was a music video of a singer performing a complicated, mesmerizing dance alongside lots of people in brightly coloured leotards. 'One, two, three, four, tell me that you love me more,' she sang. The woman had some similarities to Tess – thin, with dark eyes and a fringe – but she wasn't quite as attractive.

I think I'm prettier, I replied.

Goes without saying, wrote Connor.

It's 5.20 a.m., and my battery icon is flashing red. The tent is still zipped up but I can tell it's growing light; the canvas is brightening and the birds are starting their manic chatter. I just saw a shape scurry past, which made me jump, but I presume it's just one of the dogs, or Milo going to the lavatory. I hope. Good night.

Monday, 22nd August 2011

I told Annie about mum this evening. I didn't intend to, and what concerns me is less the possible consequences – I don't think she'll tell anyone – than the fact I let it slip. I think I might have been under the influence of drugs. Not that I took any myself, of course, but everyone around me did, and the air was thick with sweet smoke which it was impossible to avoid ingesting and may have resulted in a weakening of my faculties.

What happened was this. At around 3.30 p.m. I was woken by Annie, who informed me that it was time to start preparations for the 'Full Moon Feast'. I ascertained that whenever there was a full moon, the commune residents cooked and ate a meal together, and everyone was expected to 'muck in'. I explained to her that I was unaware of this custom and would not be participating, but she said, 'Oh shuddup, come on you,' and I ended up getting off my mattress and following her and the children to the main clearing.

Outside the big tipi a temporary kitchen had been set up, with some rusty, rudimentary cooking apparatus and buckets of vegetables on trestle tables. Some of the residents were milling about, chopping and carting things and generally expending more energy than they had done all week. I recognized most of them now from my enquiries: Davide with the tiny shorts; Johanna, the German with silver studs on her eyebrows; Maria, who had thick multicoloured knots in her hair with rings around them, like fingers; the French man with the terrible spots. Deirdre, who was one of the few people on the commune who wasn't thin – rather, tall and thickset, like a fridge – appeared to be in charge of proceedings, and announced we were making a vegetable stew. I was shown a bucket and assigned to cut up the carrots, along with Annie and Milo and Bandit, a slight Spanish man.

Once started, I found that I rather enjoyed the chopping. I concentrated on cutting the discs identically, each one approximately a centimetre thick. These I arranged like those chips they have in casinos, ten to a column. The repetitive, methodical nature of the work made my thoughts drift, and I started remembering lunches at Granny Margaret's. Mum and I visited her three times a year, on Boxing Day, Easter Sunday and her birthday, and she always served tinned carrots. It was the only time I ever ate vegetables. Mum said it was a pretty good deal; after all, most parents made their children eat vegetables every day.

I don't know why we called her Granny Margaret; it wasn't as if I had another grandmother to distinguish her from. She lived in sheltered housing in Kent and always had the heating right up, even at Easter. When mum started to be intolerant of the high temperatures, she refused to turn it down. 'We all have our ailments,' she said, as if her rheumatism was equivalent to mum's

MS. She had lived in Elm Tree Court for as long as I could remember, since my Granddad Geoffrey died in 1994, but she still seemed annoyed to be there. She was always complaining about the staff not doing things right, and the other residents being too old. She also thought everyone was trying to take advantage of her and rip her off; even her own daughter. Mum would bring tins of biscuits and a bottle of Bailey's Irish Cream and Granny Margaret would examine them suspiciously, sniffing the bottle and putting on her glasses to read the ingredients, as if hoping to find poison listed on there. Then she'd serve up a horrible meal, like a dry chicken breast, and always with these disgusting, mushy little rounds of carrot.

I could never think of anything to say to her, and she didn't have much interest in me either, even on her birthday when, on mum's suggestion, I gave her a DVD compilation I'd made of the best moments of *Bargain Hunt.* The only time she had perked up was in 2007 when we thought I might go to college; when mum mentioned it, she asked when I would be leaving and questioned mum about the dimensions of my bedroom and whether this big, ugly wardrobe she had would fit in. On the train back, mum explained that Granny Margaret thought that after Granddad's heart attack, mum should have asked her to come and live in Leverton Street, even though she had visited once and knew that we only had two bedrooms. She thought that mum had made a mistake by not getting married, because then mum would have a bigger house. She was a bit 'old-fashioned' about the fact my father wasn't around.

The next visit, when she found out we had decided against college, she was even grumpier than usual. When I went for a third biscuit she pulled the tin out of reach, and announced I was too fat. 'You over-indulge her,' she said to mum, as if I wasn't there. 'A big, weird child. You're never going to find someone to take her off your hands.' Mum's usual way of dealing with her was to be polite, but that time she got angry and said that she never wanted me to be 'taken off her hands' and that if by 'over-indulgence' she meant letting me be my own person and showing me love, then she would continue to do so, thank you very much.

When it got to the point when mum was unable to get down to Kent to visit, there was no question of Granny Margaret coming up to London. She didn't even come to the funeral. Instead, she sent me a note to read out at the service. *My daughter Susan was a good child who had a range of hobbies and interests. Although her adult life did not entirely fulfil the promise of her youth, she endured setbacks with resilience and made the most of the circumstances in which she found herself.* Needless to say, I didn't read it out.

I was so immersed in my thoughts that my chopping had slowed right down, to the point where my knife just rested on the carrot. My reverie was broken by Deirdre putting her hand on my shoulder.

'Maybe hurry things up a bit, yeah?'

I looked around and saw that everyone else had finished and big metal urns were already steaming away over the fire. I quickened my pace and finished the supply of carrots. Whilst the stew was cooking everyone hung around, sitting on the floor and smoking their tiny cigarettes, which needed to be re-lit every few minutes. Annie had gone back to the van to change the baby, so I sat down next to the old man with white chest hair and floppy hat who I had talked to on my second day. On his other side were a couple who I couldn't immediately identify in the flickering firelight.

'Hey, how you doing,' the man said, and then turned to the couple. 'You know, she took a taxi all the way from the airport.'

This is apparently how I am known here. The male half of the couple asked, 'How much did that cost you?'

When I told him, and he had done the usual sucked-in breath, hand-waving reaction to the amount, the man said to his female friend, 'There was that woman last year who got a taxi to Granada, do you remember?'

I hadn't been paying much attention, but at this I snapped alert, remembering the email Tess received not long after check-out, from her friend Jennifer claiming – mistakenly, I had thought – to have spotted her at the Alhambra in Granada.

'When was this?' I asked.

August, they said.

I showed them Tess's picture, and they conferred and said that yes, it could have been her.

It was the most definite response I had got so far to my enquiries. On further questioning the couple said that they had been at the commune for two months the previous summer, and were sure she had been here when they arrived. A few days after they had arrived she had gone to Granada, then returned to the commune, where she stayed for another week or so before leaving.

To where, they didn't know. She had camped alone, as I had guessed. I would have thought that she would have kept herself to herself, but apparently not: she was quite sociable, they said, and had often joined others in the communal area.

I asked what the woman had talked about.

'She didn't speak much,' the man said. 'She was quiet.'

'She said she liked my necklace,' the woman said.

'How did she seem?' I asked.

The woman shrugged. 'She was shanti,' which, it transpired, meant 'calm and happy' in hippy speak. Then, she said, 'I remember. Her name was Joan.'

Because of her accent, I misheard the name as 'John'.

'But that's a boy's name.'

'No, no,' she said. 'J-O-A-N.'

Joan, as you might remember, was the name of Tess's cat, the one who disappeared. It could have been a coincidence, and I tried not to get too excited. Besides, even if this 'Joan' was Tess, I was still no closer to finding out what happened to her. Nonetheless, this was by far the most positive identification, and I felt content that my suspicion she had come to the commune could be proved right.

The couple turned back to talk to each other, and I gazed into the fire. I've always liked fires; I used to make them in the back garden of Leverton Street when I got home from school. Here, potatoes were baking in the outskirts, and I watched their skins wrinkle and blacken. There were now a lot of people gathered around, waiting for the food, and loud chatter in various languages rose above the ever-present sound of bongos and guitars. One man had brought out a long stick that made a rude noise when he blew into it.

When the stew was finally ready, people massed greedily around the pots, clutching tin plates that they seemed to have provided themselves. No one had mentioned that we had to bring our own plates, and of course I didn't have one, but Annie had brought me one of her spares from the van. I waited until the queue had thinned out and then went up and asked the man serving for a tiny portion of stew and took three pieces of heavy white bread. I sat down beside Annie and Milo and was just about to start eating when Deirdre made this noise, a kind of 'Ommmm'. Everyone else replied, 'Ommmmm,' and then there was a cry: 'Thanks for the food!'

I had intended to eat quickly and go back to my tent but I found myself remaining seated after I had finished. To my surprise, I found I was quite enjoying myself. As night fell lots of people had put on hoodies, like me, and I felt more similar to them compared to the daytime when they had their brown flesh on display. I remember looking around at all the people there, hoods up and faces illuminated by firelight as they chatted away to each other, and thinking that they all looked nice. More than that: at that moment I had this sense that they were not just random strange foreign people but that we were all part of a group, like a tribe resting the night before a long trek or battle. The children were running around, feeding bits of stew to the dogs – who, I noticed, quietly spat them out again. The moon was bright and low in the sky, and stars were twinkling like they were sending me messages in Morse code. Someone kept throwing orange peel onto the fire, which made a lovely smell, and there was another sweet, acrid odour, too. Once I started noticing, it seemed like everyone was smoking except me – even Annie accepted a drag of a cigarette, and I saw Bandit showing his admiring neighbour a stick of something strongly scented that looked like green candyfloss.

Sitting beside me was an oldish woman called Esme, who had tiny plaits in her grey hair and a completely flat chest. She was engaged in an animated discussion with the man crouched in front of her about the pros and cons of running vehicles on vegetable oil. On my other side, Annie was talking to Synth, a dreadlocked woman around the same age who had also bought her children with her to the commune. I tuned in to their conversation. Annie was telling her about her furniture, and how she wanted to start making it with bamboo. Synth asked her where she was planning to source it.

'China,' replied Annie,

'Are you happy with that?' said Synth.

'Well,' said Annie. 'It's a very sustainable material.'

Synth shook her head, and then launched into some speech, most of which was drowned out because the man had started blowing his rude stick again. When he paused for breath, I heard Synth say, '. . . and the pandas?'

Annie laughed.

'Oh, I think there's enough bamboo to go round. Aren't there only about eight pandas left, anyway?'

At this, Synth got even more animated, her long bony hands slicing the air as she spoke. 'They're not helped by China exporting all the bamboo. They need to eat tonnes of it each day.'

Annie's expression was the closest to cross as I had seen it, her cheeks flushed red. I leant forward, raising my voice so Synth could hear.

'What's wrong with letting pandas die out?'

Synth and Annie both turned to look at me.

'What do you mean?' said Synth.

'Extinction is a part of life on earth. And if pandas are inefficient and ill-equipped to deal with life, then we should let them die out. Especially if they're an obstacle to more important species. We shouldn't be sentimental. We should only save things that are worth saving.'

Now it was Synth's turn to be annoyed. 'That's a ridiculous thing to say, and—'

She was cut off by the arrival of Bianca, the tiny, shaven-headed woman who had accosted me on my second day. She crouched down in front of me and started to speak quietly. I couldn't hear over the crackle of the fire so had to lean closer and closer until my cheek was almost next to hers before I could hear that she was still talking about the toilet and why I should use the proper place.

'I can't believe you're still going on about that!' I replied. 'I've dealt with enough shit in my life, OK, and I don't want to see yours.' And then, to clarify, I added, even more loudly, 'I had to wipe my mum's bottom.'

I think I was as surprised as Bianca at my outburst. As I say, I think I had become intoxicated by the drug smoke around me. At the time, though, it felt good to speak like that. Bianca gave me a funny look and moved to speak to Esme, and I turned my attention back to Annie and Synth. Synth was still rabbiting on, and I caught the word 'karma'. What this was in connection with I didn't know, but the word triggered something in me and again I felt compelled to intervene.

'Karma doesn't exist,' I said.

Again, Annie and Synth looked over. Synth said, this time in a measured voice, 'I don't mean to be rude and you're entitled to your opinion, but really, how old are you? What do you know?'

'It's' – I tried to think of the word Tess would use – 'bollocks. Bollocks. Life isn't fair. There isn't this kindly force rewarding you for good deeds. My mum was a good person who had never done anything wrong, and she got MS.'

Annie put her arm around my shoulders. I didn't shrug her off.

'Oh you poor thing. That's very tough.'

Then Synth started talking again, tapping on Annie's back to get her attention. Annie turned back to her, still keeping her arm around me, and I listened to them resume their conversation without really hearing the words. I looked at the other people around the fire, everyone yapping away, and now it didn't feel like we were all in it together; instead, it seemed to me that no one really cared what anyone else was saying. They pretended to, but really they just wanted to transmit and not receive. What would it take, I thought, for them to be genuinely interested in what I had to say?

I squeezed Annie's knee hard, so that she turned to me. Synth's face contorted with annoyance at the interruption.

'I killed my mum,' I said, in a low voice.

Annie's arm suddenly felt very heavy across my shoulders.

'What do you mean?' she said, quietly.

'I killed her. With morphine.'

She was silent. The hiss of the fire was deafening, the other voices miles away. Then I lifted her arm from my shoulder, stood up and went back to the tent.

Ten minutes later, Annie came back. I heard the sounds of her putting Milo and the baby to bed in the van, and then her footsteps approaching the tent. She knelt down and unzipped the door.

'Do you want to talk?' she said.

'OK,' I replied, and proceeded to tell her everything. From the first time mum fell over, that Saturday night in 2002, as she was carrying the foot spa full of warm water over from the kitchen. The expressions on people's faces on Kentish Town High Street when we went past, moving out of the way because they thought she was drunk, and how I would run after them and inform them that that wasn't the case. The nappies. The hoist. Her useless, dead-bird hands in her lap.

Annie asked me about that final night. I explained how difficult it was to stockpile the morphine, because the nurses kept a strict eye on it, so I had devised a plan. The nurses had given us a laminated sheet of emoticons, from smiling to miserable, which they called a pain scale. When they arrived in the morning and asked how she had been during the night, I told them that she had indicated she was at the highest level of discomfort on the pain scale, even when she hadn't. They then prescribed an appropriate amount of morphine that would go straight into the drip attached to her arm. Later, when they left, I would unscrew the drip and skim a small amount of morphine off the top, and put it in a bottle in the fridge. The bottle was from a head-lice treatment that I had bought from the chemist and washed out, and I told Penny that I had a persistent lice problem, so she wouldn't go near the bottle – a bonus was that she also kept her distance from me.

I kept on skimming off the morphine until I had a fair amount. Then, on a Saturday night – that was important, because the nurses didn't come in on Sundays – I administered the extra morphine slowly, over the course of twenty-four hours. Mum went into a coma and died. On the Monday morning, I waited for the nurses to come in and they rang the doctor. The death certificate cited the cause of death as complications arising from MS.

Which, I added to Annie, wasn't strictly untrue.

Annie asked whether mum had explicitly asked me to give her the morphine.

'No,' I said. 'By then, she couldn't speak.'

'Had she mentioned euthanasia in the past?'

'No,' I said. 'We didn't talk about things like that.'

'So how do you know it's what she wanted?'

I replied that I just knew. I could tell from the look in her eyes.

Annie nodded slowly, her face still and grave, and then gave my arm a squeeze.

'I'd best get back.'

She zipped the tent door back up and got to her feet, and I listened to the sound of her footsteps and the clunk of the van door as she slid it shut.

I don't want to give the impression that I was neglecting Tess because of my frequent communication with Connor. That wasn't the case at all. It's true, however, that it didn't take much work to keep her life running smoothly. After the initial flurry of activity upon arrival in Sointula, she had settled into the new apartment and her job teaching Natalie. Her small group of acquaintances had been established. With practice, writing and reacting as Tess had become much easier and now I barely had to think before pressing 'send' on messages. The bulk of my work consisted of responding to news about her friends' lives on Facebook.

Most people, it seemed, were self-centred – even with someone as popular as Tess, it was a case of 'out of sight, out of mind'. After a few weeks, even her closest friends had stopped showing an interest in her life – genuine interest, I mean, rather than a token 'How's it going?' tacked onto an essay of volunteered information about themselves. When I posted the first photo of Tess in Sointula on Facebook, it received sixty-seven 'likes'; one I posted a month later got a paltry two.

I felt slightly aggrieved that so much of my careful preparation was going to waste – clearly, no one was going to ask why the Finns chose to settle in Sointula, or what Natalie had drawn that day, or what mark Tess had received in her GCSE history (a B). It did, however, make my job easier, and allowed me to devote more time to Connor.

For me, something had changed after the incident in the sandwich shop. I started to think about him in a different way. And it was not long afterwards – five or six days – when he wrote something that made me think that his feelings had also shifted up a gear.

First, I should explain that we had been emailing about *The Princess Bride*. Connor had asked what books I had liked as a child, because his daughter Maya was starting to learn to read and he was wondering what to buy her. I mentioned *The Princess Bride*, omitting the fact that it still was my favourite book. The next day, at the end of an otherwise innocuous email about a gig he had been to the previous evening, he wrote:

Hey, and remember – kiss me first.

Kiss me first. The phrase meant nothing to me, and it was nowhere in Tess's emails and files. Google told me that it was the name of an Italian film about lovers who were separated and spent their lives yearning for each other. The film was released in 2003, around the same time that Connor and Tess were seeing each other, which made it a plausible origin for the phrase.

But Connor had not capitalized the words, which I was sure he would have done if it were a reference to a title of a film. Like me, he was punctilious about such things.

The most likely option, then, was that it was a private joke, a reference to something that one of them had said to the other when they had been together. And, I thought, it couldn't be a coincidence that he had introduced it so soon after our conversation about *The Princess Bride* and that it had the same number of words and syllables as the phrase, 'As you wish.'

If you're unfamiliar with *The Princess Bride,* 'As you wish' is what the hero, Westley, says to Princess Buttercup as code for 'I love you.'

As you wish. Kiss me first. I love you.

I don't normally jump to conclusions, but in this instance the inference seemed clear.

The next step was to consider how I felt about this development. That didn't take long: the fact that Connor loved me made me feel very happy, and my instinct was to respond in kind.

However, I suspected it was irrational, if not impossible, to be 'in love' with someone you'd never actually met. I did some research, cross-referencing various def-initions of the emotion with my feelings for Connor, and was pleased to discover the existence of what was described as a sort of 'pre-love' state, called limerance:

A cognitive and emotional state of being attached to or even obsessed with another person, typically experienced involuntarily and characterized by a strong desire for reciprocation of one's feelings.

This description tallied with my feelings, and I concluded that I was in limerance with Connor.

I decided that the best course of action – what Tess would have done – was to not acknowledge the declaration immediately. So, Connor and I continued emailing as normal, and it was not until four days later, at the end of an email describing that day's painting session with Natalie, that I signed off in kind:

kiss me first xxx

His reply:

! xxx

In his next message, he abbreviated the phrase to *k.m.f.* I followed suit, and from then on we both signed off all our emails like that, our own private code. *K.m.f.*

So, it was official. I began to apply myself to being in limerance. One of the symptoms I found was a desire to associate myself with the things he liked, to feel closer to him in lieu of his actual presence. Although his emails had already provided me with a certain amount of information on his tastes and interests – I was by that point eating three packets of cheese and onion crisps a day, and had read up on snowboarding and photog-raphy, his two principal hobbies – I was greedy for more. I instigated a whimsical email game in which we both compared our likes and dislikes of ten years ago, when we last saw each other, to now, in order to show how we'd changed. I was rather proud of this idea, since not only would it provide information on him, but also give me an opportunity to establish how Tess had changed since he had last seen her. How she was, in effect, a different person.

Connor sent me his lists first, along with explanatory notes.

2002 –

Film: *Scarface*

Book: *Mr Nice* (yes, I know. I'm being honest, OK?)

Music: Eminem

2011 –

Film: *Lost in Translation*
Book: *The Master and Margarita* (it took me eight years to get round to reading it but you were right, it's amazing).
Music: the XX

My turn. Selection for the 'old' Tess of 2002 was easy: I had lists of relevant information compiled from our conversations and receipts for her purchases.

Film: *Three Colours Blue*
Book: *Norwegian Wood* by Haruki Murakami
Music: Bach's Six Suites for Unaccompanied Cello

For the 'new' Tess of 2011, I decided, after some deliberation, on a combination of her tastes, mine – and Connor's.

Film: *Lord of the Rings: Fellowship of the Ring*
Book: *Anna Karenina*
Music: the XX (snap!)

That night, I downloaded the album of our new favourite band, the XX, and listened to it three times over. As far as music went, it was quite nice. I also got *Scarface* and *Lost in Translation* and watched them both. *Scarface* was awful, horribly violent, and I was glad it was no longer Connor's favourite film. *Lost in Translation* was better, although nothing really happened and I didn't really understand the point of it. But it was, as far as I could see, about two people who liked each other, which was pleasing. Also in the interests of understanding Connor better, the following afternoon I spent some time in the toiletry aisle at Tesco sniffing the different aftershaves in an attempt to identify the lemony one I smelt on him in the sandwich shop. Eventually a man told me off for opening the packages, but I found one that smelt quite similar, bought it and put it on my wrist every day.

We continued writing to each other. One of the things that surprised me was how easy it all was. At school, the girls were always talking about 'the rules', what to say and how to act to get a boy to like you. 'Don't call back. Don't be too keen.' But with Connor everything that I said seemed to be the right thing, and seemed to make him like me more.

Then, two weeks after Connor's initial kiss me first, something happened that temporarily diverted my attention from him.

I had, by that point, left three messages on Marion's answerphone – all the variations on 'Sorry to miss you, I'm doing fine' that Tess and I had recorded. After the last, she had sent an email.

Darling, you know I have book group on Wednesday, do try to call at some other time. I keep trying your mobile but it's always off. Have you got your landline installed yet? We really must speak.

I felt both annoyed and vindicated. I had, after all, voiced my suspicions to both Tess and Adrian that Marion would not be satisfied with just answer-machine messages and would require greater contact. I didn't, however, feel panicked, as I might have done had this happened in the early stages of the project. It seemed like a minor hiccup, rather than a disaster, and one that could be resolved with ingenuity.

I listened again to one of the taped conversations with Tess, to see if it was feasible for me to amend my voice to pass as hers. It was not. My voice was much higher, my accent not so 'posh', and I discovered I was not a natural mimic: in fact, my attempts were laughable. Even when I spoke very quietly, to replicate the effects of Marion's deafness, and added the crackling sound effects of a bad long-distance line, I did not think it would pass.

Listening to the recordings of our late-night conversations put me into an unexpectedly sad and pensive mood, and it was a while before I could re-focus on the matter in hand. It then occurred to me that there might be a way of using the recordings. After all, I had hours of Tess's speech recorded, all the raw material one could need, and it was possible there was software that enabled one to form new sentences from individual words and sounds.

Some investigation on Google revealed that such a thing did indeed exist: a voice-changing program with a virtual audio device. The process involved importing Tess's voice into the program, recording my own voice, and then comparing the two, making adjustments using the equalizer and noise reduction. When the two were comparable, my words would be translated into Tess's when I spoke via the computer's microphone.

This was an exciting development, and I put everything else aside for the afternoon. After downloading a pirate copy of the software I imported several hours of Tess's speech, which was quite a fiddly job. Then I did a practice run, slowly reading out the nearest thing I had to hand – a takeaway menu leaflet from the restaurant downstairs – and recording the results onto the Dictaphone. It was not a success. The occasional simple word – 'rice', 'naan', 'prawn' – was passable, but the vast majority did not sound like Tess, and the whole thing had a tinny, electronic quality that could not be explained by a long-distance phone line.

Over the following hours I repeated the process over and over again, adjusting the equalizers to find the right combination of pitch, intonation and timbre. With each recording, I added some lines I thought would be likely to crop up in my phone conversation with Marion: 'Succulent lamb in a thick, creamy, spicy sauce. Yeah, mum, it was the best decision I ever made. Chicken cooked in butter and topped with almonds. How is dad getting on with the new carer? That's amazing your necklace was featured in *Harper's Bazaar*.'

Eventually, I had something I thought might sound vaguely convincing as Tess, but by that point it was hard to be objective, and it seemed best to test out the imitation before using it on Marion. First, to make sure I didn't sound like myself, I phoned Rashida. She and I had not spoken for some time, but she was still the person who knew me best, after mum. I dialled her mobile, having first taken the precaution of shielding my number, and hoped she hadn't changed it since we last spoke. Sure enough, she answered.

'Hi, it's me,' I said, through the software.

'Who?'

'Me! You know – me!'

'I'm sorry, but . . .'

'Do you really not recognize me?' I said.

'Is this Kerry?' she said.

'I think I have the wrong number,' I said, satisfied, and hung up.

Next came the real test: someone who knew Tess. After careful consideration, I chose a friend of hers, Shell, who had recently announced the birth of her first child on Facebook. As well as there being a legitimate reason for Tess to get in touch, Shell's status updates constantly referred to how busy she was, so I thought she would be happy to have a short chat.

A woman answered, her voice weary.

'Yeah, hi?'

'Shell, it's me!'

'Who?'

'It's me! Congratulations about Ludo.'

'Yeah, thanks. Sorry, who is this?'

I didn't want to lead her by giving Tess's name, but I decided a clue was allowed.

'I'm sorry it's taken me so long to get in touch,' I said. 'It's been a bit crazy, settling down over here.' When she didn't reply, I added, 'And then there's the time difference and everything.'

'Oh my God,' said Shell, finally. 'Is that *Tess*?'

I smiled to myself. Shell and I exchanged a few more pleasantries before I pretended my phone was running out of batteries and hung up.

Finally, I felt ready for Marion. Compared to that first

time I left a recorded message on her answerphone, I felt calm and confident, even though this was a far riskier endeavour. I called at 6.20 p.m. GMT. My hand was steady as I dialled her home number. She answered in five rings. Her voice was loud and clear like Tess's, but with a trace of an accent.

'Hello?'

'Mum, it's me.'

'Tess? Is that you?'

'Sorry, this line's terrible.'

'Tess, it's been two months. What's going on over there?'

'Oh, I'm so happy, mum. This was the best decision I ever took.'

'Yes. Well. I'm glad, of course. I got your pictures. Your flat looks quite nice. Did you get that chaise longue in the end?'

'Yes. How's dad?'

There was a pause. 'Not good. He's becoming very distressed. Tess, I don't think I can cope.'

'Oh dear.'

'Are you all right? You sound odd.'

'Oh no, I'm so happy.'

Another pause. 'He asked after you a few times. Where you had gone. Not recently, but at the beginning, when you left. Will you speak to him?'

Before I could say anything, I heard the sound of Marion's footsteps, presumably moving towards Jonathan. This was not in the plan, and I was about to hang up when it occurred to me: Jonathan had advanced Alzheimer's. He couldn't even remember the names of his children, let alone what their voices sound like. I stayed on the line.

I heard Marion saying something in a low voice to Jonathan, and then the sound of him clearing his throat as he took the receiver.

'Dad?'

For some seconds there was no reply, just breathing. Then, 'Hello?'

His voice was wary and tremulous, as if this was the first time he had spoken into a phone.

'Dad, it's me. Tess. Your daughter.'

Another long pause. Then, 'They keep on moving my chair.'

'It's Tess.'

'I don't care who you are. Would you be so very kind as to tell the cunt to stop moving my chair?'

From a meek beginning the tone of his voice had quickly escalated in volume and fury: the 'c' word was spat out. It was clear that Jonathan realizing I wasn't his daughter would not be an issue. He lapsed into silence again, and I heard, in the background, the sound of someone sobbing.

Just as I was about to hang up, Marion came back on the line. If it had been her crying, which it surely was, there was no longer any trace of it in her voice.

'Who are you?' she said to me, loudly and distinctly.

I immediately hung up, my heart thumping so hard it felt like it would leave a bruise on my chest.

It took some moments – hours, really – before I was in a state to process what had just occurred. I kept on replaying Marion's 'Who are you?' in my head. Although her tone had been plain and flat, it went round and round in my head to all sorts of different rhythms and emphases. WHO are you ? Who are YOU? Who ARE you?

Obviously, the most logical explanation was that the comment was directed at someone else in the room. Perhaps a new care assistant had just walked through the door, unannounced. Or maybe she aimed the comment in a non-literal sense at Jonathan, a rhetorical question about where the husband she had known had gone. But if either of those was the case, surely her tone would have been distant.

After spending some hours thinking it all over, I decided it was time to ask Adrian for advice.

As mentioned before, I was proud of the fact that I'd never asked anything of Adrian with regards to Project Tess. I wanted him to think me capable and strong and that he had made the right decision in choosing me for the job – besides, up until that point it really had been quite straightforward. Now, however, it was time. I wanted reassurance that this turn of events would not de-rail the project, and told what action to take. I wrote Ava Root a message on Facebook outlining the phone call and requesting a meeting so we could discuss the incident.

He did not reply – for two, then five, then twelve difficult hours. I concluded that I had no choice but to try and reach him on his Red Pill email. Mindful of his ban on openly discussing Project Tess, my message simply stated that I needed to see him urgently.

Three hours later, I got a reply: Is this really urgent?

That was odd, I thought, as the fact that it indeed was urgent was pretty much the entirety of my message.

I repeated that it was. He replied telling me that he would be at a shopping centre called Westfield the next day, and I could meet him there at 1 p.m.

I had thought I was quite familiar with shopping centres but this place, Westfield, was nothing like the ones I had been to. Stepping off the tube at Shepherd's Bush the next day I joined a mass of people flooding towards a complex so vast and shiny it made Brent Cross look like a shabby corner shop. The scale was hard to grasp: the ceiling seemed a mile high and the shops never-ending, constructed out of acres of gleaming glass. It was not just the size of the place that was overwhelming, but also the sheer number of people. They all seemed to be young, too. At Brent Cross, there were lots of women like mum: older ladies in purple rainproof coats walking slowly. Here, everyone seemed to be my age or younger, the girls heavily made-up and – I suppose – fashionably dressed, as if they were going to a party rather than buying a new pair of tights or whatever it was they were here to get. A girl who stopped beside me to answer her phone had eyelashes so weirdly thick and long she could barely keep her eyes open.

I, of course, was not made-up or smartly dressed. I had considered putting on the same outfit as I'd worn during that first meeting on the Heath, but had found a smear of melted cheese down the top and, anyway, felt that now Adrian and I were close friends I didn't need to dress up. So I was wearing my normal uniform of hoodie and tracksuit bottoms.

As I walked through the shopping centre looking for Boots (where Adrian had said we should meet), with all these thin girls darting around me, I started to feel an old sensation coming back, one which I hadn't had for a long time: being conscious of the fact that I was different. Not that I cared, but I was aware of it. It was like I was back to being Leila, when in recent months, especially when I had been talking to Connor, I hadn't felt like that: not like someone different exactly, just not like my old self.

I was determined not to let these feelings distract me from the task in hand. After ten minutes of wandering around I asked several people where Boots was but my enquiry was met only with shrugs, so I had no option but to continue along the gleaming precinct hoping I'd chance upon it.

And then, about twenty metres ahead of me, I saw a man emerge from a shop. I recognized the shirt first – it was the same blue corduroy one he wore in his podcasts and for our meeting on the Heath. He was carrying a red plastic bag with the words Tie Rack on.

Adrian walked swiftly and I worried he would be swallowed up by the crowd, so I stumbled after him calling his name. At first he didn't hear and continued walking, and it was only when I caught up with him and laid a hand on his shoulder that he turned, an expression of annoyed surprise on his face. When he saw it was me, he rearranged his features into a half-smile.

'Hey there,' he said.

'I couldn't find Boots,' I said.

'I haven't got long,' he said. 'Let's find somewhere

to sit, shall we?' He started off walking, me behind him. I noticed for the first time that his body was an odd shape: his shoulders narrow and sloping under his shirt, his hips large and almost womanly. He looked as out of place as I did amongst all the darting, sleek young people. The atrium was noisy with chatter and all the benches were occupied, so we stood instead, a few metres from a stall at which a young man was leaning back in a chair having something done to his face by a woman brandishing a piece of thread. I couldn't work out what was happening, but whatever it was it seemed a very odd thing to do in a public place.

Adrian didn't seem to notice.

'So. Tess. There's a problem?'

'Yes, I told you,' I said. 'With Marion, her mother.' I explained the situation with the phone call all over again, and as I was speaking noticed that Adrian's gaze didn't rest on me, as it did on the Heath that day, but rather flitted around the atrium and, once, glanced down at the watch on his left wrist. His face, too, looked different: that day I remember his cheeks were pink and glowing, but now his skin appeared ashy and coarse. Even his chinos seemed creased and grubby.

So marked was his change in demeanour, I felt somewhat thrown off course, and when he peered into his plastic bag, as if to check the contents hadn't escaped, I broke off from my account and asked whether he was OK.

'What?' he said, as if he couldn't believe what I was saying.

I faltered. 'Um, is everything all right with you?'

'Yes, of course,' he said. 'Extremely fine. Now, I do only have a few minutes, I'm afraid . . .'

I quickly finished describing the phone call, feeling somewhat perturbed at his manner. Perhaps for that reason, I ended my account with a comment aimed at him: '. . . I told you so.'

Adrian's eyes finally met mine and he said, quite slowly, 'What was that?'

'I told you this was going to happen,' I said, 'at the beginning of the project. I said I was sure that Marion would want to talk to Tess on the phone at some point, and that that would present a problem.'

Adrian nodded, looking off over my shoulder towards the woman in her booth.

'If you felt such misgivings about the project,' he said, 'why did you embark upon it?'

I opened my mouth to reply, but no words emerged.

'Did I not teach you to think independently?' he continued.

'Yes, but . . .' I said, hearing my voice waver. 'You assured me it was going to be all right. So did Tess.'

At this, Adrian gave a short laugh. 'Have you brought this up with her, too?'

'No I can't, because she's . . .' I started to say, before realizing that this was Adrian's idea of a joke.

He looked at his watch again. 'I really do have to go. Look, Leila, I trust you to take whatever course of action you think best. You know the situation and the people involved better than anyone, and you're a clever girl.'

He held out his hand for me to shake. 'I trust you,

Leila,' he repeated. 'And by the way, your contribution to the Does Luck Exist debate last week was first rate.'

I hadn't contributed to that thread on the site and opened my mouth to tell him so, but then closed it again.

'So, farewell,' he said, and started walking off into the crowd.

After a moment, I called after him. He turned, impatiently.

'Yes?'

'How did you and Tess meet?'

He frowned. 'Why do you ask?'

'I'm just curious,' I said.

'She came to one of my lectures in New York,' he said, after a moment. 'Summer of – what was it now? – 2004, I believe. The subject was Nurture not Nature. I think she found it rather inspirational. She asked a lot of questions during the talk, and then approached me in the foyer afterwards. We stayed in touch.'

Then he lifted his hand and disappeared into the crowd.

But as I knew full well, Tess had never been to New York. 'Embarrassing, isn't it,' she had said on Skype one evening. 'I kept meaning to go but then for whatever reason it didn't happen.' She told me about a dinner-party game her friends played in which everyone had to name something they hadn't done that they thought everyone else would have, and said she always won with not having been to New York.

'I would have been good at that game,' I had said.

'Yeah?' she replied.

'Yes,' I said. 'I've never been kissed.'

She laughed, thinking it was a joke.

Anyway. I could only presume that Adrian had made a mistake and confused Tess with someone else. But even taking that element out of the equation, our meeting had not been a success. On the long tube journey home I went over everything that had occurred since that first meeting on the Heath, but just couldn't account for his change in attitude towards me. He had seemed pleased with my progress reports; everything had gone smoothly up until now and this was the first time I had asked him for help.

The only possible conclusion was that something else was troubling him, unconnected to me or the project, something so all-consuming that it prevented him from focusing. This was, of course, a matter of concern, but I felt that my immediate priority was to address the Marion problem.

It didn't, in fact, take too long to decide on a course of action: after all, my options were limited. Ceasing contact altogether would be unwise – it would only fan her suspicions – yet another phone call was, of course, out of the question. It would have to be an email. The only sensible way of dealing with the 'Who are you?', I decided, was to ignore it and instead make a bold 'grand gesture' that I knew would please Marion, in the hope that her surprise and delight would replace any lingering suspicion.

This is what I drafted when I got home that day:

Dear mum

I'm still feeling a bit shaky after that phone call on Tuesday. Sorry I hung up, I was just really shocked to hear dad in that state. I had thought that episode in France last summer with the cheese was pretty bad, but had no idea it could get so much worse. It's hard being so far away and not being able to do anything or help you out.

I really admire the way you're dealing with this. I know I've never said that before, and I'm ashamed I haven't. It took coming here to really see things clearly and I regret the years we spent in conflict. It was almost always my fault – that incident at Harrod's aside! – and I think I knew that at the time, which is why I was so defensive and angry with you. Anyway, I just want to say that I think you've been an amazing mother to me and I admire you greatly as a person, too. I can only hope I'll be as strong as you when I'm your age – and as beautiful, too.

I can't remember if I mentioned it but I'm seeing this great therapist here, Trish. She's really helping me get to the bottom of myself – a fascinating process, if sometimes scary. Yesterday I was telling her all about dad and you and the phone call, and how bad I felt about everything, and she suggested I write it all down – this is it! – and then have a period of time by myself, to reflect and embark upon the healing process. So I hope you don't mind if we don't speak for a while. I know I'll be a better person at the end of it – someone fit to be your daughter.

Tess x

I had barely pressed 'send' when a whole new tricky situation presented itself: this time, with Connor.

In an email, comprised of amusing but inconsequential details about his day, he asked with a deceptively casual p.s. what my plans were for the following weekend.

None so far, I replied. Combination of walking on the beach, trying to finish *A Suitable Boy* and drinking gallons of rooibos tea with Leonora, I expect.

Him: How about a combination of walking around an exciting new city, four hour lunches and drinking espresso martinis with me?

Me: What u on about, sport?

Him: I'm being sent to the Toronto office for a few days. Fortuitous, or what?

At first, I thought I had a failsafe get-out.

Aw, lovely thought, but I am S.K.I.N.T. You do realize that Toronto is about two thousand miles from Vancouver, right? Don't think I'll be able to fit in the however many hours of art lessons necessary to earn the plane fare before next Friday.

His reply:

I'll pay.

I thought quickly.

Fuck, you know what? Just remembered I promised to visit Sheila. This old lady I met on the ferry over. She's disabled and I said I'd go over and spend Sunday with her.

Him: Rearrange?

Me: She's disabled, dude! Stuck at home, no visitors, such a sad, sweet lady.

Him: Well, if she's disabled she'll still be there the next weekend, won't she? She'll understand. Come and run around Toronto with me. A few days of classy debauchery.

Me: I've given up drinking.

Him: Well, we'll have Lucozade then. Wheatgrass milkshakes. Whatever! Come on, Heddy, we can't pass this up. This is our opportunity. It's usually Richard who gets to go but he's on paternity leave. It's not going to happen again. It's fate, don't you see?

In my reply I decided on a variation on the approach I took with Marion, just a few hours earlier.

OK, straight up. I can't see you. Please understand. I told you a bit about what's been going on with me, and why I had to leave London. I feel like I'm getting better, but I'm still not there yet. Yes, I associate seeing you with happy times but it was also a tricky period in my life. I was doing too much gak, being lairy, going mental . . . all these things that I have to avoid now for my life's sake. I think that if I see you they'll all come flooding back, and then that'll be me gone, all the good work undone. I'll be jumping on the ferry to Vancouver every evening to try and score, hanging around horrible skanky little bars, getting into trouble. I'd love to see you, but please, believe me when I say it's not a good idea. We can see each other when – if – I come back to London for a visit. Deal?

Connor's reply came a nerve-wracking thirty-five minutes later.

OK, deal. But if you don't come back soon I'm going to come over there and find you.

Thx, I replied. We can still write, tho?

Of course, he replied. This is what gets me through the day.

Again, my initial reaction to this incident was a sense of satisfaction at my deft handling of a potentially tricky situation, and pride at my fluent use of Tess's tone and vocabulary. However, it also sowed the seed of an idea, which over the next few hours rapidly grew until it blocked out all other thoughts.

I *could* see Connor again. Not just look at him, like in the sandwich shop, but actually meet and talk to him. And perhaps he and I could start a relationship. A real one.

You see, I felt that things between us had developed to the point where Tess was surplus to requirements, and could be cut out of the equation altogether. The fact that it was ostensibly 'Tess' who Connor was professing his love for – not me, Leila – was not difficult to rationalize. By this point in proceedings – that last exchange excepted – the content of my emails to Connor was largely mine; that is, my own thoughts and feelings, rather than those of 'Tess'.

And remember the facts. Connor had not seen Tess for nine years, since a time when she, and he, were very different people (I don't blame you for dumping me, he wrote one evening, I was a tosser. The insecurities of youth, and all that). When Connor got in touch with her that first time, he wasn't in love with her; he was, he had said, just catching up with an old friend. It was only through the email exchanges, *my words,* that he fell for her again. It was me who had created that love. *Me.*

There was, however, the physical issue. From their old emails, it was clear that Connor had found Tess very attractive. There were many comments along those lines. Hot stuff. Sexy beast. Woman of my dreams. And it's true that she did possess attributes that are apparently considered desirable in women: large eyes, a small chin, and a heart-shaped face.

Yet her features were definitely flawed. As I have mentioned, her eyes were too wide apart and one was slightly smaller than the other. Although mine were not as large as hers, they were more symmetrical. Furthermore, her eyes were dark and mine blue, which men prefer because it reminds them of babies. She also had short hair, whereas men prefer long. And she was thin with no discernible curves, which are a marker of fertility and thus desired by the opposite sex.

My biggest advantage over Tess, however, was age. I was fifteen years younger than her. In their emails, Tess and her friends often talked about how men like younger women. They made it sound as if that was the deciding factor, the one that negated all others. Bet she's younger, they'd say, talking about an acquaintance's new girlfriend. 25 year old bitches. I feel ancient. I had what they seemed to covet more than anything: youth. Moreover, I decided that I looked even younger than twenty-three. I have no lines on my face, except for a very faint crease between my eyebrows from frowning at my computer.

So, in conclusion, I thought there was a strong possibility that, on appearance alone, Connor would find me as attractive as Tess, if not more.

There was one major obstacle, however. If Connor was in love with Tess, that would preclude an active interest in other women. Were we to meet, it was likely that out of loyalty to her he would not engage in the length of conversation necessary to establish our similarities and 'connection'. He had mentioned several times in his emails that he had left social events early because he had found other people lacking, because they're not you.

The obvious thing to do, I concluded, was for Tess to end their relationship prior to my meeting Connor in real life. That way, he would feel free to converse with a 'new' woman. The following day, Tess sent Connor an email.

Sweetheart. I've been thinking. This is madness. I'm here, you're there. I think about you all the time, and it's not healthy, dude. Let's release each other! There must be a million women in London who would adore to be with you, I'm depriving them of you. Thirtysomething single men are like unicorns. Agreed?

And then, in a moment of inspiration, I added:

In fact, I can think of one girl I should set you up with. You're really similar, I think you'd get on like the proverbial house on fire.

His reply came quickly.

What the fuck are you talking about, Heddy? Don't be ridiculous. There may be a million women out there, but they ain't you. I'm not interested in anyone else. Don't insult me.

As you can imagine, my reaction to this was mixed. Part of me was pleased at the strength of his feelings;

another was dismayed. I decided to try again, this time with a firmer approach.

K, I'll be straight with you. You know before, when you asked me whether there was anybody else, and I said no? Not strictly true. There is this guy. It's early days, but I do like him. He is not as great as you, but he's calm and kind and I think he might be good for me. He also has the advantage of not living four thousand miles away. What do you think?

Again, his reply came a moment later.

What do I think? I think that I want to cry, and I think that I want to jump on a plane and come over there and shake you. Come on, who is this guy? Another email followed almost immediately. It contained just one line.

If you're really serious about this, then I can't keep writing to you. I'm sorry.

My chest seized up, as if filled with concrete, and my hands fell limp on the keyboard. It took some moments to collect myself sufficiently to reply, and my fingers were still feeble as I typed.

No, no, don't say that. We can't stop writing. The thing with this guy is nothing serious, my heart belongs to you, you know that. Please don't stop writing.

His reply came a whole, agonizing minute later:

I won't.

I closed my eyes and exhaled with relief. Then, when I opened them, another email was waiting.

P.S. – Kiss me first.

Despite this scare, I couldn't shake off my need to see Connor in the flesh again. After a day in which I could think of little else, I concluded that there was nothing to be lost in engineering a meeting anyway. Even if it didn't lead to the desired outcome, a face-to-face encounter would at least replenish my stock of mental images of him.

I admit, though, that I still held out hope that it would lead to something more; that the 'connection' between us would be strong enough to override his loyalty to Tess. A key weapon in my arsenal was the fact I had extensive knowledge of his likes and dislikes, and so could quickly introduce those topics into our conversation.

Bumping into him was the easy part. I knew that he went out with fellow lawyers most Friday nights, often for someone's 'leaving drinks'. So, the following Friday, as soon as I logged on, I casually asked what he was up to that evening.

Oh, the usual – swilling five pound pints with gentlemen of the bar.

Who's leaving today?

Justin.

Which one's he? He had told me amusing stories about many of his colleagues.

The part-time body-builder who keeps Tupperware boxes of chicken breasts in the fridge.

Aha, yes. Jumbo Justin. And what's the venue for this thrilling event?

Some grim hole in Shoreditch.

Ah, the old stamping ground. I did a quick check in Tess's file from that period. Is the Electricity Showrooms still going?

Haven't you been there since then? Blimey. No, the Leccy closed years ago.

So where do the cool kids go now then?

Well, I wouldn't know about that. But we deeply uncool middle-aged men are going to The Dragon Bar. Know it?

After a hasty Google to check that the Dragon Bar had been open for some years, I wrote, Of course, had several a crap evening there. Have fun!

It was that easy.

That was at 6.15 p.m. GMT, so I had to leave to get down to Shoreditch almost immediately. I had already prepared my outfit – my long black-tasselled skirt and my newest hoody – and washed my hair in anticipation. I had also dug out some of mum's make-up: a pot of blusher and some face powder that had broken up in its little box but was still useable. Although I knew that Connor wasn't shallow and believed that it was what was inside that mattered, I wasn't naive: it would do no harm to look my best. Before I left the flat, I wrote Tess a status update saying that she was out all day on the mainland, and put my copy of *The Princess Bride* in my bag.

I had never been to Shoreditch before, although the girls at school used to go all the time. In fact, after seeing Facebook photos of their nights out there, I had sworn I'd never set foot in the place: it looked a vile scene, full of sweaty people in ridiculous clothes, crammed up against each other and grinning inanely. Sometimes the men they had their arms around would be wearing make-up, and the expressions on their faces made it clear they all thought this was something to be immensely proud of.

I emerged from Old Street tube just before 7 p.m, and my phone's GPS directed me to a grimy side street, five minutes' walk away. The bar didn't look like much from the outside, but inside it was already quite full with drinkers, talking loudly over the music. Contrary to my fears many of them looked fairly regular – lots in suits – although I did spot one woman who looked like she had put her top on backwards, and a man with spiky bleached hair. The few tables were already taken but I found a stool at the bar, ordered an orange juice and opened my book, ostensibly reading but keeping an eye on the entrance.

At 7.40 p.m., Connor arrived. When I saw him push open the door, I felt that same jolt of adrenalin you get when you're not watching your feet and you miss a step. He was wearing a dark-blue suit that was almost identical to the one before, only the pinstripes were a little thicker, and I thought he looked very well, glowing and happy. He was with two other men, including the one who had been at the sandwich shop, and a woman with very neat brown hair and a tight black suit. I watched Connor as he scanned the room. On spotting a group of people, he exclaimed, 'Aha!' and pushed through the crowd towards them. There were seven people in the group he joined, all in suits, the men holding pints of beer and the women glasses of white wine. Connor slapped one of the men on the back and said something, at which the man laughed. His colleague, the one from the sandwich shop, went round the group, gesturing at their glasses with raised eyebrows, and then headed off to the bar.

I hadn't predicted that Connor would be in such a large group, and wondered how I would get close enough to speak to him. I gave up the bar stool and pushed through the crowd until I was standing a few metres away, within hearing range. I continued to hold my book up, although it felt unnatural standing reading in a crush. Connor was still talking to the man he had slapped on the back, and I heard the words 'fucking typical, right?' although I didn't catch what the statement pertained to. The other man was, I deduced, Jumbo Justin. The bulk of his upper arms strained against his pink shirt, and his neck was only a little narrower than his head.

Justin started talking about someone whose name I didn't catch, telling a story about how he, Justin, had once caught him in the office kitchen doing something he shouldn't have. The others all seemed to be familiar with the story and kept laughing, swaying backwards and forwards slightly on their feet as they did so. Then another man butted in and started talking about going to Latvia. I couldn't hear all the details of the story so it was hard to keep track, but I noticed that the dynamics of the group seemed to be that they were all just waiting for their turn to tell a story or make a joke. A man wearing similar glasses to those worn by Tess's brother, Nicholas, then told a joke, which ended, 'well, that's what she said'. This got a big laugh from the group.

Connor laughed and nodded during his colleagues' stories but I noticed that his eyes were not fixed on the speaker, instead roaming over the crowd, as if he was looking for someone. He also checked his watch regularly. One of the men sidled up to him and asked if he wanted to go to the toilet with him, as though they were girls at school. 'Nah, I'm all right mate,' said Connor. I thought back to what he said about how he found social occasions pointless without Tess. I wanted to go over and touch his arm and tell him, 'I'm here.'

When everyone had finished their drinks another man gestured around the group, in the same way Connor's colleague had. If they were buying rounds, it soon would be Connor's turn. That would be my chance to get him alone. In preparation, I pressed myself further into the crowd around the bar so that I would be in a good position to talk to him when the time came. There was no room to read my book in a normal position, so I had to hold it up high and close to my face, peering around its edge in order to monitor proceedings.

As it turned out, three of the others bought rounds before Connor, so I had plenty of time to observe him. He had little wings of hair over his ears and three spots around his hairline, and when he was listening he tilted his head. He stood with one hand in his pocket and the other holding his drink, and had a large leather bag over his shoulder. I had a strong desire to know what was in the bag. I noticed the lines around his eyes and felt jealous of the people who had made him laugh in the past. Isn't that silly?

Eventually, it was Connor's turn to get the drinks. 'All right, chaps. Same again?' he said, and started to move towards the bar.

This was my chance. Making sure that my book was held up so he could clearly see the cover, I squeezed through the crowd and accidentally on purpose pressed rather too hard against him.

'Sorry,' I said, and then, 'hello.'

'Hello,' he said, looking down at me. My eyes were level with his mouth and freshly shaven chin, and I could smell the beer on his breath. His right hip pressed against my arm. For an awful moment I thought I wasn't going to be able to speak, because my heart was beating so frantically. Then I swallowed and took a long breath, and focused on the conversation opener I had decided upon the evening before.

'So, do you come here often?'

For some reason, this seemed to amuse Connor. He threw back his head and laughed. It was more a bark, actually.

'I don't think I've ever heard anyone actually say that,' he said. Then, 'I'm sorry, how rude of me. The answer to your perfectly valid question is, yes, I do come here quite often. How about you?'

'I've never been here before,' I said.

He peered closer at me.

'Have I seen you somewhere before? Are you at Clifford Chance?'

I shook my head.

He shrugged, but in a nice way. He then noticed the barman coming near and waved at him, said, 'Excuse me,' to me and leant in to give his order.

'Five Stellas, pint of Guinness, large glass of white wine and a Diet Coke.'

He turned to me.

'Are you OK?'

It seemed an odd question to ask me, as although my insides were churning I was making an effort not to show it.

'Yes, I'm fine.'

It was only when he turned back to the waiting barman and said, 'Yeah, that's it,' that I realized he must have been asking if I wanted a drink. The barman started pouring the pints and Connor turned back to look at me.

'You know, I'm sure I've seen you before.'

As I opened my mouth to say no his hand moved towards my face and I froze, thinking for a moment he was about to stroke my cheek. But instead his fingers touched the memory stick on a string around my neck. Since Jonty moved in, I had made a habit of downloading all my files on to it and wearing it whenever I went out, in case he forgot about one of his stews and burned the flat down in my absence. The stick was on the outside of my hoody, so Connor's fingers did not actually touch my skin, but still I shivered at their proximity. His nails were very clean and evenly cut: mum would have approved. When he took his hand away my fingers involuntarily flew to the spot he had just touched. Then, I let out a little gasp when it registered exactly what data was contained on the little plastic stick: Tess and him. Him and me.

'Have you come to fix my computer?' he said, and giggled. 'The IT geek at work has one of those, but he has it down here—' He mimed pulling a curly rubber cord from his belt, accompanying it with an exaggerated 'boiiinnng' sound.

'Roger,' I said, without thinking. That was the name of the 'IT geek' at Asquith and Partners. Connor had told me about him before: how he stuck his lower lip out when he was concentrating and had had to be cautioned for staring at the female staff.

Connor looked at me, confused, and then his face cleared.

'Right, yes. Roger, over and out.' He did a sort of salute, oddly similar to the kind Tess used to give me at the end of our Skype calls when she was in a good mood.

'Did you know that "over and out" is actually an incorrect phrase?' I said. 'In voice procedure "over" means "over to you", and "out" signals the end of the conversation, so it doesn't make sense to use both. It's commonly misused.'

Before he could reply, the barman asked Connor to pay for the drinks, which were now lined up ready on the bar. I realized I would have to act fast, and held up my copy of *The Princess Bride.*

'I actually came to find somewhere quiet to read my book,' I said. 'But I think I chose the wrong place!'

I watched his face carefully, as he looked at the cover. His reaction wasn't quite what I expected. He raised his eyebrows and smiled, but he didn't actually say anything, so I was forced to ask,

'Have you read it?'

After a moment, he said, 'No, I haven't actually.'

This was a surprise: I was counting on the book to be a topic of conversation.

He gave the barman two twenty-pound notes and struggled to pick up all of the glasses.

'Can I help?' I said, and before he answered I picked up two of the pints from the bar. I tried to add a third, but my hands were too small. Connor looked bemused.

'OK, if you insist.'

I followed him back to the group, carefully holding the drinks in front of me so they didn't spill. When he saw me behind Connor, Justin said, 'That was fast, mate.'

The others laughed as they accepted their pints from Connor and myself. Connor patted me on the shoulder.

'Thanks very much,' he said. 'You're kind. I hope you find a quiet place to read.'

The dark-haired girl was in fits of giggles.

'OK then,' I said. 'Well, goodbye.'

I slowly turned and walked to a spot in the corner, where I resumed 'reading'. I stayed in that position for half an hour, the book shielding my face as I tried to process what had just happened. We had not talked for long, but he had offered to buy me a drink. What would have happened if I had accepted? He said I was kind. Yes, *The Princess Bride* moment was a disappointment, but perhaps he had bought the book for Maya and not got round to reading it yet.

By the time I left – the group were still there, but I made an effort not to look round at Connor – I had concluded that, all things considered, the meeting had not been a failure. As soon I was back in the flat I logged onto Tess's email, curious to know what, if anything, Connor would say about his evening in the Dragon Bar.

I had to wait until the following morning to hear from him.

How was the fondue? Did you drop the bread? I hope they don't do kissing forfeits in Canada.

The previous day I had told him that I was spending the evening at a dinner party at Leonora's, where she had promised to make her famous fondue.

You will be proud to hear that not a single crumb dropped from my fork, I wrote. How was Jumbo Justin's jamboree?

Tiresome, he wrote, then proceeded to tell me that it was the custom in their company for those leaving to attend their farewell drinks dressed as a woman, and Justin had honoured the tradition, arriving at the bar in a dress. Deeply disturbing he was. Made John Travolta in *Hairspray* look like Audrey Hepburn. This was odd, I thought, because I had witnessed no such thing: Justin had been wearing a shirt and tie, like all the others.

There was no mention of his encounter with me, but I suppose that wasn't too surprising. He wouldn't tell Tess about meeting another woman.

I concluded that he had embellished his account of the evening, adding the Justin dress anecdote, because he couldn't mention what had really been the notable event of the night – our meeting. It was a minor, understandable lie.

Our emails continued, but now vivid visual images of him accompanied our exchanges. I thought of those clean, shiny fingernails tapping on the keys, his black leather bag beside his feet under his desk. The ha ha with which he sometimes responded to my jokes now came with the memory of his eyes disappearing when he smiled. When he went out for a drink after work, I imagined him ordering a Stella and pulling his wallet from the right-hand pocket of his pin-stripe trousers and calling the barman 'mate'.

And it appeared that Connor, too, was yearning for the same sort of visual detail from me. One night, quite late, he sent an email from his BlackBerry.

What are you wearing?

Unusually, there was no *kiss me first* in his sign off, but I presume he had forgotten because it was late and he was tired.

By then I was feeling confident enough to reply as myself, rather than in the guise of Tess, so I gave him an honest description of my outfit.

Navy blue tracksuit bottoms. Slippers. A *Red Dwarf* sweatshirt with the slogan 'Smoke me a Kipper'.

Very funny. Spoilsport, was his perplexing reply.

From the start of our correspondence there had been hours when I had no messages from him, sometimes up to half a day, when he told me he was seeing his children. These hadn't really bothered me at first; besides, I had had lots of other work to do for Tess. Now, though, I was finding these stretches of no contact increasingly difficult; the minutes dragged by, and I was starting to develop a twinge in my right hand from constantly refreshing Tess's email account. I had no details to fix on during these hours; although he had once said he'd send me photos of his children, he never had. I tried to imagine him in his flat in Kensal Green but, as I had never been inside a flat in Kensal Green, my mind came up blank. I couldn't see further than his black leather bag in the hall, his stripy scarf draped over a banister. Beyond that, there was nothing.

It was during one of these no-contact periods – a Saturday, I remember – that I started to wonder whether, now that I had actually met and spoken to Connor, I could upgrade from being 'in limerance' to being 'in love'. Furthermore, I had become interested in investigating the concept of 'soulmates'. I thought of what Tess had said about Tevi the DJ, who she claimed was hers.

'I wanted to tell him everything. He *got* me. I felt lost without him. The world was colourless when we weren't together.'

At the time I had thought this typically whimsical and overdramatic of her. Recently, however, I had been remembering her words, because they described exactly the way I felt about Connor. Yet, surely the notion that there was just one person out there for each of us was nonsensical?

I decided to do what I had done in the past when wrestling with an idea: put it to the forum on Red Pill.

In retrospect, I can see that it was perhaps not a wise move, not least because starting a whole thread was out of keeping with my recent pattern of posting. Since starting Project Tess my contributions to the forum had dwindled dramatically: although I still logged on every day, as requested by Adrian, it was usually just to make a token, banal comment or to agree with what someone else had said, rather than putting in any real effort or thought.

Of course, I hadn't forgotten how oddly Adrian had

behaved when I met him in Westfield but, as I said before, I had come to what seemed like the only rational explanation – that he was distracted by an unconnected personal matter. Besides, it had seemed as if things had gone back to normal between us. After sending Marion the email, I had mentioned it in my next report to 'Ava' and he had replied with his usual 'Good work!'. Neither of us had mentioned our awkward meeting, and we had exchanged a couple more amicable messages since then.

It certainly didn't cross my mind that he would object to me starting a thread on 'soulmates'. I thought, if anything, he would be pleased to see me engaging more fully with the site than I had done in recent weeks.

I logged in to find most of the Elite Thinkers already present, in the middle of a discussion about Adrian's latest podcast, which I hadn't listened to. For form's sake I probably should have joined that debate for a while before launching my own thread, but I didn't have the time or patience. So I started a new thread with just a single line question, *Do soulmates exist?*

My first response came two minutes later, from lordandmaster.

Shadowfax, are you going soft in your old age? There is no fate. Everything is a choice.

I replied, *But isn't it possible, if not probable, that on a planet of seven billion people, there is one who exactly satisfies your needs and desires? Who 'gets you'?*

I knew, as I pressed send, that that *gets you* was a mistake. Jonas3 weighed in.

'Gets you'? Yes, I recall Socrates using that phrase . . . NOT. No, there is no such thing as soulmates, it's just humans

needing certain things from each other to bring up a new set of genes. 'Love' is a mere concept to sustain life.

I have two replies to that, I wrote. *Firstly, in* The Symposium, *Plato advocates the notion of soulmates, so to imply that no 'great thinker' believes in them is erroneous. Secondly, what if you have no desire for children?*

The reply: *Plato used the analogy of a person with four legs and arms, split in half by Zeus and scattered around the world, who then roam the world looking for their other half. Do you believe in Zeus, too? Even 'great thinkers' can make mistakes, Shadowfax.*

Before I could reply, someone else joined the discussion. Adrian.

Jonas3 is right, Shadowfax, he wrote. *Even Elite Thinkers can make mistakes. I suggest you remind yourself of your moral duties as a rationalist, and don't let yourself get swayed by woolly thoughts like this.*

To say I was taken aback by this intervention would be an understatement. I knew, of course, that it was possible that Adrian was monitoring our exchange: after all, it was his site. But he rarely interjected in such a manner. He would answer a question if it was put to him, but on the whole he took the position of a silent presence, overseeing the conversation and adjudicating only if called upon.

My initial reaction to this public rebuke was embarrassment. My wrist had been slapped. As the shame began to fade, however, I started to wonder whether it was possible Adrian had found out about Connor. But how could he have?

I concluded that the most likely explanation for the

reprimand was this: he thought that my 'soulmate' enquiry wasn't in connection with the Tess project, but referred to something else that had happened in my personal life. A boy I had met. And Adrian was scared that this new interest was going to distract me from my job.

Now that thought was seeded, I felt annoyance rising. How dare he suggest I was being unprofessional? I had been fulfilling my duties; I had given months of my life to the project, at a degree of risk to myself. And the thought – even unproven, even in theory – that someone might want to stop me talking to Connor made an unfamiliar, powerful sensation rise up in me: the desire to protect against this happening at all costs, and to strike out at the threat.

Adrian's accusation of 'woolly thinking' stung, too – this from a man who couldn't even remember where he met Tess, who confidently stated it was in New York when I knew that to be wrong.

I'm not trying to justify what I did next, just explain it. I concede it was a childish, impulsive move.

I was still logged onto the forum. No one had added anything after Adrian's rebuke to me – it was as if they were all holding their breath to see what was going to happen. I started typing:

By the way, Adrian, you didn't meet her in New York. She's never been there.

Despite my anger, I was still careful not to say anything that would make any sense to anyone else. I just wanted to give him a jab, to let him know that, when it came to Connor, at least, he couldn't push me around.

My comment was met with more silence from the other members – this time stemming from confusion, I suspected. Riven with adrenalin, I waited to see how Adrian would react to my posting.

The forum stayed exactly as it was for a minute, and then two, then three. After three and a half minutes the lack of any action started to feel odd and unnatural. I thought that perhaps my screen had frozen, so pressed the 'refresh' key. The next screen that came up was a facsimile of the Red Pill homepage, overlaid with a red circle with a line through it and the phrase *You do not have permission to access this site.*

At a stroke, my anger was replaced by incredulity. He had banished me? As I stared at the screen, trying to process what had just happened, there was a sudden smash of glass from the street outside – a pint glass kicked over outside the pub, most likely – and I flinched violently, as if it had shattered an inch from my face.

As the shock wore off, however, I began to think more reasonably, and before long I had concluded that this turn of events was not so terrible; in fact, it was a blessing in disguise. For some time now, my heart had not been in the site; I wouldn't miss it. And if Adrian was going to be critical and unpleasant, I wouldn't miss him either. As long as I could still have Connor – and Tess – I'd be OK.

Tuesday, 23rd August 2011

After the initial sting of my banishment from Red Pill, I found it easy to push Adrian from my mind, because there was so much else going on. The email I had sent Marion had been successful, in that she had heeded my request not to speak on the phone and the 'Who are you?' was never mentioned again.

However, the conciliatory nature of my email had also provoked an unexpected outpouring of emotion and reminiscence on her part. In subsequent emails came a gush of words, thousands at a time, in which Marion gave her account of the relationship and to which Tess was clearly expected to respond. She dredged up incidents from the past, many details of which did not tally with my notes, and asked lots of awkward questions – How exactly was I a narcissist? What more could I have done for you as a child? Were you jealous of Nicholas? I decided the safest bet was to ignore her questions altogether, replying instead with tales of Sointula life told in a light, chatty manner, in the hope that she would give up asking.

I was also thinking about sex. I had, you see, decided to meet Connor again, and make another attempt to further our relationship. I hasten to add that I wasn't planning on having sex with him the next time I saw him. I was just aware that, were my plan to be successful, the matter would have to be addressed at some stage. It started to occupy my mind.

I had thought about sex before; quite a lot, in fact. When I was seventeen, I watched things on the net and saw how it worked. I even attempted to try it once, in the summer of 2006. To meet an appropriate partner, I joined an Internet dating site and spent a long time crafting a profile, which was ridiculous. You had to answer the question *Which Six Things Can't You Live Without?*, for which I wrote *Oxygen, water, food, heart, lungs* and then, because I felt I had made my point, *Internet.* I only got one reply, from a forty-six-year-old man with a shaven head who stated he was an animal-rights activist and *an extremist in all aspects of life.* He said I could come over to his flat in New Cross but didn't give a time or an address, and then he stopped replying to my emails.

So I abandoned that route, and instead got talking to a fellow player, Necromancer3000, in the game I was involved with before World of Warcraft. His real name was Marcus. He said we could meet at a pub in Edgware, where he lived, so I told mum I was going to a party with people from school and got on the Northern Line to meet him. On the tube I realized that I didn't know what he looked like, but it didn't matter because he stood out amongst the crowd in the pub garden: it was summer, and he was the only person in the pub garden wearing a long black overcoat. He was my age and so tall that even when I craned my neck my eyes only reached his

Adam's apple, and so skinny that no trace of his body was visible under his black T-shirt and jeans. He had long dark hair, quite similar to mine, and a series of leather bands on his thin, hairy wrist.

We sat at a table, surrounded by young people drunkenly laughing and vomiting cigarette smoke. Marcus talked about his job at the Virgin Media helpdesk and his website, Cui Bono, which was dedicated to exposing the Bilderberg Group. He seemed nervous and angry at the same time, and kept on looking at the silly, laughing girls in their flimsy clothes and calling them 'sheeple'. I didn't want to talk, I just wanted to go back to his house and get on with it. But then we got into a silly argument about eating meat – I told him it was a morally indefensible position – and after forty minutes he decided to go home without inviting me to join him. And that was the end of that.

So, it was not as if I had never considered the prospect before. The difference was that in the past I could contemplate having sex with strangers but not with people I cared about.

Also, there was the question of what one actually did. As I say, I had seen things on the net and was aware of the basic idea, the thrusting and the rolling. But as I may have mentioned, Tess was a very sexually active person, and from the things she said it seemed that there was more to it than that. There were many references to the act in her emails, and she talked about it without embarrassment, in the same way she enthused about certain books or whatever new age fad she was interested in that month. Some of the messages exchanged between her and her boyfriends – Connor included – were really rather explicit. I won't go into details, but it was clear that she went beyond what I suspected was 'normal' practice.

In 2002, for instance, she wrote to her friend Jen about how, the previous evening, she had got dressed up like a Romanian whore and gone to a hotel bar. Her boyfriend at the time, Raj, had then come over and 'chatted her up' as if they didn't know each other. She pretended to be a prostitute, and kept in character all evening.

In the emails between Tess and Connor back when they were seeing each other, the references were not so intimidating, but there was still some cause for thought. For instance, he would request that when they saw each other that evening she did what you did to me last time. Of course, I didn't have a clue what these things were, and that would be a problem if they were expected from Connor.

It also appeared that they engaged in 'sexting', and used a webcam on at least one occasion. You looked fucking hot last night, Connor wrote, on a day my records showed that Tess was away in Copenhagen visiting a friend. I couldn't help but think of Tess as I had seen her on Skype, lying back on her bed in her white vest, with those thin legs that she kept repositioning, not caring that I could see her knickers. She would lean her head back against the wall behind her bed and look down into the camera, as if I was there on the bed with her, and I imagined her doing the same to Connor. I wondered whether I should practise, to try and gain the same physical ease about myself as she had. If only she was here to give me some guidance, I thought.

This may sound odd, considering everything, but sometimes I felt very sorry that Tess was no longer around. It wasn't just at moments like this, when I wanted to know something only she could tell me, but at unexpected times – like when I was in Tesco and reminded how many plain, ordinary people were still living. It was as if a rare bird had been shot, rather than one of an endless supply of pigeons.

Anyway, in lieu of Tess's advice about sex, I had no choice but to turn to Google, something I almost immediately regretted. There was a vast amount of material on there, but none of it seemed to answer my very simple questions. I was reminded of a customer who once came into Caffè Nero and shouted at Lucy when she ran him through the list of options for his drink. 'I just want a plain, ordinary coffee!' he had shouted. 'Is that too much to ask?'

So, there was that to think about. I had also decided to change my appearance somewhat, in the form of new clothes. As you might imagine, the prospect of a third meeting with Connor had thrown up a dilemma. Considering that he had thought he recognized me after giving me twelve pence in a sandwich shop, he would almost certainly remember offering to buy me a drink in the Dragon Bar, touching my memory stick, etc. Should I, then, disguise myself so he didn't spot me, or go looking as I did before and risk him feeling disconcerted at the 'coincidence' of us bumping into each other again?

I decided on a compromise. There was little point in disguising myself as an entirely different person, since if our meeting was a success and our relationship developed, it would be impossible to keep up the deception. However, I decided it would be a good idea to change my 'look' and wear clothes more like the ones Tess would have worn; my thinking being that the more I looked like her, the more Connor would be able to imagine me as her replacement.

So went the reasoning, but the practicalities were less straightforward. The few clothes I had bought in the past had either been from the Internet, like my *Red Dwarf* hoody, or from Evans in Brent Cross or, when mum was alive, from Bluston's, using her staff discount. Bluston's was aimed at the more mature woman, its curved window displaying items such as beige raincoats and twinsets that mum said were old fashioned even for her generation, but when we went in the ladies would all cluck around me, saying they would get the 'trendy' clothes out. When these emerged from the long wooden drawers they were not noticeably different from the others on display, but I didn't mind: clothes were clothes, after all, and I liked being in the shop, which was dark and cool and smelt of new cotton.

But none of these would do for 'Tess': her clothes were small and tight and fashionable. I remembered the girls at school talking about Topshop on Oxford Street – they seemed to go every weekend – so, one afternoon, I headed there.

It was not a successful experience. The shop was confusingly vast – I felt like I had done in Westfield –

and the music as deafening as that in a bar. The automatic doors kept opening and admitting wave after wave of identical-looking young women, streaming in like orcs going into battle. We were then sucked down an escal-ator lined with mirrors – in unison, the girls turned to inspect their reflections – and disgorged into a huge underground pit. There the girls immediately dispersed and started plucking at clothes, dismissing them in milliseconds according to some private criteria. They were as focused and ruthless as the Terminator, pushing aside obstacles in their path – me – to get to the rails. The pumping music forbade standing still, insisting on a continuous forward velocity. The shop seemed limitless and clothes were everywhere, but in no discernible pattern. I stopped a woman wearing an earpiece and asked her where the skirts were, and she waved her hand around the store as if to say, 'everywhere'.

Eventually I found some skirts, but they were horrible: short and made from orange leather with holes punched in it, and cost £80. Also, they didn't have size 16. So I escaped back up the escalator and out to freedom. I've never been so pleased to be on Oxford Street.

I ended up getting my new outfit from Tesco Extra. The clothing department had plenty of items my size and I chose a short blue clingy skirt and a thin pink jumper. Back home I tried them on. I had never worn tight clothes before and the feel of them was quite alien on my skin. I didn't look very much like Tess. Still, I thought, I looked more like her than I had done before.

My plan to meet Connor followed exactly the same lines as before. The next afternoon, Wednesday, at 5 p.m. GMT, we exchanged our customary Good morning / Good evening emails. I told him I had been woken early by the sound of seals mating on the beach; Arf arf, he replied. I asked him what he was up to that evening, and he said he was attending the birthday party of his friend Toby. I extracted the information that they were going to a place called The French House in the West End.

All was going according to plan. I got dressed and prepared to leave the flat. I had almost safely reached the door when Jonty came out of his room. He looked at me with confusion, and then whistled.

'Hot date?' he said, in what I think was an attempt at an American accent.

I nodded quickly, and then shook my head. 'Yes. I mean, no. Not a date.' I thought quickly. 'I've got a meeting with someone.'

'Ooh, very fancy. What about?'

'My script.'

'You've finished?' said Jonty, eyes widening with what appeared to be sincere delight. 'You are the darkest of dark horses. Good luck. Let's celebrate later.'

I nodded again and hurriedly made my way to the tube.

And it was there, sitting in the tube carriage heading towards Green Park, just before 6 p.m., that I saw the paper. It was one of the free ones, tucked behind one of the seats beside me, and I unfolded it to see a fuzzy picture of Adrian on the front, which I recognized as the headshot he used on Red Pill. Above the picture, the headline read*: Internet Suicide Cult Exposed.*

My hands involuntarily released the paper; I remember it making a surprisingly loud sound as it hit the floor. I heard raspy breaths and realized they were coming from me, my ribcage feeling as if it was doubling in size with each inhalation. The man sitting opposite looked up at me from his phone and I closed my eyes, for what could have been seconds or minutes. When I opened them, the man had been replaced by a woman, who was reading a copy of the newspaper. She was holding it up, so I had full view of the front page; Adrian smiled warmly at me. I looked down the train and it seemed that every person on there was reading the same paper, the carriage populated by a hundred Adrians.

Eventually, I managed to lean down and pick up the paper, in what I hoped was a casual manner. The story ran across both the first and the third pages, although there wasn't much to it; very few facts. All it really said was that a Red Pill member – no mention of who – had told police that Adrian had asked them to virtually 'take over' the life of someone who wanted to kill themselves. *Sinister Internet guru Adrian Dervish has been encouraging vulnerable people to commit suicide and then brainwashing his followers to impersonate them online,* I think was the wording. This unnamed member had gone along with the plan for a while but had then got cold feet and told their parents, who had gone to the newspapers. The police were now looking for Adrian.

I sat on the tube, the paper on my lap, as people filed on and off the carriage. The seats beside me were occupied and then empty and then occupied again. I was dimly conscious of legs pressing against mine, elbows pushing onto the shared arm rest. The train went past Green Park, my stop, and carried on to Stanmore, where it terminated. The doors opened but I remained in the carriage, and then eventually, got out and sat on a bench on the platform.

The first thing that struck me on reading the piece was not the wider implications in terms of Tess and my own involvement, but the fact that I wasn't the only one Adrian had enlisted. The paper didn't say how many there were, but hinted darkly at a *squad* of *computer whizz-kids.*

It was true that Adrian had never actually said there weren't others doing it. Nonetheless, I thought back to that day on Hampstead Heath, how special he had made me feel. It had been – I thought it had been – our own secret project. He said he had picked me because I was an extraordinary person, uniquely capable of understanding both the ethical and practical dimensions of the undertaking. Although it sounds irrational, I felt betrayed.

My head fogged with emotion and unhelpful thoughts. It was only after a few moments that I started processing properly. If the police were after Adrian, they would presumably have searched his house. Who knew what information they might find? Maybe they were on their way to my flat right now. Maybe they were already there, waiting. I imagined the waiters from the restaurant below peering out the window as the officers lined up outside. Jonty would answer the door, and think that someone had died. He had once told me that whilst at college in Cardiff his room-mate had died in a car crash, and the moment the policeman knocked on his door to tell him had been the worst of his life.

When the truth was revealed, he'd be at first relieved, then shocked and hurt at my deception. Then, under questioning, things would start to make sense to him. 'Yes,' he'd say, 'she was quite secretive. She hardly left her room. She said she was writing a film script.'

In my mind I saw the police searching the flat. I had locked my door, as always, but the padlock was a flimsy thing that could be easily opened with bolt cutters. Once inside, the evidence wouldn't be hard to find. I had hidden the Tess stuff out of view – both the paper documents and those on my computer, as I did automatically – but it would take no time at all for someone to uncover them. The wall chart was just there, barely hidden by my posters.

I realized I had to get back home – if only to prevent Jonty from having to deal with the police. I crossed over to the other platform and boarded the next train back to Rotherhithe.

As I walked down Albion Street the flat looked quiet, my curtains drawn as I had left them. I stopped outside, imagining the police inside waiting for me, squeezed together awkwardly on the sofa, grave and silent, with all the evidence laid out on the floor in front of them. As I stood there on the pavement, I remember thinking that this could be my last moment of freedom. I admit that I actually inhaled the air, sucking that aroma of fried chicken and exhaust fumes and the metallic tang from the barber shop down into my lungs. A teenage boy on a bike weaved along the pavement, pursued by another one who called after him, 'Oi, twat!'; a blast of music issued from a passing car. I looked up at the restaurant sign, above which I could see a sliver of my window, and realized I had never even noticed the actual name of the restaurant: Maharaj. The best curry house in Rotherhithe. Then I unlocked the door.

The flat was empty. Even Jonty wasn't there, the piles of unwashed pans in the sink evidence that he had finished his stew and gone out. In my room I sprang into action. First, I made sure that all of Tess's files were on my memory stick then deleted them and erased the Internet history from my computer. I knew that experts could find files that you thought you had erased, and that the only sure way of destroying information was to smash up the computer itself, but I wasn't quite ready for that. I decided that if I saw the police come to the door, as a temporary measure I would drop my laptop out of the window into the restaurant yard, where the rubbish bags would hopefully both cushion its fall and disguise it from view.

I tried to rehearse my reaction for when they turned up. Should I deny everything? But if they had got to me in the first place, they'd have evidence that I was involved. And if my name was linked to Tess's, that would be that. It would be a matter of moments before they established that she didn't live in Sointula. Then they could check the IP address of the emails and trace it back to me. Then Marion would be told. Everyone would know. Connor would know.

As I sat there, waiting for the knock on the door, I scoured the web. I put a Google Alert on Adrian's name, and every few minutes my laptop bleeped with news. For the first day or so, it was just the same story, repeated all around the world. Even sites in Japan were carrying it. I sat at my laptop for many hours, only my fingers moving as I clicked the mouse. I heard Jonty come and go. Then, at 6 a.m. on the Thursday morning, there was a development. One of the newspaper websites carried an interview with the Red Pill member who had broken ranks.

Randall Howard was his name. I didn't recognize him, but that was no surprise since most members didn't use their real photographs, and it was quite possible that I'd had many conversations with him. He was a year older than me, and had a fat, featureless face and short spiky hair. The photograph showed him sitting on a sofa beside his mother. She had her arm around his shoulders and looked angry.

The story Randall told in the interview was similar to my own. He had found Red Pill after a friend recommended it. *At first I thought Adrian was amazing*, he said. *He was so clever and funny, and he really seemed to care.* He described how, after being a member for a year, he had been approached by Adrian for a Face to Face. They had met in a London park.

The paper gave few details about Randall's 'client'. I know now that it was because the police were investigating and details had to be withheld. All it said was that he was a man in his late twenties, whom the paper called 'Mark'. At first, Randall said, he was committed to the idea. He believed wholeheartedly in the cause; that it was a person's right to commit suicide if he so wished, and the duty of others to assist if requested. He said he had asked Adrian if Mark was mentally sound and Adrian had assured him that he was. Adrian had put him in touch with Mark, and he had started collecting information, by email. Unlike with me and Tess, however, they had actually met in person. It was after this encounter, in a coffee shop in west London, that Randall started to have doubts.

There was this moment when I looked at him whilst he was talking, and the chocolate from his cappuccino had stained his lips. It suddenly occurred to me what exactly was at stake. I realized that he was a real person. He also said that, although Mark was 'adamant' that he was sure about what he was doing, and he was of sound mind, Randall thought he could detect some reluctance. *He kept on looking away when I was talking, off into the distance, with a sad expression.* He described how Mark's hands were shaking so much that he scattered sugar all over the table.

Randall had carried on with the project for a few weeks after that, collecting information, as I had done. But then one night, when Mark got in touch to suggest a date for checking out, Randall had *an epiphany.* He realized that this whole thing had to stop, and, moreover, I quote, that *Adrian Dervish had to be stopped.* He went downstairs, where his mother was watching TV, and told her everything. She immediately went to the newspapers. Then the police got involved.

I don't know how many other vulnerable young people this despicable man has brainwashed, his mother was quoted as saying. Mark had apparently changed his mind about wanting to die and was grateful to Randall for halting the process. *I can only hope that by coming forward, Randall has saved some other lives, too,* Randall's mother said. The interview ended with Randall saying that *I once thought Adrian was a god – now I realize he's the devil.*

I found the article unsatisfactory. Even if Mark had, as Randall diagnosed, *a manner which suggested to me that he really didn't want to end his life.* Even if he had remarked on *how lovely the weather was,* which, according to Randall, meant that he was still capable of appreciating the world. Even if it was true that Mark didn't really want to die – although, like I said, I didn't think Randall was qualified to make that assessment. Even taking all that into account, it didn't follow that the others Adrian had helped, like Tess, were the same. It was faulty logic.

The way Adrian was depicted also bothered me, but in a less straightforward way. I'd go as far as to say I felt conflicted, which isn't something I was used to. On one hand, I took some satisfaction in the damning portrait Randall painted: my abrupt banishment from the site was still fresh in my mind, and I couldn't disagree with the description of Adrian as *uncompromising* and *intimidating.* I also admit to less rational feelings of aggrievement – betrayal, even – on discovering that I was not the only one Adrian had enlisted. Yet Randall's use of absurd, overblown language like *the devil* made me cross, and, beyond that, I still felt a deep-rooted loyalty to Adrian which made me defensive at this one-sided, hysterical attack.

Next to the article was a column on the same subject, with the picture of a solemn-faced woman at its head, in which she expressed her shock and outrage at the case. She called Adrian a *twisted Internet predator*, a phrase that was picked up and used in many of the subsequent articles.

A debate started in the press over the case. Predictably, most commentators were negative, railing against the dangers of the Internet and this lost generation of young people, vulnerable little souls who were there to be taken advantage of. It was presumed that the people who had died – in those early days, there still weren't any figures – had been coerced into it.

I found all this supposition frustrating. None of these journalists knew the reality of each situation, yet they all thought they had the authority to weigh in with their opinions, presented as facts. I hadn't read many newspapers before and I was amazed that they were allowed to do that.

Over the next twenty-four hours, some of the coverage became more thoughtful and reasonable. One male journalist wrote a long article about how, although the full story was yet to emerge, and obviously it was indefensible if people had been coerced into suicide, the principle behind the scheme was not necessarily wrong. He, this journalist, was a right-to-die supporter, and he said that he agreed with the basic principle of self-ownership, and that people could do what they liked with their bodies. Another article suggested that it was wrong for us to automatically presume that the suicidal are delusional. Why could they not have just had enough of life, and want it to end?

Often at the end of these articles, there was a place for readers to post their own comments and I must admit that, as I sat there during those endless hours, imagining the police were on their way, I couldn't resist adding a few of my own. I posted a message of support to the woman who said that suicide wasn't always a bad idea, and argued rationally against the more negative posts.

At the same time, I was keeping up with my Tess work. That might seem strange, but to abruptly stop communications would have been more dangerous. Marion would get worried and start calling; Tess's friends, too. But beyond that, it also felt wrong to abandon her just because things had got complicated. I thought of a sticker that our next-door neighbour had on their car: *A dog is for life, not just for Christmas.* Of course, Tess was not a pet, but the sentiment struck a chord.

And, of course, there was Connor. He and Tess were in the habit of emailing each other several times a day, and when I didn't reply to one of his messages for even a few hours – as happened on that Wednesday evening, when I saw the newspaper – he would write asking if something was wrong.

It didn't seem fair for Tess's friends and family to think that she was missing, and put them through that ordeal, only to then discover that she was actually dead. Much better for it to carry on as it had been, until the police knocked on Marion's door and broke it to her that her daughter wasn't living in Sointula but was missing, presumed deceased, a victim of the *twisted Internet predator* Adrian Dervish and the poor, vulnerable girl he had enslaved to do his bidding.

And so I carried on as normal, posting updates of Tess's lovely life in Sointula – *Reasons to love this place, # 358 – you can get a massage for thirty bucks* – and playing a silly email game with Connor in which we took it in turns to make up a line of a song describing our respective days. I've accompanied a young felon to court, he wrote; I've walked sand all over my porch, I replied.

Meanwhile, I was continuing to monitor news websites, and on the Friday afternoon there was a development in the search for Adrian that, for a moment, took the wind out of my sails: the police had discovered where he had been living, and had raided the premises.

Adrian Dervish was a false name, it transpired, and Red Pill had been registered in Brazil, so they couldn't find him through that. But apparently the endless reproduction of his photograph had reaped rewards, and a woman had told the police that a man who looked just like him had been her neighbour for the past week. There was a picture of the block of flats, a grim, rundown place near Gatwick Airport. When the police got there, Adrian had already fled; however, it was reported, they had seized a number of computers that they were in the process of examining. They had already found *significant information.*

How long it would take them to trace me was impossible to predict, being dependent on how much information Adrian had stored and how well it was encrypted. Or if it was encrypted at all. I thought back to our conversation on Hampstead Heath, when he said he was hopeless with technology. He'd made a basic attempt at covering his tracks by using a foreign IP address, but would he have bothered to protect me? I imagined a police computer expert rolling up his sleeves in preparation for a tough job and then laughing when he saw all the evidence there in plain view.

Who knew what had passed between Adrian and Tess – but, judging from my experience, I suspected she hadn't been too discreet in her correspondence. *You've really found someone to help me die? You fucking legend.* As for tracing me, they could pick and choose their method. I hadn't masked my IP address – Facebook would be able to see that Tess's account had been accessed from my computer. Gmail too. My credit-card details were stored in Red Pill. Why had I not thought to take precautions?

Anxious as I was about an imminent knock on the door and the unpleasant formalities that would follow, my thoughts kept leaping forward to the moment when Tess's family and friends were told what had been going on. Or, more precisely, when Connor would discover the truth.

I mentally scrolled through various scenarios. Connor at work, receiving a call from Marion, his expression slowly turning from one of polite bemusement to open-mouthed horror. Connor at home one evening, relaxing on the sofa watching an old episode of *Miss Marple* (his guilty pleasure). The doorbell rings and he frowns at the interruption, and then panic grips him as he makes out the shape of a policeman through the frosted glass of his front door. (Of course, I didn't know he had frosted glass in his front door; I was just imagining.)

However he found out, I felt certain he would hate me, because he wouldn't hear my side of the story. He would assume that I had done it as a kind of sick joke, or for monetary gain. The thought of him thinking badly of me made me feel physically sick; I had to get down from my desk and bend double on the floor. And it was whilst crouching down there, staring at the crumbs in the carpet, that I realized I had to break the news to him, now. I had to explain in person. If he understood why I had done it, he would forgive me.

Normally I carefully consider the pros and cons of major decisions, but the moment this idea came to me, I knew it was the right and only course of action. And I admit that I was anticipating more than just forgiveness from Connor. After all, if Tess was dead, there was nothing to stop us being together. Once he was over the shock of the news, he would see that. Now he was free to love someone else, and the person he wanted was right here, in London, ready and available.

My anxiety morphed into impatient excitement; I wanted to see Connor right away. As I say, it was a Friday afternoon, so I decided I would go down to Temple and catch him as he was leaving work for the day. I put on the tight Tesco skirt and top I had bought for our previous, thwarted encounter and brushed my hair forty times. Luckily Jonty was out, so I didn't have to invent another excuse for looking so dressy; it also meant I could use the mirror in his room, the only full-length one in the flat.

I had mum's make up bag but there was no need for it: my eyes were shining and cheeks were rosy, all of their own accord. I looked as nice as I had ever done, I thought, and smiled at my reflection.

It was five past six when I reached his office. My normal bench was occupied by three middle-aged tourists taking the weight off their feet, but I couldn't have sat still, anyway: I was too excited. I paced up and down the little park, mouthing to myself the opening line I had decided upon – 'I have some bad news, and some good news' – and all the while keeping my gaze locked on the black door of Asquith and Partners. Just before half-past six, Connor emerged.

He was alone, his leather bag strap across his chest, talking into his phone and walking briskly up the road. As before, the sight of him produced a lurching sensation in my chest and made my legs feel weak, but at the speed he was walking I had no time to waste. I gathered myself and started after him, struggling to keep him in view as he headed out of the cobbled streets of Temple and onto the larger road above, which was busy with cars and people. At the pavement he came to a halt, still talking on his phone. I was able to catch up, and was almost within touching distance when I heard him say, 'Yeah, I see you.'

I stopped, and watched as he waved in the direction of a little red car parked on the other side of the road. In the driver's seat was a smiling blonde woman, and in the back, waving back at him enthusiastically, were two little children. I watched as Connor waited for a gap in the traffic, crossed the road and got into the passenger seat. He leaned over to kiss the woman on the lips, before turning around to greet Maya and Ben. And I watched as Chrissie started the engine and pulled out, and the red car merged with the traffic and disappeared from sight.

I don't know exactly how long I stood there on that thronging pavement. I was aware that the people walking past seemed annoyed that I was rooted to the spot, and pointedly pushed past my shoulder or clicked their tongues. If they had asked I would have explained that I couldn't actually move; my legs would not let me. My brain felt similarly leaden inside my skull, as if it had shut down in order to avoid processing what had just happened. It only allowed silly, tiny thoughts, like how it was a good thing that I had not put on any mascara earlier, as it would now be smudged down my face.

Eventually my legs started to work again and transported me to the tube station. The train was rammed, but a woman stood up and offered me her seat. I'm not sure why she did it but I was grateful. Sitting down, I was aware of how short my skirt was: my lap seemed to be all bare thigh, the skin pale and mottled. Beside me was a man in a crumpled suit, who looked a similar age to Connor, slouched with his legs wide apart and tapping on his iPhone. The screen was in full view and I watched, as if from behind glass, as he composed a text to someone called Mila: *I'll make it worth your while, you know that. I haven't forgotten what I promised at Ascot . . . Xxx.* I imagined myself leaning over and typing *PS – Oh and guess what – I'm married!*

Back at the flat, I was relieved to discover that Jonty

was still not home. I wrote him a note saying I was ill and not to be disturbed, and locked my door behind me. It hit me then that I was completely exhausted, and without taking off my shoes I lay on the sofa and fell asleep.

When I woke it was very dark, and both the street and the flat were quiet. Opening my laptop to check the time, I noticed I had forty-eight new emails, and was confused until I remembered that I had set up a Google news alert for mentions of Adrian and Red Pill. The Saturday newspapers had just been published, full of updates, analysis and debates on the story.

I read the stories impassively, as if I had no personal connection with the subject matter. Another member, a boy called Stephen, had come forward to say that he had also been approached by Adrian to take over someone's life, but hadn't gone through with it. There were more reported sightings of Adrian, in England and overseas, in Prague and New York. One paper carried the headline *Is YOUR child part of a suicide cult?*.

In an interview Randall had been asked how many others he thought might have been enlisted, and had replied, *I don't know. God knows. Hundreds, maybe.* The paper then used this as justification to ask a 'respected psychologist' to compose a checklist of warning signs for parents worried that their child was one of Adrian's minions. The first question was, *Does your child spend an excessive amount of time at their computer?* The second: *Do they keep odd, antisocial hours?*

Although I read the articles, I could not concentrate on them. All I could think about was Connor; or, more specifically, why had he done this? Why did he lie about being separated from Chrissie? Over the course of the weekend he sent Tess several emails, all as flirtatious as normal. When I asked him what he had got up to on Friday night, he said he'd gone out for drinks with people from work and then ended up at a party in Whitechapel. It was boring, because you weren't there.

I re-read our past emails. Wondrous creature. This is a rare thing that's happening here, you know that? I feel I can tell you anything. Kiss me first. He had asked me once about my memories of being a child, and I told him about a memory of walking down Kentish Town High Street with mum when I was seven – although I relocated the scene to Dulwich, where Tess grew up – and spotting what I thought was a little pink teddy bear in the gutter. I had presumed that some other child had dropped it, and felt sorry for it because it was all dirty and forgotten. I crouched to pick it up, and it was only when I lifted it to eye level that I saw it wasn't a teddy after all, but a sawn-off pig's trotter. Aww, poor little Heddy, he had replied. That's too sad. I want to come and wrap my arms around you. Now that mum was dead, he was the only person who knew about that.

Did it really matter that he was married, I wondered. Perhaps he and Chrissie were putting up a front for the children. One of Tess's unhappily married friends, Carmen, had emailed her once: *We're doing the old 'staying together for the kids' thing.* Perhaps he was being selfless by staying married to Chrissie. And he hadn't told Tess because he suspected she would have nothing to do with him. *No more married men* had been one of her 2009 New Year's resolutions.

And people got divorced, didn't they? If they fell in love with someone else? And that other person was available?

These weren't the kind of questions that could be answered by Google, and, not for the first time, I wished that Tess was around to advise me. But then, I knew what she would say. She would tell me I shouldn't have expected anything from Connor in the first place. She thought that all men were, I quote, just 'horny little toads', who would do exactly as little as they could get away with. She didn't say it with regret or anger but with casual resignation, as if it were just a fact, written into their biological code.

During one of our conversations I took issue with this view, pointing out that it was a sweeping generalization which didn't hold up on several points. By the same token, women should all share certain characteristics too, and Tess and myself were examples of how two people could share a gender yet barely any similar personality traits. I also pointed out that this 'toad' quality was not much in evidence in her own dealings with men, most of whom seemed keen for more commitment from her than she was willing to give them. Actually, I said, from the evidence of her life and from what I could garner about the supposed differences in the sexes, it seemed that she was the one playing the supposed 'man's role', hopping between partners.

I remember she was lying on her back on her bed as we talked, so I couldn't see her face for much of the conversation, but at that point she sat up and looked directly at the camera, her head tilted to one side and an amused look on her face.

'Babe, no offence but I'm not sure you're qualified to advise on sexual politics,' she said.

But over the last few months I had realized something: that just because Tess said something with total conviction, it didn't mean that she was right. Back then, it was true, she was far more knowledgeable about relationships than me and I had little to back up a challenge to her assertions. Now, though, I had had some experience myself and did feel qualified to make my own judgements – and I just didn't agree that all men were the same and could not be trusted. Each person and relationship was complex and unique. And I knew Connor far better than Tess ever did.

I realized that I had to talk to him, as soon as possible.

The next day I could was Monday. I considered going down early to his office to catch him as he arrived for the day but decided against it; he was often late, I knew, and might be rushed and flustered. A better time would be when he left the office for lunch.

On the Monday morning I woke early, at 10 a.m., feeling eager and nervous in equal measure. I couldn't sit still, and the prospect of waiting in the flat for two hours until it was time to leave was unappealing, so I made the decision to walk to Temple. I hadn't walked that far before, ever, but this was an important, life-changing day and it felt appropriate to be bold.

Once again I put on my new skirt, and brushed my

hair until it rose from my scalp with static. Luckily, Jonty was away for a few days visiting his parents, so I didn't have to think of an excuse for my smartness. I left the flat and made my way down to the Thames path. It was a nice day for October; the city gleamed in the sunlight and the air was fresh and invigorating – not that I needed energizing. The tide was low, and just before Tower Bridge I noticed a group of people down there, using their hands and tools to dig around in the exposed river bed. I recalled Jonty arriving home filthy one day and enthusing about a new hobby of his called mud-larking, which involved scavenging for artefacts from the Thames' sediment; perhaps that was what these people were doing.

Excitement made me walk quickly and the journey to Temple took less time than my route planner predicted. By the time I reached my bench it was only 12.15 p.m., at least three-quarters of an hour before Connor would venture out for his sandwich. I felt frustrated at the prospect of waiting, until it occurred to me that now I didn't have to. After all, if I was going to reveal the truth, it was no longer necessary to engineer a meeting; I could just go into his office and ask to see him.

I walked across to the black door and pressed the intercom. A female voice answered and I stated loudly and clearly that I was there to see Connor Devine. I was buzzed into a small, surprisingly shabby reception area. The woman behind the desk looked at me curiously, and asked whether I had an appointment. No, I replied, I was here on an urgent personal matter. She asked my name, picked up her phone and dialled a three digit number.

'Connor, there's a Leila here to see you,' she said, and at that, hearing it so baldly stated, my confidence faltered. I stepped backwards and opened my mouth to say I was leaving but before I could speak Connor had appeared through a side door, as if he'd been waiting just behind it.

He looked at me and frowned, then glanced over to the receptionist, as if to say, 'Is this her?' She nodded, and he looked back at me.

'I'm sorry, do I know you?' he said.

'Yes,' I said. My resolve flooded back. 'Come outside.'

He frowned again, but followed me out onto the street. I walked a few paces away from the office, and turned to face him. Connor looked back at me and, absurd as it sounds, it was as if an electrical current passed between us. In just a few seconds I absorbed every detail of him: the pink tinge around his eyes; the thick, neat stubble; those wings of hair, covering the piercing in the top of his left ear that he'd had done whilst drunk in Thailand on his year off.

'I'm sorry,' he said again. 'Have we met?'

'Yes,' I said, nodding firmly.

His eyes searched my face.

'Are you Tobias's sister?'

'No,' I said. 'I don't know Tobias. I'm Leila.' I realized I hadn't really thought out how I was going to approach this. 'I know Tess.'

His expression changed, softening for an instant and

then becoming more alert. He shifted on his feet and glanced around.

'Who are you?' He looked at me closely. 'Haven't I seen you somewhere before?'

Perhaps best not to remind him of our previous meetings yet, I thought. 'I told you,' I said. 'I'm a friend of Tess's.'

'Is she all right?' he said. 'Has something happened to her?'

'No,' I said. 'Well, yes. I need to tell you something. Can we sit down?'

I motioned towards the bench and we sat. I took yesterday's newspaper out of my bag and laid it on his lap. He gave me a quizzical look, before picking it up and looking at the front page. It was only then that I noticed the ring on his left hand. Had it always been there, or had he taken it off when I met him before?

After a few seconds, he put the paper down.

'I'm sorry, I'm at a total loss as to what this is all about and I'm very busy. Has something happened to Tess?'

'Yes. But first you need to know about Adrian Dervish,' I said, indicating the paper. 'Apparently encouraging people to commit suicide.'

'Right,' he said, impatient. 'And?'

I had presumed our conversation would flow naturally, like it did online, but that was not the case. It no longer felt like Connor and I had a special connection; in fact, at that moment he might as well have been a total stranger. I felt panicked that things were not progressing as I had anticipated, and changed tack – perhaps too abruptly.

'Tess is dead,' I said.

I watched his face carefully as I said the words. There was a twitch at his eyebrows, but his features remained impassive.

'What?'

'She killed herself,' I said.

'When?' he said quietly.

I paused, knowing that after I answered this question, nothing would be the same. Connor had turned away and was staring into the middle distance, his mouth slightly ajar. It wasn't too late, I thought. I could just tell him that Tess had died that morning, in Sointula, then get up and walk away. But if I did that he would never know he had been writing to me. Our relationship would be over and I would almost certainly never see or hear from him again.

'When?' he said again, turning back towards me.

I laid my hand on his shoulder in a comforting gesture and took a breath.

'Four months ago,' I said.

He looked up sharply. His eyes had almost disappeared, like they did when he was amused, only now he wasn't smiling.

'That's impossible. We emailed yesterday.'

'You weren't writing to her,' I said. 'Well, that's not true. I mean, you were writing to her, but it wasn't her reading the emails. Or replying. It was me.'

He stared at me, and when he finally spoke his voice had lowered to something like a snarl.

'What the fuck are you talking about? Who *are* you?'

His aggressive tone startled me. The image of him

walking towards Chrissie and the children in the car resurfaced, and I felt indignant.

'I told you. I'm a friend of Tess's – a much better friend than you. I know her a thousand times better than you do.'

'What are you saying?'

'I told you,' I said, exasperated. 'Tess is dead, and I . . .'

'Did you kill her?' He stood up suddenly and stepped backwards away from the bench, staring at me like I was a dangerous dog.

'No!' I said. 'I helped her!' My indignation suddenly dissipated and, to my dismay, I felt on the verge of tears. 'Please sit down.'

After a moment, he did, but again turned away so all I could see of his face was a muscle twitch at his jawline.

'I was only doing what she asked me to do,' I explained. 'She wanted to die but she didn't want to upset her family and friends, and so she asked me if I would take over her life, so that she could quietly slip away and—'

'And kill herself?' said Connor.

'Yes,' I said.

Again Connor rose from the bench, but this time he didn't step away. He had his back to me and I watched from behind as he produced a packet of cigarettes and a lighter from his trouser pocket. I heard a click and watched his slim shoulders rise and fall under his suit jacket as he inhaled.

'I thought you'd given up,' I said, without really thinking.

The hand holding the cigarette paused in midair, before continuing on its path. After several more inhales he spoke again, without turning around.

'Let me get this straight,' he said. I could tell he was making an effort to keep his voice measured. 'You're claiming that Tess was involved with that nutter, she killed herself, and you – whoever you are – encouraged her to do it?'

'I didn't "encourage" her to do anything. It was her own decision,' I said, and briefly explained how I'd met Adrian and my involvement with Tess had come about. I talked to his back, staring at the pinstripes of his jacket, willing him to turn around. 'She was in sound mind,' I added. 'She knew what she wanted.'

Connor was silent for some seconds, then dropped the cigarette. He didn't squash it out with his shoe and the smoke drifted in my direction. I didn't mind, as I usually did; somehow it didn't smell as nasty as other people's. Then, at last, he turned to face me and said, as if it had only just dawned on him, 'You mean, I've been writing to *you* all this time?'

I nodded, and smiled. It wasn't surprising he had taken a while to digest the truth: there was a lot to take in. Now, I hoped, the implications were becoming clear. He thought the person he had fallen in love with was in Canada, out of reach, but actually, she was right here in front of him.

Connor was staring at me, but I couldn't fully read his expression. I tried to imagine what was going on in his head, and it occurred to me that he didn't know where he stood with me, Leila. He might think I was just doing my job when I wrote to him; that I couldn't care less about him.

'I meant it all, you know,' I said. 'Everything I wrote.'

He didn't say anything, just continued to stare at me. I started to feel a little flustered, and found more words coming out of my mouth.

'I'm – I'm not going out with anyone, you know. I'm single. And available.'

Finally, at this, his mouth curled into something like a smile, and he spoke, slowly and clearly.

'Are you fucking insane?'

Now it was my turn to be lost for words. Connor looked me up and down in an exaggerated manner, still wearing that odd half-smile.

'You really think I would go out with *you*?' he said.

It felt as if a balloon had suddenly been inflated inside my chest. My breathing turned shallow, and for a few moments I could do nothing except stare at Connor. He looked steadily back at me; now he was ugly, his face a stranger's. And then, just as suddenly, I was galvanized by fury.

'Well, I suppose it would be hard for you to go out with anyone, wouldn't it,' I said, 'since you're already married!'

Connor flinched.

'I saw you! You and Chrissie and the children, all cosy in the car. You said you'd split up ages ago! You said you were in love with me and wanted to be with me. Why did you say that? I . . .'

'What the fuck?' said Connor. 'When did you see us? Are you stalking me?'

I shook my head, furious that he was trying to evade my point.

'You said you were in love with me,' I repeated, loudly and slowly, as if speaking to a child.

'Ssssh,' hissed Connor, before softening his expression for the benefit of someone behind me. I turned to see that a couple of his colleagues had emerged from the office for lunch, and were glancing at us with curiosity. Connor gave them a nod and a smile, which was wiped off his face the instant they passed out of sight.

'You said you were in love with me . . .' I began again.

'Stop saying that,' he said. 'I don't even know you.'

'I'm Tess!' I said, almost shouting. How could he still not get it? 'Don't you understand? *I'm Tess.*'

Connor gave a dry, horrible laugh.

'I don't know what the fuck is going on here, but I'm sure of one thing, and that is that you are definitely not Tess.'

'Of course I'm not *actually* Tess.' By now I was waving my arms about, and anger and frustration meant my thoughts came tumbling out in no sensible order. 'Those things you wrote – were they lies? I told you about the pig's trotter! You said that you laughed in court out of happiness, just at the thought of me! Was that true?'

With each question my voice grew still louder, and I noticed passers-by were looking over at us. Connor had backed away and was staring at me.

'Get away from me,' he said.

The look he was giving me, a blend of disgust and fear, was too much to bear.

'And you're a . . .' I paused because I couldn't think of just the right word, and then I found it – one of Tess's favourites, which I had never said out loud before – 'a cunt.'

As I hoped, Connor looked taken aback; but the word also defused my anger. I suddenly felt exhausted, and when I spoke again, my voice had returned to normal volume.

'Does Chrissie know?' I said.

'Of course not,' he said.

'Would she leave you if she found out?'

He looked at me sharply.

'Are you threatening me?'

'No,' I said.

'Well, in answer to your question, I don't know. I don't know what Chrissie would do if she found out. I suppose she would leave me.' He seemed far away, as if he was speaking to himself. 'I can't believe Tess is dead. I can't believe you . . . I can't believe any of this.'

'I'm not lying,' I said. 'You're the one who's lied.'

Connor gave that cold, barking laugh.

'You're calling *me* deceitful?'

But I didn't have the energy to reply and start arguing again and neither, it seemed, did he. His shoulders sagged.

'Who *are* you?' he said quietly, but it wasn't a real question. And then, without saying goodbye, he turned and walked away, not stopping at his office but carrying on up toward the main road. I stood, watching, until he was out of sight.

I remained where I was standing for several minutes,

before it occurred to me that Connor might return to work at any moment. I set off at a brisk walk which quickly morphed into a run, stumbling in my slippy shoes as I tried to escape from Temple. I lost my sense of direction, and what had once seemed a magical enclave now felt like a fortress, each of its cobbled streets confusingly similar and populated by men in suits who looked just like Connor.

Eventually I found an exit, and emerged with relief onto Victoria Embankment. Lanes of traffic lay between me and the river but I crossed the road without waiting for a sensible gap, dimly conscious of car horns and shouts in my wake. I leant against the wall above the water. Now supported, my body went limp. It was all I could do to keep my head upright.

I didn't feel angry, or even disappointed, with myself. It was as if I had been emptied of feeling. The word 'gutted' entered my head – at school, people had thrown it around in reference to trivial events and I had dismissed it as a slangy figure of speech, but now it was the only word that fitted. I felt I had been completely gutted, and my body was now as useless as a banana skin.

The brown river glinted in the sun, the tide still low, and the breeze carried a dank tinge. On the opposite bank, I could see people leaning on the wall, as I was; unlike me, however, they all seemed to be in pairs, nestled close as they gazed out over the water. I turned my head east, towards Tower Bridge, and saw that the group of mudlarkers were still down on the river bed. The tiny, crouching figures in their luminous jackets might as well have been on a different planet. Tess used to say that adult life was just an exercise in filling in time: if so, I thought, then maybe these people had the right idea. Digging around in the mud was absurd, but at least it was harmless.

I closed my eyes, but attempting to process what had just happened with Connor made my head hurt with a physical pain. How could I have got the situation so terribly wrong? How could something that felt so real to me have actually meant nothing?

I should go back to the flat, I thought, and pictured my laptop waiting for me on the desk, the tiny light on its power cord glowing in the shade of the restaurant sign. But the image no longer offered any comfort. What was the point, when there would never be any more emails from Connor? In fact, the thought of getting back to work, continuing to be Tess without him, now suddenly felt abhorrent.

What I did next was not due to anger or another form of high emotion. Rather, it was a rational decision; or so it felt at the time. On a practical level, I did not belong out here in society, and I could not bear the thought of the flat, with its associations. I needed somewhere else to go. Moreover, I could no longer trust my judgement, and, without that, what was I? I had to surrender, and let someone else step in and take control.

I took out my phone and Googled the closest police station.

It was near Fleet Street, and in five minutes I was there. I hadn't been to a police station before, but it didn't look like I had been missing much. Although the outside was quite old and grand, inside wasn't more interesting than a bank foyer, with plastic chairs bolted to the floor and leaflet holders on the walls. There was a small queue at the front desk, and I waited impatiently behind a foreign couple as they falteringly explained that they needed to report the loss of their phone for insurance purposes, and then conferred at length on even the simplest questions they were asked.

After fifteen minutes, I felt compelled to take action.

'Excuse me,' I said loudly, to the man behind the window. 'I've got something important to say.'

The policeman looked at me without expression. He had a tired, meaty face.

'Don't you all,' he replied. 'If you could just wait your turn.'

Eventually, the couple moved away, clutching their completed form, and I stepped forward to the glass. The policeman raised his brow in weary enquiry.

'I wish to make a confession,' I said.

'About what, may I ask?'

'My involvement with Adrian Dervish.'

'And he might be . . . ?'

I sighed with impatience, and for the second time that morning, produced my copy of yesterday's newspaper and held it up to the glass. The man glanced at it.

'You know this man, do you?'

'Yes I do,' I said. 'Well, sort of. I mean, I don't know where he is.'

He looked again at the paper.

'Well, madam, if you care to take a seat, someone will come to take your statement in due course.'

I was, I admit, surprised and somewhat disappointed

by the lack of urgency and excitement shown by the police, an attitude that continued when, after a further twenty-minute wait, I was called to give my statement. A young blonde policewoman showed me through a door and into a small room equipped with a table and four chairs. We sat opposite each other and she pressed play on an old-fashioned tape recorder with two cassettes. As I spoke she also took notes, holding her pen in the same way Rashida used to, with her hand curled over the top.

The woman was nicer than the man at the front desk and seemed to know something about the case, if not much more than could be gathered from the newspaper article. She started by asking a few questions – how I met Adrian, and so on – but when she realized I was going to give a thorough, chronological account of my dealings with him, she let me talk largely uninterrupted.

I had been nervous beforehand but, as I spoke, I found that the act of unburdening was quite enjoyable. It was also pleasing to have someone's undivided attention. But then, about half an hour into the interview, things abruptly changed.

By then, I had reached the point where Tess and I formulated her post-check-out plans, and was describing the set-up in Sointula when the woman interrupted.

'Did Adrian Dervish at any point put pressure on you to carry out the scheme?'

I was confused, and asked what she meant.

'When it became apparent that you were not going to go through with the plan, did Adrian Dervish try and persuade you to do so?'

She thought I hadn't actually done it. That I was just another Randall Howard.

It was like the moment earlier with Connor, when he asked when Tess had died – an opportunity to stop the full truth coming out, with all of its attendant complications. This time, however, I didn't hesitate.

'No, you don't understand,' I said. 'I did go through with it. Tess killed herself, and I impersonated her.'

There followed some seconds in which the sound of the whirring tapes seemed to have greatly increased in volume. Then the policewoman leaned toward the machine and announced that the interview was being suspended. She got up and left the room, returning a few minutes later. Then she sat down, turned the tape recorder back on and said, her voice more clear and formal than before:

'I'm arresting you on suspicion of assisting or encouraging the suicide of Tess Williams.'

I said I didn't need a lawyer, but they didn't seem to believe me. Every half-hour, DCI Winder would pause the questioning to remind me that I had a right to legal representation and ask whether I wanted to exercise it. After the third time, I asked him why he was doing this when my answer was always the same.

'We need to be sure that you're sure, and that you understand the implications of your decision,' he said. Besides, he added, the interview tapes only captured forty-five minutes of recording at a time, so this way the warning was included on each side.

This prompted me to ask something that I had been wondering about since coming into the station: why did they use old-fashioned tapes, and not digital recording?

'Digital is easier to tamper with,' he said.

This, of course, made me think about the software I had used to imitate Tess's voice on the phone; however, I resisted mentioning it as, again, I was going over everything chronologically and had not yet reached that part in the story.

DCI Winder was the investigating officer for the case of Adrian Dervish, and had arrived at the Fleet Street station just over an hour after my arrest. During the wait, I had handed over the keys to my flat so they could search it, after using the phone call I was offered to call Jonty and make sure he was still at his parents'. I didn't want him to be alarmed by the police coming in.

Jonty confirmed that he was still in Cardiff and wouldn't be returning until the next day.

'Everything OK?' he said.

'Yes,' I said, thinking on my feet. 'It's just that I'm at a friend's house all day and Amazon were going to deliver something to the flat.' As I spoke, I was disconcerted to see that the young policewoman was writing down what I was saying.

'What friend?' said Jonty, sounding amused.

'Must go,' I said.

From then until DCI Winder arrived, I was largely left alone. At the beginning they offered me a cup of tea and I said yes, even though I don't like tea. The polystyrene cup now sat on the table, its contents untouched and stone cold, and I gazed at it and thought about prison.

I had seen pictures of cells on TV; they didn't looked so bad. It might not actually be that different from being in my flat, I thought.

When DCI Winder entered, the atmosphere in the room seemed to change; I could sense the policewoman sitting up straighter. He was quite old, with mottled red skin and a bumpy nose and had lots of dark hair on the backs of his hands. He introduced himself, speaking with some sort of accent, and then sat down and the tapes went on again.

Unlike my previous interviewer, DCI Winder knew a lot about the case and asked detailed questions about how Red Pill worked and what Adrian had said to me on the Heath and the exact terms of the arrangement with Tess.

'Did Tess pay Adrian?' he asked.

I said I didn't know, and admitted that the thought hadn't occurred to me.

'We have reason to believe that Tess might have given Adrian a large sum of money to facilitate the impersonation,' he said, and explained that Randall Howard's client, 'Mark', had told the police that he had given Adrian £15,000.

'If that's true,' he added, 'it means that Adrian was profiting from the death of others. Which would make this a very serious matter. Do you understand, Leila?'

I nodded.

'Did Adrian pay you?' he said.

I hesitated. 'Not exactly.'

'How do you mean?'

'I think he actually posted me the money, but it came from Tess.'

'How much was it?'

'Eighty-eight pounds.'

'A day?'

'A week.'

He frowned. 'That's a funny amount.'

'It's just what I needed to live on,' I said. 'It was a full-time job, you see.'

DCI Winder looked at me unblinking for a few moments.

'Why did you do it, Leila?'

'Tess wanted to die, and I believed in her right to do so, so I helped her.'

'And if you hadn't helped her, do you think she would have still done it? Or would she be alive today?'

'I don't know,' I said, finally.

Later, he asked about my own state of mind. Was I depressed? Had I ever considered suicide myself?

I answered firmly in the negative.

'Yet you empathized so greatly with someone who wanted to end their life that you were willing to risk being arrested for them?'

I had never thought about it in those terms, but I nodded.

'I suppose so.'

The two questions he asked again and again were the ones I had no answer to. Where was Adrian now? And where was Tess's body?

After three hours of questioning, DCI Winder said that was enough for the day. It was 8 p.m. The moment he clicked off the tape, I realized that I was more tired than I could ever remember being before. I could have put my head down on the table and fallen asleep right there. Instead, they led me to a cell, and I curled up on a hard, narrow bed.

Then, what felt like mere minutes later, I was being shaken awake and told I was being released on police bail. It was the morning; DCI Winder had gone, and I was back in the charge of the young policewoman. I was not to leave London without informing them, she told me, and must report to the station each month.

'How long is this all going to take?' I asked her, as I signed the bail form.

'I can't say,' she replied. 'You may not be surprised to hear that we haven't come across anything like this before. It's new territory for us.'

That's it for now. The sun is coming up and I can hear the insects starting. I'm meant to be going home tomorrow – my flight is booked for 3.35 p.m. – but I've considered changing it. Annie says she is going to stay for another week, and I think I might, too: all it would take would be to go to the Internet cafe in town, amend my ticket and email Jonty to say I'll be home a week late. Annie says I can sand some more stools. I was thinking I might get a taxi to the Alhambra.

Thursday, 25th August 2011

I am on the Dorito-orange plane, heading back to Luton. Or rather, not: we've been sitting on the tarmac at Malaga airport for the past forty minutes, and will remain here for an unspecified period. Apparently, there is an issue with the 'airport management safety measures', which I think means that not enough crew have showed up. The other passengers seem resigned to waiting, although the man in the seat beside me has made clear his annoyance at me using my laptop. It overlaps the little plastic table, and my elbows occasionally stray into 'his' space. He's sitting with his thick forearms folded tightly over his chest, staring straight ahead. Maybe he's the same man I was sitting next to on the way over. This could be the same plane I flew in on a week ago: it certainly has the same malodorous atmosphere.

This was not the plan. Not the plane being delayed – I mean, me going home now. Two days ago I was about to change my ticket and extend my stay at the commune.

I'm not quite ready to write about what happened yesterday and why I have had to leave so suddenly. However, I do want to finish my account of what brought me to Spain in the first place. It's not far from the end.

We had reached the point when I had told the police the full extent of my involvement with Tess and Adrian. Actually, what happened next is quite simply summarized: nothing.

By which I mean that after months and months of investigation, there was no legal action taken against me. Regarding the online impersonation, there was nothing they could charge me with. Apparently, prosecution is only possible if the impersonation is used to harass or commit fraud resulting in loss to a particular victim, and I had done none of those things.

As for her suicide, the fact that there is no body means that Tess was – is – officially classed as a 'missing person', rather than deceased. The law states that if someone tells you they intend to kill themselves, you are not obliged to tell the authorities, but if you say or do anything at all that could be perceived as encouragement you can be charged with assisting or abetting. The police asked me again and again whether I had said or done anything that could be construed as encouraging her. Absolutely not, I said. They combed through our emails but found nothing to indicate Tess had ever wavered from her desire to take her own life, nor that I had done anything to encourage her.

I didn't tell them about that time on Skype, when she cried.

The fact that I had received money from Tess complicated things somewhat, but I showed them my bills and calculations and they concluded that I couldn't be said to have profited from £88 a week. In the end, they decided it was not in the public interest to prosecute me. The person they really wanted was Adrian.

Since that sighting in Gatwick early on, he had disappeared, and it turned out he had covered his tracks quite thoroughly. As I've mentioned, the Red Pill website was hosted by a server in Brazil, for which Adrian had provided fake details, so tracing his IP address was useless. His passport was also forged. And, despite his picture being plastered everywhere, they haven't been able to find him. As the news reports never tire of pointing out, there's nothing about his appearance to distinguish him from the millions of other stout, middle-aged white men in the world. *The devil in disguise as the deputy manager of Dixons.*

Given this hysterical reaction, I can understand why Adrian felt he had to disappear. However, I was surprised that he did not pop up to give his version of events, and explain the principles behind it. Using an IP blocking application, he could easily have posted a video on YouTube or some sort of statement online without alerting the police to his whereabouts. Perhaps he felt that there was no point, that those who condemned him would not have their minds changed.

Still, I am disappointed in him. His silence means that there is only one side of the story, and the unchallenged consensus is that he was an evil man, who took advantage of 'vulnerable' people like me for his own ends. To try and say anything to the contrary has as much effect as shouting into the wind. Everyone presumes that I'm still under his influence – 'brainwashed' – when really I'm just pointing out something I thought any reasonable person would understand: that just because Adrian made mistakes and handled some things badly, it didn't necessarily follow that everything he did or stood for was wrong.

By 'everyone', I mean the police, and Jonty. I had told him what had happened when I got back to the flat from the station, after being released on bail. I didn't really have much choice, as he had already returned from his parents' house, and I found him in my ransacked room, staring at the desk, where my laptop had been replaced by a piece of paper from the police detailing which items they had removed during their search. I couldn't think up a plausible explanation for that.

Jonty took the news surprisingly well, if melodramatically, his eyes wide and his hand clapped over his mouth as I explained the situation as succinctly as possible. Luckily, he had seen the newspaper story, so he knew the basics; although, of course, this meant that he had Adrian down as an evil predator. 'Poor Leila,' he kept saying, clutching my arm. 'Oh my God. That bastard. Poor, poor Leila.'

That day I didn't have the energy to contradict him; besides, after my experience at the station, I welcomed his warmth and sympathy. But the following morning he brought the subject up again and I had the chance to put him straight, on how Adrian was not the monster the papers had made him out to be and how I had acted out of my own free will. This time, his response was more measured.

'Look, I'm not going to pretend that I'm not spun out by all of this,' he said, when I had finished. 'I haven't got my head around it yet. But I know you're a nice person, and I'm sure you went into it with good intentions.'

That was not the end of it, however. Indeed, such was Jonty's interest in the case, you'd think he was involved himself. He devoured the news reports and, because my laptop was still with the police, took it upon himself to update me with every development. 'Someone thinks they spotted Adrian in Brussels,' he shouted through the bathroom door, as I was washing my hair. One morning, he came into the kitchen whilst I was making a cheese toastie and announced that I should consider seeing a therapist.

'Why would I do that?' I said.

'I was reading this thing on the Internet about Stockholm syndrome,' he said, 'when people defend their abusers. I think maybe you have it.'

'Don't be absurd.'

'You keep on saying what an amazing man he was and how you don't regret what happened—'

'I never used the word "amazing",' I said, irritated. 'I've just made the perfectly reasonable point that the situation is not as simple as you and everyone else are making it out to be.'

There was, however, one aspect of the case that I wasn't prepared to discuss: Tess. Several times Jonty started to ask about the details of my involvement with her, and I blocked his questions; eventually, he got the message. It was one thing for Adrian to be public property, to be the subject of speculation and gossip, but Tess – I wanted to keep her to myself.

Weeks passed. The reported sightings of Adrian came to nothing and, with no new fuel, the media moved on to be outraged at someone else. Behind the scenes, though, the case was still ongoing, albeit very slowly, as the sight of my bare desk constantly reminded me. It ended up taking the police nine weeks to return my laptop – although, when I questioned the length of time, the man admitted that for most of that period it had been sitting in a storage facility. He added that I shouldn't hold my breath for the results of the investigation; it was perfectly possible I wouldn't hear anything until well into the New Year. 'It's a complex case,' he said. 'There isn't really a precedent for this sort of thing.'

In truth, I had not missed my laptop that much – because of its associations with Connor. It was actually a relief to be away from it, at least at first. I spent a lot of my days sleeping, but I also opened a box of books that I'd never got round to unpacking and re-read my childhood favourites. Not *The Princess Bride*, obviously. After a few weeks, though, the novelty of being offline began to wane, and I asked Jonty to lend me his iPad.

It was well into the spring when Jonty decided it was finally time to clear away the mound of junk mail from the hallway. It was something he had talked about for some time but never actually got round to – it had even become a kind of 'running joke' between us – but on that Saturday he announced 'today is the day', and took some black bin liners down the stairs. A few minutes later, he reappeared at my bedroom door, holding an envelope.

'This was buried in the pizza leaflets. It's for you. Looks fancy.'

I wasn't in the habit of receiving letters, and certainly not old-fashioned, handwritten ones, with the sender's address in the top left corner. On opening it, the first thing I registered was that it was a very short letter. The second was that it was from Tess's mum.

Dear Leila,

I would like to meet you. Could we arrange a time for you to come to my home? Please call me. I believe you know the number.

Marion Williams

I stared at it. Jonty was still hanging around the doorway.

'Come on then, come on then,' he said. 'Who's it from?'

I remembered something the girls at school used to say when the boys were pestering them and they wanted to talk in peace.

'Oh, it's women's problems. You wouldn't understand.'

Jonty looked bemused, but he went back downstairs. I continued to stare at the letter. I knew so much about Marion but, of course, I had never seen her handwriting before. The blue ink was neatly slanted to the right, with the occasional flourish, such as an oversized capital P and L. After some moments, I forced my focus away from the patterns on the paper and towards the contents of the letter.

It was dated two weeks previously. If Jonty hadn't decided to clear up the leaflets, I thought, it would have stayed in the hall for another month; another year, possibly. I could easily not have seen it. I could just throw it away. But I didn't entertain such thoughts for long. Daunting as the prospect of a meeting was, I knew it was the right thing to do.

I felt a rush of pleasure at making this brave decision, until I realized that the next step was to phone Marion. Although, of course, I had spoken to her before, as Tess, it had not been an easy call, and the thought of doing so again, as *me*, was excruciating. Instead, I waited until Wednesday evening, when I knew she would be at her book group, and left a message suggesting a day and time the following week. I gave my mobile number. When, later that evening, she returned the call, I let it go to voicemail and listened to her message immediately afterwards. Like her letter, it was short and to the point. Yes, that time suited her; and if I was getting a train to Cheltenham I should take a cab and give the driver precise directions, otherwise he'd miss the turning. I scribbled down the instructions, and was Googling train timetables when something occurred to me, and my fingers went still on the keyboard: how had Marion found out my name and address?

I knew what the house looked like through photographs: a large, semi-detached place with white walls and ivy growing up its front like neat facial hair; a circular driveway lined with round bushes. One of Marion's sculptures, a spiky metal thing like a rake, stood on a plinth beside the front door.

As the cab crunched over the gravel drive, I saw that she was already standing outside. She was wearing slim red trousers and I recalled one of the last emails Marion had sent Tess, before everything blew up. In it she mentioned she was considering an operation to get the varicose veins in her legs removed, but it would mean having to wear trousers until the scars faded. I wondered whether this now meant she had gone through with it, or whether she would have worn trousers anyway. This idle thought was immediately followed by a lurch of trepidation, as if the reality of the situation suddenly registered, and I had to resist the urge to tell the driver to carry on round the circular drive and head back to the station,

The cab pulled up where Marion was waiting, and I got out and stood in front of her. She said nothing, just looked me up and down, her face unreadable. I could see Tess in her bone structure and flat nose. She was sixty-seven, a lot older than mum was, but she looked – not younger, exactly, but as if she had been made with better quality ingredients. Her hair was dark and long, and her brown skin seemed tight and polished. Tess had told me she had had a facelift. She wore a turquoise stone on a chain around her neck, and was even tinier than I expected, her arms as narrow as rulers.

She told the cab driver to wait – 'she'll be about twenty minutes' – and turned and walked into the house, not looking back to check I was following. The wooden-floored hallway was lined with paintings and old, dark furniture smelling of polish. *You never let us touch your antiques,* Tess had written in one of her accusatory letters. As we passed one open door Marion moved to pull it shut, but not before I caught a glimpse of a beige hoist, similar to the one mum had. The house was silent and I wondered where Jonathan was, and whether I was going to meet him.

Marion led me into the living room and motioned at me to sit. The sofa was pale pink and so dainty I was worried its little legs would snap as I lowered myself onto it. Marion arranged herself in an ornate gilt chair, about five feet away. I had expected to see more evidence of Tess's father, because in her emails Marion had often talked about him watching TV beside her. I had imagined a hospital bed set up in front of the TV, like mum had, but I couldn't picture any ungainly plastic equipment in this museum of a room.

Finally, Marion spoke.

'So, you're the girl who pretended be my daughter.'

'Yes,' I said.

'I talked to you on the phone,'

'Yes.'

'But you don't look anything like Tess.'

It seemed an odd thing to say – why would I?

'No,' I said.

'You're fat.'

'I'm not that fat!' I said. 'I'm a size sixteen.'

There was silence. Up till then, I had thought Marion was near to expressionless, but now I could see twitches at her eyebrows, as if her face wanted to crumple but couldn't.

I decided it was time for the speech I had prepared.

'Marion . . .'

'Don't call me Marion!' she interjected.

'Mrs Williams, Tess asked me to help her only because

she didn't want to upset you. She went to all that trouble to *spare* you pain. I know that you and she had some disagreements, but I got to know her very well and I know that deep down she loved you . . .'

'I spoke to you on the phone,' she interrupted.

'Yes,' I said, wondering why she was repeating herself.

'Did she ask you to write that email? The one about us starting again, being friends?'

'No,' I admitted.

'The police said you never met her,' Marion said.

'No.'

'Yet you claim you knew her.'

I started to say that we had talked a lot, that I had read all her emails, but Marion carried on as if she didn't want to hear.

'Did you really think that I would be happy to never see my daughter again?'

'She said that you would be too concerned about Jonathan,' I said. 'That you couldn't leave him and there was no chance you'd be able to fly over to Canada.'

'In the immediate few months, perhaps,' she said. 'But – for ever? How did you possibly think it could work?'

'It was only going to last for six months,' I said.

'And then what?'

I remembered what Adrian had said on the Heath. 'I was going to gradually decrease contact . . . like a dimmer switch on her life.'

Marion looked at me as if I was mad.

'Tess was hugely loved,' she said, laying out the words as if to a simple child. 'Not only by us. She had a large group of friends. Did you not think that at some point someone would have visited her, or offered to pay for her to come back over here? What about when her father died? Do you really think that she wouldn't have come back for the funeral?'

'No,' I said. My voice was so quiet I could barely hear myself.

'I think you underestimated how much she was adored,' said Marion. 'Maybe you can't understand that. I hear you are a sad little creature. No family. No friends.'

I flinched. How did she know these things about me? I opened my mouth to ask but no words came out, and to my horror my eyes began instead to fill with tears. I looked down at the carpet. It was dark blue, and I could see a few white specks, like dandruff. I thought of what Tess had told me about Isobel, Nicholas's wife – how she put plastic covers on the backs of her chairs when Jonathan visited to protect the material against his greasy hair.

'And how did she meet that man?' she said.

'Adrian? I don't know.'

'Stop trying to protect him.'

'I really don't know,' I said. 'I had presumed they met on Red Pill.'

'This Internet site? Tess wasn't interested in that sort of thing. She wasn't . . . like you.' She paused. 'Were they lovers?'

The idea was quite shocking, but I tried not to react. 'I don't know.'

'But I thought you knew everything about my daughter,' she said, meanly.

Another pause. Again, I looked away. On the coffee table was a neat stack of large glossy books and magazines and a small pile of leaflets and junk mail, presumably en route to the bin. They reminded me of my hallway, and finding her letter.

'How did you find out my name and address?' I asked.

Marion sighed, as if it was a boring question. 'A friend of my husband's has connections with the force, and he made some enquiries.'

'Oh – you must mean Uncle Frank!' I said, pleasure at making the connection temporarily overriding my discomfort at being investigated. 'Frank, who wasn't really Tess's uncle, and was a chief inspector until he was forced to take early retirement because he got accused of taking that money . . .'

'Yes,' said Marion, icily.

Just then, there was a noise from somewhere in the house, a sort of low bellow, which I thought must have come from Jonathan.

'Excuse me for a moment,' said Marion, as if we had been having a polite tea party, and slipped out of the room. I heard her out in the hall, calling, 'Helen!' I looked at the pictures on the walls, recognizing one of Tess's paintings, concentric green circles slashed with red stripes. There were photos of Marion when she was younger, looking glamorous in an exotic location I guessed was Chile, and some of Tess and Nicholas as children. Most of these I had already seen, but there was one of Tess that was new to me: a school portrait of her as a teenager, with black-rimmed eyes and her hair scooped high off her face. Her smile was similar to the one she had in that first photo I ever saw of her, the one at the party, where she was exchanging a knowing look with the photographer.

Marion returned, and re-seated herself in the gilt chair. She crossed her legs at the ankle.

'Is Helen your new carer?' I asked. 'What happened to Kirsty?'

Marion's eyes slitted.

'It's none of your business what happened to Kirsty. Nothing that happens in this house is any of your business.' Her voice rose, and I noticed that her hands were clenched, but her nails were too long to allow them to fully close into fists. 'How dare you! How dare you! Tess was my daughter. You may think you know her, but you don't. You don't know her at all. I'm her mother. I know her.'

It was on the tip of my tongue to correct her tense – *knew* her – but I held it in.

'You know, you haven't expressed any regret for what you've done,' she continued. 'For me. For all of us. For her life gone. Have you no heart?'

I swallowed and started to speak.

'I believe in self-ownership over our bodies, and that it's our right to . . .'

'Shut up!' screamed Marion, her face flushed. 'Shut up, shut up, shut up!'

There was a moment's silence. More than a moment, actually. I think the outburst shocked her as much as me.

Marion wiped each eye with her finger, a bright red nail passing under her lashes, and when she spoke, her voice was again steady.

'Why did she go to Spain?'

I frowned, confused. 'When?'

'On – that day. Last summer. The police say she took a ferry to Spain, to Bilbao. Then they can find no further trace of her. Where was she going?'

I tried to digest this new information.

'I didn't know she did that,' I said, finally.

'Oh, really?' Her tone implied disbelief.

'I promise,' I said, feeling tears threaten me again. 'We didn't talk about it. It was the one thing we didn't talk about.'

'Where's her body?'

'I don't know.'

'How did she do it? What happened?'

'I don't know!' I said. 'Really, I don't.'

'I need to know,' she said, but quietly, as if more to herself than to me. We sat there, not speaking, for a long moment, but it was different to the previous silences – not so much awkward, just weighty.

Then, Marion said, firmly, 'Can you leave now?'

I carefully lifted myself off the sofa. Her hands were clasped in her lap and her head turned away from me, looking at the wall.

'I'm sorry,' I said. I meant that I was sorry that she was upset, rather than sorry for what I did, and I considered making that distinction clear, but then thought better of it. I walked back down the polished hall, speeding up as I felt my chest heave, and just managed to make it outside and over to the flowerbed before throwing up, just behind Marion's sculpture.

'Oh dear,' said the cab driver, as I got in the back seat. 'Sure you're finished?'

I nodded, and he handed me a tissue.

The idea to find out what had happened to Tess came to me on the train journey home. I sat in a window seat, as the train made its slow way through the dreary countryside, and thought about Marion's face: those twitching eyebrows, that 'I need to know'. And I decided then that I would use my knowledge of Tess to calculate her most likely course of action after check-out, and try and find the answer to Marion's questions.

The revelation that Tess went to Spain had thrown me, but I think that any discovery about her movements post-check-out would have done. After all, I had presumed she had committed suicide very soon afterwards, if not on the actual day itself. But I had another reaction on hearing the news which was, I'm ashamed to say, not in the least bit rational: a pulse of annoyance at Tess sneaking off behind my back. After check-out, I was supposed to be in control. I thought her life was in my hands.

I no longer had Tess's emails to work from, because her accounts had been suspended when everything came to light. Still, I had my memory, and Google. I also had, I realized, another clue, which could narrow down the possible search area: the email Tess had received, ten days after check-out, from her friend Jennifer, who said she had spotted her at the Alhambra in Granada. At the time I had put this down to mistaken identity and thought little more of it, but now, combined with the knowledge of her ferry crossing, it became highly significant.

The more I thought about the time discrepancy, the more it seemed plausible that there might have been an interval between check-out and the actual act.

It made sense for Tess to travel to another country to do it, somewhere where she had more scope for disposing of herself in a manner that meant she couldn't be identified. And once in Spain, she would have been in limbo, free of her old identity: a non-person, responsible to no one. In that situation, it wouldn't be unreasonable for her to spend some days alone thinking, coming to terms with what she was about to do.

Of course, the fact that she may have been spotted in Granada didn't mean she had stayed around that area. The city was on the opposite side of Spain from Bilbao, where she had entered the country; if she had already travelled that far, she might well have then gone further. So, tempting as it was to concentrate only on that city and the surrounding area, I had to keep my options open.

Next, I considered what kind of place Tess would head to in Spain. The basic criteria were simple, as they were the same as I used to choose Sointula: somewhere simple and hippy-ish, the opposite to London. In this instance, though, I thought it was likely that Tess would be drawn to a place which had some personal significance for her, or which was guaranteed to have the kind of environment she desired. In conclusion, I thought it was probable that she had spent those lost, post-check-out days at a location that was familiar to her.

Tess hadn't, as far as I knew, been to Granada before, but she had had 'mini-breaks' in both Barcelona and Madrid; the former with a short-lived boyfriend called Boris, with whom she had argued over lunch on the first day, calling him 'a pussy' when he balked at sucking the head of a prawn, and the latter with a group of women for an 'excruciating' hen weekend. After Googling those cities, however, I decided it was unlikely she would have headed to either. They were busy and built-up, not obvious destinations for someone who craved peace. Yet Googling *quiet + secluded + Spain* was clearly not going to get me very far.

With no firm leads, my quest quickly ran out of steam, although I continued to devote some time each day to it. Indeed, the breakthrough did not come for several months; ironically, when my mind was not on the task in hand. I was thinking about Connor.

Even after all this time, he still invaded my thoughts, despite the fact that we were no longer in contact. Since our confrontation there had been one final email from him, sent two hours after he walked away from me in Temple. It was there in Tess's inbox when I switched on my phone after leaving the police station, in what turned out to be the small window between my confession and the suspension of her email and Facebook accounts.

It was brief and to the point.

Here's the deal. You don't tell Chrissie, and I won't tell the police. OK?

I replied, I've already told the police, and I'm not going to tell Chrissie.

I paused. I had so many questions. But I decided to ask just one.

Where does 'kiss me first' come from? What does it mean?

His reply came thirty seconds later.

I don't know.

What do you mean? I asked.

I don't know, he said. Tess said it once, can't remember the context. It just became a silly thing between us, a private joke.

And that was that. Our last communication. But, as I say, in the weeks since he had never been far from my thoughts. Indeed, it was as if there was a film permanently playing in my head of him going about his daily business, mostly composed of tiny, insignificant details that I had witnessed for myself or could vividly imagine. His hand guiding his mouse as he worked at his computer; his nod of greeting to the man behind the sandwich counter; the way he shrugged on his coat as he left the office. When it came to his life at home with Chrissie and the children, however, the tape went blank.

I re-lived our correspondence, mentally turning over his emails again and again to see if there were any clues that I should have heeded, remembering how I had felt when I received a certain message, or sent what I considered a particularly witty reply. This activity made me feel heavy with sadness, like a sodden towel; then, occasionally, I would experience sharp bursts of anger which had nowhere to go.

That morning I was at my laptop, the usual thoughts circling around my head whilst I ostensibly continued with my quest to uncover Tess's whereabouts . . . For some weeks now this had been reduced to Googling various combinations of words related to travel and Spain and Granada, and trawling through the results in the hope that I would stumble across a possible lead or memory trigger. I scrolled past a site advertising easyJet flights to Granada, a site I had seen many times before. That day, however, the name of the airline combined with that moment's thoughts of Connor to produce just that: a flicker of an association, which I concentrated on until it became a full-blown recollection

In the early days of our correspondence, I – Tess – had sent Connor the standard email describing Sointula, how it was full of 'alternative' types and so on. It's got this really amazing atmosphere, I think it must be on a leyline. I feel so happy here, like I can think and breathe properly for the first time.

And Connor's reply had been along the lines of: But why Canada? At least before you indulged your hippy tendencies somewhere served by easyJet.

At the time, I thought little of it. Now, I snapped into focus. I started by looking at the list of destinations served by the airline but that didn't help: Granada was one of dozens in Europe. After another hour of fruitless Googling, I concluded that I had no option but to email Connor and ask him what he knew about this hippy place he referred to.

The prospect of communicating with him again produced a rush of adrenalin, similar in intensity to how I had felt seeing him in the flesh. I couldn't help thinking back to before, when despite the fact we wrote to each other dozens of times a day, I'd still receive a stab of pleasure when an email arrived from him; there was the feeling that we were members of a tiny club that was impossible for others to get into, that only we knew the rules of. For a moment, I experienced such desire to be innocently back in that time that tears came to my eyes. Then the memories of his betrayal and the lack of feeling he displayed at our meeting in Temple came swarming back. I tried to concentrate on them, so that anger and hurt would harden me up.

Previously, of course, I had communicated with Connor through Tess's email account, but that was no longer in operation. Meanwhile, my own email address was in my full name and I didn't want to reveal that. So, the first thing I did was set up a new, anonymous account. I spent a while thinking of a suitable name: it had to be attention-grabbing, as there was the risk he'd write off an unknown recipient as spam. I considered kissmefirst@gmail.com, but thought he might not open it if he knew it was from me, so decided to use the name of a female singer he had told me he liked when he was a teenager: Carol Decker.

The subject line was Hello again and my tone was businesslike, devoid of any reference to what had passed between us.

No, this is not really Carol Decker. This is Leila, Tess's friend. We met a while ago near your office. Now, I need your help. I am conducting some research into the possible whereabouts of Tess for the benefit of her mother, Marion, and I would like you to elaborate on a reference you made in an email to Tess during the summer. The email referred to a 'hippy' place she had once visited that was reachable by easyJet. What was this place?

His reply came forty minutes later.

I have no intention of entering into a protracted exchange with you, so I won't comment on the immense irony of your noble mission to help Tess's mother find her daughter. But for what it's worth: years ago, when we were together, Tess mentioned that she had spent the previous summer at some hippy commune in the Alpujarras. Skinny dipping in the river, getting stoned around the camp fire, communing with Gaia and earnest Frenchmen, that sort of thing. I don't know the name.

OK?

Do not contact me again.

So exciting was this information, I didn't feel too hurt by Connor's hostile tone. The Alpujarras were, I knew from my research, near Granada, and a Google search revealed only one long-established commune in the region. Half an hour later, I had booked my plane ticket.

Then, it had all added up. I felt so sure that she had gone there; that the commune would hold the clue to her death. But it's come to nothing. Yes, a couple of people there thought they might have seen Tess last summer, but they weren't positive. That's not good enough. And even if I had ascertained for certain that she had been there, there was still the mystery of where she went when she left; where she died. I am no closer to finding her body.

I now feel embarrassed for having embarked on this mission; for not anticipating the obstacles. All I can be pleased about is that I didn't tell Marion that I was coming out here, so she will not have had her hopes raised and then dashed.

We're in the air now, finally. I had to put away my laptop while we ascended, and when I looked out of the window, for a moment all I could see below was white, as if the clouds had dropped out of the sky. Then I realized it was the greenhouses, a patchwork of white plastic obscuring the land from the mountains to the sea.

Saturday 29th October, 2011

I'm writing this from my desk on Albion Street. It's 2.10 a.m. on Saturday morning and I've just heard Jonty come in. He's been out at a Halloween party, dressed as a news reader with a cardboard box over his head painted to look like a TV and a square cut out to show his face. He claimed that he was only going to talk in bulletins all evening, but I can't imagine that lasted too long, knowing him.

When I came back from Spain I was convinced that he would have gone. It wasn't a rational fear; after all, he hadn't left when he found out about what I'd been up to, so there was no reason why he should have done so now. But still, I pictured myself opening the front door and my suitcase wheels bumping over his keys on the mat. His room would be empty, reduced back to just a single bed, the walls pockmarked from where he had taken down his pictures, the two holes in the plaster where he'd tried to put up that shelf, nothing else left of him. My suspicions appeared confirmed when I found the front door double-locked, but then as I entered the hall I saw his duffel coat hanging on the banister, and relief flooded through me like a tap had been turned on.

After twenty minutes, he returned. I was at my desk, re-attaching my laptop to the mains, when I heard his key in the latch and then, seconds later, the door to my room flung open.

'Oh bollocks,' he said. 'I wanted to be here for when you got back.'

He gave me an awkward hug – I found it awkward, I mean – and then proceeded to bombard me with questions about my trip. To my surprise, I realized that I did actually want to talk about it, so we went and sat outside. Jonty liked using the flat's 'unofficial' roof terrace; he had found two chairs in a skip and arranged them on the lumpy tarmac. At first I was reluctant to go out there, but when I did, it was nicer than I expected. The view extends beyond the rubbish tip below; you can see the neighbour's back garden, almost entirely taken up with a vast trampoline, and balconies of the flats opposite, some of which had been cheered up with flower pots. Anyway, we sat out there and I told him about the trip – everything except for the bit about Synth and mum and the police.

Two months have passed since then. Now, I'm sitting here, gazing at the screen, trying to concentrate. Jonty's blundering around – I've just heard the toilet flush – and attempting not to disturb me but I suspect he's drunk. I've made an important discovery tonight but my thoughts keep straying to things that are totally irrelevant. What was the party like? Why do people get drunk when it makes them act like idiots and then feel terrible the next day? What would it be like to go to a party with Jonty?

I have the urge to go out and ask him about his evening, and tell him what I've discovered tonight. He's bound to be interested, as he's followed the story so far. But the flat is silent now. He's probably fallen asleep on his bed fully clothed. I hope he's remembered to take the box off his head.

So, I've just found out the answer to something that's been bothering me for a while. Actually, it's two things: where Tess and Adrian met, and where Tess was during that missing three months in the first half of 2008. But the answer for both is the same. A residential psychiatric clinic in West London called the Zetland Centre, colloquially known as 'the Zetty'.

If I hadn't heard that nickname I probably would never have worked it out. Since coming home I haven't made much progress with my investigations, but tonight the Google alert on Adrian's name delivered an item of interest. In a newspaper interview, a man claimed he had once shared a room at a clinic with the 'evil Internet predator' Adrian Dervish. Except that wasn't what he, Adrian, was called then; he said his name was Stuart Walls. And apparently he didn't have an American accent then, either. He told this man he was from Worcester, which is in the middle of England.

Stuart Walls from Worcester. I could understand him taking on a pseudonym to run Red Pill, but why also assume a different nationality? It seemed an unnecessary risk, as someone who knew a lot about American accents might have listened to his podcasts and detected a false note in all those 'hey there's and 'shucks'.

Maybe the risk was the point.

Anyway, in the interview, this man described Adrian keeping him up all night with his plans for world domination and never changing his jumper, and he happened to refer to the clinic as 'the Zetty'.

The name rang a faint bell in connection to Tess. I went back through my notes and found that in 2008 the phrase cropped up in her emails. I hadn't been able to work out what it meant and Tess had said she couldn't remember when I asked her during one of our question sessions, so, as I had considered it a low-priority matter, I put it to one side. My best guess was that it was the nickname of a short-lived boyfriend or friend. You see, she sometimes did that – put 'the' in front of someone's name for no discernible reason. Shall we ask the Jack if he can DJ? she'd write; or Sounds like the kind of crap the Big Mel would come out with. The unnecessary definite article – it was one of her habits.

So now my theory is this: after a suicide attempt at the beginning of 2008 Tess had been admitted, voluntarily or otherwise, to the Zetland Clinic, where she had stayed for around ten weeks. And during that time she had met Adrian, another patient. They had stayed in touch – by phone, I suppose, as I never found any emails between them – and three years later, by which time he was running Red Pill, she had asked him to help her to die. Or perhaps he had offered. Maybe the other people, like Randall Howard's 'Mark', met Adrian there, too.

Obviously, I can understand why Adrian wouldn't want me to know about 'the Zetty' – but Tess? She was hardly reticent, and had freely told me about other suicide attempts and breakdowns and unsavoury sexual encounters. Why not admit she had been to this clinic? I can't believe she had genuinely forgotten. Or maybe she had. Maybe it had been a particularly bad period and she had blocked it out. I suppose I'll never know.

They still haven't found Adrian. To be honest, my interest in his whereabouts is fading. The last time I properly thought about it was a month ago, spurred by something Jonty told me. He had just had dinner with his sister and her new boyfriend who was, in Jonty's words, a 'conspiraloon'. 'He banged on and on about how Obama had been behind the whole banking crisis, that it was a false-flag operation,' he said. 'I wanted to bury my head in the couscous.'

I remembered a throwaway remark of Adrian's when we met on the Heath that day, about how easy it would be to make up a conspiracy theory about Obama and banks. I was curious enough to Google, and indeed a site came up that was devoted to that particular line of thought.

In 2008, two momentous events occurred. Barack Obama became the most powerful man in the world, and the global economy went into meltdown. Coincidence? Really? . . .

The site consisted of little more than a hastily thrown-together homepage, and, beyond an anonymous email address, there were no details about the person behind it. This, of course, wasn't surprising if it was Adrian. The only possible clue was a quote at the bottom of the page – 'The question isn't who is going to let me; it's who is going to stop me' – by Ayn Rand, Adrian's heroine. But that's hardly conclusive evidence. And even if I did have proof that Adrian was behind the site, I wouldn't tell the police. I don't want to have anything more to do with him, but neither do I want to cause him to be found.

In his absence, Adrian has been variously diagnosed by the media as both a 'narcissistic psychopath' and suffering from 'antisocial personality disorder'. I thought the latter didn't sound that bad – in fact, it sounds like something I could have – but I looked it up and it's actually quite serious. 'A persuasive pattern of disregard for, and violation of, the rights of others.' 'Deception, as indicated by repeatedly lying, use of aliases, or conning others for personal profit or pleasure.'

Adrian would have rejected any such labelling. He didn't believe in mental illness. He spoke about the subject in several of his podcasts: doctors, he said, pathologized perfectly normal reactions to life in order to make money and control unruly members of society. I listened carefully to his argument and I subscribed to it too. After all, that's why I helped Tess: because I believed that her desire to end her life was a legitimate feeling, not to be denied or smothered with drugs.

But I thought then that Adrian was *rational.* That was the point. If I knew he had been diagnosed with a mental illness before he had told me that mental illness didn't exist, would I have listened to him in the same way?

I suppose I'll never know for sure. All I do know is that I don't regret what I did. It may have been Adrian who got me into it in the first place but after that, during all those weeks of preparation before check-out, it was just me and Tess. However dismissive Marion was of me, I really do believe I knew Tess better than anyone else in the world and, aside from that single, understandable moment of fear on Skype that one evening, she never wavered in her long-held desire to disappear from the world. I helped her achieve that.

Not that a resolution has been reached with Tess; or, rather, not in the way I had been planning when I started writing this in Spain. I know nothing more concrete about her movements after check-out than when I got off the plane in Malaga in August. Her body has not been found. But now I have what I think is a pretty good theory.

But I'm getting ahead of myself. First, I need to explain what happened to me in Spain, and why I left the commune so abruptly.

On the Wednesday morning, I was dozing under the tree when I heard the sound of first Spanish being spoken close by, then English. I felt a hand on my shoulder, shaking me awake. Semi-conscious, my first thought was that it was Milo, but this grip was far heavier and more insistent, and I opened my eyes to see a man looming over me. The sun was behind him, so at first I couldn't see that he was wearing a uniform, and my first thought was that he was someone from the commune, perhaps sent by the annoying woman who kept going on about me not using the official toilet.

Then he said, in heavily accented English, 'Please, get up.'

I sat up and saw that there was another man there too, standing off to one side, and that they were wearing police uniforms. Such was my befuddled state, I had the notion that the account I had been writing of Tess had somehow bled into real life. After all, I had reached the point in the story when I was at the police station in London: by writing about the police, perhaps I had conjured them into existence. Somehow, they had found out why I had come to the commune and were here to tell me that Tess's body had been discovered.

I got to my feet. They were both large, bulky men, wearing sunglasses and sweating in their uniforms. Behind them there was a police car and, beside it, a flattened rectangle of grass where Annie's van had been. One of them asked me to spell my name, and then informed me that I was being arrested on suspicion of murdering my mother.

Feeling like I still wasn't fully conscious, I got into the back seat of the car. Oddly, I didn't feel nervous. We drove back down the track and towards the main town. The two men didn't speak, to me or to each other, and the only sound was the occasional outburst in fast Spanish from the radio. When we reached the plastic greenhouses, I thought of my tent and belongings and wondered what was going to happen to them now. Apart from that, and odd though it may sound, I didn't really think or feel anything during the journey. It was as if my brain was offline. The air-conditioning was on full blast and it was deliciously cool. Sitting on that cracked plastic seat, I was the most comfortable I had been throughout my week in Spain.

At the police station, I was taken into a room, decorated with tatty posters warning of the dangers of thieves and timeshare touts. Other than that, the set-up was the same as it was in Fleet Street – a table, four chairs and a tape recorder, which was even more clunky than the one in London.

As he stated the charge and read me my rights, the policeman's voice was flat, as if this matter was of no more importance than a stolen handbag. I had the right to an English-speaking solicitor, did I know of one? After he repeated the question, I found the strength to shake my head. Would I like them to find me one? I nodded.

I was told I could make a phone call, and was shown to a plastic covered phone in the corner of the room. The problem was, I didn't know who to call. The only person I could think of was Jonty, but I didn't have his mobile number on me. So I phoned the only number I knew off by heart, which was the landline of our old house in Leverton Street. A man answered, presumably the person we had sold the place to. 'Yes? Who is this?' he said, and when I didn't reply, he swore and put down the phone.

I returned to my seat. One policeman had left the room, presumably to find a solicitor for me; the other sat by the door, showing so little movement he could have been asleep behind his sunglasses. I looked at the posters on the walls, with their cartoon warnings against tourist crime – one showed a handbag hanging over the back of a chair with a red line through it – and thought that by the time people saw them, here in the police station, surely it would be too late to heed the advice.

I stared at the words BE CAREFUL!, and thought about the flattened rectangle of grass where Annie's van had been. I wasn't disappointed with her for telling the police, but rather with myself and my judgement. I had got her wrong. 'I understand,' she'd said when I told her, but she hadn't, really. Just like Connor had said 'I love you' but he hadn't, really. I should have learned by now that people do not always mean what they say.

Then I thought about the word 'murder', and the idea of it being applied to what I did to mum was so ludicrous I almost laughed.

And then, suddenly, I was very scared. I did not want to be locked up. That I knew with absolute certainty. When I had walked into the police station in London, I welcomed the idea of prison, but now things were different. The thought of it made panic course through me; I glanced at the non-moving policeman and, for a wild moment, considered making a run for it.

Part of me felt that if I explained it all, they would understand – how could anyone not? – but I was not naive. Since mum had died I had kept an eye on reports of euthanasia trials and knew that whilst some judges were sympathetic and showed leniency, others did not. The fact that mum had not been a member of a right-to-die organization and had never publicly registered her wishes would not count in my favour, nor would the fact that I was the sole beneficiary of her estate.

Suddenly, I missed my mum so much it stopped my breath. I pictured the door opening and her rushing in to rescue me. She would hold me and take care of me, just as I had taken care of her. We would burst out laughing; it had all been a terrible mistake and she was fit and well again, we were back in Leverton Street, me sitting at the table, her jiggling around to Radio 2 whilst she cooked. I was safe and loved, and when they bullied me at school she would be waiting at the gate with a bag of doughnuts from Greggs the bakers, and she would hold my hand tightly, just as I held hers when her own breath finally stopped.

The policeman looked in my direction. I gripped the plastic table and inhaled deeply, trying to regain control. Then the door opened and the other policeman reappeared. Behind him was someone else, but it was not an English-speaking solicitor. It was Annie.

She had Milo and the baby in tow, and looked even more pink than usual, her hair damp and plastered to her face.

'Are you OK?' she said.

I looked at her in astonishment, and nodded.

'I was at the supermarket,' she said. 'When I got back, I couldn't see you and then I heard that you'd been taken away by the police.'

She said it was Synth who had told her, and that she could tell by her expression that it was she who had called them. Synth must have overheard us talking at the bonfire.

'I've been explaining to the police that there's been a misunderstanding,' she said. 'Synth's English isn't good, and she misheard what you said. You didn't mean *killed*, you meant *died*. You meant your mother had died naturally, as a result of her illness.' She looked straight into my eyes. 'I told the police that you'd be prepared to make a statement confirming this, and that you'd cooperate fully in giving them details of your mother's death so they can corroborate the facts.'

I just nodded. Annie then addressed the police,

speaking in fast, complicated Spanish. I didn't know she could speak so fluently.

Annie and I were in the police station for another three hours. They found me an English-speaking solicitor, a thin middle-aged woman called Maria, and I repeated Annie's story. I talked them through the night mum died, omitting my involvement, and gave them the name of Dr Wahiri, who had come in the next morning and signed the death certificate stating she died of complications arising from MS.

They said they would have to phone England and check the story. Whilst we were waiting, Annie pulled up a chair beside me. We didn't talk about what was going on, but she kept up bright, cheery conversation about other things, whilst Milo wandered around the room, kicking at chair legs. At one point she gave me the baby to hold. It was the first time I'd had one in my arms; it was the same weight and temperature as our old cat, Thomas.

After an hour, Annie went out to buy us some drinks, and while she was gone I heard the sounds of raised, angry voices through the door, coming from the front desk. I became worried, but when Annie returned she told me that the altercation had nothing to do with our case. Whilst she had been grappling with the vending machine in the reception area, two men had been brought in, charged with assault. It was some argument over water, apparently.

'From what I could hear, one of them's a farmer,' she said. 'He's been siphoning water from those greenhouses, the ones near us. He says it's his water because it goes through his land. Everyone's getting desperate because of the drought.'

I didn't think much of this at the time. I was still too preoccupied with the police phoning Dr Wahiri. You see, that morning, when he came in to examine mum, and I was telling him about waking up to find her dead beside me, he had given me a look. It was very brief, a fraction of a second, and at the time my reading of it was: I know what you did, and I understand. But perhaps yet again I had misunderstood, and the look was one of suspicion.

Another half-hour passed and I grew more and more worried. The baby started crying so Annie pulled up her T-shirt and started feeding it. Milo was whining, too, so I tried to amuse him by doing the pee-po game through my fingers, the same one mum used to do with me. It worked for a bit – he actually laughed – but then he got bored again and tugged at his mother's skirt.

Then we heard footsteps approaching. Annie had finished feeding, thank goodness, as the door opened and the older policeman came in. He spoke in Spanish to Annie, who nodded. I couldn't tell from her expression what he was saying. My heart thumped.

She turned to me and said, 'Dr Wahiri has confirmed the death was natural. Because the accusation against you was based on hearsay and there's no supporting evidence, we're free to leave.'

It was dark by the time we drove back to the commune. Annie asked what I was going to do now.

'I think I should probably go home,' I said.

Early the next morning, I packed up my tent and

Annie drove me to the airport. We didn't speak much on the journey. It wasn't an awkward silence, though. At the airport, she parked her van crookedly, blocking the taxi lane. I said goodbye to Milo and then, to her, 'Thank you very much.'

She waved it away, as if it didn't need to be said.

'Good luck out there.' And then, as she started the engine and I walked towards the airport entrance, she called after me,

'I'm on Facebook, look me up.'

Three days ago there was an interesting development.

Annie has Facebooked me several times since my return from Spain – chatty, inconsequential reports of her and Milo and, once, an invitation to an exhibition of wood craft which she helped organize in Connecticut. For my reply to that I recycled Tess's response to Connor when he first asked her out for dinner: Would love to, but not quite worth a 10,000 mile round trip.

This latest message, however, contained some real news.

Have you heard that it hasn't rained in the Alpujurras since we were there? It's the worst drought in living memory, apparently. The river has entirely dried up and there's been more trouble between the farmers and the agri-business. It's the poor wildlife I care about.

I checked Spanish news sites, which confirmed the ongoing drought in the region. As I was doing so, a small item caught my eye. It mentioned that a female human skeleton had been revealed on the dry river bed, about four miles from the commune.

I sat there, thinking, for some minutes, until my laptop logged me out.

Once, on the phone, Tess had mentioned drowning. She had just seen a film about a writer called Virginia Woolf, who committed suicide by walking into a river with stones in her pockets. 'It's the best way to go, apparently,' she said. 'You struggle and panic at first, but then when your oxygen runs out you surrender and then there's this moment of bliss, and that's the last thing you know.'

Of course, it may not have been her. The skeleton could have been there for years. It could have been a walker who got disorientated in the heat, a murder victim, another suicide. It could be an illegal immigrant, one of the workers in the greenhouses, somebody who would never be missed.

But it could have been her. A scenario took shape. On check-out day, Tess took the ferry to Bilbao, and from there either hitch-hiked or took the train to the commune. There she spent a week, punctuated with her visit to the Alhambra in Granada – *Visit the Alhambra before you die!* I read on one website – until she decided she was sure of her decision and ready to proceed. That evening, she would have walked to the river and, after disposing of her possessions, waded in. Perhaps she waited until darkness fell.

It would appeal to Tess's romantic nature, I thought, to disappear like that. I pictured her in the moonlight; she would most probably have taken some alcohol with her – a bottle of tequila, perhaps. I pictured her listening, for one last moment, to the sound of the crickets in the trees.

After two days of deliberation I emailed Marion. I told her about my trip to Spain and what I had discovered, laying out my thoughts about the drowning. I left it up to her to decide if she wanted to investigate further. She hasn't replied, but then I didn't really expect her to.

I'm glad, actually. I don't want to know if they find Tess's body. Because that would destroy the other possibility: that she's still alive. Maybe, during that week at the commune, she decided against it. Maybe she thought that now she had shaken off her old identity, life would be bearable. She could reinvent herself, start afresh as a new person, and this time get it right.

Maybe, when she left the commune, she just hitchhiked to another one, and was still there now, sitting around a different camp fire, making something out of feathers and string, discussing the price of bread with some ratty-haired Australian. Maybe she has fallen in love with a man and is now roaming the country with him in his camper van. Or maybe she has left Spain altogether; when she was in Granada, she might have gone into a bar and asked a shady-looking person to make her a false passport, and gone anywhere in the world.

Maybe her new name is Ava Root, and she is my friend on Facebook.

The thought only occurred to me a few days ago. As you know, I presumed Ava Root was Adrian, using an alias so that we could communicate about Project Tess undetected. When everything blew up at Red Pill, I sent a message asking where he was and what was going on, but heard nothing back, and that was the end of our communication.

But last Sunday, I put up on Facebook some photos taken the day before, when I had joined Jonty and some of his friends for a walk in Brockwell Park. The park was thick with colourful autumn leaves, an attractive scene, and one of the pictures showed Jonty's friend Saskia throwing a handful of leaves at me as we walked. I didn't mind – the gesture was meant in a friendly way, and in the picture we're both smiling.

Several of my Facebook friends had 'liked' the photo – Jonty and Saskia, and another girl from Jonty's drama school called Betts. And then, yesterday, I saw there was another 'like'. From Ava Root.

Of course, it could have come from Adrian. But I suspect that liking a photo of me having leaves thrown over me in a South London park would not be top of his list of priorities.

So, perhaps 'Ava Root' was Tess all along. Perhaps she decided against killing herself and, once settled in her new life, couldn't resist getting in touch. Maybe she was bored, and wanted to play with fire; maybe she just wanted to check I was all right. And when she realized that I thought she was Adrian and was telling her details of how the project was going – how her friends and family were doing, what was happening in her new life in Sointula – well, I can't blame her for not letting on. She couldn't have resisted hearing about that.

If Ava Root wasn't Adrian, it would certainly make sense of his confusing attitude towards me when we met in Westfield, several months into the project. It wasn't that, after all these attentive messages, he suddenly didn't care about me and Tess. Rather, he had lost interest long before that; probably as soon as Tess checked out. *Proneness to boredom* is a key psychopathic trait, I read.

Ava Root's profile is still completely blank, and I'm still her only friend. I've been considering sending her a message, asking her outright whether she is Tess, but instinct tells me that would be a bad idea and I would never hear from her again. I think I'm starting to accept that life isn't black and white, that there isn't an answer to every question. Some areas will always remain grey, and perhaps that's not a bad thing.

I have got some other new Facebook friends, too: I'm now up to ninety-seven. They're mostly friends of Jonty's, who I met when they came round to the flat. The latest is a girl called Tia, from his acting school. She's nice. Two nights ago I joined her and Jonty in a pub by the river, and had quite a pleasant hour drinking elderflower cordial and hearing about the travails of being a wannabe actor in London. She told me that she has a job temping in offices with an agency which allowed you to work as much or as little as you liked, and take time off at short notice if something else, like an audition, came up.

'The work's not thrilling,' she said, 'but it gives you freedom to do other stuff, too. It's mainly just actors who work there, but I'm sure they'll let you in.'

'Ah, I'm sure Leila can pass as an actor,' said Jonty, and winked at me.

Tia messaged me their number, and I'm going in to

see them next week. The woman on the phone thought she had misheard me when I said I could type ninety words per minute.

Jonty, meanwhile, has given up on acting. 'The last thing the world needs is another shit, out-of-work luvvie,' he said. He's decided to train to be a London tour guide, working on a boat that goes up and down the river. For my birthday he took me out on it. I was glad of my decision to keep my hair short, because in places the boat went quite fast and the passengers with long hair got it whipped all over the place.

Jonty wasn't leading the tour himself, because he was still in training, but he kept on adding his own commentary to the official one. 'Poor old Cannon Street, the dullest bridge on the Thames'; and then, as we passed a theatre on our left, 'I've just realized – if I'm not going to be an actor, I don't have to go and stand for four hours watching Shakespeare at the Globe. Result!' At the London Eye: 'A little kid was sick in our capsule when I went. Longest forty-five minutes of my life.' On and on he went. He seemed to have had an experience at every landmark we passed: his own, personal tour of London.

The boat went right down to the Houses of Parliament, and we passed the spot where I had stood the day I confronted Connor, just before I went to the police. As I glanced at it, I thought: I could give my own commentary. For a moment I considered telling Jonty about Connor, but decided against it. It's so complicated to explain. Besides, there are other things to talk about now.

Acknowledgements

This book would not have been finished without the tireless bolstering and wise counsel of my mother, Deborah Moggach. Its publication is thanks to my agent, Antony Topping, and editors Francesca Main, Jennifer Jackson and Bill Thomas.

I am also indebted to Chris Atkins for his love and technical support, Hannah Westland for her editorial input and Tom Moggach, Victoria Hogg, Mark Williams, Laura Yates, and Nicola Barr for their notes. Alex Hough, Alex Walsh-Atkins, and Cameron Addicott gave invaluable advice on medical, legal, and police matters. My friends Sathnam Sanghera, Susannah Price, Alex O'Connell, Flora Bathurst and Vita Gottlieb saw me through years of writing angst. Encouragement from Lucy Kellaway and Craig Taylor meant a great deal; Craig also told me about Sointula. Kevin Conroy Scott was an early advocate of the book, and a grant from Arts Council England was a huge help at a lean time.

I'd further like to thank everyone involved at Picador, Doubleday, Greene & Heaton and beyond, including Paul Baggaley, Geoff Duffield, Emma Bravo, Jodie Mullish, James Long, Jo Thomson, Alison Rich, Nora Reichard, Nita Pronovost, Adria Iwasutiak, Brad Martin, Kristin Cochrane, Chris Wellbelove, Hellie Ogden, Dean Cooke and Suzanne Brandreth at the Cooke Agency and Sally Wofford-Girand at Union Literary.

Voor mijn **moeder** Jane

Voor mijn **vader** Steve

Voor mijn **broer** Luke

die mij door hun liefde en steun

met mijn zoektocht hebben geholpen

INHOUD

doorbraak

Van: [redacted]

Tot: [redacted]

Datum: 22 april 2011

Onderwerp: Productie van het antigeen en antilichaam van alvleesklierkanker RIP1

Geachte heer Andraka,

Tot mijn spijt moet ik u mededelen dat uw sensor zoals voorgesteld in bijgevoegde methode, in geen enkel opzicht aan zijn doel kan beantwoorden. Het idee van een transistor van koolstof-nanobuizen zal zulke enorme kosten met zich meebrengen dat het eindproduct onbetaalbaar zou zijn, uitermate kwetsbaar, en weinig gevoelig en selectief. Wij raden u aan een andere methode te onderzoeken.

Hoogachtend,

Inleiding

DE OMSLAG

$C_6H_8O_7 + 3NaHCO_3 \rightarrow 3CO_2 + 3H_2O + 3Na^{+1} + C_6H_8O_7^{3-}$

Mijn ouders zaten tegenover me op de bank, en ze waren niet blij.

'Jack, vind je dit idee niet een beetje vergezocht?'

Mijn vader had weer eens zijn ernstige gezicht opgezet. Gefronste wenkbrauwen, hand tegen zijn kin.

Mijn moeder had haar armen over elkaar geslagen en keek me doordringend aan. Mijn ouders waren extra goed op me gaan letten sinds de schooldecaan hen had gebeld. Schooldecanen bellen dus naar huis als een leerling een zelfmoordpoging doet in een wc-hokje, had ik gemerkt.

'We willen niet dat jou iets overkomt, Jack,' zei ze.

Ze denkt dat ik de druk niet aankan.

'Je hebt echt je best gedaan. Misschien is het nu tijd om die bladzij om te slaan. Of een ander doel te zoeken,' voegde ze eraan toe.

Een ander doel? Opgeven?

Ik had er zó veel tijd in gestoken en er zó hard voor geknokt. En ik was... zo... dichtbij.

Het was wel duidelijk dat mijn ouders zich erg opgelaten voelden door de hele situatie. Ik zag het aan hun blik en hoe ze deden. Ze vonden het nodig om me met mijn neus op de feiten te drukken.

Nou, ík vond het net zo nodig om me daar niets van aan te trekken. Ik haakte af en luisterde niet eens meer. Ik kon toch bijna voorspellen wat ze nu zouden gaan zeggen. Dit soort argumenten waren namelijk ook al duizend keer door mijn eigen hoofd gegaan.

Die gingen dus als volgt: wat verbeeldde ik me wel? Dacht ik nou werkelijk dat ik het beter wist dan al die medisch specialisten? Dacht ik nou echt dat mijn idee zou werken?

'Jack, je kunt nog zo in je idee geloven, maar je weet net zo goed als wij dat er niets van terechtkomt zolang je geen proeven mag doen in een echt laboratorium.'

Ik was bekaf. Ik wist niet eens meer wanneer ik voor het laatst een hele nacht had geslapen. Maandenlang had ik zo ongeveer op adrenaline geleefd. Ik vroeg me af of ik misschien aan het instorten was.

'Als je echt een nieuwe manier had gevonden om

alvleesklierkanker op te sporen, dan had een van die artsen je toch wel een kans gegeven?'

Bijna tweehonderd wetenschappers, en niet één van hen zag iets in mijn idee.

Maar wat mijn ouders niet snapten – wat níemand snapte – was dat het voor mij zo helder was als glas. Een druppeltje bloed op een stukje papier. Meer had je niet nodig om iemand in een vroeg stadium op alvleesklierkanker te testen. Zo simpel was het. Als ik het bij het rechte eind had, dan stond ik op het punt om een baanbrekende test te ontwikkelen die miljoenen mensenlevens kon redden.

Maar dat deed er allemaal niet meer toe. Ik zou met mijn test toch nooit het laboratorium halen.

Mijn ouders keken elkaar aan. Zo te zien stonden ze nu op het punt een beslissing te nemen. Ze wisten hoe belangrijk hun steun was. Waar moest ik anders het geld voor mijn onderzoek vandaan halen, of voor de spullen die ik nodig had? Bovendien was ik nog maar veertien en mocht ik niet eens met onze stationcar rijden.

'Oké,' zei mijn moeder uiteindelijk. 'Laten we maar zien waar het op uitdraait.'

Het klonk niet alsof ze er helemaal achter stond, maar voor mij was het genoeg.

Mijn oom was overleden. Ik was jarenlang gepest en depressief geweest. Dit was alles wat ik had. En dat ging ik niet opgeven.

Daarvoor was ik veel te dichtbij.

Mijn test werkt. Ik weet het zeker. Ik moet het alleen nog aan de rest van de wereld bewijzen. Geef me één kans, *meer heb ik niet nodig.*

Hoofdstuk 1

OPGROEIEN IN HUIZE ANDRAKA

$$C_6H_8O_7 + 3NaHCO_3 \rightarrow 3CO_2 + 3H_2O + 3Na^{+1} + C_6H_8O_7^{3-}$$

Ik ben geboren in een stadje in de staat Maryland, in een huis dat er van buiten net zo uitzag als de andere huizen in onze straat. Maar binnen bruiste het van de creatieve energie. Mijn ouders beschouwden het leven als een gigantische puzzel, en wij boften maar dat we daar de oneindige mysteries van mochten ontdekken.

Toen ik drie werd kreeg ik van mijn ouders een twee meter lange modelrivier van plastic, compleet met stromend water. Mijn vader Steve is civiel ingenieur en hij vond dit wel een leuk en opvoedkundig cadeau. Urenlang was ik bezig met stukjes schuimplastic en andere dingetjes in mijn rivier te laten drijven. Ik legde steentjes van verschillende grootte in het water en keek dan hoe de loop van de rivier veranderde. Mijn eerste wetenschappelijk experiment was een groot succes: bananenschillen zínken.

Toen ik groter werd, wist mijn moeder Jane saaie autoritten spannend te maken door wedstrijdjes voor mij en mijn broer Luke te verzinnen. Meestal begon het met een uitdagende vraag van mijn moeder.

'Wat zou er gebeuren als de zon verdween? Klaar… af!' zei ze.

Op de achterbank pijnigden mijn broer en ik onze hersens om met het juiste antwoord te komen.

'Dan zou de aarde uit zijn baan schieten!' riep Luke.

'Dan wordt het hier heel erg koud,' zei ik.

Hoe ik ook mijn best deed, Lukes hersens werkten altijd sneller dan de mijne.

'We komen er pas na acht minuten achter dat de zon weg is, want zo lang doet het licht erover om naar de aarde te reizen.'

Goh, wat was hij toch slim en wat liet hij dat graag merken. Uitslover.

'Dat klopt niet,' protesteerde ik.

'Zoek maar op,' zei hij kalm, duidelijk heel tevreden met zichzelf. We wisten allebei dat hij het goed had. Hij had de irritante eigenschap altijd gelijk te hebben.

Als mijn moeder vond dat we ons lang genoeg suf gepiekerd hadden over een bepaalde vraag (en ook om te voorkomen dat ik zou gaan mekkeren dat ik geen zin meer had in dit spelletje), kwam ze meteen weer met iets anders.

'Denk aan een kikker die op een getallenlijn springt. De kikker springt telkens even ver, maar je weet niet hoe groot zijn sprongen zijn. Welke getallen moet je raken om de kikker te vangen? Klaar... af!'

Luke en ik schreeuwden onze uitkomsten door elkaar.

'Nul, drie, zeven!' riep Luke.

'Een, vier, negen,' brulde ik.

We wisten pas wat het juiste antwoord was als mijn moeder een complimentje gaf. Dat was dus meestal: 'Heel goed, Luke.' En dan zuchtte ik heel overdreven.

Ik heb altijd op mijn broer willen lijken. Hij kreeg alles voor elkaar waar hij zijn best voor deed, zeker als het ging om computers, videospelletjes, rekenen en dingen in elkaar zetten. Vooràl dingen in elkaar zetten. Luke had een voorsprong op mij omdat hij twee jaar eerder was geboren, en hij was dol op techniek. Als klein jongetje liep hij al door het huis met zijn kruiskopschroevendraaiertje om dingen te demonteren en weer in elkaar te zetten. Af en toe verdween hij naar buiten en kwam dan een paar uur later terug met een kapotte radio die hij bij de vuilnis had gevonden.

Op zaterdagochtend kijken de meeste kinderen tekenfilms. Maar wanneer ik wakker werd, zag ik Luke als een malle professor in een hoekje zitten prutsen. Als ik dan naar hem toe liep om te zien wat hij aan het doen was, keek hij me aan als een kat die een muis heeft gevangen en zijn prooi wil verdedigen. Ik wist dat ik hem met rust moest laten, dus bleef ik op een veilig afstandje toekijken. Luke die ergens mee bezig was, daar kon geen tekenfilm tegenop.

Tegen de tijd dat ik naar de basisschool ging, had Luke me het bordspel halma geleerd. Ik wilde niets liever dan van hem winnen. Dus deed ik niet alleen mijn best om een strategie uit te stippelen, maar oefende ik ook mijn dodelijke blik op hem. Ik fantaseerde dat mijn blik door zijn schedel kon dringen. Dan zou ik zijn gedachten blokkeren, waardoor ik ook eens een keer zou winnen. Maar hoe ik ook speelde en mijn ogen tot spleetjes kneep, ik verloor altijd. En vervolgens keek ik nóg valser naar hem. Maar dan lachte hij en gaf me een klopje op mijn schouder.

'Volgende keer beter,' zei hij dan. Hij meende er niks van, en dat wisten we allebei.

Dat opgewekte gedoe van hem maakte me alleen nog maar kwaaier, maar daar trok hij zich niets van aan. Hij was allang weer bezig met de volgende intellectuele uitdaging.

Als het buiten regende, vochten mijn broer en ik erom wie op de computer mocht. Het was zo'n grote pc. Ik vond het heel spannend om de letters en cijfers die ik op het toetsenbord aansloeg, op het scherm te zien verschijnen. Toen ik in grade 3* zat, wist ik al verschillende programma's te openen waarmee je verhaaltjes kon schrijven en kon tekenen. Niet lang nadat ik had geleerd mijn browser te openen en af te sluiten, liet oom Ted me kennismaken met de mogelijkheden van internet.

'Maak gebruik van wat je aan techniek hebt geleerd,' zei hij altijd. 'Dat komt goed van pas bij wat je in je hoofd hebt.'

Hij had gelijk. Ik vond het echt ongelooflijk hoeveel informatie dit apparaat bevatte. Als jongetje van acht had ik het idee dat ik alle kennis van het universum zou kunnen ontdekken – als ik maar op de juiste toetsen tikte.

Mijn oom Ted en ik hadden een speciale band. Eigenlijk was hij geen echte oom, maar omdat ik hem al mijn hele leven kende, was hij voor mij gewoon familie. De herinneringen aan de zomerochtenden wanneer oom Ted me kwam ophalen om krabben te gaan vangen, behoren tot de fijnste uit mijn kindertijd. De avond voordat we op krabbenjacht gingen voelde altijd een beetje als kerstavond. Ik legde mijn kleren vast klaar en zette mijn wekker een uur eerder. Pas nadat ik nog een paar keer gecheckt had of mijn wekker wel goed stond, stapte ik in bed. Maar het deed er niet toe hoe vroeg ik de wekker had gezet, ik werd toch altijd eerder wakker. Dan kleedde ik me snel aan en keek uit mijn slaapkamerraam of ik de koplampen van oom Teds gebutste auto al op de oprit zag.

Zodra hij er was, rende ik naar beneden en ging naast hem in

---

* Grade 3 staat ongeveer gelijk aan groep 5 in Nederland. Achter in dit boek vind je een overzicht van het Amerikaanse schoolsysteem.

de auto zitten. Oom Ted was een grote, stevige man met bruin haar. Als hij in de auto zat, kwam hij met zijn hoofd bijna tegen het dak.

'Goeiemorgen, Jack. Ben je er klaar voor?' vroeg hij met een glimlach.

'Nou en of!'

De rit naar zijn krabbenboot duurde een uur, en dan bespraken we wat de beste manier zou zijn om zo veel mogelijk krabben te vangen. Tegen de tijd dat we bij Chesapeake Bay waren, kwam de zon net op.

Zodra oom Ted een mooie plek in de baai had gevonden, laadden we de krabbenfuiken uit. Die hadden ongeveer het formaat van het hok voor een middelgrote hond. Nadat we er kippennekjes in hadden gelegd, lieten we ze in het water zakken.

Daarna gingen we een paar uur door de baai varen en kletsten we over van alles en nog wat. Vooral over 'later'.

'Weet je al wat je wilt worden als je later groot bent, Jack?' vroeg oom Ted.

'Ik word dokter,' antwoordde ik.

'Waarom?'

'Ik wil mensen beter maken,' zei ik trots.

Hij glimlachte.

Als de krabben lang genoeg de tijd hadden gekregen om in de fuiken te kruipen, stuurde oom Ted de boot terug naar de plek waar we de eerste hadden geplaatst. Ik hielp hem de fuiken op het dek te hijsen. Ze dropen van het water en waren zwaar van de krabben. Soms wist er een kleine door de mazen te glippen en weg te komen. Het was mijn taak om de ontsnapte krabben weer te vangen. Gelukkig was ik sneller dan zij! De hele kleintjes gooide ik terug in de baai. Ze ketsten even op het water en verdwenen dan in de golven.

Bijna niets gaf een fijner gevoel dan naar huis rijden na een zware dag van krabben vangen. Thuis stoomde oom Ted de krabben, terwijl ik alvast de tafels buiten met kranten bedekte. 's Avonds kwamen onze families bij elkaar om verhalen te vertellen en krab te eten. We gebruikten houten hamertjes en kleine vorkjes om het zachte vlees uit de schaal te pulken. Na afloop lagen er hopen krabbenschalen op de tafels en rook alles naar gestoomde zeevruchten. Ik zat aan de kindertafel en hoorde vanaf daar oom Teds bulderende lach. Hoewel ik niet kon verstaan waar de volwassenen het over hadden, lachte ik als vanzelf met ze mee. Later viel ik met een volle buik en doodmoe in slaap, terwijl ik door het openstaande raam naar de krekels buiten luisterde.

Ons huis lag midden in de bossen. In alle richtingen liepen er paadjes, die Luke en ik 's avonds en in de weekends gingen verkennen. We namen het liefst de donkere, kronkelige paadjes. Onderweg zagen we van alles: bosmarmotten, eekhoorns, slangen... Een van de paden liep naar een beekje waar Luke en ik salamanders gingen vangen. Ze verstopten zich het liefst onder een rots. Dus trokken Luke en ik om beurten de rotsblokken weg om de salamanders te kunnen pakken. Hun lijfjes waren kleverig, en ze hadden kleurige vlekjes. Voordat we ze weer vrijlieten, bestudeerden we ze aandachtig. We keken hoe ze kronkelden en hoe hun huid het licht weerkaatste. Na zo'n lange dag in de buitenlucht stond er thuis een pan macaroni met kaas op ons te wachten. We kwamen er al snel achter dat macaroni met kaas uit een pak het enige was dat mijn vader kon maken.

Toen ik nog op de basisschool zat, was mijn moeder vaak van huis. Ons stadje, Crownsville in Maryland, ligt even buiten Annapolis en ongeveer een uur rijden van Washington DC. Maar mijn moeder werkte niet in de buurt. Elke zaterdag stapten we met het hele gezin in de stationcar om haar naar het vliegveld te brengen. Daar nam ze dan het vliegtuig naar Cleveland in Ohio, waar ze werkte als anesthesist. Vijf dagen later haalden we haar weer op.

Ik vond het reuze spannend dat mijn moeder een slaapdokter was. Zo ongeveer vanaf het moment dat ik kon praten zeurde ik aan haar hoofd dat ik met haar mee naar Ohio wilde, om haar aan het werk te zien. Ik wilde een echte operatie meemaken, met alles erop en eraan. Ik had urenlang op internet naar video's van operaties zitten kijken. Dokters die mensen openmaakten vond ik nog interessanter dan Luke die radio's openmaakte. Ik vond het helemaal niet eng. Maar toen Luke en ik op een gegeven moment van mijn moeder mee naar Cleveland mochten vliegen, kregen we helaas geen ziekenhuis te zien. Nee, we werden twee weken op een boerderij gedropt. Echt waar. 'Jongens zijn dol op boerderijen,' zei mijn moeder toen ze ons gedag zwaaide. 'Jullie zullen het hier echt heerlijk hebben!'

Ik vond het er afschuwelijk. Mijn broer en ik moesten twaalf uur per dag koeienstront opruimen, terwijl we ons best deden niet dood te vriezen of bedolven te worden onder een pak sneeuw van twee meter. Ik heb nog nooit zo naar Crownsville verlangd. Maar daarna wist ik tenminste wel zeker dat ik later nooit boer wilde worden.

Toen mijn moeder het jaar daarop een baan kreeg in Washington DC, was ik dolblij. Dat was een stuk dichterbij en nu kon ze vaker thuis zijn. Maar wat ik belangrijker vond: omdat er nu geen vliegtickets meer gekocht hoefden te worden, zou ik eindelijk een echte operatie kunnen meemaken!

Ik zat in grade 2 toen de grote dag aanbrak. Ik kreeg een groen jasschort aan en moest mijn handen met een speciaal soort zeep wassen. Het was geen ingewikkelde operatie – iemand had een gezwel aan zijn voet dat moest worden weggehaald. Mijn moeders taak viel me een beetje tegen. Eigenlijk stond ze alleen maar naast het apparaat met het slaapmedicijn, en dat was natuurlijk niet zo opwindend. Maar ik keek wel vol verbazing naar de artsen rond de operatietafel die zo precies en deskundig te werk gingen. De hele operatie duurde maar veertig minuten, en ik kon mijn ogen er geen seconde van afhouden. Wat had ik een bewondering voor die artsen.

Hoe meer ik via internet over operaties te weten kwam, hoe meer ik me voor het werk van mijn moeder ging interesseren. In mijn voetjespyjama zat ik dan in kleermakerszit te luisteren naar wat ze op haar werk had meegemaakt. Dat vond ik spannender dan de verhaaltjes die ze me voor het slapengaan vertelde! Ze legde uit hoe de verschillende chemische bestanddelen van de verdoving ervoor zorgden dat mensen in een soort diepe slaap vielen, waardoor ze niet voelden dat chirurgen in hun lichaam sneden. Dat kon ik me gewoon niet voorstellen, ik wist zeker dat ik het wel zou voelen! Ik vond het zo ongelooflijk dat ik er maar over door bleef vragen.

Mijn moeder vertelde ook heel interessante verhalen over de mensen met wie ze te maken had gekregen. Mijn lievelingsverhaal ging over een heel dikke vrouw die met pijn in haar borst in het ziekenhuis was opgenomen. De artsen besloten dat ze geopereerd moest worden. Alles verliep zoals verwacht, tot de vrouw wakker werd uit de narcose. Haar hand verdween onder een van haar grote vetkwabben – en toen haar hand weer tevoorschijn kwam, hield ze een cakeje vast. Het hele medische team keek verbijsterd toe hoe de vrouw het cakeje in haar mond propte. Later hoorden ze dat de vrouw en haar man voor de lol snoepgoed op hun lichaam verstopten. Haar verklaring tegenover de artsen was heel simpel: toen ze na de operatie wakker werd had ze honger, dus wat was daar nou zo vreemd aan?

Op een gegeven moment vond mijn moeder dat kinderen aan alle activiteiten moesten deelnemen die je maar verzinnen kon. Dan kon je tenminste ontdekken wat je leuk vond.

'Het gaat erom dat je ontdekt waar je hart ligt, Jack,' zei mijn moeder vaak. Dat leverde heel veel ervaringen op – maar ook teleurstellingen.

Het begon ermee dat mijn ouders een piano kochten voor Luke. Een Russische mevrouw met een conservatoriumopleiding zou hem lesgeven. Ik wilde het ook weleens proberen. Tot mijn grote vreugde bleek dit het enige waar mijn grote broer níet beter in was dan ik. Hoe meer hij een hekel kreeg aan de piano, hoe meer ik ervan ging houden. Eigenlijk vond ik het nog het leukst dat ik mijn broer in iets kon verslaan. Toen Luke aankondigde dat hij ophield met pianoles, stond ik meteen klaar om zijn plaats in te nemen.

Ik vond pianospelen geweldig. Ik oefende heel veel – al vond de Russische conservatoriummevrouw het nooit genoeg. In ieder geval was het voldoende om een beleefd applausje te krijgen als ik optrad voor een kamer vol ouders. Maar toen ik na een tijdje wel bewezen had dat ik ergens beter in was dan mijn broer, was de lol er voor mij alweer af.

Daarna besloot mijn moeder me op sport te doen. Maar

dat was dus echt een heel slecht idee. Aan mijn carrière als honkballer kwam een eind toen bleek dat ik veel liever dagdroomde of kettingen van madeliefjes maakte, dan dat ik de bal ving. Tennis, volgens mijn moeder 'een sport voor het leven', was nog erger. Ik kreeg het er bloedheet van en alle andere kinderen hadden al jaren les en waren veel beter. Omdat we op een harde ondergrond van zand of gravel speelden, kon ik ook geen madeliefjeskettingen maken. Was het de bedoeling geweest om zo veel mogelijk ballen in mijn gezicht te krijgen, dan had ik zo ongeveer Wimbledon gewonnen. Lacrosse, een soort hockey, was bijna net zo vreselijk als tennis. Ik denk dat mijn moeder lacrosse wel een goede keuze vond omdat ik dan Lukes oude spullen kon gebruiken. In het lacrosse-kamp heb ik de oren van mijn coaches flink pijn gedaan door heel vals in mijn lacrosse-stickmicrofoon te zingen. Voor de rest deed ik vooral mijn best om niet omvergelopen te worden.

De enige sporten die ik leuk vond waren kajakken en wildwater-raften. Ik had water altijd heel spannend gevonden. Mijn ouders hebben elkaar ontmoet op een rivier, dus misschien zat het wel in mijn bloed. In het weekend gingen we vaak met het hele gezin naar Pennsylvania of West Virginia. Luke en ik werden dan ergens ondergebracht, zodat mijn ouders konden gaan kajakken op de Cheat, de Youghiogheny of de Gauley. Als ze klaar waren haalden ze ons op en gingen we met z'n allen raften op een wat rustiger plek.

Leren kajakken op de Nantahala-rivier

Ik vond kajakken geweldig. Mijn favoriete plek was de Cheat Canyon. Daar zijn wel meer dan twintig stroomversnellingen van minimaal klasse III, en zelfs sommige van klasse IV en V. Die zijn alleen voor geoefende kajakkers. Mijn ouders namen me mee naar de minder gevaarlijke plekken. Ik voelde me net een actiefiguur als ik in mijn knaloranje kajak langs de natuurlijke obstakels laveerde. De rivier leek een groot, levend iets en was behoorlijk onberekenbaar. Af en toe was hij kalm en glad, maar dan ineens pakte het water me op alsof ik een blaadje was en draaide me precies de andere kant op. Ik keek vooraf altijd goed waar de stroomversnellingen zaten en probeerde zo de beste weg stroomafwaarts te bepalen.

Als het water in de rivier te hoog stond ging ik langs de oever wandelen, samen met mijn hond Casey, een golden retriever. Ik gooide dan steentjes en takjes in het water. Ik vond het ook erg leuk om in de stroomversnellingen kleine dammetjes van rivierkeitjes te bouwen. Dan deed ik alsof de takjes familieleden waren en liet ze los bij mijn 'stroomversnellingen'. Als ik daar verslag van deed, vonden mijn ouders het maar eng.

'Daar gaat mama over de verraderlijke waterval,' zei ik.

'En papa dan?' vroeg ze.

'O, papa is veilig. Hij is langs de draaikolk bij de rotsen gekomen en gaat nu naar de stroomversnelling klasse V,' antwoordde ik.

Jaren later had mijn moeder nog steeds de pest in dat zij altijd als enige tragisch aan haar einde kwam.

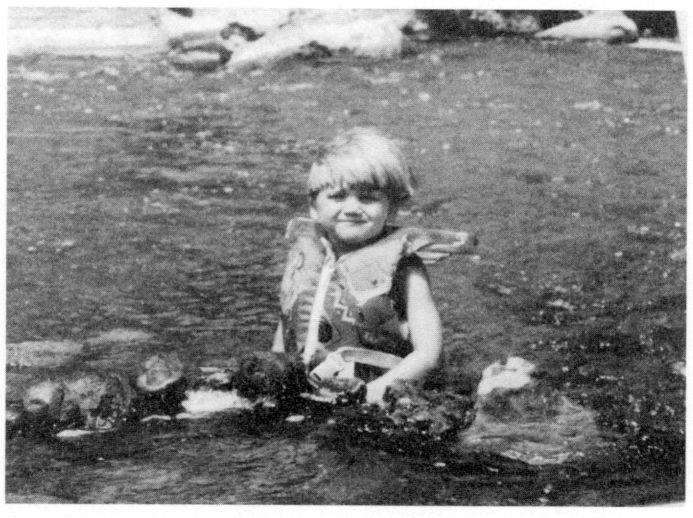

Ik bouw een dam van keien

Voor zover ik weet, was ik het enige kind op de basisschool dat geïnteresseerd was in zogenaamde stuwen. Dat zijn plekken in de rivier waar het water kolkt als een gigantische wasmachine. In stuwen kun je ook heel makkelijk verdrinken, omdat je door de enorme kracht van het water naar beneden wordt gezogen. Er was een grote stuw vlak bij de camping waar we vaak kwamen. Ik wilde daar altijd graag naartoe om met keien en stokjes allerlei dramatische gebeurtenissen na te spelen. Met mijn moeder liep het altijd heel slecht af. Had ze me maar niet tegen mijn zin op tennis moeten doen!

Het duurde niet lang of ik vond een nieuwe liefde, en deze keer was dat: rekenen. Ik vond het altijd al heerlijk om patronen te zoeken en sommen op te lossen. En ik vond het niet alleen leuk, maar ik was er ook goed in. Jammer genoeg deed mijn basisschool weinig aan rekenen. In grade 5 leerden we nog steeds klokkijken!

Thuis stak ik meer op over rekenen dan op school. Mijn moeder kocht boekjes met grappige oefeningen. Maar vooral van oom Ted leerde ik op een andere manier naar getallen te kijken.

Als hij zag dat ik worstelde met een som, pakte hij een pen en ging me helpen.

'Waar heb je moeite mee?' vroeg hij.

'Met alles,' zei ik.

Zijn verstand werkte als een prachtige machine die alles met elkaar verbond tot een patroon dat ik kon begrijpen. Hij maakte gebruik van visualisatietechnieken, waardoor mijn rekensom helemaal tot leven kwam.

'Let op, ik zal je een trucje laten zien,' zei hij. 'Noem zeven cijfers. Maakt niet uit welke.'

Ik noemde de eerste de beste cijfers die in mijn hoofd opkwamen. Hij pakte meteen een pen en begon alles neer te krabbelen.

Ik kon mijn ogen niet geloven. In nog geen tien seconden had hij een getal van zes cijfers door negen gedeeld. Dit kon niet waar zijn.

'Dit kan niet!' zei ik.

'Reken maar na.'

Ik tikte de cijfers in op mijn rekenmachientje.

'Het klopt,' zei ik verbaasd. 'Hoe heb je...'

Hij keek me glimlachend aan. Het was echt zo'n glimlachje van: ik wil je een geheimpje verklappen.

'Ik zal het je laten zien.'

Hij legde me uit hoe het werkte. Het was een methode waarvan ik niet wist dat er zoiets bestond, en die eigenlijk neerkwam op dingen in je hoofd uitrekenen. Het was een supersnelle staartdeling die ik nooit ben vergeten. Op deze manier maakte ik ook voor het eerst kennis met hoofdrekenen. Oom Ted leerde me hoe ik sommen sneller kon oplossen door gebruik te maken van rekenkundige foefjes als vermenigvuldigen en delen.

Daardoor begon ik in alles wat ik deed patronen te zien.

Rekenen had voor mijn gevoel niets te maken met leren, hard werken of school. Ik was alleen maar bezig de mysteries van het universum op te lossen. Als ik 's avonds in bed lag, en eigenlijk moest slapen, pakte ik vaak een zaklantaarn om onder de dekens sommen op te lossen.

Door mijn passie voor rekenen kwam ik er al heel snel achter dat er nog iets anders was waar ik van hield en goed in was: wetenschap.

Ik was altijd gek geweest op experimenten. Ik was begonnen met heel eenvoudige proefjes, zoals: hoeveel boeken kan ik op eieren leggen voordat ze breken? Of ik bracht water op verschillende temperaturen aan de kook door zout toe te voegen. Toen ik in grade 5 kwam, was mijn geëxperimenteer al een heel eigen leven gaan leiden. Op een dag besloot ik op het keukenfornuis voor de lol E. coli te gaan kweken. Dat is een bacterie die dodelijke infecties kan veroorzaken. Het werd meteen mijn laatste dag van wetenschappelijke experimenten in de keuken. Onder grote druk van mijn ouders verhuisde ik met mijn laboratorium naar de kelder.

In het duister van de kelder deed ik in een hoekje mijn proeven, terwijl mijn broer in een andere hoek met veel heftigere experimenten bezig was. Ik wist niet altijd wat hij precies aan het doen was – maar ik kreeg er wel genoeg van mee om bang te worden. Soms echt héél erg bang.

Mijn broer en ik zochten altijd de grenzen op. Op een keer

had Luke een oude magnetron tussen de vuilnis gevonden en hem uit elkaar gehaald. Hij wilde er een straalwapen van maken waarmee hij dingen kon roosteren. Ik stond aan de andere kant van de kelder en probeerde me niets aan te trekken van wat Luke aan het doen was. Zelf was ik aan het experimenteren met condensators, die als een soort sponsjes razendsnel elektriciteit opzuigen. Ik was benieuwd wat er zou gebeuren als ik sommige deeltjes een extra lading gaf om plasma's met aluminiumfolie te maken.

En opeens werd het pikkedonker in de kelder.

'Er is vast een stop doorgeslagen,' zei Luke.

Zonder het te weten hadden we veel te veel stroom gebruikt. Onze ouders waren niet thuis, dus ging Luke in de stoppenkast kijken. Even later werd er op de deur geklopt. Het was de elektriciteitsmaatschappij. Niet alleen bij ons waren de stoppen doorgeslagen – de hele buurt zat zonder stroom... Oeps!

'Hebben jullie niets vreemds gemerkt?' vroeg de elektricien. Hij keek achterdochtig om zich heen.

Luke en ik keken elkaar een beetje zenuwachtig aan.

'Nee, meneer,' mompelde ik.

Er was ook niets vreemds, zei ik tegen mezelf. En daarmee loog ik niet echt, want in huize Andraka was dit eigenlijk een heel normale middag.

Toen mijn ouders 's avonds thuiskwamen van hun werk, biechtten we alles aan ze op. Maar in plaats van ons een uitbrander en huisarrest te geven, zoals we hadden verwacht, keken paps en mams zowel geschrokken als geamuseerd. Ze zeiden alleen dat we in het vervolg voorzichtiger moesten zijn, omdat het huis anders de lucht in kon vliegen. Tot slot gaf mijn vader ons nog een waarschuwing: 'Jullie mogen aan niemand vertellen wat er is gebeurd,' zei hij. 'Echt nooit.' (Sorry, pap!)

Mijn ouders zaten vaak in een lastige positie. Ze wilden niet dat ons iets overkwam, maar tegelijkertijd vonden ze het belangrijk dat Luke en ik experimenteerden en overal zelf achter kwamen. En dat werkte. Ik ging razendsnel vooruit en mijn ouders hadden dat in de gaten. Toen het duidelijk werd dat de basisschool me niet genoeg te bieden had, ging mijn moeder op zoek naar een zogenaamde *charter school** die was gespecialiseerd in wiskunde en natuurkunde en daar kon ik in mijn eigen tempo de stof tot me nemen.

Het was een verschil van dag en nacht met mijn gewone school. Ik begon de charter school in grade 6, en ik kwam er al snel achter dat er onder de leerlingen een enorme rivaliteit heerste. Zeker als het ging om de verplichte deelname aan de Anne Arundel County Regional Science and Engineering Fair, een wetenschapsbeurs voor techniek en natuurkunde, in de stijl van *The Hunger Games.*

Net als de Hongerspelen in het boek liep ook deze beurs uit

---

* Zie het overzicht op p. 256.

op een bloedbad. Een keer per jaar kwamen alle leerlingen bij elkaar op de Universiteit van Maryland om met elkaar op de vuist te gaan, project tegen project. De leerling die het langst overeind bleef, kreeg als beloning het recht om op school onbeperkt over zichzelf op te scheppen. Plus een goedkope laptop. Elke keer als ik eraan dacht dat ik als winnaar uit de bus zou komen, voelde ik een golf adrenaline door me heen gaan. Ik was dol op competitie, en ik stortte me er helemaal in.

In het begin van grade 6, toen ik elf was, leerde ik ook Logan kennen. Ik zat in de klas voor wiskunde voor gevorderden, toen ik haar voor het eerst zag. We hadden meteen een klik met elkaar. Elke keer dat de leraar zijn hoofd naar het bord draaide, schoven we elkaar briefjes toe.

Wil je straks bij de lunch naast me zitten? schreef ik.

Ja, schreef ze terug.

Al gauw gingen we ook buiten schooltijd met elkaar om. We waren zo veel mogelijk samen. Alles ging helemaal vanzelf tussen ons. Het duurde niet lang of iedereen zag ons als een stelletje, en daar gingen we graag in mee.

'Volgens mij hebben we nu verkering,' zei ik.

'Cool,' zei ze.

Dat was dat. Mijn eerste vriendinnetje.

Als cadeautje kreeg ik ooit een bruine speelgoedbeer van haar en ook chocolaatjes. Ik zat inmiddels op middle school* en merkte dat van mij verwacht werd erbij te willen horen.

Doordat ik met Logan was, voelde ik me normaal en geaccepteerd. Zij was namelijk het perfecte meisje: mooi, slim en vooral leuk om mee om te gaan.

We gingen het liefst naar de bioscoop en daarna naar haar huis, waar we elkaar in hun zwembad te lijf gingen met flexibeams. Dan kregen we altijd de slappe lach. We vonden alles grappig, alles leek perfect.

Maar toen we een paar weken met elkaar omgingen, kreeg ik het gevoel dat er iets niet klopte. Ik vond het heel fijn om bij Logan te zijn. Ik vond de smileys leuk die ze tekende op haar briefjes aan mij, en vond het prettig om tegenover haar te zitten in de kantine en haar aan het lachen te maken. Maar toch ontbrak er iets. Ik wist niet of ik wel datgene voor haar voelde wat ik zou moeten voelen. Ik vroeg me af of ik haar bijvoorbeeld wel wilde kussen. En... dat was niet zo. Toen de eerste maand in grade zes was verstreken zonder dat ik aanstalten had gemaakt voor de eerste zoen, wist ik dat ook Logan zich begon af te vragen wat er aan de hand was.

Opeens kwam er een nieuwe vraag bij me op. En die had niets te maken met 'polynomen' of het verzadigingspunt van water of de vraag aan welke buitenschoolse activiteiten ik wilde meedoen.

Wat was er mis met me?

---

* Zie het overzicht op p. 256.

$$C_6H_8O_7 + 3NaHCO_3 \longrightarrow 3CO_2 + 3H_2O + 3Na^{+1} + C_6H_8O_7^{\;3-}$$

Hoofdstuk 2

DE NERD IN DE KAST

Het schooljaar verstreek en ik voelde nog steeds niets voor Logan. Ik vond het allemaal heel verwarrend.

Steeds kwam dezelfde vraag bij me op.

Ze is perfect. Waarom voel ik me niet tot haar aangetrokken?

Gelukkig was Logan hier niet zelf over begonnen. Dat was in elk geval een opluchting.

Ik deed echt mijn best om dit soort gedachten zo ver mogelijk weg te stoppen. Ik zei tegen mezelf dat er niets aan de hand was. En afgezien van al die verwarrende gedachten over Logan, ging het op school wel goed. Ik had twee nieuwe vrienden gekregen, Jake en Sam, en we waren inmiddels onafscheidelijk. Jake was zo'n jongen die overal op inging als je hem uitdaagde. Hij zat zo boordevol energie dat Sam en ik de hele tijd om hem moesten lachen. Sam was wat rustiger. Hij had een geweldig gevoel voor humor en was echt zo'n vriend bij wie je je op je gemak voelt. In de weekends logeerden we vaak bij elkaar en dan bleven we de hele nacht op om World of Warcraft te spelen. We moesten alleen wel goed opletten dat onze ouders er niet achter kwamen, want die wisten natuurlijk van niets. Af en toe gingen we naar Hershey Park voor een ritje in de achtbaan, om ons daarna vol te proppen met junkfood.

Maar meestal vermaakten we ons op onze eigen manier. Jake had een enorme trampoline in de achtertuin staan. Daar gooiden we een zwarte bal op en dan moesten we erop springen zonder de bal te raken. Als ik na een poosje helemaal bezweet en uitgeput op de trampoline lag, had ik echt geen zin om aan serieuze dingen te denken. Ik wilde gewoon lol hebben.

Op een dag speelden Jake, Sam, Logan en ik het spelletje Truth or Dare. Ik zat in een grote kartonnen doos, vanwege een vorige opdracht.

We zaten te wachten wie Jake als volgende zou kiezen. Hij keek mij aan.

'Jack,' zei hij. 'Truth or dare?'

Iedereen wist dat ik altijd de opdracht koos. Zo ben ik nu eenmaal.

'Dare.'

Jake glimlachte een beetje vals.

'Geef Logan een zoen.'

'Hè?' zei ik. Want ik dacht heel even dat ik hem niet goed had verstaan.

'Geef je vriendinnetje een zoen,' zei hij.

'Kom op!' zei Sam.

Sam en Jake wisten niet dat Logan en ik nog nooit gezoend hadden. Niet één keer in de drie maanden dat we met elkaar omgingen. Nog geen kusje op elkaars wang. En nu keek iedereen me aan. Ik voelde dat ik een rood hoofd kreeg. Ik was het liefst in mijn doos weggekropen. Misschien een postzegel erop en dan maar zo ver mogelijk weg sturen.

'Goed dan,' zei ik. Ik probeerde heel zelfverzekerd te kijken toen ik uit mijn doos opstond en op Logan afstapte.

Ze voelde natuurlijk dat ik op was van de zenuwen, en daardoor voelde zij zich ook opgelaten. Ze verschoof nerveus op haar stoel. Ik wilde dit zo snel mogelijk achter de rug hebben.

Doe gewoon, Jack. Doe nou maar gewoon.

Met mijn lippen op elkaar geperst gaf ik haar een zoen op haar mond. En liep toen alsof er niks aan de hand was weer terug naar mijn doos.

Ze glimlachte onbeholpen. En ik glimlachte onbeholpen.

'Truth or dare,' zei ik tegen Jake, om maar vlug de aandacht op iemand anders te richten.

Mijn god. Wat was er met me aan de hand?

Van binnen wist ik dat er iets niet klopte. Op mijn leeftijd had ik al genoeg televisieseries gezien om te weten dat deze eerste zoen heel anders had moeten voelen. Het was normaal om dan zenuwachtig te zijn, maar je hoorde ook nog iets anders te voelen: opwinding, aantrekkingskracht. Maar ik had totaal niet het gevoel dat ik mijn meisje had gekust. Meer dat ik mijn beste vriendin een zoen had gegeven. Mijn beste vriendin, tot wie ik me helemaal niet aangetrokken voelde.

Dit soort gedachten bleven maar door mijn hoofd spoken, en ik begon me steeds meer aan Logan te ergeren als ik haar tegenkwam.

Wat is er mis met me?

Waarom voel ik niets voor haar?

Omdat ik ook niet wist wat ik hiermee aan moest, gaf ik Logan maar de schuld. Ik ging steeds minder met haar om en begon haar te negeren. Uiteindelijk veranderde mijn verwarring in woede. Ik gedroeg me alsof ik veel te goed voor haar was. Ik deed echt heel onbeschoft. En halverwege het schooljaar stuurde ik haar een briefje om te zeggen dat het uit was tussen ons. Het is ontzettend kinderachtig om het via een briefje uit te maken, zelfs voor iemand van elf. Geen wonder dat ze vanaf dat moment niet meer tegen me praatte.

Dat ik Logan uit mijn leven had gebannen, was niet het einde van mijn sociale contacten. Ik ging nog steeds met Sam en Jake om, maar zij zagen ook dat ik veranderd was. Ze merkten dat er iets niet klopte. Ik deed een beetje kortaf tegen ze en ik was vaak ergens anders met mijn gedachten. Ik had het gevoel dat ik langzaamaan ook afstand van hen begon te nemen.

Terwijl het me niet zo goed lukte om mijn vriendschappen te onderhouden, was er niets mis met mijn competitiegevoel. De grote wetenschapsbeurs kwam eraan en ik moest nog snel een idee voor een project verzinnen. Het was natuurlijk leuk om te mogen opscheppen, maar het telde ook mee voor mijn eindcijfer.

Toen ik met oom Ted aan het kajakken was op de Cheatrivier, kreeg ik opeens een ingeving. We waren in de buurt van een stuw. Maar in plaats van stokjes in het water te gooien die mijn ouders moesten voorstellen, wilde ik weten wat hier precies gebeurde. Dus vroeg ik dat aan oom Ted.

'Dit wordt ook wel een watersprong genoemd,' zei hij. 'Echt heel interessant.'

Terwijl we de Cheat afvoeren, vertelde hij hoe gevaarlijk de terugloop van het water onder de stuw was. Het wateroppervlak zag er heel kalm uit, maar daaronder ging het er wild en krachtig aan toe. Alles wat in de terugloop terechtkwam werd rondgeslingerd, waardoor het vrijwel onmogelijk was eruit te ontsnappen.

Ik wilde nog meer weten. Ik ging thuis achter de computer zitten en struinde het internet af. Hoe meer ik te weten kwam, hoe meer ik gefascineerd raakte door het wasmachine-effect waardoor mensen niet meer boven water konden komen.

Ik kwam erachter dat er in het hele land duizenden van deze levensgevaarlijke verborgen plekken waren. Bijna elk jaar verdronk er wel iemand door de kracht van deze wonderlijke, sterke stromingen net onder het wateroppervlak. Ik wilde er alles over weten, en vooral hoe deze verdrinkingsmachines werkten en wat er precies onder water gebeurde.

Stel je voor dat ik een manier kon vinden om de loop van het water zó te veranderen dat zwemmers niet meer naar beneden werden getrokken. En ik bedacht ook dat dit mijn project zou worden. Dan kon ik mooi mijn fascinatie voor stuwen uitleven op een inzending voor de wetenschapsbeurs. Misschien kon dit project wel levens redden. Ik bracht de modelrivier die ik samen met mijn vader had gemaakt naar de kelder, en veranderde met wat geknutsel de waterstroom om na te bootsen wat er bij de stuw gebeurde. Met behulp van allerlei praktijkonderzoeken lukte het me om getrouwe schaalmodellen te maken van de rivier, de stuw en een menselijke figuur. Ik sloot een dompelpomp aan op het model, waarmee ik de stroming van een echte rivier kon imiteren. Mijn modelrivier en het menselijke figuurtje hadden precies de schaal die nodig was om het effect van de verdrinkingsmachine te volgen. Ik verving de houten bodem door plexiglas, zodat ik het verloop van alle kanten in de gaten kon houden.

Toen ik eenmaal de verdrinkingsmachine had nagebootst, moest ik een manier zien te vinden om het levensgevaarlijke wasmachine-effect uit te schakelen. Urenlang experimenteerde ik in de kelder met allerlei obstakels die de loop van het water konden veranderen.

Ik gebruikte hiervoor verschillende materialen: plastic, hout en beton. Ik probeerde veertig verschillende voorwerpen uit en ontdekte uiteindelijk iets wat de heftige draaibeweging van het water kon veranderen. Het was een stukje hout met een schuine helling van 20 procent. Als ik het hoogste punt van het stuk hout in het midden van de stuw plaatste, bouwde het restwater zich daaromheen op – waardoor de stroom werd onderbroken en iemand die erin gevangen zat eruit werd geslingerd. Missie volbracht. Deze aanpassing schakelde de watersprong uit.

Door een stuw op miniatuurschaal te bouwen en met dingen te experimenteren, had ik een probleem opgelost dat mensenlevens eiste. Mijn experiment bewees dat er een manier was om stuwen veel veiliger te maken. Voor de eerste keer in mijn leven drong tot me door dat ik in staat was echt iets in de wereld te veranderen.

Ik kon gewoon niet wachten om mijn idee aan mijn klasgenoten te vertellen. Ook al wist ik dat dit riskant was. Er waren niet veel leerlingen die de details van hun natuurkundeprojecten onthulden. Weet je nog dat ik de wetenschapsbeurs vergeleek met de Hongerspelen? Nou, dat was echt niet zo overdreven. De concurrentiestrijd was enorm. Er ging zelfs het gerucht dat leerlingen niet vies waren van sabotage. En dat geloofde ik graag.

De enige aan wie ik het gerust had durven vertellen, was Logan. Maar ik had het helemaal verknald bij haar, ze praatte nog steeds niet met me. Toch moest ik het aan iemand kwijt, ik kon het niet helpen. Toen ik het echt niet meer voor me kon houden sprak ik Jake aan, vlak voordat we de klas in gingen. Jake reageerde zoals ik had gehoopt. Hoe meer ik erover vertelde, hoe meer hij onder de indruk was.

'Je maakt echt een kans om te winnen,' zei hij.

'Denk je?'

Ik had er eigenlijk helemaal niet bij stilgestaan dat ik de wetenschapsbeurs zou winnen. Het was mij om een goed cijfer te doen.

'Echt waar, Jack. Het is een geweldig idee,' zei Jake. Ik zag dat hij het meende.

Omdat Jake maar door bleef vragen over mijn project, begon ik uit puur enthousiasme steeds harder te praten. Een jongen die Damien heette, luisterde me af.

Ik ben er inmiddels achter dat er op elke school altijd minstens één Damien is. Damien was een rotzak. Een enorme rotzak. Hij moest me altijd hebben. Hij was net als iedereen ontzettend eerzuchtig, maar aan mij had hij om een of andere reden een enorme hekel. Iets anders kon ik niet bedenken om zijn gedrag te verklaren. Hij kwam bijvoorbeeld zomaar naar me toe en zei dan dat ik stom was. Damien was nu eenmaal gek op het woordje 'stom'.

'Gaat jouw project over stuwen?' zei hij met een grijns. We wisten allebei dat dit geen vraag was, maar dat hij het spottend bedoelde.

Ik wilde niets met hem te maken hebben. Nu niet en nooit niet.

'Misschien. Hoezo?' zei ik en ik draaide me om.

'Nou, zo te horen is het een stom project,' zei hij.

Zie je wel, zijn favoriete woordje. 'Stom'.

'Ik ga namelijk winnen,' voegde hij eraan toe, met nog steeds die grijns op zijn gezicht. 'Grapje. Ik weet zeker dat het jou gaat lukken.'

Ik was niet zo goed in gesprekken waarin mensen iets anders zeggen dan ze bedoelen.

'Nou...' stamelde ik.

Ik moest iets terugzeggen. Maar mijn hoofd was helemaal leeg.

Gelukkig kwam net op dat moment de leraar aangelopen. Hij opende de deur van de klas. Nu stond ik in ieder geval niet langer voor paal. Witheet van woede ging ik op mijn plaats zitten. Damien deed altijd irritant tegen me, maar nu had hij echt op mijn ziel getrapt.

Die gast kent me niet eens. Hoe durft-ie?

Ik moest en zou hem verslaan.

Als ik Damien echt de grond in wilde stampen, moest ik snel aan het werk gaan. De beurs was al over zeven weken. Ik wist dat het met mijn onderzoek wel goed zat, maar ik was niet helemaal zeker van mijn presentatie en toelichting. En die waren bij deze beurs net zo belangrijk als het project zelf.

Ik repeteerde keer op keer voor mijn ouders. Natuurlijk wist ik dat het niet goed ging toen ze tijdens mijn presentatie steeds verveelder gingen kijken. Na een paar repetities hadden mijn ouders schoon genoeg van mijn praatje over het project. Ze schaften een videocamera voor me aan en zeiden dat ik maar naar mezelf moest kijken. Toen werd ik wel even ruw wakker geschud! Ik zag op de video dat ik het niet zomaar slecht deed, het was echt afgrijselijk.

Ik slikte, ik stotterde, ik raakte de draad kwijt en dreunde alles op. Elke keer dat ik een fout maakte, moest ik opnieuw beginnen.

Omdat ik hulp nodig had, zonk ik zo diep als je als broer maar kunt zinken. Ik vroeg Luke om advies. Nadat hij naar mijn presentatie had geluisterd, reageerde hij op zijn eigen typische manier.

'Waardeloos,' zei hij. Hij liep de kamer uit en sloeg de deur voor mijn neus dicht.

Even later kwam hij terug en gaf me een blaadje papier. 'Ik heb een paar tips voor je opgeschreven,' zei hij. 'Val me niet meer lastig voordat je ze hebt toegepast.'

Urenlang boog ik me over zijn tips zoals:

'Praat alsof je een vriend vertelt over een nieuwe game waar je alles van afweet, maar doe het wel op een normale gesprekstoon.'

'Zeg wat je denkt, houd geen speech.'

'Niet opnieuw beginnen! Altijd doorgaan, de dingen die je hebt overgeslagen vertel je later.'

'Hou het interessant.'

'Schrap alle saaie kost.'

Ik keek op YouTube naar filmpjes over presentaties op wetenschapsbeurzen. Ik bleef oefenen en schaven.

Langzamerhand begon ik resultaat te zien. Mijn presentatie ging steeds soepeler. En door al dat oefenen kreeg ik ook meer zelfvertrouwen. En hoe meer zelfvertrouwen ik kreeg, des te minder ik slikte en stotterde. Toen de beurs begon, was ik er helemaal klaar voor.

Toen ik op de dag dat de beurs begon op de Universiteit van Maryland aankwam, hoopte ik niet meer alleen op een goed cijfer. Nee, ik wilde ook Damien verslaan, en misschien een plaatsje veroveren binnen een van de acht categorieën. De categorieen lopen van scheikunde en techniek tot natuurkunde. Nadat de winnaars van de categorieën bekend zijn gemaakt, worden de winnaars van de derde en de tweede prijzen bekroond, en als laatste wordt de kampioen van de hele beurs uitgeroepen.

Toen ik de brede dubbele deuren openduwde, had ik het gevoel een van de YouTube-clips binnen te wandelen die ik bestudeerd had. Overal in de enorme conferentiehal zag ik groepjes jongens en meisjes die nerveus voor hun standjes met projecten stonden te wiebelen. Ik zei niet veel en had mijn game-gezicht opgezet. Dat lijkt heel erg op mijn gewone gezicht, alleen lach ik dan niet.

Mijn presentatie tijdens de wetenschapsbeurs in grade 6

Ik vond mijn plekje en zette mijn display neer. Dat was een groot stuk karton met de tekst: *Kunnen we de verdrinkingsmachine stoppen?*, aangevuld met informatie over hoe ik tot mijn resultaat was gekomen. Toen was het tijd om een kijkje bij de concurrentie te nemen. Ik dacht niet dat ik veel kans maakte om te winnen. Het was de eerste keer dat ik aan een echte wetenschapsbeurs meedeed en er waren zo veel geweldige projecten, zeker bij de leerlingen van grade 7 en 8. In de categorie gedragswetenschappen was er een inzending met de naam 'Welk bekend drankje is het schadelijkst voor het gebit?'. In dezelfde categorie was er een project dat er heel gaaf uitzag, met muizen die door een doolhof renden. De titel: 'Het effect van klassieke muziek op muizen die door een doolhof lopen'. Een van de mooiste vond ik 'Maglev, efficiëntie bij treinsnelheden'. Dit project bestond uit een trein van Lego die aan magneten zweefde.

En toen zag ik Damien. Hij stond voor zijn standje en keek heel bijdehand.

'Hé, loser,' zei hij. 'Wil je een demonstratie zien?'

'Nee, bedankt,' zei ik, quasi-onverschillig.

Mijn broer Luke zat in grade 8 en deed ook mee aan de beurs met: 'Zijn er schimmels onder ons?'. Lukes project liet zien hoe schimmels zich aan plantenwortels hechten en de groei van de plant bevorderen.

Ik kreeg het zwaar te verduren toen Damien de eerste plaats won in een van de categorieën.

Geweldig. Dat krijg ik dus de rest van het jaar te horen.

Aan het eind van de prijsuitreiking werden de namen van de algemene winnaars bekendgemaakt. De eerste naam was die van Luke! Hij had een derde prijs! Ik was apetrots toen hij het trapje op liep. Als winnaar van de tweede prijs kwam uit de bus: 'Wat is de meest efficiënte hoek voor de schoepen van een windmolen?'. Ik vond dit een fantastisch project en ik had gedacht dat het de eerste prijs zou krijgen.

Wat kan dat nou nog overtreffen?

Voordat de jury de algehele winnaar bekendmaakte kon je in de zaal een speld horen vallen.

'En de eerste plaats gaat naar Jack Andraka met zijn project

"Kunnen we de verdrinkingsmachine stoppen? Het veiliger maken van stuwen".'

Mijn mond viel open. Ik stond op het podium en keek naar het publiek. Ik zag mijn broer breed glimlachen. Damien rende naar de uitgang.

Ik gaf mijn vader en moeder een knuffel en kon niet wachten om oom Ted te bellen. Ik pakte mijn moeders mobieltje.

'Oom Ted, raad eens?' zei ik.

'Wat is er? Hoe is het gegaan?'

'Ik heb gewonnen,' zei ik.

'Goed zo. In welke categorie?'

'Nee, voor alles. De eerste plaats van alles.'

Hij wist niet wat hij hoorde.

'Gefeliciteerd, Jack! Wat fantastisch,' zei hij. 'Dat moeten we vieren!'

Als beloning nam hij me mee op zijn boot voor een dagje zeilen op Chesapeake Bay. Ik vond dat nog mooier dan de laptop die ik van school als prijs had gekregen. Jake en Sam mochten ook mee, we maakten er echt een feest van. Het was een schitterende dag. We voeren de hele baai rond, zwaaiden naar de andere boten en mochten om beurten aan het roer staan.

Het zou niet lang duren voordat ik opnieuw met de boot mee mocht. Na de triomfantelijke afsluiting van het schooljaar begon het krabbenseizoen. Hoewel ik inmiddels al wat ouder was, zette ik nog steeds de wekker en was ik zo opgewonden als een klein kind als de gebutste auto van oom Ted voor de deur stopte.

Maar dit jaar merkte ik dat er iets was veranderd. We deden precies hetzelfde als vorige jaren – fuiken laten zakken en weer ophalen – maar nu zaten er veel en veel minder krabben in.

'Hoe komt dat?' vroeg ik. 'Waar zijn alle krabben gebleven?'

'De krabben gaan dood door de verontreiniging van het water,' zei oom Ted.

'Waarom?' vroeg ik.

Oom Ted praatte altijd graag over de kwaliteit van het water in Chesapeake Bay. Hij werkte als deskundige op het gebied van waterkwaliteit, en wist als geen ander hoe verwoestend de verontreiniging was voor het kwetsbare zeeleven. Urenlang kon hij uitweiden over wat er aan de vervuiling gedaan moest worden.

'De verontreiniging heeft verschillende oorzaken,' zei hij. 'In Baltimore staat een nieuwe fabriek en ik denk dat het voor een deel daaraan ligt. Maar een heleboel is gewoon afkomstig van huishoudens.'

Ik snapte het niet helemaal en wilde er meer van weten.

'Als mensen veel kunstmest gebruiken in hun tuin, omdat ze willen dat het gras mooi groen wordt en de planten beter groeien en bloeien, komt het overtollige deel in het water terecht. En daardoor krijg je algengroei in de baai,' zei hij.

Ik begreep het niet, want ik dacht dat algen juist goed waren.

'Maar hoe kunnen krabben dan doodgaan van algen?' vroeg ik.

Hoewel ik nog maar een kind was, sprak oom Ted altijd tegen me alsof ik zijn gelijke was. Hij ging er gewoon van uit dat ik begreep wat hij zei, en als dat niet zo was dan moest ik het maar zeggen. Ik heb altijd gedacht dat daardoor alles wat hij zei in mijn hoofd bleef hangen.

'De algen zorgen ervoor dat het zonlicht niet goed kan doordringen in het water. En soms houden ze het zuurstofpeil van het water zo laag dat zeedieren zoals krabben er niet meer in kunnen leven,' zei hij.

Het was voor het eerst dat ik over dit probleem hoorde, en ik vond het ontzettend interessant. In mijn hoofd zette ik alles nog eens op een rijtje: de vervuiling van Chesapeake Bay bracht een kettingreactie op gang die zich ook buiten het water verspreidde, in bijna het hele omringende ecosysteem. Terwijl oom Ted aan het praten was, zag ik het allemaal voor me. De verontreiniging die in het water drong. De vissen die de gifstoffen binnenkregen. De mensen die de vissen aten. Oom Ted eindigde zijn verhaal over de waterverontreiniging net zoals hij bijna al zijn verhalen eindigde. Hij schudde zijn hoofd en zei: 'Hier moet toch een oplossing voor zijn.'

Uiteindelijk kregen we toch nog genoeg krabben bij elkaar voor ons jaarlijkse krabbenmaal. Ik verheugde me al op de rest van de zomervakantie, toen mijn moeder weer eens met een briljant idee kwam: ik ging met het vliegtuig naar een wiskundekamp in Colorado Springs.

Het leek me niet echt een waardevolle besteding van mijn kostbare zomervakantie. Een wiskundekamp? Zo heette het dus echt: wiskundekamp.

De eerste dag in het kamp had ik het gevoel dat ik op een nieuwe school kwam. Heel veel kinderen kenden elkaar al van het vorige jaar, terwijl ik helemaal niemand kende. Tijdens de busrit van het vliegveld naar het kamp zat ik stilletjes in mijn eentje.

Maar toen kwam een iets ouder meisje naar me toe en stelde zich voor. 'Hoi, ik ben Katherine. Waar kom je vandaan?'

'Maryland,' antwoordde ik verlegen.

Katherine nam me meteen onder haar vleugels. Ze zat in grade 8 en ze gedroeg zich als een grote zus. Ik had nooit een grote zus gehad, en ik vond het heel fijn dat ze me een rondleiding gaf en me voorstelde aan de kinderen die ze kende.

Ik had nu niet alleen een fijne vriendin, maar ik had me gelukkig ook vergist wat het kamp betrof. Het was veel meer dan alleen wiskunde. Stel je het maar voor als een logeerpartij van dertig dagen met een groep echt coole mensen. We speelden vaak spelletjes en keken films. Zelfs sporten was leuk. Er waren ontzettend spannende Ultimate Frisbee- en voetbalwedstrijden. 's Avonds speelden we oneindig veel rondjes Truth or

Dare. Ondanks die vervelende ervaring met Logan in het begin van het jaar koos ik nog altijd voor 'dare'. Ik leerde ook origami, het vouwen van papier in allerlei ingewikkelde vormen. Ik werd daar heel rustig van en dan borrelden er allerlei ideeën in me op. Aan het eind van de dag gingen Katherine en ik altijd naar de recreatieruimte. Daar stond een grote bank met een al even grote televisie, en dan keken we samen naar *America's Next Top Model*.

De wiskundevraagstukken die we voorgeschoteld kregen waren stuk voor stuk lastig. De 'kampers' waren erg slim, en tijdens de wiskundelessen ontstonden vaak discussies over de opgaves die we moesten maken. We hadden het erover of de wiskunde was uitgevonden of ontdekt, we wisselden trucjes uit om ingewikkelde vergelijkingen op te lossen en onderzochten verschillende methodes om een vraagstuk te benaderen. Ik vond het eigenlijk jammer dat het kamp was afgelopen en besloot dat ik het volgende jaar weer wilde.

Toen ik thuiskwam bleek het gezin Andraka uitgebreid met een paar harige leden. Mijn moeder had Luke en mij verrast met twee fretten. Die van mij noemde ik Ginny Weasley, naar het personage uit *Harry Potter*. En Luke noemde de zijne Phaedrus, naar de oude Griekse filosoof die had gezegd: 'Niet alles is wat het lijkt; een eerste indruk misleidt menigeen.' Fretten zijn geweldige huisdieren. Ze zijn aanhankelijk en slim, en ze slapen de hele tijd. Ginny Weasley vond het fijn om op mijn schouder te liggen en deed vaak een dutje terwijl ik een boek las.

De fretten waren totaal niet bang voor Casey, onze golden retriever. Ze kromden hun rug, huppelden om hem heen en daagden hem uit om te komen spelen. Casey keek dan geamuseerd toe, maar meestal schonk hij niet veel aandacht aan ze.

Het staartje van de zomervakantie zat ik steeds in de kelder en hield ik me bezig met experimenten. Naarmate ik meer tijd in de kelder doorbracht, werden mijn experimenten telkens ingewikkelder.

Een keer bestelde ik via internet een pakketje met organische moleculen, waaronder stikstof, om een katalysator te bouwen waarmee je organische chemicaliën kon afbreken. Het was voor het eerst dat ik titaniumdioxide toevoegde aan stikstofgroepen. Ik wilde gewoon weten wat er dan zou gebeuren. Alleen besefte ik niet dat sommige chemicaliën die ik had gekocht, ook gebruikt worden om levensgevaarlijke explosieven mee te maken.

Op een of andere manier was de FBI erachter gekomen wat ik allemaal via internet had aangeschaft, en ze stuurden een mededeling naar mijn huis om te laten weten dat ze me in de gaten hielden. Mijn ouders waren daar niet zo blij mee. Helemaal niet, zelfs. Het viel me op dat ze vanaf dat moment ook steeds meer uit de buurt van de kelder bleven.

Soms viel een experiment heel anders uit dan ik had

verwacht. Op een avond was ik nog laat op en sloop ik stiekem naar de keuken om nanodeeltjes in een ontbijtkom te mixen. Op een gegeven moment kreeg ik slaap. Ik ging naar bed en liet de kom op het aanrecht staan. Toen ik de volgende morgen opstond, trof ik mijn neef Allen van twaalf in de keuken aan.

'Hé, helemaal vergeten dat je zou komen,' zei ik.

Hij keek op en zwaaide even, want hij had het te druk met lepels muesli in zijn mond proppen. Die kom kwam me bekend voor. En toen zag ik met mijn slaperige hoofd eindelijk wat er aan de hand was.

Mijn experiment!

Ik keek op het aanrecht of ik mijn nanodeeltjes zag, die op poedersuiker leken. Ze waren weg. Ik keek weer naar mijn neef. Hij had melk en muesli in mijn experimenteerkom gegooid en zat nu nanodeeltjes op te slurpen.

'Hé dude, niet opeten!' riep ik.

Hij keek op. Er droop melk met nanodeeltjes over zijn kin.

'Je zit mijn wetenschappelijk experiment op te eten.'

Hij spuugde de muesli uit en rende naar de wc.

Vanaf die dag plaag ik hem ermee dat hij een wetenschappelijk experiment van me is. Een experiment dat ik nauwkeurig bijhoud en waarvan ik elke keer dat hij op bezoek komt de resultaten noteer.

Ik had nog één week vakantie tot ik naar de volgende klas zou gaan. Maar toen kreeg ik heel slecht nieuws. Mijn twee beste vrienden Sam en Jake gingen verhuizen naar een andere staat. Het was een harde klap, maar ik probeerde positief te blijven. Ik had tenslotte ook makkelijk nieuwe vrienden gemaakt in het wiskundekamp. En bovendien had ik de eerste plaats gewonnen op mijn eerste wetenschapsbeurs. Dat zou me vast ook wel een paar nieuwe vrienden opleveren.

Maar binnen in me vond er een verandering plaats die nog veel ingrijpender was. Toen het nieuwe schooljaar in grade 7 begon, viel het de meeste jongens op dat de meisjes tijdens de zomervakantie ineens veel volwassener waren geworden. En al deed ik nog zo mijn best mijn gevoelens te negeren, het werd steeds duidelijker dat ik niet op meisjes viel.

Op een dag was ik aan het dagdromen over een jongen in de klas. Hij is leuk, dacht ik bij mezelf. Af en toe lachte ik een beetje te lang om de grap van een jongen, of was ik onder de les helemaal van de kaart omdat ik aan jongens dacht. In de loop van dat schooljaar werd het steeds moeilijker om zulke gedachten en gevoelens weg te drukken. Ze waren er namelijk altijd.

Wat gebeurt er met me?

Ondanks de duidelijke signalen was ik er nog niet aan toe om te beseffen, of onder ogen te zien, wat dit te betekenen had. Ik wist ook niet hoe mensen zouden reageren, maar ik had zo het idee dat het niet mee zou vallen. Ik stopte mijn gevoelens zo diep mogelijk weg en deed erg mijn best om er niet meer aan te denken.

Ik wierp me helemaal op de wetenschap. Dat snapte ik tenminste. Het fijne van wetenschap is dat je in een andere wereld kunt kijken, een gebied achter de schijnbaar toevallige kleuren en vormen die ons omringen, waar regels en principes heersen. Hoe meer ik te weten kom en hoe meer lagen ik afpel, hoe dichter ik bij de oplossing kom van het geheim achter elk mysterie van het universum. In de natuurwetenschap bestaan geen tegenstrijdigheden. Elke beweging heeft een oorzaak en elk probleem kent een oplossing, als ik maar hard genoeg mijn best doe om die te vinden. Ik had het idee dat er geen grenzen waren aan wat ik kon bereiken.

Ik merkte dat ik er ook steeds beter in werd. Ik kreeg meer zelfvertrouwen. Mijn verstand voelde als een machtig wapen dat ik op elk vraagstuk kon richten.

Toen een van mijn favoriete stranden werd gesloten wegens vervuiling, zag ik de plaatselijke autoriteiten met dure apparatuur in de weer om te achterhalen wat er met het water aan de hand was. Niet alleen kostten die tests heel veel geld, maar de apparatuur was ook niet altijd beschikbaar.

Ik herinnerde me nog goed dat ik het met oom Ted tijdens het krabbenvangen had gehad over de vervuiling die aan heel veel krabben in Chesapeake Bay het leven kostte.

Hier moet toch een oplossing voor zijn.

Ik was inmiddels het een en ander te weten gekomen over rivieren. Misschien dat dit me kon helpen om een oplossing te vinden. Volgens mij was er een betere manier om vervuiling aan te tonen, namelijk door de reactie van bioluminescerende organismen: kleine, lichtgevende bacteriën op verontreinigende stoffen. Ik begon met het kweken van dergelijke bacteriën in de enige kamer in ons huis die geen ramen had: de badkamer. Na een paar weken had ik zo veel lichtgevende organismen gekweekt, dat mijn moeder daar een boek kon lezen zonder het licht aan te doen.

Door de organismen bloot te stellen aan diverse niveaus van vervuiling, kon ik aantonen dat naarmate ze steeds meer vervuilende stoffen opnamen, ze steeds minder licht gaven. Ik besloot om het project voor dit schooljaar de naam te geven: 'Een slimme speurder: kan Vibrio fischeri biobeschikbare waterverontreinigers opsporen in het stroomgebied van Stony Creek?' Ik had inmiddels een jaar ervaring en ik was ervan overtuigd dat ik hiermee weer een prima project zou hebben voor de wetenschapsbeurs. En dat klopte. Voor het tweede opeenvolgende jaar eindigde ik als eerste op de Anne Arundel County Regional Science and Engineering Fair.

Twee jaar op een rij had ik een belangrijke prijs gewonnen. In de door concurrentiedrift beheerste wereld van wetenschapsbeurzen had ik inmiddels de reputatie van iemand die ze in de gaten moesten houden.

Terwijl ik werkte aan het onderzoek naar een betere manier om vervuiling op te sporen, zat Luke in de eerste klas van *high school*. Ook hij hield zich nog steeds met wetenschapsbeurzen bezig. Zijn project was briljant. Het ging over de negatieve gevolgen van zure drainage in mijnen voor het milieu en de dieren, en hij had een praktisch uitvoerbare oplossing gevonden. Het was zijn beste project tot nu toe.

Luke had een cel ontworpen waarmee hij vier verschillende variabelen kon testen. Aan de hand van deze variabelen kon hij de perfecte cel maken voor elke willekeurige waterstroom en de specifieke omstandigheden. Op deze manier kon de vervuiling in dit soort rivieren worden aangepakt en bespaarde men miljoenen liters drinkwater. Maar dat was nog niet alles, want deze methode was ook veel makkelijker toe te passen dan de huidige kalksteentechniek en kostte veel minder mankracht en geld.

Luke noemde zijn project: 'Elektrochemische zuivering van AMD – Een oplossing voor zure mijnverontreiniging?'.

Luke en ik hadden besloten onze projecten in te dienen bij onze eerste wetenschapsbeurs buiten de eigen regio: de International Sustainable World (Energy, Engineering and Environmental) Project Olympiad (oftewel I-SWEEEP), in Houston, Texas. Omdat ik had geleerd met zelfvertrouwen in het openbaar te spreken, leek het me deze keer makkelijker, maar aan de andere kant was de concurrentie natuurlijk veel groter.

Een slimme speurder: Kan Vibrio fischeri biobeschikbare waterverontreinigers opsporen in het stroomgebied van Stony Creek?

I-SWEEEP was een van de grootste op het milieu gerichte wetenschapsbeurzen in de wereld. Op deze beurs namen 1655 jonge onderzoekers uit 71 landen het tegen elkaar op. De ruimte van I-SWEEEP was groter dan alles wat ik in Maryland had gezien. En de concurrentie was echt ongelooflijk.

Het zou voor mij de eerste keer zijn dat ik aanwezig was bij een nationale prijsuitreiking. Eigenlijk hield ik me er niet zo mee bezig of ik hier iets kon winnen, ik dacht dat ik toch geen kans maakte. Ik wilde gewoon zo veel mogelijk opsteken van alles wat ik zag, en die kennis voor mijn volgende project gebruiken. Het was wel duidelijk dat alles op I-SWEEEP van een hoger niveau was. Niet alleen de projecten zelf, maar ook de manier waarop die door de leerlingen werden gepresenteerd.

Ik liep de beurshal in om naar de andere projecten te kijken en zag een groepje mensen bij een van de standjes staan. Toen ik op het bord las waar het over ging, viel mijn mond open. Deze jonge onderzoeker had een manier ontdekt om landmijnen op te sporen door middel van geluidsgolven.

Vol ongeloof bleef ik ernaar kijken.

'Hoi, ik ben Marian Bechtel,' zei een meisje en ze stak haar hand uit.

Ik wilde precies weten hoe de vork in de steel zat. Dus vroeg ik haar hoe ze dit had aangepakt.

Marian vertelde dat ze een paar internationale wetenschappers had ontmoet die bezig waren met een apparaat dat met behulp van holografische radar landmijnen kon opsporen. Dit bracht haar op een idee. Tijdens het pianospelen had ze ontdekt dat de snaren van een banjo die in de buurt lag, begonnen te resoneren als ze bepaalde tonen of akkoorden aansloeg.

Ze begreep dat als je met akoestische of seismische golven een landmijn kunt laten resoneren, je die ook kunt opsporen. 'Ik kon hiermee mijn liefde voor muziek en mijn nieuwe passie voor het opruimen van landmijnen met elkaar combineren.'

Naast haar standje stond een eenvoudig prototype van een akoestische detector, die ze gemaakt had van het frame van een schrootdetector.

Ik werd extra enthousiast van haar verhaal. Toen ik aan de beurt was om mijn vondst aan de jury te presenteren, was ik er helemaal klaar voor. Ik had nog steeds dat papiertje met tips van mijn broer. Dus ik probeerde de jury niet te imponeren met ingewikkelde woorden, maar deed mijn best mijn verhaal zo interessant en begrijpelijk mogelijk te houden.

Net als bij de wetenschapsbeurs in onze regio waren er ook hier verschillende categorieën, en één algemene hoofdprijs. Ik was al heel blij dat ik daar aanwezig was. Dus toen de jury bekendmaakte dat ik eerste was geworden van de middle school, begon ik te schreeuwen – niet omdat ik nou zó blij was maar gewoon van de schrik. Ik vond het een ongelooflijke eer dat mijn project de eerste prijs had gekregen in mijn leeftijdsgroep.

Maar het mooiste was nog dat Luke de hoofdprijs kreeg. Dat betekende dat hij mee mocht doen aan de Heilige Graal van alle wetenschapsbeurzen: de Intel International Science and Engineering Fair (ISEF).

Luke (r) en ik met onze I-SWEEEP-awards

Toen ik van mijn ouders te horen kreeg dat ik met Luke mee mocht naar de beurs, in San Jose in Californië, rende ik net zo lang rond het kookeiland tot iedereen, inclusief ikzelf, er duizelig van werd.

Tot mijn verbazing leek de ISEF totaal niet op de wetenschapsbeurzen waar ik eerder aan meegedaan had. Daar was het om min of meer middelmatige projecten gegaan. Het leek zelfs niet op de I-SWEEEP. ISEF was echt het beste van het beste. Alle deelnemers hadden geweldige projecten, ze waren welbespraakt, bevlogen en briljant. Ze waren in één woord perfect.

Ik mocht bijna een hele week met deze oudere en wijzere kids optrekken en ik was zwaar onder de indruk. Als een klein jongetje in een snoepwinkel liep ik door de gangpaden van de wetenschapsbeurs en vroeg iedereen naar het hoe en waarom van hun project. ISEF had voor elke deelnemer van die coole kaartjes gemaakt. Op de ene kant stond een foto en op de achterkant een korte bio. Ik verzamelde de kaartjes van alle finalisten en bestudeerde ze grondig.

Hoe ging het met Luke op de ISEF? Laten we zeggen dat hij 96.000 dollar aan prijzengeld won. Ik heb nog nooit zo tegen mijn broer opgekeken als toen.

De laatste dag van de beurs zat ik in het publiek toen Amy Chyao, die nog maar zestien was, het podium op liep om de hoofdprijs in ontvangst te nemen. Ze kreeg de Gordon E. Moore Award voor haar geweldige experiment waarbij gebruik werd gemaakt van lichtenergie om een medicijn tegen kanker te activeren.

Zodra ik weer thuis was in Crownsville ging ik via internet op zoek naar Amy Chyao en al die fantastische dingen waar ze mee bezig was. Haar verhaal was nog indrukwekkender dan ik dacht.

Tijdens de eerste twee jaar op high school had Amy op eigen houtje scheikunde gestudeerd. De opgedane kennis gebruikte ze voor het verbeteren van fotodynamische therapie, een methode waarmee huidkankers met licht worden behandeld. Fotodynamische therapie bestond al een hele tijd, maar was alleen geschikt voor het behandelen van oppervlakkige huidkankers. Door gebruik te maken van halfgeleidende nanodeeltjes – dat zijn heel kleine deeltjes die elektriciteit geleiden – en die bloot te stellen aan bepaalde golflengtes van licht, ontdekte Amy dat ze een specifieke vorm van zuurstof kon opwekken die dodelijk is voor kankercellen. Als deze nanodeeltjes worden geïnjecteerd, worden ze via de bloedsomloop verspreid of blijven ze in een tumor zitten. Maar met de deeltjes die Amy ontwikkelde, konden artsen een gerichte lichttherapie toepassen die dieper in het lichaam doordrong, en zo meer soorten onderhuidse kankers behandelen.

En dat had een meisje voor elkaar gekregen dat niet zo veel ouder was dan ik.

Ze was briljant, doortastend en bovendien supercreatief. Allemaal dingen die ik ook wilde zijn. Als ik nou eens heel erg mijn best deed, dacht ik bij mezelf. Als ik nou eens net zo leerde denken en doen als al deze ongelooflijke jongens en meisjes? Dan kon ik misschien ook ooit aan de ISEF deelnemen. Misschien kon ik op een dag ook iets belangrijks bijdragen aan de wereld, net zoals mijn nieuwe heldin Amy Chyao.

Ik begon te dromen over een toekomst in de wetenschap.

Nu ik op de I-SWEEEP de hoofdprijs voor de middle school had gewonnen, zou ik op mijn school vast wel als een held worden binnengehaald. Misschien niet door Damien, maar wel door de rest van de leerlingen.

Ik had het mis.

Naarmate mijn ster op het gebied van de wetenschap rees, merkte ik dat veel van mijn klasgenoten zich anders begonnen te gedragen tegenover mij. Eerst dacht ik dat ik het me maar verbeeldde. Maar het werd me steeds duidelijker dat er echt iets aan de hand was. Mijn supereerzuchtige klasgenoten vonden mijn succes maar niks.

Het was net alsof van de ene op de andere dag alles was veranderd. Toen ik in grade 6 voor het eerst een prijs won, leek iedereen op school blij voor me. Maar zodra ik nu over wetenschapsbeurzen begon, merkte ik dat iedereen anders naar me keek. Ze waren helemaal niet blij voor me, ze leken wel bóós. Ik hoorde dat ze over me fluisterden als ik door de gang liep. Vanuit mijn ooghoeken zag ik ze grijnzen en grinniken.

Ook al zei ik nog zo vaak tegen mezelf dat ik paranoïde was, het bewijs bleef zich maar opstapelen. In de derde week van grade 7 liep ik naar de kantine en zette mijn dienblad op een tafeltje. Meteen stond iedereen die er zat op, en vertrok. Niemand zei iets. Ze wilden gewoon niet bij me zitten. Ik voelde me onzichtbaar als een geest; ze wisten wel dat ik er was, maar ze deden gewoon alsof ik niet bestond.

Ik voelde me ontzettend vernederd. En omdat ik zoiets rottigs niet nog eens wilde meemaken, ging ik maar niet meer lunchen. Als na het vierde uur de bel ging, liep ik met de andere leerlingen mee naar de kantine en schoot dan op het laatste moment de jongens-wc in. Ik trok me terug in het gehandicaptentoilet en draaide de deur op slot. Dan deed ik het deksel van de wc omlaag en ging op de pot zitten om mijn boterhammen met pindakaas en jam op te eten. Het wc-papier gebruikte ik als bordje. Ik at snel en stilletjes. Als er een jongen binnenkwam die naar de wc moest, tilde ik vlug mijn voeten op en stopte met kauwen tot hij weer weg was.

Mijn uiterlijk werkte ook niet erg mee. Kennen jullie nog dat jongetje in de brugklas met een bril met dikke glazen en een beugel die altijd zijn hand opstak in de klas? Ja, dat was ik dus. En om het nog erger te maken: op de meest ongelegen momenten kreeg ik een bloedneus.

Een ander probleem was de kleine klas. Als je drie jaar lang met dezelfde vierentwintig leerlingen in een lokaal zit, dan valt er aan je reputatie niet veel te veranderen, al doe je nog zo je best.

Ik dacht dat het misschien zou helpen als ik iets aan mijn hoofd veranderde. Mijn halflange haar was helemaal jaren negentig. Mijn moeder nam me mee naar een kapper en ik zei dat ik een nieuwe, trendy look wilde. Het resultaat was dus een bloempotkapsel. Binnen de kortste keren kreeg ik de bijnaam 'kokosnootkop'. Niet dat het ergens op sloeg, want mijn kapsel leek helemaal niet op een kokosnoot, maar dat zou mijn klasgenoten een zorg zijn. Zodra iemand het woord 'kokosnoot' liet vallen, schoot iedereen in de lach.

Jake en Sam waren allebei verhuisd. En Logan praatte niet meer met me. Ik was echt helemaal alleen. Bovendien werd ik geconfronteerd met mijn seksualiteit. Ik kon al die signalen niet meer negeren – ik wist dat ik homo was. Maar ik wilde in elk geval probéren om net te doen alsof ik hetzelfde was als iedereen. Diep van binnen hoopte ik dat al die vreemde gevoelens vanzelf weer over zouden gaan.

Dit leek me om meerdere redenen de beste houding. Allereerst had je op school al die woorden en uitdrukkingen waaruit homohaat bleek. Voor het geval je het niet wist: in het woordenboek van de middle school is het woord 'homo' synoniem voor raar, niet-cool, slap en laf. Eigenlijk dus voor alles wat er maar verkeerd is.

Als iemand stom doet, dan is hij 'gay'.

Als iemand iets niet durft, wordt er gezegd: 'Hé, stel je niet aan, homo...'

Als iemand van de verkeerde muziek houdt, dan is het – je raadt het al: 'Wat een homo!' Je kunt je dus voorstellen dat het voor de twaalfjarige Jack niet erg aantrekkelijk was om uit de kast te komen.

Hoewel ik het probeerde te verbergen, werd het voor iedereen op school steeds duidelijker dat ik homo was. Daarmee hadden ze het ideale wapen om me te treiteren en uit te schelden.

Halverwege het schooljaar leek het alsof mijn ouders en oom Ted nog de enigen waren die dachten dat ik hetero was.

Als ik uit school thuiskwam, ging ik meteen aan de keukentafel zitten en probeerde mezelf te verliezen in de wereld van wis- en natuurkunde. Alle narigheid hield ik voor me. Ik durfde nog steeds niet over mijn problemen te praten, maar dat was ook omdat ik zelf niet helemaal begreep hoe het zat.

Als oom Ted langskwam, was het net alsof ik weer lucht kreeg. Hij was altijd zo positief. Hij merkte natuurlijk wel dat me iets dwarszat, maar wilde niet aandringen. Hij keek naar mijn werkstuk en schudde zijn hoofd.

'Hoe gaat het, Jack?' vroeg hij.

'Nou, ik heb een beetje moeite met kwadraatgetallen,' zei ik.

'Er is een betere manier,' zei hij en hij pakte mijn pen. Het was weer een trucje met hoofdrekenen, en dit was nog gaver dan de staartdeling. Geduldig deed oom Ted me voor hoe ik de som moest aanpakken.

'Jack,' zei hij voordat hij bij me wegliep. 'Wat er ook op school aan de hand is... onthoud goed dat het makkelijk is om jezelf kwijt te raken, maar vergeet nooit wie je bent. Niemand kan je iets doen, tenzij je dat zelf toestaat.'

Het zou niet lang duren voordat dit op de proef werd gesteld.

Mijn klasgenoten wilden me graag duidelijk maken dat ik anders was. Ik stond samen met de andere leerlingen te wachten tot de muzieklerares de deur open zou doen, toen een stuk of acht jongens in een kringetje om me heen kwamen staan.

'Hoe gaat-ie, sukkel?' zei een jongen van het coole groepje.

Ja, hij had het tegen mij. Natuurlijk hadden ze het tegen mij. Ik deed net alsof ik het niet gehoord had, maar daardoor gingen ze alleen nog maar harder praten.

'Wat ga je doen, loser?'

'Ga je janken?'

Ik keek om me heen of ik de lerares al zag. Ze was te laat. Die pestkoppen hadden publiek en ze wilden er wat van maken.

'Je weet toch dat het helemaal niks met je wordt, hè loser?'

Het sloeg echt nergens op. Het enige wat ik had gedaan was rustig voor de deur van de klas staan. Ik voelde dat ik een rood hoofd kreeg. Ik wist niet wat ik moest zeggen, dus hield ik mijn mond maar.

Waar is die lerares? Waar blijft ze?!

Ik boog mijn hoofd en wachtte. Ik wist dat ze er elk ogenblik aan kon komen.

Het kringetje sloot zich om me heen.

'Ga je nu janken, flikker?'

Ik voelde hun warme adem tegen mijn gezicht. Ik vermeed oogcontact. Ik wou dat ik onzichtbaar was. Nee, ik wou dat er een gat was waar ik in kon springen en verdwijnen. Maar er werd steeds harder en sneller tegen me gepraat.

De lerares komt er zo aan. Nog heel even volhouden.

Ze stonden nu dicht tegen me aan. Een van de jongens gaf me een harde duw. Ik viel met mijn handen vol boeken op de grond. En uitgerekend op dat moment kreeg ik een bloedneus.

Ik keek naar mijn klasgenoten. Er zat bloed op mijn handen, op mijn boeken, op mijn kleren, op de vloer. Iedereen stond heel hard te lachen.

'Wie denk je wel niet wie je bent? Moet je jezelf nou eens

zien!' zei iemand. Ik vluchtte weg naar de enige veilige plek die ik kende: het gehandicaptentoilet in de jongens-wc. Ik deed de deur op slot, ging op de pot zitten en barstte in tranen uit, met mijn handen voor mijn gezicht.

Na dit incident stond het zo vast als een huis dat ik definitief op de Niet Cool-lijst hoorde – en daar kon ik niets aan veranderen. En niet alleen de leerlingen waren tegen me. Af en toe deden de leraren en het personeel ook mee aan de hatelijkheden. Veel van hen waren heel gelovig en hun wereldbeeld paste niet bij hoe ik was. Ze geloofden dat ik als mens niet goed was en niet deugde.

Toen ik op een dag een fout maakte in de klas, riep de leraar: 'Zeg, ben je soms homo of zo?'

Het was maar een opmerking en toch ging ik door de grond.

Is het soms verkeerd om homo te zijn?

Deug ik soms niet?

Als er een hel bestond, dan leek die waarschijnlijk erg op mijn school.

Toen het schooljaar eindelijk achter de rug was, had ik zin om een heel diepe zucht te slaken.

Dat jaar verheugde ik me er meer dan ooit op om met oom Ted krabben te gaan vangen.

Nadat we de fuiken hadden laten zakken en ver uit de buurt waren gevaren, vroeg hij me hoe het op school ging.

'Een beetje heftig,' zei ik. Dat was vast het understatement van het jaar. Volgens mij zag hij wel dat er méér aan de hand was.

'Jack, denk nou maar aan de dingen waarop je je kunt verheugen,' zei hij. 'Middle school kan behoorlijk heftig zijn, maar straks op high school gaat het vast beter. Jij gaat nog eens heel bijzondere dingen doen. Ik weet het zeker.'

In de zomer voordat ik naar grade 8 ging, mocht ik weer op wiskundekamp. Omdat ik daar de vorige zomer zo'n geweldige tijd had gehad, kon ik bijna niet wachten tot het vliegtuig vertrok. Zo graag wilde ik weg van Crownsville. Ik verheugde me erop om weer mezelf te kunnen zijn.

Dat jaar werd het kamp in Wyoming gehouden, en in de eerste week ontmoette ik een jongen die Anthony heette. Hij was slim en grappig en hij had dezelfde interesses als ik. Al snel werden we dikke vrienden. Maar tijdens de tweede week in het kamp werden mijn gevoelens voor hem wel iets meer dan alleen vriendschappelijk. Ik vond hem leuk. En ik had het idee dat hij mij ook leuk vond. Het kwam gewoon door de manier waarop hij naar me keek.

Ik had nog nooit zo veel plezier gehad in het samen met iemand oplossen van wiskundevraagstukken. We lachten en praatten terwijl we razendsnel de antwoorden opschreven. Er waren ook van die momenten. We zaten een keer 's avonds op de bank naar het wereldkampioenschap voetbal te kijken, en ik kreeg heel sterk de drang hem te vertellen wat ik voor hem voelde. Hij was zo tolerant en aardig, hield ik mezelf voor, dat ik bij hem zonder gevaar kon zijn wie ik was.

'Anthony?' zei ik.

'Wat is er?'

Hoe ik ook mijn best deed, ik werd mijn zenuwen niet de baas. Ik was bang dat ik alles zou verknallen als ik erover begon.

'O, niks.'

Naarmate de tijd verstreek werd de druk steeds groter om mijn gevoelens te uiten. Als het wiskundekamp voorbij was, zou ik hem misschien nooit meer zien. Stel dat ik door mijn lafheid het begin van de beste relatie ooit verpestte?

Eindelijk, op de laatste dag, dacht ik: *wat kan mij het schelen. Ik doe het gewoon.* We speelden met het hele kamp 'Vlaggenroof', en Anthony en ik waren samen aan het rennen. Opeens zei ik: 'Stop even, ik moet je iets zeggen.'

'Wat dan?'

Ik wilde hem vertellen wat ik de afgelopen maand allemaal had gevoeld. Ik wilde hem eerlijk vertellen hoe het zat, maar ik kreeg het niet over mijn lippen. Er viel een diepe stilte en verbaasd keek hij me aan.

'Nou?' drong hij aan.

Ik wist dat het nu of nooit was.

'Ik ben homo,' zei ik.

Zijn gezicht verstrakte. Maar nu kon ik niet meer terug, dus besloot ik door te zetten.

'En ik vind jou heel erg leuk.'

'Oké,' zei hij en hij deed een stap achteruit. Toen draaide hij zich om en rende als een speer de andere kant op. Ik liet mezelf op de grond zakken en sloeg mijn handen voor mijn gezicht.

Ik heb geen woord meer met hem gewisseld.

Op de vlucht terug naar huis kon ik alleen maar janken. Wat ik ook deed, alles ging mis. Ik kreeg het gevoel dat ik zo'n jongen was die altijd in de kelder zat te experimenteren omdat niemand vrienden met hem wilde zijn.

Hoofdstuk 3

RECEPT VOOR EEN RAMP

$C_6H_8O_7 + 3NaHCO_3 \rightarrow 3CO_2 + 3H_2O + 3Na^{+1} + C_6H_8O_7^{3-}$

Na het kamp voelde ik me ontzettend gespannen. Ik wilde niemand zien. Ik wilde nergens naartoe. Ik wilde alleen maar op mijn kamer blijven.

Op een dag hoorde ik dat mijn moeder beneden aan de telefoon was. Ik liep naar de trap en luisterde stiekem. Ik verstond niet veel van het gesprek, maar genoeg om te weten dat het over iets ernstigs ging. Het was net alsof de barometerdruk was toegenomen en de lucht zwaar aanvoelde.

Ik begreep al snel dat mijn moeder het over oom Ted had.

Hij was ziek. Kanker.

Oom Ted? Kanker?

Het duurde even voordat het echt tot me doordrong en ik besefte wat dit betekende.

Toch leek het me niet direct reden om emotioneel te worden of in paniek te raken.

Ik wist niet zo veel over kanker, maar wel genoeg om medelijden te hebben met oom Ted. Want nu zou hij allerlei afschuwelijke behandelingen moeten ondergaan. Maar ook dat gevoel drukte ik weg.

Zo véél mensen krijgen kanker, zei ik tegen mezelf. Meestal komt het weer goed. En met oom Ted komt het zeker goed!

Zodra ik hoorde dat mijn moeder ophing, liep ik naar beneden en vroeg luchtig wie er had gebeld.

'Jack, laten we een stukje gaan wandelen,' zei ze.

Toen we een van de paadjes rond ons huis op liepen, vertelde mijn moeder wat er aan de hand was. 'Oom Ted is heel erg ziek,' zei ze. En ze voegde eraan toe dat hij alvleesklierkanker had.

'Komt het goed met hem?' vroeg ik.

Ze aarzelde. Ze had een vreemde blik in haar ogen, alsof het haar grote moeite kostte om zich te beheersen.

'Oom Ted is in handen van geweldige artsen en die zullen er alles aan doen om hem te genezen,' zei ze.

Na de wandeling ging ik naar mijn kamer, deed de deur op slot en begroef mijn hoofd onder de dekens om een potje te janken. Omdat ik niet goed wist waarom ik huilde, hield ik het er maar op dat ik gewoon moe was. Ik had het tenslotte behoorlijk moeilijk gehad. En ik zag er als een berg tegen op om weer naar school te gaan.

In ieder geval was er één goed bericht voordat het nieuwe schooljaar van start ging. Ik kreeg een sms'je van Logan: ze had me eindelijk vergeven dat ik in grade 6 zo vreselijk bot tegen haar geweest was. We waren niet meteen weer dikke vrienden, maar in elk geval gingen we weer vriendschappelijk met elkaar om. Gezien mijn positie was ik allang blij dat er ten minste íemand was die geen hekel aan me had.

Allereerst moet je begrijpen dat toen ik in grade 8 begon, er eigenlijk twéé Jacks waren. Eerst was er de Jack die ik aan iedereen liet zien. Die Jack had het helemaal voor elkaar. Hij was gelukkig, hij lachte. Hij won eerste prijzen op wetenschapsbeurzen, kreeg tienen op school en zette zelfs de vuilnis buiten zonder dat iemand hem dat hoefde te vragen.

Dat was de Jack die ik wilde zijn. Maar eigenlijk leidde ik een dubbelleven. Achter die brede glimlach en eerste prijzen was er nóg een Jack; eentje die diep ongelukkig was en geen idee had wat hij daaraan moest doen.

Terwijl ik naar een oplossing zocht, gingen mijn gedachten steeds naar de wereld van de wetenschap. Als ik erachter kon komen hoe het kwam dat ik een buitenbeentje op school was geworden, wist ik zeker dat ik dit probleem zou kunnen oplossen en mijn sociale leven weer op de rails kon krijgen. Ik zette alle dingen nog eens op een rijtje. En ik kwam tot de conclusie dat het niet alleen lag aan de manier waarop ik Logan had behandeld, of aan het feit dat mijn klasgenoten jaloers waren op mijn eerste prijzen. Het ging veel dieper. Het probleem was wie ik wás.

Wat moest ik doen?

Wat moest ik doen om ergens bij te horen?

Als ik nou gewoon de pijn bleef negeren, zou het best eens als door een wonder weer in orde kunnen komen. (Opmerking voor de lezer: kijk uit voor plannen die iets met wonderen te maken hebben.)

Maar als ik besloot om me niets van mijn gevoelens aan te trekken, zou mijn verdriet geen uitweg kunnen vinden. Al die heftige gevoelens zouden zich in me opstapelen, en de spanning zou alleen maar groter worden.

Ik wist dat er iets moest veranderen. En wel heel snel. Ik begon te kijken hoe de populaire leerlingen zich gedroegen. In elk geval staken de meeste niet de hele tijd hun hand op en ze stelden ook niet voortdurend vragen. Ze haalden goede cijfers, maar pasten wel op dat ze zich niet uitsloofden. Dus moest ik zo vlug mogelijk van de reputatie af dat ik zo van wis- en natuurkunde hield.

Wat was cool? Het was cool om je nergens iets van aan te trekken en je onverschillig te gedragen. Zo zou ik het dus gaan aanpakken.

Wat maakte het uit? Mij maakte het allemaal niks uit, helemaal niks. In ieder geval deed ik alsof. Ik liet echt niet merken dat ik wis- en natuurkunde léúk vond.

Waar hield ik dan wel van?

Videogames!

Alleen nerds doen toch hun best op school? Dus laten we met z'n allen World of Warcraft spelen. En als we daarmee klaar zijn, dan spelen we het gewoon opnieuw. En nog een keer. En dan nóg eens. Als mijn lector een vergelijking opgaf, deed ik alsof ik er niets van snapte. Ik stak mijn hand niet op en maakte geen oogcontact. Als de leraar me iets vroeg haalde ik mijn schouders op.

Zo gingen er een paar weken voorbij, maar mijn klasgenoten zagen me nog steeds niet zitten. Het was wel duidelijk dat mijn apathische houding niet de oplossing was. Het leek me tijd om alles nog eens goed te overdenken en met een nieuwe oplossing te komen.

Ik weet hoe ik ervoor moet zorgen dat ik erbij hoor, dacht ik. Ik doe gewoon met ze mee!

Jawel, ik ging meedoen met die pestkoppen.

Ik zette mijn beste nepglimlach op, en zei dezelfde dingen die mij zo'n pijn hadden gedaan tegen het gemakkelijkste doelwit dat ik kon vinden. En ik hoefde niet lang te zoeken. Hij heette Andres, en hij was waarschijnlijk de enige jongen op school die nóg meer moeite had om erbij te horen dan ik.

Andres was een vreemde jongen. In de klas zat hij altijd in zijn eentje achterin en hij maakte van die eigenaardige geluiden. Af en toe peuterde hij in zijn neus en bekeek dan wat hij eruit had gehaald.

Als kersverse pester begon ik ermee zijn projecten voor de wetenschapsbeurs af te kraken. Dat was op school zo ongeveer het ergste wat je iemand kon aandoen.

'Leuk project,' zei ik, op een toon waaraan hij wel kon merken dat ik juist het tegenovergestelde bedoelde. Toen begon ik met insinuaties over zijn seksuele geaardheid.

'Doe niet zo gay!'

'Wat ontzettend gay!'

'Jee, wat vreselijk homo, gay!'

Ik wist helemaal niet of hij homo was of niet. Dat maakte ook niet uit. Het voelde alsof ik verraad pleegde, niet alleen tegenover die jongen maar ook tegenover mezelf. En op het moment dat ik dacht dat ik niet dieper kon zinken, ging ik door mijn zelfhaat nog een stukje vérder.

Al die negatieve dingen stapelden zich in me op, net als de druk. Ik kwam in een vicieuze cirkel terecht, terwijl mijn gevoel van isolement en ontworteling steeds sterker werd. Halverwege het schooljaar had ik een complete transformatie ondergaan. De blije Jack die in de zomer met zijn ouders en broer naar de rivier ging en met stokjes speelde, was helemaal verdwenen en had plaatsgemaakt voor een tobberige, verwarde jongen met de capuchon van zijn hoodie over zijn hoofd getrokken en zijn handen diep in zijn zakken. Mijn wereld werd voor mijn gevoel steeds kleiner en donkerder.

Als ik alleen was dan huilde ik. Bij andere mensen lachte ik, maar eigenlijk moest ik dan ook huilen – wat nog veel erger is dan in je eentje huilen.

Ondertussen ging ik op bezoek bij oom Ted, die zijn eerste chemotherapie kreeg. Ik had een zelfgemaakte beterschapskaart meegenomen. Omdat ik niet zo goed wist wat ik moest zeggen, gaf ik hem de kaart maar.

'Dank je wel,' zei hij.

Ik ging op de rand van het ziekenhuisbed zitten, en vond dat hij nog helemaal niets veranderd was. Hij was nog steeds een grote, stevige man met dunner wordend bruin haar, net zoals de laatste keer dat ik hem had gezien. Maar ons gesprek liep nu wel anders. Het ging allemaal een beetje stroef. Hij probeerde net te doen alsof er niets aan de hand was.

'Wat is alvleesklierkanker eigenlijk?' vroeg ik. 'En wanneer ben je weer beter?'

Hij wilde er niet over praten en begon steeds maar over míj.

Omdat het helemaal niet goed met me ging, wilde ik dáár niet over praten. Dus hadden we elkaar niet zo veel te vertellen.

Terwijl het schooljaar verstreek, werd ik steeds meer gepest. Elk moment dat ik op school doorbracht, had ik het gevoel dat ik onder een microscoop lag. Ik kon me nooit ontspannen. En elke keer dat ik iets zei, had ik het gevoel dat er iemand klaarstond om een rotopmerking naar mijn hoofd te slingeren.

Loser.

Freak.

Jack, jij kunt helemaal NIKS.

Ik besloot hulp te zoeken bij het enige redmiddel dat me nooit in de steek liet: internet.

Ik tikte 'pesten' in en kreeg bijna vijfentwintig miljoen resultaten.

Jammer genoeg waren er maar weinig waar ik iets aan had. Veel websites van de overheid die adviezen gaven om kinderen tegen pesten te beschermen, sloegen de plank helemaal mis. Ze kwamen met tips als: 'Zeg meteen heel zelfverzekerd "hou op". En: 'Blijf in de buurt van volwassenen of groepjes met andere kinderen.' Een van de sites meende optimistisch: 'Op een gegeven moment zal een pester er wel genoeg van krijgen en je niet meer lastigvallen.' En een andere site gaf deze raad: 'Als je te maken hebt met een pester en je kunt niet gewoon weglopen, probeer het dan eens met humor: dat kan de pester uit zijn evenwicht brengen.'

Zeggen dat ze op moeten houden? Een grapje maken? Weglopen? In de buurt van volwassenen blijven?

Op één site stond zelfs dat ik 'moest proberen het uit te praten en wederzijds begrip te kweken'.

Ja, hoor. En dan houden we allemaal elkaars hand vast en zingen we 'Kumbaya'.

Ik vroeg me zelfs af of deze website niet door een stelletje pestkoppen in elkaar was gezet, want stommer kon het niet.

Het viel me op dat veel van de adviezen erop neerkwamen dat als het slachtoffer nou maar aardig deed tegen de pestkoppen, ze hem misschien wel zouden accepteren. Maar iedereen die ooit onder pesterijen heeft geleden weet dat een pester heus niet ophoudt, al maak je nog zo veel grappen. En ook weglopen of negeren helpt niet.

Ik had het er helemaal mee gehad. Ik wist dat ik mezelf niet kon veranderen. Als je homo bent, is dat niet hetzelfde als een paar lelijke schoenen aan je voeten hebben. Ik kan andere schoenen aantrekken, maar mijn seksuele aard is een deel van mij. Als je je voor jezelf schaamt om wat je bent, lijkt de hele wereld een vijandige plek waar je niet thuishoort. Niets voelt dan goed. En ik voelde me ook niet goed. Ik kon mijn ware aard nog zo hard verbergen, maar niemand trapte erin. En dat ik mee was gaan doen met die pestkoppen, was wel het allerslechtste idee *ever*.

Ineens kwam toen de gedachte bij me op: en als ik nou eens úitkom voor mijn seksuele geaardheid? Misschien gaat het dan wel allemaal veel beter.

Ik wilde niet meer denken aan die keer dat ik op het wiskundekamp zo bruut was afgewezen. Dat telde niet, want toen had ik opgebiecht wat ik voor iemand voelde. Als ik nu maar gewoon eerlijk was over mijn geaardheid... Dan zouden ze me daar eerst nog wel een beetje mee plagen, maar uiteindelijk zou ik toch wel geaccepteerd worden.

Misschien was ik wel wanhopig, ik weet het niet. Ik kan me die nare dagen niet meer zo goed herinneren. Hoe dan ook, ik had eindelijk een beslissing genomen: ik zou uit de kast komen.

Ik probeerde er een positieve draai aan te geven. Als ik uit de kast kwam, zou dat een dramatisch maar ook triomfantelijk moment worden. Zoals in de verhalen die je op tv of in de film ziet. Je weet wel, met een jongen die al zijn moed verzamelt en dan dapper gaat vertellen dat hij homo is. Zo een die bijvoorbeeld de microfoon pakt nadat hij is uitgeroepen tot koning van het eindejaarsbal, en dan verklaart – je raadt het nooit – dat de koning van het bal homo is. Maar dat maakt helemaal niks uit, want hij is nog precies dezelfde jongen als op wie je net gestemd hebt! Dan volgt er een gespannen stilte. En terwijl alle leerlingen elkaar zenuwachtig aankijken, begint iemand heel voorzichtig te klappen. Het klappen zwelt aan tot een wild applaus, en dan wordt de nieuwe koning op de schouders van zijn vrienden gehesen. Triomfantelijk dragen ze hem de zaal uit, onder begeleiding van een opgewekt liedje dat aangeeft wat voor een geweldige toekomst hem te wachten staat.

Nou, zo ging het bij mij dus niet.

Geen indrukwekkende, algemene bekendmaking.

Niet eens in een klein kringetje.

Jack Andraka kwam uit de kast via een sms'je.

Echt waar, ik kwam uit de kast via een sms'je. LOL.

Ik stuurde het sms'je naar Logan. Heel simpel en direct. 'Ik ben homo,' schreef ik.

Het meest dramatische moment was voordat ik op 'verzenden' drukte. Ik kan je niet uitleggen hoe moeilijk dat was.

Logan reageerde totaal niet verbaasd. Het leek zelfs alsof ze het al wist. Ze was alleen wel blij dat ik vertelde hoe het zat.

Dat ging prima! Misschien was ik nu op de goede weg. Ik sms'te haar dat ze het dóór mocht vertellen. En dat deed ze.

Zodra ik ook dat berichtje had verstuurd, voelde ik me een klein beetje opgelucht. Maar ik vond het ook heel eng.

Wat zullen mijn vrienden zeggen?

Wat zullen mijn leraren zeggen?

Ik hield me maar vast aan het idee dat het wel goed zou gaan – en ik wachtte af. Nou ja, zo lang hoefde ik dus niet te wachten. Toen ik de volgende dag op school kwam, had echt iedereen het over mijn uit de kast komen. In plaats van dat mijn klasgenoten en leraren nu achter me stonden, zoals ik had gehoopt, werd ik alleen nog maar erger het pispaaltje.

En nu waren het niet alleen de leerlingen die me negeerden. Nadat ze in de lerarenkamer hadden gehoord dat ik homo was, wilden sommige leraren ook niet meer met me praten. En als mijn klasgenoten al lieten merken dat ik voor ze bestond, dan noemden ze me bij mijn nieuwe naam.

Flikker.

Ze zeiden dat ik een flikker was. Meestal achter mijn rug.

Maar ook wel recht in mijn gezicht. Achteraf gezien weet ik niet wat van de twee erger was. En bijna net zo erg als dat uitschelden waren die blikken vol walging die ik vanuit mijn ooghoeken opving als ik door de gang liep.

De sportievelingen waren nog het ergst. Ik ging ze zo veel mogelijk uit de weg, maar elke week als we gym hadden wist ik dat me weer wat te wachten stond.

'Jack, waarom ben jij zo homo?' vroeg een klasgenoot.

'En waarom ben jij zo slecht in wiskunde?' vroeg ik sullig.

Ik keek weg om aan te geven dat ik niet verder wilde praten, maar dat werkte niet.

'Heb je gehoord van die homo die in elkaar is geslagen?' vroeg hij met van pret glimmende ogen.

Ik negeerde hem. Maar ik wist waarover hij het had, het verhaal had op school de ronde gedaan. Die jongen was zo erg toegetakeld dat hij naar het ziekenhuis moest. De daders waren nooit gepakt.

'Jij bent de volgende die aan de beurt is!' riep hij.

Er is geen plek voor mij op deze wereld.

Ik wilde ontzettend graag naar oom Ted. Hij lag al sinds het begin van het jaar in het ziekenhuis. Ik wilde zo vaak mogelijk bij hem op bezoek te gaan, maar om een of andere reden was het er al ruim een maand niet van gekomen. Ik had hem niets over mijn problemen verteld – en nu vond ik het tijd om hem te zeggen wat er aan de hand was. Als iemand me de juiste weg kon wijzen, dan was het oom Ted. Hij had altijd wel iets verstandigs te zeggen.

Toen ik zijn kamer binnenkwam, schrok ik ervan hoe hij veranderd was. Ik had hem vier of vijf weken niet gezien, maar het leek wel alsof hij twintig jaar ouder was geworden. Hij had geen haar meer en hij was mager en bleek.

'Hoi, oom Ted.'

'Hallo, Jack.'

Hij vroeg hoe het met mijn projecten ging. Ik vertelde hem over mijn idee om bacteriën te gebruiken om watervervuiling op te sporen. Ik wist dat hij dat leuk zou vinden. Ik zei niets over mijn problemen op school, zoals ik wel van plan was geweest. Het ging gewoon niet. Aan het eind van mijn bezoek gaf ik hem een knuffel. Hij was net een geraamte, ik voelde zijn schouderbladen uitsteken.

'Jack,' fluisterde hij in mijn oor. 'Ik ben toch zo trots op je.'

'Tot volgende week,' zei ik.

Wat ik daar in die ziekenhuiskamer had gezien, paste helemaal niet in mijn beeld van oom Ted. Oom Ted was niet ziek. Ik verdrong de nare indrukken en hield het erop dat hij gewoon een slechte dag had.

Nadat ik uit de kast was gekomen en zoiets persoonlijks had onthuld, voelde ik me heel kwetsbaar. Ik kon me nergens verstoppen. Ik kon geen masker meer opzetten. Nu wist iedereen het – dat wil zeggen: iedereen behalve mijn ouders en Luke. Toen ik een paar dagen na het inmiddels beruchte sms'je thuiskwam van school, stond mijn moeder bij de voordeur. Het is nooit een goed teken als mijn moeder bij de voordeur staat.

'Jack, zullen we een lange wandeling gaan maken?' zei ze. Dat was typisch mijn moeders manier om aan te geven dat ze iets belangrijks met me wilde bespreken. Ik wist net zo goed als zij dat het geen vraag was, over dat wandelen – het was een bevel.

Ik knikte, zette mijn rugzak neer en liep achter haar aan over een van de bospaadjes rond ons huis. Mijn moeder kwam meteen ter zake. Een van mijn klasgenoten had gehoord dat ik homo was en had het aan haar ouders verteld. Haar ouders hadden mijn moeder gebeld om te vragen of dat gerucht klopte.

En nu wilde mijn moeder het van mij horen. 'Jack, is dat waar? Ben je homo?' Mijn moeder wist altijd meteen wanneer ik loog. Ik verstijfde helemaal. Ik durfde haar gewoon niet in de ogen te kijken. Voor alle zekerheid staarde ik maar een beetje naar de grond.

Wat zal ze wel niet denken als ze erachter komt?

Ik schuifelde met mijn voet.

Ja mam, het is waar! Ik ben homo!

Maar ik kreeg het niet uit mijn mond.

'Jack, ik wil een antwoord van je. Desnoods blijven we de hele avond lopen.'

Ik wist dat ze niet blufte. Dat deed mijn moeder nooit. Ze was zo koppig als een ezel.

Ik voelde me ellendig. Mijn klasgenoten maakten grappen over me. Ik had geen echte vrienden. Ik had het gevoel dat ik niet veel te verliezen had.

Dus vertelde ik het haar.

'Ja,' fluisterde ik.

'O,' zei ze. Ze keek helemaal niet teleurgesteld of geschrokken. 'Zat dat je soms dwars?'

Ik keek naar de grond. Blaadjes en stenen. Stenen en blaadjes.

'Jack, dat maakt ons helemaal niets uit,' zei ze. 'Jij bent gewoon jij en ik hou van je.'

En dat was dat. Niks aan de hand, ik was de zoon van mijn moeder. Ze wilde alleen maar dat ik gelukkig was.

Eigenlijk was ik niet verbaasd over de reactie van mijn moeder. Ik had al zo vaak tegen mezelf gezegd dat het niet uitmaakte wat mijn moeder dacht, dat ik ervan overtuigd was geraakt dat het me niks kon schelen of zij accepteerde dat ik homo was. Ik had het helemaal mis. Haar mening was heel belangrijk voor me. Ineens had ik er spijt van dat ik het haar niet eerder had verteld. Misschien had zij me kunnen helpen.

Maar ik was nog niet klaar. Ik moest het ook nog aan mijn vader vertellen. Toen we thuiskwamen, ging ik meteen naar mijn kamer. Ik wilde niet beneden zijn als mijn vader thuiskwam. Ik wilde niemand zien.

Mijn hart klopte in mijn keel toen ik even later mijn vaders auto de oprit op hoorde rijden. Nu kon ik niet meer terug. Het portier sloeg dicht, en ik hoorde de voordeur. Toen hij de trap op kwam telde ik terug vanaf veertien – het aantal treden tot mijn slaapkamer.

Ik pakte een boek en deed alsof ik las.

Hij klopte op de deur.

'Binnen,' zei ik alsof het een heel gewone dag was.

Natuurlijk had mijn moeder hem alles al verteld. Dus dat kon ik gelukkig overslaan.

Hij ging op mijn bed zitten en vroeg of ik mijn boek wilde wegleggen.

'Jack, ik wil dat je me aankijkt,' zei hij. 'Ik hou van je, Jack. Je bent mijn zoon en ik zal altijd van je houden.'

Mijn vader was ook helemaal niet overstuur dat ik homo was. Hij wilde ook alleen maar dat ik gelukkig was. Ik wist dat hij het meende.

'Weet ik,' zei ik.

Ik had hem nooit om steun gevraagd, maar nu ik wist dat hij achter me stond, betekende dat heel veel voor me.

Met Luke was het een totaal ander verhaal. Nadat ik het mijn ouders had verteld, spraken hij en ik nergens over. Al was ik er zeker van dat hij wist wat er aan de hand was. Ik wist ook dat hij het druk had, dus ik maakte me geen zorgen. Maar op het moment dat we weer even een praatje met elkaar maakten, merkte ik dat hij anders tegen me deed. Hij plaagde me altijd met van alles en nog wat – zoals dat nu eenmaal gaat met een grote broer – alleen kregen zijn grapjes nu iets venijnigs.

Het was me wel duidelijk dat Luke het maar niks vond om een broertje te hebben die homo was. Echt helemaal niks. Dat deed me pijn, op meerdere manieren. Mijn klasgenoten en leraren waren tot daaraantoe, maar tegen Luke had ik altijd opgekeken. Zijn goedkeuring betekende veel meer voor me dan ik hem wilde laten merken.

Op een keer maakte Luke een echte rotopmerking tegen me. Ik rende naar mijn kamer omdat ik niet wilde dat hij me zag huilen. Ik voelde me ellendig, door iedereen verlaten.

Mijn moeder deed intussen haar best om me op te vrolijken, maar dat lukte haar niet altijd. Toen we een keer in de wachtkamer van de tandarts zaten, zei ze me dat ik wat harder moest worden.

'Je moet er maar rekening mee houden dat sommige mensen je nu anders gaan behandelen.'

'Hoe bedoel je?' vroeg ik.

'Sommige ouders willen misschien niet meer dat hun kind bij je blijft logeren. Dat soort dingen. Maar maak je geen zorgen – wat er ook gebeurt, we slaan ons er wel doorheen.'

Sinds Sam en Jake waren verhuisd had ik sowieso geen vrienden meer die bleven logeren, maar toch. De gedachte aan nieuwe vrienden hield me trouwens ook niet bezig. Ik dacht aan alle dingen die zouden veranderen nu iedereen wist dat ik homo was.

Het laatste jaar op middle school dacht ik dat ik nooit meer vrienden zou krijgen. Ik wilde niet laten zien hoeveel verdriet ik daarvan had, dus ging ik vrolijk op de toer van: 'Ik ben homo en ik ben geweldig.'

Ik dompelde mezelf onder in de wereld van de natuurwetenschap en wiskunde. Dat was mijn manier van ontsnappen. Toen ik ophield me voor te doen als hetero, hield ik ook op met net te doen alsof ik niet van wiskunde hield. Alsof iemand dat trouwens geloofd had. Als ik bezig was met een experiment, hoefde ik me in elk geval geen zorgen te maken over wat andere mensen van me vonden. Het was een veilige plek, waar alleen mijn ideeën ertoe deden en hoe goed ik die kon uitvoeren.

Maar geen enkele eerste prijs kon de verscheurende pijn wegnemen die ik elke dag voelde. Nadat ik uit de kast was gekomen, was er een kliekje meiden dat nu aardiger tegen me deed, maar zo ging het niet met de jongens. Ze waren vastbesloten om me geen enkel rustig moment meer te gunnen. En dat lukte ze nog ook.

Hoe gaat-ie, flikker?

Ga je nu naar de wc om een potje te janken, Jack?

Je weet toch wat er met homo's gebeurt, hè?

Ik hield mezelf steeds maar voor dat middle school ooit afgelopen zou zijn. Ik telde de dagen af.

Toen eindelijk mijn laatste dag op middle school in zicht was, kwam ik op een middag thuis en trof ik mijn moeder weer bij de voordeur.

'Jack, kom binnen en ga even zitten.' Er stonden tranen in haar ogen. 'Ik moet je iets vertellen.'

Oom Ted was overleden.

Ik was zo verdoofd dat ik niet kon huilen.

Het zou geen schok moeten zijn geweest, maar dat was het wel. Oom Ted had het afgelopen half jaar tegen alvleesklierkanker gevochten en was heel, heel erg ziek geweest. Ook al was dit overduidelijk, ik geloofde nog steeds wat ik wilde geloven: oom Ted zou het wel redden.

Ik werd helemaal draaierig. Opeens was het alsof ik mezelf vanaf een afstand bekeek. En toen kwamen als een geweersalvo allerlei vragen bij me op, de ene na de andere. Maar dit was iets anders dan de vergelijkingen die ik gewend was op te lossen. Ik had hier geen antwoord op.

Waarom oom Ted? En waarom was het allemaal zo snel gegaan?

Hoewel hij erg had geleden, was hij steeds dezelfde oom Ted gebleven, opgewekt en vol goede raad. Ik had niet eens de kans gekregen om echt afscheid van hem te nemen. Ik had nog zo veel tegen hem willen zeggen, maar nu was het te laat.

Hoe had dit kunnen gebeuren?

Nu pas kreeg ik het hele verhaal te horen. De diagnose was te laat gesteld. Veel te laat. Toen oom Ted het bericht kreeg dat hij ziek was, was de kanker al uitgezaaid. Dat betekende dat de tumoren niet meer operatief verwijderd konden worden. Op dat moment wist iedereen dat het nog een kwestie van tijd was. Iedereen, behalve ik.

'Als we het eerder hadden ontdekt, was het misschien anders gelopen,' hadden de artsen gezegd. Maar nu was hij geveld door de kanker. Hij was dood.

Boven ging ik op mijn bed zitten en probeerde ik alles op een rijtje te krijgen.

Waarom is dit gebeurd?

Wat moet ik nu doen?

Waarom overkomen me steeds maar van die afschuwelijke dingen?

Ik had het gevoel dat ik niets meer had om me aan vast te houden. Niets waardoor ik mijn evenwicht weer kon vinden. Alles veranderde zo snel.

Erger nog dan de pijn bij het denken aan al die blije herinneringen aan oom Ted, was de gedachte dat ik door de kanker nooit meer van die mooie momenten met hem zou hebben. De laatste keer dat we bij elkaar zouden zijn, was op zijn begrafenis.

Tijdens de herdenkingsdienst voelde ik me volkomen leeg van binnen. Ik huilde niet. Ik zat daar maar in een soort waas, terwijl vrienden en familieleden om beurten vertelden hoe dapper oom Ted tegen zijn ziekte had gevochten, afgewisseld met grappige verhaaltjes over hem. Ik was niet meer de baas over mijn eigen lichaam. Het was alsof ik mezelf vanuit de verte langs de kerkbanken naar de kist zag lopen. Tijdens de rit naar huis kon ik me niets meer herinneren van wat er gezegd was. Ik staarde uit het raampje en vroeg me af wanneer ik wakker zou worden uit deze eindeloze nachtmerrie.

Ik begon pas weer iets te voelen toen ik op school was. Een paar dagen na het overlijden van oom Ted zat ik in de klas en kregen we van de leraar een artikel te lezen. Het ging over een kerkgenootschap waarvan de leden door het land reisden om bij begrafenissen van homo's te protesteren. Ze droegen borden met zich mee waarop vreselijke teksten stonden, zoals dat een homo na zijn dood in de hel komt. Ze deden er alles aan om de nabestaanden die om hun geliefden rouwden het zo moeilijk mogelijk te maken.

Ik keek naar de woorden op de pagina en las ze steeds over. Ik begreep het niet.

Hoe kon iemand...

Waarom zou...

Hoe is het mogelijk...

Aan iemand die nooit depressief is geweest, valt het moeilijk uit te leggen. Het leek nog het meest op een loodzware deken die over me heen lag. Wat ik ook probeerde, ik kon me er niet onder vandaan wurmen. Ik voelde me zo hopeloos dat ik ook helemaal geen zin had om eronder vandaan te komen en weer gelukkig te worden.

Het kwam niet alleen door de nare dingen die ik had meegemaakt. Het kwam door mezelf. Ik was niets waard en ik kon me niet voorstellen dat het ooit beter zou worden. Ik wist niet eens meer wie ik was.

Ik had oom Ted verloren. Ik was gepest. Ik was afgewezen. Ik had zo lang moeten verbergen dat ik homo was, ik had zo veel moeite gehad met uit de kast komen... Ik kon het niet meer aan. Voor mijn gevoel had ik alles geprobeerd. Ik kon geen kant meer op. Het was afgelopen met me.

Ik liep de klas uit naar de wc en deed de deur op slot. Ik wilde mezelf pijn doen. Omdat ik geen mes had, brak ik mijn pen doormidden en sneed met het scherpe eind in mijn pols. Ik bleef maar doorgaan. Ik sneed steeds dieper om nog meer pijn te voelen. Ik wilde nóg meer bloed zien.

Ik wilde er een eind aan maken. Ik wilde dat het allemaal ophield.

Ik was helemaal niet bang voor de dood. De dood leek me een opluchting. Als ik maar lang genoeg doorsneed, zou alles verdwijnen. Dat was het enige wat ik wilde.

Alles werd wazig.

Maar uiteindelijk drong tot me door dat het zo niet zou lukken om een eind aan mijn leven te maken. Het stukje pen was niet scherp genoeg. Half verdoofd en op de automatische piloot liep ik de wc uit. In de gang stond Logan met een vriendin. Toen ze de bloederige strepen op mijn polsen zagen, liepen ze meteen naar de directiekamer. Even later werd ik omringd door decanen.

Het volgende dat ik me herinner, is dat mijn ouders ineens op school waren. Daarna wordt alles zwart.

$C_6H_8O_7 + 3NaHCO_3 \rightarrow 3CO_2 + 3H_2O + 3Na^{+1} + C_6H_8O_7^{3-}$

Hoofdstuk 4

KENNIS GENEEST

Na mijn krakkemikkige zelfmoordpoging kregen mijn ouders van school te horen dat ik niet terug mocht komen voordat ik professionele hulp had gezocht. Natuurlijk waren mijn vader en moeder heel erg geschrokken en in de war. Ze wilden er alles aan doen om me uit deze diepe put te trekken.

Ze vonden een plaatselijke afdeling van een LHBT-vereniging (lesbisch, homo, biseksueel, transgender). Ze hoopten dat het zou helpen als ik met andere jongeren praatte die dezelfde ervaringen hadden. Maar toen ik daar kwam, bleek ik de enige jongere te zijn. Het draaide erop uit dat ik tegen een of andere oudere kerel aan kletste die me niet kende en niets van mijn problemen afwist. En je knapt er echt niet van op als je je ergens slecht op je gemak voelt.

Eigenlijk had ik ook helemaal geen zin om over mijn problemen te praten. Wat moest ik nog vertellen?

Wat zou oom Ted hiervan zeggen?

Hij had zo hard gevochten om nog wat langer te leven, en ik was hard bezig mijn kostbare tijd te verspillen. Ik dacht: als hij nu naast me zou zitten, dan zou hij vragen wat mijn volgende project zou zijn.

Het allerliefste wilde ik me weer bezighouden met datgene waar ik echt van hield – natuurwetenschap. Er kwam weer een wetenschapsbeurs aan en ik had al aan een nieuw idee gewerkt.

Als basis had ik mijn project uit grade 7, en nu onderzocht ik de invloed van metaaloxide op bepaalde vormen van zeeleven. Metaaloxide is namelijk erg giftig maar zit wel in de gewoonste dingen. Bijvoorbeeld in zonnebrandolie, die vaak bij het douchen wordt afgespoeld en zo in het oppervlaktewater terechtkomt. Ik bestudeerde met name de invloed op een zoetwaterplankton-soort, *Daphnia magna*, en op de zoutwaterbacterie *Vibrio fischeri*. Mijn onderzoek wees uit dat metaaloxide zich anders gedraagt in een zoetwatermilieu dan in zout water. Hoe meer we te weten komen over metaaloxide en de uitwerking daarvan op het milieu, hoe beter we nóg meer schade kunnen voorkomen.

Maar was ik nog wel in staat om de competitie met anderen aan te gaan? Of zou ik de rest van mijn leven als een soort zombie rondlopen? Dit was de zoveelste vraag waar ik geen antwoord op had. Het enige dat ik wel wist, was dat ik me van die depressiedeken moest bevrijden, anders kon ik nooit meer deelnemen aan een wetenschapsbeurs of langs riviertjes wandelen en door stroomversnellingen varen. Dat was dan allemaal verleden tijd.

Natuurwetenschap was niet het enige waarmee ik me weer bezig wilde houden. Voor mijn gevoel had ik al eeuwen niet meer in een kajak gezeten, of meegedaan aan wildwater-raften. Er waren nog zo veel rivieren die ik wilde ontdekken. Ik had altijd in de Grand Canyon willen kajakken. Zou me dat ooit nog lukken?

En toen, zomaar ineens, begon mijn broer zich weer met me te bemoeien. Lukes favoriete coach bij lacrosse had toevallig gehoord dat Luke een vervelende opmerking maakte over mijn seksuele geaardheid. Hij had Luke apart genomen en hem verteld dat hij op de universiteit een kamergenoot had gehad die homo bleek te zijn. In het begin waren bij hem dezelfde gedachten door het hoofd gegaan als bij Luke. Wat zouden de mensen wel niet van hem denken als iemand zo dicht in zijn buurt homo was? Hoe moest hij zich opstellen? Maar toen de coach zijn kamergenoot wat beter leerde kennen, begon hij in te zien dat die, wat zijn seksuele geaardheid ook mocht zijn, in de eerste plaats een mens was. En ook nog eens een heel coole gast. De coach zei tegen mijn broer dat ze vrienden voor het leven waren geworden.

Na dit gesprek met zijn coach begon mijn broer me langzaam weer te accepteren. Hij deed ook weer net zo irritant tegen me als vroeger, voordat hij erachter kwam dat ik homo was. Gek genoeg begon ik me daardoor juist weer wat normaler te voelen.

Gelukkig mocht ik meedoen aan de wetenschapsbeurs. Godzijdank, want anders kon ik geen eindexamen doen en moest ik grade 8 nog een keer overdoen. En dat was wel het láátste wat ik wilde. Met mijn project 'Een vergelijkend onderzoek naar de toxiciteit van metaaloxides op Vibrio fischeri en Daphnia magna' won ik de eerste prijs. Het was het derde jaar op rij dat ik als eerste eindigde van iedereen. Het was een geweldige prestatie en ik had natuurlijk moeten stralen van trots. En al voelde het van binnen anders, ik wist in elk geval een glimlach op mijn gezicht te toveren. Inmiddels was ik er heel goed in geworden om de gevoelens te veinzen die mensen van me verwachtten.

Ik sleepte me zowat door de laatste dagen van grade 8 heen. Toen ik na de allerlaatste dag de school uit liep, voelde ik me waanzinnig opgelucht. Ze zouden me daar echt nooit meer terugzien.

Het begin van de zomervakantie betekende: wiskundekamp. Ik wist niet wat ik deze keer moest verwachten. Ik had nog steeds een nare smaak in mijn mond vanwege het uit de kast komen tegenover Anthony, wat zo verkeerd had uitgepakt. Maar ik hoopte dat het deze keer wel goed zou gaan. De afgelopen jaren waren mijn twee beste vrienden verhuisd, was ik uit de kast gekomen, had ik een zelfmoordpoging gedaan, en had ik een van de liefste mensen die ik kende verloren. Volgens mij kon het nu alleen maar beter worden, want veel slechter kon het niet gaan.

Het kamp van dat jaar was weer in Colorado, waar ik na mijn afscheid van grade 6 zo'n geweldige tijd had gehad. Dat leek me wel een goed teken. Op de eerste dag maakte ik kennis met Jim, een van de leiders van het kamp. Hij was slim en had een prettige, lichte manier van praten. Jim leek me echt iemand zonder zorgen. Toen we in de eerste week van een excursie terugkeerden, hoorde ik in de bus iemand zeggen dat Jim homo was. Ik kon het gewoon niet geloven. Anders dan ik leek Jim heel goed aangepast en had hij geen last van een innerlijke chaos. Hoe deed hij dat? Daar was ik erg benieuwd naar. Zodra ik op mijn kamer was, schreef ik een brief van twee kantjes waarin ik mijn hele hart uitstortte. Ik vertelde hem over mijn moeilijkheden. Dat ik mijn seksuele geaardheid had verborgen. Ik vertelde over Anthony. Over die dag in de wc met die pen. Toen ik zeker wist dat niemand me zag, liep ik zachtjes naar zijn hut en schoof de brief onder de deur door.

De volgende dag nam hij me apart.

'Ik heb je brief gelezen,' zei hij, met een bezorgde blik. 'Ik wil met je praten.'

Jim zei dat hij met min of meer dezelfde dingen had geworsteld als ik. Hij vertelde hoe hij tegenover zijn vrienden en ouders uit de kast was gekomen, en hoe hij was omgegaan met de afkeer die mensen voor hem voelden. Jim was de eerste die echt begreep wat ik had meegemaakt. Toch had hij het niet alleen over zijn verleden, maar ook over zijn hoop voor de toekomst. Toen ik zo naar Jim keek, dacht ik bij mezelf dat zo'n toekomst voor mij ook wel mogelijk was. En belangrijker nog: dat ik die verdiende.

'Luister, Jack,' zei hij. 'Je bent een slimme jongen. Het komt allemaal goed met je.' Jim was echt zo iemand die ingewikkelde wiskundige problemen in begrijpelijke taal kon uitleggen, en hij liet zich ook niet gek maken door zo'n zootje maffe tieners. Toen hij zei dat het wel goed met mij zou komen, geloofde ik hem. Die avond praatten we nog heel lang met elkaar door.

De laatste weken van het kamp gingen veel te snel voorbij. Op de allerlaatste dag ging ik samen met een groepje andere kampers nog een keer op avontuur. We propten ons in een auto en reden naar Pikes Peak. Toen we steeds hoger en hoger kwamen, durfde ik niet meer naar beneden te kijken. Op een gegeven moment zaten we zo hoog dat zelfs toen, hartje zomer, er nog sneeuw op de weg lag. Bij de top van de 4302 meter hoge berg aangekomen, sprongen we uit de auto. We verschansten ons achter rotsblokken en bomen en begonnen een sneeuwballengevecht. Kleddernat van de gesmolten sneeuw en schor van het schreeuwen en lachen, liepen we naar een donut-tentje. Druipend zaten we op een bankje, aten donuts en dronken warme chocolademelk. Toen ik daar zo met mijn vrienden zat en door het raam naar de omringende bergtoppen keek, vond ik voor het eerst sinds tijden het leven weer fijn.

Die avond nam ik uitgebreid afscheid van alle nieuwe vrienden die ik had gemaakt. Voordat ik naar het vliegveld vertrok, kwam Jim naar me toe. Hij had nog één goede raad voor me.

'Ik heb jou mijn verhaal verteld en je weet nu hoe ik erdoorheen ben gekomen,' zei hij. 'Maar nu ben jij aan de beurt, Jack. We gaan allemaal onze eigen weg – en de enige die kan beslissen welke kant die voor jou op gaat, ben jij zelf.'

Door de gesprekken met Jim was me duidelijk geworden dat ik niet hoefde te veranderen. Ik was er helemaal klaar mee om me anders voor te doen dan ik was, alleen maar om aardig gevonden te worden. Ik keek nu ook heel anders tegen al die pestkoppen aan. Ik had de keuze om ze te negeren.

Ik dacht terug aan de dag dat ik op internet naar oplossingen zocht. Eén oplossing was het negeren van de pesters, maar daar was ik toen nog niet aan toe. Al was Alan Turing, de vader van de theoretische computerwetenschap (en een van mijn favoriete wetenschappers) uit zijn graf opgestaan om me raad te geven, dan had ik nog niet geweten wat ik ermee aan moest.

Snap je, het negeren van pestkoppen was eigenlijk helemaal niet zo moeilijk. Het moeilijkste was om mijn zelfbeeld niet meer door andere mensen te laten bepalen. Met andere woorden: ik moest weigeren te geloven dat ik het verdiend had om anders behandeld te worden omdat ik homo ben.

Soms heb ik daar nog wel moeite mee. Af en toe zijn er van die ongemakkelijke situaties, zoals op familiebijeenkomsten. Sommige familieleden hebben een geloofsovertuiging die mijn seksuele geaardheid afkeurt. Maar eigenlijk wordt daar niet over gesproken. Het is gewoon zo. Ik weet hoe zij erover denken en zij weten wie ik ben... Omdat we elkaar respecteren en echt van elkaar houden, laten we het maar zo. En dat vind ik prima.

Na mijn terugkomst in Maryland moest ik nog iets anders onder ogen zien: het verlies van oom Ted. Het was nog niet echt tot me doorgedrongen, maar de verdoving die ik sinds zijn overlijden gevoeld had, had plaatsgemaakt voor een diepe innerlijke pijn. Het was alsof er een enorme steen op mijn maag lag.

Ik wilde heel graag weten waarom hij was gestorven. Ik moest en zou begrijpen waarom hij van me afgenomen was.

En toen kreeg ik een idee. Misschien, heel misschien kon ik iets ontdekken wat alvleesklierkanker zou genezen.

Als ik iets ouder was geweest en ook iets realistischer, had ik daar waarschijnlijk om moeten lachen en het idee losgelaten. Ik zou tenslotte niet de eerste zijn die naar zo'n middel op zoek was, en de meesten waren beroemde onderzoekers, afgestudeerd aan een dure universiteit. Mensen die bovendien wél naar films voor volwassenen mochten kijken.

Maar het deel van mezelf dat verstandiger en volwassener was, liet zich al snel het zwijgen opleggen door mijn jongere, brutalere ik. Of het nou jeugdige onbezonnenheid was of gewoon dommigheid, dat weet ik niet. Maar hoe dan ook: ik ging er helemaal voor. En al snel bleek dat ik de enige was.

Het eerste wat mijn vader zei toen ik hem over mijn droom vertelde, was: 'Jack, is dat niet een beetje vergezocht?' Mijn ouders wisten dat als ik eenmaal iets in mijn hoofd had, ik mezelf er helemaal in gooide. Dat was waarschijnlijk ook de reden dat ze er vreselijk op tegen waren dat ik zo veel tijd zou besteden aan zo'n onmogelijke taak. Met bovendien zo weinig kans op succes. Na alles wat ik had meegemaakt, zaten ze niet echt te juichen bij het idee dat hun zoon zich ging bezighouden met zoiets zwaars als kankeronderzoek.

Ik kon het ze niet echt kwalijk nemen. Maar ik had de hulp van mijn ouders wél hard nodig. Ze moesten erachter staan. Het ging niet zozeer om de morele ondersteuning, maar meer om praktische zaken. Ze moesten me bijvoorbeeld met de auto ergens heen brengen om spullen op te halen, en ik had hun creditcard nodig om dingen op internet te kopen.

Zelf vond ik dat dit project helemaal perfect voor me was. Ik zocht namelijk een uitlaatklep voor mijn verdriet én er moest een geneesmiddel voor die kanker komen. Inmiddels had ik via de wetenschapsbeurzen wel geleerd om overtuigende praatjes te houden, en aangevuld met een portie koppigheid begon ik hiermee mijn ouders te bewerken. Misschien zagen ze mijn hartstocht, of begrepen ze dat ik ook zonder hun zegen wel door zou gaan. In elk geval gaven ze hun goedkeuring.

En toen was het tijd om te beginnen. Van mijn projecten voor de wetenschapsbeurs had ik geleerd dat elke ontdekking begint met het vaststellen van het doel. Vervolgens kijk je welke vragen beantwoord moeten worden om van a naar b te komen. Dit stukje was niet zo moeilijk. Ik wist namelijk al wat mijn doel was: alvleesklierkanker genezen.

Net als bij iemand die vecht tegen alvleesklierkanker lag voor mij de eerste vraag voor de hand: wat ís in vredesnaam de alvleesklier? Want in het begin wist ik dat helemaal niet. Ik had er weleens van gehoord, en ik wist dat het een belangrijk orgaan in mijn lichaam was, maar wat dééd een alvleesklier eigenlijk? Ik had geen flauw idee. Ik liet me echter niet ontmoedigen door mijn gebrek aan kennis, want ik wist dat ik de middelen had om verder te komen: Google en Wikipedia.

Ik begon met sleutelwoorden op mijn laptop in te tikken – 'Wat is de alvleesklier?' – en klikte op het eerste resultaat dat verscheen. Het was een artikel op een populaire website over gezondheid, met de nogal toepasselijke titel: 'Wat is de alvleesklier?'

Het bleek dat de alvleesklier behoorlijk cool is en verantwoordelijk voor heel veel dingen. De alvleesklier is een 12 tot 15 centimeter lang, sponzig orgaan in de vorm van een vis, dat achter de maag in de bovenbuik ligt. Het produceert belangrijke enzymen en hormonen die helpen voedsel af te breken. Zonder alvleesklier kunnen we het voedsel dat we binnenkrijgen niet omzetten in de voedingsstoffen die we nodig hebben om in leven te blijven.

De alvleesklier heeft nog een andere belangrijke taak. Hij produceert het hormoon insuline en geeft dat af aan het bloed om de bloedsuikerspiegel van het lichaam te reguleren. Ik ontdekte ook dat de alvleesklier eigenlijk uit twee verschillende klieren bestaat. De exocriene klier, die de chemische reacties versnelt en vetten en eiwitten afbreekt. En de endocriene klier, die hormonen zoals insuline produceert en daarmee de hoeveelheid suiker in het bloed reguleert. Als deze klier uitvalt, krijgen we diabetes oftewel suikerziekte.

Al deze informatie was niet zo gemakkelijk te verteren (vat je 'm?). Maar nu ik wist wat de alvleesklier was, kon ik door naar mijn volgende vraag: wat is alvleesklierkanker?

Na een snelle zoektocht op internet kwam ik erachter dat er veel meer mensen waren zoals oom Ted die het slachtoffer waren geworden van alvleesklierkanker. Deze vaak dodelijke vorm van kanker heeft al aan heel veel fantastische mensen het leven gekost, onder wie Steve Jobs, de oprichter van Apple.

Andere slachtoffers waren de acteur Patrick Swayze, de actrice Joan Crawford, de antropologe Margaret Mead en de beroemde operazanger Luciano Pavarotti.

Een stukje verderop zag ik een artikel waar ik behoorlijk van schrok: terwijl veel soorten kanker in de laatste tien jaar steeds minder voorkwamen, nam sinds 2000 het aantal gevallen van alvleesklierkanker alleen maar toe. De American Cancer Society schatte dat er in 2014 ruim 46.000 nieuwe gevallen van alvleesklierkanker bij zouden komen in de VS en dat er in datzelfde jaar bijna 40.000 mensen aan zouden overlijden.

De kans om alvleesklierkanker te krijgen, is ongeveer 1 op 78. Dat geldt zowel voor mannen als voor vrouwen. Mensen krijgen alvleesklierkanker als de cellen in de alvleesklier op hol slaan en gaan woekeren. In plaats van normaal, gezond weefsel te ontwikkelen, blijven de cellen zich maar delen en vormen ze weefselklonten die we tumoren noemen.

Nu ik wist wat alvleesklierkanker was, moest ik weten waar het door veroorzaakt werd. Ik vond een link naar de website van het Johns Hopkins Hospital. Volgens mij was deze site wel betrouwbaar, want hij was opgezet door een van de beste ziekenhuizen ter wereld. (Vergeet nooit dat de kwaliteit van de informatie die je van internet haalt altijd afhankelijk is van de bron.) Ik klikte erop.

Volgens de site van het Johns Hopkins menen artsen en wetenschappers dat er twee belangrijke oorzaken zijn van alvleesklierkanker. Een van de theorieën is dat de schade of mutatie aan ons DNA die de wildgroei van alvleesklierkanker veroorzaakt, door onze ouders wordt doorgegeven en geactiveerd wordt wanneer we ouder worden. Maar niemand weet nog of alvleesklierkanker een erfelijke ziekte is.

Ik zocht verder en ontdekte dat we twee versies van elk gen in ons lichaam hebben – een van iedere ouder. Wetenschappers stellen dat mensen die kanker van hun ouders erven, meestal één gemuteerde versie van de ene ouder hebben en een normale van de andere ouder. Als deze mensen ouder worden, loopt de goede versie van het gen schade op in een cel in de alvleesklier. Dan heeft die cel dus twee slechte versies van het gen en als resultaat wordt die alvleeskliercel een kankercel. Deze cellen zijn net een tikkende tijdbom. Wanneer ze een bepaalde leeftijd bereiken, gaan ze af en beginnen te muteren.

Alvleesklierkanker wordt wel als een van de dodelijkste kankers beschouwd. Volgens de American Cancer Society is de kans om een jaar te overleven, alle stadia van de ziekte bij elkaar genomen, één op vijf. En om vijf jaar te overleven is dat zelfs maar 6 procent! Dus maar zes van de honderd mensen die de diagnose alvleesklierkanker hebben gekregen, zullen de volgende vijf jaar overleven. Je hoeft echt niet goed te kunnen rekenen om te weten dat je dus heel weinig kans hebt.

Toen ik over deze vreselijke cijfers las, kwam ik weer op een andere vraag. Hoe was het mogelijk dat ondanks alle vooruitgang in de wetenschap en doorbraken in de technologie, de overlevingskansen voor alvleesklierkanker zo verbijsterend laag bleven?

Dat is grotendeels een kwestie van timing. Meer dan 85 procent van de gevallen van alvleesklierkanker wordt te laat ontdekt, namelijk op het moment dat iemand nog maar 2 procent kans heeft om te overleven. De tumoren hebben zich dan al uitgezaaid en kunnen niet meer operatief worden verwijderd. Maar waaróm wordt alvleesklierkanker zo laat ontdekt? Voor een deel komt het doordat tumoren van de alvleesklier lastig op te sporen zijn. De alvleesklier ligt diep verstopt boven in de buikholte, achter andere kwetsbare organen. Wat ook niet helpt, is dat de alvleesklier omgeven is door dicht weefsel dat medicijnen tegenhoudt. Een ander probleem is dat de test al zestig jaar niet is aangepast! De huidige test is ook veel te ingewikkeld. Om een patiënt op alvleesklierkanker te onderzoeken, moet een arts bloedmonsters naar een laboratorium sturen waar het bloed kan worden getest op een verhoogd niveau van een biomarker – iets wat vroegtijdig een ziekte signaleert.

Er waren nog meer problemen. Deze tests kosten heel veel geld, zo'n 800 dollar per stuk. Bovendien zijn ze niet erg nauwkeurig. Bijna 30 procent van alle gevallen van alvleesklierkanker wordt er niet mee ontdekt. Dat is erg veel als je bedenkt dat het om een dodelijke ziekte gaat en een paar dagen het verschil tussen leven en dood kunnen betekenen.

Een van de grootste problemen van alvleesklierkanker was dus niet de behandeling, maar de opsporing ervan. En toen kreeg ik een idee. Ik hoefde geen geneesmiddel voor alvleesklierkanker te ontdekken. Nee, ik moest iets vinden waarmee je alvleesklierkanker kon opsporen voordat die zich naar andere delen van het lichaam had uitgezaaid, terwijl het nog behandelbaar was. Ik moest denken aan wat de artsen zeiden nadat oom Ted was overleden: *Als we het eerder hadden ontdekt, was het misschien anders gelopen.* Ik had een nieuwe missie. Ik wilde een methode vinden om alvleesklierkanker in een vroeg stadium op te sporen.

Helaas moest ik eerst nog iets anders doen: beginnen met high school. Ik keek ernaar uit om op de North County High School een nieuwe start te maken met een nieuwe groep jongens en meiden, maar tegelijkertijd was ik ook bang dat het weer hetzelfde zou gaan als op middle school.

De eerste dag liep ik met gebogen hoofd zo onopvallend mogelijk van klaslokaal naar klaslokaal. De meeste leerlingen hadden de afgelopen acht jaar bij elkaar op school gezeten en hadden al vrienden. Niemand had dus een reden om met mij te praten. De hele ochtend had ik het onheilspellende gevoel dat het tijdens de lunchpauze voor mij erop of eronder zou worden. Het was bijvoorbeeld erg belangrijk waar ik ging zitten, dat zou bepalen hoe het allemaal verder zou gaan op deze school. Als ik aan de juiste tafel ging zitten, zou ik belangrijke vriendschappen kunnen sluiten voor de rest van het jaar, misschien wel voor langer. Ik wist ook wat er allemaal mis kon gaan. Als ik bijvoorbeeld aanschoof bij de verkeerde groep leerlingen, dan kon ik het wel schudden. En het zou heel lastig zijn om dat weer goed te krijgen.

Toen de bel voor de lunch ging liep ik naar de kantine. Ik was echt onder de indruk hoe enorm die was, veel groter dan de lunchzaal van mijn vorige school. Ik was net zo'n jongetje uit een film dat met een dienblad in zijn handen zenuwachtig om zich heen kijkt: *is er tussen al die leerlingen ergens een plekje waar ik rustig kan eten?*

Ik liet mijn blik razendsnel over al die verschillende groepjes gaan, wanhopig op zoek naar een veilig plekje. Links van me zaten de sportievelingen. Die kende ik nog van middle school. Die dus absoluut niet. Rechts van me zat een groepje jongeren in designerkleding. Ze leken me wel aardig, maar ze waren veel te hip voor mij. Er was trouwens geen plaats meer aan hun tafel. Intussen stond ik daar maar, een beetje sullig. Dit ging niet goed. Ik moest iets doen – en wel heel snel.

Opeens zag ik achter in de kantine een paar meisjes zitten. Ze bladerden in hun boeken en zagen er wel cool uit. Ze maakten een nogal ontspannen en vrolijke indruk en ik wist zeker dat ik hen wel aardig zou vinden. Er was nog een plaatsje aan hun tafel. Ik liep naar ze toe, wachtte even voordat ik mijn dienblad neerzette en zei: 'Hoi, mag ik hier zitten?'

'Tuurlijk,' zei een meisje met een vriendelijk gezicht. 'Ik ben Chloe.'

Chloe. Mijn redster.

Ik at mijn lunch stilletjes op. Als ik mijn mond hield, kon ik ook niks verkeerds zeggen. Bovendien genoot ik er best wel van. Ik zat hier tenslotte in de schoolkantine van high school, en dat was toch echt een stap vooruit vergeleken met mijn vorige lunchplek: het gehandicaptentoilet in de jongens-wc.

Nu het belangrijkste deel van de dag erop zat, ging alles gewoon zijn gangetje tot de laatste bel klonk.

Buiten school was ik hard aan het werk aan mijn project. Nu ik een doel had – een methode vinden om alvleesklierkanker vroegtijdig op te sporen – was het tijd om wetenschappelijke criteria op te stellen, regels om mee aan de slag te gaan. In mijn geval moest ik eerst bedenken hoe de ideale test eruit moest zien, dus hoe je nauwkeurig alvleesklierkanker kon vaststellen.

Om werkelijk iets te kunnen betekenen moest de test goedkoop, eenvoudig en snel zijn. Mijn test moest gevoelig genoeg zijn om de kanker in een vroeg stadium te signaleren, maar tegelijkertijd moest hij de patiënten zo weinig mogelijk overlast bezorgen. Hier had ik echt een degelijk plan voor nodig. In de wetenschap gaat het erom dat je een bepaalde theorie kunt verwerpen of niet. Hoe beter je je theorie onderbouwt, hoe bruikbaarder hij is.

Ik moest een aantal aanwijzingen vinden die alvleesklierkanker in het lichaam achterlaat en die zijn aanwezigheid verraadt. Na lang zoeken vond ik een geweldig artikel in een vrij toegankelijk wetenschappelijk tijdschrift, *Public Library of Science*. Daar stond een lijst in van verschillende eiwitten die worden aangetroffen bij patiënten met alvleesklierkanker.

Waarom zijn eiwitten zo belangrijk? Het antwoord hoefde ik niet op internet op te zoeken. Tussen al het getreiter door had ik op middle school bij biologie alles over eiwitten geleerd. Eiwitten doen het meeste werk in de cellen en zijn nodig voor de bouw, het functioneren en de regulatie van lichaamsweefsel en organen. Ze zitten overal. Het menselijk lichaam bestaat voor 20 procent uit eiwitten en die spelen een zeer belangrijke rol in bijna alle biologische processen.

Ik ontdekte ook dat eiwitten grote, ingewikkelde moleculen zijn. Ze bestaan uit honderden of duizenden kleinere deeltjes, de aminozuren, die lange ketens vormen. Er zijn twintig verschillende soorten aminozuren die kunnen worden gecombineerd om een eiwit te maken. De schikking van de aminozuren bepaalt van ieder eiwit de driedimensionale structuur en de specifieke functie.

Al die eiwitten in ons lichaam hebben stuk voor stuk verschillende redenen en doelen, en allemaal hebben ze hun eigen, unieke verhaal. Eiwitten zijn ook goede voorspellers van ziektes. Ze zijn namelijk al bij het allereerste begin van kanker aanwezig, lang voordat de patiënt last van symptomen heeft.

Eén klein eiwit kon de sleutel vormen om vroegtijdig alvleesklierkanker vast te stellen, wanneer die nog behandelbaar was, dus voordat hij zich naar andere delen van het lichaam uitzaaide. Ik moest een eiwit zien te vinden dat in het vroegste stadium van alvleesklierkanker verscheen.

Ik ploegde door de database van eiwitten. Maar toen liep ik tegen een muur op. De lijst bestond niet uit vijftien of twintig eiwitten die ik zou moeten testen. Het waren er achtduizend! En al die eiwitten konden stuk voor stuk het eiwit zijn dat ik moest hebben! Ik zou ze dus allemaal moeten bestuderen en testen.

Dat kon me wel honderd jaar kosten – en ik had er al veertien verspild! Ik kroop weer achter mijn computer en ging verder met mijn onderzoek. Terwijl ik aan het werk was, voelde ik de adrenaline door mijn aderen stromen. Als ik volhield, zou ik onder die achtduizend eiwitten het antwoord vinden waar ik naar op zoek was – een biomarker die mogelijk het leven van talloze mensen kon redden. Misschien had die ook wel het leven van mijn oom kunnen redden.

Ik had geen idee of het me zou lukken.

Maar één ding was zeker: mijn taak was nu echt begonnen.

Hoofdstuk 5

DENK ALTIJD AAN DE PATIËNT

$$C_6H_8O_7 + 3NaHCO_3 \longrightarrow 3CO_2 + 3H_2O + 3Na^{+1} + C_6H_8O_7^{3-}$$

Het voelde vreemd dat er een zomer verstreken was zonder krabbenjacht met oom Ted. In de vakantie had ik mezelf er vaker op betrapt dat ik uit het raam keek om te zien of zijn gehavende auto de oprit al op kwam. Ik stelde me voor dat ik de trap af rende, de deur achter me dichtsloeg, en naast hem in de auto ging zitten. Dan reden we weg en gingen een uur later ter plekke aan de slag met het klaarmaken van de krabbenfuiken, een vies werkje. Er zijn maar weinig dingen zo walgelijk als kippennekjes.

Ook dacht ik vaak terug aan de eerste keer dat ik bij hem op bezoek ging in het ziekenhuis, toen hij net te horen had gekregen dat hij alvleesklierkanker had. Ik merkte dat hij niet wilde praten over zijn ziekte of over de toekomst. Volgens mij wist hij wat hem te wachten stond. Maar hij was wel enorm geïnteresseerd in míjn toekomst. Vooral in de projecten waar ik mee bezig was. Toen ik hem vertelde over een efficiëntere manier om water te reinigen, zei hij dat ik me nooit moest laten ontmoedigen. Als er eens problemen waren of als het me tegenzat, dan moest ik gewoon denken aan alle mensen die van mijn werk zouden profiteren, aan alle goede dingen die ik ermee deed.

'Welke richting je ook op gaat, wat voor werk je gaat doen, vergeet nooit wie er door wordt beïnvloed,' zei hij tegen me. 'Denk altijd aan de patiënt.' Deze raad had zich voorgoed in mijn hoofd vastgezet, als een soort gedenksteen.

Denk altijd aan de patiënt.

Ik moest heel vaak aan dit zinnetje denken, en niet alleen omdat de ziekte van mijn oom me op het idee had gebracht hier iets aan te doen. Deze vijf woorden herinnerden me eraan dat het doel waarvoor we ons inzetten veel belangrijker is dan wijzelf.

In de maanden na de dood van oom Ted stortte ik me helemaal op mijn taak. Ik moest en zou een methode vinden om vroegtijdig alvleesklierkanker op te sporen, en niets kon me tegenhouden.

Het was ontzettend saai werk, en vaak had ik aan het einde van de dag geen idee of al mijn inspanningen wel resultaat zouden hebben. Ik moest duizenden eiwitten onderzoeken op piepkleine verschillen, en daar kwamen allerlei problemen bij kijken. Ten eerste moest ik uitvinden of de eiwitten te maken hadden met down-regulatie – dat betekent dat de cel kleiner wordt en minder gevoelig is voor invloeden van buitenaf – of met up-regulatie, waardoor de cel groter wordt. Ik had een eiwit nodig met up-regulatie, want dat was makkelijker te ontdekken. Als ik dat probleem eenmaal had opgelost, moest ik erachter zien te komen of de eiwitten gevoelig waren voor álle ziekten, of alleen voor alvleesklierkanker.

Met behulp van informatie die ik op internet vond, kon ik soms binnen een paar minuten een bepaald eiwit uitsluiten. Maar andere keren waren er maar heel weinig of geen gegevens beschikbaar (of ik kon ze in elk geval niet vinden) en dan duurde het wel uren of zelfs dagen voordat ik een eiwit kon uitsluiten!

Als ik mijn idee wilde doorzetten, had ik heel veel tijd nodig. En wat nog belangrijker was: ook heel veel geduld. Om de zoveel dagen dacht ik dat ik een eiwit had gevonden dat aan alle voorwaarden voldeed en elke test doorstond. Maar als ik dan na al die uren dat ik ermee bezig was geweest nog een laatste test deed ter controle, werd al mijn hoop weer de bodem in geslagen.

Terwijl ik me door de lijst van eiwitten worstelde, merkte ik dat ik behoorlijk uitgeput raakte. Dat is natuurlijk ook niet zo gek, als je de hele dag naar een beeldscherm zit te turen.

Voor een jongen die zo graag buiten is, is het sowieso een kwelling om de hele dag achter de computer te zitten. En het hielp ook niet dat de weinige keren dat ik mijn broer zag, ik moest aanhoren wat voor geweldige dingen zijn vrienden en hij deden. Zonder mij.

'We waren gewoon aan het kajakken, en je zult niet geloven wat we toen zagen, Jack. Een zwarte beer!'

Ik heb nog nooit een zwarte beer gezien. Balen.

Op de North County High School was het ook al niet geweldig. Het ging dan wel beter dan op middle school, maar ik was nog steeds een beetje verlegen. En ik kwam er al snel achter dat ook hier mijn klasgenoten heel vervelend konden zijn. In het begin van het jaar vroeg de lerares Spaans aan ons wat we tijdens de zomervakantie hadden geleerd. Nou, daar wilde ik graag iets over vertellen, en ik stak mijn hand op.

De lerares gaf me de beurt en ik begon enthousiast te vertellen over de geweldige dingen die ik tijdens het wiskundekamp had geleerd. Ik ging zo op in mijn verhaal, dat ik niet merkte dat bijna de hele klas in een deuk lag.

Ik boog mijn hoofd en mijn maag draaide zich om. Het bloed steeg naar mijn wangen. Dat was het dus.

Ga maar een potje janken, Jack! Je klasgenoten hebben voorlopig reden genoeg om je uit te lachen.

De tranen sprongen me in de ogen. Maar toen hoorde ik een boze, strenge stem boven het gelach uitkomen.

'Hij is hier nieuw op school. Vinden jullie het nu echt nodig om hem uit te lachen omdat hij van leren houdt?' zei de stem. 'Echt heel volwassen hoor, jongens.'

Ik kon het niet geloven! Het gelach hield op. Ik keek op en wierp een blik om me heen. Het was niet de lerares die me te hulp was geschoten, maar Chloe Diggs. Het meisje dat het goedvond dat ik naast haar kwam zitten, tijdens de lunchpauze op de eerste schooldag.

Vanaf toen waren we vrienden. En daarna ging het op school een stuk makkelijker. Tijdens de lunchpauze ging ik bij Chloe en haar vriendinnen zitten en praatte ook met ze! Chloe was slim en wilde alles weten over het project waar ik mee bezig was. Maar naarmate ik mijn aandacht meer richtte op de taak om een biomarker te vinden, werd school steeds minder belangrijk voor me. Ik had wel andere dingen aan mijn hoofd. Ik moest er steeds aan denken dat ik honderd levens per dag kon redden, als ik maar door bleef gaan met al die eiwitten te onderzoeken.

Was school maar mijn enige obstakel geweest. Geldgebrek stelde mijn toch al uitgeputte geduld nog meer op de proef. Niet lang nadat ik met mijn onderzoek begonnen was, kwam ik erachter dat niet alle informatie op internet gratis is. En ik had de pech dat dit met name het geval was bij de artikelen die ik nodig had om mijn onderzoek te kunnen voortzetten.

Veel onderzoek wordt gepubliceerd in zogenaamde

wetenschappelijke tijdschriften. En die artikelen worden geschreven door de allerbeste wetenschappers. Het probleem is dat deze schitterende informatie alleen toegankelijk is voor andere wetenschappers. Tenzij je je abonneert. Toegang tot een artikel in een wetenschappelijk tijdschrift kost ongeveer vijfendertig dollar!

Dit was dus behoorlijk lastig voor mij. Ik had geen geld, en mijn ouders konden natuurlijk niet altijd maar overwerken. Toch had ik de informatie die in deze tijdschriften stond absoluut nodig als ik door wilde gaan met mijn onderzoek. Ik had er alles voor over om deze artikelen te bemachtigen.

Eerst probeerde ik, zoals elke arme tiener, de artikelen illegaal te pakken te krijgen. Maar blijkbaar was ik daar niet zo goed in. Toen mijn carrière als hacker al snel mislukte, bedacht ik iets anders. Misschien kon ik de professoren en artsen beter vragen of ze hun artikelen beschikbaar wilden stellen voor mijn onderzoek. Wie kon een jongetje nou zoiets weigeren?

Het bleek dat iedereen een jongetje zoiets kan weigeren. De meeste mensen mailden terug om te zeggen dat zij niet beschikten over het copyright en hun artikelen dus niet openbaar mochten maken. Anderen weigerden gewoon bot.

Toen ging ik maar bij mijn ouders bedelen. Gelukkig ben ik beter in geld lospeuteren dan in hacken.

Als mijn ouders niet zo gul waren geweest, was er op dat moment een einde gekomen aan mijn zoektocht naar een methode om alvleesklierkanker op te sporen. Maar nadat ik van mijn ouders geen gebruik meer hoefde te maken van deze hightech vorm van diefstal, begonnen mijn problemen met de artikelen pas echt.

Soms had ik ontzettend veel moeite gedaan om een bepaald artikel te vinden en te kopen, en dan ontdekte ik dat die dik betaalde pagina's helemaal niks met mijn onderzoek te maken hadden. En denk maar niet dat je op dit soort sites je geld terugkrijgt!

Was ik er wél in geslaagd het juiste artikel te bemachtigen, dan zat ik als een zombie urenlang naar het scherm te staren. Want vaak begreep ik er niets van. Wie schreven dit soort dingen? Soms verdacht ik al die wetenschappers ervan dat ze hun artikelen expres zo moeilijk maakten, omdat ze gewoon hoopten dat niemand ze kon lezen.

Ik printte de artikelen ook uit. Ik liet mijn computer aanstaan, zodat ik snel woorden of zinnen kon intikken in het onlinewoordenboek.

Heterozygoot.

Hetero betekent 'verschillend', *zygoot* komt van het Griekse woord *zygoun*: onder een juk brengen of met elkaar verbinden. Heterozygoot verwijst dus naar een verbintenis van twee verschillende allelen, dat zijn varianten van een gen die voor bepaalde lichamelijke kenmerken zorgen.

Vaak deed ik wel een half uur over één paragraaf. Er waren

dagen dat ik niets liever wilde dan al mijn research, en vooral mijn computer, in de tuin in de fik steken. We hadden genoeg ontvlambare dingen in huis. Misschien kon ik er een experiment van maken: hoe verbrand je zo snel mogelijk een laptop?

Ik zag mezelf al rond het vuur dansen. Daarna ging ik naar het kelderlab en sloeg in wilde woede de hele zooi in puin. Er stond nog een slaghout dat ik kon gebruiken (dat ding waarmee ik nog nooit een bal had kunnen raken) om me uit te leven op die vreselijke wetenschappelijke projecten.

Als ik klaar was in de kelder, zou ik de trap op stampen en naar de kamer van mijn broer gaan om zijn prijzen en experimenten te vernielen. Die gedachte voelde zo... bevrijdend.

Maar dat deed ik natuurlijk allemaal niet. Ik haalde gewoon even diep adem en ging weer verder. Na het lezen streepte ik met een markeerstift de passages aan die ik snapte, net zo lang tot het me allemaal duidelijk werd. In het begin had ik nog het idee dat ik met mijn kop tegen een muur aan liep, maar geleidelijk begon die muur af te brokkelen. En eindelijk, na al die uren naar de pagina's staren, begon ik echt te begrijpen wat er in die tijdschriften stond.

Toen ik eenmaal begreep wat ik las, ging mijn zoektocht naar een biomarker heel wat sneller. Eind oktober had ik het aantal eiwitten van achtduizend teruggebracht tot vijftig. Dat was natuurlijk geweldig, maar ik was nog lang niet klaar. Vijftig mag dan niet zo'n heel groot aantal zijn, maar dit waren niet zomaar eiwitten. Het waren de lastigste, meest tijdrovende eiwitten van allemaal, ook omdat er bijna geen onderzoeksgegevens beschikbaar waren.

Toen ik eindelijk halverwege dit lijstje was, en op de rand van een zenuwinstorting stond, kwam ik bij het eiwit mesotheline. Ik onderwierp het aan mijn checklist en hield het tegen alle criteria in mijn database van internet. Het doorstond test na test. Ik hield mijn adem in. Ik had al zo vaak valse hoop gekoesterd dat ik niet te vroeg wilde juichen. Ik bleef artikelen doorspitten voor nog meer informatie.

Was het een eiwit met up-regulatie? Ja!

In welk lichaamsvocht zat dit eiwit? Als het in het ruggenmergvocht zat dan had ik er niets aan. Vraag maar aan iemand die ooit een ruggenmergpunctie heeft gehad, dan zul je wel horen dat die niet voldoet aan mijn eis 'gemakkelijk'. Wilde mijn test werken, dan moest het eiwit in het bloed of de urine zitten.

Zat het in het bloed? Ja!

Dit is het! Het is mesotheline!

Dit was de doorbraak waarop ik had gewacht.

Ik sprong in het rond en riep mijn moeder.

'Mam! Mam! Het is mesotheline!'

'Waar heb je het over?' vroeg ze, want ze begreep het natuurlijk niet. 'Wat is er aan de hand? Wie is mesotheline?'

'Nee, het gaat om de biomarker. Die heb ik gevonden, hij heet mesotheline.'

'O! Ik wist wel dat het je zou lukken, Jack,' riep ze uit. 'Heb je nu de test te pakken?'

Eh, nee dus. Maar het was een stap. En een heel grote.

Iemand met kanker van de alvleesklier, eierstokken, of zelfs de longen heeft een heel hoog gehalte aan mesotheline in het bloed. En de onderzoeken toonden aan dat het al in een heel vroeg stadium wordt aangetroffen. Als de kanker op dat moment wordt ontdekt, is de overlevingskans bijna 100 procent.

Zoals heel vaak bij wetenschappelijke kwesties het geval is, werpt het antwoord op een vraag weer een nieuwe vraag op. Hoe moest ik dit eiwit bij mensen vinden? Zonder een manier om dit eiwit te ontdekken, en dus de kanker, was mijn gezwoeg voor niets geweest en mijn ontdekking nutteloos in de praktijk.

Ik ging weer zoeken op internet en printte alle artikelen uit die ik kon vinden over mesotheline en opsporingsmethodes. Ik was er zo bezeten van dat ik de artikelen mee naar school nam om ze onder de les te lezen.

Op een dag halverwege het schooljaar had ik tijdens biologie een artikel meegesmokkeld dat ging over enkelwandige koolstof-nanobuizen. Dat zijn lange dunne buisjes van koolstof die maar één atoom dik zijn. Hun doorsnede is dus een vijftigduizendste van een hoofdhaar. Nanobuisjes mogen dan wel waanzinnig klein zijn, ze hebben wonderbaarlijke eigenschappen. Eigenlijk zijn het de superhelden van de materiaalkunde.

Ik hield het artikel onder mijn tafeltje zodat ik het stiekem kon lezen. Ik moest uitkijken, want mijn biologielerares had het meteen in de gaten als ik niet oplette. Ze had niet alleen ogen in haar achterhoofd, maar volgens mij ook aan de zijkanten van haar hoofd.

Terwijl ik het artikel zat te lezen, had de lerares het over andere interessante moleculen in ons lichaam: antilichamen. Deze moleculen zijn behoorlijk nuttig, want ze reageren alleen op specifieke eiwitten en worden door je immuunsysteem gebruikt om virussen en bacteriën aan te vallen.

Midden onder de les kreeg ik plotseling een idee. Ik kon wat ik aan het lezen was over koolstof-nanobuisjes combineren met waar ik me op dat moment éigenlijk mee bezig moest houden: antilichamen.

Opeens viel alles in mijn hoofd op zijn plaats. Ik kon deze nanobuisjes mengen met antilichamen (stel je deze voor als gehaktballetjes die je door de spaghetti husselt), dan kreeg je een netwerk dat alleen maar op één eiwit reageert. In dit geval mesotheline. Als de mesotheline reageert op het antilichaam, vormen ze een groter molecuul: het immuuncomplex (denk aan een soort super-eiwitmolecuul). Als dit enorme molecuul zich vormt, worden de nanobuisjes in de buurt van elkaar gescheiden, en spreidt het netwerk zich uit, net als een bundeltje draden dat je uit elkaar trekt. Zodra dit gebeurt, vermindert het aantal verbindingen tussen de omringende nanobuisjes en zijn er dus minder banen voor de elektronen die zich door het netwerk bewegen. Hierdoor wordt de elektrische weerstand groter en veranderen de elektrische eigenschappen van de nanobuisjes. Dat was iets wat ik kon meten!

Het was een heerlijk gevoel dat al die puzzelstukjes bij elkaar kwamen. En toen… Terwijl ik met mijn gedachten bij deze doorbraak zat, kwam de biologielerares naar me toe gestormd. Ze keek heel kwaad. Voor de zoveelste keer.

Kalm blijven, Jack.

'Andraka!' riep ze.

Vanaf het moment dat ik voor het eerst haar klas binnenkwam, was al duidelijk dat ze me niet mocht. Ik stelde te veel vragen, en ik deed niet alles volgens het boekje.

Ik probeerde snel een antwoord te verzinnen. Maar voor ik iets kon zeggen griste ze het artikel over koolstof-nanobuisjes uit mijn hand en hield het vol walging omhoog, alsof ze met een pornoblaadje stond te zwaaien.

'Wat is dit?' snauwde ze.

Een wetenschappelijk artikel. Dat is toch juist goed? had ik willen zeggen, maar dat zei ik dus niet.

'Het is alleen maar een wetenschappelijk artikel,' zei ik.

Ze wierp me nog een blik vol walging toe en liep weg met het artikel als buit.

Dit meen je niet!

Ze stopte mijn artikel in een donker hoekje van haar bureau.

Ik wist wat dat betekende. Er was maar één manier om mijn artikel terug te krijgen. Ik moest wachten tot na de les en dan naar haar toe gaan en smeken of ik het terug mocht hebben.

Zet je trots maar even opzij, Jack.

Toen de bel ging, liep ik naar voren. Ze stak een preek tegen me af over 'respect'. Ik had geen respect voor haar en haar les. Ik had nergens respect voor. Ik was iemand zonder respect.

En ik maar knikken, terwijl ik met mijn gedachten heel ergens anders was, in een andere wereld. En ik was ontzettend enthousiast over mijn idee.

Dit is het!

Ik moest de antilichamen vermengen met het netwerk van koolstof-nanobuisjes. Dat zou absoluut werken. Tenminste, in theorie. Maar er was wel een probleem. Die netwerken van koolstof-nanobuisjes zijn zo dun dat ze ondersteund moeten worden. Na school ging ik meteen naar huis. Ik ging in mijn kamer op de vloer zitten en liet mijn gedachten de vrije loop.

Hm... wat is goedkoop en kan toch steun geven? Ik weet het! Papier!

Het zou niet moeilijk moeten zijn. Je begint met wat water, doet er wat nanobuisjes in en voegt er antilichamen aan toe. Dan meng je het goed door elkaar, je pakt een stukje papier en doopt het erin en laat het drogen. Binnen enkele seconden kun je hiermee kanker opsporen. Lang voordat de ziekte levensbedreigend wordt. En omdat de materialen zo goedkoop zijn, kost het ook nog bijna niets!

Maar plotseling kwam een gedachte bij me op waardoor er van mijn briljante plan niet veel overbleef. Mijn moeder zou het nooit goed vinden dat ik kankeronderzoek deed op het keukenaanrecht, en zelfs niet in de kelder. Ik had trouwens niet eens de goede spullen. Ik had een echt laboratorium nodig.

Ik ging weer naar internet. Het bleek dat ik als jongetje van veertien alleen in een laboratorium terechtkon als ik een plan opstelde, een zogenaamd voorstel, waarin ik van stap tot stap beschreef wat mijn idee was. Dat voorstel moest ik naar alle artsen sturen die gespecialiseerd waren in alvleesklierkanker, en dan maar hopen dat iemand het goed genoeg vond om me aan te nemen.

Ik besteedde vervolgens vier maanden aan een experimenteel ontwerp en een voorstel voor mijn theorie. Het was moeilijker dan een tentamen biologie. Mijn voorstel moest uit minstens dertig pagina's bestaan, inclusief een budget, een lijst van materialen, de tijdsduur, struikelblokken en reagensen – stoffen die gebruikt worden bij chemische analyses. Mijn methode om gebruik te maken van mesotheline-specifieke antilichamen beschreef ik tot in de kleinste details.

Toen ik mijn voorstel af had, haalde ik van internet het adressenbestand van plaatselijke universiteiten en stelde een lijst samen van alle artsen die in aanmerking kwamen. Als ik straks hun uitnodigingen had ontvangen, moest ik natuurlijk nog wel een keuze maken: welk laboratorium was het meest geschikt? Daar verheugde ik me nu al op!

In de daaropvolgende achtenveertig uur stuurde ik mijn voorstel naar tweehonderd professoren die op instituten werkten als de Johns Hopkins University en het National Institute of Health. Kortom, naar iedereen die iets te maken had met alvleesklierkanker. Ik ontspande en wachtte op al die positieve mailtjes met: 'Je bent een genie! Jij zult ons allemaal redden!'

En ik wachtte.

En wachtte.

En wachtte.

Hoofdstuk 6

OMHOOGGEVALLEN

De volgende dag stond ik voor mijn locker om mijn boeken te pakken voor de biologieles van het vijfde uur, toen Damien naar me toe kwam. Jammer genoeg was Damien samen met nog een handjevol vroegere klasgenoten meeverhuisd naar mijn nieuwe school.

'Hoi, Jack,' zei hij en hij gaf me een klapje op mijn schouder. 'Waar ben jij de laatste tijd mee bezig?'

Ik wist dat er maar één reden was waarom deze jongen aardig tegen me deed. Omdat ik zo veel succes had gehad op diverse wetenschapsbeurzen, wilde hij iets van me weten.

Ik ging er maar van uit dat hij wanhopig was. We zaten tenslotte in de eerste klas en dat wilde zeggen dat de winnaar van onze plaatselijke wetenschapsbeurs voor het eerst in aanmerking kon komen voor een geheel betaalde reis naar de Intel International Science and Engineering Fair. Of voor de liefhebbers: de ISEF.

Het was al twee jaar geleden dat ik dat ongelooflijke en onthullende reisje had gemaakt naar San Jose, in Californië. Als leerling van grade 7 was ik erbij toen Luke het podium op liep om zijn speciale prijs in ontvangst te nemen. Ik had daar de briljantste tieners van de hele Melkweg gezien. Vergeleken bij wat zij konden, had ik nog maar heel weinig bereikt. Ik had op de ISEF heel veel opgestoken. Maar ik had er ook een gevoel aan overgehouden alsof me de heerlijkste cheeseburger met bacon was aangereikt, die vervolgens na één hap weer uit mijn mond was getrokken. Ik had nog steeds de smaak van ISEF in mijn mond – en het smaakte naar meer.

Damien stond naast me en keek me onderzoekend aan.

'O, niks bijzonders,' zei ik schouderophalend. 'Maar ik hoop dat ik nog iets kan verzinnen.' Ik kan heel slecht liegen.

'Wat stom,' zei hij. 'Want dit jaar ga je op je bek, Andraka.'

'Eh, misschien,' zei ik.

Ik wist dat dit een sullige reactie was, maar dat kon me niets schelen. Ik ben nooit zo goed geweest in rottige opmerkingen maken. Bovendien wilde ik mijn project voor zichzelf laten spreken.

Maar nu moest ik wel heel snel in dat laboratorium aan de slag, anders zou mijn hele project net zo veel waard zijn als zijn gewicht in nanobuisjes. Nadat de laatste bel was gegaan, ging ik vlug naar huis. Ik hoopte dat er een mailtje op me wachtte met het nieuws dat ik was aangenomen bij een laboratorium. Ik bekeek mijn inbox. Niets.

Maak je geen zorgen, zei ik tegen mezelf. Dokters hebben het altijd druk.

Die eerste avond ging ik steeds weer naar mijn computer om mijn mail te checken. Ik keek ook naar de foto's die de artsen op hun profielpagina's van hun ziekenhuizen hadden geplaatst. Ik vond dat ze er allemaal heel hartelijk uitzagen.

Toen ik de dag daarop thuiskwam uit school, had ik eindelijk mijn eerste reactie binnen.

Ik opende het bericht.

Dank voor uw vraag over de beschikbaarheid van ons laboratorium; helaas kunnen wij voor uw onderzoek geen…

De afwijzing was duidelijk een automatisch antwoord. Ik hoefde niet verder te lezen.

'Raar,' zei ik tegen mezelf. 'Volgens mij hebben ze het gewoon niet begrepen.'

Later op de dag gingen mijn vader en ik naar Chesapeake Bay om een proefje te doen met het koolstofpapier. We waren benieuwd of de strips gevoelig genoeg waren om de E. coli in de baai te signaleren. De test werkte! Maar voor de mensen die hun water uit de baai betrekken, was er minder goed nieuws: we vonden grote hoeveelheden van deze dodelijke bacterie.

Toen ik 's avonds thuiskwam, was er opnieuw een afwijzing.

Dank voor uw vraag over de beschikbaarheid van ons laboratorium; helaas kunnen wij voor uw onderzoek geen...

Dit begreep ik niet. Ik las mijn voorstel nog eens over om te kijken of er fouten in zaten. Alles klopte. Maar misschien had ik wel een vreselijke blunder gemaakt in de begeleidende brief.

Geachte dr. Zus en Zo,

Ik ben een leerling van de North County High School. Ik ben bezig met een project voor de wetenschapsbeurs en doe onderzoek naar het gebruik van nanobuisjes en antilichamen om alvleesklierkanker op te sporen (RIP1). Voor mijn project wil ik antigenen en antilichamen produceren met behulp van immunisatie van muizen via MUC1. Het molecuul MUC1 is afkomstig van de xenotransplantatie van RIP1 in muizen en zal worden onttrokken met gebruik van een fenol-warmwater-extractieprocedure. Mijn werkwijze is als bijlage toegevoegd aan deze e-mail. Ik zou graag willen weten of ik in uw laboratorium zou mogen werken om MUC1 te produceren, wat vervolgens zal worden gebruikt voor de productie van PAM4. Bedankt voor uw tijd, ik heb veel bewondering voor uw onderzoek. Als u mij niet kunt helpen, zou u dan zo vriendelijk willen zijn mij door te verwijzen naar iemand die dat wel kan.

Hoogachtend,
Jack Andraka

Volgens mij was het zo wel goed, heel direct en met één vleiende opmerking. Maar nu ik de brief nog eens overlas, zag ik dat ik een fout had gemaakt in de laatste zin. Er stond een punt achter in plaats van een vraagteken. Oef.

In de weken daarop kreeg ik een derde afwijzing. En toen een vierde. En een vijfde.

Dank voor uw vraag over de beschikbaarheid van ons laboratorium voor uw onderzoek.

Helaas moeten we u laten weten dat wij niet in staat zijn hiervoor ruimte te creëren.

Nogmaals dank en veel succes met uw onderzoek.

Maar mijn optimisme was niet kapot te krijgen. *Misschien hebben ze het gewoon niet gelezen. Het is wel dertig pagina's*, zei ik tegen mezelf. Er waren nog genoeg artsen over die naar mijn voorstel keken en die konden allemaal nog een laboratorium beschikbaar stellen. Maar net als een vrij rondzwevend virus op een transcontinentale vlucht, bleven de afwijzingen zich vermenigvuldigen in mijn inbox.

Ik zou u graag willen helpen, maar we hebben al voldoende studenten in ons laboratorium. We zitten vol.

Ik ontdekte nóg iets: op de foto's van de profielpagina's zagen de artsen er veel aardiger uit dan ze waren.

Geachte heer Andraka,

Uw idee leek in eerste instantie aantrekkelijk, maar de

voorgestelde procedure levert absoluut geen enkele bijdrage aan ons werkterrein. Voordat u nog meer kostbare tijd verspilt van mijn collega-onderzoekers, zou ik u willen aanraden uzelf beter te verdiepen in uw interessegebied.

Dat deed pijn.

De artsen die zich bezighielden met het onderzoek naar alvleesklierkanker, waren het inmiddels roerend met elkaar eens, zo leek het: Jack, dit is het allerslechtste idee van de wereld.

Na vijftien dagen keek ik met tegenzin naar mijn inbox. Als je te horen krijgt dat je idee waardeloos is, dan is dat erg. Maar het ergste was nog dat bij elke afwijzing de kans kleiner werd dat ik mijn doel zou bereiken. Ik begon een lijstje bij te houden. Na drie weken was de score overdonderend: 114 mensen hadden me afgewezen. Niemand had me aangenomen.

De volgende dag vertelde ik tijdens de lunchpauze aan Chloe over mijn afwijzingen. Ik vond het niet erg netjes van me om te gaan zitten klagen onder het eten, maar ik kon er niets aan doen.

'Ze kunnen de pot op,' zei ik. Ik pakte een boterham met pindakaas en jam die mijn moeder had ingepakt en nam kwaad een hap. 'Het komt door mijn leeftijd,' zei ik. 'Die artsen vinden het gewoon niks dat ik nog zo jong ben. Mijn ideeën kunnen ze helemaal niets schelen. Ze willen gewoon geen babysit spelen.'

Ik keek Chloe aan. We waren er al snel achter gekomen dat we heel veel dingen gemeen hadden. Vooral onze belangstelling voor de natuur én de rotsvaste overtuiging dat we alles in het leven konden bereiken wat we wilden. Chloe kon bovendien erg goed luisteren, en dat had ik toen echt even nodig.

'Ik heb het helemaal gehad met alles en iedereen,' ging ik verder. Ik werd alsmaar kwaaier en ging steeds harder praten.

'Jack,' zei Chloe. Ze keek me vol medeleven aan en legde haar hand op de mijne. 'Je gezicht zit onder de jam.'

Ik had het niet meer. We lagen allebei in een deuk. Natuurlijk was ik gestrest, maar ik was ook dankbaar. Ik had middle school achter de rug en ik zat met mijn lunch aan een echt tafeltje, tegenover een goede vriendin.

Alleen, ik had nog steeds geen positieve reacties op mijn e-mail gekregen. En ik had alles gegeven wat ik had. Ik had mijn beste voorstel naar elke arts gestuurd die in de positie was om me laboratoriumruimte te geven. Het was nu wel duidelijk dat niemand mijn ideeën serieus nam. En ik had geen plan b, zo ver had ik niet vooruitgedacht.

Mijn ouders begonnen zich zorgen te maken. Op een luie zondagochtend zeiden ze dat ze even met me wilden praten. Mijn vader is heel praktisch en hij kwam meteen tot de kern van de zaak. Ze dachten dat mijn idee niet zou werken. En ze waren bang dat ik de teleurstelling niet aan zou kunnen. Ik was doodmoe en had mezelf bijna gek gemaakt door tig keer mijn voorstel over te lezen, op zoek naar iets waardoor al die artsen me afwezen.

Mijn ouders hadden genoeg argumenten. En ik had telkens alleen maar drie woorden: ‘Maar het werkt.’

Nadat ik een tijdje naar hen had zitten luisteren, keken mijn ouders elkaar eens aan. ‘Als je zó overtuigd bent,’ zei mijn vader, ‘dan gaan we door.’

Op zich had ik weinig in te brengen tegen de argumenten van mijn ouders. Bijna tweehonderd van de meest vooraanstaande artsen van de wereld hadden mijn voorstel gezien. Veel van hen hielden zich al hun hele loopbaan met alvleesklierkanker bezig, en allemaal zeiden ze ‘nee’. Hoewel mijn ouders me hun zegen gaven om door te gaan, was het nu wel duidelijk dat ook zij hun twijfels hadden of mijn idee zou werken. Was ik inmiddels de enige die nog in mijn project geloofde?

Toen begon ik er zelf ook aan te twijfelen. Misschien had ik toch iets over het hoofd gezien. Als ik nou nog eens één keer mijn voorstel doorlas? Of honderd keer?

Een week verstreek en er kwamen nog zes reacties – alleen maar afwijzingen.

Ik was zo wanhopig dat ik een heel gevaarlijk besluit nam: ik ging naar mijn broer.

Ik vond dat mijn broer het allerbeste verstand had van de

hele wereld. Daarom wilde ik met hem praten. Ik wist dat hij niet alleen eerlijk tegen me zou zijn, maar dat hij waarschijnlijk ook gelijk zou hebben.

Maar toch, toen ik naar hem toe liep had ik het gevoel dat ik mijn hoofd onder de guillotine ging leggen. Ik gaf hem mijn voorstel en terwijl hij al mijn conclusies naliep, keek ik mee over zijn schouder. Af en toe stopte hij met lezen en keek dan nadenkend op.

Toen hij klaar was met de laatste pagina, bereidde ik mezelf erop voor dat hij met zijn scherpe, logische verstand mijn droom de grond in zou boren.

Hij gromde even en toen niks. Ik wachtte.

'Dit werkt,' zei hij.

Ik hield mijn adem in en wachtte op een sneer die zeker zou komen, maar hij herhaalde: 'Dit werkt. Dit gaat werken.'

Zijn opmerking ging als een adrenalinestoot recht naar mijn hart. Ik had zin om in de lucht te springen en met mijn vuist tegen het plafond te slaan. Maar ik wilde me niet laten kennen, dus deed ik heel cool.

'Weet ik,' zei ik nonchalant. Ik griste de kopie van mijn voorstel uit zijn handen en liep naar de keuken om iets te snacken. 'Het was gewoon voor de zekerheid.'

Vanaf dat moment heb ik nooit meer aan de waarde van mijn idee getwijfeld.

In mei, één maand en 192 afwijzingen later, kwam ik op

een dag thuis van school, opende mijn inbox en bereidde me voor op de zoveelste teleurstelling.

Het onderwerp was: Bericht van dr. Anirban Maitra.

Dit is een heel interessant voorstel. Kom maar langs om erover te praten.

Ik kon mijn ogen niet geloven. Ik las het bericht nog een keer.

Kom maar langs om erover te praten.

'Mam!' schreeuwde ik.

Waarschijnlijk klonk het alsof ik ergens vreselijk van geschrokken was, want mijn moeder en Luke kwamen meteen aanrennen.

'Jack...?'

'Kijk!' Ik wees naar mijn beeldscherm.

Een, twee, drie...

Ze begonnen allebei te juichen.

'Wat fantastisch,' zei Luke, en hij gaf me een klap op mijn schouder. 'Die heb je binnen.'

Het was dan ook niet zomaar een arts. Dr. Anirban Maitra van het Johns Hopkins in Baltimore was een van de grootste onderzoekers op het gebied van alvleesklierkanker. Hij had me weliswaar nog niet aangenomen, maar in elk geval had ik nu een voet tussen de deur.

Op internet zocht ik zijn curriculum vitae op. Dat was nog langer dan mijn lijst van eiwitten: hoogleraar Pathologie en Oncologie, Sol Goldman Pancreatic Cancer Research Center, verbonden aan het Department of Chemical and Biomolecular Engineering, verbonden aan het McKusick-Nathans Institute of Genetic Medicine. Dr. Maitra behoorde echt tot de top.

Zijn specialisatie was het onderzoek naar hoe je biochemische verschillen tussen kankercellen en normale cellen zó kunt gebruiken dat een chemokuur alleen de kankercellen vernietigt, en niet de gezonde. Hij werkte ook aan een revolutionaire manier om abnormale kankergenen van de alvleesklier te identificeren met behulp van een geavanceerde 'genenchip'-techniek. Hiermee konden wetenschappers multipele genetische loci – waaronder, in sommige gevallen, het hele menselijk genoom – onderzoeken op afwijkingen die uniek zijn voor alvleesklierkanker en niet aanwezig zijn in normaal weefsel. Ik wist niet precies wat dit allemaal inhield, maar ik besefte wel dat ik met een heel belangrijk iemand te maken had!

Twee weken later zou ik een gesprek met hem hebben. Toen de grote dag was aangebroken, voelde ik me niet helemaal lekker. Al die afwijzingen hadden een behoorlijke deuk in mijn zelfvertrouwen geslagen. Ik wist dat mijn berekeningen klopten, maar ik was bang dat ik niet alles goed genoeg onder woorden zou kunnen brengen.

Vanaf ons huis was het ongeveer een half uur rijden naar het ziekenhuis in Baltimore. Tijdens het ritje zei ik niet veel, want ik repeteerde in gedachten steeds de belangrijkste dingen die ik straks niet mocht vergeten te zeggen.

Door het mengen van de antilichamen in een netwerk van koolstof-nanobuisjes, kan ik een enkel eiwit identificeren, in dit geval mesotheline, dat dient als een biomarker voor alvleesklierkanker. Door het gebruik van filterpapier heb ik iets wat sterk genoeg is om de superdunne koolstof-nanobuisjes te ondersteunen.

Ik gaf mijn moeder een knuffel nadat ze me voor de ingang van het ziekenhuis had afgezet.

'Het gaat vast goed, Jack, wees gewoon jezelf,' zei ze.

Ik liep het ziekenhuis in en meldde me bij de receptioniste. 'Hoi, Ik ben Jack Andraka.'

Ik liet haar mijn stralendste glimlach zien. Ze glimlachte ook naar mij, maar wel een beetje als een slager die een klein kind een stukje worst geeft.

'Ik heb een afspraak met dokter Maitra,' zei ik.

'Uitstekend, kom maar mee,' zei ze. Ze leidde me door een gang.

Ik concentreerde me op mijn voeten. Nu niet struikelen.

Voor een kantoorruimte bleef ze staan. Door de glazen deur zag ik binnen allemaal onderscheidingen aan de muur. Dr. Maitra zat op me te wachten.

Hij stelde zich voor en ik gaf hem een hand.

'Hallo, Jack, leuk om je te ontmoeten.'

Hij leek precies op zijn profielfoto. Hij had een onderzoekende en voorzichtige glimlach.

Al met al maakte hij een wijze indruk en hij leek me heel geduldig en eerlijk.

'Ik was onder de indruk van je voorstel,' zei hij. 'Heel bijzonder voor iemand van jouw leeftijd.'

Ik voelde me meteen een stuk zekerder. Ik vertelde hoe ik te werk was gegaan en hoe ik tot mijn conclusies was gekomen. Af en toe knikte hij.

Alles leek goed te gaan. Maar juist op het moment dat ik dacht dat het gesprek afgelopen was en me voorbereidde op wat hij zou gaan zeggen, namelijk dat hij me een plekje wilde geven in zijn lab, zei hij: 'Kom maar even mee.'

Ik kwam een kleine conferentieruimte binnen. En alsof ze ter plekke uit de grond waren geschoten, was de kamer opeens vol met artsen. Van links en rechts werden vragen op me afgevuurd.

Ik liet het maar over me heen komen. Ik had nu al zo veel bereikt – ik was niet van plan om het vlak voor de finish op te geven. Op sommige vragen wist ik het antwoord, op andere improviseerde ik maar een beetje.

Vraag: 'Hoe ben je tot de conclusie gekomen dat mesotheline de biomarker is?'

Antwoord: 'Ik heb één voor één alle eiwitten onderzocht tot ik er een vond dat aan de criteria voldeed.'

Vraag: 'Hoe kwam je tot de conclusie dat nanobuisjes effectief zouden zijn?'

Antwoord: 'Ik ontdekte dat ik nanobuisjes kon mengen met

antilichamen om een netwerk te maken dat alleen reageert op mesotheline.'

Ze gingen maar door. Het was dodelijk vermoeiend. De ondervraging duurde bij elkaar twee uur en ik had het gevoel dat ik een jaar ouder was geworden.

Eindelijk was het afgelopen. Ik had het overleefd. Ik keek naar de gezichten van de artsen. Zo te zien beviel het ze wel.

En toen hoorde ik waar ik zo op gehoopt had.

'Oké, we gaan dit doen,' zei dr. Maitra.

Ik mocht zijn laboratorium gebruiken. Nou ja, het kwam erop neer dat ik een klein hoekje van het laboratorium kreeg toegewezen, plus een assistent die ervoor moest zorgen dat ik de boel niet in de lucht liet vliegen. Hoe dan ook: ik kon aan de slag. Het was wel duidelijk dat dr. Maitra een bijzondere arts was, maar dat iemand van zijn reputatie in de medische wereld de ideeën van een jongen van veertien serieus nam, liet zien dat hij ook echt een bijzonder mens was.

Mijn moeder had al die uren voor het ziekenhuis op me gewacht in de auto. Toen ik naar buiten liep, zag ik haar naar de ingang kijken.

Ik stak mijn duimen op en rende naar haar toe.

'Ik wist dat het je zou lukken, Jack!' riep ze door het raampje aan haar kant. 'Wanneer kun je beginnen?'

'Over tien dagen.'

De daaropvolgende week ging ik wel naar school, maar ik

zat met mijn gedachten natuurlijk alleen maar bij mijn nieuwe laboratorium. Stap voor stap liep ik mijn werkwijze nog eens door. Omdat ik het eiwit, mesotheline, al gevonden had, en ook een manier had ontdekt om het te testen, met mijn papierstrips, was ik er bijna zeker van dat ik het moeilijkste deel van mijn zoektocht achter de rug had. *Ik krijg het in één dag voor elkaar,* zei ik tegen mezelf. *Hoogstens twee.*

Mijn vader had me al geholpen met het in elkaar zetten van een plexiglazen testapparaat waarin ik de strips vast kon zetten, zodat ik de stroomsterkte kon aflezen. En van mijn moeder pikte ik een paar naainaalden om als elektrodes te gebruiken. Ik maakte dus ruimschoots gebruik van wat mijn ouders te bieden hadden!

Al op mijn eerste dag in het lab leerde ik iets nieuws. Ik bleek echt verschrikkelijk slecht in het doen van onderzoek. Een paar uur nadat mijn moeder me bij het laboratorium had afgezet, verpestte ik mijn experiment door over een buisje met cellen te niezen.

Echt waar. Wie doet nou zoiets?

Ik schaamde me zo dat ik mijn met snot besproeide plateautje met vervuilde kweekjes tussen een serie andere buisjes zette. Zo zou niemand mijn amateuristische geklungel opmerken. Dat je iets kunt verpesten door te niezen klinkt op zich wel grappig, maar het betekende wél dat er uren van hard werken verspild waren. Alleen maar omdat ik vergat mijn hoofd om te draaien of een tissue te gebruiken. Bovendien bleef dat niet de enige keer dat ik wel kon janken vanwege mijn genies. Korte tijd later zorgde mijn neus opnieuw voor een ramp.

Ik had heel zorgvuldig nanobuisjes gemaakt, het leek een beetje op zwarte tomatensoep, en zette de reageerbuisjes op een werkbank. En toen gebeurde het weer. Ik niesde zo hard dat de buisjes van de werkbank op de grond vielen.

Deze keer waren er wel mensen in de buurt. Alle onderzoekers keken me aan, terwijl ik maar stond te staren naar de zwarte vlek die zich over de grond verspreidde. Ik voelde me echt een idioot. Wat de meeste mensen niet weten over nanobuisjes is dat ze vlekken maken. De schoonmakers die 's avonds kwamen, hadden geen idee hoe ze die rotzooi van mij weg moesten krijgen. Die vlek zit er trouwens nog steeds, als een eeuwige herinnering.

Eindelijk dacht ik dat het beter ging – totdat ik zo'n drie maanden na mijn start in het lab over de losse veters van mijn rode gympen struikelde en tegen mijn reageerbuisjes met gekweekte cellen aan kwakte. Hulpeloos keek ik naar de buisjes die kapotvielen. Het had me twee maanden gekost om de MIA PaCa-2 cellen te kweken, de alvleesklierkankercellen voor mijn test. Nu moest ik helemaal opnieuw beginnen.

Mijn moeder zeurde me altijd aan mijn hoofd over mijn schoenveters. *Jij ook altijd met je losse veters. Daar krijg je nog een keer spijt van, Jack.*

Nou, reken maar.

Maar al mijn problemen waren nog niks vergeleken met mijn gevecht met de 'western blot'. De western blot, ook wel de eiwit-immunoblot genoemd – of wat mij betreft Het Grote Kwaad – is een biochemische techniek waarbij gebruik wordt gemaakt van gel-elektroforese om eiwitten te scheiden op grootte of 3D-vorm. De eiwitten worden overgebracht naar een membraan, waar ze zich hechten aan antilichamen die specifiek zijn voor het bedoelde eiwit.

Als je al hoofdpijn krijgt bij het lézen hiervan, moet je het maar eens proberen te dóén. Door de precieze hoeveelheden en de zorgvuldigheid die elke stap vereist, lijkt het wel een beetje op het spelletje Dokter Bibber. Elke keer dat ik ook maar het kleinste foutje maakte, of me verrekende, kon ik alles weggooien en moest ik weer opnieuw beginnen.

En mocht ik ooit de western blot onder de knie krijgen, dan wachtte er een volgende opgave die net zo lastig was: het mengen van de mesotheline-specifieke antilichamen met enkelwandige koolstof-nanobuisjes. Dat mengsel zou ik daarna aanbrengen op reepjes filterpapier om het papier geleidend te maken.

De volgende stap was om met behulp van een elektronenmicroscoop te controleren of het papier wel optimaal bedekt was. Als ik zo ver was gekomen zonder het te verknoeien, dan waren de MIA PaCa-cellen nu bedekt met mesotheline en konden ze getest worden met de papieren biosensor. Ik kon de resultaten van mijn experiment pas zien als ik de hoeveelheden elektriciteit die ik op de papierstrips had gemeten, in een grafiekje had verwerkt. Dan zou blijken hoeveel van de biomarker mesotheline in het bloed aanwezig was.

De meeste dagen dacht ik dat het me nooit zou lukken. Als ik mijn experimenten niet vervuilde met een niesbui of door ze om te gooien, liet ik mijn kweekjes wel per ongeluk koken in de incubator.

Omdat ik de jongste was in het lab, kon ik niet meedoen wanneer de artsen met elkaar over hun echtgenotes en kinderen praatten. Bovendien schaamde ik me voor mezelf. Ik geneerde me voor die zwarte vlek op de vloer, en ook dat ik pincetten 'knijpertjes' noemde. Iedereen moest daar hartelijk om lachen. Als de artsen tijdens de pauze aan de tafel naast het lab gingen zitten, nam ik mijn lunchpakketje mee naar het trappenhuis. Maar: dat was nog altijd beter dan de invaliden-wc op middle school.

Tijdens het eten in het trappenhuis dacht ik aan de 192 artsen die me hadden afgewezen. Ik vroeg me af of dr. Maitra al spijt had dat hij me in zijn laboratorium had toegelaten.

Misschien heeft dr. Maitra het wel gedaan omdat hij me zielig vond.

Als ik thuiskwam uit het lab was er soms nog een brief met een afwijzing.

Geachte heer Andraka,

Na enige tijd te hebben besteed aan de beoordeling van uw idee, ben ik tot de slotsom gekomen dat u moet overwegen nog een paar jaar aan uw studie te besteden.

Hoogachtend,
Dr. Zus en Zo

Hoe langer ik bezig was, hoe meer gaten ik in mijn oorspronkelijke theorie ontdekte. Na vijf zware maanden in het laboratorium kon ik als resultaat alleen maar de vlek van nanobuisjes op de vloer laten zien.

Op een dag ging ik naar mijn geheime plekje onder de trap en barstte ik in tranen uit. Ik voelde me echt de ongelukkigste onderzoeker van de hele wereld. Toen ik 's avonds thuiskwam, herlas ik op internet een stukje over de legendarische uitvinder Thomas Edison.

Op 10 december 1914 gingen tien gebouwen vol met Edisons kostbare experimenten in vlammen op. Een groot deel van Edisons levenswerk werd die nacht in de as gelegd. Hij was toen zevenenzestig, en veel mensen dachten dat Edisons dagen als groot Amerikaans uitvinder ook in rook waren opgegaan.

Maar terwijl Thomas naar de vlammen staarde die prototypes en onderzoeken van jaren verteerden, zei hij tegen een journalist van de *New York Times*: 'Ik mag dan al zevenenzestig zijn, maar ik begin morgen gewoon opnieuw. Ik ben vanavond echt afgebrand. Maar morgen zetten we onze schouders eronder en wordt het puin opgeruimd. Zodra het voldoende is afgekoeld, ga ik aan de slag om alles te herstellen. Er zit niets anders op,' ging Edison verder, 'dan de boel aan te pakken en weer op te bouwen.'

Edison deed er zelfs nog een schepje bovenop en zei dat de brand hem eigenlijk wel goed uitkwam. Omdat die 'oude troep' was verbrand, kon hij nu een groter en beter onderzoekslaboratorium laten bouwen, zei hij tegen zijn zoon. Nadat hij dit gezegd had, rolde hij zijn jas op tot een soort hoofdkussen, ging op een van de nog overgebleven tafels in het afgebrande laboratorium liggen en viel in slaap. Toen hij wakker werd zei hij: 'Een ramp kan heel nuttig zijn. Onze fouten gaan immers ook in vlammen op. Godzijdank kunnen we weer helemaal opnieuw beginnen.' Hij begon onmiddellijk met het herbouwen van zijn laboratorium zodat het snel weer in bedrijf kon gaan. Zijn personeel draaide dubbele diensten en produceerde meer dan ooit.

Het kwam niet alleen door Edisons genialiteit dat hij zich onderscheidde van de wetenschappers van zijn tijd. Het mooiste van dit verhaal vind ik dat Edison tegenslagen als een stimulans beschouwde. Drie weken na de brand vond Edison de fonograaf uit, het eerste apparaat waarmee geluiden konden worden opgenomen en afgespeeld.

Veel van de fouten die ik maakte kwamen door gebrek aan ervaring. Maar er waren ook dingen, zoals de fouten met de western blot, die me duidelijk maakten dat ik zorgvuldiger moest zijn en meer aandacht aan de details moest besteden. Ik deed mijn best om deze tegenslagen een positieve draai te geven. Elke fout, prentte ik mezelf in, bevatte een aanwijzing die me dichter in de buurt zou brengen van een methode om vroegtijdig alvleesklierkanker te ontdekken.

In die periode moest ik ook vaak denken aan wat oom Ted soms tegen me zei.

Rustig aan, Jack. Het komt allemaal goed.

Ik zette mijn schouders eronder en besloot meer uren te gaan draaien in het lab. Elke dag ging ik meteen na school aan de slag en werkte tot na middernacht, ook op zaterdagen. Ik at nauwelijks. En als ik eraan dacht dat ik iets moest eten dan at ik een pizza, of hardgekookte eieren en Twix-repen. Ook met Thanksgiving en Kerstmis werkte ik gewoon door. Als ik slaap kreeg ging ik onder de trap liggen, waar ik een matrasje had gemaakt van tijdschriften en kopieën van uitgeprinte tijdschriftartikelen. Met mijn hoodie als hoofdkussen deed ik dan een powernap. Ik vond het een prima verstopplek – tot ik op een keer wakker werd en dr. Maitra vol verbazing naar me stond te kijken.

'Hoi, dokter Maitra,' zei ik.

'Hallo, Jack,' zei hij, en hij liep hoofdschuddend weg.

Toen ik vijftien werd, kocht ik om het te vieren een paar feesthoedjes en kleurige serpentines en versierde mijn werkplek ermee. Het was weekend en er was verder niemand in het lab.

Op een avond eind december, na zeven uitputtende maanden op het lab, had ik het echt heel moeilijk. Hoe hard ik ook mijn best deed, het leek me niet te lukken om het proces tot een goed einde te brengen.

Ik had de procedure-checklist (die lijkt op een soort recept) uit mijn hoofd geleerd en hield een tissue bij de hand voor het geval ik plotseling moest niezen.

Het eerste wat ik altijd moest doen, was ervoor zorgen dat ik de juiste ingrediënten bij de hand had.

1. Mesotheline-eiwit
2. Een stuk of tien reageerbuisjes in een draagrekje
3. Een oplossing van fosfaatbuffer: een zoutoplossing op waterbasis bestaande uit natriumfosfaat en natriumchloride (keukenzout)
4. Een pipet, dat is een groot uitgevallen injectiespuit waarmee je chemicaliën kunt druppelen
5. Een stuk of tien van mijn zelfgemaakte, in nanobuisjes gedoopte papierstrips, elk zo groot als een halve pink
6. Een ohmmeter, een apparaatje waarmee je elektrische stroom kunt meten

Als ik alles klaar had liggen, kon ik aan de slag.

Ik begon met de koolstof-nanobuisjes, die eruitzien als een soort poederachtig zwart spul. Ongeveer een gram ervan deed ik samen met de antilichamen in een reageerbuisje om ze te vermengen.

Dat was behoorlijk lastig. Koolstof-nanobuisjes kleven aan elkaar en vormen bundeltjes. Je moet ze van elkaar losmaken door ze te bombarderen met ultrasone geluidsgolven, dat heet sonicatie. Het ultrageluid geeft trillingen waardoor de bundeltjes worden gescheiden en de buisjes voor proeven kunnen worden gebruikt.

Daarna maakte ik mijn teststrips door filterpapier in stukjes te knippen van vijf bij een halve centimeter en die in de soep van nanobuisjes-antilichamen te dopen. Elk stripje moest dertien keer in de vloeistof worden gedoopt en daarna gedroogd. Het had me twintig uur gekost om de eerste hoeveelheid te maken, want er zat zo veel vocht in de lucht dat ze maar langzaam droogden. Uiteindelijk ontdekte ik een manier om ze sneller te drogen: door ze in een vacuümbuis te stoppen en al het water eruit te zuigen. Deze methode wordt ook gebruikt om astronautenvoedsel te maken.

Toen de teststrips droog waren, bracht ik mijn mesothelinemonster erop aan om te kijken of het eiwit zou reageren op het netwerk van antilichamen. Om na te gaan welk resultaat dit had, bevestigde ik elektroden aan de strip en gebruikte de ohmmeter om de elektrische puls te meten. Het was een ongelooflijk nauwkeurig werkje. Elke stap kostte tijd en moest echt helemaal foutloos verlopen. Maar als mijn theorie klopte, dan zou de ohmmeter aangeven of de antilichamen op de papierstrips mijn biomarker hadden ontdekt.

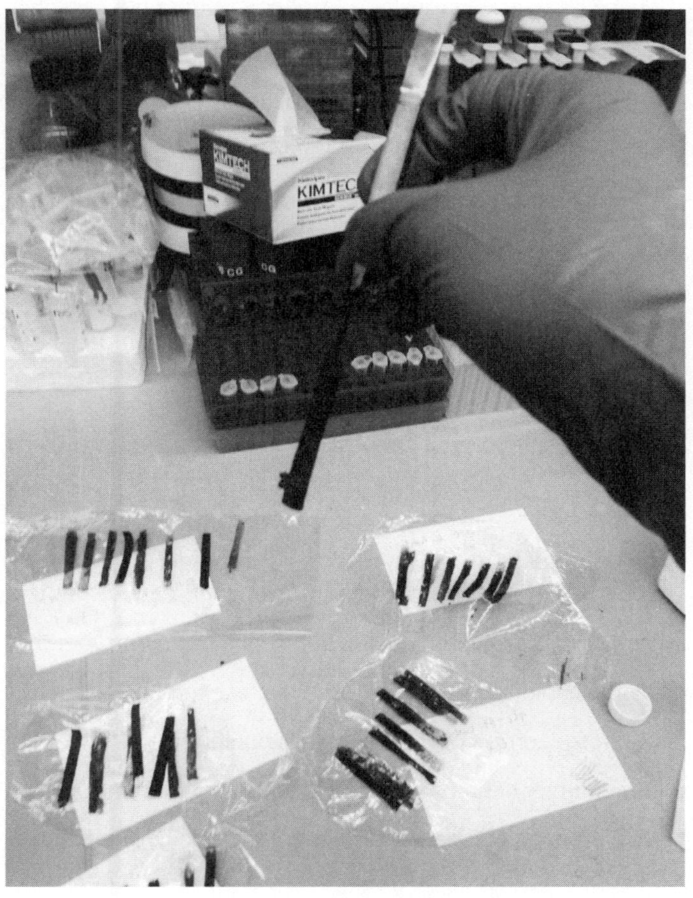

Mijn teststrips, bedekt met koolstof-nanobuisjes

Ik ging driftig aan de slag met de reactievergelijking. Ik maakte een grafiek van de stroomsterkten in samenhang met verschillende hoeveelheden eiwitoplossingen, op zoek naar de zogenaamde dosis-afhankelijke respons. Om te weten of ik een fout had gemaakt, moest ik eerst een hele serie afwerken.

Mijn eerste serie verpestte ik en ik kon weer opnieuw beginnen. Toen vervuilde ik mijn tweede serie ook. Ik besteedde nog drie uur aan de volgende serie, en ook die liep op niets uit.

Mijn moeder stond al die tijd op de parkeerplaats te wachten. Het was al laat. Ik was moe. *Misschien moet ik er maar mee ophouden,* dacht ik.

Ik besloot nog één poging te wagen. Voor de vierde keer begon ik met dit vermoeiende werkje: eerst de oplossingen maken, dan met een pipet eiwit uit de reageerbuisjes opzuigen, het eiwit druppelen op de in nanobuisjes gedompelde teststrips en als laatste mijn ohmmeter aansluiten om de reactie te bekijken.

Wacht! Wat is dit?

Toen ik de uitkomsten in de grafiek opschreef, was er iets anders dan anders. De getallen lieten zien dat mijn proef met de kleine papierstrips de biomarker had aangetoond!

Ik controleerde nog een keer de getallen. Het werkte. De ohmmeter mat het mesotheline-niveau in de oplossingen!

Mijn proef toonde het verband aan tussen de hoeveelheid eiwit in de oplossing en de verandering in de elektrische eigenschappen. Dat betekende dat de test gevoelig genoeg was om alvleesklierkanker op te sporen. De uitkomsten doorstonden alle testen!

Holy crap! Werkte het echt?

Ik ging helemaal uit mijn dak en rende schreeuwend rondjes door het kleine laboratorium. Waarbij ik trouwens wel uitkeek dat ik niets omstootte. Maar opeens bedacht ik: het is al zo laat… Stel je voor dat ik alleen maar gezien heb wat ik wílde zien, en niet wat er werkelijk aan de hand was?

Ik rende weer terug om nóg eens de uitslagen te bekijken. Met trillende handen pakte ik de ohmmeter op. Daar stond het – mijn theorie klopte.

Was het me gelukt?

Ik wilde het aan iemand vertellen, wie dan ook. Maar toen ik helemaal niemand zag besefte ik dat het al half drie was, en bovendien zondag. Iedereen was al uren geleden naar huis gegaan.

Mijn moeder! Ik moest naar mijn moeder!

Ik was mijn arme moeder helemaal vergeten. Ze stond nog steeds op de parkeerplaats; waarschijnlijk was ze tijdens het wachten in de auto in slaap gevallen. Ik stormde de deur uit en rende naar haar toe.

'Mam! Raad eens!' riep ik met een grote grijns op mijn gezicht.

Ze deed haar ogen open en lachte naar me. Ze kreunde.

'Het is me gelukt!' schreeuwde ik.

Als reactie begon ze te gillen. Ik gilde ook. We gilden allebei.

Razendsnel ging door mijn hoofd wat voor gevolgen dit zou hebben. Mijn papieren sensor kostte nog geen vijf dollarcent en de test duurde maar vijf minuten. Daarmee was hij sneller, goedkoper en gevoeliger dan de huidige testen. Ik kon heel veel levens redden.

Het voelde alsof ik droomde. Dat ritje naar huis, terwijl mijn moeder en ik om het hardst zaten te gillen, is een van de mooiste herinneringen van mijn leven. Het leek alsof ik zweefde.

Maar toen we de oprit op reden, kreeg ik toch een steek in mijn hart. Ik had mijn blijdschap het allerliefst willen delen met oom Ted. Als het gekund had, had ik hem gebeld en hem wakker gemaakt. Hij zou hier nog het meest van genoten hebben.

Ik wilde de hele nacht opblijven om over de toekomst na te denken, over wat deze ontdekking zou betekenen. Maar ik had mijn slaap nodig. De volgende dag moest ik tenslotte weer naar school.

Hoofdstuk 7
CANCER PAPER BOY

$C_6H_8O_7 + 3NaHCO_3 \rightarrow 3CO_2 + 3H_2O + 3Na^{+1} + C_6H_8O_7^{3-}$

Toen de volgende ochtend mijn wekker ging, had ik nog steeds mijn trui aan. Ik wist niet eens of ik wel echt had geslapen. Als een bliksemflits drong het tot me door wat er de vorige dag gebeurd was. Ik sprong uit bed.

Was het echt gebeurd?

Of had ik het gedroomd?

Had ik echt een test gevonden die werkte?

Ik ritste mijn rugzak open, die naast mijn bed stond, en haalde er het schriftje uit waarin ik mijn berekeningen had opgeschreven. Ik bladerde door de pagina's.

Daar stond het! Mijn grafiek met metingen van de elektrische stroom.

Ik pakte mijn rekenmachientje en rekende alles nog eens na.

Het klopte allemaal.

Ik rende naar beneden. Mijn vader was in de keuken. Ik kon aan zijn blik zien dat hij het wist.

'Is het laat geworden?' Hij glimlachte naar me over de rand van zijn krant.

Het was inderdaad laat geworden – en het zou niet de laatste keer zijn.

Ik had de aanwezigheid van mesotheline aangetoond in kunstmatige monsters, maar dat betekende niet dat ik klaar was met mijn laboratoriumwerk. Ik moest er nu nog achter zien te komen of mijn test ook de biomarker aantoonde in échte tumoren van de alvleesklier.

Ik stuurde een mailtje naar dr. Maitra om hem op de hoogte te brengen van mijn vondst in de kunstmatige monsters. En, heel belangrijk: om te melden dat ik nieuwe spullen nodig had voor proeven met menselijke tumoren. Hij antwoordde dat ik kon krijgen wat ik nodig had, maar eerst liet hij me weten dat hij trots op me was.

Wat een geweldige prestatie, Jack. Dit is echt fantastisch, schreef hij.

Maar de volgende stap was behoorlijk heftig, want hierbij moesten we gebruikmaken van levende muizen. Als eigenaar van een fret ben ik dol op alles wat klein en harig is. Het ergste was nog dat we de muizen later moesten laten inslapen met gas. Dat kon ik niet aanzien, dus ben ik de gang op gelopen.

In januari lukte het me om hetzelfde te doen met menselijke monsters als met kunstmatige. Nu moesten we in een hogere versnelling. Dat jaar werd de International Science and Engineering Fair gehouden op 12 mei, in Pittsburgh, Pennsylvania. Dat betekende dat ik nog vier maanden had om me voor te bereiden.

Ik had al jaren over deze beurs gedroomd. Het was de grootste wetenschapsbeurs voor middelbare scholieren ter wereld. Voor mij was het de Super Bowl, de NBA-finale, het WK voetbal, de Stanley Cup en de Olympische Spelen bij elkaar – en dan nog met drie vermenigvuldigd.

De ISEF is echt veel meer dan een wetenschapsbeurs. Het is een zes dagen durend feest van natuurkunde, wiskunde en techniek, waar jonge onderzoekers bij elkaar komen en hun ideeën en ervaringen uitwisselen. Zo'n beetje mijn idee van de hemel op aarde.

De competitie bij de ISEF is heftiger dan wat ik ooit heb meegemaakt. De deelnemers worden gekozen uit zeven miljoen middelbare scholieren van over de hele wereld. Alleen de 1800 winnaars van plaatselijke, regionale en landelijke competities mogen meedoen. Al deze jongeren brengen fantastische projecten mee die stuk voor stuk aandacht verdienen. Ik kon geen betere plek bedenken om mijn ontdekking wereldkundig te maken.

Zodra ik mijn werk in het lab had afgerond, ging ik me

voorbereiden op de wetenschapsbeurs. De truc van een goede presentatie is dat je een ingewikkeld wetenschappelijk verhaal zó weet te brengen dat mensen erdoor geboeid raken. Maar ik wilde niet zomaar een goede presentatie, ik wilde een gewéldige presentatie. Ik gaf mijn project de titel: 'Een nieuwe papieren sensor voor de detectie van alvleesklierkanker'.

Ik vond dat ik eerst nog wat moest oefenen voordat ik mijn project op de ISEF zou presenteren. Ik ging op zoek naar andere beurzen en probeerde er een paar te vinden die binnen mijn schema pasten en toch genoeg tijd boden om me voor te bereiden en mijn reis te plannen. Om optimaal warm te draaien voor de ISEF wilde ik er zo veel mogelijk bezoeken.

Ik begon met de Hopkins Science Competition. Ik was daar nog nooit geweest, maar ik wist wel dat deze beurs een indrukwekkende reputatie had. Het was een goede test om te kijken of mijn project was opgewassen tegen de harde concurrentie. Ik moest het hier opnemen tegen briljante, afgestudeerde onderzoekers die ouder waren dan ik en veel meer ervaring hadden.

Nadat ik mijn standje had opgesteld, zag ik nogal wat gezichten die me bekend voorkwamen, maar ik kon ze aanvankelijk niet thuisbrengen. Plotseling drong het tot me door dat dit de artsen waren die me hadden afgewezen. Daar waren ze dan, rondscharrelend over de beursvloer, terwijl ze her en der bemoedigende schouderklopjes uitdeelden aan tegenstanders van mij, van wie ze de mentor waren. Sommigen zaten zelfs in de jury.

Ik voelde mezelf rood worden van woede toen ik terugdacht aan al die botte afwijzingen. Ze hadden de vloer aangeveegd met mij en mijn idee. Ik zou ze weleens laten zien dat ik niet een of ander jongetje was dat hun tijd had verspild. Mijn ideeën déden ertoe. Maar toen de prijsuitreiking begon, was ik ervan overtuigd dat ze allemaal tegen me zouden zijn. Dat mijn ontdekking niet serieus zou worden genomen vanwege mijn jonge leeftijd. Ik was dan ook stomverbaasd toen bekend werd gemaakt dat ik gewonnen had. En aan de gezichten van mijn ouders te zien, was ik niet de enige.

Even had ik het idee dat deze artsen toch wel meevielen. Ik bleef een beetje treuzelen en hoopte dat een van hen me zou feliciteren met mijn overwinning. Maar er kwam niemand naar me toe.

Het was natuurlijk geweldig dat ik had gewonnen, maar de ISEF was het allerbelangrijkst. Als ik wilde dat mijn project niet alleen een theorie zou blijven maar ook echt in praktijk zou worden gebracht om mensen te helpen, dan moest ik de steun hebben van de wetenschapswereld.

Ik was nog steeds trots op de projecten die ik tijdens middle school had ontwikkeld, maar niet één daarvan was in praktijk gebracht. Als ik er nu voor kon zorgen dat andere onderzoekers zouden zien wat ik had gedaan op het gebied van alvleesklierkanker, zo dacht ik, dan kunnen ze mijn project misschien verder de wereld in helpen.

Intussen had ik op school het gevoel dat ik een dubbelleven leidde. Ik volgde de lessen, ik maakte mijn huiswerk en hing een beetje rond met Chloe. Alles leek rustig zijn gangetje te gaan, maar in mijn hoofd was het een gekkenhuis.

Deze test kan levens redden.

Deze test kan een eind maken aan de alvleesklierkanker zoals we die nu kennen.

Als deze test eerder beschikbaar was geweest, had oom Ted misschien nog geleefd.

Ik dacht alleen nog maar aan de ISEF. In de klas was ik met mijn hoofd niet bij de lessen en herhaalde ik in gedachten steeds weer het praatje dat ik voor mijn project ging houden.

'Jack, heb je nagedacht over het algoritme?'

'Eh...'

'Jack, let je wel op?'

'Sorry.'

Op school ging alles in een waas aan me voorbij. Maar toen kwam eindelijk de dag dat mijn moeder en ik in onze gebutste stationcar op weg naar Pittsburgh gingen. Mijn vader en mijn broer kwamen later achter ons aan.

Het was al laat toen we in onze hotelkamer arriveerden, maar toen ik eenmaal in bed lag kon ik niet in slaap komen.

Ik moest steeds maar denken aan de video's van de ISEF-prijsuitreikingen van de afgelopen jaren. Toen ik de volgende ochtend aan het ontbijt zat, kon ik van de zenuwen geen hap door mijn keel krijgen.

Zodra ik de congreszaal binnenliep, voelde ik weer dezelfde opwinding als toen ik met Luke mee mocht. Dit was mijn droom. Ik liep meteen door naar de inschrijfbalie.

En toen gebeurde een ramp. Het begon met een heel eenvoudig vraagje.

'Mag ik je ID-kaart zien?'

Ik wist dat iedere deelnemer een ID-kaart moest hebben om aan de beurs te mogen meedoen. Ik keek in mijn portemonnee. Daar zat hij niet. Ik keek mijn moeder aan. Ze keek mij aan. Niets. Ik had zo veel tijd in de voorbereiding op deze beurs gestoken, dat ik iets heel simpels vergeten was: ik moest ook nog bínnen zien te komen.

'Ik ben mijn ID vergeten,' zei ik.

Ik glimlachte hulpeloos en zielig, maar de zakelijke ISEF-medewerkster gaf geen krimp.

'Sorry, ik mag je zonder ID niet binnenlaten,' zei ze vriendelijk maar beslist. 'Dat zijn de voorschriften.'

Ik haalde diep adem. Ik zou nu echt niet teruggaan. Dit moest gewoon opgelost worden. 'Alstublieft...' zei ik. 'Zullen er nu echt zo veel slechte mensen zijn die bij een wetenschapsbeurs proberen binnen te komen?' Ik produceerde een neplachje. Maar ze vertrok geen spier.

Terwijl ik nu eigenlijk bezig moest zijn met de voorbereiding van mijn presentatie, kostte het me een uur om het ISEF-personeel ervan te overtuigen dat ik hier hoorde. De medewerkster verdween samen met een man achter een geheimzinnig gordijn. Ze bleven een eeuwigheid weg. Toen ze eindelijk terugkwamen, kreeg ik mijn inschrijvingspapieren.

'Veel succes, meneer Andraka.'

Ik hing de officiële ISEF-badge om mijn nek en slaakte een diepe zucht van verlichting. Opeens leek alles heel echt.

Ik werd voorgesteld aan mijn beurscoördinator, Valerie. Alle deelnemers kregen een beurscoördinator toegewezen, die ons de hele week zou begeleiden. Valerie gaf me een rondleiding en bracht me naar de plek waar ik mijn standje kon inrichten.

Op de eerste dag van de beurs kregen alle deelnemers een hokje in de congresruimte toegewezen om hun experimenten te laten zien. Het geheim van een goede stand is dat alles er aantrekkelijk uitziet én makkelijk te begrijpen is. Ik gebruikte veel kleurige afbeeldingen en splitste mijn presentatie op in verschillende onderdelen: de diverse gebruikte methodes en data-analyses. Ik had ook een plekje ingeruimd voor de opsporing van mesotheline met behulp van antilichamen.

Ik voelde me best zeker van mezelf, maar dat ging snel over toen ik een kijkje nam bij de andere projecten.

Deze jongen heeft voor een doorbraak gezorgd op het gebied van alzheimer? Hoe moet ik dat in vredesnaam overtreffen?

Dat meisje had een nieuwe eiwitcascaderoute ontdekt. Ik weet niet eens wat een eitwitcascaderoute is.

Toen ik die avond in bed lag en in gedachten nog eens langs al die andere projecten ging, werd ik steeds onzekerder over mijn eigen project. Maar zodra ik 's ochtends mijn ogen opendeed was alles weer in orde. Op de tweede dag mochten we oefenen op onze presentatie en voor de laatste keer onze standjes controleren. Terwijl ik voor mijn standje stond te oefenen, kwamen twee jongens, Bradley en Owen, naar me toe lopen om mijn project te bekijken. Ze woonden allebei in New Jersey en we konden meteen goed met elkaar opschieten. We spraken af dat we 's avonds met elkaar naar de speldjesbeurs zouden gaan.

De speldjesruilbeurs van de ISEF leek een beetje op die van de Olympische Spelen. Ook hier ruilden deelnemers van over de hele wereld speldjes uit hun eigen land met elkaar. Ik had een stuk of twintig speldjes uit Maryland meegenomen. Ze hadden de vorm van Maryland, en de vlag van de staat stond er ook op. Verder had ik nog wat van die glazen 'sneeuwbollen' met tafereeltjes uit Maryland bij me. Ik deed goede zaken en wist alles te ruilen voor een Mexicaanse sombrero en een hele vracht interessante speldjes.

Na de ruilbeurs ging ik met mijn kersverse vrienden naar de American Eagle Club, die door Intel was afgehuurd en waar een gigantisch feest werd gegeven. Misschien denk je dat een dansfeest met wetenschapsfans wel een saaie boel zal zijn. Maar dan vergis je je. De dansvloer was al heel snel één grote *moshpit*. Bradley, Owen en ik gingen helemaal uit ons dak. We kwamen niet meer bij toen we bedachten dat het wel leuk zou zijn om bij het dansen ballonhoeden van DNA-vormen op te zetten.

Het was al laat toen we het feest verlieten en terug naar onze kamers gingen. Onderweg zei Owen dat vroegere ISEF-winnaars altijd van die strakke gezichten hadden op de video's die hij van de prijsuitreiking had gezien. Sommige lachten niet eens!

'Wat raar,' zei ik. 'Het is zo ongeveer het mooiste moment van je leven. Dat mag je toch wel laten zien?'

'Als ik zou winnen, dan ging ik met radslagen het podium op,' zei Owen.

We schoten in de lach. We spraken met elkaar af dat als een van ons een prijs zou winnen, hij zich niet zou inhouden. Het was al bijna drie uur 's nachts toen ik uiteindelijk in bed lag. Ik was bekaf van al het dansen en lachen.

Het eerstvolgende dat ik me herinner, is geklop. Eerst dacht ik dat ik het me verbeeldde en dat mijn hoofd bonkte. Maar toen bleek dat er op de deur werd geklopt.

'Jack, waar blijf je? Je komt te laat!' riep Valerie achter de deur.

O shit!

Het was de belangrijkste dag van de beurs – vandaag ging de jury alles beoordelen. Door te weinig slaap en dat gehos op de dansvloer had ik het gevoel dat ik door een vrachtwagen overreden was. Ik wilde Valerie antwoord geven en zeggen dat ik eraan kwam, maar dat ging niet. Ik was mijn stem kwijt. Er kwam alleen wat schor gepiep uit mijn keel.

Ik raakte in paniek. Inmiddels kon ik best functioneren met weinig slaap, maar gebarentaal kende ik helaas niet.

Ik deed de deur open en liet haar binnen. Valerie was heel doortastend. Ze wierp één blik op me en zei toen dat ik onmiddellijk elektrolyten nodig had. Twee minuten later kwam ze terug met drie flesjes van de sportdrank Gatorade.

'Drink op,' zei ze.

Ik haastte me naar de congresruimte terwijl ik de drankjes zo snel als ik kon naar binnen klokte. Zodra ik weer genoeg vocht binnen had, kwam mijn stem terug. Net op tijd.

Dankzij Valerie!

Het leukste van elke beurs vond ik het presenteren van mijn idee. Ik was er inmiddels achter dat er geen truc of handigheidje voor nodig was; het kwam neer op een paar richtlijnen:

Oogcontact houden.

Big smile.

Goede houding.

Maar het belangrijkste was gedrevenheid, passie – die kon

je nergens door vervangen. Zodra de deuren van de beurszaal opengingen en de mensen binnenstroomden, ging ik voor mijn standje aan de slag.

'Hoi, ik ben Jack Andraka. Ik kom uit Crownsville, Maryland, en ik ben vijftien jaar. Ik zit in de eerste klas van high school.'

Ik deed erg mijn best om duidelijk en beknopt te zijn, alsof ik een soort marktkoopman was die aan zo veel mogelijk mensen mijn belangrijke wetenschappelijke waar wilde slijten.

'In de kern komt het erop neer dat ik een papieren sensor heb gemaakt die een groot aantal ziektes kan opsporen. De belangrijkste zijn alvleesklierkanker, eierstokkanker en longkanker. Dit zijn stuk voor stuk levensbedreigende ziektes, waarbij het heel belangrijk is dat ze in een vroeg stadium worden ontdekt, want dan zijn de overlevingspercentages het hoogst. Ik heb me speciaal op alvleesklierkanker gericht vanwege de zeer lage overlevingspercentages.

Mijn papieren sensor bestaat uit enkelwandige koolstofnanobuisjes van één atoom dik, die ik vermengd heb met antilichamen voor een kankerbiomarker die mesotheline heet.'

Het werd steeds drukker bij mijn standje. Ik herinnerde me nog van de keer dat ik hier met Luke was, dat je zo veel mogelijk mensen naar je standje moest zien te lokken. Als je eenmaal een klein groepje had, dan ontstond er een soort kettingreactie en werden het er steeds meer. En hoe groter de groep bij je standje werd, hoe meer je de aandacht trok van de jury.

Ik ging verder: 'Toen ik dit vergeleek met de huidige manier van eiwitten signaleren, was mijn test veel sneller, ongeveer zesentwintigduizend keer goedkoper en ongeveer vierhonderd keer gevoeliger. Een blind onderzoek wees uit dat de test 100 procent correct de diagnose van alvleesklierkanker had gesteld – en wel vóórdat de kanker zich had kunnen uitzaaien.'

Toen ik klaar was met mijn praatje, mocht iedereen vragen stellen. Ik hoefde mezelf er niet eens aan te herinneren dat ik moest glimlachen. Dat ging vanzelf!

Ik was helemaal niet zenuwachtig. Dit was het resultaat van al die uren gezwoeg, en ik vond het heerlijk dat ik nu de kans kreeg om over mijn project te praten. Dat ik urenlang steeds maar weer alles moest herhalen, maakte me af en toe wel wat moe – maar de verstandige vragen die werden gesteld, gaven me steeds weer energie. Ik voelde dat mijn publiek ook enthousiast was. Opeens zag ik een aantal juryleden bij mijn standje staan. En ook de twee juryvoorzitters van mijn categorie. Dat was wel een heel goed teken.

Aan het eind van de dag was de beoordeling achter de rug. Er zat nu niets anders op dan af te wachten.

De volgende twee dagen waren er twee aparte prijsuitreikingen. Eerst was het de beurt aan de speciale prijzen die toegekend werden door wetenschappelijke instituten, organisaties en het bedrijfsleven. De dag daarop ging het om de eerste tot de vierde plaats in elke categorie. De winnaars van de categorieën streden vervolgens om de algemene hoofdprijzen, waaronder de Gordon E. Moore Award.

Om de spanning op te bouwen, hadden de organisatoren een publieke bezichtiging van zes uur ingelast voordat de prijzen werden uitgereikt. Ik vroeg me af hoe ik genoeg vocht binnen moest krijgen in die zes uur, want ik kon natuurlijk niet even bij mijn standje weg om bijvoorbeeld naar de wc te gaan. Maar die gedachte verdween al snel toen ik merkte dat er voortdurend een drom geïnteresseerde mensen bij mijn standje stond. Hoewel de andere deelnemers net zo competitiegericht waren als ik, vonden ze me toch aardig. Ze hadden me de bijnaam 'Cancer Paper Boy' gegeven. Die vond ik heel wat leuker dan de bijnamen die ik op middle school had gehad.

Vlak voor de uitreiking van de speciale prijzen kwam ik een paar vrienden uit het wiskundekamp tegen. Ik ging bij ze zitten, maar was te zenuwachtig om veel te zeggen. Het was echt een marteling om op de uitreiking te moeten wachten. Toen Luke destijds de speciale prijs had gewonnen, was dat een hele gebeurtenis geweest in ons stadje. Zoiets wilde ik natuurlijk ook heel graag. Maar toen ik zag waarmee ik moest concurreren, hield ik meteen rekening met een teleurstelling. Iemand had zelfs een atoomreactor gemaakt!

Bij de toekenning van de eerste prijzen won ik een speciale prijs van drieduizend dollar! Ik dacht meteen aan de afspraak die ik met Owen en Bradley had gemaakt en ging helemaal los.

Ik rende naar de presentatrice en gaf haar een geweldige knuffel. Ik keek naar het publiek. Ik wilde de triomf van mijn onderzoek delen met mijn ouders en mijn broer. Mijn moeder had tranen in haar ogen en zat wild te applaudisseren. Ik rende in haar gespreide armen.

'Waar zijn pap en Luke?' vroeg ik.

Mijn moeder keek me aan. Ik kende die blik.

'Ze zijn te laat,' zei ze alleen.

Ik wist dat Jane Andraka die twee straks de volle laag zou geven.

'Ik vind het heel vervelend, Jack,' zei ze.

Maar ik vond het niet zo erg. Ze hadden wel het belangrijke moment gemist, maar we hadden alles op video. Die zou ik op weg naar huis steeds opnieuw afspelen. En dan moest Luke er de hele tijd naar kijken.

Toen mijn vader en mijn broer er eindelijk waren en ik ze mijn prijs liet zien, wierp mijn moeder hun haar dodelijkste blik toe. Maar ik was nog niet klaar. Het bleek dat er nog meer belangrijke momenten kwamen. In de loop van de avond won ik verschillende speciale prijzen. En ik stond er inmiddels om bekend dat ik presentatoren (ook een legersergeant die heel nors keek) dikke knuffels gaf en als een dolle in de rondte rende.

Ik viel bijna flauw toen ik naar voren moest komen om de Google Thinking Big Award in ontvangst te nemen. Deze prijs werd toegekend aan een project dat gericht was op een groot en misschien wel onoplosbaar vraagstuk. Mijn moeder was toen wel min of meer uitgeklapt. Mijn vader sloeg steeds maar zijn arm om me heen. Hij was enorm enthousiast en trots, en ook heel blij dat mijn moeder nu even vergat om kwaad op hem te zijn.

Aan het eind van deze geweldige avond ging ik weg met wel zes speciale prijzen, net zo veel als het ISEF-record van mijn heldin Amy Chyao! Ik, Jack Andraka, had de meeste speciale prijzen van de avond gewonnen.

De volgende dag was de bekendmaking van de winnaars in de verschillende categorieën. Ik keek naar mijn concurrenten op het gebied van de geneeskunde. Ik zag mijn vriend Owen uit New Jersey, die zulk baanbrekend onderzoek had gedaan op het gebied van alzheimer, en ik dacht meteen: hij wordt het en hij verdient het ook.

Maar toen werd mijn naam omgeroepen. Dat was op zichzelf al een enorme eer, maar nu mocht ik ook meedoen aan de competitie voor de allergrootste prijs: de Gordon E. Moore Award. De winnaar daarvan werd niet alleen geselecteerd op basis van uitstekend onderzoek, maar ook op de potentiële mogelijkheden die het onderzoek bood, zowel op wetenschappelijk gebied als in de praktijk.

Toen het tijd was voor de grote finale, het hoogtepunt van alles, ging iedereen naar de grote zaal. Mijn categorie zou als een van de laatste aan de beurt komen. Ik moest dus nog urenlang wachten terwijl de andere winnaars een voor een het podium op kwamen. Ik zat zo boordevol adrenaline dat ik echt moeite moest doen om niet af en toe keihard te gaan schreeuwen.

Eindelijk was het zover. Ik zat op het puntje van mijn stoel en durfde bijna niet adem te halen. De presentatrice liep het podium op en pakte de microfoon.

'De derde plaats bij de Gordon E. Moore Award gaat naar... Nicholas Schiefer.' Dat was een jongen van zeventien uit Canada die een baanbrekende ontdekking had gedaan op het gebied van 'microsearch': de mogelijkheid om kleine hoeveelheden informatie op te zoeken, zoals tweets of een bijgewerkte status op Facebook. Dit zou ooit een revolutie kunnen betekenen voor de manier waarop we toegang tot informatie hebben. Het was wel ingewikkelde materie en moeilijk te begrijpen.

'De tweede prijs van de Gordon E. Moore Award gaat naar... Ari Dyckovsky.' Ik kon gewoon niet geloven dat hij tweede werd. Ik had gedacht dat Ari's project de eerste prijs zou krijgen. Deze jongen van achttien uit Virginia had ontdekt dat als atomen met elkaar verbonden worden via een proces dat 'kwantumverstrengeling' heet, de informatie van het ene atoom ook opduikt in het andere, zelfs als de kwantumstaat van het eerste atoom is vernietigd. Met behulp van deze methode konden organisaties die een hoog niveau van beveiliging nodig hadden, zoals de Nationale Veiligheidsdienst, gecodeerde berichten versturen zonder het risico te lopen dat die werden onderschept. De informatie hoefde namelijk niet meer naar zijn plek van bestemming te 'reizen', maar zou daar simpelweg verschijnen.

Nu wist ik het niet meer. Wie had deze jongen verslagen? De twee prijswinnaars stonden op het podium te stralen en keken naar al die andere leerlingen uit zeventig landen die in het publiek zaten.

Ach natuurlijk, de jongen die de atoomreactor had gemaakt. Díe heeft gewonnen.

'De winnaar van de Gorden E. Moore Award 2012, van vijfenzeventig duizend dollar, in de...

categorie...

genees...

Geneeskunde! Dat ben ik!

DAT BEN IK!

Het lukte me niet te wachten tot de presentatrice haar zin had afgemaakt. Mijn lichaam ging helemaal zijn eigen gang. Ik stak mijn armen omhoog en sprong op uit mijn stoel.

Schreeuwend en buiten adem rende ik naar het podium.

Ik keek naar het enorme tv-scherm. Daar stond het, in grote vette letters: *Jack Thomas Andraka!*

Dat ben ik!

Ik zag mezelf op het gigantische scherm naar het podium rennen.

Ik ren naar het podium om de Gordon E. Moore Award in ontvangst te nemen.

Ik hoorde muziek, applaus. Ik moest mezelf eraan herinneren om adem te halen.

Toen ik het podium op kwam, viel ik op mijn knieën en boog voor de presentatrice. Ze lachte en probeerde me de prijs te geven. Ik kwam overeind en gaf haar zo'n enorme knuffel dat ze met haar voeten van de grond kwam.

Ik pakte de prijs aan en draaide me om naar het publiek. Ik was nog steeds aan het gillen, ik kon niet ophouden. Achter me kwam confetti naar beneden. En toen kwam de officiële bekendmaking.

'Dames en heren, mag ik u nu de winnaar voorstellen van de Intel Science and Engineering Competition 2012.'

Nog meer confetti dwarrelde neer. Ik zag bekende gezichten

in het publiek. Ik zag mijn nieuwe vrienden uit New Jersey, en ook een paar maten uit het wiskundekamp. Ik kon mijn vader zien, die helemaal ontroerd was. En mijn moeder, die stralend naast hem zat. En ook Luke keek trots.

Ik huilde met mijn mond open. Terwijl ik daar op het podium stond, dacht ik aan al die uren in het laboratorium. Aan de nachten dat ik alleen was met de western blot. En ik dacht aan de zwarte vlek die ik op de vloer had gemaakt. Ik herinnerde me hoe het voelde toen iedereen een hekel aan me had, toen ik gepest werd en buitengesloten. Maar ik dacht ook aan dr. Maitra, die me een kans had gegeven. Ik dacht eraan hoeveel ik van mijn ouders en mijn broer hield. Met hun steun was het me gelukt om onder die dikke depressiedeken vandaan te kruipen, en daardoor stond ik nu hier. Ik dacht aan oom Ted – en dat je van iemand kunt blijven houden ook als hij er niet meer is.

Ik kon het bijna niet aan. Twee jaar geleden wilde niemand bij me zitten tijdens de lunchpauze, en nu werd ik omringd door jongens en meisjes die ik zelf bewonderde en die mij om een handtekening vroegen.

Gefeliciteerd, Jack!

Hoe voel je je?

Mag ik je handtekening, Jack?

Er kwam een man van middelbare leeftijd naar me toe. Hij was geen jurylid, maar een gast. In tegenstelling tot de andere mensen om me heen keek hij heel ernstig.

'Ik wil je bedanken,' zei hij en hij pakte mijn hand.

'Waarvoor?' vroeg ik.

Hij zweeg even. Ik zag dat hij erg ontroerd was.

'Zes jaar geleden is mijn grote liefde overleden aan alvleesklierkanker,' zei hij. De tranen liepen over zijn wangen. 'Maar toen ik zo naar jou keek en je hoorde praten... voel ik weer zoiets als hoop.'

Ik sloeg mijn armen om deze onbekende man heen en omhelsde hem stevig. Ik vertelde hem over oom Ted en hoeveel hij voor me had betekend.

'Ik weet zeker dat hij trots op je is,' zei hij en hij kneep nog even in mijn hand voordat hij wegliep.

Na afloop van de festiviteiten gingen we met het hele gezin kajakken op de Potomac-rivier. Terwijl ik door de stroomversnellingen laveerde, liet ik door mijn hoofd gaan wat er in die week allemaal gebeurd was. En opeens werd ik overvallen door emotie toen ik besefte dat ik zo veel geweldige dingen had meegemaakt, inclusief het winnen van de Gordon E. Moore Award, maar dat niets me zo geraakt had als wat die onbekende man tegen me had gezegd.

Hoofdstuk 8

OMG, WE HEBBEN MORLEY SAFER VERMOORD

Tweeënzeventig uur nadat ik de Gordon E. Moore Award had gewonnen, lukte het me eindelijk om mijn telefoon te checken. Die was namelijk al dagen aan het trillen en liep over van de meldingen. De meeste waren van volkomen vreemden, die mijn naam hadden gegoogled, mijn Facebook- of Twitter-account hadden gevonden en me wilden laten weten hoe geweldig ze het vonden. De berichten varieerden van simpelweg 'Great job' tot het niet kunnen geloven.

Heb je echt een manier gevonden om alvleesklierkanker te voorkomen?

Ben je echt nog maar vijftien?

Hoe heb je het gedaan?

In het begin probeerde ik elk bericht te beantwoorden, maar toen ze maar bleven binnenkomen kon ik het niet meer bijhouden. Bovendien had ik nog andere dingen aan mijn hoofd. Ik moest de pers te woord staan.

Gek genoeg kreeg de winnaar van de ISEF meestal niet heel veel aandacht in de media. Ik wist dat de plaatselijke krant me zou interviewen en een leuk artikeltje aan me zou wijden, net als toen Luke de speciale prijs van de ISEF won. Maar over het algemeen was het geen groot nieuws.

We waren net met de auto terug in Crownsville toen we een telefoontje kregen met het eerste verzoek voor een interview. Het ging om het tv-programma *Early Start* van CNN. Toen mijn moeder me dit vertelde, kreeg ik helemaal slappe knieën. De productiemedewerkers wilden weten of ik samen met mijn moeder een dag eerder naar New York kon vliegen. Er was een overnachting in een luxe hotel geregeld. Daar hoefden we natuurlijk niet lang over na te denken.

Het grote interview stond gepland voor 23 mei, een week na de prijsuitreiking. Toen we ons bij de receptie van het hotel meldden, vertelden de mensen achter de balie ons dat alles wat we bestelden door CNN zou worden betaald. Daar maakten mijn moeder en ik dankbaar gebruik van! We bestelden bij de roomservice meteen heerlijke cheeseburgers.

De volgende ochtend stond er een zwarte auto voor de deur om ons naar het hoofdkantoor van CNN te brengen. Daar werden we in de hal opgehaald en naar een kamer gebracht die vol stond met donuts, muffins en van die kleine flesjes drinken, die wij nooit kochten omdat we ze te duur vonden.

'Voor wie is dit allemaal?' vroeg ik aan mijn moeder.

We keken om ons heen. Er was verder niemand anders in de kamer.

'Voor ons, denk ik,' zei ze.

Ik pakte twee flesjes chocomel en dronk ze achter elkaar op. Ik ben dol op chocomel. Jammer genoeg had ik mijn rugzak niet meegenomen, anders had ik daar nog wat voor onderweg in kunnen stoppen. Voordat ik aan de geglazuurde donuts kon beginnen, kwam een productiemedewerker met een futuristische headset op z'n hoofd naar me toe om te zeggen dat ik naar de make-up moest.

Ik keek mijn moeder aan. Ze moest lachen om de uitdrukking op mijn gezicht. Ik liep met de productiemedewerker mee naar een soort schoonheidssalon, waar ik in een stoel moest gaan zitten. Hij draaide me om naar de spiegel zodat ik naar mezelf kon kijken. Een vrouw die zo uit een modetijdschrift leek gestapt, begon mijn gezicht te plamuren met een dikke laag poeder die een beetje naar zwavel rook. Toen mijn make-up klaar was, moest ik lachen om mijn nieuwe roze look. Showtime!

Onderweg naar de set waren de lampen zo heet en fel dat ik bang was dat ik zou gaan zweten. Grote kans dat mijn make-up dan in een harde korst veranderde, waardoor ik alleen nog maar een soort grimas op mijn gezicht had. De productiemedewerker nam me mee naar een stoel en even later werd ik voorgesteld aan de gastvrouw, Alina Cho.

Alina ging tegenover me zitten en bladerde door een pak papier om nog wat aantekeningen door te lezen. Een man achter de camera vóór ons begon af te tellen: vijf, vier – en bij drie ging hij over op handgebaren – *twee, een*... en toen wees hij op ons.

Op de camera ging een groen lampje branden. Na een korte inleiding waren we live.

Alina vuurde haar eerste vraag op me af.

'Vertel eens, hoe ben je op het idee gekomen? Ik heb begrepen dat het iets te maken had met een goede vriend van de familie.'

Oei, dat was lastig, en ik moest even flink slikken. Ze glimlachte naar me. Mijn moeder zat ergens achter me, buiten beeld. Een tweede camera draaide in een cirkel van 360 graden om me heen. Natuurlijk was ik zenuwachtig, maar ik had deze zinnen al zo vaak herhaald op de wetenschapsbeurzen dat ik min of meer op de automatische piloot kon gaan.

'Toen een heel goede vriend van de familie aan alvleesklierkanker overleed, raakte ik geïnteresseerd in het vroegtijdig ontdekken van deze ziekte. Het sterftepercentage van alvleesklierkanker is heel hoog omdat de ziekte niet in een vroeg stadium wordt ontdekt.'

Zodra ik begon te praten, verdwenen mijn zenuwen als sneeuw voor de zon. Ik genoot van het gesprek. Toen werd de video vertoond met mijn reactie op het winnen van de prijs.

'Helemaal te gek,' zei Alina Cho lachend. 'Ik heb die beelden nu al een paar keer bekeken.'

Dit was echt een heel vreemd moment, net alsof ik buiten mijn lichaam was getreden. Ik werd voor de televisie geïnterviewd terwijl ik naar mezelf keek op een klein tv-schermpje. Tegelijkertijd moest ik mijn reactie hierop geven, en dat werd natuurlijk ook weer op tv uitgezonden. Mijn moeder volgde alles vanaf de zijlijn. Mijn vader en mijn broer zaten thuis te kijken, net als duizenden andere mensen.

Op een gegeven moment bedankte Alina me voor mijn komst – en toen was het voorbij. Ik vond het een fantastische ervaring, maar ik was ook erg opgelucht dat ik niet had zitten stotteren. Na al die uren van reizen, make-up en andere voorbereidingen was het toch wel raar dat het interview zelf maar een paar minuten had geduurd. Ik werd snel mee de studio uit genomen en mijn moeder kwam naar me toe.

'Jack, ik ben zo trots op je,' zei ze. 'Je deed het geweldig!'

Op de terugweg naar Crownsville raakten we er niet over uitgepraat. Mijn project had nu nationale bekendheid gekregen. Daar hadden we alleen maar van kunnen dromen. Maar nu vonden we het alweer tijd om na te denken over mijn volgende project. We hadden nog maar net onze koffers uitgepakt, toen we werden gebeld door de mevrouw die verantwoordelijk was voor de mediacontacten bij ISEF. Ze klonk geïrriteerd. Haar kantoor werd overspoeld met mediaverzoeken.

'We hebben dit nog nooit meegemaakt,' zei ze. 'We weten niet hoe we hiermee om moeten gaan, of wat jullie van ons verwachten.'

'Het is in orde,' zei mijn moeder. 'Jack wil graag met de pers praten. Zeg maar ja tegen ze. We hebben er de tijd voor. Hoeveel verzoeken hebt u ontvangen – tien? Twintig?'

Er viel een stilte aan de andere kant van de lijn.

'Duizenden.'

Voor het eerst in ons leven waren mijn moeder en ik sprakeloos.

Na alle hectische toestanden van de afgelopen weken was het tijd om weer naar school te gaan. Door de ISEF en de trip naar Manhattan had ik bijna twee weken school gemist.

De volgende ochtend ging alles volgens het normale patroon. Ik werd om half zes wakker, ging een kwartiertje onder de douche staan, maakte vlug een roerei en poetste mijn tanden. Om half zeven zat ik naast mijn vader in de auto, en we reden in een half uur naar school. Natuurlijk zouden ze het op school wel oké vinden dat ik naar de ISEF was geweest, maar mijn reisje naar New York kon nog weleens problemen opleveren.

'Volgens mij heb ik een biologieproefwerk gemist,' zei ik tegen mijn vader.

'Ik denk dat je dat wel mag inhalen,' zei hij.

'Dat hoop ik maar.'

Op school stond iedereen al bij de lockers. Het was best wel vreemd dat hier niets veranderd was. Ik hoorde het geschuif van boeken die in tassen werden gestopt, de metalige klank van de lockers die open- en dichtgingen, en leerlingen die elkaar in het voorbijlopen begroetten. Vlak voor de ochtendbel ging, klonk er een mededeling door de luidsprekers. 'We willen Jack Andraka feliciteren met het winnen van de Gordon E. Moore Award.'

Op dat moment had ik het gevoel dat mijn twee werelden bij elkaar kwamen. Ik was niet erg sociaal geweest tijdens mijn eerste jaar op high school en had nauwelijks over mijn project gesproken. Dat kwam, dacht ik zelf, doordat ik sinds middle school een soort muur om me heen had opgetrokken. Het viel namelijk niet mee om al die haat en dat gepest te vergeten. Natuurlijk kon ik niet verborgen houden dat ik de regionale wetenschapsbeurs had gewonnen, maar tot dat moment had ik, tenminste voor mijn gevoel, het project waar ik mee bezig was altijd van school gescheiden gehouden. Nu waren deze twee werelden eindelijk bij elkaar gekomen, en tot mijn verbazing gaf me dat een heel fijn gevoel.

Terwijl ik door de gangen liep werd ik door verschillende

klasgenoten gefeliciteerd. Op het moment dat ik langs Damiens locker kwam, vertraagde ik mijn pas. Heel even keken we elkaar aan. Ik had hem niet meer gezien sinds die keer dat hij voorspelde dat ik 'op mijn bek zou gaan'. Ik lachte naar hem, maar hij draaide zich om alsof hij me niet gezien had.

De rest van de dag verliep heel gewoon, behalve bij Spaans. Toen ik de klas binnenkwam, zag ik dat mijn lerares een grote taart had gekocht om mijn overwinning te vieren. *Felicitaciónes, Jack!* stond erop. Ik ben gek op taart. De anderen kregen ook een stuk. Daarna ging ik naar mijn biologielerares om te praten over het proefwerk dat ik had gemist vanwege mijn tripje naar New York. Toen ze zag hoe bezorgd ik keek, schoot ze in de lach.

'Jack, meen je dat nou? Natuurlijk mag je het inhalen!'

Dat was een hele opluchting. Als eersteklasser wilde ik goed zijn in alle exacte vakken.

Ik had verwacht dat aan het eind van het schooljaar de aandacht van de media wel minder zou worden. Maar in juni was het filmpje waarin ik de award win, helemaal viral gegaan. Wat ik echt te gek vond, was dat juist meisjes en jongens die totaal geen nerds waren zo veel belangstelling toonden. De meeste hadden zelfs nog nooit interesse gehad in natuurwetenschap of wiskunde.

De tweede week van juni ging de telefoon in onze huiskamer aan één stuk door. Iedereen wilde een interview. Daar zaten journalisten bij van mijn favoriete tijdschriften zoals *Smithsonian*, *Discovery* en *Popular Science*, maar ook tv-zenders als ABC World en de BBC wilden met me praten

'Wat gebeurt er allemaal?' zei ik tegen mijn moeder toen ze de lijst met verzoeken doorlas.

'Als mensen jou zien, beseffen ze dat wetenschap ook leuk kan zijn,' zei ze.

Toen we een telefoontje kregen van het nieuwsprogramma *60 Minutes*, kon mijn moeder niet snel genoeg 'ja' zeggen. Morley Safer, de beroemde correspondent, had gevraagd of hij bij mij thuis mocht komen om het hele gezin te interviewen!

Een paar dagen later stond Morley Safer op de stoep, in gezelschap van een cameraploeg en assistenten. We gingen bij elkaar zitten, en hij stelde ons vragen met dezelfde beroemde stem die ik zo vaak op zondagavond op tv had gehoord. Mijn ouders en ik vertelden om beurten over ons gezinsleven, onze hobby's en niet te vergeten de experimenten in de kelder.

'Doen jullie experimenten in de kelder?' vroeg Morley. 'Mag ik daar even kijken?'

Mijn moeder werd een beetje zenuwachtig. Ze had geen idee wat er beneden allemaal stond. 'Het zal daar vast wel een enorme rommel zijn, toch, jongens?' zei ze.

Ze keek naar ons alsof ze steun bij ons zocht. Ze wilde echt niet dat vreemde mensen, en zeker niet Morley Safer, een kijkje zouden nemen in dat deel van ons huis. Luke en ik deden net alsof we haar niet hadden gehoord. Ik was al een tijdje niet in de kelder geweest en had geen idee wat er allemaal stond. Maar ik begreep wel dat je geen nee tegen Morley Safer kon zeggen, zeker niet als Morley Safer in je eigen huiskamer tegenover je zat.

'Laten we even een kijkje nemen.' Morley wachtte niet op onze reactie en gebaarde naar de cameramensen. Over de smalle trap liepen we achter hem aan naar ons kelderlab.

Plotseling hoorden we een bons, gevolgd door gekreun. Morley Safer was op de trap over een paar draden gestruikeld. Hij lag voorover in de kelder en bewoog niet meer.

Heel even stond iedereen als verstijfd te kijken naar de tachtigjarige televisieberoemdheid, die bewegingloos op de keldervloer van de familie Andraka lag.

OMG, dacht ik. We hebben Morley Safer vermoord.

Zijn cameraploeg en mijn ouders schoten hem te hulp – en toen zagen we hem plotseling weer bewegen.

Hij is niet dood!

'Niks aan de hand,' zei hij.

Hij wilde niet geholpen worden. Hij duwde zichzelf overeind en ging verder met het interview alsof er niets was gebeurd.

Het interview in *60 Minutes* veroorzaakte een sneeuwbaleffect. Hoe vaker ik op tv kwam, hoe meer interviewverzoeken ik kreeg. Na de uitzending met Morley Safer kreeg ik een uitnodiging van de Clinton Global Initiative, een liefdadigheidsstichting opgericht door de Clintons. Er was een diner met allemaal rijke CEO's en beroemde mensen van wie ik nog nooit had gehoord. En natuurlijk waren de Clintons er zelf ook, als de rocksterren van de avond.

Zodra oud-president Bill Clinton binnenkwam, keek iedereen zijn kant op. Hij heeft echt een enorme uitstraling.

Hij liep naar me toe en gaf me een hand. 'Leuk om je te ontmoeten,' zei. 'Jij hebt toch die wetenschapsprijs gewonnen?'

Wauw, vindt Bill Clinton het leuk om mij te ontmoeten?

'Gefeliciteerd,' zei hij.

Mijn moeder vroeg of ze een foto van ons mocht nemen, en hij vond het prima.

Ik ging weer naar mijn stoel, helemaal onder de indruk dat ik net de hand had geschud van een voormalig president. Opeens zag ik dat iemand mijn glas Sprite had weggehaald. En toen kwam Hillary Clinton naar me toe. Ze had een brede glimlach op haar gezicht. 'Heb ik jouw glas gepakt?' vroeg ze.

Dit was vreemd. Ze had inderdaad mijn glas gepikt, maar ik zou dat echt niet aan de minister van Binnenlandse Zaken doorbrieven.

'Geeft niets, hoor,' zei ik.

Ze gaf het glas terug en ging op een stoel naast me zitten.

'Vertel eens wat over jezelf,' zei ze.

Ik ontmoet Bill Clinton tijdens het diner van de Clinton Global Initiative.

Ik had mijn verhaal inmiddels al duizend keer en aan allerlei mensen verteld, maar dit was toch wel iets anders. Terwijl ze naar me luisterde, viel het me op hoeveel warmte en zorgzaamheid ze uitstraalde. Op een gegeven moment kwam haar dochter Chelsea binnen. Chelsea raakte even mijn hoofd aan en zei: 'Leuk haar.'

Toen ik klaar was met mijn verhaal, zei ik tegen Hillary dat ik niet zo veel van politiek snapte.

'O, maar het is niet zo ingewikkeld als je denkt, hoor. Heb je de film *Mean Girls* gezien?' vroeg ze. 'Nou, de politiek heeft wel wat weg van die film. Politici vormen ook een soort kliekjes en ik probeer daar mijn weg tussen te vinden om dingen voor elkaar te krijgen.'

'Wauw,' zei ik. 'Dus eigenlijk houdt high school nooit op.'

Ze knikte. 'Jij snapt het.'

Net toen ik dacht dat het niet nog bizarder kon worden, werd ik in oktober – ik zat in de tweede klas – uitgenodigd om als gast op te treden bij *The Colbert Report with Stephen Colbert*. Ik genoot van elke seconde, ook al zat ik daar bijna de hele tijd alleen maar te lachen. Het leukste was nog toen hij me vroeg of ik mijn krachten ook kon aanwenden voor het kwaad. Ik schoot zo in de lach dat ik niet meer uit mijn woorden kwam.

Een selfie met Hillary Clinton!

Ik vond het wel opvallend dat Colbert heel anders was toen ik hem even sprak buiten het bereik van de camera. Hij feliciteerde me met mijn succes en zei dat ik door moest gaan. Hij leek op dat moment totaal niet op zijn televisiepersoonlijkheid. Hij was heel erg serieus en eerlijk.

Maar de allervreemdste ervaring kwam in november, toen ik de Sciacca Award in Research and Development had ontvangen en op audiëntie mocht komen bij paus Franciscus. Ik had toen al het gevoel dat niets meer echt leek, dus wat dat betrof klopte het wel weer. Nadat mijn moeder en ik bij het Vaticaan waren aangekomen, werden we naar een prachtige grote ruimte gebracht. Daar kregen we van het personeel te horen wat we wél en wat we niét mochten doen in aanwezigheid van de paus.

'Je mag hem bijvoorbeeld nergens aanraken,' kregen we te horen. Het klonk meer als een bevel dan als een instructie. Ik kon aan hun gezichten zien dat ze geen grapjes maakten.

Eindelijk verscheen paus Franciscus, in zijn gebruikelijke kostuum en met een mijter op zijn hoofd. Hij liep heel langzaam en zag er tamelijk broos uit. Ik hield mijn adem in toen hij naar me toe liep. Ik moest me echt inhouden om hem geen hand of een knuffel te geven. Een paar stappen van me verwijderd bleef hij staan en keek me aan. Toen zei hij iets in een taal die ik niet verstond. Hij keek me weer aan en wachtte op mijn reactie. Ik wist niet wat ik moest doen, dus keek ik maar naar mijn moeder. Die tuurde heel gespannen naar iets in de verte. Toen zei de paus weer iets, nu in een andere taal. Ik glimlachte en knikte. En eindelijk, bij zijn vierde poging, zei hij in het Engels: 'Congratulations on your award.'

'Dank u wel,' zei ik en ik hield allebei mijn handen strak naast mijn lichaam.

Thuis werd ik niet anders behandeld dan normaal. Ik moest nog steeds dezelfde klusjes doen, zoals mijn kamer opruimen, de vuilnis buiten zetten en Ginny Weasley en Phaedrus eten geven en in bad doen.

Mijn tweede jaar op high school was ik steeds bezig met interviews geven en praatjes houden in het openbaar. Ik had nauwelijks een sociaal leven. Eigenlijk had ik alleen nog maar contact met journalisten. Ik merkte dat ik steeds weer dezelfde vragen beantwoordde, en steeds weer op dezelfde manier. Voor mijn gevoel begon ik op een machine te lijken.

Ja, het is geweldig om zo veel erkenning te krijgen.

Nee, ik had die prijs echt niet verwacht.

Gelukkig liet de school me vrij – zolang ik goede cijfers voor mijn proefwerken haalde, mocht ik zo vaak wegblijven als ik wilde. De enkele keer dat ik op school kwam, keken sommige leraren verbaasd op omdat ze dachten dat ik inmiddels van school was.

Maar na een aantal weken van mijn tweede jaar was niet ík

het gesprek van de dag op school, maar mijn broer, die op dat moment in de hoogste klas zat.

Mijn moeder kreeg een telefoontje van de schoolsecretaresse dat ze meteen naar school moest komen om over Luke te praten. Hij had namelijk een vlamboogoven gebouwd in het schoollab, en zijn leraren waren een beetje geschrokken toen hij vertelde dat je met dat apparaat dingen tot meer dan vijfhonderd graden Celsius kon verhitten. Ze werden nog nerveuzer toen hij dit demonstreerde door een ijzeren schroef te smelten. Mijn moeder ging vlug naar school om Luke met zijn oventje op te halen. De oven vond al snel een plaatsje in de kelder tussen de verzameling andere Andraka-projecten, links van de plek waar we dachten dat we Morley Safer hadden vermoord.

Meestal was de aandacht die ik kreeg behoorlijk positief. Het grootste deel van de mensen steunde me. Maar er waren ook een paar stemmen in wetenschappelijke kringen die eraan twijfelden of mijn test wel werkte. Waarschijnlijk omdat ze niet konden geloven dat iemand van mijn leeftijd zo'n soort ontdekking kon doen. Door die kritiek kreeg ik soms het gevoel dat ik weer terug was op middle school. Het leek wel alsof ze me persoonlijk aanvielen. Iemand had wel duizend woorden nodig om in een artikel uit te leggen waarom mijn prestatie niet deugde. Er waren momenten dat ik wilde gillen en schreeuwen of mezelf ervan moest weerhouden om op elk negatief commentaar op internet te reageren.

Ik werd ook wel op mijn seksuele geaardheid aangevallen. Het was nooit mijn bedoeling geweest om een soort rolmodel voor jonge homo's te worden, of in het openbaar over mijn geaardheid te praten. Ik wilde mijn ideeën uitdragen en een wetenschapper worden. Maar dat ik homo ben is een deel van mij, dus als het in een interview ter sprake kwam, vond ik dat ik eerlijk moest zijn. Ik herinnerde me nog de tijd dat ik het probeerde te verbergen, en dat was niet mijn beste tijd. Ik weet nog dat ik naar beurzen ging en voor het eerst met de wetenschapswereld te maken kreeg. Ik dacht toen vaak: waar zijn al die mensen die net zo zijn als ik? Misschien zouden jongens die uit de kast wilden komen wel iets aan mijn verhaal hebben. Als ik haatmail kreeg dacht ik aan de berichtjes die andere homotieners me stuurden. En ik kreeg echt véél haatmail.

Flikkers branden in de hel, dat weet je toch?

Meestal zie ik al aan de onderwerpregel dat het om haatmail gaat, en dan open ik zo'n bericht niet eens. Maar soms ben ik gewoon te nieuwsgierig.

Als je ooit op wilt houden met je zondige gewoonten en een fatsoenlijk leven wilt leiden, dan heb je hier mijn e-mailadres. Het is nooit te laat, Jack.

Maar de meeste moeite heb ik met mailtjes van mensen die iemand verloren hebben aan alvleesklierkanker, en die willen weten wanneer ze mijn test kunnen krijgen. Helaas moet ik ze dan vertellen dat het nog wel even zal duren. Er moet nog steeds van alles aan mijn test gebeuren; hij moet nog verfijnd worden. En ik moet gepubliceerd worden in een wetenschappelijk tijdschrift, zodat mijn werk door collega's beoordeeld kan worden. Of zoals dr. Maitra zegt: de test is nog in een voorlopig stadium. We moeten monsters van patiënten onderzoeken om te bewijzen dat zelfs met lage niveaus van mesotheline in menselijk bloedplasma, de test nog steeds in staat is om kanker te ontdekken.

En dan moet het nog worden goedgekeurd door de FDA (Food and Drug Administration), het Amerikaanse overheidsinstituut dat verantwoordelijk is voor de bescherming van de volksgezondheid. Zij zorgen ervoor dat de dingen die we in ons lichaam stoppen veilig zijn, inclusief medicijnen en medische testen.

Ik weet inmiddels dat er geen sluipweggetje bestaat om iets door de FDA te loodsen. Zelfs bij de simpelste projecten kan het jaren en jaren duren voordat ze worden goedgekeurd. En dat kan erg moeilijk zijn als je een van die miljoenen mensen bent die wachten op een levensreddend medicijn, of een behandeling die nog niet vrijgegeven is. Ik heb te horen gekregen dat het misschien nog wel vijf of tien jaar kan duren voordat mijn test op de markt komt. Omdat ik wist dat ik niets kon doen om dit proces te versnellen, hield ik me maar bezig met praatjes houden en het geven van interviews. Verder probeerde ik me te concentreren op mijn volgende project. In een recent interview zei dr. Maitra te hopen dat ik me zou blijven richten op de biomedische wetenschap. Ik heb nog geen idee waar mijn volgende project me heen zal voeren, maar ik ben nog steeds heel dankbaar dat ik in zijn lab mocht beginnen. Ik weet dat hij er geen spijt van heeft dat hij me een kans heeft gegeven, en daar ben ik trots op.

Op 11 februari 2013, toen ik nog in de tweede klas van high school zat, was ik thuis mijn koffer aan het pakken. De volgende dag zou ik naar Londen gaan om een speech te geven. Mijn vader was beneden bezig met de administratie.

Ik hoorde de telefoon rinkelen, en toen klonk de stem van mijn vader. 'Jack, Jack! Kom snel naar beneden,' riep hij even later.

Ik rende de trap af.

'Ik kreeg net een telefoontje van het Witte Huis,' zei hij.

'Het Witte Huis?'

O o, Luke is nu echt de klos, dacht ik. Hij is nu echt zo ver gegaan met zijn experimenten dat zelfs een brief van de FBI niet meer genoeg is. De president zelf was woedend op hem!

'Je bent uitgenodigd voor de State of the Union, de jaarlijkse toespraak van de president. Als gast van de First Lady.'

Het drong niet echt tot me door. Waarom wilde Michelle Obama dat ik haar gast was? Ik bedoel, ik kende haar niet eens.

'Waarom?'

'Jack,' zei mijn vader op een toon van: ben je wel goed bij je hoofd? 'Om je te feliciteren met je prestatie natuurlijk.'

'O my God! O my God! O my God!'

Ik rende door de keuken en glibberde met mijn sokken over de houten vloer.

'Wanneer moeten we weg?' vroeg ik.

Mijn vader, die geduldig had staan toekijken hoe ik uit mijn dak ging, glimlachte. 'Jack, het is pas morgen.'

Ik weet zeker dat ze het in Londen wel zullen begrijpen.

De volgende middag maakten mijn moeder, mijn vader en ik met de stationwagen een ritje van tachtig kilometer naar de hoofdstad van het land. Omdat ik maar twee gasten mocht meenemen, moest Luke thuisblijven. Dat hadden mijn ouders zo besloten – sorry Luke!

Op de heenweg had mijn vader het zwaar te verduren met ons. Mijn moeder was helemaal opgewonden en daardoor werd ik ook opgewonden en op een gegeven moment zaten we allebei hard te gillen en te schreeuwen. Mijn vader, die toch echt van beton is, kreeg er bijna een zenuwinzinking van.

Toen we in Washington aankwamen, zetten we de auto in een parkeergarage en gingen we te voet naar onze bestemming aan Pennsylvania Avenue. Bij de ingang werden we begroet door een stelletje kerels in heel donkere pakken. Sommigen van hen hadden enorme wapens bij zich.

Mijn moeder, die zich door niets en niemand laat intimideren, liep op hen af en deed het woord voor ons. 'Dit is Jack Andraka en hij is uitgenodigd door First Lady Michelle Obama,' zei ze trots. 'En wij zijn de gasten van Jack.'

De veiligheidsagenten keken me aan. Ik glimlachte en probeerde er zo onschuldig mogelijk uit te zien. Nadat mijn ouders een aantal formulieren hadden ingevuld, liepen we met weer een andere groep mannen in pakken mee over het grasveld naar het Witte Huis. Oom Ted had er vast en zeker een kick van gekregen als hij had geweten dat ik daar was, dankzij hem.

We gingen de deuren door en werden achtergelaten in een soort grote eetzaal, waar we ons mengden tussen een aantal heel belangrijke mensen die ook uitgenodigd waren voor de toespraak.

Ik ontmoette Tim Cook, de president-directeur van Apple. Ik herkende hem meteen en ging naar hem toe om me voor te stellen.

Op de foto in het Witte Huis

Hij was heel aardig. Toen ik hem mijn verhaal had verteld, zei hij dat hij een heel goede vriend aan alvleesklierkanker had verloren. Pas later besefte ik dat hij het over Steve Jobs had.

Ik probeerde overal van af te blijven in het Witte Huis. Tijdens mijn onderzoek in het laboratorium was ik erachter gekomen dat ik door mijn genies en gestruikel heel snel iets kapot kon maken. Ik liep maar een beetje heen en weer tussen drie enorme kamers; de ene was blauw geschilderd, de andere twee waren wit en rood. Aan de muren hingen mooie schilderijen van mensen die ik natuurlijk behoorde te kennen, maar dat was niet zo. Ik had trouwens meer aandacht voor de in smoking geklede mannen die de kamer rondgingen met schalen met de heerlijkste vleesspiesjes. Ik was er onmiddellijk aan verslaafd. Omdat ik niet twee keer iets van dezelfde smoking aan durfde te nemen, ging ik van het ene blad naar het andere. Het is me gelukt om zeven stokjes te eten.

Twee uur later bracht een medewerker van het Witte Huis ons naar een aparte kamer. Daar gingen we allemaal in de rij staan om kennis te maken met Michelle Obama en met haar op de foto te gaan. Ze omhelsde iedereen in de rij en ze leek echt blij om al die mensen te zien. Ik bleef in mijn hoofd maar steeds dezelfde zin herhalen: *Dank u wel voor de uitnodiging.* Toen ik dichterbij kwam, zag ik dat een van haar assistenten in haar oor fluisterde wie ik was.

'Geweldig om je te ontmoeten, Jack,' zei ze.

'Dank u wel voor de uitnodiging,' zei ik. Ze gaf me een stevige knuffel. Ze leek me ontzettend sterk.

'Nee, jij bedankt dat je bent gekomen, Jack!'

We gingen met z'n allen op de foto, samen met Jill Biden, de vrouw van de vicepresident. De First Lady bedankte ons weer, en toen gingen we weg. Een paar minuten later zag ik Bo, de hond van de president. Ik gaf een aai over zijn kop en toen ging hij op zijn rug liggen zodat ik over zijn buik kon kriebelen. Mijn eigen hond Casey zou vast jaloers zijn als hij aan mijn hand rook dat ik de First Dog had geaaid.

Mijn ouders en ik poseren met Michelle Obama en Jill Biden (rechts).

Na afloop werden we in twee groepen opgesplitst. In de eerste groep zaten de gasten van de gasten. Zij zouden naar de toespraak kijken in de bioscoop van het Witte Huis. De andere groep bestond uit de gasten van de First Lady, en die werden naar het Capitool gebracht om de State of the Union-toespraak live mee te maken. Ik trilde gewoon van opwinding toen ik mijn ouders gedag zwaaide.

Toen ik met een paar andere gasten in de auto zat die ons naar het Capitool zou brengen, zag ik dat politieagenten op motors het verkeer tegenhielden.

'Kijk,' zei ik, toen ik eindelijk mijn mond opendeed tegen die zeer beroemde onbekende mensen. 'Ze zetten de straat voor ons af.'

Iedereen keek me aan.

'Nou...' zei een serieuze stem. 'Eigenlijk zetten ze de weg niet af voor ons, maar voor de president.'

Wat een spelbreker.

Na een korte rit stopten we voor het Capitool. Via een geheime ingang gingen we naar binnen. Een medewerker nam ons mee een trap op, en toen werd ons op een kaart aangewezen waar onze plaatsen waren. Toen ik aan de beurt was, wees de medewerker naar de trap. Dat is ook toepasselijk, dacht ik. Maar het kon me niks schelen. Ik kon nog steeds alles zien en ik was alleen maar blij dat ik daar mocht zijn.

Toen de president werd aangekondigd, voelde ik me opeens

een echte patriot. Ik stond op en klapte en juichte. Vlak nadat de toespraak van de State of the Union was begonnen kwam een mevrouw, die eruitzag als een bibliothecaresse, naast me op de trap zitten.

'U komt zeker ook van buiten,' grapte ik vanwege onze bijzondere zitplaats.

'Dat klopt,' zei ze. En ze vertelde dat ze Valerie heette.

Valerie zei dat ze al een paar jaar in het Witte Huis werkte. Ze legde me een aantal dingen uit. 'Kijk, alleen mensen die gaan staan om te klappen, zijn Democraten,' zei ze. 'Iedereen die blijft zitten is Republikein.'

Ik sprong op en applaudisseerde elke keer dat president Obama over de vooruitgang in de wetenschap en geneeskunde sprak.

Toen de toespraak voorbij was, nam mijn nieuwe vriendin Valerie me mee naar een kamer verderop. Een tel later kwam president Obama binnen. Ik had hem natuurlijk al heel vaak op televisie gezien, daarom was het heel raar om hem nu zo in het echt voor me te zien staan. De president stak zijn presidentenhand uit en we schudden elkaar de hand. Ik heb nog nooit zo'n zachte hand gevoeld.

'Waar ging je project over, Jack?' vroeg hij.

Ik wist dat hij wel belangrijker dingen te doen had, dus vertelde ik de leider van de vrije wereld heel in het kort over mijn onderzoeksproject.

Ik vertel president Obama over mijn alvleesklierkanker-test.

Hij was goed op de hoogte van de natuurwetenschap, want toen ik hem wilde uitleggen wat nanobuisjes waren, onderbrak hij me. 'Ik weet wat nanobuisjes zijn,' zei hij.

'Echt waar?' riep ik verbaasd.

'Jazeker,' zei hij grinnikend.

Ik heb maar een minuut of twee met de president gesproken, maar ik zal het me de rest van mijn leven blijven herinneren.

Een paar dagen later keek ik tv en zag ik het gezicht van mijn 'vriendin op de trap' op het scherm voorbijkomen. Toen pas drong het tot me door dat de aardige vrouw die me tijdens de hele State of the Union-toespraak gezelschap hield, een van de machtigste mensen van de wereld was: Valerie Jarrett, stafchef van het Witte Huis.

$C_6H_8O_7 + 3NaHCO_3 \rightarrow 3CO_2 + 3H_2O + 3Na^{+1} + C_6H_8O_7^{3-}$

Hoofdstuk 9

DE DOORBRAAK

In de loop van mijn tweede jaar op high school kreeg ik weer zin in een nieuw project. Op middle school was natuurkunde iets waarin ik vluchtte om aan het gepest en mijn eigen onzekerheid te ontsnappen, maar nu was ik ouder en zelfverzekerder. Ik wilde iets nieuws proberen, gewoon voor de lol. Ik besloot de geheimen te ontrafelen van een stukje techniek dat me altijd gefascineerd had: de Raman-spectrometer.

De Raman-spectrometer is een apparaat dat een krachtige laserstraal produceert, waarmee je bijna elk object op chemisch niveau kunt afbreken. Dat betekent dat je alles te lijf kunt gaan, van explosieven tot milieuvervuilers. Het probleem is alleen dat deze apparaten erg kwetsbaar zijn, de omvang hebben van een kleine auto en iets van 100.000 dollar kosten. Er zullen dan ook maar weinig mensen zijn die van deze geweldige technologie kunnen profiteren.

Als het mij lukte om een kleinere en goedkopere spectrometer te bouwen, dan zou die ook geschikt zijn voor alledaags gebruik – bijvoorbeeld om vervuiling in een rivier op te sporen, of wapens in vliegtuigbagage. Ik ben ruim een half jaar bezig geweest voordat ik een doorbraak had. Als ik de grote laser van de Raman-spectrometer zou vervangen door een laserpen en de met stikstof gekoelde fotodetector (die wordt gebruikt om de chemische samenstelling te determineren van het te analyseren materiaal) door een iPhone-camera, kon ik de kosten terugbrengen tot vijftien dollar en had het apparaat het formaat van een smartphone. Mijn spectrometer is 7000 keer goedkoper en 1250 keer kleiner, maar net zo effectief! Dit project was heel anders dan mijn zoektocht naar een test voor alvleesklierkanker, omdat ik heel wat moest leren over techniek. Bovendien waren de termen vaak verwarrend.

Maar toen ik het eenmaal onder de knie had, had ik een nieuw project: 'De Tricorder. Een nieuwe Raman-spectrometer voor alledaagse toepassingen'. Ik nam het project mee naar de Anne Arundel County Regional Science and Engineering Fair. Mijn moeite werd beloond met een eerste prijs en nog een reisje naar de ISEF, deze keer in Phoenix, Arizona.

Op de ISEF keek ik er wel van op dat ik nu werd bewonderd door de andere deelnemers. Iedereen wilde met me op de foto.

Dat vond ik natuurlijk erg leuk, maar door al die aandacht deed ik niet erg mijn best op mijn presentatie. Ook speelde mee dat ik wel wist dat mijn project niet zo fantastisch was als dat van het jaar ervoor.

Mijn favoriet was Ionut Budisteanu, een negentienjarige jongen uit Roemenië. Hij kreeg de eerste prijs voor een project met kunstmatige intelligentie: een zelfrijdende auto van vierduizend dollar, met 3D-radar en op het dak gemonteerde camera's, die files en stoepranden signaleerden en de plaats van de auto real-time weergaven. Hij verdiende het echt om te winnen! Ik was al heel blij dat ik twee speciale prijzen kreeg.

Toen ik Ionut op het podium zag staan met de Gordon E. Moore Award in zijn handen, dacht ik natuurlijk terug aan het mooiste moment van mijn leven. Het was bijna niet te geloven dat oom Ted al drie jaar geleden was gestorven, en dat het nog maar één jaar geleden was dat ik gillend het podium op rende om mijn prijs in ontvangst te nemen.

Het leek alsof alle raad die oom Ted me had gegeven inmiddels in mijn geheugen was gebeiteld, wat me elke keer hielp wanneer ik een belangrijke keuze moest maken.

Natuurlijk zat ik nooit meer te wachten tot oom Ted me met zijn gebutste auto op kwam halen voor het krabbenvangen, maar ik hoorde nog wel steeds zijn stem. Hij sprak me bemoedigend toe als ik op het punt stond iets op te geven, of wanneer ik van die vreselijke mailtjes ontving. Oom Teds leven was waardevol geweest, omdat hij een positieve bijdrage had geleverd aan de wereld. En zo iemand wilde ik ook zijn.

Toen ik in de derde klas van high school zat, maakten Chloe en ik op een dag een wandeling bij de haven van Baltimore. Vol afschuw keken we naar al die gore plastic flessen die in het water dreven. Ik vroeg me af of we een plastic fles zouden kunnen maken die het water kan zuiveren. Chloe en ik kwamen met het ene idee na het andere en we maakten een actieplan.

'Het moet een fles zijn die steeds opnieuw gebruikt kan worden, met een filter dat nog niet op de markt is,' zei ze.

'Dan heb je dus een biosensor nodig die alles signaleert wat schadelijk kan zijn,' voegde ik eraan toe.

'Het moet goedkoop zijn,' zei Chloe, 'zodat het ook binnen bereik komt van mensen in de derde wereld, want daar zorgt vervuild drinkwater voor heel veel doden.'

Chloe en ik waren steeds dikkere vrienden geworden. We keken samen naar *Iron Man*-films, en waren natuurlijk erg geïnteresseerd in het lab in Tony Starks huis en alle gadgets die hij had. Maar Chloe was ook ongelooflijk slim, en samen waren we echt een bijzonder stelletje jonge onderzoekers. We waren allebei minderheden in de wetenschappelijke wereld – ik omdat ik homo was en zij omdat ze zwart was.

We gingen meteen aan de slag om de filter te maken. Eerst moesten we uitvinden hoe we gebruik konden maken van microfluïdica om met zeer kleine hoeveelheiden vloeistof te kunnen werken, de zogenaamde nanoliters. Om dit voor elkaar te krijgen, moesten we de spullen waarmee we werkten aanpassen. Het kostte ons zes maanden van hard werken en proeven nemen voordat we een microfluïde biosensor hadden die de aanwezigheid van chemicaliën kon opsporen.

Van mijn vorige ervaringen wist ik dat als we maar doorzetten, we uiteindelijk zouden komen waar we wezen moesten. Samen ontwierpen we een plastic filter van gerecyclede waterflessen. We voegden aminozuren aan de flessen toe die als magneten allerlei gevaarlijke stoffen aantrekken, zoals kwik en pesticiden. Het filter dat we maakten, kan heel snel en goedkoop verontreinigende stoffen in het water opsporen.

Ons filtreersysteem kan toegepast worden in derdewereldlanden, waar vervuild drinkwater elk jaar heel veel levens eist. Het kan ook gebruikt worden om de schadelijke gevolgen van 'fracking' (methode om schaliegas aan te boren) voor het milieu te verminderen, of om olievlekken en zelfs chemische verontreiniging aan te pakken. Chloe en ik dienden ons project in voor de Siemens We Can Change the World Challenge, de grootste competitie op het gebied van milieuvraagstukken. Om mee te kunnen doen, moeten leerlingen een wereldwijd milieuprobleem onder handen nemen en met een uitvoerbare en produceerbare oplossing komen. Chloe en ik wonnen de eerste prijs en kregen samen een beurs van 50.000 dollar. Het was geweldig om met mijn beste vriendin, mijn onderzoeksmaatje en 'partner in crime' deze prijs te winnen.

Chloe en ik nadat we de Siemens We Can Change the World Challenge hadden gewonnen.

Ik ben tegenwoordig weinig op school, omdat ik vaak op reis ben en overal speeches houd. Ik vind het eigenlijk wel fijn dat ik al die aandacht krijg sinds ik de Gordon E. Moore Award heb gewonnen. Af en toe snap ik nog steeds niet waarom een nerd als ik op bezoek mocht bij de president en de paus. Maar het fijnste vind ik toch nog om in mijn eentje in de kelder te zitten en bezig te zijn met een nieuw project.

Op een dag kreeg ik, tijdens scheikunde, op school weer een idee. De les ging over evenwicht en ik verveelde me te pletter. Dus bladerde ik in mijn lesboek door naar een hoofdstuk over fotokatalyse, een proces waarbij organische chemicaliën worden afgebroken met behulp van licht. Ik vroeg me af of ik een soort verf zou kunnen maken die luchtvervuilende deeltjes kan afbreken. Mensen brengen tenslotte 90 procent van hun leven binnenshuis door, en het inademen van gevaarlijke stoffen is niet goed voor je gezondheid. Zeker niet als je astma hebt of een andere aandoening aan de luchtwegen. Ik ben nog steeds bezig met dit project, maar ik hoop dat ik ooit een schone verf kan maken – en dan ook nog in leuke kleuren.

Ik hoop ook dat mijn test voor alvleesklierkanker aangepast kan worden om andere ziektes op te sporen. Bij vrijwel elke belangrijke ziekte komen in een vroeg stadium eiwitten voor die gebruikt kunnen worden als biomarkers. Door antilichamen voor mesotheline te vervangen door een antilichaam voor een ander eiwit, kunnen artsen met mijn test mogelijk ook ziektes als alzheimer, hiv, of zelfs hartaandoeningen eerder ontdekken en behandelen.

Ik heb er zelfs over gedacht om mijn papieren testtrips te combineren met mijn aangepaste Rama-spectrometer. Met behulp van een apparaatje ter grootte van een mobieltje kunnen mensen zichzelf dan op verschillende ziektes testen. Daardoor zouden artsen nog eerder kunnen ingrijpen en zouden de wachtlijsten voor ziekenhuisopnames een stuk korter worden.

Op dit moment vindt er een grote verandering plaats in hoe we verschillende ziektes opsporen. De oude manier van scans maken, prikken en temperatuur opnemen wordt vervangen door een nieuwe methode: de zogenaamde moleculaire diagnostiek, die gericht is op de eiwitten in je bloed. Dit houdt in dat bepaalde ziektes ontdekt kunnen worden nog vóór de patiënt zich ziek voelt of symptomen heeft.

Het lijkt wel alsof overal nieuwe dingen aan de gang zijn in de wereld van wetenschap en techniek. Wist je dat telekinese, het vermogen om dingen te bewegen met je gedachten, echt bestaat? Met behulp van een nieuwe techniek, elektro-encefalografie, wisten vijf studenten van de University of Minnesota (College of Science and Engineering) met hun hersengolven de bewegingen van een helikopter te sturen!

Of wist je dat ingenieurs voor de kust van Dubai vanuit zee eilanden hebben opgebouwd in de vorm van palmbomen?

Met al die doorbraken in wetenschap en techniek, vraag ik me weleens af waarom veel van mijn leeftijdgenoten zich hier niet voor interesseren. Ik weet nog dat op de basisschool al mijn klasgenootjes net zo dol waren op dingen onderzoeken als ik. Ik deed niets liever dan dingen uit elkaar halen om te zien hoe ze werkten. Ik weet nog dat ik in de klas rupsen in vlinders zag veranderen. En dat ik voor het eerst zag wat er gebeurt als je een bruistablet of een Mentos-snoepje in een fles cola stopt.

Maar blijkbaar is er voor mijn klasgenoten veel veranderd. Ik merkte dat veel van hen hun interesse in wetenschap totaal verloren. Het magische was ervanaf. Sommigen kregen zelfs een hekel aan natuurkunde en wiskunde. Ik weet niet hoe dat komt. Misschien was het gewoon niet meer cool, of was het makkelijker om met je mobieltje te spelen of videospelletjes te doen.

Maar toch ben ik optimistisch. Ik ga naar heel veel evenementen en praat daar over STEM-onderwijs. STEM staat voor *science, technology, engineering* en *math* (natuurkunde, technologie, techniek en wiskunde). President Obama heeft een nieuwe campagne aangekondigd om honderdduizend STEM-leerkrachten op te leiden, met als doel: 18.000 leerlingen uit arme gezinnen de mogelijkheid bieden deze vakken te volgen. In de hoop dat nog meer kinderen hierdoor aangestoken worden.

Ik heb veel ideeën over hoe scholen zouden moeten worden opgezet. Ik zou willen dat je op school niet op een stoel hoeft te zitten en feiten uit boeken uit je hoofd moet leren, maar dingen mocht doen zoals waar ik in de kelder mee bezig ben. Ik wil dat alle kennis voor iedereen toegankelijk is, maakt niet uit hoe oud je bent of hoeveel geld je hebt, zodat iedereen kan lezen over de geweldige onderzoeken die elke dag plaatsvinden. Ik zou mijn ontdekkingen nooit gedaan hebben als ik niet die artikelen op internet had kunnen lezen. Hier moest ik nu vaak voor betalen. Ik wil dat wetenschappelijke informatie gratis beschikbaar komt, zodat kinderen op het platteland van India net zo veel kansen krijgen als ik om de volgende doorbraak in de wereld te bereiken.

Vandaag zat ik aan de keukentafel en probeerde ik te werken. Dat viel niet mee. De afgelopen uren werd ik steeds maar afgeleid. Het grootste probleem op dit moment is Luke, die net thuisgekomen is van Virginia Tech, waar hij techniek studeert. Hij blijft maar kletsen over een pizza die hij aan het maken is, want hij weet dat ik niet de keuken uit kan omdat die op dit moment de enige plek in huis is met wifi.

Luke en ik op de oprit met dezelfde truien van de ISEF aan.

Nu is hij even weg en maakt hij vogelgeluidjes vanuit de huiskamer. Hij is echt een klier.

Ik moet ook nog aan iets anders denken. Pasgeleden bezocht ik een conferentie in Londen en op de terugweg keek ik naar de film *Wall-E*, over een intelligente robot. Wat ik me afvraag: zou er een manier zijn om piepkleine, slimme robots te maken die door de bloedsomloop kunnen zwemmen en aandoeningen kunnen behandelen?

Deze robotjes zouden dus nanobots moeten zijn. Nanorobots zijn zo klein dat je ze alleen kunt meten in nanometers – en een nanometer is één miljardste deel van een meter. Ik moet nog een heleboel leren over nanobots. Ik weet trouwens ook niet zo veel van de menselijke bloedsomloop, maar ik ken wel een paar geweldige internetsites met onderzoeken die me daarbij kunnen helpen.

Stel je voor dat ik een robot flexibel kan maken... Hoe moet ik dat doen? Als iemand een idee heeft, laat het me dan weten. Ik ben tenslotte ook benieuwd naar jouw projecten. Intussen ga ik aan de slag.

#BREAKTHROUGH

Als je er genoeg van hebt dat onze generatie steeds maar bestempeld wordt als lui en verwend, is het aan ons om dit te doorbreken en dat beeld te veranderen.

Wat kun jij doen om de wereld te veranderen? Deel je inspirerende foto's en activiteiten met #Breakthrough.

DANKWOORD

Er zijn zo veel fantastische mensen die ik wil bedanken, want zonder hun hulp zou dit boek nooit verschenen zijn!

Mijn literaire managers, Sharlene Martin en Clelia Gore van Martin Literary and Media Management. Zij hebben niet alleen geweldig werk verricht door me te vertegenwoordigen, maar ze zijn ook mijn vrienden geworden. Jullie zijn zo geweldig! Bedankt! En ik ben ook nog eens heel dankbaar voor al het heerlijke eten dat jullie me voorzetten toen ik in New York was.

Matthew Lysiak, die me onvermoeibaar heeft geholpen met dit manuscript.

Ik was zwaar onder de indruk van alle mensen bij HarperCollins, die er vertrouwen in hadden dat een boek van een nerd anderen kon inspireren!

Mijn redacteuren Nancy Inteli en Olivia Swomley, die dit boek hebben begeleid en me hebben aangemoedigd om dieper te gaan.

Dit boek zou ook nooit mogelijk zijn geweest zonder de hulp en steun van het bewonderenswaardige team van professionals van HarperCollins: Lisa Sharkey, Emily Brenner, Andrea Pappenheimer, Diane Naughton, Sandee Roston, Matthew Schweitzer, Julie Eckstein, Cindy Hamilton, Victor Hendrickson, Laura Raps en het hele juridische team.

Ik wil mijn moeder, Jane Andraka, en mijn vader, Steve Andraka, bedanken dat ze me niet hebben vermoord of naar een tuchtstool gestuurd als ik voor de zoveelste keer bijna het huis in de lucht liet vliegen of rare bacteriën in de keuken had losgelaten. Jullie zijn de allerbeste ouders van de wereld. Dank je wel!

En voordat hij de trap op loopt en me een stomp in mijn gezicht geeft, zal ik maar snel mijn grote broer bedanken, Luke. Eigenlijk is hij een behoorlijk coole gast en een van de weinige mensen die me hebben gesteund toen ik dat heel hard nodig had.

Luke, je bent een van mijn beste vrienden. Dank je wel.

DE SCHOOL VAN JACK

EXPERIMENTEN, TIPS EN FEITEN

EXPERIMENTEN

Ik geloof dat leren iets is wat je vooral moet dóén. Je hoeft niet echt op school te zitten om je leven en je ontwikkeling een andere wending te geven. Omdat dit boek over ontdekkingen gaat, heb ik een aantal experimenten voor je uitgekozen. Maar vergeet niet de Andraka-waarschuwing: blaas nooit het huis op! En: vraag toestemming aan een volwassene als je je aan deze experimenten waagt.

EXPERIMENT #1

MAAK JE EIGEN LAVALAMP

Kun je je nog herinneren dat lavalampen heel cool waren in de jaren zestig? Nee? Nou, ik ook niet. Maar zelfs als je nooit een hippie bent geweest, zul je dit experiment toch erg leuk vinden. Dit experiment laat in alle kleuren de kracht zien van twee van mijn favoriete dingen: natriumcarbonaat en citroenzuur.

Benodigdheden

- Een vaas of grote glazen fles (inhoud tussen 0,5 en 2 liter)
- Voedingskleurstoffen (hoe meer kleuren, hoe beter!)
- Alka-Seltzertabletten
- Plantaardige olie
- Muziek van de Grateful Dead (maar dat hoeft niet)

Let op! Dit is heel belangrijk: gebruik nooit een antieke glazen vaas die al heel lang in de familie is. Zeker niet als het een cadeautje is van je lieve oude tante Ida. Echt, niet doen! Vraag je ouders of ze een geschikte vaas voor je hebben.

Werkwijze

1. Vul de vaas of de glazen fles tot driekwart met plantaardige olie.
2. Voeg een half kopje water toe, of net zo veel tot het geheel een centimeter of vijf onder de bovenkant van je vaas of fles staat.
3. Voeg voorzichtig druppeltjes voedingskleurstof toe, ongeveer zes of zeven, afhankelijk van de grootte van je vaas of fles. Ik gebruik het liefst veel verschillende kleuren, maar elke kleur of hoeveelheid werkt. Blijf druppeltjes toevoegen tot het water helemaal gekleurd is.
4. Breek de Alka-Seltzertabletten in vieren en doe een kwart tablet in het water.
5. Nu moet je wachten… en wachten… en wachten… tot… BUBBELS!
6. Druk op 'play' om de Grateful Dead op te zetten (hoeft dus niet!) om helemaal in de sfeer van de sixties te komen.
7. Als de bubbels na een paar minuten minder worden, gooi je er nog een kwart tablet Alka-Seltzer bij.
8. Wees creatief. Doe bijvoorbeeld suiker of zout in het water en kijk naar de verschillende reacties.

Uitleg

Dit experiment is een leuke manier om te zien hoe de twee belangrijkste bestanddelen van Alka-Seltzer reageren – natriumbicarbonaat (zuiveringszout) en citroenzuur.

Als het tablet met het water in aanraking komt en oplost, vermengen de ingrediënten zich met elkaar en komt er koolzuur vrij in de vorm van opstijgende bubbels. De bubbels vermengen de olie met het gekleurde water (vergeet niet: water en olie hebben een hekel aan elkaar en blijven liever apart).

Ga lekker achterover zitten en kijk naar de hypnotiserende bewegingen van de lavalamp. Draai hem rond in je hand en kijk hoe de vloeistoffen samenkomen en zich weer scheiden in verschillende vormen en kleuren.

Mediteer over de wonderen van het universum! En de wonderen van natriumbicarbonaat!

En zet alsjeblieft die hippie-muziek af.

EXPERIMENT #2

HET WONDERBAARLIJK BUIGZAME BOT

Een van de leukste dingen van natuurkunde is dat je er je vrienden en familie mee kunt verbazen. Tenslotte zijn bijna alle goocheltrucjes wetenschap. Als je een echte tovenaar aan het werk wilt zien, dan moet je naar een beroemde natuurkundige kijken.

Bij dit experiment gebruik je een alledaags ding waarvan je dacht dat je het wel kende. Met de krachten van de natuurkunde kun je het totaal van karakter laten veranderen.

Benodigdheden

- Een grote glazen pot
- Een fles azijn
- Een kipdrumstick

Werkwijze

1. Eerst moet er een grote dikke kip op tafel komen. Pak een drumstick of poot en eet het vlees op. Als je een beetje op mij lijkt, moet dat geen probleem zijn.
2. Als je klaar bent met eten, spoel je de kippenpoot af met water. Probeer het bot nu voorzichtig te buigen. Dat gaat dus niet.

3. Stop het bot in de pot en giet er azijn overheen. De pot hoeft niet helemaal vol, het bot moet alleen onderstaan. Doe het deksel op de pot, zet hem ergens weg en laat hem zo een dag of drie staan.
4. Na drie dagen haal je voorzichtig het bot uit de pot en spoelt het af met water. Waarschuwing: als je de pot openmaakt krijg je een scherpe geur in je neus. Dat komt van de azijn. Het kan geen kwaad, je kunt er alleen misselijk van worden.
5. Als je weer een beetje bijgekomen bent, merk je dat het bot heel anders aanvoelt. Probeer het nu nog eens te buigen. Nu is het niet stijf meer, maar bijna net zo buigzaam als rubber.

Uitleg

Weet je nog dat de Joker uit *Batman* in een vat met zuur viel en dat zijn gezicht smolt? Net als de vloeistof die het gezicht van de Joker verwoestte, is azijn ook een zuur. Het is wel veel zwakker, maar als het de kans krijgt kan het net zo veel schade aanrichten. Dat komt doordat er in het kippenbot (en in jouw botten) een stof zit die botten sterk maakt: calcium, oftewel Ca. Dit is een geweldig scheikundig element, dat alle levende organismes nodig hebben. Het is verantwoordelijk voor de mineralisatie (de manier waarop onze cellen de mineralen opzuigen om harder te worden) van botten, tanden en schelpen.

Maar botten hebben ook hun zwakheden, en in dit geval is calcium hun Kryptonite. Terwijl jij de afgelopen drie dagen videogames speelde, deed de azijn zijn best om de kalk uit het bot te halen. Wanneer je calcium uit een bot verwijdert, heeft dat hetzelfde effect als wanneer je de stokken uit een kampeertent haalt. Het enige wat overblijft is het zachte beenderweefsel, alle stevigheid is verdwenen. Dit experiment is ook erg leuk met een ei. De azijn lost de eierschaal helemaal op en wat overblijft is een doorzichtig ei!

EXPERIMENT #3

MAAK JE EIGEN KANDIJ

Nu we klaar zijn met kip eten, is het tijd voor het toetje. Dit experiment is een perfecte smoes om lekker veel gekleurde suiker te eten, door het maken van een verzadigde oplossing.

Benodigdheden

- Een wasknijper of een stukje touw
- Een kwart liter water
- Twee houten satéstokjes
- Drie koppen suiker
- Voedingskleurstof
- Een hoog smal glas
- Een middelgrote pan

Werkwijze

1. Leg één satéstokje dwars over de rand van het glas.
2. Pak het tweede stokje en maak dit aan het andere vast met de knijper of een stukje draad. Leg de stokjes zo neer dat eentje recht naar beneden in het glas hangt, zonder de wand of de bodem te raken. Zet het glas weg.
3. Doe een kwart liter water in een middelgrote pan en zet

die op het vuur. (Vraag eerst je ouders om toestemming.) Als het water bijna kookt doe je de suiker erbij, steeds een kwart kopje per keer. Goed roeren tot de suiker is opgelost voordat je er weer nieuwe bij doet. Hoe meer suiker er in de pan zit, hoe lastiger die oplost. Kijk uit dat je je niet brandt! Als je alle suiker hebt toegevoegd, doe je het vuur uit en neem je met twee ovenwanten de pan met kokend suikerwater van het fornuis. Zet de pan ergens neer waar hij kan afkoelen en laat hem daar twintig minuten staan.

4. Als het suikerwater is afgekoeld doe je er voedingskleurstof bij. Doe er genoeg kleurstof bij om het water donkerder te maken, want de kleur wordt later wat vager.
5. Pak de pot en haal de satéstokjes weg. Giet voorzichtig de suikeroplossing in de pot tot een klein stukje onder de rand. Leg nu de satéstokjes weer terug, en zorg ervoor dat eentje recht naar beneden hangt zonder de zijkanten of de bodem van de pot te raken.
6. Zet de pot op een rustig plekje, waar die nieuwsgierige kat van je er niet bij kan. Nu moet je drie tot zeven dagen wachten.
7. Je mag er wel naar kijken, maar er niet aan komen. Het is heel gaaf om de suikerkristallen te zien groeien.
8. Als de kristallen zich om het stokje hebben gevormd, haal je het stokje uit de pot en kun je je kandij opeten!

Uitleg

Dit experiment werkt omdat het water de suiker alleen kan vasthouden als ze allebei gloeiend heet zijn. Als het water afkoelt en verdampt, vormen zich kleine suikerkristalletjes op het satésokje en soms ook op het glas. Deze kleine kristalletjes groeien later uit tot grote kristallen.

De kristallen vormen zich omdat de verzadigde vloeistof onstabiel is – die bevat te veel suiker om vloeibaar te blijven – dus komt de suiker uit de oplossing, door een procedure die we 'precipitaat' of 'bezinksel' noemen. Als het water na een tijdje begint te verdampen, wordt de oplossing nog meer verzadigd. De suikermoleculen komen nu steeds meer uit de vloeistof en verzamelen zich op de kleine kristalletjes op het satéstokje. De kandij groeit molecuul voor molecuul. De uiteindelijke kandij bestaat uit een biljard (1.000.000.000.000.000) moleculen aan een stokje.

Wist je trouwens dat kandij een van de oudste vormen van snoepgoed is en vroeger door apothekers als medicijn werd gebruikt? Zeg dat maar tegen je ouders als ze aan je hoofd zeuren dat je te veel suiker eet.

EXPERIMENT #4
DE ONBREEKBARE ZEEPBEL

Ken je Glinda de Goede Heks uit *De Tovenaar van Oz*? Zij zweeft over Munchkinland in een soort magische zeepbel. In dit experiment gaan we op een wetenschappelijke manier de magie onthullen achter die machtige onbreekbare zeepbel.

Benodigdheden

- Twee eetlepels afwasmiddel
- Een kwart liter gedistilleerd water
- Katoenen handschoenen
- Een flesje bellenblaas met zo'n stokje met een gat (uit de feestwinkel of speelgoedwinkel)
- Een eetlepel schenkstroop
- Een mengkom

Werkwijze

1. Giet het gedistilleerde water in de mengkom.
2. Voeg twee eetlepels afwasmiddel toe en een eetlepel schenkstroop. Roeren tot alles is opgelost.
3. Doe je katoenen handschoenen aan, pak het stokje uit de bellenblaas en doop die in het zeepmengsel. Blaas bellen.

4. Dit zijn geen gewone bellen. Zie je hoe je de bellen zachtjes kunt aanraken met je katoenen handschoenen? Laat ze van je handschoen stuiteren!

TIP: Dit experiment werkt het beste op regenachtige dagen, als er een heleboel vocht in de lucht zit: dan hebben de 'wanden' van de bellen meer steun. Experimenteer om te kijken op welke materialen de bellen het beste stuiteren. Probeer het ook op je knie of je pet. Of op het hoofd van je vervelende broer of zus!

Uitleg

Bij normale bellen bestaat de zeepoplossing aan de buitenkant eigenlijk uit drie lagen: zeep, water en nog een laag zeep.

Deze bellen knappen makkelijk uit elkaar omdat het water dat tussen de zeeplaagjes zit, verdampt. De superdunne wand (zo dun als het miljoenste deel van een halve centimeter) begeeft het uiteindelijk onder de zwaartekracht.

En dan nog alleen als je het geluk hebt dat vijanden nummer één van de bel – vuil en vet – het niet al eerder verpesten.

Dat onze onbreekbare bel van een oppervlak kan stuiteren zonder kapot te gaan, is omdat de stroop een extra laagje vormt waardoor de belwand dikker wordt. Deze dikkere wand zorgt ervoor dat het water minder snel verdampt en de bel veel langer heel blijft. De handschoenen gebruiken we om te voorkomen dat er vuil en vet op de bellen komt.

EXPERIMENT #5

DOKTER JEKYLL EN MENEER MELK

Het heeft me altijd verbaasd dat in gewone en alledaagse dingen zulke explosieve krachten sluimeren.

In het experiment van dokter Jekyll en meneer Melk maken we met behulp van de witte motor en een beetje scheikunde een mooi kleurenpalet. Namelijk door er één heel eenvoudig ingrediënt aan toe te voegen: afwasmiddel.

Benodigdheden

- Een etensbord
- Melk (volle of halfvolle)
- Wattenstaafjes
- Afwasmiddel
- Voedingskleurstof (rood, geel, groen en blauw)

Werkwijze

1. Schenk de melk op het bord tot de bodem helemaal bedekt is maar de melk niet over de rand loopt.
2. Laat de melk even rusten.
3. Doe een druppeltje van elke kleur voedingskleurstof in het midden van het bord met melk (de volgorde van de

kleuren doet er niet toe, die mag je zelf bepalen).

4. Doe één druppel afwasmiddel op het uiteinde van een wattenstaafje. Doop nu voorzichtig het wattenstaafje met afwasmiddel in het midden van de melk. Houd het twintig seconden vast en kijk wat de kleuren doen.

Uitleg

Dit experiment laat zien hoe melk en afwasmiddel op elkaar reageren. In melk zitten vitaminen, mineralen, eiwitten, en het allerbelangrijkste (tenminste voor ons experiment): kleine vetdruppeltjes.

Als je het boek *De vreemde geschiedenis van dokter Jekyll en meneer Hyde* hebt gelezen, dan weet je dat deze namen staan voor twee totaal tegengestelde persoonlijkheden binnen een en dezelfde persoon.

Afwasmiddel heeft dezelfde 'bipolaire' eigenschap (onthoud dat *bi* 'twee' betekent). Het afwasmiddel heeft een persoonlijkheid of karakteristiek die we 'hydrofiel' noemen, dat betekent dat het dol is op water. Het houdt er zelfs zo veel van dat het erin oplost.

Maar het afwasmiddel heeft nog een andere kant, de innerlijke dokter Hyde, die juist een hékel heeft aan water. Dat noemen we 'hydrofoob'. Het afwasmiddel vindt het water zo eng, dat het zich snel hecht aan het vet in de melk. De heftige manier waarop dat gebeurt, maakt dit experiment zo cool.

Heb je mensen van de reddingsbrigade op het strand weleens horen vertellen hoe gevaarlijk het is om iemand uit het water te redden? Iemand die dreigt te verdrinken zit namelijk zo vol adrenaline dat hij zelfs een geoefende zwemmer met zich mee naar beneden kan sleuren.

Iets dergelijks gebeurt in onze melk. De zeep is zo bang voor het water dat hij zich vastklampt aan elk vetdeeltje dat hij kan vinden en daardoor het vet alle kanten op jaagt. De rol van de voedingskleurstoffen is om deze heftige reactie zichtbaar te maken.

Na een paar minuten heeft de zeep zich helemaal met de melk vermengd. Vanaf dat moment vertraagt het proces en komt het uiteindelijk tot stilstand.

TIP: Experimenteer door het wattenstaafje op verschillende plekken in de melk te dopen. Wat gebeurt er? En wat voor veranderingen zie je als je halfvolle in plaats van volle melk gebruikt?

Nog even een kleine waarschuwing: melk met zeep en voedingskleurstof mag er dan wel lekker uitzien, maar drink het niet op, al heb je nog zo'n dorst. Als je dat doet, ga je heel erg overgeven.

EXPERIMENT #6

DE AARDAPPELKLOK

Is het je weleens overkomen dat je echt de tijd moest weten en alleen maar aardappels in de buurt had?

We weten allemaal wat je met aardappels kunt doen – frietjes van bakken voor bij een hamburger, of puree van maken – maar wist je ook dat je, in geval van nood, een aardappel als batterij kunt gebruiken?

Benodigdheden

- Twee stukjes dik koperen aardedraad van elk tien centimeter lang
- Twee grote gegalvaniseerde (zinken) spijkers
- Drie krokodillenklemmen
- Twee verse rauwe aardappelen
- Een eenvoudig led-klokje met een laag voltage dat loopt op een knoopbatterij van een tot twee volt

Werkwijze

1. Maak het batterijvakje van het klokje open en verwijder de knoopbatterij.

2. Zoek de twee batterijverbindingen. Op de ene staat een plus-tekentje en op de andere een minnetje. Hier ga je je aardappel op aansluiten.
3. Neem één aardappel en stop daar het uiteinde van een koperdraadje in tot ongeveer één centimeter. Steek nu de spijker in de aardappel, maar zo ver mogelijk bij de draad vandaan. Ze mogen elkaar namelijk niet aanraken, ik zal later vertellen waarom niet.
4. Herhaal stap 3 met de tweede aardappel, en houd ook nu de koperdraad en de spijker zo ver mogelijk uit elkaar.
5. Gebruik een krokodillenklem om de koperdraad van je eerste aardappel op de plus van het klokje aan te sluiten.
6. Pak nog een krokodillenklem en verbindt hiermee de zinken spijker van je tweede aardappel met het minnetje van de klok.
7. Neem nu de derde krokodillenklem en verbindt hiermee de zinken spijker van de eerste aardappel met de koperdraad van je tweede aardappel.
8. Kijk nu wat er gebeurt! Je klokje loopt op niets anders dan de magie van de machtige pieper!

Uitleg

Gefeliciteerd! Je hebt zojuist een elektrochemische batterij gemaakt, ook wel bekend als de elektrochemische cel. Met andere woorden: met de kracht van de aardappels kun je chemische energie omzetten in elektrische energie door de zogenaamde 'spontane elektronenoverdracht'.

In het geval van de aardappels fungeert het zetmeel als een soort buffer tussen de kracht van het zink in de spijker en het koperdraad. Het sap van de aardappels helpt met het verplaatsen van de elektronen over de koperdraad van het circuit, die de energie overbrengt naar het klokje. Als je aardappels goed vers zijn, kun je de klok wel een maand op aardappelstroom laten lopen!

Opmerking: Als het zink en het koper binnen de aardappel met elkaar in aanraking komen, dan reageren ze nog wel maar geven ze alleen warmte af.

Misschien lachen je vrienden je uit om je aardappelklok, maar wacht maar tot de zombies komen en er geen batterijen meer te krijgen zijn en jij de enige bent die weet hoe laat het is. Dan zullen we nog wel eens zien wie jou uitlacht!

EXPERIMENT #7
HET ZUIGENDE GLAS

Met een paar eenvoudige huishoudelijke spulletjes kun je je eigen vacuüm maken dat in staat is om water op te zuigen.

Benodigdheden

- Een drinkglas of een pot van doorzichtig glas
- Een etensbord
- Een dikke kaars (zorg er wel voor dat de kaars in het glas past)
- Voedingskleurstof
- Lucifers
- Water

Werkwijze

1. Giet water op het bord tot de bodem bedekt is.
2. Voeg een paar druppels voedingskleurstof toe en meng tot de kleurstof gelijk verdeeld is in het water.
3. Zet de kaars in het midden van het bord en vraag een van je ouders om hem aan te steken.

4. Nu moet je een paar seconden wachten en dan zet je het glas ondersteboven over de kaars, zodat die helemaal bedekt is.
5. Kijk wat er gebeurt als de kaars uitgaat.

Uitleg

Als het glas over de kaars wordt gezet, gaat de vlam op een gegeven moment uit vanwege zuurstofgebrek. Zolang de kaars brandde, verhitte die de lucht in het glas – en verwarmde lucht zet uit. Misschien zag je zelfs een paar belletjes ontsnappen aan de onderkant van het glas. Maar als het vlammetje dooft, begint de lucht af te koelen – en koele lucht krimpt in. Deze samentrekking zorgt ervoor dat het water van het bord in het glas wordt gezogen.

EXPERIMENT #8

DE GEKKE PROFESSOR

Heb je weleens gedacht dat er heel mysterieuze en duistere dingen groeien op de plek waar je broer zijn vuile sokken neergooit, al is hem nog zo vaak gezegd dat hij ze in de wasmand moet doen?

Met dit experiment kunnen we eindelijk bewijzen dat je gelijk hebt.

Benodigdheden

- Een petrischaaltje van agar-agar, een gelatineachtige substantie die gemaakt wordt van zeewier en waar bacteriën dol op zijn. (Als je op internet zoekt, kun je vast wel iets vinden van onder de tien euro. Je kunt ook agar-agarpoeder gebruiken. Dan hoef je alleen maar water of vruchtensap toe te voegen om er gel van te maken.)
- Een paar oude kranten
- Een wattenstaafje
- Een goor oppervlak

Werkwijze

1. Pak het wattenstaafje en ga op zoek naar een oppervlak in huis dat geschikt is om onderzocht te worden. Ik neem altijd het goorste oppervlak dat ik kan vinden. Strijk met het wattenstaafje zachtjes over het door jou gekozen oppervlak.
2. Wrijf een paar keer over de agar-agar, doe dan het dekseltje erop en sluit het petrischaaltje af. Je moet het schaaltje nu niet meer openmaken want je wilt niet dat de bacteriën ontsnappen. Zorg er ook voor dat je de gebruikte wattenstaafjes weggooit.
3. Zet het petrischaaltje nu op een warme plek en laat het een dag of twee, drie staan.
4. Al redelijk snel groeien de kleine onzichtbare bacteriën uit tot dingen die je met het blote oog kunt zien. Opeens ontstaat er een hele kluit nieuw leven!
5. Het is handig om je observaties van dag tot dag te noteren, of foto's met je mobieltje te nemen om de veranderingen vast te leggen.
6. Je kunt het experiment herhalen door het wattenstaafje over verschillende oppervlakken of stoffen te halen. Als je je echt dood wilt schrikken, dan moet je wat vuil onder je nagels vandaan halen. Je gelooft gewoon niet wat daar allemaal gratis en voor niets woont!

Opmerking: Als je klaar bent, wikkel dan het petrischaaltje zorgvuldig in een oude krant en gooi het in de vuilnisbak. Haal het dekseltje er niet af, want de bacteriën die je gekweekt hebt wil je niet bij je in de buurt hebben!

Uitleg

Nu je gezien hebt wat er allemaal in de kamer van je broer leeft, heb je misschien wel zin om de opruimingsdienst voor gevaarlijke stoffen te bellen, of de gezondheidsdienst. Niet doen! Tenminste, nu nog niet.

Door het agar-agarschaaltje in een warme omgeving te plaatsen, hebben we het prefecte klimaat gecreëerd om bacteriën te kweken. Als je maar lang genoeg wacht zullen de bacteriën op een gegeven moment aparte kolonies gaan vormen, als klonen van het origineel.

Je broertje zou best eens wat hygiënischer mogen worden, maar het is natuurlijk wel zo dat bacteriën echt overal zitten.

Bacteriën behoren tot een grote groep van eencellige microorganismen die wel een celwand hebben, maar geen celkern. In een gram aarde zitten ongeveer veertig miljoen bacteriecellen. Een milliliter zoet water bevat ongeveer een miljoen bacteriecellen. Op onze planeet komen ten minste vijf quintiljoen bacteriën voor: 5.000.000.000.000.000.000.000.000.000.000. Snap je het nu? Bacteriën zitten overal!

Maar wees niet bang. Ons immuunsysteem zorgt ervoor dat

deze bacteriën onschadelijk voor ons zijn. Wat niet wegneemt dat de kamer van je broer een soort broedplaats van giftige stoffen is.

EXPERIMENT #9

HOE JE EEN REGENWOLK IN EEN FLES KUNT MAKEN

Als je bijdehante broer weer eens zijn haar in de spiegel staat te bewonderen, wou je dan ook weleens dat er een regenbui boven hem losbarst?

Nou, kijk dan maar eens naar dit coole experiment: maak een regenwolk in een fles!

Benodigdheden

- Een plastic waterfles met zo'n sportdop die open en dicht kan
- Lucifers
- Water

Werkwijze

1. Schenk ongeveer een achtste van een kop warm water in de plastic fles.
2. Doe de dop erop, maar doe de stop niet dicht. Laat een van je ouders een lucifer afstrijken en dan snel uitblazen, zodat er een rookwolkje boven de fles hangt. Zuig de rook in de fles door zachtjes in de fles te knijpen en weer los te laten met de opening van de fles in de rook. Na een

paar keer flink te hebben geknepen doe je de stop dicht.

3. Knijp weer een paar keer in de nu dichte fles en laat weer los.
4. Als je in de fles knijpt is er geen wolk, maar als je hem loslaat verschijnt de wolk in de fles.

TIP: Probeer het met water van verschillende temperaturen, variërend van heet tot koud. Kijk wat het met de wolk doet.

Uitleg

Wolken hebben maar drie dingen nodig om zich te kunnen vormen: watermoleculen, condensatiekernen (dat kunnen stofjes zijn of luchtvervuiling), en verandering in de temperatuur of luchtdruk. Daarom vormen wolken zich eerder buiten als het koud is.

Als je in de fles knijpt, neemt de druk toe. Daardoor stijgt de temperatuur in de fles. Als je de fles loslaat, dáált de druk. Dan daalt dus ook de temperatuur in de fles, waardoor de watermoleculen condenseren en rond de rook aan elkaar klitten. Zo maak je dus een wolk in een fles.

EXPERIMENT #10

MAAK JE EIGEN MOTOR

Volgens een oud gezegde in de familie Andraka zijn er eigenlijk maar twee soorten mensen op de wereld: mensen die motoren maken, en de rest.

Volgens de legende is dit gezegde overgeleverd van generatie op generatie. Het begon met bet-bet-betovergrootvader Arnold Andraka, die een motor had gemaakt van een kapot wagenwiel, een kwart tablet Alka-Seltzer, drie roestige klerenhangers en een ingewikkelde serie katrollen en hefbomen, om met zijn machtige schip de zeven zeeën te kunnen bevaren.

Oké, misschien is het wel helemaal geen oud Andraka-gezegde. Eerlijk gezegd heb ik het net zelf verzonnen. Maar dit is wel een cool experiment. En als ik echt een bet-bet-betovergrootvader had gehad die Arnold Andraka heette, zou hij het helemaal met me eens zijn geweest.

Benodigdheden

- Een meter koperdraad
- Een magneet
- Twee veiligheidsspelden

- Elektriciteitstape
- Een D-batterij

Werkwijze

1. Leg de D-batterij op zijn kant en bevestig aan beide uiteinden een veiligheidsspeld. Als dat moeilijk gaat, gebruik dan elektriciteitstape waarbij je de kop van elke speld tegen de uitgangen van de batterij klemt en het andere eind (met de krul) rechtop laat staan.
2. Zet de magneet op de batterij.
3. Maak een lus van de koperdraad door die een paar keer rond te buigen, waarbij de uiteinden tegengestelde kanten op wijzen. Misschien wil je de uiteinden nog een paar keer om de lus wikkelen om het steviger te maken, maar zorg er dan wel voor dat er nog een centimeter of vijf uitsteekt. Maak de lus zo klein dat als je de twee uiteinden door de oogjes van de veiligheidsspelden steekt, de draad niet tegen de magneet aan komt.
4. Steek de uiteinden van de draad door de twee oogjes van de veiligheidsspelden. Wanneer de draad op zijn plek zit, geef je een duwtje en begint de lus van draad te draaien.

Waarschuwing: Als je een dunne draad gebruikt, kan die afhankelijk van de kracht van je stroom, heel heet worden. Kijk uit.

Uitleg

Dit experiment laat zien hoe je een eenvoudige motor kunt maken, zo eentje die je aantreft in allerlei huishoudelijke apparaten en gereedschappen die het leven gemakkelijker maken. Het is een geweldig experiment voor beginnende onderzoekers. Want als je eenmaal de basis onder de knie hebt, kun je op internet gaan zoeken naar ingewikkelder motoren, bijvoorbeeld om de hond of kat mee achterna te zitten.

REKENEN MET OOM TED

DE TRUC MET DE STAARTDELING

Hier is een handige truc om grote getallen snel door 9 te delen. We beginnen met 32.121 te delen door 9.

Schrijf het eerste cijfer op van het deeltal, in dit geval 3.

Tel nu het getal 3 op bij het volgende cijfer van het deeltal, in dit geval 2. Dat wordt dus 5. Schrijf op.

Tel nu 5 op bij het volgende cijfer van het deeltal. Ga zo door tot het eind.

```
3 2 1 2 1 ÷ 9
↗↗↗↗
3 5 6 8     9
```

Als je het laatste cijfer hebt opgeteld, schrijf je het aan de zijkant, want dit helpt je de rest uit te rekenen.

In dit geval tel je 8 bij 1 op en dat is 9. 9 gedeeld door 9 is 1.

Dan tel je 1 op bij het laatste cijfer en dat is hier 8. Dus de uitkomst is 3.569.

We proberen er nog een. Nu delen we 153.214 door 9.

```
1 5 3 2 1 4  ÷  9
↗↗↗↗↗
1 6 9 11 12     16
```

Je begint met het eerste cijfer van het deeltal, dat is 1. 1 + 5 is 6 en dan 6 + 3 is 9, 9 + 2 is 11, 11 + 1 is 12, 12 + 4 is 16. Dat moet je aan de zijkant schrijven want dan kun je de rest uitrekenen.

Omdat we hier getallen met twee cijfers hebben, gaan we van rechts naar links om de uitkomst van de deling te bepalen. Omdat 9 één keer in 16 gaat, houd je 7 over. Tel dus 1 (van die ene keer dat 9 in 16 gaat) op bij het cijfer voor de komma, dat wordt dus 1+12 = 13. Nu staat de 3 vlak voor de komma van de uitkomst en tel nu 1 op bij het volgende getal, dat is dus 11. 11 + 1 = 12. Op de plaats van de tientallen komt dus een 2 en de 1 gaat naar de honderdtallen, dat is dus 9 + 1 = 10. Het honderdtal wordt dus een 0 en de 1 gaat naar de duizendtallen 6 +1 = 7. Het antwoord is dus 17.023 met een rest van 7.

TRUC VOOR IN HET KWADRAAT VERHEFFEN

Getallen in het kwadraat verheffen kan best lastig zijn. Als je op zoek bent naar 17^2 kun je 10 x 10 doen en daar dan 7 x 7 bij optellen. Maar er is een betere manier.

Neem het getal dat je in het kwadraat wilt verheffen en rond het af naar het dichtstbijzijnde veelvoud van 10. Dus als je 27 wilt kwadrateren dan rond je af naar 30.

Als je 27 afrondt naar 30 dan tel je er dus 3 bij op. Trek dat getal af van je oorspronkelijke getal. In dit geval wordt dat 27 – 3 is 24.

Vermenigvuldig 24 met 30 en tel daar dan 3^2 bij op; 3 is het getal dat je bij 27 hebt geteld om 30 te krijgen.

Omdat vermenigvuldigen met 10 heel gemakkelijk is (30 x 24 is gewoon 3 x 24 plus een nul aan het eind), gaat het zo een stuk sneller.

Hier is de uitkomst 729. Namelijk: 30 x 24 is 720 + 3^2 (dat is 3 x 3 = 9) geeft 729.

De algemene rekenwijze bij deze truc is als volgt. Als je x in het kwadraat wilt verheffen, rond je het af naar het dichtstbijzijnde veelvoud van 10 en noemt dat $x + r$. Neem nu r en trek dat af van x, dan krijg je $x - r$. Vermenigvuldig deze twee getallen $(x + r) \times (x - r)$ en tel daar r^2 bij op. Deze truc werkt altijd, maakt niet uit hoeveel cijfers je hebt.

Dit is dus de formule: $(x + r) \times (x - r) + r^2 = x^2 + rx - r^2 + r^2 = x^2$

VRIJE TOEGANG TOT KENNIS

Een van de grootste hindernissen waarmee ik te maken kreeg tijdens mijn onderzoek, was dat het zo moeilijk was om aan de informatie te komen die andere onderzoekers al op internet hadden gezet. Zo'n 90 procent van alle wetenschappelijke artikelen zit veilig verstopt achter een betaalmuur. Een abonnement nemen, waardoor je toegang hebt tot een serie artikelen, kan wel duizenden dollars kosten per tijdschrift.

Ik vind dat kennis geen handelswaar hoort te zijn en dat wetenschap geen luxeartikel is. Toegang tot kennis is iets waar iedereen recht op heeft.

Zonder gratis toegang tot artikelen over wetenschappelijk onderzoek – oftewel 'open access' – hebben we ook geen toegang tot de meest natuurlijke en efficiënte manier waarop onze maatschappij zich ontwikkelt: het voortbouwen op elkaars ideeën.

Als we willen dat jonge onderzoekers met nieuwe creatieve

oplossingen komen voor wereldproblemen, moeten we ervoor vechten dat de informatiestroom gratis toegankelijk wordt.

Het is hoognodig dat die betaalmuur wordt neergehaald.

Gelukkig is er op het moment dat dit geschreven wordt in de VS een tweeledig wetsontwerp in de maak: de Fair Access to Science and Technology Research Act (FASTR). Hierdoor zullen artikelen die mede bekostigd zijn door de belastingbetaler, binnen een half jaar gratis op internet beschikbaar komen. Deze wet kan studenten en gevestigde onderzoekers helpen toegang te krijgen tot de artikelen die ze nodig hebben om voor de volgende doorbraak te zorgen, de vooruitgang in de wetenschap te bespoedigen en daarmee de levens van alle mensen op de wereld te verbeteren.

OPTREDEN TEGEN PESTEN

FEITEN OVER PESTEN

Er zijn heel veel manieren om iemand te pesten, en ze zijn allemaal fout. Als je ziet dat iemand gepest wordt, zeg er dan wat van. Uit onderzoek is gebleken dat de helft van de pesterijen ophoudt als iemand anders zich ermee bemoeit.

Lichamelijk – Pesten door iemand lichamelijk pijn te doen en bezittingen kapot te maken. Daar valt slaan, stompen of schoppen onder, maar ook spugen, laten struikelen of iemands spullen kapotmaken.

Verbaal – Pesten door iets te zeggen of te schrijven. Iemand uitschelden, bedreigen, beledigen en gemene opmerkingen maken. Ook seksueel getinte opmerkingen maken is een vorm van verbale pesterij.

Sociaal – Dit soort pesterijen zijn vaak indirect. Bijvoorbeeld:

roddels over iemand verspreiden, iemand buitensluiten, iemand voor schut zetten of nare mailtjes sturen.

Digitaal of cyberpesten – Pesterij via internet of elektronisch. Hier gaat het om het sturen van nare sms'jes, e-mails, telefoontjes, chatberichten en ongewenste foto's, video's of links naar websites.

TIPS TEGEN PESTEN

Wat doe je als je gepest wordt?

Praat met je ouders.

Achteraf gezien had ik veel eerder naar mijn ouders moeten gaan. Dat had me een heleboel ellende bespaard. Als pestkoppen je het leven zo zuur maken dat je hele jaren weg zou willen denken, dan moet je je trots maar even opzijzetten en de hulp van je ouders inroepen.

Als je wilt wachten tot het juiste moment voor zo'n gesprek, dan kun je lang wachten. Dit soort gesprekken is namelijk nooit makkelijk. Zoek een rustig plekje waar je de volle aandacht van je ouders hebt. Onthoud dat je ouders graag zien dat jij gelukkig wordt, níét dat je wordt gemarteld. Maar het belangrijkste is dat je ouders de enigen zijn die jou uit je negatieve omgeving weg kunnen halen en een plek voor je vinden waar je wél gelukkig bent.

Geef sociale media een kans.

Ik weet dat een heleboel ouders tegen hun kinderen zeggen dat ze dan maar niet meer op internet moeten gaan. Maar dat is tegenwoordig niet meer reëel. Als je jong bent, kan het uit de weg gaan van sociale media betekenen dat je wordt afgesneden van je sociale kring. Als je geen zin hebt om je profiel op Facebook weg te halen, pas dan je privacy-instellingen zo aan dat je zelf kunt beslissen wie je profiel kan zien. Als dat niet werkt, zet je je profiel maar in de winterslaapmodus en activeer je je account later weer. Ook op Twitter kun je mensen blokkeren.

Als niets meer helpt, verander dan van school.

Tegenwoordig zijn er steeds meer mogelijkheden om goed onderwijs te volgen, bijvoorbeeld ook via digitale scholen. Door van school te veranderen, loop je niet weg van je problemen. Je kiest er gewoon voor om uit een negatieve omgeving weg te gaan en een positievere omgeving te zoeken.

Dit is waarschijnlijk geen antwoord dat de meesten van jullie verwachtten of wilden horen. Maar om te voorkomen dat je door vervelende jaren heen moet voordat je echt iets met je leven kunt gaan doen, moet je misschien een minder gebruikelijke weg bewandelen.

En als je denkt dat je alles hebt geprobeerd en op zoek bent naar een uitweg, vergeet dan niet dat er altijd nog hoop is.

HET AMERIKAANSE SCHOOLSYSTEEM

Amerika		leeftijd	Nederland
Pre-School		2-3	Peuterspeelzaal
Kindergarten		4-5	Kleuterklas, groep 1 en 2
Elementary School	**grade**		**Groep**
	1	6	3
	2	7	4
	3	8	5
	4	9	6
	5	10	7
	6*	11	8
Middle School (ook wel Junior High School genoemd)	**grade**		**Klas**
	7	12	Brugklas
	8	13	2
High School	**grade**		
	9	14	3
	10	15	4
	11	16	5
	12	17	6
University**			

* Aan het begin van grade 6 gaat Jack naar een charter school. Dit is een speciale school waar er meer uitdaging en flexibiliteit is in het onderwijs (soms met een specialisatie). Slimme leerlingen zoals Jack worden daar extra uitgedaagd en kunnen op hun eigen tempo verder leren.

** Na high school kun je in Amerika nog naar de universiteit, net als in Nederland. Jack is inmiddels 18 jaar en toegelaten tot de Stanford University.